WE KEEP THE DEAD CLOSE
A Murder at Harvard and a Half Century of Silence

Becky Cooper

[美] 贝基·库珀 著　　　张畅 译

追凶
哈佛一桩谋杀案和半个世纪的沉默

上海译文出版社

献给我的父母

因为我们存在于若干世界之中，每个世界都比它寓于其中的世界更为真实，而将其包含的世界乃是虚假……真理存在于意义逐步膨胀的过程之中……直到意义爆裂。

　　　　——克洛德·列维-施特劳斯（Claude Lévi-Strauss），《忧郁的热带》

　　最大限度地深入过去，尤其对于那些最关注现实的观察者来说，其主要特征就是接纳彼时的静默。一个时代越是以其自身的方式静默不语，它就越能响亮地言说，就像腹语者的手偶一样，为我们所用。

　　　　——吉迪恩·刘易斯-克劳斯（Gideon Lewis-Kraus），《古 DNA 研究揭示了新的真理，还是落入了旧的陷阱》，《纽约时报》

目　录

第一部分
故事
· 1 ·

第二部分
女孩
· 69 ·

第三部分
流言
· 147 ·

第四部分
神话
· 215 ·

第五部分
回响
· 297 ·

第六部分
遗产
· 359 ·

第七部分
解决
· 409 ·

致谢
· 483 ·

注释
· 491 ·

第一部分　故事

统考的早上

这是一个多星期以来最暖和的一天。波士顿人打开早间广播,却被沿海的大风预警惊醒。在查尔斯河(Charles River)对岸的剑桥[①],这天同样阴冷。冬雾夹杂着雨雪笼罩了这座城市,哈佛广场(Harvard Square)的街道安安静静。

投递员将当天的一摞《哈佛深红报》(*Harvard Crimson*)堆放在本科生楼里。头版是一张黑白照片,一个女孩以胎儿的姿势蜷在校园图书馆的地板上。她头枕着一本书,光着脚,穿牛仔裤和毛衣,看上去更像是一具尸体而不是一个大活人。标题是:《有个女孩伏在书上睡着了,她正在做梦;有个男孩梦见了伏在书上睡着的女孩……不要让这个时代把你击倒。》

1969年1月7日,复习周的第二天。对于大部分学生来说,期末考试之前会有11天焦虑而漫长的学习时间,所以复习周的头几天早上就是用来睡懒觉的。但对一部分人类学系的博士生而言,这是一年里神经最紧绷的早上。

早上9点,他们拥进皮博迪考古与民族学博物馆(Peabody Museum)顶层的演讲厅。这幢有着宏伟的黑色欧式大门的五层红砖建筑,是这所大学人类学系的大本营。讲解员骄傲地提醒来访者,这座博物馆作为教学机构始建于1866年,它的历史就是美国人类学的历史。

学生们来参加的是三个阶段统考中第一阶段的考试。他们孤注一掷地埋头复习了好几个月,一旦考不过,就有可能被从博士学位的培养计划里除名,进入以硕士学位为终点的培养计划——"被开除"的一种委婉说法。

有时候,这座博物馆闻起来就像在其四楼随意存放的木乃伊:辛辣,有股霉味,但总体上还不至于让人作呕。而在那个冬日的早上,所有气味都凝固了。现在,一个个胳膊肘撑在书桌上,一只只手在蓝色的答题本上移动,一支支笔纷纷填写着简答题的答案。在紧张的气氛中,这群学生当中没多少人注意到有一名学生没有出现——简·布里顿(Jane Britton)。

2018: 阿普索普楼

我的房间在一幢名为阿普索普楼(Apthorp House)的公寓三层,这是哈佛亚当斯楼(Adams House)的一间宿舍楼。阿普索普形似一块婚礼蛋糕,长寿花的颜色,就是那种独特的新英格兰水仙花和奶油的色调。我的卧室近似地堡和树屋,天花板很低,我要是一时兴起抬起手,总会碰到头顶的灯。从正门望过去,我能看见大二时住过的房间,还有我把自己锁在那房间外面时爬过的防火安全梯。就是这个摇摇欲坠的梯子,那年秋天,一个暗恋我的人爬了上去,吓了我一跳。也正是在这个楼梯平台,我曾坐在上面听忧伤的鲍勃·迪伦(Bob Dylan),希望一个月后当事情结束时,我可以抽支烟。有些时日,我发现自己会忘记——十年光阴已过。

所有人都知道,阿普索普在闹鬼。我们相当确信那鬼魂就是伯戈因将军(General Burgoyne),一位独立战争期间被囚禁在这幢房子里的英国军官。叫人费解的是,在我们的地下室,有个和他真人一样大小的人形板。我分不清这是玩笑还是用来教育我们的道具——这里就有发出重重踏在地上的声音的靴子——但他之后仍困在我们这里,还

---

① Cambridge,紧邻美国马萨诸塞州波士顿市,与波士顿市区隔查尔斯河相对。哈佛大学坐落于此。

是会给人一种残酷的感觉。

我和亚当斯楼的宿管员工（主要负责办舞会、住房抽签、一年一度的小熊维尼圣诞节读书会）以及三位哈佛大学新来的研究生一起住在阿普索普。我们四个被叫做"精灵"，意思是我们要想获得食宿，就必须为本科生每月一次的茶会烤饼干。我和你们一样，也觉得这事挺扯的，但这里是哈佛，你会对这类奇闻逸事习以为常的。就像顶着棉花糖般蓬松头发的法国翻译诺姆（Norm），1951年他从哈佛毕业以后，从未真正离开过亚当斯楼；还有神父乔治（Father George），我不懂他为什么会一辈子耗在食堂，毕竟他在自然科学领域拥有的学位和他知道的笑话一样多。当然，不得不说你很快就会习惯的。

"精灵"通常是应届毕业生。所以当其中一个"精灵"露露（Lulu）听说我今年快满30岁时，她看我的样子仿佛我是来自另一个世界的信使。"是真的吗？"她用极为热切的语调问，"一旦步入30岁，你所有的朋友都会因为结婚离你而去，你的身体也会散架。"我将那天下午摔倒后打了绷带的膝盖抱在胸前。"嗯。"我冲露露点了点头。

波士顿，尤其是哈佛广场，是个瞬息万变之地。每年秋季，当新一波的人冲拥进来，这里都会焕然一新。建筑厚重的砖墙不过是在提醒我们，在这里，没有什么是恒久不变的，除了这所学院本身。我和布鲁克林（Brooklyn）的朋友们说我搬回了波士顿，其中一位朋友揶揄道："会有人心甘情愿做这种事吗？"

我也不是自愿的。有本科生问起来，我会和他们说我在写一本有关20世纪60年代考古学的书。"具体是写什么的啊？"他们追问，迫切想和我建立点联系。"没什么。"我说。"哦，酷。"他们说。潜台词是：你就为这个把工作给辞了？

我没告诉他们我正在写什么，是因为不想把这件事变成一场闲聊。它太诡异、太偏执、太私人。我没和他们说过，我树屋里的布告板上有各种理论、照片、一幅伊朗的地图、一幢公寓楼的图纸，这些通通用工字钉固定在软木板上。我没提起过我的书架摆满了护身符——乳白色的拉玛燧石①碎片、博尔顿②一个农场的柯达彩色胶片幻灯片、用于绘制陶器的轮廓测量仪。当我钥匙链上肋骨形状的金属警棍在食堂的饭桌上哐当作响时,我会一笑置之。我绝不会说那是哈佛的一位警官送我的,他还教我如何用手指箍住它,把它举过肩头,直戳进对方锁骨和肩胛骨之间脆弱的三角区,就像一把凿冰镐。

我之所以会来这里,是因为过去十年间,一桩发生在距离这里几步之遥的谋杀案死死纠缠着我。在我大三那年,有人像讲鬼故事一样给我讲了这个故事:一位年轻女性,哈佛大学考古学专业的研究生,于1969年1月在她位于校外的公寓里被人重击致死。她的尸体被裹上毛毯,凶手还在上面撒了红色赭石粉,完美重现了墓葬的仪式。没有人听见一声叫喊,也没有东西被偷走。几十年过去,这一案件仍悬而未决。

悬而未决,直到昨天。

寓言

我第一次听说这个故事,那具尸体还没有姓名。那是2009年,我大学第三年的春季学期,那时剑桥刚开始暖和起来,一扫漫长冬季的寒冷。我刚满二十一岁。我曾担心哈佛会是一个丑陋而残酷的地方,但与本科同学相识所产生的敬畏盖过了这种担心。我每遇见一个新同学,都绞尽脑汁编造一个比真实情况更有趣的背景故事,却无一例外败下阵来。艾萨克(Issac)是个会骑独轮车的天体物理学家;桑

---

① Ramah chert,加拿大纽芬-拉布拉多省的拉玛湾开采的矿石。
② Bolton,英国城市,位于英格兰西北部。

迪（Sandy）在太阳马戏团①担任小提琴手；我的室友斯维特拉娜（Svetlana）在西伯利亚带队做肺结核研究。很大程度上，我们都是一群发奋图强的怪人，坚信只要自己足够努力，就能改变这世界的某个角落。

而对于这所欢迎我加入的学校，我仍时不时感到不真实。我是在皇后区牙买加街区的一间小公寓里长大的。在我们家，吃饭时点饮料会被认为是一种没有必要的放纵。我父母非常爱我，但我寻找自我的路途相当孤独，因为我去往的地方是他们不曾想象过的广阔世界。

在哈佛大学，我大可以在早餐时谈论哲学实用主义，花好几个小时和我的教学辅导员把大卫·福斯特·华莱士②批得体无完肤。我一面学会不让别人知道我在学习，一面掌握了同时根据教授和课程内容来选课。我了解到那些在其研究领域里遥遥领先的教授会被称作超级明星，以及在哈斯蒂布丁社交俱乐部（Hasty Pudding social club）做自我介绍的时候需要报上全名。我几乎已经习惯了我的老师们轻描淡写地提到我们在课本里读到的名字。③ 我申请了全额的经济补助，但没人在意我的过去。相反，我嚼着烤好的布里干酪，喝着雪利酒，被一个家里在伦敦坐拥豪宅的男孩追求。一切都让人感到富足，一切都尽在掌控之中。这让人兴奋不已，心向往之。直到我听到那个被谋杀的同学的故事，在那一刻，我感觉自己已将皇后区远远地甩在身后了。

那天下午，我的朋友莉莉（Lily）把身体撑在野餐布上，她长长的金色头发几乎被风吹进我们带去的甜薯三明治里。我们当时在宿舍街对面的约翰·F.肯尼迪公园（John F. Kennedy Park），查尔斯河附近的一片绿草地上。会影响我下一个十年的大学路（University

---

① Cirque du Soleil，加拿大魁北克省蒙特利尔的表演团体，以豪华、极具震撼的舞台表现力闻名，囊括了国际演艺界各项最高荣誉。

② David Foster Wallace（1962—2008），美国小说家。小说《无尽的玩笑》被《时代》杂志选为1923年至2005年最伟大的100本英语小说之一。《洛杉矶时报》称华莱士为"过去20年最有创造力与影响力的作家之一"。

③ 这里指的是以名（by first name）相称，表示关系亲近。

Road）上的那栋楼，就默默潜伏在一个街区开外，无人觉察。从大学二年级刚开学，我就和莉莉成了朋友。但她动不动便戏剧性地坠入爱河；在这些时日里我会失去她，因为给她写脸红心跳的情书的某个人会将她从我身边夺走。自从那年冬天她开始和摩根约会，这还是我第一次单独和她在一起。

摩根・波茨（Morgan Potts）已经毕业，但他辞掉了工作，为了莉莉搬到剑桥。我们有共同的朋友，因此我对他有两点了解：第一，他特别会讲故事；第二，他加入了坡斯廉俱乐部（Porcellian Club）——所有人都管它叫 PC，是所有男性俱乐部里最精英的——我们哈佛大学的兄弟会。我和这些社团的关系相当复杂。一方面，其中的权力较量让我感到不适。他们掌控着聚会、酒精和发出各类邀请的权力；周五晚上，你经常可以看到他们雇的保镖一个个盘查站在门外排队的女孩们。但我必须承认，知道那名单上有我的名字还是让我感到安心。并且我不无惊喜地发现，PC 的这帮人虽然古怪，但还不算目中无人。那个时候我还没有意识到，即便某个组织的成员都是好人，这个组织本身依然可能贻害无穷。

我们午餐吃到一半，摩根来到了公园。莉莉抱歉地朝我耸了耸肩。我们在毯子上挪开位置，然后他坐了下来。我能懂莉莉为什么会看上他：他长着一双绿眼睛，带一口澳大利亚口音；他能记住最确切的史实，同时可以用浪漫的语调讲出来。他要想打断我们俩的午餐，至少需要分享一则经典的摩根故事作为交换。我尝试用鬼故事引诱他，那是一个关于世纪之交在哈佛校园里站岗的老旧消防车的传说。

"你想不想听一个真的特疯狂的哈佛故事？"他问。接着便开始讲起他那像是耳熟能详的童话故事一般的可怕传说。

20 世纪 60 年代末，考古学专业一名年轻貌美的研究生被发现遭人谋杀，受重击而死。当时传言说她和她的教授有染。这段感情始于他们在伊朗一起做考古发掘期间，他们回程后，她依然放不下。教授不想让学校知道他们的事，于是一天夜里来到了她的公寓。他们聊过以后，他用从皮博迪博物馆拿来的考古石器攻击了她。邻居们什么都没听见。

他搬起她的尸体，藏在自己的外套下，走了十个街区回到他在皮博迪博物馆的办公室，把她放在办公桌上。他将她脱得一丝不挂，在她身上放了三条他们在伊朗共同发现的项链，将她打扮成他们考古发掘现场的一位公主——几个月前他们挖出来的那个公主；还在她身上撒了红色赭石粉。

警察第二天发现了她，并对教授进行了问讯。校方命令《哈佛深红报》换掉那篇关于谋杀的文章。他们不准它将矛头指向自己人。那天早上还有流言传出来，到下午就没有留下任何记录了。突然之间，一切都被掩盖了。媒体不再报道，家属没有调查，警察也没逮捕任何一个人。

摩根停了下来。你也许认为我会记得他或是莉莉的脸，或是想出一些日后可以追寻当时所思所感的线索。但我所记得的全部，只是我听到了这个故事，那天阳光明媚，以及她无名无姓。

"真正让我着迷的是这个细节，"摩根补充道，"警察发现她尸体的时候，他们还发现有烟蒂烧进了她的腹部。"在考古现场，这种仪式同样有它的含义。"想想看，"他强调道，"他必须留下来，抽完所有这些烟，才能做这件事。他们说足足有一百支烟。怎么做到的？你怎么能心平气和坐下来干这种事？"

詹姆斯和伊瓦

从我听说这个谋杀故事的那一刻起，有太多东西将我牢牢攫住；

并不是因为我相信它——它听上去太过诡异，明显经过了一番渲染——而是因为我可以相信它。让我爱上哈佛大学的那些东西——它的魅惑，它的无限——同时也使它成为一个极具说服力的恶棍。哈佛大学觉得自己无所不能。

这种无所不能在大部分时日里都是一件不错的事：它表现为一种一切皆可能的感觉。还是本科生的时候，我就觉得自己有三个愿望。我必须有自己的工作，找到属于自己的隐藏的机遇，但我总有种感觉：只要我有梦想，就没什么是我做不到的。总有专家经过这座小镇，总有你心目中的英雄恰好是某位教授的朋友，总有朋友偶然提及某个你梦想中的研究机会。

这种力量还体现为——对哈佛大学有能力绕过规则的善意窥视。没错，马萨诸塞州的确有饮酒法，但在星期四晚上的斯坦俱乐部（Stein Clubs)，你根本不需要年满 21 周岁就能喝酒。哈佛大学有属于自己的警力和赦免政策。如果你来自一个美国对其有严格签证要求的国家，哈佛大学甚至可以替你写证明信。

因此试想一下，这种权力也有黑暗的一面——它可以让有损其形象的故事噤声，控制媒体，操纵警方——这并不太难。新生研讨班的教授警告过我们，哈佛这个机构的规模是我们无法想象的："哈佛在你大学四年结束时会改变你，但不要期待着自己去改变它。"如果一个机构以比美国政府的历史还悠久为傲，它表现出仅对自己负责的态度，就不足为奇了。

但这个故事幸存了下来，存放在我脑海中，像是一则寓言。

直到它再次浮现。

那是 2010 年夏天，那次野餐谈话一年多以后，我和我的指导老师詹姆斯·罗南（James Ronan）① 约了一次见面指导，结果我去早了。詹姆斯是考古学的博士候选人，也是我的住校导师。他经常开着

---

① 此处为化名。——原注

门,我们的交谈——关于他的考古挖掘、心理地理学地图,或是小型啤酒厂——在哈佛大学让我厌烦的时候,总能让我感觉好一些。

我们的会面安排在综合科学与工程系的实验室,那是校园里我从未去过的一座亮闪闪的建筑——位于哈佛园的围墙、皮博迪与地质博物馆的砖墙之间,一块由玻璃和钢筋筑成的小小飞地。它主要是为工程师和生物化学家建的,大厅有一间还不错的咖啡馆,安静得连针落在地上也能听得见。大家都不大会离开他们的实验室。

为了打发时间,我在咖啡馆前局促不安地来回晃荡,詹姆斯看见了我,招手让我过去。他正在和一个人面谈,那人我在校园里见过。虽然不知道她叫什么,但我认得她的大波浪发型,还有从餐厅传来的颇具感染力的笑声。

"贝基,这是伊瓦[1];伊瓦,这是贝基。"詹姆斯说。

他们那桌只有两把椅子,所以我只能站在他们面前等他们讨论结束,也不确定他们是不是真的想让我偷听。谈话接近尾声时,我听到的内容已经足够拼凑起来了。之后他们的话题便转向了对印第安纳·琼斯[2]轻松愉快的猜测。学校里盛传这个人物的原型就是皮博迪博物馆的前馆长塞缪·洛斯罗普(Samuel Lothrop)。他曾兼任美国政府的间谍。"考古学家做间谍可不稀奇。"他们说。开始让我也加入他们的对话。他们解释道,几十年来,尤其是在一战和二战期间,考古学一直都是间谍活动最为便利的掩护手段之一。

阴谋,秘密,双重身份。我终于没能控制住自己。自从摩根和我讲了那个被杀的考古学专业的学生的故事之后,这是我第一次复述它。当讲到尸体被拖拽回博物馆时,我已经察觉到它不合情理了——

---

[1] 此处为化名。——原注

[2] Indiana Jones,电影《夺宝奇兵》的主角。电影讲述二战期间,希特勒在世界范围内召集考古学家寻找"失落的约柜",希望借这一《圣经》中引导希伯来人与上帝交流的圣物可以护佑纳粹的战争。考古学家印第安纳·琼斯博士赴尼泊尔寻找约柜,并竭力与纳粹周旋。

怎么可能没人看见那具尸体呢？——我已经后悔讲这个故事了。但我还是把它给讲完了。"那个教授平安无事。"

他们盯着我。

"我觉得，"我找补了一句，"我是说，这只不过是我听来的一个故事。"

最终詹姆斯开了口："是在她的公寓里，不是在皮博迪。"

"而且他还在这里。"伊瓦说。

尸体

中午刚过，统考就结束了。学生们收拾书包的时候，几个人开始猜测简·布里顿可能去了哪里。简一向以她病态的幽默和时常神秘地消失一段时间闻名——就是那种欢乐的聚会进行到一半时口无遮拦的女孩，"老天，我早上能起来的唯一理由，就是希望有辆卡车从我身上碾过去"。她好像挺享受故意惹恼大家的。就像还有一次，她无故缺席之后，出现在皮博迪的吸烟室。她和在场的人宣布："说我死了的这种传言，实在是夸大其词。"大家知道她本质上还是个好学生，是少数几个从哈佛的姊妹校拉德克利夫学院①直升到哈佛博士项目的学生之一。她不可能缺席统考。

那天早上，简的男友吉姆·汉弗莱斯（Jim Humphries）在前往皮博迪博物馆之前给她打过两通电话。他那天也要参加那个考试。27岁的吉姆比简年长几岁。他是加拿大人，身高两米多，浅棕色的头发分向一侧，戴一副角质镜框的眼镜，看上去更像是工程师或建筑师，

---

① Radcliffe，美国马萨诸塞州剑桥的一所女子文理学院，创建于1879年。1977年与哈佛大学签署正式合并协议，1999年全面整合到哈佛大学。

而不像一直接受训练的考古学家。他人很安静，内向到有点忧郁的地步，即便是状态最好的时候脸上也毫无表情。整个皮博迪都知道他是那种"彬彬君子"，因为他会做一些温文儒雅却很老派的事，譬如帮女孩披外套、为晚宴写感谢信之类的。

简和吉姆相识于1968年春天为暑假去伊朗考察做准备的一次研讨会上。考古地点名为叶海亚堆（Tepe Yahya）。此次挖掘由年轻的哈佛教授克利福德·查尔斯·兰伯格-卡尔洛夫斯基（Clifford Charles Lamberg-Karlovsky）带队。研究生们都管他叫卡尔或者克查兰卡（CCLK），私下里也叫他德古拉伯爵①，起因是他拥有东欧贵族血统的传闻，还有他的神秘气质。这位年轻教授是系里冉冉升起的明星，也是近东考古界新近的领导者。1968年考古季的成功进一步强化了他的声名。考察队伍返回美国后不久，《波士顿环球报》（*Boston Globe*）盛赞兰伯格-卡尔洛夫斯基是亚历山大大帝（Alexander the Great）失落之城卡曼尼亚（Carmania）的发现者。

正是在这次伊朗东南部的考古挖掘中，简和吉姆的关系开始萌芽。"他们有了这样一个机会，能够感受到彼此的孤独。"同行的一名考古队员后来告诉记者。简最近还会和朋友们聊起自己结婚的可能性。她喜欢开玩笑说，婚礼会在"捕风捉影"教堂举办。

那两通电话简都没有接，吉姆觉得奇怪，但他以为是因为她睡不着，跑到邻居家吃早餐去了。他头天晚上见过她，对于第二天的考试她并不紧张，看上去一切安好。但当她没有出现在考场，他就知道事情不对了——她要么生了病，要么睡过了头。他没让自己把情况想得更糟。

交卷之后，这群研究生准备去吃午饭，叫他一起。吉姆礼貌地婉拒了。之后他出了门，穿过马路，再次打电话给简。他不想用博物馆

---

① Count Dracula，原型来自中世纪的瓦拉几亚大公弗拉德三世，弗拉德三世从1456年至1462年统治现在的罗马尼亚地区，被罗马尼亚人视为英雄。后因爱尔兰作家布莱姆·斯托克（Bram Stoker）1897年写的小说《德古拉》，在民间故事中演变成嗜血、邪恶的吸血鬼形象。

的电话，因为他知道所有人都会听见。简又没接电话。

吉姆从博物馆步行十五分钟，来到了简的公寓。这是一栋没有电梯的四层小楼，就在广场过去不远的一个街区，位于连接奥本山街（Mount Auburn Street）和查尔斯河的一条小路上（约翰·F. 肯尼迪公园最终落成的地方）。她的地址——大学路6号——是一座名为"克雷吉"（The Craigie）的红砖石灰石建筑的五个入口之一。它占据了一处完整的方形街区，于19世纪90年代末受哈佛大学委托，为学生们提供更便宜的住宿。

房间虽小，但整座楼充盈着可爱的气息——天然木材制成的装饰物、宽敞的庭院、角落里的凸窗。然而经年累月，尤其是随着哈佛住宿制度的改善，学校开始向本科生提供校内住宿，这座楼便逐渐变得年久失修了。

楼周围的环境也每况愈下。它变成了哈佛广场的一片无人岛，成了停车场、存放手推车的院子、通向河流的一条小巷。在20世纪80年代开发商将这个地段变成高档的查尔斯酒店之前，能让人走到小镇这个区域的唯一理由，就是街对面的奥本山邮局，还有克罗宁酒吧（Cronin's Bar），那里面有台小电视，能喝到便宜的啤酒。

但房租很便宜——简的房租是每月75美元——公寓楼位于中心区域，因此依然是研究生们渴望的住处，尤其在人类学系，这所住宅被一届一届传了下来。简之所以能搞到这所公寓，多亏她现在的邻居唐（Don）和吉尔·米歇尔（Jill Mitchell），他俩是太平洋岛屿人类学专业的学生。

何况公寓的破旧并没有让简感到困扰。米歇尔夫妇一直在用固定门闩锁门，而简几乎从来不锁门。她仿佛活出了一股刀枪不入百毒不侵的架势。

吉姆在下午12:30左右抵达了大学路。他推开大门，走上台阶，从天窗洒进来的冬日阳光灰蒙蒙的。楼梯的尽头是四楼的平台。过道两侧，苹果绿的墙壁有些剥落。吉姆走过米歇尔夫妇的房间。简的房间是这层楼三个公寓中最小的一间,位于壁龛的尽头。不会错的。走廊左侧装饰着蓝色、绿色和黄色的圆点,被她涂成金色的房门上,挂着一张打印纸,上面写着她觉得好笑的话。后来这张纸被警察当做证据带走了:

"或许,"凯莉夫人说,"(她)之所以成为考古学家,是因为(她)小时候没玩过沙子。"1968年9月。

吉姆敲了敲简的门,虽然他比任何人都清楚那扇门不会上锁,特别是在这样的冬天,暖气会让木制房门膨胀起来,门锁是插不进的。唐和吉尔·米歇尔听见声响,以为是简考完试回来了。唐走到走廊,他浓密的胡子让他看上去比25岁老很多。

"简在家吗?"吉姆问。

"我猜她在家。"

"唔,她没来参加考试。"

唐的脸色变了。他怂恿吉姆进屋去看看,于是吉姆又敲了一遍简的房门。无人应答。这次吉姆抓住门把手,猛地一推,门开了。

"我能进来吗?"吉姆喊道。唐等在门口。还是无人应答。吉姆感到一股冷气从厨房吹过来,他看见窗户大敞着。他确定前一天晚上窗户是关着的。吉姆扭头望向厨房。除了简的宠物安哥拉猫富兹沃特(Fuzzwort)以外,厨房里没人。简偶尔会开着窗户,因为觉得厨房会漏煤气,但只有在米歇尔夫妇替她照看猫的时候她才会这么做;纱窗老早就烂掉了,富兹沃特总喜欢跑到安全梯上去。

简的房间和往常一样自在而杂乱。书,烟灰缸,手稿,杯子,烟蒂。装乌龟的缸盛着汤似的海藻,放在她的梳妆台上。为了捕捉阳光,她将葡萄酒和白兰地的酒瓶摆在窗台上,光线透过这些瓶子变成闪耀的碎片——酒神式的彩色玻璃窗。陶瓷猫头鹰和简外出旅游带回来的手工艺品排列在书架上。还有画,其中有一些是简自己画的,挂在画框里。墙壁是白色的；她还在厨房旁边的墙上画了猫、长颈鹿和猫头鹰，任性而梦幻。房间里都是它们的眼睛。

直到吉姆完全走进公寓，他才看到她。直接铺在地板上的一个简易的弹簧床垫，简的右腿悬在床边。她蓝色的法兰绒睡袍被掀到腰那里。吉姆没有摇醒她，而是走出房间，让唐去叫吉尔过来。因为他并不觉得情况有多严重，简衣服撩起的样子似乎更像是"女人们都会做的事"。吉尔走出自己的公寓，进到简的房间，接着又迅速回去了。她需要躺回到自己的床上。她感到恶心。

这次轮到唐走进房间。他走到床边，带着一丝歉疚，发现简没穿内裤。在她的腰以上堆着长毛羊皮毛毯和她的皮大衣。她脸朝下被埋在下面。他走过去，拿开皮大衣，看见了她的后脑勺。床单上有血。枕头上，毛毯上，她的脖子周围，全都是血。他没把她翻过来。毫无疑问：她死了。

开始了

我让伊瓦和詹姆斯把他们知道的全都告诉我。他们看上去局促不安，尽管那儿除了咖啡师没别的人，他们还是在窃窃私语。

教授的名字叫卡尔·兰伯格-卡尔洛夫斯基，他们说。詹姆斯听到的故事和摩根告诉我的类似，都是说这位哈佛教授——拥有终身教职，至今仍在职——和他的学生有染，因为她不肯结束这段关系并威胁说要告诉他妻子或校方（詹姆斯记不起她想向谁告发），他便杀了她。这个版本同样提到了红色赭石，但没提烟蒂的事。他们解释说，在许多古代的丧葬仪式中，红色赭石要么用于保存尸身，要么就是为了让死者可以风风光光地去往来世。它的这两样用途似乎将犯罪嫌疑人限定在了精通考古学的人中间。哈佛大学人类学系的每个人都知道这个故事,他们说。他们还听说,哈佛大学的另一位考古学教授在最近一次教师聚餐中喝得烂醉,然后将这个卑鄙肮脏的故事讲给了他的学生们听。事实上,就算这件事在考古界人尽皆知,人们还对那个教授说三道四,他们也不会觉得奇怪。

我不能理解的是:如此巨大的一桩丑闻,但凡有任何一点真实的成分,又怎么能做到无声无息呢?

伊瓦和詹姆斯解释说,考古学界是一个唯利是图的小世界。每个人都知道彼此那点事,但流言只停留在这个学科的小圈子之内。他们隐含的意思是,要想搞清楚这个谋杀案,我得先对考古学界有所了解。

———

那天晚上回到宿舍,我就上网搜索关于这个案件的一切——从"红色赭石 哈佛"开始搜索,因为那个时候我还不知道受害者的姓名。虽然摩根最初版本中的许多偏色情的情节确有夸大之嫌,但大部分内容就是这样:赭石,伊朗考古发掘,以及关于考察过程中"敌对行为"的报道。甚至有报道提到了犯罪现场中尤为显眼的烟蒂。而她脖子上的首饰和仪式性的烧伤不见了。但我的研究结果就更奇怪了。简死的时候,她父亲是拉德克利夫学院的行政副校长。如果说有人有权势去调查的话,那非他莫属。但他好像从未追究此事,这些文章也只简单提到过一次大陪审团的庭审,没有提及最终的结果。她的死悄无声息地湮没于谣言之中。这太过蹊跷。

兰伯格-卡尔洛夫斯基教授——现在还在职的那位——在她的尸体被发现当天就出现在了剑桥警局。"我来这儿是为了尽我所能,助警方一臂之力,"他对《波士顿环球报》说,"简读本科和读研的时候我都认识她。她是一个非常有能力、有天赋的女孩……她居然死了,这怎么可能啊。我三天前还见过她呢。"

《纽约时报》的报道也提到了他：兰伯格-卡尔洛夫斯基教授在史蒂芬·威廉姆斯（Stephen Williams）的办公室里来回踱步，后者是皮博迪博物馆的负责人、人类学系系主任。"两个人都因为身陷轰动全国的曝光而心烦意乱。"《纽约时报》的波士顿记者罗伯特·莱因霍尔德（Robert Reinhold）写道。

这些报道将简描述成一位优秀、聪慧、有魅力的女孩。她通晓多门语言，绘画出色，喜爱巴赫，是个技艺高超的骑手。她在马萨诸塞州的尼德姆（Needham）长大，那是波士顿市区外一个安静的郊区；正如一篇文章里写的那样，她的童年"就像普利茅斯岩石[①]一样美式"。她是一名女童子军，定期去基督圣公会教堂做礼拜。进入拉德克利夫学院以前，她在韦尔斯利（Wellesley）著名的女子寄宿学校达纳霍尔[②]的成绩十分优异。她喜爱库尔特·冯内古特[③]，经常引用他说的话。"奇特的旅行建议就像上帝的舞蹈课"，她会说，也许是在向往遥远国度的考古挖掘。她最爱的一句来自《泰坦的女妖》（*The Sirens of Titan*）："我是一系列偶然事件的受害者，正如我们每个人都是。"

黑暗同样在她的四周悄然滋生。简素来以颇具破坏力的幽默风趣闻名，只要一个不小心，她的话就会和机灵擦肩而过，转而变成彻头彻尾的刻薄。据她在拉德克利夫学院的朋友英格丽德·基尔希（Ingrid Kirsch）说，简"对人有一种令人不安的洞察力。她冷不丁冒出一句话，天就聊不下去了"。简最喜欢的一句话就是："如果正义是残忍的，不诚实是善良的，那我宁愿残忍。"

[①] Plymouth Rock，1620 年，"五月花"号载着 102 名移民从英国远渡重洋来到北美大陆，在距波士顿 60 英里的普利茅斯登陆。普利茅斯岩石这块巨大的花岗岩，标记着美国历史的开始。

[②] Dana Hall，成立于 1881 年的一所顶尖女子中学。

[③] Kurt Vonnegut（1922—2007），美国作家，黑色幽默文学代表人物之一，作品擅长以喜剧形式表现悲剧内容，在灾难、荒诞和绝望面前发笑。二战期间曾志愿参军，远赴欧洲战场，于 1945 年遭德军俘虏。战后获芝加哥大学人类学硕士学位，后在哈佛大学任教。

除了这种无所畏惧的率真之外,简还被描述成一个"容易受到伤害的人"。一位以前的大学朋友质疑简对"那些和哈佛大学、拉德克利夫学院年轻有为的男人全然不同的半吊子和瘾君子们"的友善。有传言说她曾经秘密堕胎,并与至少一位教授有过关系。

可以这么说,简最典型的特质是她有能力不被简单粗暴地定义。她的邻居唐·米歇尔对《纽约时报》的记者说:"因为她的生活方式总在变,所以不可能给她定性。她从来不会被任何风气影响。有个阶段她喜欢在墙上画画,之后她就不画了。有个阶段她爱音乐,之后又不爱了。"

我认得这种激情和自我否定的混合体。那动力,那热切,还有那脆弱。我理解了——至少我认为我理解了——在这个聪明活泼的女性内心,是一种孤独和寻找归属感的根本需要,这一点我再清楚不过。我感到自己和她之间无疑产生了超越理性的化学联结。

我想一睹她的真容。

网上的这些文章都没有照片,所以我不停地搜索——排列组合了她的名字、教授的名字、他们的考古挖掘、她的老家——终于,在一部伊朗考察的专著里,我偶然发现了一张1968年考古季的黑白照片。那是那年夏天八人考古团队的照片——卡尔的妻子、政府的文物代表、厨师,还有几名当地村民;背景是考察队的路虎车和群山——看上去就像阿加莎·克里斯蒂小说中嫌疑人的入门指南。卡尔又高又帅,倚着路虎车;他的妻子玛莎(Martha)穿着一身端庄的连衣裙,站在附近,胳膊紧贴着卡尔。简的男朋友吉姆·汉弗莱斯独自站在后排,手臂交叠,高出大家一头。还有4位我当时还不知道名字的学生——阿瑟与安德莉亚·班考夫夫妇(Arthur and Andrea Bankoff)、菲尔·科尔(Phil Kohl)、彼得·戴恩(Peter Dane)分散在车的周围。最后,躺在大家脚边,穿着紧身长袖衬衫、长裤和运动鞋,头倚在一只胳膊肘上,深色的头发顺着她的手臂披散下来,另一只手里夹着香烟,这个人就是简。她下垂的眼神忸怩而不恭,她的身体在队员们中间蜷曲着。还有6个月,她的生命就将走到终点。

叶海亚堆第 1 期考古，1968 年。（D. T. 波茨《伊朗叶海亚堆考古发掘，1967—1975：第三千禧年》，美国史前研究学会，第 45 期公报，第 31 页，图 6。© 2001 年哈佛学院院长及研究员，哈佛大学皮博迪考古与民族学博物馆馆藏，由理查德·梅多授权。）

18　秘密

那晚，在读完了我能找到的所有有关简的文章之后，我躺在那里无法入睡。我所能感受到的有一部分是兴奋，更多的是恐惧。毕竟，这件事显然已经有效地被压制了；哈佛大学很有可能存在那么一套体系，以确保校方可以操控对这次事件的讲述。他们会把我赶出学校吗？我一到早上就会消失吗？会有人闯进我的宿舍砸烂我的头吗？我的揣测越来越脱离现实。我依然不敢确定哈佛大学会采取什么措施来确保这个故事始终不见天日。

但我失眠的主要原因是一种近乎愤怒的怀疑。在文章里读到卡尔的名字，让人感觉那些关于他的流言更可信了。如果这故事是真实的，为什么没有一个人聆听或者调查呢？我无法接受一种可能，即这只是一个公开的秘密，我可以将它封存下来，从这里继续前行。在我看来，要么是哈佛掩盖了一桩谋杀案，让凶手得以继续留在学校教书；要么就是我们将一个无辜的人同我们编造的故事囚禁在了一起。我想知道，我能不能成为认真对待这则传言的那个人。

想要解决简的案子，这股冲动我并不陌生。我从小就痴迷于犯罪、各种秘密和谜题。我最古早的记忆之一，就是自己紧盯着幼儿园操场一处设施底下的涂鸦：杰西·詹姆斯（Jesse James）到此一游。我确信杰西·詹姆斯是个逃犯，他在皇后区的所有操场都留下了线索。每次我去操场，都会去查看滑梯底下和脏兮兮的木板条下面。一块口香糖也会变成他留给他的土匪女友的讯号：他来过这里，还在逃亡，但目前平安无事。同一支笔写的字迹不同的涂鸦，意思是有人正在密切跟踪他。

到了中学，我的调查动力满足了我身为观察者的热爱，于是我成为一名观察者，一只能映射出社会习惯的变色龙。我企图掩盖一个事实：我几乎始终都觉得自己是个局外人；我会通过细致观察人们交谈的方式、吃饭的方式，然后用周围人的行为模式来伪装自己。

后来我梦想成为一名法医、密码破译员、专门研究变态心理学的神经科学家——只要能让我解开谜团就行。我最终选择了写作，是因为相比去钻研钙和钾通道，我觉得我可以通过叙事，以一种虽然不那么客观但更加真实的方式进入我笔下人物的意识之中。

这么多年来，我从未失去过表象之下隐藏着更多真实的感觉，也不曾丧失我潜入黑暗的渴望。但那天晚上躺在那里，我也足够成熟地意识到，和我自以为可以找到杰西·詹姆斯的下落的想法相比,我相信可以凭借一己之力解决一桩躲过警察四十多年的凶杀案同样很天真。

警察来了

唐·米歇尔打电话给剑桥警局后不久,警探威廉·迪雷特(William Durette)、迈克尔·贾科波(Michael Giacoppo)和弗雷德·琴特雷拉(Fred Centrella)来到了现场。他们一进到简的房间,她的猫便从它藏身的地方飞奔了出去。警探们清点了现场。值钱的东西——钱和珠宝——就摊开在那里,没被动过。除了沾满血迹的床之外,公寓里没有打斗的迹象。尽管剑桥的冬天极其寒冷,简房间的两扇窗户仍敞开着:一扇在卧室,望出去是班尼特街(Bennett Street)的停车场;另一扇在厨房,直通防火安全梯,俯瞰整个院子。

警探里奥·达文波特(Leo Davenport)中尉是该部门由18人组成的刑事调查局的负责人,也是重案组的代理组长。他后来公开称窗户敞开不意味着什么。这栋楼的暖气"很闷热",住户经常整个冬天都开着窗,他对媒体说。

达文波特是个小个子男人,头发看上去像是用鞋油染的一样油黑。他已经在剑桥警局任职十几年了。1947年,他跟着剑桥警察学院(Cambridge Police Academy)第一期学员一起毕业,因同期很多人的军衔均获得了晋升,这一期人称"高级军官班"。由于简住的那栋楼发生过暴力犯罪,达文波特早已对它了如指掌。1961年,珍·凯斯勒(Jean Kessler)因为要在哈佛大学音乐系工作而搬到这里。她在自己家中被人用锤子袭击,幸存了下来。一篇报道称,她的卷发夹救了她一命。达文波特自己曾于1963年被派去调查贝弗莉·萨曼斯(Beverly Samans)被刺案,案子就发生在距离简的公寓几个单元

警探里奥·达文波特中尉。

开外的地方。自称是"波士顿杀人狂"① 的阿尔伯特·德萨尔沃（Albert DeSalvo）认了罪，但有人对他的说法表示怀疑。这个案子目前仍未结案。

简的父母在警探们到达后不久也来了。他们坐在米歇尔的公寓里。警察请他们进到简的房间。简的父亲 J. 博伊德·布里顿（J. Boyd Britton）还穿着工作时穿的西装，打着领带。他按照警方的要求查看了房间，看是否有东西遗失。他的结论是，没有什么明显的

---

① 1962 年至 1964 年，波士顿地区先后有 13 位女性被杀。自称是"波士顿杀人狂"的阿尔伯特·德萨尔沃认了罪，并于 1967 年因犯下一系列强奸案被判终身监禁。然而他的杀人指控却因证据不足被驳回。他真正犯下的罪行至今仍存在争议。

问题。简的母亲鲁斯（Ruth）朝女儿走过去，她此刻还躺在床上。

鲁斯看了一眼便哭了起来。"她是个好孩子。我不懂这种事怎么会发生在她身上。"

三十七岁的贾科波警探在公寓里撒上粉末提取指纹，并抽取其中一些做进一步的分析。他一直被一种冒险精神和责任感所驱使，第二次世界大战的时候他曾为了参军谎报年龄。他从简的房间拿走了几件物品作为证据，并搜集了一些样品去做化学分析。他计划第二天再做主要的证据处理和犯罪现场的拍摄工作。他没有找到凶器。

就在贾科波研究犯罪现场的时候，其他几个警探采访了邻居们。大楼管理员七岁的女儿报告说，晚上9点左右，她从院子里听见通向简公寓的防火安全梯上有奇怪的响声。但警探们无视了她的话，因为唐说他晚上9点以后到简的公寓取冰箱里的啤酒，并没发现什么异常。另一位住在这栋楼的女性说，她是在夜里12:15回的家，什么都没有听见。和简住同一层楼的史蒂芬和卡罗尔·普雷瑟夫妇（Stephen and Carol Presser）对记者说，他们和简不太熟，但他们星期六那天和她一起参加了一个聚会，她当时看上去玩得挺开心的。史蒂芬是哈佛大学法学院的学生，他说自己前一天晚上和卡罗尔一直在家，凌晨2点以前两个人都醒着。他们没听见什么不寻常的声音，不过也可能是因为这幢楼隔音不错。他们曾经做过一个测试，把立体音响的音量开到最大，然后跑到隔壁公寓听。"我们啥也没听见。"史蒂芬说。该建筑的旧图纸显示，枫木地板是专门为隔音而铺设的。

卡罗尔说，只有一件事不太正常，那就是他们家的猫奥利弗·温德尔·霍尔姆斯（Oliver Wendell Holmes）一整晚都表现得很奇怪。从晚上8点到他们睡下，"它一直很不安分，发出各种声音——有点像尖叫一样……它之前从来不这样。"

前一天凌晨1点到7点，两个在大学路附近巡逻的剑桥巡警都没发现什么异常。一名运输工人说，他看见了一个男人——体重约七八十公斤，身高约1米8——大约在凌晨1:30从楼里跑出来，但由于当时正下着瓢泼大雨,他并没有觉得有什么不寻常。

在警方掌握的目击者当中,最为接近的一位是拉维·里克耶(Ravi Rikhye),二十二岁,曾经是哈佛大学的学生,和5B房间的租客合住。拉维说,前一天晚上,大概半夜12:30,他听见结了冰的人行道上有脚步声,接着一个男人大喊"去车里,去车里"。他望向窗外,看见两个男人——都是向后梳着长发——跑向一辆没熄火的车。但5B房间的房客没有证实拉维的说法。

傍晚时分,消息传到了媒体那里,记者和摄影师在楼梯上探头探脑,想要一睹犯罪现场的样貌。本杰明·卡佩罗(Benjamin Capello)警官站在简的房门外,以防他们拥进来。但他还是无法阻止他们在班尼特街的停车场前排起长队。当警探们用担架将简的尸体运出大楼时,他们已经在那里,做好了准备。

———

开车10分钟的路程,装饰派艺术风格的剑桥警局总部大楼里忙忙碌碌,人来人往。简的父母是第一批接受询问的人。他们说简假期回过一趟家,没有迹象表明哪里不对。她提早回了剑桥,因为她想在统考之前早点进入学习状态。"我周一晚上和她通过电话,"简的父亲说,"她说她钱够花,什么都不需要。"她心情相当不错,因为吉姆刚从加拿大回来。

离开警局时,J. 博伊德·布里顿一只手拿着帽子,一只手搀扶着鲁斯的胳膊。他们走出门时低着头,向记者们藏起他们的脸。简的母亲右手死死攥住手套,因为攥得太紧,她的手看上去像是禽类的爪子。

在律师不在场的情况下,警探对唐和吉尔·米歇尔夫妇进行了长达数小时的问讯。但至少最开始,他们的语气更多是询问,并没有攻击性。而当检测人员检测到唐和吉尔的手上沾有血迹之后,情况变

23

简·布里顿的父母走出剑桥警局总部。

了。唐的手检测出了弱阳性,应该是那天下午碰过简尸体的缘故。可擦拭过吉尔的手的棉签变成了深蓝色:检测结果显示,显著存在血迹。

"我——"吉尔开了口。她的声音在颤抖。"我——我切了肉。"她说。伦敦烤肉。她还告诉警察自己正处在经期。

唐和吉尔最终获准离开的时候,媒体蜂拥到警局门口。闪光灯噼啪直响,拿胶卷相机的人为了抢到最佳拍摄角度,互相推搡。吉尔走在唐前面,她死死盯着镜头,眉毛在额头上蹙成两道黑线。

吉尔和唐·米歇尔在与警探谈话后返家。

启程

哈佛大学提供的世界并不是我想要的。2010年年底,在一场不那么庄严的毕业典礼过后,差不多有两年时间,我已经从简的故事走出来了。

我想在一间办公室工作,替自己打造一个比皇后区更适合我的家。我尽可能地离家远一点,希望能通过搬到一座对的城市这种简单的操作，缓解自童年起就感受到的疏离。然而尽管一部分的我渴望定居在这座新的城市，另一部分的我却拒绝安稳。周末时我会带着买枕头的任务出门，可每回都会买到最不合时宜的东西回家，例如特百惠①的玻璃制品、一套刀具。我就像在和自己玩一个游戏：非但无法承认这不是对的地点、对的时间，还会竭尽所能把自己剔除出去。这么做确实有效。

六个月后，我又搬回去和父母同住了，回到了那间上大学第一天之前就对自己发誓说永不再住的公寓。也正是在那里，没有了应该做什么的限制，我反而开始思考连接和迷失的概念——我再次回到了简的故事。

这不是英雄主义，也没有踏上宏伟征程的感觉。我只不过不知道怎样继续下去或是转身离开，简的故事似乎是一个不错的方向。

现在回想起来似乎一切明了了，简还在那里等着我。我并没有意识到，在这期间，我自己悄悄地变得比她年长。我如今二十四岁，而她一直停留在二十三岁。我不清楚能在她的故事里走多远，但我知道，必须试试看。

我重新开始在网上调查。几个月后，也就是2012年夏末，我得知吉尔和唐·米歇尔已经是布法罗州立大学人类学系的教授了；简的父母双双离世；简的男友吉姆·汉弗莱斯，在简去世几年后从哈佛退学，现在已不知所终。我用过去的哈佛账号还可以登录校园网系统，从哈佛网站上的课表里，我得知卡尔·兰伯格-卡尔洛夫斯基教授那年秋季学期会开一门课——《人类学1065：古代近东》。课表里写着：周二和周四上午10点，皮博迪博物馆57-E教室。我知道，任何人都可以在选课周旁听课程——在开学的第一周，学生们还在选课阶段，教授不知道谁会出现在课堂上——所以我大可以神不知鬼不觉地溜进去。还有几个星期。要是我真这么做，那将是我的一次机会。

---

① Tupperware，以塑料食品容器闻名的美国家居用品品牌，成立于1948年。

初步问讯

简的尸体被发现的那天，夜晚降临，剑桥的大部分人还未了解到足够的信息，所以并未感到害怕。各大报纸要到第二天早上才会报道此事。表面上看，简位于大学路的公寓已然恢复正常。警察已经离开了，记者也回了家。没有警示胶带，没有路障。你大可以推开前门，爬上台阶，直接来到简所在公寓的走廊。

但在大学路公寓内，气氛凝重。为了安全，简所在公寓的居民纷纷聚在一起。"所有单身的女孩，还有几对夫妻那天晚上都待在一起。我们害怕一个人入睡，怕有人会闯进来，"公寓的租客工会主席杰西·希尔（Jessie Gill）在电话里告诉《波士顿先驱旅行者报》(*Boston Herald Traveler*)的记者，"如果说发生一起谋杀案是反常的，你可以接受这个事实。但又发生了另外一起，就会产生恐慌。"她说。指的是六年前贝弗莉·萨曼斯被害一事。

据希尔说，近两年左右的时间，她一直在向哈佛大学反映这栋楼的安全问题：前门不能自动上锁；地下室住着无业游民；从防火安全梯可以直接进入房间。"我们不停地要求解决这些问题，但得到的唯一答复就是，他们会调查。这栋楼有一大半的租户是单身女孩。现在调查还有什么用呢？"

———

警察局总部同样热闹非凡。

吉姆·汉弗莱斯整个下午都待在警局，还在接受询问。他们发现他很乐意甚至急于协助警方。和米歇尔夫妇一样，他同意在没有律师在场的情况下和警方对话。但他谈起简的时候情绪是疏离的，这对一

杰西·希尔打开大学路2号的门。

个和死者关系如此亲近的人来说有些反常。他却不这么认为:"我想你们可以说我曾经是她的男友吧。"

吉姆对警方说,他秋季学期大部分时间都在校外。他在伊朗考察的时候病得很厉害,之后待在加拿大的家里休养、复习统考。其间曾经来过剑桥几次。

侦缉警长彼得森(Pertersen)指出,因为吉姆长期不在,简大多数时间的行踪都无法确定。"你不知道她有没有别的男朋友,是吧?"彼得森说,"你都不怎么见得到她。"

"不知道。我觉得是这样的。但我们时不时会写写信、聊聊电话。你知道,她给我的印象并不是那种会脚踩两只船的女生。"

他和简还有联系，所以他知道她在为考试担心，因为她能否返回伊朗取决于她在这次考试中的表现，而她的博士论文需要她回伊朗搜集材料。另外，简前一年就没有考过，"在这个系"，吉姆告诉警方，要是第二轮你还没考过，"你就死定了"。吉姆提到，简觉得自己头一年的分数给得不公平，但他不清楚事情的前因后果，他接着便换了个话题。

侦缉警长问到了他和简抽什么牌子的香烟（真牌和骆驼牌[①]），简的公寓里有没有锐利的石器（他不记得了），以及他和简因为什么吵过架（只有两次）。吉姆说两次吵架都是他的错："一次是因为我让她开车，却没注意到那条路的路况很差，另一次是我们滑冰的时候我推她推得太急了。"他们还想了解他有没有见过地板中央一大块红色的污渍——不是他两个星期以前在房间角落里踢翻的那杯咖啡。询问的过程太过漫长，中途他甚至跑去给所有人买了咖啡。

吉姆回来之后，彼得森想要证实他那天晚上走之前有没有和简做爱。"你在离开之前还是有机会碰她的，在那儿的沙发上小小抚摸一下。是吧？"侦缉警长问道。

吉姆坚持说他们没有这么做。"没有那种事。我只亲了亲她。"

之后彼得森问到那天早上9点钟有人敲了简的房门。根据唐·米歇尔的说法，吉姆说那是他敲的。

"没有。我不可能说过。"吉姆说。

"他们9点左右听见有人在敲门。"彼得森坚持说。

"没有。肯定不是我。不管我说过什么，我当时没在那儿。我不可能在场。我肯定说的是我给她打了电话之类的，我肯定不在那儿。"

——

午夜降临前夕，警探里奥·达文波特中尉向记者们提供了当天的

[①] True 和 Camel，均为美国香烟品牌。

29　最新信息。没有证据表明这次谋杀和几年前发生在同一片公寓区的贝弗莉·萨曼斯被刺案有任何关联。他证实了早先警方的调查结果：公寓里没有打斗的痕迹，也没有东西被偷。除了床垫和枕头上之外，没有看见血迹。

"死亡时间大约在发现尸体之前的 10 到 12 小时。"达文波特说。将谋杀时段定在了凌晨 12:30 至 2:30。结合验尸官阿瑟·麦戈文医生（Dr. Arthur McGovern）刚刚完成的初步尸检报告，达文波特宣布简死于脑部的挫伤及撕裂伤。

有一件事在官方文件中并未提及，却被告知给了在场的记者：麦戈文在简的额头上发现了两处表皮伤——在她的发际线上有一道 10 厘米长的伤口，鼻梁上有一道 2.5 厘米长的伤口。麦戈文的结论是，简在遭受袭击时是面对袭击者的。在她头部的右侧还有两道更深的伤口。但他判定，致命的一击是她耳后头部左侧受到的重击，用力之大足以击碎她的头骨。"她受到了来自各个角度的袭击。"警探中尉说。

达文波特引用麦戈文的话说，作案凶器可能既是钝器又有些锋利，他转述验尸官的猜测，认为工具可能是一块锐利的石头、一把斧头或是一把切肉刀。达文波特个人怀疑，作案工具可能是一把圆头锤——通常用于金属加工，和普通家用的锤子类似，只不过一面是球面，另一面不是拔钉钳，而是平面的——但他没有详细讲他是如何推测出这一点的。

麦戈文并未发现现场存在性侵的明确证据，但最终的调查结果要等乔治·卡塔斯医生（Dr. George Katsas）做进一步的尸检。他是该州顶级的法医病理学家，经常会被派去处理极为棘手的刑事案件。他曾为"波士顿杀人狂"的两名受害人进行尸检，因其近乎强迫的追根究底而名声在外。结果至少要一个星期后才能送到。

"目前我们没有确凿的嫌疑人"，达文波特说，他强调吉姆·汉弗莱斯是自己主动来的警察局。他非常配合，并不是嫌疑人。仅有一件事是达文波特可以肯定的："对方是她认识的人。"

卡尔

  我在秋季学期第一天的前一晚来到了剑桥。我从火车站将我的行李拖到中央广场的一栋两层小楼。我的大学室友斯维特拉娜从毕业起就住在那里。她在门口迎接了我，让我住进了空出来的那间卧室，并叫我不用担心会在剑桥待太久。她不知道怎么说服了同屋，她们居然相信了让我无限期住下去是个不错的主意。

  第二天一早，闹钟响之前我就醒了。我穿上头天晚上选好的一身衣服，背上双肩包，看着镜子里的自己。挺不错的，我心想，希望这一身能让我装成本科生蒙混过关。

  走到皮博迪博物馆需要 15 分钟。当天下过一场大雨，地面是湿的。剑桥仍然很温暖，就好像夏天还没过去一样，树叶还是一片翠绿。我推开皮博迪博物馆厚重的大门，走过前台接待的那一刻，做好了准备，祈祷那人不会大喊：喂，你以为你在干什么？

  我爬上五楼，走过长长的走廊，路过牙科硬组织实验室和比较泌乳实验室。卡尔·兰伯格-卡尔洛夫斯基的办公室就在走廊的尽头。他的名字印在门的斑纹玻璃上。门的另一侧压着一件蓝色夹克。我不想逗留太久，怕引起别人注意，于是继续走，之后左转。那条走廊里挂着叶海亚堆从 20 世纪 70 年代起的一系列彩色照片。其中一张是卡尔骑在马背上，远处是叶海亚堆壮观的山丘，和他们开展挖掘的那片大草原交相辉映。还有一张照片是卡尔倚在勘测工具上，他挽起白色衬衫的袖子，长长的棕色头发耷拉在脸上。一名女同事蹲在他身后，拉直绳子帮他标记出他们将要挖掘的沟槽的轮廓。他完全符合你对考古学家的所有想象：性感、黝黑、一身尘土、"牛仔"学者。不能怪你，简，我心想。

31　　　我那时所了解到的有关他的一切，都是从我的指导老师詹姆斯·罗南那里知道的。他不愿意妄加猜测，担心被人嚼舌根，也害怕因为诋毁他所在领域有权有势的人而遭到报复。哈佛大学的研究生作为内部人士或许是有能力调查的，但因为他们的职业生涯和他们质询的那个体制牵扯过多，他们反而会感到无能为力。我猜想在我身上，詹姆斯看到了有人能做他永远做不了的调查。

　　卡尔从1965年起就在哈佛任教了。詹姆斯几乎可以肯定，简在1969年离世时，卡尔已经享有终身教职，也就是说，他仅仅在三十岁出头的年纪就已经升到了正教授。詹姆斯将这一成就主要归功于卡尔在叶海亚堆的工作。尽管早先报纸报道称叶海亚是亚历山大大帝失落之城卡曼尼亚，事实证明并非如此，但出土的陶器文物仍表明该地曾是一处重要的贸易站。这里还发现了比美索不达米亚著名的楔形文字碑稍晚一些的刻有原始埃兰[①]文字的石板。

　　之后卡尔在考古领域的事业就有点停滞不前了。他在发掘叶海亚之后还做了其他一些工作，比如在沙特阿拉伯指导考古调查，还共同主持了美国和苏联的第一次考古交流。他四处发表文章，在皮博迪博物馆担任馆长达十三年之久。但据詹姆斯说，这其中没有一件事能超越叶海亚的考古成就。

　　多年过去，他的学术名誉可以说是走了下坡路，他的个人声誉却越来越不着边际，甚至愈发染上了传奇色彩。就好像有意助长这种说法一样，卡尔会披着斗篷横穿皮博迪博物馆的大堂——至少根据研究生们的传言是这样。对于这群学生而言，他像是在有意扮演一个面目可憎的教授形象。

　　学生们觉得他们除了认真对待他以外别无选择。毕竟他在系里依然掌握着相当大的权力。他是美国史前研究学会的会长，这个职位有

[①] Proto-Elamite，埃兰王朝的首都苏萨在公元前3100年至公元前2700年受伊朗高原文化影响的时期，被认为是伊朗最古老的文明，大致与世界最古老的文明苏美尔属同一时期。

钱拿,虽然不能决定资金的使用,但仍有不小的发言权。卡尔还是出了名的霸道,詹姆斯就有过亲身体会。有一次,卡尔想提醒詹姆斯摆正他在系里的位置,他在走廊里将詹姆斯逼到墙角,用威严的身躯赤裸裸地提醒他不要和他作对。

詹姆斯继续说道:"我和2000年前后获得学位的一个研究生聊过,他说:'我和卡尔没什么矛盾,因为他的所作所为基本上都在意料之内。'"这本质上是一种马基雅弗利主义:"'当他为了生存和利益不择手段的时候,你总可以放下心来,因为你知道自己应对的是什么。'"

和卡尔如影随形的那些流言蜚语反而给了他更多的权力。这个未经证实的故事从来都没有消散,它变成了他和人社交时的一个背景音:这个人有可能杀过人。没人知道这个故事在多大程度上是真实的,但就像詹姆斯告诉我的,"但凡在这个行业待过一段时间的人,都听过这个故事,叫人恶心的是,这兴许还助长了他的威望,或者至少强化了他挥之不去的暗黑气质"。

詹姆斯立刻指出,他所知道的有关这个罪案的一切都是猜想或者道听途说。他试着安慰我:卡尔是一个善于表演的人,他的"威胁是障眼法"。这个男人的神话更为庞大也更可怕,和他实际的样子截然不同。他还是和1968年伊朗挖掘时娶的那个女人过日子,近几年他一直对她照顾有加。"我不太担心,但我会小心行事。我觉得你是对的,可以先在外围试探,四处搜集些零零碎碎的信息。"

我就要走进卡尔开课的教室了,就是走廊尽头挂满照片的那间。这时,我听到的关于这个教授最不寒而栗的故事倏地浮现在我眼前。詹姆斯说,这个系的研究生这么多年来一直在偷偷搜集有关这起谋杀案的档案。他和我说,那个文件夹里应该就有卡尔与简的死有关的信息。这本档案从一个学生传给下一个,他知道有几个人看过。"我的预感是,那里面的东西可能都是你已经知道的。没有人真正深入调查……但那是学生传说的一大组成部分。"他不清楚现在档案在谁手上,因为最后一个拥有档案的人几年前在徒步时意外身亡。

有关档案的故事听起来就像是取材于民间传说。就是那种孩子们奔走相告的寓言故事,说要避开路尽头住着女巫的房子,而不听劝的人会有危险降临。

那个死掉的人叫斯泰恩·罗塞尔(Stine Rossel),詹姆斯说。斯泰恩和她丈夫一起去新罕布什尔州①的怀特山(White Mountains)徒步,他们坐的树干滚了下去,把她也给带下去了。我猛地一惊。因为我意识到我知道这个故事。故事里的丈夫曾是我生物课的助教;这件事发生的时候我刚好在他班里。我还记得自己读到过《哈佛深红报》中关于这件事的一篇文章。记得我当时硬着头皮拟了一封可怕的邮件,想从他那里取回我的图形计算器。你能说什么呢?对你莫大的悲痛深表歉意,但我的 TI-83②在你那儿吗?

记忆已久的民间故事所带来的短暂感受在尖锐的现实面前消失了:不仅简被杀死了,现在已经死了两个人。即便嫌自己太迷信,我还是忍不住想,这个故事在某种程度上是不是被诅咒了。

红色赭石

一直到 1969 年 1 月 8 日早上,在美国,你几乎不可能拿起一份不刊登简谋杀案的报纸。波士顿的所有报纸都以它作为头版头条,纽约的小报也争相报道。简的事件热度甚至超过了对刺杀罗伯特·弗朗西斯·肯尼迪的凶手瑟罕·瑟罕③的判决。在《纽约邮报》(*New York*

---

① New Hampshire,位于美国新英格兰区域的一个州。
② 一款经典的图形计算器。
③ Robert Francis Kennedy(1925—1968),美国第 35 任总统约翰·肯尼迪的弟弟,在约翰·肯尼迪总统任内担任美国司法部长。1968 年他是民主党党内初选的总统候选人,在加州发表预选胜利演说期间被巴勒斯坦移民瑟罕·瑟罕(Sirhan Sirhan)刺杀身亡。

Post）的头版，《哈佛男子涉嫌杀害女学生案问答》占了足足两行。

全国上下的小报也都刊登了有关简谋杀案的文章。他们转载了美联社（AP）和合众国际社（UPI）的电讯报道，并且对标题做了修饰，一个比一个轰动。《拉德克利夫官员之女遭残忍杀害》（《波士顿美国人纪录报》）；《女大学生在满是血迹的公寓中被人砍死》（得克萨斯《山谷晨星》）；《警方寻找马萨诸塞巨斧杀手》（《匹兹堡新闻》）；《找寻屠杀女学生的武器》（密歇根《铁木日报》）。很多文章写错了她的年龄，但几乎没有一篇忘记提及她是一个"漂亮的黑发女孩"，"娇小"，"有魅力"，是个"好女孩"。有的干脆写进了标题：《貌美研究生被发现死于公寓》（康涅狄格《当日》）。连《新闻周刊》（*Newsweek*）杂志也做了报道，大肆渲染简的猫富兹沃特是这起凶案的唯一目击证人。

简的高中室友布兰达·巴斯（Brenda Bass）那天在科罗拉多的家中，开着电视。"我听见了拉德克利夫，转头发现他们在谈论简，在丹佛①！"她搜罗了所有她能找到的有关简的死的报纸文章，最后找来了一大堆。"她父亲可不是约翰·肯尼迪（JFK），不是那种公众人物。她也不是。这种事连有趣也算不上：一个女孩在公寓里被杀死了。全国每天有多少女孩在公寓里被杀死啊？"

记者们和电视摄制组没有要放过这件事的意思。《每日新闻》（*Daily News*）在剑桥有四名记者，他们通过私人飞机将照片送回纽约。媒体们聚集在警局总部二楼的走廊，摆好姿势等待时机，准备迎接下一次突破，或者是等下一波简的朋友或家人经过。

警探里奥·达文波特中尉告诉记者，有两名男子因与此案有关，

---

① Denver，美国科罗拉多州最大的城市和首府。

1969年1月8日《波士顿美国人纪录报》头版。

警方正准备传讯他们：一位是她的前男友，最近刚从人类学系退学，人应该在秘鲁，有人却看见他这几周就在剑桥；还有一位据说曾被简拒绝过。根据某些人的说法，后者是一位在职教师。

达文波特说，和当天早上的结果一样，他们依然没有找到作案工具。但他了解到，案发前简的房间里有一件考古工具，如今下落不明。他形容这件考古工具是一块锐利的石头，长15厘米，宽10厘米，有报纸报道称这是唐和吉尔·米歇尔送她的礼物。他已经派人到大学路大楼后的有轨电车和地铁车场找了。

米歇尔夫妇和吉姆·汉弗莱斯再次被传唤，目的是厘清"些许不一致的地方"。但达文波特说,他并没有因为他们故事里细微的矛盾之处而感到太过困扰。"人在紧张的时候,记忆会发生混淆。有时候就算是两名警官目击了同一个现场,最终也会给出矛盾的证词。"此时仍然没有官方证实的嫌疑人。

那天下午,不安的阴云笼罩在哈佛广场上空。和简同届的生物人类学专业的学生劳里·戈弗雷(Laurie Godfrey)后来形容自己在听到新闻之后走在剑桥街道上的感受:对她来说那不像是一场梦,而更像是一个迥异的世界,"怪异而凶险,根基却无人知晓"。

人类学系的日常活动暂停了。史蒂芬·威廉姆斯延后了剩余两天的统考。一名学生回忆,皮博迪的大堂一扫平日的喧嚣,充斥着"带着关切与猜忌、如同旋涡般恐惧"的谣言。但最让系里的秘书们感到不安的,是这种猜忌在任职教师当中多么让人忌讳。没有人问:我们能做什么,或者怎么会发生这样的事,教授们表现得就像什么都没有发生一样。

位于皮博迪博物馆五楼的秘书办公室。

最初,有些学生怀疑凶手只是随机发动了袭击。"这些年,剑桥和纽约都发生过不计其数的犯罪活动。有可能只是有人破门而入,然后杀死了她。"比简年长几岁的研究生弗朗西斯科·佩利兹(Francesco Pellizzi)后来回忆说。人类学系学生梅尔·康纳(Mel Konner)也有类似的记忆:"我觉得每个人走在剑桥街上和哈佛广场时都提高了警惕。"在拉德克利夫学院就认识简的英格丽德·基尔希说她是"我最亲密、最好的朋友"。她对记者说:"我不相信认识她的人会做出这种事。"

———

但就在那天晚上,侦缉警长约翰·加利根(John Galligan)透露了一条线索,有可能会把这一切都逼到明面上。

加利根长着一张方形脸,塌鼻头,是剑桥警局刑事调查局的一名老手。他召集媒体开了一次非正式会议。从前一天发现简的尸体起,媒体和警方连轴转,都已疲惫不堪。他传达的一些信息相当常规。他向记者们保证,"我们将不遗余力地展开调查"。他提到已有23名和此案相关的人员接受了问讯。警方会在第二天对吉姆·汉弗莱斯、唐和吉尔·米歇尔以及另一位拒绝透露姓名的人进行测谎。

接着是一个让人不寒而栗的细节。

犯罪现场发现了粉末,他说。红色的粉末。颜色像烧焦的砖块。就是有些人所说的氧化铁,也有些人说它是珠宝商的胭脂,但考古学家管它叫红色赭石。那是西南地区锈迹斑斑的山脉的颜色,也是拉斯科洞穴①岩画中血腥野牛的颜色。简的尸体所在的床上就撒满这种粉末。它撒落在她的肩膀,碰到天花板和过去可能放过床头板

---

① Lascaux,位于法国韦泽尔峡谷附近的多尔多涅省蒙特涅克村,洞穴中岩画为旧石器时期所作,距今已有1.5万年到1.7万年的历史。

的墙上。

"有人和我讲过，说这是一种古老的具有象征意义的方式，目的是净化身体，让它升入天堂。"加利根警长说。

推测是行凶者杀死简之后，站在她尸体上方抛撒红色粉末，部分重现了丧葬仪式。这就将嫌疑人锁定在了解这种仪式的人身上，例如精通考古知识的人。

"我们面对的是一个病态的男人。"加利根警长说。

初次接触

我第一个来到教室。坐下以后，我沮丧地发现这间教室比我之前想象的小很多，更像是开小型讨论课的房间，不像那种讲座用的礼堂。我不可能是隐身的。教室里有一张长方形的桌子，一侧挂着世界地图，另一侧挂着南美洲地形图。两排椅子围在桌边。我选了第二排的位置，白板对面。我坐下的时候，看见某位善意的陌生人用黑色记号笔在白板上写了"好运"两个字！我把它当做一种吉兆。

四名学生陆续走进来——两男两女。

我在笔记本上粗略记下对他们的观察，假装是在为上课做准备。其中一个男生身材强壮，棕色头发，穿着青绿色的Polo衫。另一位更矮一些，蓄着胡子，头发向后梳成马尾辫。他们开始了那种暑假后第一次见面互相之间的打趣，尽管他们一定知道整间屋子的人都在听他们聊天。

教室越坐越满。我感到自己越来越焦虑难安。

"我们用不着按性别分开坐。"高的那个男生说，第一次和班上的人聊开了。我做了这么多笔记，却没有意识到这一点。他说得对：所有女生都聚在我这边的桌子。

大家尴尬地笑笑,没人动地方。

"我怎么觉得我没找对地方呢?"一个女生说。她还没取下脖子上挂的招生办公室给新生发的挂绳。

"你觉得你应该在哪儿?"高个子男生问。

"考古课。"

"没错,你找对地方了。"

坐在我这边的一个同学高声说起话,可能是为了让那名新生好受些。她一头深褐色的头发,梳着长长的辫子。"我是研究生第一年,所以也相当于是新生。"

"什么系的?"高个子问。

"考古系。就我们俩。"

高个子吹了吹口哨,好像在说,世界好小啊!"这小子是个考古学家,就是这位。"他拍了拍他朋友的肩膀。

"你专攻什么方向?"梳马尾辫的人问。

"食物,听起来挺傻的,但我在秘鲁和约旦做研究。"她说。

"你应该说饮食研究。"高个子纠正道。

"对……饮食研究。"

又一个女生走进来,坐在我这边的位子上。

"哟,好吧,我们还是分开坐了。"高个子说。

接着,我听见走廊里一扇门打开了。

殖民主义的"侍女"

我第一次看见兰伯格-卡尔洛夫斯基教授,他的目光掠过了我。他走到教室的那端,坐在桌子一头,背靠着窗户透进来的光。他和我只隔一把椅子的距离。所有人都不说话了。

他放下约 2.5 厘米厚的讲义。那是一个没有标签的马尼拉文件夹，皱巴巴的黄色活页纸从上方和侧面乱戳出来。因为年头太久，那些纸看上去像是被人嚼过一样，但他整节课一次都没再碰过它。将近一个小时，他完全靠记忆讲课。

"欢迎！"他说。他的声音强有力，嗓门洪亮，口音略带欧陆的腔调。"没有一本教材能涵盖我想讲的内容。"过去用过一本教材——"但现在不用了。那是我老早以前做过的事了。"他在这里待了四十七年，我提醒自己。他拿到终身教职的时候，简还活着，我想。他自己就是教材。

"我们会讲到埃及、美索不达米亚、中亚，再到印度河流域，主要的几大文明，以及各个区域文化的复杂性。我们的方法是去看到这几种文明出现的相似性和差异性。'城市化，文明，有读写能力的社群'得以发展的相似之处是什么呢？"

我将站在我面前的这个男人和 1968 年叶海亚堆照片中的他做了对比。在将近七十五岁的年纪，他几乎没有因为年岁增加而变得衰弱。他的身材依旧结实。他长出了蒜头鼻，发福后也变得大腹便便，但他的白发依然浓密，散在耳朵周围。他的眉骨成了他脸上最引人注意的部分，一直延伸到眼睛上方，上面铺满的浓密眉毛一直延长到额头。他的鼻梁高耸，很有贵族气质。

"我们整个学期将会看到，考古学已经和我一开始成为考古学家的时候不一样了，今天的考古学和政治议题有了关联。它会提倡某些方面。"例如，萨达姆·侯赛因[①]说过，是伊拉克人"发明了书写"。"确实。"卡尔说。书写是在伊拉克发明的，但五千年前还没有伊拉克。"考古学对现代的政治目的有着明显的偏好，"卡尔说，"它是被

---

① Saddam Hussein（1937—2006），伊拉克第 5 任总统、政治家、军人。担任伊拉克总统期间，他大力发展石油经济，发动了两伊战争、海湾战争。于 2003 年被美军抓捕，并于 2006 年被特别法庭判定犯有反人类罪后死于绞刑。

利用的。"

除了我以外没人记笔记,他们只是在听他讲。于是我记得更小心了。

考古学是一种调查,他解释道,但它同样可以是一种权力行为——找到数据然后操纵故事走向的权力。"每个民族国家都想拥有一段重要的过去。"卡尔说。所以执政党经常委任考古学家,但有时候考古学家发现的过去,并不是当权者想要他们发现的。

我发觉,他的手在轻微颤抖,手上没戴婚戒。他的小指上戴着一枚金的图章戒指,但我辨认不出饰章上的图样。他的指甲修长且非常干净——我怪自己怎么有点心里发毛。

卡尔转而讲到考古学的历史。他说,过去对于现在的重要意义是一波接连一波的——他称之为"搏动"(pulses)——而我们正处在一个认为过去对现在非常重要的时刻。

他描述了从罗马人对古代的兴趣到文艺复兴对过去重新萌发兴趣之间漫长的时段。"那是千年的长夜。"之后他兴致高涨,余下的时间,他几乎像一个传教士一般,捏紧指肚强调着自己的观点。考古学在发端之时与其说是一门科学,不如说是始于旅行者、冒险家——那些带上《圣经》去近东看是否存在耶利哥①的人——还有殖民者。"这就是你为什么要去巴黎的卢浮宫,去大英博物馆,去柏林的佩加蒙博物馆,或者都灵的埃及博物馆:就是去看近东这些民族国家伟大的文物。"

"殖民的视角仍然和我们息息相关,"卡尔继续说,把我们带回到了现在。他的发音着重强调了他说的话:这些富庶的国家——英国、法国、德国——闯入、掠夺其他的国家,通过让自己阐释对方的过去、并赋予其重要性和意义的方式,搜罗其他国家的过去,进而操控

---

① Jericho,巴勒斯坦约旦河西的一座城市。据《圣经·旧约》记载,耶利哥城守着迦南门户,城墙高厚,易守难攻。犹太人围城行走七日后一起吹号,上帝以神迹震毁城墙,使犹太军攻入,顺利攻入迦南。

它们。"考古学是殖民主义的'侍女'"。

"我这就要讲到我个人对于近东的看法。我花了好几十年在近东做研究，但近东现如今是个很难搞的邻居……我工作。我已经工作。我在伊朗工作了十多年。"这是他第一次结巴，有趣的是这里恰巧是他和吉姆、简一起挖掘的地点。

他继续说道："现如今，民族国家在考古学上的投资是巨大的。它们想要了解自己的过去——不是通过苏联的滤镜来阐释它们的过去，而是由它们自己来解读。"

就像我整节课都感受到的那样，这一刻我再一次觉得自己领会到了。卡尔的讲座与我追寻简的故事的经历，这二者的共同点打动了我。但我同时也很犹豫，不相信在我如此努力倾听的事实之外，居然还存在着这些回响。

"星期四我们会从公元前9000年讲起。"他说。

我收起我的铅笔，跑下楼。当然，我星期四会再回来的。

仪式

接下来的两天，红色赭石的故事霸占了各大报纸的头版头条。《纽约邮报》的头版写着"女生遇害案中的奇怪线索"。报纸将红色赭石描述成是古代近东丧葬仪式的一部分，"波斯早在公元前5000年就已使用红色赭石"，目的是"驱逐邪恶的幽灵"。《波士顿美国人纪录报》刊载了《杀害女生凶手的古代仪式》一文。或许是因为布里顿一家和《波士顿环球报》的出版商泰勒家族交好，《环球报》稍微冷静一些——《警方检查了凶案受害者身旁发现的赭石》。

42

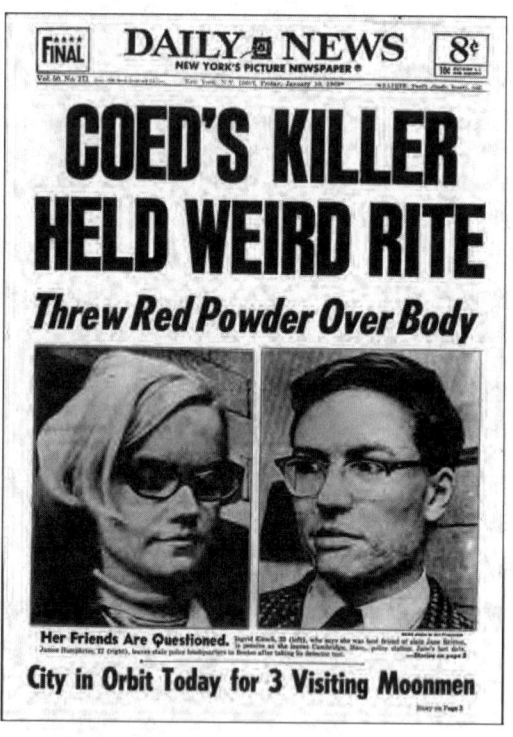

《每日新闻》头版,1969年1月10日。

对于哈佛人类学圈子之外的一些人而言,凶案现场的红色赭石让他们微微松了口气:至少简不太像是被随机选中的受害者。由于犯罪形式的特殊性,以及"布里顿女士显然既没有被抢也没有遭到性侵,这让该地区的许多学生在看待这一事件时,并没有产生这类性质的犯罪通常会引起的那种恐慌",麻省理工学院的校报写道。

在人类学系内部,这个消息则加剧了紧张气氛。对很多人来说,红色赭石这条线索意味着凶手就在他们中间。弗朗西斯科·佩利兹后来回忆说,这条线索让他之前的理论——凶手是随机入侵的——似乎突然变得不可信起来。太平洋岛屿人类学学者保罗·尚克曼(Paul Shankman)对此表示认同。周二统考简没有出现的那天,他就在考场："说真的，谁会了解红色赭石？谁能搞到红色赭石？"

鉴于有关这种神秘物质的信息均不太确凿，其他同学就没有那么快下结论。在这些同学里，只有唐·吉尔·米歇尔和吉姆·汉弗莱斯亲眼见过犯罪现场。报纸则给出了截然不同的描述。一家报纸说，那是一种涂在简尸体上的液体；另外几家形容它是撒上去的粉末。它要么是红的，要么是红褐色的，要么就是可可的颜色。有些文章称其为赭石，也就是氧化铁；有些则叫它氧化碘——依照《波士顿环球报》的说法，这是由州警局的实验室技术人员所做的鉴定。只是这种红色粉末不可能是氧化碘：碘唯一稳定的氧化物在室温下是透明的。简的朋友阿瑟·班考夫和简、吉姆一起去过伊朗，简被杀死时他人在意大利。他就怀疑现场到底有没有发现红色赭石。他后来回忆："说这话的人可能是从别人那里听来的，之后误传了……假如真是这样，它告诉了你什么呢？是某个考古学家干的？可能吧。但我是觉得有点牵强。可能是有人想掩人耳目。"

不过很少有人意识到，警方对一处关键性的细节相对保密：红色赭石并不是犯罪现场唯一的丧葬仪式元素。在简的床头，血淋淋的枕头上，警察发现了一块刻有一个带翅膀的骷髅图案的殖民地墓碑残片。

更少人知道，剑桥警方得到的红色赭石这个信息源，其实来自皮博迪博物馆内部：人类学系主任及皮博迪博物馆的负责人——史蒂芬·威廉姆斯。

史蒂芬·威廉姆斯与哈利迪警探

哈利迪（Halliday）警探：我们现在在西部大道5号，剑桥警局总部二楼。时间是上午11:37。日期是1月7日——

某身份未知的男性：更正一下，是9日。

哈利迪警探： 更正，9日。本次出席的人员有：州警局的唐尼（Donnie）中尉、剑桥警局的赫伯特·E. 哈利迪（Herbert E. Halliday）警探，你叫什么名字，教授？

威廉姆斯教授： 史蒂芬·威廉姆斯，马萨诸塞州韦尔斯利山旧殖民地路103号。

哈利迪警探： 好，教授，我们来聊聊简·布里顿谋杀案。我手上有几张照片，是我们的警官到现场拍的。这是1号照片：我们可以清楚地看到一张床单、毯子、阿富汗风格的床罩、一件皮大衣。这是2号照片。在现在这种特殊时期，有些材料已经从她身上取下来了。我们注意到有一张沾有血迹的床单、一件皮大衣，其他用品已经放到一边了。现在我给你展示3号照片，很特别。你看，头上方左侧那里有个墓碑，上面有骷髅的纹样。你能看到墓碑上的头骨吗？

威廉姆斯教授： 嗯，我看到了墓碑。能看到。

哈利迪警探： 好，我再让你看一眼1号照片。

威廉姆斯教授： 哦，好。这是——

哈利迪警探： 你看到粉末——

威廉姆斯教授： 嗯。

哈利迪警探： 看到它撒上去了？

威廉姆斯教授： 嗯。

哈利迪警探： 教授，到现在为止，以你人类学或者考古学的视角，从这些照片里你观察到了哪些比较重要的信息？

威廉姆斯教授： 在我看来，好像有人给她精心布置了某种仪式。当然不是碰巧把她安置成这样的。看上去像是有人构思了某种仪式。

在这种情况下，人似乎是被精心布置过的——有人小心翼翼地把她的头放在了枕头中间，然后撒上了这种物质，之后——之后——这个——这个——我不知道这块墓碑平时是不是放在这里的。它看上去像是某种坟墓上的标志。还有这个——把这些衣服放在上面，是想——有点像是想——把她埋在所有这些东西下面。我的意思是，肯定是有人构思了某种丧葬仪式。

哈利迪警探：仪式。

唐纳修（Donahue）中尉：你作为考古学的教授，这些有没有让你想起点什么？

威廉姆斯教授：红色粉末通常就是红色赭石，千真万确。

唐纳修中尉：这个词怎么写？

威廉姆斯教授：赭——石。这是一种非常高级的铁矿石，比如像赤铁矿，原始人已经使用了它上万年。公元前3000年，如果我们去到缅因州，挖出印第安人的墓穴，就会发现那上面覆盖着红色赭石。我们到威斯康星州也可能看到地下埋着红色赭石。还有加利福尼亚西部也是。我们还可以去法国，会发现早在两万年前这种红色赭石就被放入墓葬了。

唐纳修中尉：在墓葬仪式中使用红色赭石的目的是什么？

威廉姆斯教授：嗯，在不同地区，目的各不相同。我是说——

唐纳修中尉：比如呢？可以举例说明吗？

威廉姆斯教授：打个比方，在缅因州，很多时候我们没法去问公元前3000年的人为什么这样做。我们知道的是，他们在做一些分外的事。我们最多只能这么说。当我们面对一种消失的文明，我们就必须去解读这群人的脑子里可能在想什么。我们发现在墓葬中存在很多红色赭石，我们最多只能说，"他们认为它很重要，所以才愿意费这个力气把它纳入到墓葬仪式中"。

如果笼统地回答你的问题，我会说，每当我们看到有人特别对葬礼予以关照，对，我们一般会说他们挺会为死者考虑的，所以做了这件分外之事。有人居然花时间去做这件事，而不只是杀完人之后，来一句"我的天啊，我都干了些什么？"，然后溜之大吉。但我们也没有迹象表明，红色在这种文化里象征的是好还是坏。

唐纳修中尉：嗯。

哈利迪警探：那这个信息是个外行留下来的，还是精通考古学的

We Keep the Dead Close 49

人留下来的呢？

威廉姆斯教授： 在我看来有三种人是有可能的。要么是对考古学有一定了解，读过足够多有关葬礼的内容。第二种，也许我这只是一种辩护，因为这可能表示我们要应付的是我的一个学生，就是那种参与或者见识过许许多多仪式的嬉皮士。第三种就是真的患有精神疾病，真正的精神病患者，我们可能要解释这中间的一些东西——比起只看表象，我们需要更深入地去解读。不过我认为最后一种或许是最不可能的。

就像我说的，红色赭石是一种很普遍的东西。我认为它不是那种只有考古学家才能掌握的特殊信息。另外，这整个丧葬仪式，据我了解，也不是嬉皮士们会去研究和处理的。因此就我看，我必须承认这就像是有人做了一件相当特别的事，并且——就像我说的那样，我用了仪式这个词，我会一直坚持使用它。

哈利迪警探： 教授，在哈佛校园里能搞到这种红色赭石吗？

威廉姆斯教授： 兰伯格-卡尔洛夫斯基的办公室里就有。学生们总是从他办公室进进出出的。

守住死者不放

我继续去旁听卡尔的课，总会离他几个座位那么远。当他说"我们要不把灯给搞灭"这种话的时候，我会试着不让自己大惊小怪。第三堂课一开始，他讲起了农业的历史。咔嗒。他翻了一页课件。咔嗒。他亮出了以色列一处有着一万两千年历史的遗址，名叫艾恩-马拉哈（Ain Mallaha）。这处遗址的独特之处在于，卡尔解释说，人们在黎凡特①地

---

① Levant，泛指中东托鲁斯山脉以南、地中海东岸、阿拉伯沙漠以北和美索不达米亚以西的地区。普遍认为黎凡特是农业的起源地。

区农业发源以前就永久定居在这里了。换句话说，这群人之所以放弃游牧生活，并不是因为他们需要照料庄稼、饲养动物。他说，这源自复杂的仪式信仰，具体表现为一种特殊的行为模式：他们会把死者埋在自家房子底下。那个过世的人会被给予很多的关注，他继续说。"我说的'关注'，指的是用饰物，用意义之物装饰死者。"

我突然间意识到，我们与死者的关系是我们人类最古老的标志。

"你是紧紧守住死者不放的。"他说。

我在我的本子上圈出了这句话。

皮博迪

不管红色赭石这个符号有多神秘——它可能是出于狂妄自大，可能只是为了转移注意力、表达某种懊悔，或者是精神错乱的一种表现。在皮博迪内部，绝大部分注意力都集中在了一个人身上：卡尔·兰伯格-卡尔洛夫斯基教授。

卡尔在哈佛做助理教授的第一天是在 1965 年秋天。二十八岁生日前夕，卡尔刚于那年春季攻读完宾夕法尼亚大学的博士学位，他和哈佛人类学系中年龄偏大的学生差不多同龄。他瘦高瘦高的，头发留到肩膀，穿皮夹克，骑摩托车。

卡尔来的时候，哈佛大学人类学系是全世界最好的人类学系之一；适逢系里庆祝皮博迪成立 99 周年。皮博迪成立时，美国的人类学恰好进入繁盛期。史密森学会①古堡也才创建了十年；美国自然历史博物馆要等到四年后才最终落成。皮博迪渐渐改变了这一点。它起

---

① Smithsonian Institution，史密森学会是美国一系列博物馆和研究机构的集合组织，地位大致相当于其他国家的国家博物馆。总部大楼位于美国华盛顿特区国家广场南侧，因其罗曼式建筑风格也被称为"古堡"。

初仅用于收藏文物,后来成为人类学所有领域开展教学及研究项目的所在地,其中就包括考古学。

在过去几十年间,皮博迪博物馆变得拥挤起来,内部分为面向公众的展览区、人类学系教职工及博物馆工作人员的办公区,以及实验室和教室。它依然保留着创立之初的印记,那时,人类学和收藏者的本能联系密切。这座红砖建筑藏有无数积满灰尘的珍宝。博物馆的前管理员芭芭拉·艾伦(Barbara Allen)说,当你捧起这些物件时,无法忽视它们"被做出来就是为了施展强大的魔法"。博物馆的储藏室里堆满了来自墨西哥神圣塞诺特[①]的金色文物。阁楼的椽子上挂满了羽毛和灵魂面具,还有亡故已久的人的唾液样本。所有这些都杂乱无章地堆在那里,于是从这堆馆藏中间翻找材料就像是一次探险。如果一个毫无戒备的学生在新几内亚文物馆四处翻找,可能会偶然发现P. T. 巴纳姆[②]的美人鱼被随意丢在柜子里。

这座建筑本身也有着神秘的魅力。皮博迪博物馆地下有个秘密通道网,和邻近的哈佛大学标本馆相连。通往标本馆的地下室的门上了锁,但来访者可以按动门上的模具解锁。这些按钮原本是为方便楼管和修理工在楼里通行而设计的,研究生们会因为熟知这些入口,以此显示自己是内部人士而感到自豪。在20世纪70年代,一位名叫安德鲁(Andrew)的研究员经常被发现悬挂在地下通道的吊床上,四周摆满了巨大的罐子,用于制作各类迷幻剂。"要是你想过去来一口,他就开心极了。"一名研究生日后回忆说。

皮博迪吸引来的人碰巧都有点古怪。有个叫乔·约翰斯(Joe Johns)的克里克[③]印第安木雕师,后来去做了海军狙击手,又摇身一

[①] sacred cenotes,散布在尤卡坦半岛北部的玛雅古城遗址奇琴伊察(Chichen Itza)的洞窟泉,是古代聚居区重要的水源。
[②] P. T. Barnum(1810—1891),美国马戏团经纪人兼演出者。曾于1842年在纽约开办美国博物馆,以奢侈的广告和怪异的展品而闻名,其中最有名的展品是斐济美人鱼。
[③] Creek,克里克人是北美印第安人的一支,原居住在佐治亚和亚拉巴马。

史蒂芬·威廉姆斯在皮博迪博物馆的阁楼储藏室内。照片的原标题是：《交给这间阁楼的考古材料几乎和它们在地底下时一样难找》（博物馆馆藏©哈佛学院院长及研究员，皮博迪考古与民族学博物馆馆藏，PM2015.1.23.2）

变成为哈佛大学的警察，最终成了皮博迪博物馆的楼管。玛雅学者伊恩·格雷厄姆（Ian Graham）是蒙特罗斯公爵的后代。当然了，在皮博迪的地下室还潜伏着一帮烟鬼，尤其是另一位优秀的玛雅学者塔蒂阿娜·普罗斯古利亚可夫（Tatiana Proskouriakoff）。她会像个烟囱一样抽着烟，还会随身携带自己的烟灰缸——一个小巧的可翻盖的烟灰缸，里面有个风扇。她会小心翼翼地处理那些烟灰。哈佛大学人类学系从未给过她正式的教职，更不要说一间合适的办公室了，所以她一直待在吸烟室里，画象形文字，和下来休息的研究生们聊闲天。一直到20世纪60年代末，这里是楼内唯一一处吸烟场所，里面烟雾缭绕，空气浑浊得都快成蓝色了。

卡尔刚来哈佛的那段时期，属于过去的旧制度和眼下的新需求相冲撞的时期。当时系里开启绅士考古学家时代的守旧派还在。许多守旧派都以"一年一美元"的待遇而著称——他们出身富庶，学校只需要象征性地给他们发薪水。博物馆馆长史蒂芬·威廉姆斯做事潇洒利落，但在学术上乏善可陈，他主要负责取悦博物馆的波士顿婆罗门①捐赠者，以便继续维护馆里的藏品。教授们西装革履，每天在古板乏味、全部由男性构成的职工俱乐部用午餐。他们几乎不怎么谈论工作，更喜欢讨论伦敦西区的猎鸭俱乐部。拥有终身教职的女教授、文化人类学家科拉·杜波依斯（Cora Du Bois）刚来哈佛大学那几年，是系里唯一有终身教职的女性。当她走过大厅时，其他教授会直接转身离开。

这一代的学者是比他们的前辈更优秀的科学家——掌握了诸如地层学和放射性碳测定等技术——但他们也已经成了过去的遗产。没有人比哈勒姆·莫维乌斯（Hallam Movius）更能代表元老一派了，他是简·布里顿本科期间的指导老师。作为欧洲旧石器时代的专家，莫维乌斯像是直接从20世纪30年代穿越过来的。他头发中分，抹了发蜡。他是老哈佛人了，二战期间做过陆军中校。他做考察就像带一个排上战场一样，会使用煮蛋计时器确保12分钟休息期间的谈话不会超时。

和许多同事不同，莫维乌斯可以接受考古挖掘的队伍里有女性，但他的这种接受还是会带有某些暗含的期望。当他发现他的一位女研究生要结婚了，他便想撤回她国家科学基金会的资金。厌女不是他怀有的唯一偏见。有段时间他的实验室技术员是一位名叫埃德丽安娜·科恩（Adrienne Cohen）的年轻女性。她在结婚后随夫姓成了埃德丽

---

① Boston Brahmin 一词最早出现于1860年的《大西洋月刊》，特指新英格兰地区的上层清教徒名门贵族。他们大多毕业于哈佛大学，在上流社会具有广博的人脉，在文化、艺术、科学、政治和学术均占据要津。其中包括美国第二任总统约翰·亚当斯、第六任总统约翰·昆西·亚当斯、诗人艾略特、大文豪爱默生，等等。

安娜·汉密尔顿（Adrienne Hamilton），他说："汉密尔顿这个姓好多了。"埃德丽安娜太了解他了，所以没和他说自己的丈夫是黑人。

系里除守旧派之外，还有一派是革新派。他们三十多岁，雄心勃勃，求知若渴，不仅仅来自上层阶级。但发生变化的不只是两派的人数构成。年轻一代的考古学家开始反思学科本身。他们非常强调对于历史重建的阐释，强调所有考古学家的研究归根结底是主观的。在一部有关叶海亚堆的专著的前言里，卡尔很好地总结了这一新立场："一切考古学都是在考古学家自己的头脑中重现过去的思想。"历史学者并不是发现历史，他们创造历史。

学生们则发觉自己处在中间的位置：夹在考古方法越来越过时的终身教职教授和系里握有更少权力的年轻教授之间。

卡尔充当了独一无二的桥梁。他代表年轻一代的青春与反叛，而身为奥地利贵族兰伯格家族的后代，他又谙熟老教授们的行事规矩和风格。当有人嘲笑助理教授汤姆·派特森（Tom Patterson）在教职工俱乐部的午餐戴了条不合时宜的领带时，卡尔却以他的黑色领带派对为傲。每当卡尔无视着装规则——他很少在正式场合以外穿正装，他这么做并不是因为不了解游戏规则，而恰恰是因为他无须迎合。

在卡尔适应了这套游戏规则之后，他就变得更加无法无天。他不顾皮博迪的规定。想抽烟的时候，他只需关上他办公室的门，冲着窗外抽上一支即可。有一次，他听见有人敲门。来人是哈勒姆·莫维乌斯。莫维乌斯吓坏了。于他而言，做学者就意味着成为一名绅士。他三步并作两步迈进了卡尔的办公室。"你在抽烟！"莫维乌斯惊叫。"我在工作！"卡尔回答说，不知悔改。"他是最明智也最正确的那类人，"卡尔后来说，"我不是。"

当时一位近东考古学的本科生大卫·弗赖德尔（David Freidel）对他的这种气场印象深刻。"我第一次见他的时候心想，这人就是德古拉伯爵。货真价实。"卡尔连长相都和德古拉伯爵神似。"个高，黑发，帅气，美人尖，笑容满面……你知道吗，这不是一件叫人讨厌的事。他是如此前卫,这很有吸引力。"

卡尔·兰伯格-卡尔洛夫斯基在皮博迪的窗边。(博物馆馆藏©哈佛学院院长及研究员,皮博迪考古与民族学博物馆馆藏,PM2004.24.29514.12)

———

  一直到 1967 年春季,简才出现在卡尔的课堂上。正是这个学期,他成为简本科论文答辩委员会的成员。但她在一年前就给他留下了深刻的印象。她大三那年,卡尔就用加入他的下一次中东考察吊过她的胃口。但出于她自身的忠诚或是义务,简连续第三个夏天回到了莫维乌斯在法国莱塞济①的考古挖掘现场。她幻想着提醒莫维乌斯这个"猪头一样的老混蛋"注意他自己的位置,但她知道自己必须得忍住不讲。因为莫维乌斯曾经在她申请研究生时帮过她,接下来至少有

---

① Les Eyzies,位于法国西南部,是新阿基坦大区多尔多涅省萨尔拉城的一个小镇。

五年时间他都会是她的指导老师。"我唯一能做的就是继续扮演这个角色，一直到我 36 岁左右，直到我比他知道得多，然后坐山观虎斗。"

1967 年秋，卡尔从伊朗东南部的考察返程，有传言说系里至少有一个教职空了出来。叶海亚堆似乎正是可以让一位年轻教授声名鹊起的地方，皮博迪有传言说卡尔非常有可能成为第一位晋升至终身教授的革新派。他们并没有说错。

差不多同一时间，莫维乌斯突然宣布要搬到莱塞济全职做研究，所以没办法指导简的毕业论文了。被遗弃的另一层意思是简终于有了解放自己的机会。那位年轻有魅力的学术明星看起来像是一个出路。

——

几十年后，我和曾就读于人类学系的学生弗朗西斯科·佩利兹谈到了简死后围绕卡尔层出不穷、近乎猖獗的猜测，还有神秘的红色赭石。佩利兹和我说，虽说卡尔有"各种怪癖"，但他还是对他心存感激，"我觉得他是最不可能制造那种场面的人"。我说，用这种方式替一个人逃脱罪责挺有意思的：不是他没有能力杀人，而是他太聪明了，不可能那么做。弗朗西斯科笑了。"是啊，的确是这样。"

谈谈沉默

第三堂课过后，我向卡尔介绍了自己——我说自己在考虑申请民族志方向的研究生，这是真的，不过它只是故事的一部分。"要成为人类学的超级明星，你用不着有太多背景。"他告诉我。我们小小调侃了一下成为一名伟大的民族志学者需要付出的代价——给人时间敞开心扉,还有要合乎情理——然后我问他这个学期可不可以旁听他的课。"当然可以,"他说,"要是你想这么惩罚自己的话。"

卡尔的第四堂课结束后,我发现走廊里贴着一张"社会人类学日"的海报。我了解到,尽管社会人类学和考古学同属一个系,二者其实相去甚远。两个学科的差异如此之明显,却被划到了同一个系,这几乎引起了某种敌意。但据我推断,既然这次活动部分是为了招生宣传,那么人类学系的重要人物,也就是简的故事中的重要人物有可能会出现。

我尤其希望能碰见一个叫理查德·梅多(Richard Meadow)的人。在简的故事的边边角角,理查德无处不在。他拍摄了1968年伊朗考察的照片。他在简过世时曾是吉姆·汉弗莱斯的室友。卡尔做过他毕业论文的指导老师。并且他和卡尔一样,这么多年一直待在哈佛大学;理查德几十年来一直是皮博迪动物考古学实验室的负责人,也是系里的高级讲师。

第一个建议我去找理查德聊的人是詹姆斯·罗南,他提醒我让他开口说话不太容易。他是个勤奋的学者,众所周知的口风紧。但詹姆斯怀疑理查德可能不喜欢卡尔,所以他还是有可能破例的。"他们有点躲着对方。哪怕这几年都是。"有传闻说,二人之所以有嫌隙,最初是因为理查德告诉警方,卡尔和简是婚外恋的关系。据报道,卡尔对这个问题做出了回应:"我家里都有牛排了,为什么在外面还要吃汉堡包?"这引起了保罗·纽曼(Paul Newman)的注意。

———

威廉·詹姆斯大厅(William James Hall)人满为患。人们纷纷坐在地板上。我环顾四周,终于发现了和理查德·梅多20世纪70年代的那张照片很像的一个人:戴眼镜,蓄胡须,斜肩。那天下午讲座的大部分时间我都在观察他。

人类学系系主任盖里·尤尔顿（Gary Urton）上台介绍五位演讲者，他软绵绵的头发就像他研究的结绳一样。第一位演讲者讲了她在墨西哥的考古研究。第二位探讨了他在吉尔吉斯斯坦研究的人类聚居形态。他说吉尔吉斯斯坦的地方政府极大地帮助了他的考察。"他们有一种幻觉——我不准备打消他们这个念头——以为美国只有一所大学，那就是哈佛。"在场的人大笑起来。

下面轮到金柏莉·瑟伊顿（Kimberly Theidon）。"她刚从普林斯顿高等研究院学习一年回来，这个学期在教——记忆的政治……她今天演讲的主题是《谈谈沉默：秘鲁的性别、暴力及赔偿》。"尤尔顿说完，把讲台交给了她。

她围着一条紫色的围巾，肌肉发达，脖子上的肌肉像绳梯一样爬上喉咙，让人看了很是震惊。

"谢谢。能以这种方式回来真是太好了。"屋内响起一阵紧张的窃笑声。"我这么说是认真的。我说的时候是看着你们眼睛的。谢谢，谢谢所有来到这里的人。那我开始了。"

金柏莉的研究使得她来到秘鲁，跟踪一个真相委员会的工作。他们专门搜集20世纪八九十年代女性在武装冲突期间遭受暴力的故事。在演讲的开头，金柏莉谈到了她去到秘鲁之前当地发生的一次死亡事件。

"关于这位年轻女性是怎么死的，人们有两种说法，"金柏莉说，"有人说她是摔死的，还有人说她是自杀。"

金柏莉了解到这位女性是聋哑人，住在山坡上的一个村子里。夜里，驻扎在附近的士兵们会跑到她和她祖母一起住的房子去。"晚上，村子里的女人都能听见她喉咙里发出低沉的声音，"这些女人后来供述说，"'我们听声音就知道。我们知道那些当兵的在做什么，但我们什么都不能说。'"

金柏莉突然换成了现在时态："我无法从脑海中抹去这个年轻女

性拼尽全力叫喊却说不出一个字的样子。"

沉默,金柏莉说道,在她研究性别暴力的过程中扮演着非同一般的角色。"你该如何应对这些沉默?"她问道,"你如何倾听它?如何解读它?它何时被压制?何时可能成为一种能动行为?当这些沉默进入记录并勾勒出档案的样态时,你又如何理解它们?"

———

等到最后一个演讲结束时,那个长得像理查德·梅多的人已经睡着了。他睁着眼点着头,啃咬着手背,好像这样就能帮他保持清醒似的。盖里·尤尔顿最后一个走上讲台。他感谢了几位演讲者,感谢他们展现了哈佛大学人类学系教学的多样性和高质量;接着他邀请所有人移步楼上参加招待会。

威廉·詹姆斯大厅的 15 楼摆满了免费供应的食物。寿司、虾和鸡尾酒酱、排骨、洋蓟菜心、芝士拼盘,还有一个开放式的酒吧。我都快忘了哈佛大学活动上的免费食物有多丰盛了。

我先走到了酒桌那边。我相当确定理查德·梅多就在那里,卡尔课堂上研究饮食人类学的那个研究生也在。我有想过直接接近那个教授,但又觉得就这么和故事的核心人物聊上天也太快了。我还不了解这个系内部的情况,担心谈话被人转述之后没办法控制它会传到什么人那里去。

神似理查德的人离开了,我和那个研究生介绍了自己。她叫萨蒂·韦伯(Sadie Weber)。我了解到她也在旁听卡尔的课,正在准备明年的统考。萨蒂告诉我,卡尔在课上说错了好几次,她对他的农业发展论不能苟同。

"你应该纠正他的。"我说。

"我不知道。我刚来第一年。他可比我年长多了。"

我开始装傻:"他在这里教课多久了?"

"哈。我不知道。差不多一直都在吧。他60年代就来了。和那个人一样，"她指向和理查德神似的那个人，"那是他学生。"

新闻封锁

简遇害之后的那几天，流言蜚语很快就传到了兰伯格-卡尔洛夫斯基教授那里。他发觉这些传言让他深感不安——叫人窝火，纯属讹传，甚至令人厌烦。当他为了澄清事实接受媒体采访时，他最大限度减少了对伊朗挖掘中敌对行为的说明："倒是有抱怨说金枪鱼吃得太多了。"他对波斯人的仪式之说不以为然，认为那是"彻头彻尾的胡说八道"。卡尔说，完全没有考古学证据可以支持红色赭石是近东丧葬仪式的一大特点。"（伊朗）有遗迹表明，腐烂尸体的骨头上涂有红色的材料，但我们从来没有找到过一具完整的尸身或文献材料，证明在丧葬仪式中有任何一种粉末撒在了尸体上。"尽管当警方要求他提供储存在办公室的红色赭石样本时，他还是答应了，但卡尔称，"因为一具尸体上涂有颜料就认为它和中东的仪式有关，这完全是捏造的"。他将谣言归咎于"所谓的哈佛科学家，一点也不懂人类学知识"。

在公开场合，博物馆馆长史蒂芬·威廉姆斯同样与红色赭石的谣言保持着距离。"我想强调的是……掌握其用途信息的并不局限于任何一个领域的专家。"他提出，因为简平时画画，红色可能只是她的颜料而已。

后来，按照皮博迪博物馆内部的说法，卡尔直接去和他认为传播了谣言的那个研究生搭了腔。两个人单独待在博物馆的电梯里，电梯门一关，卡尔便警告他："你要是再这么做，再说这种话……我们俩都在电梯里，你要么直接被送去医院，要么连这该死的电梯都出不去。"

在联邦大道1010号州警局总部，米歇尔夫妇正在接受测谎。发现简的尸体已经两天了。两个人各测试了约一小时，走出警局，唐对记者们抱怨警方的调查没什么进展。没有明确的嫌疑人，没有发现作案凶器，没找到确凿的作案动机。

吉姆·汉弗莱斯是那天晚些时候来的，穿的就像要在大学办讲座一样，笔挺的白衬衫，打着领带，犬牙纹的西装外套。他前一天同意来做测谎，但那天下午，他告知警方自己改主意了。没有律师在场，他不会做这个测试。他走出总部大楼，当天晚上，《每日新闻》的头版刊登了《女大学生的朋友不接受测谎》的新闻。

在剑桥警局总部，警察们又透露出犯罪现场的一个重要线索。他们说，物证显示，杀害简的凶手行凶后在现场逗留过一段时间。他们在一个沾满血迹的烟灰缸里发现了一个没有血渍的烟蒂，说明凶手为了等血迹晾干，慢慢地抽完了一支烟。

简在拉德克利夫学院的好友英格丽德·基尔希同样接受了调查。结束一小时的问讯后，她离开警局大楼时抱怨警方的调查协调不力。"要不是发生了这么严重的案件，这事还挺可笑的。"

———

那天傍晚，警察局长詹姆斯·F. 里根（James F. Reagan）自调查开始以来第一次将记者们召集到他的办公室。媒体们都到了，想听听案件的最新进展。

里根五十岁出头，个头很高，警帽遮住了他稀疏的白发。尽管他去年夏天才升任剑桥警局的局长，但他已经督办过几个谋杀案，也和记者们建立了热情友好的关系。可是这次碰面却略显草率，叫人摸不

吉姆·汉弗莱斯测谎当天。

着头脑：

"除非经过我的办公室批准，否则我们不会发布任何声明，"里根说道，"这么做是为了确保消息准确。我翻阅档案的时候，发现一些警探的陈述并不属实。"

就这样，这次会面结束了。他解散了在场的所有记者。

记者们惊呆了。"突然之间，局长从履行自己的职责——尽他所能告诉我们发生了什么——变成了彻底的冷漠推诿，"《每日新闻》记者迈克尔·麦戈文（Michael McGovern）回忆说，"太寒心了。没人想说一句话。"

在另一位《每日新闻》的记者乔·莫泽莱夫斯基（Joe Modzelewski)看来，这次新闻封锁像是为了掩盖什么。他怀疑是哈佛校方在向警方施压，让他们闭口不言。毕竟波士顿的年轻记者们被前辈警告也没过去多少年：“在这里，哈佛的水更深。”

"管理层的人我们一个都找不到，连找发言人评论都找不到。"乔回忆。为了能从哈佛大学找个人采访，他不得不连唬带骗，谎称自己是《纽约时报》的记者。"他们只想掩人耳目，"他说，"假装什么事都没发生。"

那天，里根离开办公室时，记者逮到了他。对于这次新闻封锁他不置一词，但他说，布里顿小姐公寓里丢失的那件锋利的石器找到了。他没有再补充任何细节，就开着车绝尘而去。

与鬼魂共舞

我又旁听了几节卡尔的课，但我开始觉得，我从他的存在本身已经了解到一切。卡尔的魅力确实撑得起学生们大讲特讲了四十多年的传说，但到底是不是他谋害了简，从我来剑桥以来，这个疑问还没有得到更明确的答案。

我回到了纽约，在这个故事的外围游荡。我接触了一些考古学专业最近的研究生，想知道他们听没听说过詹姆斯和伊瓦听说的事。他们讲述的故事是如此相似，错不了的。在每个版本中，都有三个共同点：一位年轻女性被谋杀了；她和她的教授有染；他在她身上撒了红色赭石。

我小心翼翼地发起这些谈话。在过去的几个月里，连接人类学系几代人的线索越来越明显。我发现，连第一次给我讲这个故事的摩根·波茨都是这个网络的核心人物；我写邮件给他，想确认自己记对了故事的全部细节，他的邮箱地址显示出一行字符：danielmpotts——

丹·波茨（Dan Potts）。我知道这个名字。将叶海亚堆第三部专著结集成册的编辑就叫这个名字。正是那部专著，收录了简躺在大家脚边的那张照片。原来摩根是他的中间名；他是兰伯格-卡尔洛夫斯基弟子的儿子。考古学的圈子小得让人窒息。

出于同样的原因，研究生们和我谈话，和我过去找他们一样心惊胆战。两名刚毕业的学生只同意在完全匿名的情况下发言。其中一个说："我自己对于整件事没有直接信源。"但实际上他和詹姆斯一样，都"牢牢抓住这个故事不放，这就表示这件事在机构内部有多重要了"。

简这个案子本身漏洞百出。我从《哈佛深红报》的文章了解到，在简死后一年，拉维·里克耶，就是那位貌似目睹两名男性跑向没熄火的车的目击证人，因跨国贩毒被捕了。据报道，曾因学校忽视大学路公寓而指控哈佛大学的租客工会主席杰西·希尔，是联邦调查局（FBI）调查学生民主社团（Student for a Democratic Society, SDS）激进活动的线人。

我还了解到，简被杀之后不到一个月，剑桥发生了另一起谋杀案，地点位于拉德克利夫院子附近的林纳恩街（Linnaean Street）。两起谋杀案的相似点令人震惊：艾达·比恩（Ada Bean）一个人住，被人用重重的钝器击打致死。她腰部以下赤裸着，头和胸盖着毯子。她五十岁，但看上去更年轻，她和简一样，都是深色的头发、淡褐色的眼睛。在1969年发生在剑桥的四起谋杀案当中，仅有两起在四十五年后仍悬而未决：简的案子和艾达的案子。我害怕简的死并不是孤立事件。

我询问一位年长的导师、调查新闻学的教授，怎么样才能在做这个调查时确保自身的安全，他回复说："不要做。"

———

我搬出父母的家，搬进了我在布鲁克林的第一间公寓。我开始在楼下的咖啡店打工，因为我告诉自己，这样我就有时间调查简的事了：白天我会制作难喝的卡布奇诺，夜里我再继续为这个故事奔忙。然而在现实中，一年多的时间里，我一直不情不愿，拖拖拉拉，有意回避。我骗自己说我还有选择，还可以选择要不要继续追寻她的故事，却没有意识到，真相是：她已经开始渗入我的边界。

2013 年 12 月，我和咖啡店的一位常客杰伊（Jay）已经约会五个月了，虽然每次我的前男友博比（Bobby）走进店里时我还是会把咖啡弄洒。杰伊在情报部门工作，兼职写写音乐。我此前从未有过一段认真的关系。尽管一开始我对杰伊起过疑心——他太急切地想要给人留下好印象，对自己又太没有安全感——几个月后，我们确立了关系，把对方从黑暗中拉了出来。（我们遇见时，杰伊刚刚取消订婚。他在婚礼前不久发现自己的未婚妻爱上了别人。）他心碎了；我怕我也是；我们都害怕自己从根本上不会再爱了。我们之间的联结感觉就像《失恋排行榜》① 中那样："只有特定性格的人才会在 26 岁时惧怕孤独一生；我们都是属于这种性格的人。"

一天晚上，我和杰伊走到家附近的山中小屋餐厅。我们喝了点酒，我面向餐厅大门时，博比和他的约会对象走了进来。服务员将他们带到了我们面前的空桌。整个晚饭期间我都只能看着他。我能听见他在笑。我和杰伊匆匆喝完了我们的酒，然后起身离开。博比也站了起来，我想他可能是要去卫生间，接着他拥抱了我。

我跟着杰伊去他家时，他能看出我还在发抖。他听说过博比，也知道刺还在那里。他倒了点内格罗尼酒，打开了唱片机。我们把客厅的椅子拉到一边，开始慢慢跳起了舞。我们进门时，我就知道我们无需对彼此说什么话。我抱着他的肩膀，感觉就像握紧了盾牌。下一曲

---

① *High Fidelity*，2000 年美国爱情喜剧片，改编自尼克·霍恩比（Nick Hornby）1995 年的同名小说，故事发生地从原版的伦敦改到了芝加哥。

开始。"你变了/你眼睛里的光芒不见了/你的笑容只不过是个不经意的哈欠/你伤了我的心。"伴随这沁入人心的旋律，我们紧紧相拥。但这首歌并不是关于我们的，而是关于博比的，关于杰伊的前未婚妻；关于我们的关系，让我们不再滑向黑暗。突然之间我意识到，这房间里并不只有我俩。我们之所以能在一起，之所以能彼此依靠，是因为我们背负的那些人。是那些让我们有那么一刻相信我们不是真的独自一人，然后又从诺言中抽身的人。我能感受到，我们在屋子里转着圈的时候，我们都努力将对方从一切困扰当中、从束缚我们一举一动的看不见的负担当中拯救出来。我们什么都没有说。我们无需多言。

我当时无法告诉你，但那就是我向简的故事妥协的时刻。我想，尽管我们俩隔着几十年的距离，但我从她身上找到了孤独时的陪伴。我不禁会去想，想象时间轰然崩塌。我看见她迈着一模一样的舞步，在吉姆·汉弗莱斯的怀抱里抵御那些暗影。我和杰伊的舞步，同她和吉姆的舞步完美地重叠。这只不过是想象中的场景，我知道，但我和她之间的界线已彻底消融。我在想，我已经成为她故事的见证人，而事实是，她也在注视着我的故事。摆好姿势。引导我吧，就像我们在舞蹈。

第二部分　女孩

2018：你希望是谁呢？

7月的一个星期三傍晚，波士顿的天气潮湿极了，我感觉自己像是走在一块海绵里。把一个朋友送上车之后，我刚刚拿起手机，就发现简的老邻居唐·米歇尔，也就是发现简尸体的那位发来了短信："你在吗？"生硬，正式，陌生。

经过了起初的磕磕绊绊，现如今我和唐会经常聊天。我太了解他了，了解他谈话的节奏。他开开心心地给我发来了大段大段的邮件，关于他的花园、他的放射疗法，还有他有关冒纳凯阿山[①]集体身份的咨询工作。他很少打电话，所以发短信就代表有新闻，就像被派来解决简这个案子的马萨诸塞州警察局警探彼得·森诺特中士（Sergeant Peter Sennott）第一次联系他的时候一样。他们自那时起就在联络了，所以我怀疑森诺特可能又是这条信息的幕后推手。

我的身体切换回了采访模式，周围的一切都变得更加紧张了，我的感觉也在竭尽全力关注一件事的两面——一面是在现实中，一面是深挖记忆。他是4:08发的消息。现在是4:12。

就在我准备回复的时候，我看见唐那边显示"正在输入"。

"好吧。我在等着做放射治疗的时候，森诺特打来电话。我没接，但我做完之后（在等咨询医生），我回了信息。"

他告诉我，他准备给森诺特打电话。

我在等他的"正在输入"。我距离他8000多公里。

一片静默。

4分钟后：正在输入……

"有事要发生了。他周一会打电话给我。他在找博伊德。"——简的弟弟。

对我来说,这仅仅代表一件事。他们有头绪了,他们找到那个人了。我无数次设想过,期待一个我不太相信会到来的结果。

我太激动了,不想再发短信。电话打过去,唐立刻接了起来。他告诉我,给森诺特的那通电话信号很差——森诺特调侃说他得爬到后院的石头上——他重复好几次唐才能听懂:你还记得我来夏威夷的时候,你说你真的不信任我,因为你觉得我们并没有在调查吗?唐说"当然记得。"好吧,我们一直在调查。森诺特说。

"所以他们查出了点什么。"唐对我说。

"哇。"

"我也不知道查出了什么。"

"哇。"

"天啊,"他说,"你希望是谁呢?"

葬礼

1969年1月10日,星期五早上,天冷风大,剑桥警局总部内一片寂静。自从局长里根前一天晚上发布了新闻禁令,警员们对待记者就好像他们得了瘟疫一样,唯恐避之不及。媒体也因绝望转而寻求其他途径以取得信源。《纽约邮报》的威廉·伍德沃德(William Woodward)得知简的葬礼安排在那天上午,于是他砰砰敲开英格丽德·基尔希的门。"我要和你一起去。"他要求道。"去死吧。"她说。他还不死心,紧接着又去大学路敲了米歇尔家的门。"你们得带我去葬礼。"他坚持。唐当着他的面哐地关上了门。"米歇尔竟然没把他鼻子揍歪,真是奇了怪了。"英格丽德对警察说。

---

① Mauna Kea,位于夏威夷群岛的一座火山,形成夏威夷岛的五座火山之一。

半小时后,在马萨诸塞州尼德姆,第一批前来吊唁的人抵达了基督圣公会教堂。那是一座不太大的灰色砖石建筑,距离简童年的家不远,也是她受洗的教堂。

每个人都在相互观望。记者琢磨着便衣警察,警察们打量着媒体;当宾客们陆续走进教堂时,所有人都在给他们拍照。虽然气温降到了零下,迈克尔·贾科波警探还是没有戴手套,他紧紧握住摄影机,这样他才能更细微地调节上面的按钮。进入教堂的 250 位吊唁者都会经过停车场和台阶,贾科波策略性地调整着自己的位置。唐·米歇尔来了以后,贾科波要他告诉自己要录下哪些人。他们俩一起,仔细观察着人群。

剑桥警局的迈克尔·贾科波警探端着摄影机,唐·米歇尔在一旁告诉他要拍下哪些人。

他们看见吉姆·汉弗莱斯走了进来，身边是他刚从多伦多赶来的哥哥。哥哥来的目的就是鼓励他振作，至少可以帮他分散一下注意力。吉姆前一天带了一位优秀的律师再次来到警局总部。理查德·梅多的父亲是哈佛医学院的院长，这名律师就是他替吉姆安排的。吉姆脸色比平时更苍白，看上去更缺乏睡眠。但和以往一样，他的表情叫人难以捉摸。

吉尔·米歇尔用一副大太阳镜遮住了她的眼睛。

简的母亲身体前倾，就好像她的肌肉已经不想撑起她的身体了。她甚至懒得裹住头来抵御严寒。简的父亲站在她身后，牢牢盯着他的妻子，仿佛他凭眼神就能让她稳住。

简的父母在她的葬礼上。

兰伯格-卡尔洛夫斯基、史蒂芬·威廉姆斯和菲尔·科尔从停车场走过来。在那年夏天参与叶海亚堆考古挖掘的人员中，菲尔·科尔是唯一不是来自哈佛的人。他特地从哥伦比亚赶来参加这次葬礼。卡尔的妻子玛蒂（Martie）① 戴着一副太阳镜，用丝巾裹住头。他们四个人当中，没有一个人试图在相机前隐藏自己的脸。在他们过马路时，一位尼德姆的警察正在指挥交通。简的家庭在当地相当显赫——她父亲被人们视为没有被正式任命的市长——警察出于礼节过来帮忙。

JAN 10 1969

Identification Bureau
Police Dept. Cambridge, Mass.

剑桥警方拍摄的菲尔·科尔、史蒂芬·威廉姆斯和兰伯格-卡尔洛夫斯基在参加葬礼的路上。

理查德·梅多独自一人走着，裹着条形围巾，头发耷拉到眼睛。研究生们则三五成群地走来。没有人手捧鲜花。简的父母要求为了

---

① 玛莎的昵称。

纪念简而向皮博迪博物馆捐款。拉德克利夫的校长玛丽·邦廷（Mary Bunting）悄悄溜了进去，没有被拍到。而皮博迪前馆长 J. O. 布鲁（J. O. Brew），还有因为系里的沉默感到困扰的秘书们通通被拍到了。

就连那个死缠烂打的记者威廉·伍德沃德，也成功混进了葬礼。"老天。算他有种。"当英格丽德的丈夫看见伍德沃德和简的邻居普雷瑟夫妇走在一起的时候，这样说道。

———

教堂内，木质横梁拱卫着狭窄的中殿。墙壁是质朴的白色。彩色玻璃的十字架在圣坛前闪闪发光，在原本平淡无奇的房间里色彩夺目。教堂里几乎人满为患。吉姆·汉弗莱斯坐在简的父母、简的弟弟博伊德和其他亲戚前面。警察们散坐在吊唁者中间。

简的棺材放置在圣坛附近，上面铺满了白玫瑰。教堂里回荡着舒缓的风琴声。牧师哈罗德·蔡斯（Reverend Harold Chase）诵读了几句祷告，请布里顿女士"从现在起永远安息"。没有致悼词。人类学系学生梅尔·康纳对葬礼的有礼有节感到惊讶。"我记得在那里听着这些有关天堂的抽象概念，还有诸如在这个美丽的地方之类的空话，却只字不提结束这个美好年轻生命的恐怖谋杀。"这和他所熟知的犹太葬礼全然不同。葬礼高格调、冷冰冰的气场让人感觉和她死亡的悲伤和痛苦彻底隔绝开来。

有几个人用手帕轻轻擦拭眼睛，但人群中只响过一声啜泣。

祷告从开始到结束不到 30 分钟。吊唁者离开教堂，警察继续录像。唐·米歇尔指着几个简的朋友告诉警察："拍他。拍一拍他。别漏下他。"

吉姆·汉弗莱斯和简的家人从教堂的侧门悄悄离开，避开了大门前聚集的记者。

真正的哈佛红

我猜想最好能从红色赭石开始调查。假设它真是连接人类学系的线索，我需要尽自己所能去了解这种仪式。但有关红色赭石的麻烦之处在两方面。首先，我并不知道犯罪现场的细节，因为我唯一能查证的就是报纸上的报道，而这些报道又经常是耸人听闻、自相矛盾的。第二个问题在于，我越是去寻找红色赭石，就越发现它无处不在。在黎凡特、整个非洲，还有欧洲新石器时期的丧葬仪式上，都有红色赭石的存在。它和世界上已知最古老的丧葬仪式有关——澳大利亚距今四万年的"蒙哥湖先生和蒙哥湖夫人"① 的葬礼。红色赭石是加拿大穆尔黑德（Moorehead）墓葬群的一个主要特征，也是俄罗斯南部仪式性石棺葬的一大标志；它还出现在伊拉克的沙尼达尔洞（Shanidar Cave），一处尼安德特人的墓地。许多国家都会在他们埋葬"红娘"（Red Ladies）的地方举行祭奠仪式：帕伦克②的千年红色皇后；西班牙埃尔米隆（El Mirón）一万九千岁的红娘；还有英国帕维兰（Paviland）三万三千岁的红娘（其实是一位年轻的男性）。事实上，有人认为，在丧葬仪式中使用红色赭石可能是人类最早产生象征性思维的例证。

考古学家猜测，红色赭石之所以如此盛行，是因为铁矿石的红色会让人联想到血。它的名称——赤铁矿（*hematite*）——就源自希腊

---

① Mungo Man and Mungo Lady，指的是发现于1969年的蒙哥湖一号骸骨（俗称蒙哥湖夫人，人类迄今已知最早的被火葬的人类）和发现于1974年的蒙哥湖三号骸骨（俗称蒙哥湖先生，是生活在澳大利亚大陆最古老的人类）。蒙哥湖位于澳大利亚新南威尔士州的威兰德拉湖区。

② Palenque，位于墨西哥国境东南沿海平原，历史可追溯至公元前1世纪，是典型的玛雅文明遗址。

语"像血一样"。读到这些让我想起"哈佛红"的历史。那起初只是个意外——比赛那天早上，他们为船队的成员临时买来红色的手帕，手帕被汗水浸透之后变成了深红色——成为学校的官方颜色。"动脉血一样的红色"，哈佛大学校长洛威尔（Lowell）曾这样叫它。正如教授哈佛史这门权威课程的已故的戈梅斯牧师（Reverend Gomes）说的那样："血的颜色就是真正的哈佛红。"

我唯一找不到葬礼和红色赭石有关的地点，恰恰是我最想要找到它的地方：古代伊朗。有几处新石器时期的遗址倒是提到过，但这些例子还是相对孤立。而当琐罗亚斯德教[1]开始盛行时，该地当局禁止了火葬和土葬。土的纯洁性是神圣的，埋葬尸体是一种污染行为，因此骸骨要放置在高台上，日晒腐烂，被猛禽啄食。

完美的线索变成了完美的密码：红色赭石既具体得引人探索，又模糊得无法抵达。看来赭石似乎仅仅意味着：凶手对简很了解，知道她是个考古学家。

那么唯一能开始的地方，就是从简自身着手。

——

我利用新生簿列了一张拉德克利夫学院1967届学生的名单。那是一本蓝颜色的册子，上面印有哈佛洗衣服务、舍恩霍夫（Schoenhof）外文书店和希考斯秘书学院（Hickox Secretarial School）的广告，还有新生女孩的黑白照片。总共300个女孩。她们拍照时的年龄是十八岁，但每个人看上去都比我年长，头发精致地卷曲着。我每天醒来的时候，只要刘海没贴在脸上就很幸运了。

简的照片在第二页最后一张。她抿着嘴唇，傲气地抬高下巴——

---

[1] Zoroastrianism，也称拜火教，流行于古代波斯（今伊朗）及中亚等地，是在基督教诞生之前在中东最具影响的宗教。

你更可能在一尊塑像身上看到这种姿势,而不是在一本年鉴的照片里。她看上去优美,永恒,遥远。她的照片底下就是她分配到的宿舍:卡博特楼(Cabot House)。

我对拉德克利夫学院了解得不多。我上大学的时候,这所学院早已并入哈佛,校园里只留下少数几个它存在过的痕迹——几个俱乐部的名字,比如女子船队、哈佛-拉德克利夫管弦乐队,就像一条返祖的尾骨一样顽固。我知道原先的拉德克利夫图书馆现如今变成了烹饪类书籍图书馆,更正式的名称是"施莱辛格"(The Schlesinger),我不知道这个词怎么读,只能含混不清地说出来。我还知道拉德克利夫的姑娘们曾经住在哪里:一个现在被叫做"庭院"(Quad)的距离很远的宿舍,作为一名新生,你不会想在分宿舍那天抽到那间宿舍的。

我还记得当我从几个拉德克利夫校友那里得知这件事时有多震惊:一直到2000年,女生的哈佛毕业证书还和男生的不一样。2000年?我知道哈佛很长一段时间以来都是一所全部由男性组成的学校,但我不知道在我入学前不到十年,女性毕业生仍然被区别对待。

我一个一个打给1963年和简一起住过卡博特宿舍的45个姑娘。我打电话给苏珊娜·布鲁姆(Suzanne Bloom)。没人接。我留了语音信息。朱迪斯·普莱舍(Judith Pleasure)。没有人接。留语音。凯瑟琳·韦斯顿(Katharine Weston),还是一样。苏珊·塔尔伯特(Susan Talbot)。

"你好?"她略带怀疑地说。

那一刻我几乎不敢相信,电话那端竟然真的会有人。

我做了自我介绍,拐弯抹角地说,我在写一本有关拉德克利夫和哈佛大学合并的书。

"你都问了大家什么问题?"她问。

"我尤其感兴趣的是寻找一个女孩的朋友,拉德克利夫1967届的,她叫简·布里顿。"我边说边眯起眼睛,好像她能看见我似的。

"哦好！"她说。语调里闪过一丝犹豫。

"她和你住同一栋新生宿舍，对吧？"

"对！"苏珊说，"我和她住同一层楼。我们俩都加入了宿管委员会。没错。她是个特好的姑娘。她是过世了吗？"

就像希望出现时那般迅速，我眼看着我的希望破灭了。

简几十年前被人杀死了，案子到现在还没有破，我解释道。

"不。"苏珊说，她的声音缓和下来。

"那是1969年的事了。我正想解开——"

"哦。简·布里顿，"她说，"对，我认识简·布里顿！我知道她死得特别惨。我记得哈佛广场还是双行道的时候，我走过广场，看到了报刊亭里的报纸。"哈佛广场地铁站附近的城外（Out of Town）报刊亭。我知道那里；它现在还在。

"我记得自己大步流星穿过哈佛广场，"她说，"想要穿过马路，看一眼标题，然后——我停在了原地，被吓坏了。但不管怎么说，这件事的怪异之处刚好和她怪异的人生相符。"

嗯？

"她真的是剑走偏锋，我觉得。"

简和宿舍里的女孩都不一样，苏珊解释说。其他女孩会在周六晚上傻等着宿舍给不去约会的女孩准备的精神安慰——牛奶和饼干，简向来都不在。晚上锁宿舍门的时候，简从来都不会和大家围坐在壁炉边上。早上5点她也不会出现在厨房，艰难地打出她论文的第三稿。当别的姑娘没有闲钱的时候，简就会去买披萨，但她从来不在宿舍逗留。

在苏珊看来，简似乎处在两种迥异人生的十字路口："她要么成为她父亲期待中的女儿，被书里讲的那些道德典范、条条框框束缚。要么听从她内心艺术家一样的自由灵魂。"简还没有做出选择。

她是个非常优秀的学生，但苏珊对她印象最深的就是她的画了。"她的画里面有极度的不安。"她有一幅60厘米×90厘米的作品是表现地狱的。简心目中的失乐园让苏珊大为震惊——冲击力极强,让人着迷。"全部都是纯红色的",她说,并没有意识到自己的记忆暗合了"红色赭石不过是简作画使用的红颜料"这一理论。

"我看见关于她遭遇的标题的时候,我只是觉得太残忍了。真的太残忍了,"苏珊说,"我有种感觉,她肯定是激怒了某个非常不成熟的人。"

苏珊建议我去找简大一时的室友伊丽莎白·汉德勒(Elisabeth Handler),一个瘦高个子、一头鬈发的女孩。她和简过去形影不离。"她俩就像在拍《亚当斯一家》①一样。"

我道了谢,没想到她听上去一样充满感激:"你一个电话就把我带回了过去,多少年,五十年了。"

"或许简会来梦里找我们吧。"她挂掉电话前说。

简

在新闻禁令的遮蔽之下,警方艰难地从取证中找寻着线索。甚至化学分析的结果出来以后,整个事件的来龙去脉也没有变得更明晰。简的睡衣沾满了血迹和尿液,后脖领的地方撒满了赭石粉;睡衣上还有一小块黑色的污渍,外观和简右手上的黑色材料类似。尽管她厨房里两个煎锅中的一个上面涂有大量的油脂和炭,还含有微量的血迹,但分析人员还是不确定那块黑色污渍究竟是油还是土。在靠近床头的暖气片上,烛台上插着残留的蜡烛。联苯胺检测结果显示,它中间部分的血迹呈阳性。简身下的枕头被血、尿和精液严重污染了,而且精

---

① The Addams Family,最早由美国漫画家查尔斯·亚当斯(charles Addams)于1938年创造的知名虚构家庭,之后改编成同名电视、电影和动画等。这个家庭以其独特的黑暗喜剧、怪异幽默、嘲讽常规社会价值观而闻名。

子细胞是完整的，这表明性行为发生在她临近死亡之前。贾科波警官还在简的浴室内发现了女士内裤，并在档部检测出了精斑，上面的精子细胞不完整。但卡塔斯医生更进一步的尸检并没有涉及简是否遭到性侵。简的伤势不能确凿无疑地证明她挣扎过：除了她头上的伤口之外，她的右臂仅有轻微的挫伤，左手则握有一小撮混色的羊毛纤维。公寓内只发现了简的O型血。

警探达文波特中尉曾在一次审讯中自嘲说，他们这群警官在调查中还是两眼一抹黑，他们准备一起去上威廉姆斯教授的课，最起码还能了解一下犯罪现场的仪式性元素。

这一系列无解的问题让警方别无选择，只能一遍一遍询问简的朋友们，希望能从中找到他们第一次问讯以来忽略的某些细节。他们取得了和简关系亲近的人的姓名和住址。他们拿到了哈佛人类学系博士项目所有学生的名册。他们查到了她最近的通话。他们搜查了她的电话簿和日记。他们研究了从美国驻罗马大使馆发送到剑桥警局总部的三通声明。这三通声明来自人类学系的学生阿瑟·班考夫和他的妻子安德莉亚，声明回答了剑桥警方通过唐和吉尔转达给他们的问题。尽管简被害时班考夫夫妇都在国外，但他们毕竟是简很重要的朋友——伊朗挖掘时他们就和吉姆、简同行，之前还和简做过一年的邻居。

从这些声明中，警方了解到，简从来都没有穿着睡衣迎接过任何人，她的睡眠很好，因此警方推测简不一定认识凶手。可是她也没有把入侵者胖揍一顿，这一点不太说得通。因为卡尔·兰伯格-卡尔洛夫斯基后来告诉记者："让一个陌生人就这么闯进来，没有抄起冰箱朝他丢过去，这可不是简的风格。"英格丽德也向警方保证，如果简意识到自己遭到袭击，她会拼了命去回击的。"我猜她有可能会踢烂他的下体，"她说，"简妮[①]是我见过的最天不怕地不怕的人。"

吉尔·米歇尔告诉警方，简大学二年级的时候曾被人袭击过，她

[①] 简的昵称。

还手了。凌晨 2 点左右，在拉德克利夫广场附近替人照顾完孩子，简朝自己的车走了一小段路，这时一个男的抓住了她。"她认为他是个高中小孩。"吉尔告诉警方。简抽出了那把她一直放在背包里用来削苹果的刀，朝他刺了过去。她并没有捅到他，却划开了他的尼龙夹克，结果那人就逃走了。"她是个战士，"吉尔说，"她既不会放弃反抗，也不会原地僵住。她总会做些什么。"

但紧接着吉尔记起了另一件事。尽管她展现出了各种彪悍，"她从来不会大喊大叫"。

———

警方对简的了解越深入，他们就越困惑：究竟是为什么，一个个性如此之强的女性会和吉姆·汉弗莱斯这么内向的男人在一起？吉姆在社交时的表现和他对待学术一样谨慎、呆板、一丝不苟。朋友们都说他"绅士到几乎让人尴尬的程度"。面对艰难的处境，他更有可能选择逃避，而不是迎难而上。而且吉姆也没道理对简产生兴趣：据英格丽德说，简这种强势的个性会让所有人望而生畏，尤其是像吉姆这样的人："我会想，假如我是和简妮在一起的男的，说实话我会怕得要死，因为她就是那种说一不二、杀伐决断的人。"

化学分析表明，那天晚上吉姆穿的栗色橄榄球毛衣上有微量的血迹，更佐证了警方有所疏漏的可能。此外，他滑冰时穿的冰球鞋的冰刀上也沾有少量血迹。

"吉姆到底哪里吸引她？"警探达文波特中尉问英格丽德。

"神秘，"她说，"他特别高深莫测。女孩们吃这一套。"

接着英格丽德补充道："她从他身上发现了令她着迷的心理失衡的感觉——和她自己一样——那种巨大的不安全感，没有被完完全全爱过的感觉。"

你会和我一起吗

两个星期后,我和杰伊在布鲁克林吃晚饭。那是一个可以吃烛光晚餐的披萨店,店内有个花园,复古的广告牌掩藏在树叶之间。我决定了,今晚要和他聊一聊简。他知道我一直在忙活有关 20 世纪 60 年代哈佛大学的事,但他也由着我闭口不谈。我觉得简并不是一个我可以在聚会上随口提起的人,也不适合把她当做一件逸事来取悦别人。但我讨厌独自一人活在这个世界。

杰伊听得很认真。我告诉他斯泰恩徒步时遇难让我多害怕。告诉他我担心自己深陷于那种只看得到冰山一角的茫然境地。告诉他我发现这一切很容易让人不禁想象,掩盖简的故事背后真的存在阴谋。告诉他即便是我所有猜测中最牵强的——在伊朗革命前十年间,叶海亚堆的考古挖掘为美国政府提供了足够的信息——一时间也很难被我无视。卡尔后来反驳了叶海亚堆和政府有关的观点,并且补充道:"我从来不为美国政府工作。"但在我提出《信息自由法》(Freedom of Information Act)的请求时,中情局(CIA)是唯一对是否存在有关简·布里顿或叶海亚堆的记录不置可否的机构。

杰伊并没有被我的思路说服,但他能理解这件事对我来说有多真实。他握着我的手,另一只手拿起披萨刀,塞进我的手掌心。然后他握着我的手腕,给我演示如何才能最精准地捅向对方。这是他在情报工作的战术训练中学到的。

对着空气刺过去,眼睛扫描到出口的位置,讨论急救包里要放什么,商定一个暗号。我惊讶于我们变成同谋者之后这感觉是多么地对味。身陷简的故事之中,有了杰伊的陪伴,我就不那么寂寞了。让我尤其感到惊讶的是,共同笼罩在她故事的羽翼之下,也让我觉得和他在一起不那么孤独了。

简和吉姆

动身去叶海亚堆前的那个春天，简和吉姆同几名研究生一起围坐在哈克尼斯（Harkness）学生中心。萨拉·李·埃尔文（Sarah Lee Irwin）也在，她刚刚和人类学系的一位老师离婚。萨拉·李并没有掩盖她对吉姆的欲望。

午餐过后，吉姆离开了哈克尼斯。随后简也离开了。她知道他的住处——一栋叫查尔德（Child Hall）的研究生宿舍。她敲了门，吉姆请她进去。

"我想我得告诉你，有人在追求你。"简说。

"哦？谁？"

"我的天。很明显啊，埃尔文一直跟着你。"

吉姆向后仰了仰，朝她望去，眼神揶揄而自信。"好吧，难道你不知道，你告诉我这个就等于说你也在追我吗？"

"真他妈的。"简说。她转身走了出去。

拉德克利夫记忆

事实证明，伊丽莎白·汉德勒并不难找。我很容易就找到了她的领英（LinkedIn）主页。和新生注册照片上那个一头鬈发的女孩不同，她的头发优雅地留到了下巴，但她依然有着同款圆脸，笑容调皮。我从她位于加利福尼亚的公关公司主页上找到了她的邮箱地址，给她写了封邮件，邮件主题写得相对温和——"拉德克利夫记忆"。

我一边等她回信,一边把目标锁定在追查《哈佛深红报》有关该起谋杀案的原始文章的作者上。我想知道摩根所说的《深红报》被迫改写报道一事是否属实。

文章的署名写的是安妮-德-圣·法勒(Anne de Saint Phalle)。我从哈佛校友名录里找到了安妮,但没有找到她的联系方式,并且名录上说,她把名字改成了安妮·卡尔萨(Anne Khalsa)。终于,通过法国的一个家谱网站还有《纽约时报》的讣告栏,我了解到她现在的名字是"萨·西丽·卡尔萨"(Sat Siri Khalsa),目前在新墨西哥州兼职做吠陀占星师和金融交易员。她很想帮忙,但一听说我正在写的东西,她便说自己一点也想不起来简·布里顿的案子了。

我将她在《深红报》发表的文章链接发到她邮箱,想看看会不会唤起她的记忆。

没印象了,她回复。"太奇怪了。就好像我根本没写过一样。"

房地产

"哈佛非要发生一起谋杀案才能遵纪守法吗?"简谋杀案发生之后,大学路公寓的租客工会主席杰西·希尔在剑桥市议会会议上这样问道。

哈佛大学是大学路公寓的房东。1967年哈佛买下该地,计划将其改造成大学的一处新建筑。但居民们抱怨连连。他们不想又为了一栋哈佛的大楼而失去他们租金稳定的公寓。因为不想和剑桥市镇的关系太过紧张,哈佛大学让步了。但同时大学也表明,这次让步意味着居民们得不到翻新或维修房屋的机会了。为了能留下来并维持较低的租金,居民们将不得不照原样使用该建筑。

杰西·希尔指责哈佛大学有意疏忽。她宣称，两年来他们已经注意到公寓大门的门锁失修——这有违剑桥建筑准则——指责哈佛大学将底线置于居民的安全之上。"我们试过请求哈佛主管税收、保险和房地产的亨利·H. 卡特勒（Henry H. Cutler），但他幸灾乐祸地和我说，'我们从你们这群人手里拿不到更多钱了，所以我们没法改进什么了'。"

简的谋杀案为哈佛大学的房地产政策带去了不必要的关注。而此时哈佛大学刚好正在进行一项4870万美元的筹款活动。门锁故障很有可能会酿成一场言论风波。在新闻发布会上，一位年轻记者向时任哈佛大学校长的南森·普西（Nathan Pusey）施压，要求其针对哈佛大学对大学路公寓的疏忽做出答复。普西对这种提问方式异常愤怒，他让高级秘书打电话给《波士顿环球报》的管理层，投诉了这位让人生厌的记者。

议会女议员芭芭拉·艾克曼（Barbara Ackermann）说："鉴于哈佛大学给这个社区带来的诸多问题，他们至少可以选择做遵纪守法的房东。女孩已经死了，我也不会说假如她的门上了锁，她今天就一定能活，但我们非常有理由这样相信。"

迫于压力，大学路的居民收到了一则替哈佛大学管理该房产的房地产公司的说明："鉴于大学路6号近期发生的案件，应剑桥市要求，需给所有门厅的房门安装自动门锁。请移走大厅前后及地下室区域的所有杂物，并挪走地下室的摩托车。"

在简的葬礼当天——就在所有人都在关注尼德姆的时候——房地产管理公司以哈佛大学的名义，悄没声地在大学路的房门上安装了门锁。这一切都发生得如此仓促，以至于竟然没有人想到要给居民们配新锁的钥匙。

这件事给《每日新闻》的记者乔·莫泽莱夫斯基的印象是，哈佛的管理层和警方似乎都对找到杀害简的人没什么兴趣。"他们只想息事宁人，埋了她，然后让哈佛大学重新恢复往常的平静。"

几乎在同一时间，距离哈佛广场差不多 10 公里，尼德姆公墓（Needham Cemetery）负责挖土的人正努力在冬季的冻土层中挖出一个坑，好安置简的棺椁。无云的天幕之下，一众亲友围在牧师哈罗德·蔡斯身边进行简短的墓前仪式。吉姆站在靠后的位置。

布里顿一家非常注重隐私，这一天也不例外。简的父亲唯一一次表露情绪，就是在摄影师靠近坟墓的时候。简的弟弟博伊德冲过去，以防他做出什么冲动的事。一位尼德姆警察也注意到了这一点，于是把摄影师赶走了。

简的棺木缓缓放下，放在山坡上。亲友们离开现场，两名工人过去将她的墓封好。

家人和亲友在简的葬礼上聚在一起。简的父母和弟弟博伊德位于右侧。

伊丽莎白

给伊丽莎白发了那封以研究"拉德克利夫记忆"为名的邮件两周后,我终于鼓起勇气给她打了电话。那是一个星期四,我在她工作时联系上了她。我做了自我介绍。"嗯,我知道你是谁。我一直在躲你。"她说。我为自己的死缠烂打道了歉。她笑了,叫我周六再打给她。

两天后接起电话,伊丽莎白的声音友好而轻快。我们差不多聊了半小时她在拉德克利夫的经历,但并没有提到简。伊丽莎白是《纽约时报》驻外通讯记者的女儿,一直在国外长大。她来到拉德克利夫的时候,"完完全全就是个外国人,而且没有人知道我是外国人。虽然我英语说得够好了,但我为了隐瞒口音故意不说"。

融进去,她责骂自己。但这并没有帮助她缓解孤独。拉德克利夫给人的感觉更像是住进了旅馆,不像是身处一个集体之中。"你去比较女生和男生的宿舍,这对我来说太伤自尊了。"女生们有宵禁和"学院生活"规定,譬如当男生来访时女生要"始终保持双脚着地"①。上课时必须穿上裙子和长筒袜,步行15分钟到校园,而这些衣物根本不能御寒。直到1973年,宿舍变成男女合住,男生搬进拉德克利夫院子之后,哈佛大学才开始提供我所熟悉的班车服务。

但我意识到,我的经历远超出自己的预期。本科生的雄心壮志和勇气可嘉。哈佛教育的真正本质是:学会如何应对繁文缛节,擅长玩制造机会的游戏,破解故弄玄虚的学术语言。最最重要的是,它宣扬的是成败在此一举:"在哈佛,你不能哭。"伊丽莎白大一那年,卡夫卡式的文书斗争让她在行政办公室之间来回穿梭。伊丽莎白说,至少

---

① three feet on the ground,这里指当居住区域有男性时,女性需要确保双脚始终接触地面,即不能与男性进行任何身体接触或亲密行为。这种要求旨在限制男女之间的互动,并保持一种得体和端庄的氛围。

We Keep the Dead Close

她很喜欢拉德克利夫的食物。而她在英国寄宿学校吃的则是"死于坏血病的老牛肝脏；卷心菜被煮成了一摊泥"。

在我问到简之前，伊丽莎白提到了她的室友：一个来自华盛顿州的年轻女孩，据她说，"是个十足的好人，但我们之间没有什么共同点"。

我很肯定简来自马萨诸塞州；我更加肯定没人会用"十足的好人"来形容她。我担心苏珊·塔尔伯特搞混了。

伊丽莎白继续说："我最好的朋友就住在几扇门开外。她从十岁出头就对人类学感兴趣了。"伊丽莎白说，这个女孩怂恿她听了第一堂人类学的课。"她教会我吸烟。她鼓励我喝酒。所有新世界的大门都是她替我打开的。"和她室友比起来，"简——和我成为好朋友的那个女孩——生活经验丰富多了，而且特别好笑。"

简。

"和你实话实说，"我说，"我对这一块最感兴趣的是……"我结巴了。"我听说了她的遭遇——"我压低了声音。

"是啊。"伊丽莎白说。这给了我继续说下去的勇气。

"或者说是有关她遭遇的传闻，"我说，"我很想了解那到底是什么。"

她的声音毫无退缩。"好家伙，我很高兴可以帮到你，"她说，我能感到一阵解脱，血仿佛止血带被解开了一样涌向我。"那实在是太可怕了。"

简在拉德克利夫

1963年，新学年第一周，卡博特楼的每个人都统一行动。不光是所有人一起吃饭。似乎在伊丽莎白·汉德勒看来，全部45名女生都认为她们可以坐在同一张圆桌上。

一次集体午餐时，伊丽莎白环顾房间。和她相比，其他女孩们的表现就像她们从幼儿园就开始为进入拉德克利夫做准备了一样。她的室友朱莉·斯普林（Julie Spring）是一位论派牧师的女儿。她穿着一条紧身短裙和一件圆领衬衫。朱莉对上大学最大的烦恼就是她能不能学会洗淋浴，而不是用浴缸洗澡。伊丽莎白不确定自己是否也曾这样年少无知。

但她还是会因为朱莉的热情而困扰。能进入拉德克利夫的确值得庆祝。在所有女校中它最负盛名，其规模是哈佛大学的四分之一。这意味着它比哈佛还要难考。"我不想成为那个坏了一锅粥的老鼠屎，其他所有人都有这么美好的经历，而躲在角落里的这个坏脾气，却对大多数人心心念念想得到的教育感到痛苦。"伊丽莎白后来这样回忆道。

就在这时，另一个一年级新生蹦蹦跳跳来到了餐厅。"我做到了！"她对全屋的人宣布。"我选到了研究生的研讨课！"

伊丽莎白甚至不知道研究生的研讨课是个什么东西。一个18岁的孩子是怎么成功混进去的——

"我也要这么干！"朱莉气喘吁吁地说。伊丽莎白努力让自己别翻白眼。

"噢真他妈的。"桌对面的一个声音说。

伊丽莎白抬起头。那女孩很引人注目。她的眼睛是绿色的，眼距很开。她的皮肤是淡淡的象牙白，头发黑得发亮。

简就是那个"给人当头一棒的人"，伊丽莎白回忆道，"她就是格鲁乔·马克斯[①]和多萝西·帕克[②]的合体，只是没有胡子而已。"简

[①] Groucho Marx（1890—1977），美国喜剧演员、电影明星，以机智问答和比喻闻名。
[②] Dorothy Parker（1893—1967），美国作家，其诗歌常犀利直率地讽刺当代美国人的性格弱点。其短篇小说也同样具有讽刺意味。

并不是那种传统意义上的美人——她总爱说自己的身材就像砖头盖的茅厕一样——但她的确有她的魅力。她抽烟，从不用发胶把头发高高梳起。她嗓音低沉，总会发自内心地爆发出爽朗的笑；一旦被什么人激怒，她就会竖起一对细细的眉毛，仿佛拉开弓准备射箭一般。简的房间就在伊丽莎白房间的走廊尽头。两人很快就变得形影不离。

两个人都花了一些时间适应在卡博特的生活。首先房间很简陋，室内摆着两个木制梳妆台，两张小书桌，每人一把木椅，床是上下铺的。简睡在下铺。寝室里没有台灯，没有窗帘，没有地毯。但简的房间至少还有一扇窗，窗外就是院子。

女生们共用一个公共洗浴间，每层楼都有一个熨衣板和一个熨斗。地下室有洗衣机（洗一次 25 美分）和吹风机（吹 15 分钟 10 美分）。电话是 25 个人共用一部；来电是通过值班的学生转接的，也就是说她们的社交生活完全是公开的。每个人都能从粉色的未接电话单的厚度，看出一个女生有多受欢迎。女生们需要在离寝簿写下她们要去哪里，和谁一起——也是对所有人公开的。

学院还有一些规定。拉德克利夫发给所有女生每人一本手册，希望她们记住上面的内容。学院要求她们每个星期做 5 小时的家务：值班打铃，招待用餐，还有少量茶水间的工作。手册要求学生"日光浴时多加小心"，尤其强调"良好的品位要求在拉德克利夫的房产及所有公共场所表达感情时都应谨言慎行"。学生可以在任何地点吸烟（除了在床上），但酒精是禁止的；偶尔允许她们喝一点雪利酒。

另外还有一些社交准则需要遵守：作为新生，她们任意一晚均可于晚 11:15 以前离寝，每个学期最多可有 30 次凌晨 1 点以前离寝的机会。除非是"学院生活"期间，否则男生不可进入女生寝室。所有进入女寝的男生都需要由带他进来的女生登记进入、登记离开，并且这位女生需要大喊"男生来了！"以提醒楼里的其他人。

拉德克利夫于 1879 年开始成为哈佛大学的附属机构，但一直到 1943 年，女生才被准许进入哈佛的课堂。这一里程碑与其说是为了追求平等，还不如说是为了图方便：在战时，哈佛大学的课堂空空荡荡，教授们对不得不给同一个班级上两次课而感到不满。合并教学十周年时，《深红报》刊发了一篇有关哈佛讲师为男女生一起授课的文章。一位讲师说，他课堂上的女生头戴卷发夹，没有化妆，所以"在宿舍舞会上看到一个和你同组的女孩，结果发现她竟长着一张真实的脸，真让人震惊"。另一位讲师说，他喜欢和拉德克利夫的学生约会，因为"卫斯理（Wellesley）的女孩虽然更漂亮，但拉德克利夫的女生更方便下手"。历史系讲师、洛厄尔宿舍（Lowell House）的主管艾略特·帕金斯（Elliott Perkins）很怀念以前的日子。尽管他"光凭理智不太分得清其中的区别"，但他还是感觉"以前只有哈佛男生的学院更顺眼"。

等到简和伊丽莎白成为新生时，拉德克利夫的女生几乎已经可以和哈佛的学生平起平坐了：上同样的课，由同样的教授授课，参加同样的考试。在简入学前的 6 月，拉德克利夫的学位证书上已经印有哈佛的字样了。即便如此，她们还是觉得自己像是二等公民。拉德克利夫的学生没有机会获得同样的奖学金和资助。她们不能进入本科生的图书馆拉蒙特（Lamont）。如果她们在夜里 11 点以后出门，按照规定必须有人护送她们回寝。校园里仅有 9 间女厕所，要在学校里找个地方吃饭，而不用在课间一路跋涉回到宿舍区，也不是那么容易。新入学的男生可以邀请女生在全是男生的新生会（Freshman Union）吃饭，但众所周知这里有个传统，就是当一个女生走进食堂，男生们都会纷纷用叉子敲酒杯——显然是为了尽量让女生们感到不适。

一周后开始上课，简说服了伊丽莎白和她一起去试听人类学 1a

这门课。每个星期上三次,都是在上午10点,由威廉·豪威尔斯(William Howells)和史蒂芬·威廉姆斯两位教授授课。简和伊丽莎白坐在教室后面。有个男孩总是迟到,每次他尖叫着跑进教室,差点儿摔倒在座位上时,她俩总会傻笑。

她们很快就对人类学的世界感到着迷。"我是说,喂,"伊丽莎白后来说,在拉德克利夫,"我还不如从亚马孙河最深的地方蹦出来。所以这种观念——'我们将在这里研究文化,我们会挑选出其中有趣和不同的部分,我们不会干涉,我们会带上我们的笔记本和遮阳帽融入大环境,每个人都可以对这个主题了如指掌'——很有意义,这就是我被吸引的原因。"有个流传已久的笑话说,精神病学家对他们自己不满意,心理学家对社会不满意,人类学家对他们的文化不满意。

学期刚开始,人类学1a课的一位授课老师在自己家办了个聚会,邀请了课上的一些人。伊丽莎白去了,那个经常迟到的男生也在。伊丽莎白做了自我介绍。她坦白其实她和简曾伸腿绊倒他,并道了歉。男孩笑了笑。他说他那时候太累了,并没有意识到除了自己的脚以外,自己还被别的东西绊过。

"彼得·潘奇(Peter Panchy)。"男生自报家门。

伊丽莎白和彼得一直在聊天,喝潘趣酒——一种上面浮着丁香的红酒。聚会结束时,伊丽莎白人生第一次喝醉了。她吐在了彼得的鞋上。他并不介意。

很快,简、伊丽莎白、彼得三人组成了一个小团体。他们会在教室后面胡闹。英格丽德·基尔希有时候也会加入他们。偶尔有人心情抑郁,彼得就会带一点酒,他们会坐在拉德克利夫宿舍街对面的教学楼台阶上,伴着剑桥的冬日,大口大口灌酒。他们之所以能结成小团体,是因为他们都感到自己格格不入:伊丽莎白是因为她的成长背景;简是因为她总有一种疏离感;而彼得则因为他和许多同学比起来出身不好。彼得的父亲是阿尔巴尼亚移民,由于他家里的杂货店快要破产了,他中途从哈佛退了学。"你仅仅是被邀请到这里,并不意味着你就属于这里。"彼得日后这样回忆他在哈佛大学的时光。

1967届的学生感觉自己被夹在了50年代和60年代之间。卡博特楼为这群新生开设了有关禁欲的必修课。女生们穿着睡衣和浴袍聚在一起,看着一个高年级学生在她们面前崩溃。她告诉她们,自己和一个高年级学生恋爱了,和他约会了两年,并且和他"发生了性关系",结果他劈腿和别人跑了。据苏珊·塔尔伯特回忆,"她泣不成声,告诉我们可以继续去约会,但不要因为一个准备全身而退的男人失去童贞"。

1963年10月,一桩丑闻发生了。学生们一直在抱怨"学院生活",认为所谓的"学院生活"其实"强化了女性是性对象而非朋友或伴侣的观念",它们唯一能阻止的不是婚前性行为,而是"恋爱中不那么明确的跟性有关的东西:早餐时开玩笑,傍晚时舒心地交谈"。学校的行政部门受够了。两位哈佛的教务长开始反击,表达了他们对校园里亲眼所见的"宽松的道德环境"的深切忧虑。他们发誓要更加严格地贯彻"学院生活"准则:"我们有责任去应对通奸行为,就像我们应对偷窃、撒谎和欺骗一样。"

然而,即便是拉德克利夫和哈佛,也没能在它们各自的泡沫中待太久。11月,肯尼迪总统遇刺。宿管搬了台电视机放在卡博特的公共休息室,女生们聚在一起看电视。通常纪念教堂(Memorial Church)的钟声每隔一小时敲响一次,这一次,它每隔15分钟便为总统而鸣。钟声回荡在校园里,听上去颇有些瘆人。

大学第二年,简和伊丽莎白搬到了科格斯霍尔(Coggeshall),那

是一间隶属于卡博特的老宿舍楼,位于沃克街(Walker Street)几个街区开外。科格斯霍尔像家一样舒适,布置着50年代起居室的家具,只有不到十个女孩入住。简和伊丽莎白在这里可开心多了——每个女生都有单独的卧室,她们可以在厨房做饭,还可以请朋友过来——并且她们能在这里一直住到毕业。简尤其喜欢舍监那只名叫爱德华(Edward)的猫,一大坨毛茸茸的橘色生物。可怜的爱德华做绝育手术时,它失去睾丸的不幸反而给简带去了无穷无尽的快乐。

舍监卡伦·布莱克(Karen Black)被简的魅力所打动。简"开始谈论一件事时,你会不自觉坐下来听她说"。她讲了她考察的故事:她前年夏天在阿布里·帕托①挖掘过的山洞,希腊的火车,雅典的集市。它们是如此生动,感觉就像是她让过去的一切都复活了:

> 我们在这里,闻起来像个马厩,脏兮兮的,无人打理。这里是地中海,全是长毛绒和大理石。我们遇到了一脸错愕的门童,他们在想要不要把我们赶出去。到了布里顿,我们准备速战速决。

"她对昏暗的过去有一种可怕的依恋。"卡伦回忆说。

不同年级之间的差别开始变得像代沟一样大。那一年,毒品在校园里流行起来;最高法院"格里斯沃尔德诉康涅狄格州"(*Griswold v. Connecticut*)一案将已婚夫妇节育合法化;民权及反战运动发端,尽管最初得到的支持很少。越战抗议者不得不躲避从新生宿舍楼丢出去的水球。哈佛大学和拉德克利夫已经开始积极招收黑人学生,但黑人学生的人数一直到1969年才开始大幅增加。(在1964年之前的十年里,拉德克利夫的毕业班中黑人学生很少超过三人。)苏珊·塔尔伯特是在失去她负责的一名新生的行踪时,才意识到这波政治风潮

---

① Abri Pataud,位于法国中部多尔多涅河谷,是一处旧石器时代晚期的洞穴。

的。那个年轻学生的朋友不得已承认了她正在参加一个宣讲会,苏珊听后十分严肃地回复:"我都不知道广场上还开了一家新的中餐馆。"

1971届的卡罗尔·斯坦赫尔(Carol Sternhell)是第一批参与1970年春季哈佛大学男女混寝试验的学生。他后来回忆起当时的激动:不管怎么说,大学就是你去测试自己和世界的边界——性、毒品、经历——的一个时期。整个世界的道德观念崩塌在同一时间,这是非同寻常的。

随着现实不断侵袭校园,简在人类学系投入的时间越来越多了。她利用课余时间为莫维乌斯教授绘制文物插图。差不多每天下午,皮博迪图书馆晚5点闭馆之后,她都会跑到马萨诸塞大道(Mass Avenue)的海耶斯·比克福德(Hayes-Bickford)咖啡馆,与研究生同学和助教们喝喝啤酒、咖啡,谈天说地。他们自称是采集狩猎者。

简会和伊丽莎白说起这些闲言碎语。"都是些肥皂剧啊、勾心斗角啊,感觉真的很政治。"简说起系里的人的样子,就像她和所有人都睡过一样。"我觉得我也没那个资格对她说,好了,简,别这样,你不该这么被卷进去,这样对你不好。"伊丽莎白回忆说。她能感知到简内心的脆弱,所以不太去问她说的哪些是真的,说实话,她也不想知道。

简的人生和她讲述的故事一样喜欢走极端。她总是在极端节食——吃上一大堆香蕉或是一次性禁食72小时,之后又跑去百翰[1]吃巧克力奶昔。简在晚上会变得十分活跃,工作时间很不规律。集中精力时,她就会在工作中焕发活力,光彩熠熠。其他时间她一连几天都闷在房间里,偶尔才跑到隔壁的厨房露一下脸。

但也恰恰是这些特质——情感强烈、固执、不受控制——让简成了很不错的朋友。她有着自己的引力场。她或许是在用愤世嫉俗和悲观主义来掩饰自己,但她内心是"一个狂妄的乐观主义者",伊丽莎

---

[1] Brigham's,曾经在美国东海岸流行的一家甜品连锁店。

白回忆说。

不管是简还是伊丽莎白，只要她们在大学里感到抑郁、生气、难过或无聊，她们都会去开车。简有一辆1962年生产的白色敞篷车，内置红色真皮座椅。就算是在冬天，她们也敞着车篷。她们会在深夜驱车前往格洛斯特①，或者去普罗维登斯②，要么就是去里维尔海滩③，让风吹拂着她们的脸庞。迫在眉睫的截止日期会消失不见。或者当这一切真的让人再也受不了的时候，她们会在谢帕德街（Shepard Street）一家可爱的切斯-让（Chez Jean）法国小酒馆请自己吃一顿大餐。在切斯-让，"我和她会放松下来，聊我自己的经历、我的过去，我会感觉舒服一些，因为我觉得她了解我。那并不是……我并不需要解释一切。"

一天晚上，坐在伊丽莎白身后的一对年轻情侣吸引了简的注意。男的很大声地嚷嚷，坚持要给他的约会对象点一份青蛙腿，而他的约会对象一直说，"不行，我吃不了"。她最终还是答应了。当服务员把菜端上桌时，简边笑边看起了热闹。只见那女孩夹起了第一口，送到嘴边。

简弯下身子，用整个餐厅都听得见的声音，大喊出了一连串的"呱呱呱呱"！

重新回到伊丽莎白

"真正让人心碎的——"伊丽莎白在我们打第一通电话的时候说，

---

① Gloucester，美国马萨诸塞州艾塞克斯县的一个城市。
② Providence，美国罗得岛州首府，位于普罗维登斯河河口、纳拉甘西特湾畔。
③ Revere Beach，美国马萨诸塞州里维尔市的公共海滩，位于波士顿北部，距离市中心约8公里。

"这一切都令人心碎,但除了恐怖之外,让整个故事尤其让人心碎的,是她真的找到了一个好男人。"

伊丽莎白说的是吉姆·汉弗莱斯。1968 年春天,简在伊丽莎白的婚礼上做伴娘的时候,曾花很多时间滔滔不绝地谈起她刚认识的这个高个子加拿大人。"她平生第一次那么幸福,真的很幸福。"

———

1969 年 1 月初,伊丽莎白接到了彼得·潘奇的电话,就是她们在人类学 1a 课上认识的那个朋友,当时他已经结了婚,住在剑桥东面的萨默维尔(Somerville)。他曾在圣诞节前夕和简偶遇过。他们在哈佛广场撞见,简请他喝了茶。他们一起待了半小时左右。简说她真的很迷滑冰,他们约定说假期之后再联系。假期旅行过后,彼得和家人回到萨默维尔。彼得把女儿抱到床上,哄她睡觉,然后打开了晚间新闻。简的脸出现在了电视上。

简死了,彼得将这件事告诉了伊丽莎白。

伊丽莎白没能去参加简的葬礼。"我光是活着,就已经觉得很愧疚了。"

而对于伊丽莎白来说,和简被害这件事一样让她震惊的,还有接下来几个星期的沉默和调查的拖延。"剑桥警局的幕布真的拉上了,"伊丽莎白和我说,"我有一种强烈的感受,一定有人在暗箱操作。"

几年过后,她仍然感到有什么东西阻碍了调查。她告诉我,简的弟弟博伊德曾在 90 年代中期去过剑桥,想要查看警方的档案。但是他们互相推诿,一眼都不给他看。"我想象不出背后的势力是什么,"伊丽莎白告诉我,"我是说,简的父亲很有权势。他可是拉德克利夫的副校长……他还是个了不起的商人,很有钱,人脉也很广。如果说有人能动用什么力量解决他女儿的谋杀案,那非他莫属。"

我把和已婚教授搞外遇的这个观点告诉了她。

"你懂的,我不会贸然否定这一点,但我认为这件事不会在这个节骨眼发生。你知道——"

"因为她当时的男友是詹姆斯·汉弗莱斯。"我说。

"没错。"

"她和他在一起很开心。"

"据我所知是这样。"

我问伊丽莎白她对当时发生的一切有什么看法。

"我指认过一个嫌疑人。其实他那段时间在秘鲁,但这一点在我看来无关紧要。在她接触的人里面,他就是那个总会传出坏消息的人。"

"是叫艾德·弗朗克蒙特(Ed Franquemont)吗?"我问,依稀想起过去和詹姆斯·罗南的谈话。几年前詹姆斯说过,艾德是简的最后一位男友。我说所有报纸的报道写的都是吉姆·汉弗莱斯,詹姆斯就觉得可能是他自己弄错了。

"对!"她说,惊讶于居然不止她一个人这么想。"当着我的面,他对她都很可怕。就是那种恶语相加,粗鲁不堪。"

艾德·弗朗克蒙特曾是哈佛大学人类学系1967届的学生。和简一样,他也是直升到博士项目的。但在简过世前,他退学了。从大四春学期开始,他和简约会了不到一年时间。"我绝对确定,就是艾德·弗朗克蒙特干的。"伊丽莎白说,几乎是吼出了他的名字。

接着她想起了别的一些事。那是在简大三那年。她至今都能记起她俩坐在简科格斯霍尔寝室地板上的样子。简在发抖。她说她认识了一个男的,叫杰里·罗斯(Jerry Roth),是作家菲利普·罗斯[①]的儿子。他们"没聊过几句,互相也不太熟",却在一起睡过了。简一直感觉哪里不太对,所以有一回,他把她单独留在他房间时,她在他的

[①] Philip Roth(1933—2018),美国作家,生于美国新泽西州纽瓦克市。曾多次提名诺贝尔文学奖,并获得国家图书奖、普利策文学奖等重要奖项。

公寓里窥探了一圈，找到了他的日记。

日记里的内容包含了简最害怕的事：描述了她做爱时候的样子；讲到她多么没有吸引力；说她"像一块瓷板一样冷若冰霜"。她伤透了心，既害怕又生气。之后再见到他时，她当场和他提了分手。可是"她非常非常地心烦意乱。我是说，她已经支离破碎了，"伊丽莎白回忆说，这对于简来说并不寻常，因为她总能用玩笑话对各种事一笑了之。"那一次，我们当场就去了法国餐厅。"有好几十年，伊丽莎白都出于义气不再读菲利普·罗斯的书了。

但很久以后，在他八十岁生日之际的一连串报道中，伊丽莎白得知菲利普·罗斯并没有孩子。没有这么一个儿子。

"所以我当时就想，那到底是谁啊？"

我说出了内心的困惑，万一她和她最好的朋友说谎了呢？那就太糟糕了。伊丽莎白也不清楚。我很惭愧地说，我们俩都没想过可能是那个人对简撒了谎。

"我只是实事求是，"伊丽莎白说，"我心里毫无疑问，她肯定被什么人伤过，而且伤得挺深。"她琢磨道。"她明显对我隐瞒了什么人。她会和我说起发生了什么事，说起它给她带去的伤痛、侮辱和难过，但她并不告诉我他是谁。"

你知道的关于她的一切坏事

警察们已经听了太多简多么风趣幽默、多么虚张声势了。有人不耐烦地对唐·米歇尔说："她被人杀死并不是因为她有多好。她被害是因为她真的把人激怒了，我们需要知道你知道的关于她的一切坏事。"

米歇尔夫妇绞尽脑汁，却依旧一片空白。他们意识到，那空白可能恰恰是警方想要寻找的答案。

"现在我再去想,"吉尔对警探达文波特中尉说,"她有可能是太出格了,而我们对此一无所知。"吉尔承认,简奇怪的睡眠时间让她颇感不安。"有时候我会琢磨,因为她偶尔会一连几天睡到中午才起床,我会想……她晚上肯定是没睡觉干了什么。但我从没想过要去问她。[我]觉得想睡到中午是她自己的事。"

警探问简会不会向米歇尔夫妇倾诉。有些事当然会。"至于其他的事,我感觉像是隔了一面高墙。"

英格丽德和米歇尔夫妇的供述不谋而合,她也认为简生活中很大一部分对她而言是谜,尤其是最后一个学期。"今年秋天我就很担心这个。我想要去理解简,但出于这样那样的原因并没有真的做到。吉姆有点怕她。他不想让人知道,不想被发现。她尊重他不想被发现的愿望,所以她也不让我们知道。"

吉姆对于米歇尔夫妇来说也完全是个谜。他们在同一个系里待了两年多,但他们真正说上话却要等到前一年的年底。之后即便他和简的关系稳定下来了,他们也没有多少交集。唐只在简的家里见过吉姆几次,据他了解,吉姆只在那儿留宿过一次。"而且还不是因为他想要留下来。我想,汉弗莱斯在这种事上挺怪的。"

其他可能知道简发生了什么的人那个学期都不在。班考夫夫妇在欧洲。博伊德被派去了越南。伊丽莎白搬到了弗吉尼亚的诺福克(Norfolk),忙于婚后第一年的生活。警方并没有传讯过伊丽莎白,就算他们问了,她也只会说简的最后六个月是个谜团:"要打个问号,"她在几十年后如是说,"她和什么人在一起?她在做什么?去了哪里?"

警方要求英格丽德回忆,在吉姆秋季学期回多伦多老家时,简有没有可能和别人交往过。绝对没有,英格丽德说。她或许对于简看男人的品位不能苟同,但简是那种"死心塌地的人"。简已经委身于吉姆了,并且"以我对简的了解,如果她公然违背了这个承诺,我觉得她会告诉我的"。

"嗯。"达文波特警探说。

"除非她觉得心里有愧,"英格丽德说,"在这种情况下,她可能不会说。"

简在尼德姆长大,在那里,她有她自己的秘密世界。表面上,她爱玩,外向,有魅力。小学时,她组了一个"善待清洁工俱乐部"。但她可不仅仅是个可爱、笑盈盈的小姑娘。她的脾气有时候会突然爆发,比如有一次邻居家的小男孩用雪球砸了她,雪球里还裹着个石子,她便破口大骂。

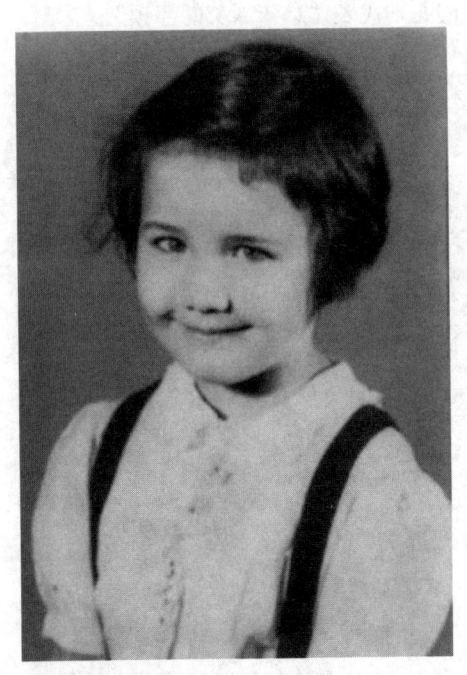

五岁左右的简。

简花了很多时间和她的邻居卡伦·约翰（Karen John）在一起，她们从幼儿园起就是朋友了。简的家里给了简极大的独立空间，这一点让卡伦印象深刻。简的父亲总不在家，母亲也从不干涉。简很快做完作业之后，做什么都可以。卡伦会过来找她，她们要么画画，要么就在她家后院的小游戏房附近跑来跑去。有时候她们会在地下室玩耍，极个别时候还会跑上楼，空出来的那间卧室仿佛是一个半遮半掩的秘密，她们可以躲在里面看西部片，玩捉迷藏。

简似乎属于另一个世界，她童年的另一位玩伴艾米莉·伍德伯里（Emily Woodbury）后来回忆。所有有关简的事都多少有点偏倚。她的幽默接近于挖苦，而她的语言又俏皮得离谱。她不说"我们走"（Let's go），而是说"我们走掉！"（Let's went!）。"每况愈下，无人幸免。"——她小时候画了一幅画来说明这句俗语，上面画着几个小怪物，大肚子的龙则代表"意味深长的停顿"。

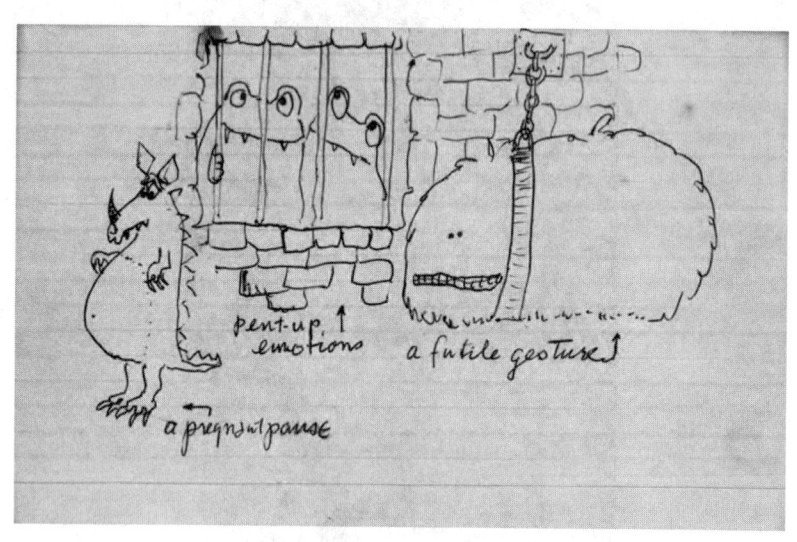

简画的草图。

从三年级开始，卡伦和简就可以单独出去转悠了，她们的活动范围经常扩大到她们小小的街坊四邻以外。她们会一路走到山上，走到雷丁顿路（Redington Road）后面，绕过月桂大道（Laurel Drive）附近的一排房屋。那里有个小庄园，种满了松树，四周围着一圈低矮的石墙。女孩们会走在上面，像走钢丝一样保持平衡。那感觉就像从南街（South Street）一直延伸到查尔斯河的一百亩地都是属于她们的。她们有时候会走进一个被她们叫做大森林（Big Woods）的地方。她们会在那儿和动物待上几个钟头，建造她们的秘密小窝。有一次，她们一直走到了树林中央的法利池（Farley Pond），父母曾带她们来滑过冰。

上小学时，卡伦和简在多佛①的鲍尔斯马场（Powers Stable）上骑术课。简迷上了运动，整个夏天都在罗安娜赛马营的岬角（Cape at Camp Roanna）骑马。上学期间，邻居们有时候会邀请简参加模拟猎狐的活动，她会骑着马去找猎狗，在大森林里流连忘返。

"我们俩都有一种神奇的魔力。"卡伦回忆说。

但卡伦和简从来不会聊起她们对森林的爱，她们也用不着说出来。她们没有编造过精致的故事，也不玩那种虚幻的游戏。"她在某种程度上远离一切，因此她犯不着靠编故事来实现某种，你懂的，疏离。她已经处在另外的……"卡伦话没说完就停了下来，或许是因为她的意图太过明显了。

在简过世前的几周里，她时间线上的空白越来越多。唐和吉尔过去每天都能见到简，但是她一旦开始复习考试，便会在早上8点钟消失不见，经常到深夜也回不来。因此他们一连几天都没有交集。

简去世的前一个周六，吉尔曾替姐姐办过一次聚会。晚上10点，简说了句"我得去学习了"，就匆忙离开了。但差不多一小时过后，

---

① Dover，美国特拉华州首府。

唐去她公寓拿他们存放在那里的酒时，他才意识到她并没有回家。吉尔觉得简有可能是和朋友们出去学习了，但唐对此表示怀疑。正如后来吉尔回答警方的那样："就算她真的是和吉姆出去约会或者干别的，她完全可以告诉我们，用不着说她是去学习。"

达文波特警探也从秘密关系的角度对萨拉·李·埃尔文进行了调查。

"你知道班里谁最喜欢她吗？她和谁最要好？"

"你说这么多年里？"萨拉·李说，"差不多每个人。"

你在怕什么呢？

简曾给吉姆·汉弗莱斯写过几封信，警方从她的若干物件当中发现了几封既没有日期也没有署名的信：

第一封

读过你的信之后，我是这样想的：

T. E. 劳伦斯[①]既不独立，也不自由，但他有激情，这足以替代前两者。

假如我是自由的，你也是自由的，这两者的结合在我看来并不是失去自由，而是有可能可以了解到自由的不同样态。仅仅因为你承担着我的风险，我承担着你的风险，并不意味着为了维持现状，我们就要把对方关进牢笼——我的意思是去面对它，孩子，我们俩都会遇到同样的事，我们现在就正在和恶魔共舞，我们遇

[①] T. E. Lawrence，托马斯·爱德华·劳伦斯，英国军官，曾在1916年至1918年的阿拉伯起义中作为英国联络官而出名。许多阿拉伯人和英国人将他视为英雄。

到彼此之前就已经这样了……既然在许多方面都是同样的事、同样的恶魔，那为什么不换个角度，往好处想呢？我们俩都太胆怯了，不敢真正去尝试和做事，所以你看，同样该死的恶魔可能会永远纠缠着我们。我通过我的超感知道，我们俩都准备好沉沦了。

第二封

读过你的信之后，我是这样想的：

T. E. 劳伦斯既不独立，也不自由，但他有激情，这足以替代前两者。

你觉得我是站在自己的角度想得到你的爱，这太扯了；如果你不能站在你的角度来爱我，而必须站在我的角度，那么我得到的不过是自己的一个病态的镜像，我明明可以随时随地从我的头脑中得到这个镜像，我谢谢你。（在这个问题上我的愿望很简单。我只想继续做你一个人的土拨鼠，做任何能让你在我剩下的时日里保持心情愉快的事。我不觉得我做得有多糟，但我还是常常被你误导。）

你在怕什么呢？假如你原谅我用波洛尼厄斯①式的语气，你只需了解，痛苦并不是生存的必需，而只是艰难完成人生的副产品。

博伊德

通话的结尾，伊丽莎白许诺要替我联系到简的弟弟博伊德。在做过"天知道过的是什么日子的放荡不羁的电台 DJ"之后，他现在是加州的一名牧师。隔天我便收到了她的邮件。"他是这么说的，"她写道，

---

① Polonius，莎士比亚悲剧《哈姆雷特》中的人物。

"他只能提供这么多信息了。"她在邮件正文转发了博伊德的两通回复。

博伊德的第一通回复：

> 我的剑桥之行［……］被那些见不得人的警察给搪塞了过去，他们搞砸了这个案子。我怀疑两个人：吉姆［汉弗莱斯］，他看上去好像是清白的；还有我的老朋友，来自尼德姆的诗人兼钢琴家彼得·加尼克（Peter Ganick）。简对他有好感，他曾经卖大麻给她。［……］得动用引渡和水刑，前提是他还活着，所以不可能立案。你可以把我的邮箱地址给她，但我这边没有更多信息了。

在伊丽莎白提示他回忆一下简和一位已婚教授的婚外情之后，博伊德发来了第二通回复：

> 我觉得所谓的"婚外情"可能只是其中的一次，你可能略知一二。

他补充道：

> 她喜欢高个子的男的，喜欢互相操纵。聪明却不快乐的女人，真可怜！时间越久，可能情况就越糟吧？把这一段也发给她吧……

我被他这一整套说辞搞得措手不及：语言之粗暴、密度之高，坦率却没有任何温度。博伊德的态度给人的感觉如此夸张，以至于让我怀疑他是为了自保，才变得近乎冷漠无情。

不等我回复，博伊德一个小时后又写了一段，这一次他直接抄送给了我。

别忘了她的邻居唐和吉尔·(纳什)米歇尔夫妇——还有阿瑟与安德莉亚·班考夫他们夫妇,他们都和她一起在伊朗做过考古挖掘。两个看法……一个是妖娆性感但满口脏话的安迪[①]激怒了兰伯格-卡尔洛夫斯基太太[原文如此],就是负责这次挖掘的卡尔的妻子,而简站在了安迪那边;气氛不妙,但不可能是作案动机。还有一种可能是兰-卡[②]把一塌糊涂的挖掘结果吹得天花乱坠,简妮把真相给捅破了。[……]

这位库珀女士看过"谋杀书"没有?[……]连我都没有机会看到,甚至在波士顿电视台的冷案节目中也没有。知道为什么吗?

我第一次听说这样的观点:简可能威胁说要推翻卡尔有关叶海亚堆的理论。我也没听说过"谋杀书",所以问他那是什么。

这次他没有抄送给伊丽莎白:"我可能看了太多的侦探片——我说的'谋杀书'指的是剑桥警方有关这个案子的档案。"他告诉我他还和另一位作者有联系,和他不同,那位作者据说20年前看过警方的档案。博伊德说,档案显示,简在死前几小时内有过性行为,而吉姆·汉弗莱斯显然通过测谎仪说明了那不是他干的。邮件继续。博伊德讲述了一个关于自杀、匿名诽谤信以及骑术奖杯上的指纹的错综复杂的故事。这个故事涉及一个名叫弗兰克·鲍尔斯(Frank Powers)的人。他是一位兽医,和简在科德角[③]的马场有关。但我发觉自己很难跟得上他说的,主要是这个人和简的死无关,所以我也没有太放在心上。这里还有更多的内容:

---

① 安德莉亚的昵称。
② 兰伯格-卡尔洛夫斯基的简称。
③ Cape Cod,又称鳕鱼角,美国马萨诸塞州南部巴恩斯特布尔(Barnstable)县的一个半岛。

We Keep the Dead Close 109

我是一个新闻人（哥伦比亚广播公司在洛杉矶的 KROQ 电台），还是一名基督教牧师。我的职责不是检举揭发，而是查明真相，并要绝对宽恕。[……]你可以打电话来，安排一次语音采访，但我除了说和老师搞婚外情这条线索不会有什么进展之外，没别的可说了。她至少和一位有过，可能还有别人。就像我说的，她既操控了男人，也成了男人的受害者。[……]

祝好运……

博伊德·布里顿

博伊德在这封来信的末尾附上了他的电话号码，我隔周打给了他。

简的二三事

儿时的博伊德穿着救生衣，趁周围没人，沿着乡村俱乐部游泳池游了一圈，然后在游泳池边控干身上的水。正当他对自己的表现洋洋自得时，简嘲讽道："对一个婴儿来说相当不错了。"

――

四年级那年，简在课桌前如坐针毡。她想去厕所，但老师不许她离开教室。简又问了一次。老师再次拒绝了。简的课桌底下慢慢出现了一汪水。别的小朋友看到了，却都很好心地一句话也没说。简没有哭。她站起来，走到教室前面，又问了老师一次能不能去厕所。"好吧，我觉得你还是去吧。"简回来后，从课桌里抽出了几大张淡黄色的画图纸,她在上面画满了马的速写。她静悄悄地把它们铺在地上,吸干自己的尿液。

趁父亲不在家,母亲不注意,简和博伊德走进了父母的房间。他们翻开西奥多·范·德·维尔德①那本标题相当委婉的性爱指南《理想婚姻》(*Ideal Marriage*),被深深迷住了。

在女子寄宿学校达纳霍尔,简和室友为她们的中国常青树织了条围巾,上面织了树的名字:阿瑟(Arthur)。她们把它围在花盆上,开玩笑说他有"阿瑟炎"和"室友症"。

在学校排演的戏剧《奥克拉荷马!》(*Oklahoma!*)中,简饰演的是尤德(Jud),一个身材粗壮的男性反派角色。

在达纳霍尔主楼,有时候在夜里,简的朋友们会碰巧看到简一个人在客厅的三角钢琴上弹奏科尔·波特②。

去拉德克利夫之前的那个夏天,简和她的朋友凯茜(Cathy)说起自己想成为飞行员的计划。简说,万一发生了惨烈的战争,或者有别的灾难侵袭世界,就需要各种各样的知识和技能,她想要做到未雨绸缪。

---

① Theodoor Hendrik van de Velde(1873—1937),荷兰妇科医生,曾于1926年在伦敦出版畅销书《理想婚姻》。
② Cole Porter(1891—1964),美国作曲家、歌曲作者。曾于20世纪30年代成为百老汇音乐剧舞台的主要词曲作者。

有一次，她和吉尔·米歇尔说，她相信，上帝更像是某种掌控人们生命的电力场。

简将生于布拉格的卡尔称为"被除名的捷克人"，管玛莎·兰伯格-卡尔洛夫斯基叫"瓷做的蠢蛋"。

1968年秋天，研究生约翰·特勒尔（John Terrell）和简从威廉·詹姆斯大厅横穿马路去皮博迪博物馆。这将是他们最后一次交谈。简转头看向他，凭空说了句："我梦见自己在那间公寓醒过来的时候已经死了。"

和博伊德的第一次交谈

博伊德从70年代起就断断续续住在洛杉矶了。在洛杉矶，他在KROQ电台的凯文 & 比恩（*Kevin & Bean*）节目中担任早间新闻主播，被称为Roq的Doc。吉米·坎摩尔[①]一度在他的节目里担任体育

[①] Jimmy Kimmel（1967— ），美国喜剧演员、电视制作人、主持人，制作并主持了以他名字命名的ABC晚间秀节目《吉米·坎摩尔直播秀》。

播音员，他还编了一首名为《Doc 的屁股里有什么?》的卡利普索民歌①："我不知道那里面藏着什么？/是只小狗还是头北极熊？"我没听过他主持的节目，但当博伊德接起电话时，他深沉而嘹亮的嗓音在电话另一头响起，我就知道除了他不可能是别人。伊丽莎白说过，简和博伊德都属于那种能让房间缺氧的人，我这下理解她的意思了。

"你进展如何？目的是什么呢？"他问我。

我刚开始寒暄，他却单刀直入。他明显已经决定了要把我们的对话引导到哪里。

"我这十二年来都相信，她未必经常这样，但她非常有可能在性这方面很活跃。"我迅速算了一下，这话的意思是说简从十一岁起就有性经验了。

"和谁呢？"他继续说下去，似乎是要回答我没能问出口的问题：她把第一次给了谁。"这很难说，但我能确定，她在达纳霍尔的时候和她的音乐老师有一腿。我还知道因为男孩们太关注她，加上她学习能力很强，我父母把她从尼德姆的公立学校接了出来，送她去了达纳霍尔，那个学校全都是女生……我觉得我们 1960 年去欧洲旅行的时候，她有可能还和'奥古斯都'号（Augustus）航船的乘务长发生了点什么。但我不确定。可至少她对葡萄牙的一个男的有过好感。"

他告诉我，大家都说她和吉姆在一起很开心，但她曾在和他交往期间问过博伊德春药怎么用，因为他"没什么激情"。就在她去世前几天，博伊德的朋友彼得·加尼克（"我的诗人兼钢琴家朋友"）还去过她的公寓。

我想打断他问个问题，但他已经跳到了下一件事。

"她读大学的时候非常独立，对自己也很有信心。她是个漂亮女人，身材非常丰满，脑子也聪明。但多少有点威胁性。她不甘心容忍

---

① Calypso，流行于加勒比地区，歌词常在演唱时即兴而作，通常以当下发生的事情为主题。

那群蠢货。同时她在学业上超过预期，总想尽自己所能多做事。我觉得这部分是源自我父母的影响。"

我连忙问简和她父母的关系怎么样，想赶上他讲话的速度。

"我还是更在乎我自己和他们该死的关系，谢谢你。"

我紧张地傻笑起来，不想让他就这样挂断电话。

"但不管怎么说，很显然，简妮努力想在一个性受到重视却常常被压抑的地方寻求控制和认可。所以她上学之后，我认为她同时也在寻求性的独立——那可是 60 年代啊——我想，她寻求的是对男人的掌控。"

博伊德毫无顾忌地将简和人类学系那群人之间的情事告诉了我。他说，有几个是和她同系的男人，其中有的是简亲口告诉他的，还有另外一个男的是他在他们儿时的家里撞见的。当时简和那个男的都衣着完整，但博伊德说，"他们用了楼上的卧室，看起来已经是轻车熟路了"。"在所有她认识的人当中，学术圈的那几个没有一个能说得通，"他说，"我不觉得卡尔·兰伯格-卡尔洛夫斯基或是他老婆会因为对她不爽，大半夜过来争吵，把她的脑袋痛扁一顿。这些在我看来好像都没有可能。"

我问这是否表示他知道她和卡尔有染。

博伊德说他对这件事没有记忆。他说，他俩之间如果真有什么，那只可能是恨。简并不尊重他这样的考古学家，也毫不掩饰地认为：他声称找到了亚历山大大帝失落之城卡曼尼亚的说法是夸大其词。

这对于简整个故事的核心论点无疑是一记猛击。虽说婚外情的说法本身并不足以成为作案动机，但是如果这部分的故事也是假的，那么历史将这个故事安插在卡尔身上还有什么确定性可言呢？究竟是谁杀死了简？这一巨大的疑问从天而降，叫人透不过气。

"所以我觉得要么是陌生人，要么就是高个子的情人，因为她喜欢高个子。"他说。

博伊德说，他也听简讲过"杰里·罗斯"的事，但他不知道那是不是为了掩护什么人。简曾告诉博伊德，杰里在日记里管她叫"无聊自负的婊子"，博伊德觉得他说得没错："简可能又无聊又自负又是个婊子。"我一时间不知道该如何对待这样谈论自己过世姐姐的弟弟。

相反，我想把注意力集中在"杰里"身上。我问他在大陪审团听证期间有没有主要怀疑的对象。

"我都不知道还有大陪审团听证这回事。"博伊德说。我很难相信这一事实。

"你父母没试过重审这个案子吗？"我问。

"没有，"博伊德说，"流言蜚语真的把我母亲给击倒了。"

"你曾经——"我开始问。

"对不起，你接着说。"博伊德在打断我之后说道。这至少是个进步，从我们谈话开始一直都是他一个人滔滔不绝。

"哦，我想问的是，你和你父亲谈论过简的遭遇吗？"

"没有，没聊过谋杀的事。"他说。好吧，只聊过一次。那一次剑桥警方拒绝给博伊德看档案，他飞到了佛罗里达（Florida），他父亲就住在那边的退休社区。"给老年人准备的豪华酒店"，博伊德这样称呼那个地方。他告诉父亲，他觉得剑桥警方在骗他，而他父亲只是摇了摇头。"我对此一无所知。"博伊德边说边模仿他父亲。他的声音变得更柔和，伴随着呼吸声。"我想如果他知道点什么的话，他也会选择闭口不谈。我也不知道有谁了解其中的前因后果。"

他的声音又变得嘹亮起来。"在法律范围内，谋杀案在技术上从来不会结案，但警方并不想重启这个案子，因为这案子让他们难堪了。"

我问为什么，他说："警方处理不善。就这么简单。"

"处理不善具体指什么？"

"弗兰克·鲍尔斯这条线索搞错了，"他一字一顿地说，好像要把这句话刻进我脑子里似的。这就是他在邮件里给我讲过的有关骑术奖杯的故事。"他们一直沿着那条线索查，这个警察说他为了获取鲍尔斯的指纹赶到了火葬场。他们比照了四五年前骑马夏令营奖杯上的指纹,觉得这个死者必定就是嫌疑人了,所以他们就此结了案。大错特错。他当时根本不在国内。从那以后我们再也没听说有别的进展了,后续也没有人和我跟进过。"

博伊德瞬间又改变了话题,不愿再深入谈那个低谷期。

"我做了50年广播节目,没做过别的。你看,到现在至少也有18年了,因为信仰圣公会,我加入了英国圣公会的一个分支,现在成为一名牧师。我这一路走来相当诡异。因为你知道,我过去可是和蒂姆·利里①混的啊,老天爷。"他大笑。"所以这是一个漫长而奇特的旅程。"

他停顿了一会儿,等着我充分理解这句双关语。

"简要是还活着,她会做什么呢?"他自问。"只有上帝知道。我有种感觉,就算她今天还活着,有可能也离了好几次婚了,有没有孩子不知道。她有可能在一所大学任终身教职,可能已经在考古学界干出了点名堂。我怀疑她不太可能幸福。这只是我的感觉。她总是对一些事忧心忡忡的,我看她好像总是这样。男朋友经常出轨,"他反常地笑了起来,"要么就是杞人忧天。她老这样。我那个时候怎么样?我才不鸟这些事呢。这是对待事情最简单的方式了。"他又笑了起来。

"听我说,"他说,我们的电话打了一个小时,"我手机都快烧没了。你要是后续有进展,我们通邮件就可以了,行吗?"

我还有好多事想要知道,包括他对她的死的感受,还有他父母为什么没有亲自推进调查。但我知道我只有时间问一个问题。

"你不知道吉姆·汉弗莱斯现在在哪儿?"我尽可能迅速地插了个问题。

"我不知道。你也许可以查查加拿大的学者名录。好了,贝基,

---

① Timothy Leary(1920—1996),美国著名心理学家、作家,因宣扬迷幻药对人类精神成长与治疗病态人格的效果并提出"激发激情、内向探索、脱离体制"的口号,成为二十世纪六七十年代的争议人物;曾对1960年代反文化运动产生了重要影响。

不管你接下来要做什么，都祝你好运。当然这个故事很精彩，也是那个特定时代的反映，一桩没有解决的悬案。它所有要素都具备了。但我们都太老了。知道这件事的人恐怕已经……你知道的，不管罪犯是谁——是混街头的还是有博士学位的——有可能现如今都已经死了。他们有可能留下点什么。我不知道。但还是祝你好运。"

我们挂断了电话。

我感到深深地不安。想要找到和博伊德交谈的方式，感觉就像爬上一面高墙一样——每当我快要找到立足点，就会重新滑下来，困惑、迷失方向，还有点难过。

越南

1969 年 1 月 7 日晚，博伊德·布里顿正在新安县①的一处楼顶和一名越南的性工作者做爱。那是湄公河三角洲上游一个静谧的县城，也是越南为数不多有自来水的区域。那一年博伊德 21 岁。尽管才来越南一个月，他已经晋升为高级广播专员，任职于越南第二野战部队第十六公共信息支队。或者像他形容的那样："三个三星上将，笔挺的丛林军装，没有毒品。"他的部队驻扎在 1 号公路旁边一个叫隆平（Long Binh）种植园的地方。

博伊德的工作是到处做军队里所谓的"家乡访谈"（Hometown Interviews），询问士兵们喜不喜欢他们的工作，录音带最终会寄往全美国的广播站。在他开启这趟环游全国的公路之旅前，他的指挥官把自己的 .45 口径手枪借给了博伊德。他通常会带上这把手枪，还有一

---

① Tan An，隶属于越南社会主义共和国北江省，位于北江省西部。

个纳格拉①录音机和几块电池到处跑。在越南，问士兵们那种问题可能会置你于死地。

1月8日早，他搭车去了西贡（Saigon）。和他部队上的很多人一样，博伊德有播音的特长。他想要加入越南军事广播网（Armed Forces Vietnam Network）。他的计划是在位于西贡的越南军事广播网（AFVN）短暂停留，在继续前往营地之前调查一下这份工作的前景。但在他离开广播站之前，他遇到了同部队的几个人，他们和博伊德说他们一直在找他。"你现在就得回去。"其中一个说道。博伊德说他马上回。"不行，现在就回。"那个人说。他们载着他回到了营地。

博伊德的军士长是一位来自宾夕法尼亚州国民警卫队（National Guard）的白头发志愿者。他对博伊德说，红十字会有消息要转告给他。博伊德的第一个反应是以为他父亲或者母亲死了。到了红十字会，他接到紧急命令，要求他立刻返美。"你的姐姐简在马萨诸塞州的剑桥遇害了。"消息如是说。他还是没弄明白。车祸？他一头雾水。从她公寓的窗户掉下来了？他正准备起身把储存柜里的东西收好，他们递给他一则他父母发来的电报。"不要为了我们回来。"上面写道。

————

那则电报上守口如瓶的架势和情感上的疏离，让博伊德清晰地回忆起在尼德姆那个苛求完美的家庭里长大是什么感觉。表面上，他们家确实是个理想中的家庭。"去拜访她父母，"伊丽莎白·汉德勒说，"就像是走进了F. 司各特·菲茨杰拉德②笔下的场景。你会听到一点有关玛菲

---

① Nagra，由总部位于瑞士的 Kudelski SA 公司生产的由电池供电的便携式专业录音机。最初由波兰发明家 Stefan Kudelski 设计。

② F. Scott Fitzgerald（1896—1940），20世纪美国作家、编剧，曾在1925年出版的《了不起的盖茨比》中描写了从贫穷的农家子弟奋斗成为百万富翁的盖茨比纵情享乐、纸醉金迷的生活。

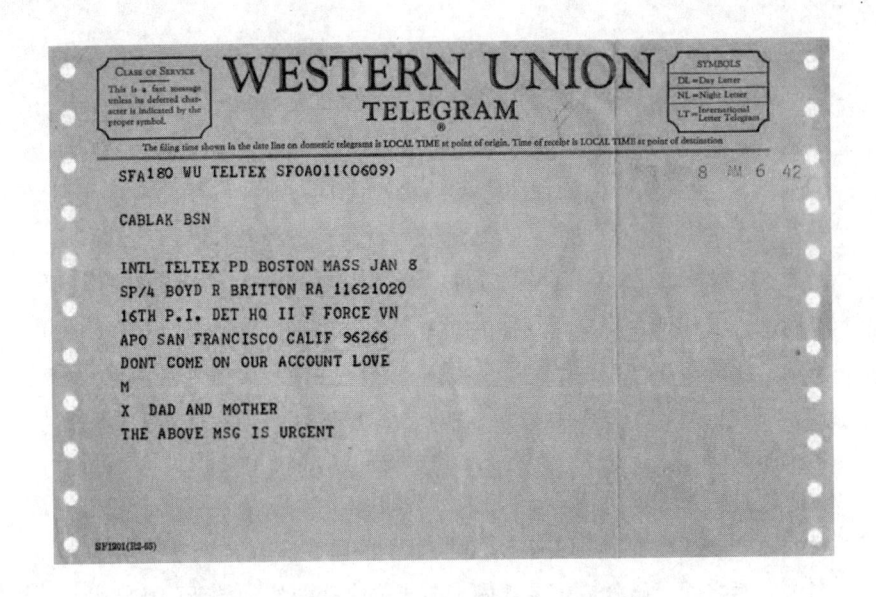

```
SFA180 WU TELTEX SFOA011(0609)            8 AM 6 42
CABLAK BSN
INTL TELTEX PD BOSTON MASS JAN 8
SP/4 BOYD R BRITTON RA 11621020
16TH P.I. DET HQ II F FORCE VN
APO SAN FRANCISCO CALIF 96266
DONT COME ON OUR ACCOUNT LOVE
M
X   DAD AND MOTHER
THE ABOVE MSG IS URGENT
```

（Muffy）的圈内笑话，或者听说谁在乡村俱乐部喝酒喝大了，所有人都在狡猾地眨眼睛。"家里从来没有过高声交谈。"所有我们需要的、基本上所有我们想要的，我们全都有了。"博伊德这样回忆。

尼德姆是波士顿西南部一个富裕的郊区，因三面被查尔斯河包围而更加引人注目。简略带挖苦地将这座小镇称为"热情洋溢的、富有异国情调的尼德姆"。它坐落在一座小山上。山顶的住户们家里都有产业——产鸡蛋的农场、空调公司。半山腰住的是总裁们。山脚下，在蔓延至查尔斯河的广阔土地上，住着无须为生计而工作的人。博伊德喜欢叫他们"爱马一族"。

布里顿一家住在半山腰——上层社会的边缘——但众所周知，J. 博伊德·布里顿先生可以说是掌管了整个小镇。他是尼德姆财政委员会的成员、生产合成橡胶的大型国防承包商卡博特公司（Cabot Coporation）的副总裁。据说在波士顿，洛厄尔家族只和卡博特家族对话，而卡博特家族只和上帝对话。这句话真的意味深长。他们的母亲鲁斯，人称"完美夫人"（Mrs. Perfect）。她涉猎各个领域——她是家庭教师协会（PTA）的主席、女童子军理事会（Girl Scout Council）的会长、花园俱乐部及乡村俱乐部的活跃成员，还是一位经过蓝带认证的厨师。好多人都知道简和她弟弟博伊德是"镇上最聪明的孩子"。早在第一架波音767飞机能让普通人国际旅行之前，他们一家就已经开始环游世界了。他们的旅行包括：经常住在纽约的广场酒店①，乘长途船到委内瑞拉游览，还有从庞贝到英国的隆重的欧洲之旅——看伊丽莎白女王、菲利普亲王和泰国国王及王后一起，乘坐敞篷马车经过威斯敏斯特②。

但是，这种精心维护的形象只是一层薄薄的虚饰，掩盖了长期以来积累的怨恨。简的母亲因为自己为爱和家庭付出的牺牲而感到沮丧。她是后来才遇到J. 博伊德的。彼时他身边带着上一段婚姻留下来的两个孩子，而她则有着历史学博士的学位，在加州一所大学教书。突然之间，她就成了要养两个孩子的全职妈妈。鲁斯的雄心壮志没有得到满足，于是她将这种野心变成了——成为郊区高管家庭主妇的典范。他们的父亲大部分时间都出差在外，带孩子的事就全权交给了鲁斯。博伊德还记得，少数几次他斥责孩子们，"他从来都不说你们真让我失望。而是说'你们真让你们的母亲失望'"。

鲁斯对自己的完美要求延伸到了她的孩子们身上，可谓是巨细靡遗。博伊德跳了级，被送到了罗克斯伯利拉丁（Roxbury Latin），一所全是男生的预科学校。他们期待他能西装革履，在鸡尾酒会上侃侃而谈，而他想要的却是和邻居家的小孩一样，摆好陷阱去捕麝鼠，在家后院摔打打。博伊德对这种压力心生厌烦："我们因为太过特殊，很早就变得与众不同。比真实的我们还要更加与众不同。"

当孩子们没有达到鲁斯的标准，她也不怕让他们知道。她总是对他们的体态和体重大惊小怪。"你脸上的那些痣，我们得找个时间把

---

① Plaza Hotel，纽约市曼哈顿的一家豪华酒店，也是该市的著名地标，于1907年对外开放。
② Westminster，英国的行政中心所在地，位于伦敦的泰晤士河北岸。

它们弄掉。"她会若有所思地对博伊德说。他的父母把他送去了减肥营。简服用减肥药,鲁斯也并不劝阻。她甚至还付钱给一个邻居家的男孩,要他和博伊德玩接球游戏。

简应对这种压力的办法就是全身心投入到学习中。高中时期,她是班上的副班长,被评选为"最聪明的学生"、"最有可能成功的学生"和"班级智多星"。她是全年级唯一考入拉德克利夫的学生,并且考学时她的父亲还没有在这所学校任职。据伊丽莎白说,在这样的家庭环境中长大,让简下定决心不能只是成为某人的妻子。

和简不同,博伊德一直在失败。这是他拿回自己掌控权的方式:我不会让他们的计划得逞的,他想。虽说他在八年级时就已经达到了大学新生的阅读水平,但他高中时考试很少及格,曾三次从大学退学。

至于这种压力究竟有何代价,他们家从不谈论。布里顿一家的典型特征就是他们的距离感和沉默。据简儿时最好的朋友卡伦·约翰回忆:"我只和他们家吃过一次晚饭,我记得饭桌上没有人说一句话。"

博伊德在14岁那年发现他们的母亲在酗酒。他一直以来都在怀疑这件事。有时他的童子军朋友来家里,她会唱"患梅毒的猫/有痔疮的猫/屁股上挂着笑脸的猫"。晚餐聚会时,两三轮鸡尾酒过后,她会故意在客人们面前说些让博伊德难堪的话。但她那代人毕竟是混鸡尾酒会的一代,所以很难去判断。只有当他撞见她在厨房猛灌酒瓶里的酒时,他才意识到她需要这样。

博伊德的父亲从未承认过妻子有酗酒的问题,整个小镇也纵容了这样的沉默。每当她把车开得摇摇晃晃被拦了下来,警察认出她是谁后,也会摆手放行。

博伊德就这样消失在一片沉默之中。每当有朋友问起鲁斯她儿子是做什么的(当时他在当地一家广播电台做音乐节目的主持人),鲁斯会说:"他在通信行业工作。"

"告诉他们我是谁吧。"他恳求道。

博伊德没有多少私人物品可以打包——大部分都是军队用品,他的剃须包、几双袜子——刚好装进他的小公文包。

他走出营房,军士长开着吉普车已经等在那里了,准备载他去边和市①的空军基地。到了中午,博伊德坐上了美联航的包机 DC-8。飞机上载满了刚刚服完兵役的士兵。当机轮从地面抬起,其他人都纷纷欢呼、叫喊起来。博伊德安静地坐在那里,看着窗外的大地渐渐变成一床巨大的棉被,心想:天啊,我还得再回来。

飞机在太平洋的一个岛上经停加油,博伊德买了份《星条旗报》(Stars and Stripes)。有一篇合众国际社(UPI)的报道,大约占了版面的三分之一,是关于简的:她在自己的公寓里被殴打致死。爱德华②那个混蛋,博伊德立刻想到。对于博伊德来说,简的情人艾德·弗朗克蒙特似乎总意味着坏消息。

在旧金山,军队的人取走了博伊德的丛林服,给他穿上了标准的绿色军装——他觉得自己就像个巴士司机——然后带他上了另一架飞机。突然之间他就到波士顿了,那是星期四,他姐姐葬礼的前一天,朋友的母亲来接的他。她开车把博伊德送回家,那里聚集了超级多的人。名为守夜,实则更像是一场精心准备的鸡尾酒会:海量的食物,四处都是人,他们努力表现得很正常,尽管客厅里就站着穿便衣的警察。无趣、诡异、离奇。博伊德除了记得自己吃了好多龙虾三明治之外,什么都记不起来了。直到六个月后,在阿特尔伯勒③同父异母的兄弟家里,他才为简妮痛哭起来。"我花了好一段时间。大多数时候我都在努力应对这件事。"

---

① Bien Hoa,越南南部同奈省省会,位于胡志明市以东 30 公里。
② 指艾德·弗朗克蒙特。
③ Attleboro,美国马萨诸塞州东南部的城市。

接下来的几天,新闻媒体越来越走投无路。纽约的报纸还在市镇里售卖,但报社的胃口越来越得不到满足。验尸官阿瑟·麦戈文不被允许和记者们交谈。"任何信息都必须出自局长。"麦戈文推辞道。电视台和报社的记者打电话给简的家人,直接找上门来。当他们了解到博伊德在电台工作,便对他软硬兼施,"来吧,小伙,你是做这一行的。你知道我们得搞到我们要的故事"。博伊德不为所动。

然而《每日新闻》的迈克·麦戈文(Mike McGovern)还是产出了大量的文章。他写到了哈佛广场上蓬勃发展的毒品生意,这更加剧了人们的担心:即便是可爱的大学城,也正在转变成疯狂的黑社会。文章的配图是一个留胡须嬉皮士的照片,身上贴的标语写道:大麻很有趣。图片的说明是:"这张海报就悬挂在剑桥警局的墙上。在最近一次哈佛广场的毒品搜查行动中,它和毒品一起被查获。"

据《每日新闻》的同事乔·莫泽莱夫斯基说,迈克让他的摄影师在哈佛书店(Harvard Coop)的海报区拍下了这张照片,照片上的人是艾伦·金斯伯格[①]。

乔已经受够了迈克把新闻碎片扩写成故事的做法。他准备卷铺盖回家。但迈克拒绝了。

次日,迈克又在报纸上刊发了一篇文章——封面故事,标题是被害女学生曾堕胎。

"这不是真的!"简的母亲读过标题后哭诉道。

"负责调查23岁的简·布里顿谋杀案的警探们了解到,这位哈佛大学的研究生在死前几个月曾偷偷做过手术。"文章的开头这样写道。

[①] Allen Ginsberg(1926—1997),美国作家、诗人。曾参与20世纪60年代的"嬉皮士"运动,宣扬使用毒品的自由。著名长诗《嚎叫》确立了其在"垮掉一代"中领袖诗人的地位。

"是真的，妈。这是真的。"博伊德说。

艾德·弗朗克蒙特

米歇尔夫妇和英格丽德·基尔希知道简腹中的孩子是艾德·弗朗克蒙特的，他们后来这样告诉警察。

"没有人，没有人，没有人知道她到底喜欢他什么，"伊丽莎白回忆，"他看上去就是个恶毒的傻大个。"他是哈佛摔跤队的一员。他从本科开始就体格健壮、差不多秃顶了，属于那种"会在鸡尾酒会放屁"的人，会问别人喜不喜欢吃海鲜，问完之后还会咬上一口，嚼一会儿，然后伸出舌头。"你不会想和他那种人待在一个房间的。"伊丽莎白后来说。

1967年，简和艾德·弗朗克蒙特在大学毕业典礼上的合影。

简从在拉德克利夫的最后一年开始和艾德约会，在伊丽莎白看来，他们俩的关系似乎是纯肉体关系。这对于简来说见怪不怪，她"完全有能力抓来一个男人，然后把他丢在床上"，萨拉·李·埃尔文后来这样告诉警方。她甚至有可能会为了甩掉一个男的和他上床。所以从简的角度，仅仅维持肉体关系而没有任何情感上的负累，是可以接受的。"或者至少据她描述是这样的。也许这就是她想要的感觉。"伊丽莎白说。

然而到了1967年秋天，这段感情变得起伏不定。艾德开始定期吸食毒品。他行事怪异，曾一连好几天不和她说话。根据简的说法，他动手打过她。

简受够了。那一年冬天，他们开始了他们遥遥无期、动荡不安的分手。萨拉·李记得，那是她见过的简最为心烦意乱的时期。她对警方说："实际上就算她那时候自杀了，我都不会感到奇怪的。"

———

他们终于分手了。不久简就接到了一通恐吓电话。"我不清楚他有没有说过要杀人，但很明显他有那个意思。"吉尔后来对警察说。简猜测打电话的人是艾德派来的，也许是他兼职打工的问题儿童学校里的一个男孩。她在电话里叫他出来。艾德否认了她的指责，并且向她保证自己与此事无关。她觉得他既可爱又贴心。这才是简第一次遇见的那个艾德。原本是因冲突而起，结果却温馨收场。一些朋友后来推测，正是在那一晚，简怀孕了。

简知道，自己并不想怀上艾德的孩子。根据人类学系的小道消息，她得知之前有个叫莎莉·贝茨（Sally Bates）的研究生可能认识能解决这件事的人。莎莉和简此前并不太熟，因为她早在一年多以前已经退学了。但一听说简"有了麻烦"，莎莉就想要出手相助。莎莉的大学室友曾因在厨房的饭桌上堕胎差点儿丧命。"在你年轻的时候，

112

如果没学过医,你压根不知道一个人能失多少血。"莎莉没问简孩子是谁的,便给了她电话号码。

"问问我妈吧。"她说。

莎莉的母亲南希·贝茨(Nancy Bates),也即亚历山大·格雷厄姆·贝尔(Alexander Graham Bell)的孙女,是密歇根州计划生育协会(Planned Parenthood)的创始人之一。她帮助密歇根大学的女学生安全堕胎已经是公开的秘密了。而一直到1967年,堕胎在美国全部50个州仍是非法的。通常情况下,南希会将有经济能力的病人送到墨西哥城①的一名医生那里,由该医生为这些美国女性实施堕胎。但在学期中旬堕胎实在太过复杂。所以在春季假期最后一个周末,简飞往了密歇根。她沿着绿树成荫的高速公路驶向莎莉童年的家。

整个过程都是按照常规流程走,所以莎莉知道那天简经历了什么。首先,她母亲先让莎莉几个弟弟妹妹离开,然后带简进了主卧。简在浴室脱下衣服,同时南希和她请来的女医生在床边做准备,在床上铺上一面吸水一面不透水的材料。她们让简躺下来,张开双腿,这样医生就能操作扩阴器进行刮宫了——把子宫内壁刮干净。

莎莉在简堕胎过后就没有再和她联系了。她甚至不知道,这次堕胎花了简500美元,她的研究生朋友们已经开始募集资金来偿还简从哈佛大学申请的贷款。对于莎莉来说,帮助简不是什么了不得的事。"有人遇到那样的问题,而你有办法解决,这时候伸出援手并不是什么难事。"

———

当警方了解到艾德的存在时,他已经不在波士顿一带了。和简分手后,他和几个人类学系的学生一同从学校搬到了剑桥以西25英里

---

① Mexico City,墨西哥合众国的首都,位于墨西哥中南部高原的山谷。

的小镇——马萨诸塞州博尔顿的一个农场。1968年,他从哈佛大学退学。有传言说他之后去了秘鲁,但也有人说12月的时候曾在剑桥见过他。艾德的出现,让警方多了太多选项。

但接下来的几个礼拜,警方越是沿着艾德·弗朗克蒙特这条线索调查,问题就越多,而且原因也在他们意料之外。

警方很快就不得不承认,不管他们多么希望艾德就是他们寻找的答案,他的不在场证据是无懈可击的。好几个朋友出面向警方证明他是无辜的。一个住在博尔顿农场的学生将一张明信片带给了警方,那正是简死去前几天艾德从秘鲁寄来的。艾德·弗朗克蒙特现任女友最好的朋友黛比·沃洛夫(Debbie Waroff)证实,艾德从12月中旬起就在国外了。她连同他和他的女友一起在秘鲁待了两个多星期,并且他于1969年1月5日送她登上了从利马[①]飞往美国的英国海外航空公司(British Overseas Airways Corporation)航班。从利马到波士顿需要24小时,因此艾德除非周日晚上就出发,否则是不可能在镇上的,而据她所知,当晚唯一的航班已经满员了。此外她说,他并没有钱。"他只有90美元,单程的机票超过200美元。"她提供的信息得到了证实。

警方在艾德·弗朗克蒙特这里遇到的问题是,他们无法证实他如简的故事所说的那样,是个恶毒、暴力的混蛋。和伊丽莎白不同,吉尔说她喜欢过艾德。英格丽德·基尔希也觉得他是"那种标准的直男。我的意思是说,他牛奶喝得不少……人干干净净,属于那种正经的美国人……一个相当温和的家伙"。事实上,英格丽德一度对简会被他吸引感到惊讶;和她平时喜欢的那些忧郁的男人相比,艾德"在心理上挺无趣的"。

这就使得警方更加认定,简讲述的有关自己的故事可能并不可靠,而简的一些朋友私下里已经有了这样的怀疑。根据简寄宿高中的室友布兰达·巴斯回忆,简总喜欢夸大其词。在和男人约会这方面,

---

① Lima,秘鲁共和国首都。

114

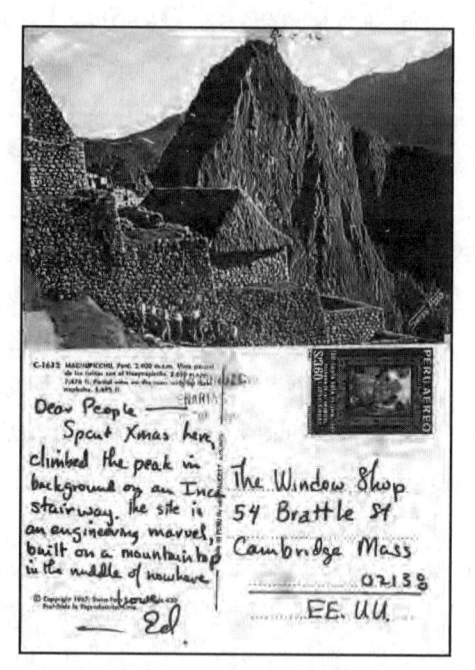

转交给剑桥警方的艾德·弗朗克蒙特寄出的明信片。

简给布兰达的印象是"单纯无知",譬如她坚持"信口开河",说她和布兰达在春假遇到的一个男孩回应了她强烈的感情。简称他是她高中时代的伟大爱情,并且到了拉德克利夫之后还在继续讲这件事:她告诉英格丽德,他是她的"高中挚爱",并且她把第一次给了他;她还对唐说,这个男生是她从南方来的男友。

115 简在达纳霍尔寄宿学校的另一位密友泰斯·比默(Tess Beemer)也承认,她开始考虑有没有可能简"和我讲的每一件事都是编出来的"。

约翰·特勒尔,就是那位简随口和他说梦见自己死在公寓里的人类学系前研究生,他心目中的简总是"好像或多或少都在炫耀"。但他认为她这么做是因为脆弱,而不是虚伪。

连伊丽莎白·汉德勒也不得不承认,简"在她的有些恐怖故事中可能不完全是真实的"。

当警方就身体虐待询问简的朋友们时，没有一个人真的看见过艾德殴打简，或是在她身上见到过淤青。吉尔和博伊德一样，都是从简嘴里听说了虐待的事，虽说他俩那段时间也不在她身边——吉尔在为博士论文做研究，博伊德在大学和军队。如果警方也去询问伊丽莎白，她可能也会给出同样的答案。事实上，唯一一次有人目睹简和艾德之间的肢体暴力，反而是简出手打了艾德。

那是 1967 年春天，两人读大四那年。人类学系在教师俱乐部为毕业班举办了一个聚会，在前往英格丽德的住处之前，大家喝杜林标①喝得烂醉。聚会上人声鼎沸，所以没人特别注意到客厅里的简和艾德，直到一声尖锐而响亮的"啪"盖过了音乐。英格丽德望过去，看见简冲向卫生间，而艾德的眼泪从脸上流下来。"我的天啊，"他说，"这是我第一次被女生扇巴掌。"

"你怎么受得了啊？"英格丽德问。

"因为我爱她。"

英格丽德告诉警方，这不是简第一次施暴。她听说的有关杰里·罗斯的故事是：简读到那篇日记后，盛怒之下，她一把掐住杰里的脖子，开始勒他。"她想杀死他。"英格丽德语气坚定地对警方说。

正如艾德的一个朋友说的那样，"要说有谁周围有一股黑暗气息，那就是简"。

文化失忆

三月初，还没从和博伊德的交谈中缓过来，我前往纽约的哈佛俱

---

① Drambuie，苏格兰的一种烈酒，最早出现于 18 世纪。

乐部（Harvard Club）参加"拉德克利夫之夜"的活动。杰伊理解这个写作项目让我在情感上变得多么不堪一击，所以同意陪我一起去。

这个活动原本旨在鼓励大家向拉德克利夫高等研究院（Radcliffe Institute for Advanced Study）捐款，拉德克利夫在和哈佛大学合并时已经并入了该研究中心，但活动最终变成了一场关于集体对自身记忆空白的意味深长的讨论。拉德克利夫的院长做了一个演讲，内容是关于我们为了形成集体身份认同如何选择性地遗忘过去。她称之为文化失忆。

"有很多不同类型的记忆，"另一位演讲者说，正如有不同类型的遗忘，"不同历史观念的幽灵总会浮现出来。"

那一晚的活动以问答环节作结。一位女士站了起来。她说她的一位亲戚是1905届的毕业生，也是拉德克利夫第一批黑人毕业生。如果有关拉德克利夫的记忆在哈佛都没有一席之地，那么她自己关于拉德克利夫的记忆又在哪里呢？她问题说到一半，麦克风就断线了，之后再也没有打开。人们紧张地笑了起来。

———

我和杰伊刚刚在他位于康涅狄格州米斯蒂克（Mystic）的住处放下行李，我正准备去波士顿《深红报》档案馆做点研究，就接到了简的好友英格丽德的电话。她现在是一名执业律师。这是我们那个月第二次通话。第一次是我午休时间在咖啡馆突然给她打去的电话。我过去错误地以为，趁她工作时给她打电话会妨碍我了解简的复杂之处。

"老天爷啊！"当我告诉了她我在写些什么时，英格丽德说道。

我们第一次通话时她告诉我，剑桥警方询问过她有关简"和某些男性的交往史，里面至少有一位教授，名字我不记得了。但我能认出他的脸——"

"兰伯格-卡尔洛夫斯基？"我问，还是没办法无视早先的传闻。

"不是。"他叫人毛骨悚然,英格丽德说,但不是他。是别的人。英格丽德还记得,自己曾对简和那个她记不起名字的人之间的关系感到"不安"。"他结婚了,这一点很困扰我。因为这不仅对他的家人百害无一利,对简来说也是毁灭性的。"

她主动提出想重新回忆回忆,于是请我之后再打给她。

我们第二次说上话是在她六十九岁生日当天。我在杰伊在康涅狄格州的家后院来回踱步。英格丽德在电话里说,她从我们第一次通话到现在只想起了两件事。第一件是简有一条红色的大披肩,有时候她不穿外套,只穿披肩。"多数人穿上它看起来就像鬼一样,但她穿就特别美,"她说,"另一件事是,我说过的那个教授,就是和她有过短暂的婚外情的那个?我发誓,他的姓是罗斯(Roth)。"

我的心狂跳起来。但这是一个没有前因后果的事实。除了感觉简不该"和一个已婚男士亲亲抱抱举高高以外,不觉得会有什么坏事发生",英格丽德记不起更多和罗斯的婚外情有关的事了。

我们接着泛泛地聊到了简的性生活。英格丽德说,性对简来说或许并不是什么了不得的事,但她并不是个滥交的人。她是真心实意地寻找着爱情。

英格丽德解释道,这种两面性很常见。"你要记住,那段时期我们正从《女性的奥秘》① 以前的那段日子里连滚带爬地出来——我说的就是字面意思——如果你 1960 年从大学毕业,你还是会穿着围裙、高跟鞋和裙子出现在厨房里,你得待在家里,不会出去工作。"《女性的奥秘》甫一出版,"至少我是这样,[我]说,'我的天啊,就是这样。毫无疑问!'那时候也有很多愤怒"。

这种愤怒在一定程度上表现为欲望和教养之间的脱节。性是赋

---

① *The Feminine Mystique*,是美国作家贝蒂·弗里丹(Betty Friedan)于 1963 年创作的一部美国自由主义女性主义的经典著作。揭露了 20 世纪 60 年代笼罩在"幸福家庭主妇"假象下美国女性的痛苦,号召广大女性勇于挑战传统性别角色,积极争取平等的女性权利。

权！但这种对于性的全新态度，并没有立刻改变爱情故事由来已久的主要地位。在简的赋权版本中，她并不需要一个男人才感到完整，但她仍然渴望被爱。这种态度是脆弱的，因为这样的话，独立就变得自相矛盾了。

我想到了杰伊，此刻他正在我身后这座房子的厨房里耐心等待着。我想到了在这一刻之前的几个星期里，我一直沉浸在自己的世界中，没办法全身心和他相处，因为我可以预见，尽管我多么迫切想找到属于我的那个人，但我依然心有不甘。他有时会引用歌词给我听："我不在乎你消失/因为我知道能找到你。"我们会躺在对方身边，那是两个人身体上最亲近的距离，但他知道我正从他身边溜走。

我们已然从《女性的奥秘》以前的时代走过了漫漫长路，但我所接受的范例——成为一个强大、独立的女性——并没有为被爱的需要留下空间。当我试图拥有这种力量时，我发现自己也许和简一样：这种开拓性并不能取代人对陪伴的需要。事实上，这样只能让寻找更艰难，需求更强烈。

一定有办法不依赖过时且有局限的童话故事来迎接爱情。一定有我们可以讲述的属于我们自己的新故事。在简的两面性中，我感到自己的女性气质终于有了喘息的空间。

但我也知道，这一定也给她带去了伤害。简的形象就像一个晶体结构，相连的平面相当复杂，每个面又都彼此矛盾，这使我难过。"我觉得她这种既参与其中又要保持独立的能力，以及个性里存在的各种面向——不一定能让她成为一个快乐的人。"我既是在说简，也是在说我自己。

"我觉得她并不快乐，"英格丽德说，"就像世间的每一个人一样，她想快乐。可我觉得她并不快乐。"

她想了一会儿，接着说，"这个谜题永无可解：究竟谁是简·布里顿这个谜题不可解。永远不可解。"

直面夜晚

《深红报》的商务经理拽出一沓往期的《深红报》递给我。就在这里了：1969年1月8日，第CXXXXVIII卷，第74号，天气：晴，最高气温零下1摄氏度——左上角的文章作者就是安妮-德-圣·法勒，和网上发表的那篇一模一样。后来，安妮的一位前同学将给《深红报》掩盖事实的谣言画上永久的休止符。难怪她不记得自己写过这篇文章了，他说。大学毕业后，安妮"加入了一个大型邪教组织，脑子被迷幻药烧坏了"。

我被同期的另一篇文章分散了注意力，为眼下的绝境感到沮丧。那篇文章的作者杰西·考恩布鲁斯（Jesse Kornbluth，1968届）写到，有必要"承认孤独，这也许是拥有良好头脑的核心所在"。这感觉就像是有人拍着你的肩膀告诉你：坚持下去。杰西安慰道，"但是找到一个与我们一起直面夜晚的人，或许还不算太晚"。

———

一路上，杰伊都待在了别的地方。在简的高中达纳霍尔，他待在了停车场。那天早上我赶往《深红报》，希望他能和我一起研究那些档案，他说他得去见一个老朋友。我想念那个教我握住刀柄的男孩，那个在拉德克利夫的活动上陪伴我的男孩，那个在我生日那天将帕兰提尔①软件的使用权赠送给我的男孩。

他不想和我痴迷的事走得太近，我并不怪他。只是在简这个故事的魔力之外，我能看得出我们之间的关系变得多么脆弱。我做过一个

---

① Palantir，美国的科技公司，总部位于丹佛，以大数据分析出名。

噩梦，梦见他对我说他爱我。之所以是个噩梦，是因为我知道自己无法对他说出一模一样的话。

我想到了简和吉姆之间的关系。有时候我判断不出自己喜不喜欢他俩的关系，因为那会让我想起我和杰伊，想起我们在一起是因为"抵御黑暗"这个大前提，而这又会让我想起我对他们关系的理解。我在想我该不该继续下去，如果这样就足够的话。但他们的故事并没有持续太长时间，还不足以给我答案。

我并没有和杰伊聊过我这几个月在波士顿的感受。我不想自己的感受成了真。尽管各种不尽如人意，但这毕竟是我有史以来最好的一段关系了。我信任他。他支持我。在这段时间里，我们甚至开始说"我爱你"，因为我的缘故，我们会用各种修饰词换着法说："不管用词多奇怪，我们是认真的。"但最终，我们仍避不开那一次谈话。

我不能再这样下去了，我对杰伊说。

我没有多做解释，没有说我想要的是一种积极的爱：因为某些特质爱一个人，而不是为了消除恐惧——永远不被人知道，永远把握不好时机的恐惧。我没有说，在别人的孤独之下寻求庇护是远远不够的。当然我并没有承认——不会向自己承认，更不会和他承认——简已经取代了他的位置，陪伴着我。

探案网

下一项重大进展来自一个意想不到的地方：一个叫探案网（Websleuths）的网站。该网站是业余侦探的论坛，本着大众的调查工作可能会发现警方初次调查的遗漏之处这一理念而建立。或者说，至少公众的关注可以推动警方重启悬案的调查。2012 年 11 月，一位名为"陈年旧案"（macoldcase）的用户发了第一个帖子，我追踪这个帖子好几年了，这次在谷歌上搜索简的名字时再一次偶然看到了它。里面有些信息还是不错的。用户名为"粉红豹"（Pink Panther）、"澳洲女孩"（Ausgirl）和"罗宾汉"（Robin Hood）的网友上传了该案很难找到的报纸文章，还有1969年哈佛校园的地图以及简的官方死亡证明。这些素昧平生的人一定在她的案子上花了不少时间。

然而这个话题却逐渐走向了漫无边际的猜测。

对话是分阶段进行的。有时候话题集中在红色赭石仪式的历史沿革；有时候是在深挖简死后一个月发生在剑桥的那桩悬而未决的艾达·比恩被害案。许多帖子都认为，简可能被卷入走私团伙；还有关于简的邻居普雷瑟夫妇的失踪桌腿的内容，他们在简被害一周后向警察报告，称家里的一张桌子丢了一条桌腿。1968年6月，普雷瑟夫妇将一张桌子存放在了大学路公寓的后厅。简死后，物业管理公司要求住户将杂物清走，他们才发现那张桌子只剩下三条腿了。那第四条桌腿会是作案工具吗？

版主删掉了最淫秽和带有诽谤性质的评论，但这并没有阻止网友们继续发布和简相关的人物信息的跟帖——比如追问吉姆·汉弗莱斯的妻子叫什么，或是着重影射卡尔的身份。跟帖集中开始讨论卡尔是在主题帖发布一年以后。网友"为简伸张正义"（Justice4Jane）第一次从大学的人类学教授那里听说了这个案子，而后转发了另一个网站上的传闻：身为"哈布斯堡家族（奥地利王室）后代"的一位哈佛大学教授谋杀了自己的学生，并用红色赭石覆盖了尸体。"澳洲女孩"回帖："我相当确定这里指的是卡尔·C. 兰伯格-卡尔洛夫斯基教授。"之后许多网友便开始议论纷纷。

我默默地翻看着，为这段对话感到恶心——一种混杂着占有欲和厌恶的复杂感觉。我感到简的故事以及被牵扯其中的这些人保护了我。然而我也意识到，自己也不过是个自认为能比警察做得更好的业余侦探罢了。我让简的朋友们被迫回忆他们的痛苦，还把相关人员通通拉到了公共视野中。我以为只要不公开发帖，拒绝加入事实与谣言相互掩盖的舞蹈，我就能置身事外。但我的自以为是充其量是不堪一击的。

2014年6月16日，唐·米歇尔第一次发帖了。

看到他的名字我相当震惊。几个月前我联系他时，他还说没有兴趣谈论简，因为他自己也在写一本和她有关的书。但现如今他出现了，和所有人推心置腹。

"我是唐·米歇尔，就是那个发现了简的尸体的人，"他的帖子一开始这样写道，"昨天夜里，我用谷歌查看我的书有没有新评论时，偶然看到了这个主题帖。很高兴看到大家还对这个案子有兴趣。我现在真的很忙，但还是写一些浅显易懂的评论吧。接下来一周多的时间，我可能不会做太多评论。"

他的帖子写了整整一页。虽然他说暂时无法发表太多评论，可还是继续跟帖评论。第二天发了三条，第三天发了六条。网友们纷纷涌过来，问题铺天盖地朝他砸过来。他当初不想和我对话，我尊重他的决定。但公开和一群一面也没见过的陌生人分享一切，也让人感觉挺滑稽的。他似乎是被这种关注冲昏了头脑。

"我一直都认为，毫无疑问是她认识的某个人干的，她让这个人进入了自己的公寓。"唐写道。他的理论——基于红色赭石、听不到什么声音，还有卧室相对整洁，他由此推断是简让这个杀手进的屋，并且他们还起了争执。

他又补充了几个新的细节，比如警方显然要求过唐在简的公寓里拍摄指纹。这打消了论坛上一些人胡乱猜测的念头。他说，毒品一说是无稽之谈。他几乎不记得任何有关目击者拉维·里克耶的事。他同样确定的是杰西·希尔这条线索也行不通。"没人真拿杰西当回事。"他不无肯定地说。

他不认为新闻封锁能牵扯出剑桥警方和哈佛大学更大的阴谋。"现在看起来，新闻封锁更多只是为了掩盖他们的无能。"他写道。负责调查该案的州警弗兰克·乔伊斯（Frank Joyce）中尉在简去世后的十几年里一直和唐保持着联系，他也暗示过唐，认为是剑桥警方搞砸了。

唐的帖子里有几件事让我感到奇怪。他说，考试当天早上有人敲了简的门，简没有应答，他听见那个人走下了楼。他还说，她的尸体被发现的第二天夜里，他和妻子听见有人在走廊里走动。听起来这个人像是想进入简的公寓。他来找我们了，唐记得自己当时这样想。唐是如何这么清晰地听见走廊里的声响，却没有听见简被杀当晚有人进入了她的公寓呢？他为什么没有听见任何尖叫声？

最奇怪的是，唐承认他和妻子——是前妻，他澄清道——保留了盖住简的沾有血迹的毛毯。他保存了差不多45年，直到去年他从纽约北部搬到了儿时在夏威夷的家。（我后来才知道，他在他所谓的"仪式性的篝火"中销毁了毛毯，以及任何可能留下的血迹或赭石的痕迹。）

唐写道，他对于简的故事永远得不到解答的想法心有不甘。"我对乔伊斯中尉深信不疑。他当时是负责调查的人，具备所有可供他调遣的工具。而据我们所知，他连根毛也没查到。"

此外唐还确信，就算这个案子解决了，正义也很难伸张。他主要怀疑的对象——他不准备提名字——已经死了。但唐还是放出了几条线索，似乎让这个案子成了一个谜，与其说是出于尊重，不如说是为了满足论坛想要拼凑出案件全貌的欲望。他怀疑的矛头指向一位哈佛大学人类学系的教职员工，但不是拥有终身教职的教授。他并没有参与叶海亚堆的考古之行。简和这位教授的关系并不是"那种地下长跑，'恋爱'（relationship）或许才是正确的说法"。这段关系更多是像"一次事件或是一次相遇"，唐写道，并补充说这个人在离开哈佛大学之后还在两所机构任职过。他的这位嫌疑人于1999年过世。

我喜欢唐提出的这种说法，主要是因为如果他是对的，那就意味着这个故事的历史只是略有偏颇而已。几十年以来，唐怀疑的人和卡尔·兰伯格-卡尔洛夫斯基已经合二为一：拥有终身教职的教授，以及和简有婚外情的人。简和两位教授关系甚密的事实，在不断讲述和复述中被磨损掉了。这个理论在简单中透着一丝优雅。

唐写道，简死后几年，他的嫌疑人据说曾在一次喝醉时坦白："我杀了人。"他坦白的对象将这件事告诉了别人，这个人又告诉了唐，唐又将这个线索转达给了乔伊斯中尉。但乔伊斯还没来得及继续追踪这条线索，这个嫌疑人坦白的对象被雷劈死了。

神秘男子

1月15日，记者们听闻警方为一位神秘男子安排了第五次测谎。这时距离简过世已有一周多的时间，距离局长里根发布新闻封锁令也已经过去6天了。这些天的重大进展就是这么一条传闻。传言称，这个人和简交往甚密，之前被警方传讯过，但他的名字还没有在该案中占据举足轻重的位置。当局为了隐瞒他的身份不惜代价，这让记者们对该案即将迎来突破重新燃起了希望。

系里的人都在揣测这位神秘男子和"几次约会后求婚被简拒绝的哈佛教职工"是不是同一个人。《每日新闻》的记者迈克·麦戈文曾在一篇力破简堕胎一说的文章中写到过：一名被拒的教职工目前"在调查中举足轻重"。

记者们包围了剑桥警局和州警察总部，持续监控这两栋办公大楼。他们目睹了简的朋友们被叫来接受新一轮的问话。而那位神秘男子却始终没有现身。有记者后来了解到，他其实被带到了一处秘密地点。

地区检察官约翰·德洛尼（John Droney）提醒媒体，不要对这种前所未有的保密级别妄下结论。"你们得假定这起案子和性有关"，他说。起因是她的睡衣"凌乱不堪"。他警告说，但这也可以有许多含义。"我们尚不排除有女性参与作案的可能。"他对媒体说。他拒绝谈及细节,但他的确注意到,简前额遭受的第一记击打下手并不重,连皮都没破。

简的父亲再次被警方询问时同样守口如瓶。他们想要知道更多有关卡尔·兰伯格-卡尔洛夫斯基教授的事。"我们聊过的大多数人都说那个教授是个混蛋。"警探伯恩斯(Burns)中尉抛出了诱饵。

"所有教授都不怎么样——"在警方的录音带暂停之前,简的父亲略带嘲讽地说。

重聚

到了 8 月,探案网上的话题又回到了捕风捉影的猜测,甚至连唐·米歇尔也被卷了进去。我尽量无视网站幽灵一般的存在,转而为评估唐的理论是否准确制订了计划。本来从乔伊斯中尉开始问起是最适的,这些年这名警探为了这个案子奔走,也赢得了唐的信任。但他在 90 年代就已经过世了。

那么接下来的最优解就是找到唐怀疑的那个人。我认为,要查阅哈佛大学的档案并不太难。当时哈佛大学人类学系的教职工并不多,1999 年过世的就更少了。于是 9 月底,我把查阅档案的时间和 1969 届学生毕业 45 周年的聚会安排在了一起。

———

聚会的欢迎酒会在第一天晚上举行,而后是俱乐部和社团的聚会、小组讨论,以及之后三天的正式晚宴。其中只有一个活动是专门针对拉德克利夫举办的。回顾整个学院的历史和返校学生发言被压缩到了同一个环节。这让我回想起"拉德克利夫之夜"提问最后一个问题时麦克风断了线。为了现实而企图简化过去,究竟抹去了多少人活生生的经历?

开幕酒会安排在星期四晚上,地点是哈佛园(Harvard Yard)的一顶帐篷内。活动上有个人是我在校时在一个叫图章协会(Signet Society)的代际艺术和人文社团中认识的。他红扑扑的脸总能让我想起圣诞老人下班后的样子。他就是那种和你聊起他最近的"拓印"时恨不能凑到你脸上喘气的人。但他毕竟是1969届的毕业生,我需要有人带我进去,而他很乐意领我四处转转。

"这是贝基,"他对他的大学老同学们说,"我老婆。"我尴尬地笑了笑;如果想让他替我引荐,我觉得有必要打打配合。趁他没看我的时候,如果对方看向我求证,我会默默摇头否认。我还遇到了几名校友,他们认识以29比29跟耶鲁打成平局的哈佛大学橄榄球队队员。其中有几个校友告诉我,你要来拉德克利夫的话,代表你得有点与众不同的真本事。但那一晚,除了不适感以外我几乎一无所获。

接下来的几天我又参加了几个聚会活动。有人满怀憧憬地讲起自己当时太年轻,感觉不到整个学院正处在风雨飘摇的境地。有人谈到了最后几年他们除了学习什么都要关注——成立非裔美国研究系的不易、对校园里存在预备役军官训练团①越来越不满,还有学生争取民主社会运动②和地下气象员③的煽动。

在这样的时代大背景下,对于1969届的许多人而言,在他们大四那年春天正式启动的拉德克利夫和哈佛的合并,不过是一个行政技术问题而已。(而《深红报》的标题却尴尬地将其比作婚姻:克利夫

---

① ROTC, Reserve Officers' Training Corps,指受训以成为军官的在校大学生,通常由政府支付大部分或全部的教育费用,而这些学生毕业后有一定的服役时长要求。
② SDS, Students for a Democratic Society,活跃于20世纪60年代的美国全国性学生运动组织,也是新左派的主要代表。
③ Weathermen,美国极左派组织,1969年由反越战组织学生争取民主社会的激进派分裂出来,目标是以秘密暴力革命推翻美国政府。

终于向哈佛的一万个男人求了婚。）许多人已经认定自己是哈佛大学的学生，而不是拉德克利夫的女生，其中有些人还很享受4：1的男女比例。但这并不代表她们希望看到拉德克利夫彻底消失。一位女士告诉我，一直到2000年，拉德克利夫和哈佛大学的学位证书还是不同的。我知道，我刚要说，但她还是继续说了下去。

"这太糟糕了。"她说。一百多年以后，拉德克利夫会消失得一干二净。要解决这个问题并不难，比如可以要求拉德克利夫学院的负责人多提提这所对许多人意义非凡的学院。然而现实是，学位证书上的签字消失了，随之一同消失的，还有拉德克利夫在哈佛记忆中的位置。

———

我尽可能地在重聚活动期间多安排我的档案之行。哈佛大学的档案馆位于普西图书馆（Pusey Library）的地下室。研究一个如此自爱的机构是一种乐趣——哈佛大学保存了一切，甚至连40年前解散的学生俱乐部的简讯都保留了下来。

有关杰里·罗斯的部分很容易就排除了。在1964年到1969年的教学课程记录和教职员工及学生名录中，都没有找到杰里·罗斯或任何近似的名字。但凡和人类学搭点边的地方，也没有出现过罗斯这个名字。

查证唐指出的嫌疑人则耗时更久。唯一能将人类学系全部教师一网打尽的方法——包括讲师、导师、助教和拥有终身教职的员工——就是一页一页地翻阅1968—1969年的名录。重新列出教职工的名单、反复核对、合并就花了我几个小时，之后还要在谷歌上搜索每个人的死亡日期。

完成这些工作之后，我发现，1968年秋，在五十多位和人类学系相关的人员当中，仅有两位在1999年过世：约翰·坎贝尔·佩尔策尔教授（John Campbell Pelzel）和社会人类学系的约翰·怀挺教授（John Whiting）。两位都不符合条件。怀挺这个人有点意思，他替美国政府工作过。但这两个人都是全职老师，而唐明确说过，他的嫌疑人没有获得终身教职。

我调研的另一条线索——简的本科毕业论文，还有她父亲在拉德克利夫任职期间的档案——结果也都走到了死胡同。之后我抽出了理查德·梅多的博士论文，他是吉姆·汉弗莱斯的室友，曾和简一道去过叶海亚堆，那些年一直待在哈佛大学。

论文的导语以朱利安·巴恩斯[①]小说中的一段话开篇：

> 我们该如何抓住过去？我们能够抓住吗？当我还是个医学院学生的时候，在参加期末舞会时，不知哪个爱开玩笑的人把一头身上满是油脂的小猪放进了舞会大厅。小猪一边尖叫一边在大家的腿脚间躲来躲去，以免被大家抓住。大家扑过去，想抓住它，结果跌倒在地上，在整个过程中人们表现得滑稽可笑。过去似乎就常常像那头小猪。[②]

和英格丽德一样，令我感到震惊的是，尽管我俩生活的年代相隔近50年，但我仍在和同样的基本问题作着斗争。这一次我遇到的问题是：我们有可能了解过去吗？历史学家或考古学家有可能脱离他们的发现吗？

我还不确定自己在这些问题中所处的位置，但至少理查德这样总结道：

[①] Julian Barnes（1946— ），英国后现代主义作家，曾四度获得布克奖提名，并于2011年以《回忆的余烬》获得布克奖。著有《福楼拜的鹦鹉》《时间的噪音》《终结的感觉》。

[②] 译文引自《福楼拜的鹦鹉》，但汉松译，译林出版社，2021年9月出版。

很显然我并没有抓住那头小猪，而我只能希望在尝试的过程中让自己看上去不要太荒唐。

———

我为这趟档案之旅安排的最后一组档案是查看皮博迪博物馆的记录，地点位于该馆的地下室。走到神学大道（Divinity Avenue）时，我路过了一群老人，他们聚在一起，从口袋里掏着硬币，准备给一个需要停车的女人。"记住我们，"他们在马路上追着她喊，"1969届的。我们是好人。"

档案管理员已经替我做好了准备。一辆金属车上摆放着灰色的档案箱，每个箱子里都塞满了精心标注的马尼拉文件夹。我之前和她说自己在研究 1960 年代由哈佛大学牵头做的考古项目。我不敢要那些可能会透露我所做项目真实性质的文件，我担心会引起系里的警觉。因此我要来了哈勒姆·莫维乌斯和休·亨肯（Hugh Hencken）的档案箱，这两位终身教授的档案摘要表明，他们曾和卡尔通过信。档案室是一间没有窗户的房间，管理员能从她的电脑里监控我的一举一动。

档案箱里装满了实地考察的信件、我不认识的名字，还有我看不懂的笑话。一切给人感觉既事关紧要又没什么关联，我无法决定用哪种尺寸的筛子才能筛出我要的灰尘。

在哈勒姆·莫维乌斯的文件中，我发现了简·布里顿的学生档案，是她申请参加他在法国莱塞济的考古挖掘时打印出来的一份摘要。

女
十九岁
经济状况：她好像很有钱。

个性：在阿布里·帕托工作时很积极。严肃，可靠，固执。

有人在"很有钱"下面划了线。

这张表格的最后一行是："我认为应该重点考虑她。"

这些档案让一段更为细微的历史浮出地表。尽管莫维乌斯做指导老师是出了名的难搞，但他看上去似乎是支持简的。在一封卡尔的来信中，莫维乌斯划出了简的名字，并给卡尔回信说，他很高兴能在众多申请人中看见简的名字。

系主任兼博物馆馆长史蒂芬·威廉姆斯肯定知道莫维乌斯有多重视简，因为在她死后，史蒂芬给远在莱塞济的莫维乌斯写了两封信。第一封信的日期是在简的尸体被发现的次日。

亲爱的哈勒：

信里附的剪报讲述的这个可怕故事，比我能讲给你的更详细。这个悲剧当然让我们惊愕不已，但我知道你多想尽早了解这个消息。我昨天晚上想给你发电报，但转念一想，这些信息可能太扑朔迷离了，三言两语说完太过残忍。

警方还在调查，后续有任何进展我会和你跟进的。她昨天原本计划参加三场统考笔试的第一场，结果她没能来参加考试，导致［原文如此］他们发现了这可怕的事。

在这备受冲击的关头，我没办法给你出谋划策，也给不出任何解释。

祝好

史蒂芬

第二封信的日期是 1969 年 1 月 20 日——尼克松（Nixon）就任

总统的同一天。在一封关于人类学课程的客座讲师的信件中，史蒂芬提到了以下内容：

> 这次谋杀案的调查尚在进行，猜测还在发酵，对于所有人而言都压力山大。和警方的合作似乎进展不错，有好几次我们都以为能查出点什么。但还是一无所获。
>
> 李·帕森斯（Lee Parsons）24号会前往危地马拉（Guatemala），卡尔当然也在做准备，所以皮博迪净忙着迎来送往了。

在这样的混乱面前，这些信显得格外淡定。如果说哈佛大学教会我什么的话，那就是搞学术的人说话从来不直来直去。我想再多读几遍第二段。我不知道李·帕森斯是谁，但我注意到，史蒂芬可能在信中为两个主要嫌疑人的下落做了语言上的编码，没有向可能截获这封信的人透露半点他怀疑对象的信息。

我能感觉到时钟快指向下午4点，档案室该关门了。我迅速浏览了剩下的资料，通通拍了照。我回去会读的，我自言自语道。

在剑桥的最后一天，我拖着我的行李箱去了庭院图书馆（Quad library），我会从那边直接去南站（South Station）。拉德克利夫的会议安排在下午3点。我必须承诺自己不会对外谈及这次会议的内容，这样他们就允许我悄悄在一旁观望了。那是一个很大的房间，150名女性椅子围成一圈，一一介绍她们自己——她们是谁，她们现在在做什么。整个房间轮上一圈花了好几个小时。大家谈到了平衡事业和家庭的困境。她们担心我们这代人的自满情绪正在侵蚀她们取得的进

步,即罗诉韦德案①。她们之所以感到挫败,是我们让她们失望了:我们更关心赚钱,不关心艺术、历史和人权。

我想开口说话。我之所以会在这间屋子里,就是因为我在乎!我们在乎!但我什么都没说。她们已经替我们这代人画了幅讽刺肖像,我也用同样的方式替她们那代人画了一幅。我正是以一个死去的女孩为名,才得以进入那个房间,才明白了她们的女权主义并不只是烧胸罩,明白了拉德克利夫并入哈佛大学既埋没了一个重要的机构,也是女性平等的里程碑。我感到时间的眩晕与错位——悬浮在四年前自己的大学时光与四十五年前她们的大学时光之间,悬浮在我毕业后的第五年和45周年的团聚之间,仍然在模糊不清的未来的某个地方。

坐火车回家的路上,我打开我的笔记本电脑,点开我在皮博迪档案馆拍的照片。泛黄的一页页档案,半透明的薄薄纸张,打字机,咔嗒咔嗒咔嗒。

然后我发觉我并不知道要找些什么。一封休·亨肯教授寄给系主任史蒂芬·威廉姆斯的信中提到了兰伯格-卡尔洛夫斯基教授待定的终身教职申请。我曾经相当确信,简死的时候卡尔已经拥有终身教职了。但当我重新查看那封信的时候,我意识到自己错了。在简去世时,卡尔还不是不可战胜的——

那封信的日期是1969年1月7日。正是在那一天,简·布里顿被谋杀而死。

---

① *Roe v. Wade*,1969年8月,美国得州的女服务生(化名简·罗,Jane Roe)意外怀孕,希望堕胎,她谎称自己遭到强奸,按得州法律规定即可合法堕胎,结果接连失败。次年,律师以罗的名义起诉得州达拉斯县司法长官亨利·韦德,认为得州禁止堕胎的法律侵犯其隐私权。经上诉,1973年联邦最高法院承认女性的堕胎权受到宪法隐私权的保护,并对堕胎权的限制采取了严格的审查标准。五十年来,该判决在美国社会一直饱受争议,2022年6月24日,最高法院在多布斯诉杰克逊妇女健康组织案中,以5比4的表决正式推翻了罗诉韦德案。

第三部分　流言

2018: 5天

当你知道结局临近时,你的经验会发生改变。还有5天,唐说,我们就会知道答案。

我感觉自己浑身上下正发着光,努力以三倍的速度处理事情,让自己在电话响起时随时准备跳起来接。只有走在人行横道上的时候,我才意识到自己的心脏正怦怦直跳。唐打来电话的那晚,我下楼烤吐司,本能地打开走廊的灯,然后等了10秒钟。我来了,我想象那些灯说。我握住我的金属警棍,将它挡在面前,手指攥紧下方,万一有人闯进来,我随时准备飞扑过去。这太疯狂了,我知道。但8年前,在数十载的沉默过后,我纯粹出于兴趣的驱使竟可以扭转现实、催生出答案,这似乎也很疯狂。所以谁又能说,理性是什么呢?

难怪我睡不着。我感到无力——无力改变结果,无力知晓结果——我感到不知所措。我特别想给博伊德打个电话,但我承诺过唐,这件事只有我俩知道。我在脑海中把各种情形都过了一遍。如果这个人还活着,那么警察可能就有足够的时间实施抓捕。话又说回来,如果这个人还活着,他们为什么甘愿冒走漏消息的风险,而不是等这个人被捕之后再让唐知道呢?万一是一个我没有考虑过的人呢?万一就算知道了凶手的名字,我还是不知道她为什么会被害呢?

5天。

我回顾了刚开始的时候,这一切是怎样迅速变成了一个巨大的谜团、一个盛满秘密的世界,其中每一件事都有着双重的含义,每一个人似乎都有一段不为人知的生活。我故事底下堆起的不可捉摸的流沙是如此漫无边际,有时候我甚至需要提醒自己,简真的死了,的确有人杀了她。

我对这个时间节点念念不忘。那天早上，我一直在反复纠结一个问题：没有找到答案的话，我怎么把这本书写下去呢？如果我没有答案的话，还会有解决的办法吗？而这里，在最能扭转局面的行动中，现实正试图给出一种方案。

5天的时间，依然生活在一个答案可能是任何人的世界里。

阿瑟·班考夫

我敲了敲0213房间的门。门上涂着几十年来堆起来的厚厚的蓝色油漆。我正在纽约市立大学（CUNY）布鲁克林校区英格索尔楼（Ingersoll Hall）的地下室，准备见该校的一位考古学系教授。

距离我在哈佛大学档案馆发现休·亨肯曾支持卡尔申请终身教职的信件，已经过去两年了。自那之后，我又发现了第二封支持卡尔做候选人的信，写信的日期是在简被害当天。这封信来自戈登·威利（Gordon Willey）教授。他向史蒂芬·威廉姆斯表示，他很高兴卡尔能被考虑进去；威利认为，像卡尔这样的人可以让系里获益良多。一封电报显示，卡尔的终身教职申请于1969年3月13日通过，特设委员会——哈佛大学任职程序中最为神秘的一个环节——对他提交的申请进行了投票。卡尔接到消息后便写信给史蒂芬表达感谢。

我还了解到，1969年1月，史蒂芬·威廉姆斯所处的位置虽然权力很大，但并不稳定。他只是当时博物馆的代理主管。在简死后不到三个星期，他晋升为专职主管。我从好几个人那里听说，威廉姆斯教授并不是一个优秀的学者——前助理教授汤姆·派特森说得很妙："好多人都说他是美国考古学界最傻的人"——简死后几个月之内，威廉姆斯突然成为博物馆馆长及系主任。这一双重任命在哈佛大学人类学系的历史上几乎是绝无仅有的。

除了颇受他的小团体拥戴之外，威廉姆斯之所以能在系里拥有一席之地，似乎就在于他筹款的能力。他有着相当不错的筹款记录：1968年11月，他筹到了一笔百万美元的匿名捐款。而此时哈佛大学刚好处在4870万美元的筹款活动中。如果威廉姆斯希望永远坐稳馆长的位子，关键的一步就是向行政人员展示自己能为这个目标助一臂之力。那么把各种流言蜚语压下来的压力肯定是巨大的。

我突然想到了一个让人不安的思路。如果卡尔在简死的时候还没有获得终身教职，那么有没有可能他为了保全自己的教职之争而让她噤声呢？既然系里有可能在筹款活动期间鼓励人们隐藏那些不受欢迎的故事，那么史蒂芬是否会为了让系里免于陷入尴尬的局面、确保自身的晋升而帮助卡尔打掩护呢？

这些都只是我的猜测，没有一手的材料可以证实。只有简的弟弟博伊德提到过简和卡尔之间存在着敌意。这几乎不足以支撑起一个理论，更不用说整个案子了。但我必须承认，至少从档案中可以看到，史蒂芬·威廉姆斯和卡尔·兰伯格-卡尔洛夫斯基两人的命运似乎早已纠缠不清。那年夏天，史蒂芬卸任系主任一职时，曾给卡尔写信宽慰他："在我的任上保你拿到教授的职位，除此以外我没什么重要的事了。"那感觉就像这些档案在恳求我关注它们一样。

但在那趟剑桥之旅过后的几个月，这本书的进展停滞了。我在《纽约客》（*The New Yorker*）杂志找了份全职工作，每天忙于梳理老板的日程、做初校、找选题、为一些特殊场合取咖啡。只有在业余时间我才能继续研究简的事。但我从来没有对这种权衡产生过怀疑。我感觉自己像是被人从布鲁克林每个梦想成为作家的咖啡师的无名之辈中解救了出来。而且在杂志社工作也让我终于可以为自己的调查积累资源、提供支持了。我学会了使用公共记录的线上数据库奈克斯（Nexis）寻找联系方式；学会了整理海量的调查和录音带；学会了提交公共记录的申请；这些申请被驳回时也学会了如何申诉。在所有我询问过的机构当中，剑桥警局是唯一承认曾拥有与简·布里顿相关档案的机构。但他们说，材料或已在一次洪水中遗失了。（后来我的一位信源听说我一直试图从波士顿当局那里搞到档案，嘲笑我：如果你不是奥沙利文，那就祝你好运吧。）

我针对简的故事的工作仅限于远程——发邮件、早上和周末打电话、大量阅读——还有假期时间。我休假第一天就回到哈佛大学，重新跑到皮博迪档案馆四处翻找。皮博迪博物馆的时任馆长杰弗里·奎尔特（Jeffrey Quilter）教授听说我突然对人类学系起了兴趣，要求我来镇上的时候见上一面。这种要求恰恰是我最害怕的——预示着我终于绊上了一根引线。我们在他办公室见了面，我想在不说谎的前提下尽可能地含糊其词。我告诉奎尔特教授，我写的内容是关于权力体系，以及谁能讲述他们过去的故事。他听了一会儿，朝我露出奇怪的微笑。我后来意识到，这个表情表示他对自己即将说出的话将信将疑。"因为我喜欢你，所以我才会这么和你说。"他开口了。如果我想"捅开马蜂窝"，我应该调查一下简·布里顿的死。"对我来说，这起谋杀案没有得到解决，这本身就是在呼唤正义。"

但一直到2016年底，我才站在了纽约市立大学布鲁克林校区那扇蓝色的门前。我老板知道这件事对我意义重大，所以给了我一下午的假。我第一次要去见简的一位朋友本人了。

门开了，阿瑟·班考夫——简的邻居、密友、1968年叶海亚堆考古挖掘的同事——出门迎接了我。

阿瑟比我想象中矮一些，身穿卡其裤，里面是格子纽扣衬衫，外面套着马甲，戴一顶犹太圆顶小帽。他长长的流苏从两个裤兜垂下来。大部分头发都掉光了，但他温暖而顽皮的眼睛让他看上去比七十一岁要年轻很多。

协调我们见面时间的时候，他在电话里告诉过我，他也怀疑卡尔是凶手，尽管他和博伊德都否定了婚外情的说法。阿瑟回忆，卡尔和简之间是有敌意在的。一切缘起于伊朗——卡尔质疑她的野外工作，毫不犹豫地羞辱了她——在他妻子到伊朗后，两人的矛盾就更激烈了。但阿瑟提醒我，他离开伊朗后一直待在国外，简和卡尔回到剑桥之后，任何事都有可能发生。

我问阿瑟他为什么这些年一直怀疑卡尔。"因为我恨他。"他说。

阿瑟请我进去，我环顾了这间办公室。它昏暗、带有工业的气息，里面摆放着三台电脑显示器、一台巨大的金属立式风扇，还有东欧考古学和冶金学的书。墙上挂着他哈佛大学的学位证书。

房间周围是一圈细长的支架，他用它来支撑镶在相框里的照片——他的孩子们、他在东欧考察，还有1968年在伊朗做考古挖掘的相片。这就是我几年前研究过的那张所有人在路虎车前面拍的照片。他的这张差不多和海报一样大。他说尽管他恨卡尔，但他还是把它挂了起来，因为上面有吉姆和简。"在各种痛苦的回忆中，这张照片也带来了非常美好的回忆。"

我们走近那张相片，他问我能不能认出上面的人。"安德莉亚。卡尔。玛莎。詹姆斯。"我说。"吉姆，"他纠正了我，然后补充说，"特别逗，我今天早上刚和他说过话。"

阿瑟说，他打电话问吉姆能不能和我面聊。时隔近五十年，这是他第一次和吉姆提起简。"有些事你们就是不会谈。你们会坐下来，朝对方咕哝着，就像在酒吧里一样。"但让阿瑟惊讶的是，吉姆说没关系，之后便提到他在哈佛校友杂志上读到警方抓获了一名多年来一直躲在暗处的连环罪犯。"有可能他就是始作俑者呢。"吉姆说。阿瑟拿不准，但他说如果吉姆想聊的话他随时都在。吉姆并没有上钩。"然后我们就像所有老人一样，聊起了我们的健康。"这段小插曲让我看到了希望，有朝一日我兴许能和吉姆讲上话。

我走近那张考察时拍的照片。我惊讶于和我研究过的那张小幅照片相比，他这张上面的简看上去有多么不一样。在之前的那部专著里，简的姿势桀骜不驯，而她的表情——眼目低垂，露齿而笑——

让她看上去有点自以为是，好像她知道自己正在表演，对自己相当满意似的。但阿瑟的照片里——我意识到这张是在另一张前后脚拍的——她的表情彻底变了。她的微笑让人似懂非懂；她没有像原来那张一样眼神游离于这群人之外，而是抬眼看，盯着镜头，盯着我。她的凝视有种脆弱的感觉，近乎于恳求。其他人的表情都没有简变化这么大。但其中的分别却使人心惊。简的眼神像是正追着我不放一样。

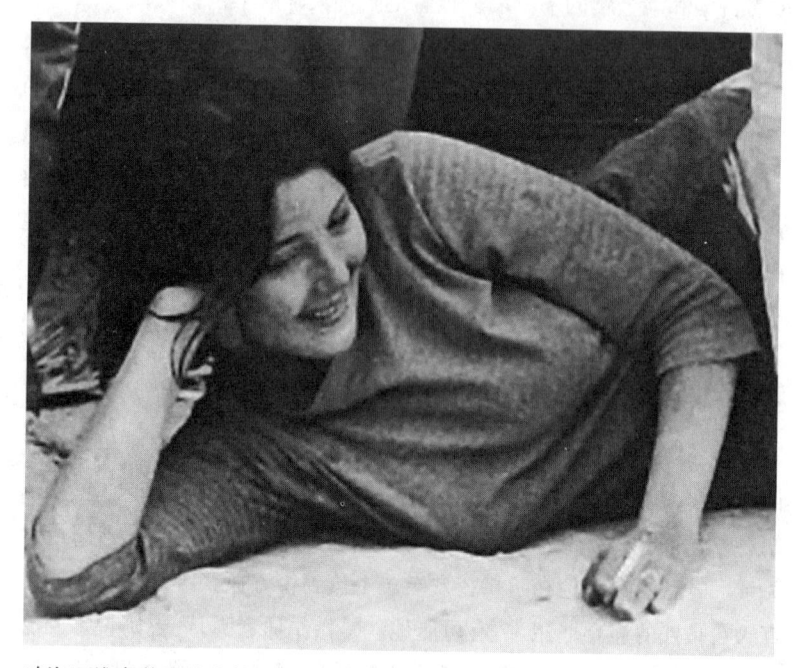

叶海亚堆专著照片中简的特写。（第31页图6。D. T. 波茨《伊朗叶海亚堆考古发掘，1967—1975：第三千禧年》，美国史前研究学会，第45期公报。© 2001年哈佛学院院长及研究员，哈佛大学皮博迪考古与民族学博物馆馆藏，由理查德·梅多授权。）

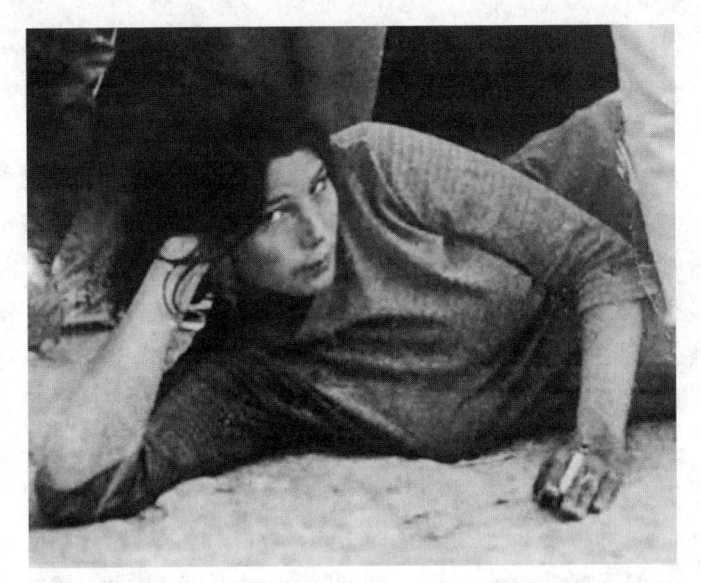

阿瑟·班考夫照片中的简。

叶海亚堆

一股非同寻常的疯狂降临在考古挖掘现场。在这个荒无人烟的地界，唯一会说你的语言的就是你每天看到的那 7 个人。下午酷热难耐，夜里又会因为寒冷和痢疾抖成筛子。没有充足的食物，又信不过饮用水，杜松子酒便成了表现好的奖励，让人梦寐以求。能挖到什么纯粹取决于你有幸被分到哪条沟，但你依然会根据挖上来的东西受人评判。当你满身灰土，不得不在漂着骆驼粪便、废弃的溪水里洗澡；尽管害怕那些骆驼会踩到你的头，你还是得努力入睡；你迟迟睡不着，因为你早就知道，公鸡只在黎明时分打鸣是个谎言。气氛紧张起来。恨意在酝酿。哪怕你渴望说英语，渴望和人交流，除了和那 7 个人大眼瞪小眼以外，你别无选择。

简写到过挖掘现场逐渐激化的矛盾:"小团体往往容易产生极度精神病态的氛围。我倒是无所谓,我习惯了,但我不希望我最糟糕的敌人也变得病态。"

至少这一次,开始还算顺利。

6月中旬,考古队抵达德黑兰(Tehran)。那是伊朗革命①爆发前的最后十年;沙阿②还在掌权,酒精尚能自由流通。实际上,考古队几乎和伊朗领导人对调了位置,后者那一周刚好在哈佛大学,发表毕业典礼演讲、领荣誉学位。(那一年的另一位演讲者是科雷塔·斯科特·金③,她代替过世的丈夫接受了邀请。)

考古队在英国波斯研究所(British Institute of Persian Studies)待了几天。这里也是一家豪华酒店,由大卫·斯特罗纳克(David Stronach)和阿加莎·克里斯蒂的丈夫、考古学家马克斯·马洛温爵士(Sir Max Mallowan)经营。他们花了一个星期的时间,置办考察期间所需的零零碎碎——美国大使馆杂货店的食物、镐和塑料袋,顺便等待卡尔从政府文物代表那里拿到最后的挖掘许可。

为了挨过闷热的下午,考古队在游泳池边纳凉,或是到集市上闲逛。简很爱集市,但她讨厌乌泱乌泱的人群。陌生人会以拥挤为借口,紧贴着她。还有人会捏她的屁股。德黑兰的交通状况让简发誓再也不会抱怨罗马了;在那里,橘色的小出租车来回穿梭,在马路中间180度转弯、倒车。但能和吉姆一起来真是太好了。简捕捉到了光照在他脸上显现出的奇特棱角,发觉自己仿佛沉醉了。

---

① Iranian Revolution,伊朗伊斯兰革命,又称1979年革命,是1970年代后期在伊朗发生的一系列政变,末代沙阿(伊朗国王)穆罕穆德·礼萨·巴列维领导的伊朗君主制政体被推翻,宗教及革命领袖大阿亚图拉鲁霍拉·穆萨维·霍梅尼从法国返回伊朗,建立了以什叶派为核心的伊朗伊斯兰共和国。

② 伊朗国王,这里指的是伊朗最后一任持有沙阿头衔的统治者穆罕穆德·礼萨·巴列维,于1941年至1979年掌权。

③ Coretta Scott King(1927—2006),美国作家、活动家,美国民权运动领袖马丁·路德·金的遗孀,非裔美国人平等的积极倡导者,在1960年代领导了非裔美国人民权运动。

在去伊朗的路上，他们一起在伦敦待了几天。也正是在那里，吉姆第一次和简说他爱她。他比她稍早一点去了德黑兰，简发现没有他在身边自己就会变得心神不宁。她自己去看了场歌剧，但她总想转过头和他聊天或是牵他的手，结果却想起来他不在旁边。她差一点没赶上去伊朗的航班，因为她睡不着，夜里被汹涌而至的想法吞噬：她想用粉笔在伦敦的大街小巷写上他俩名字的首字母，再画一个巨大的爱心。

她写信给他："你的气场不太一样，给我带来了巨大的平静，一改我平常的躁动不安。"

但到了德黑兰，这对情侣要面临的情况是没有隐私，这让简感到不适。她和吉姆不想让团队中的其他人知道俩人的关系，而他们俩在镇上已经够惹人注意的了——吉姆的个头太高，简戴一副太阳镜，显然是个美国人。他们一整天都在等待着，等待夜聊的人睡下了，终于只剩下他们两个人，再喝上一杯杜松子酒奎宁水。不然他们只能在早饭后找个无人的安静角落，在对方脸上留下一个轻吻。吉姆一直在努力制订一个周密的计划，好让两个人可以找时间、另寻地方第一次睡在一起，但这个计划让简感到局促不安。她希望他能鼓起勇气，半夜里直接溜进自己的房间，也渴望着他们什么时候能在沙漠中安稳地定居下来。

考古队分两辆车前往叶海亚，路虎车载着吉姆、简和伊朗的文物代表，这辆车以亚历山大大帝的战马布塞弗勒斯（Bucephalus）为名。第一天行驶了 16 公里之后，车熄火了，他们用胶带和口香糖修好了发动机。吉姆和简唱起了色情的法语歌曲，背诵着"育空地区[①]的吟游诗人"罗伯特·W. 塞维斯[②]的诗歌，文物代表则耐心地陪在一旁。简感到自己从来没有这样爱吉姆。

[①] Yukon，加拿大十省三地区之一，位于加拿大西北方，以流经该地区的育空河命名。

[②] Robert W. Service（1874—1958），加拿大诗人、作家，出生于英国。他的诗歌大多描绘美国阿拉斯加州和加拿大西北部的风光，歌颂那里的垦拓者的生活。

等他们抵达叶海亚的时候，天色已晚，四周什么都看不清。她和吉姆共用一顶帐篷，他们把折叠床挪到了帐篷外，因为外面温度会低一些，却没有意识到夜里沙漠的温度会急剧下降。醒来时，他们已经冻僵了。

再怎么夸大叶海亚堆的偏远程度也不为过，远比卡尔让他们提前准备的更艰险。从他们落脚的小村庄巴格音（Baghin）到有着七千五百年历史的雄伟土丘，步行只需几分钟。那里没有自来水，整个村子都不通电。考察队不开工的时候，一些当地的工人、游牧的绵羊和山羊牧民就在附近的帐篷里安营扎寨。邮递员会骑着自行车送信。饮用水是有人从一英里以外的地方骑着驴运过来的。

简习惯了过去在法国和莫维乌斯教授做考古，那时候她住在一个小旅馆里，浴室里还有个坐浴盆。街角就是一家菜肴美味的餐厅。而在叶海亚，连公共厕所也没有，饮用的水里净是"微生物"，简就算是突然看见它们开始翩翩起舞也不会大惊小怪。卡尔告诉工人们在哪里挖厕所，简抱怨说，他连哪个方向是营地的下风口都懒得去管。

当晚，对细节欠考虑的问题再次被摆上了台面：哥伦比亚大学的本科生菲尔·科尔坐在当地铬铁矿工的卡车后面，突然就来到了营地。二十一岁的菲尔是自己搭车来的，因为卡尔显然是忘记了（或者说根本没当回事）他之前和菲尔承诺会在克尔曼[①]等他。

卡尔提醒过队员们，他在考古现场的时候会很难相处。因为去年的考察只是对该地区的一次调研，这一次算是第一次全面的挖掘，作为这次挖掘的负责人，他关心的是如何给官员们留下好的印象：他认

[①] Kerman，伊朗克尔曼省的省会、东南部最大的城市，距离首都德黑兰东南约1076公里，矿产资源包括铜和煤。

为叶海亚堆的考古能否成功，他们能否继续在这里考察，就取决于这些官员们。这种树立正确形象的焦虑让卡尔变得易怒，特别是当他"不要和上头理论"的规定受到挑战的时候。在政府代表面前蒙羞尤其是他的一大痛处。在去叶海亚堆的路上，卡尔担心伊朗政府的代表会误解考古队员们发出的笑声是针对他的，所以一直滔滔不绝地同阿瑟、安德莉亚·班考夫讲怎么在他们的东道主面前好好表现。

第二天，挖掘开始了，过程是艰难的。从现场回来的人灰头土脸，看上去就像把脸埋进了面粉里一样。食物也于事无补。厨师侯赛因（Hussein）使尽浑身解数，但当地的山羊肉太柴了，不管煮多久都煮不烂。终于挖好的公厕又一塌糊涂，最终队员宁愿在草丛和沟里解决。也难怪好多人很快生了病。

但在一开始，队员们在现场共同经历的各种挑战让他们更加团结了。简甚至惊讶于自己有多喜欢卡尔。他对她来讲并不算有吸引力——她和安德莉亚形容他"腿太短，屁股松弛"——但他做起事来就像还在达特茅斯（Dartmouth）一样，很有趣，尽管有点不太成熟。

她也越来越喜欢那片土丘所在的山谷。尽管贫穷而偏远，但它终究是美丽的。遗址附近有一座神圣的神庙，一棵巨大的参天雪松穿过一面卵石墙而生。它周围的围墙圈出的空间是如此狭窄，来访者目之所及唯有头顶的一片天空，这就使得这棵古树更加巍然了。据说这棵树是叶海亚的父亲撒迦利亚（Zacharias）——穆斯林传统中的施洗约翰[①]埋葬的地方。该地区地下的暗渠网络（或者叫水井）纵横交错。只有孩童才能通过狭长的通道，因此维护和修理工作通常由小男孩负责，他们会被缓缓放进暗渠之中。山谷里回荡着他们从隧道入口处传来的萦绕不去的哭号。

但对于简来说，这个夏天最好的部分当属吉姆和夜空。吉姆"让

[①] John the Baptist，撒迦利亚和以利沙伯的儿子，因他宣讲悔改的洗礼，在约旦河为众人和耶稣施洗，故得名。

人惊叹",在一封给高中室友的蓝色航空信中她这样写道。"他是这么久以来第一个对我照顾有加的人。"一天清晨,简得了痢疾,足足跑了十趟草丛。回到营地,她躺在床铺上浑身哆嗦,不想吵醒吉姆,但吉姆将床挪到了她身边。他把所有毯子都盖在她身上,抱着她,直到她不再发抖,睡了过去。所有这一切,都是在他早上5点半起床出发去挖掘、和所有人一样疲惫不堪的状态下做的。

那个夏天,她和吉姆第一次睡在一起。因为依然不想声张他们之间的关系,他们悄悄拆掉了折叠床的栏杆,然后把两张床并到了一起。有天晚上,她感到心中充盈着爱意,所以她大半夜爬起来,给他写了首糟糕的诗。她盯着睡梦中的他好一会儿,直到自己也沉沉睡去。那感觉如同凝望天上的星斗。

在叶海亚堆时的吉姆。

当吉姆陷入抑郁的怪圈，简会和他聊天，开导他。一天早上，简发现吉姆的情绪尤其低落，于是她决定单独和他一起走到遗址。"喂，你下周要是不忙的话，咱们生个孩子吧？"她提议。这让他从沉思中猛然惊醒。"你想给孩子起个什么名字——阿里（Ali）怎么样？""不，我想的更多的是类似于谢尔曼（Sherman）这种。"她说。他们又回到了原来的节奏。

简做过一个梦，梦见自己和吉姆准备结婚，但谁都找不到他。尽管如此，她并不急切。虽然她不知道他在哪里，但她有种感觉，他一直都在那里。

———

几个星期以来，生病、卫生条件之差让所有人都极易恼怒，即便是最轻微的冒犯也会让分寸感荡然无存。所有人必须好好表现所带来的压力并没有解决什么问题。作为挖掘现场年龄最大的学生，吉姆担任了现场监督人的角色。他对于阿瑟·班考夫在系里任期较长却被排除在外感到很难过。为了不负众望，吉姆工作起来格外卖力。简的印象是，当卡尔忙于"扮演职业的中欧野蛮贵族"，四处游走，对其他人的挖掘工作和考古结论指手画脚时，吉姆却承担了百分之九十的工作。吉姆在考古现场开了个医学诊所。这个诊所原本是为工人们建的，但当地人得到消息以后，吉姆便开始耐心而熟练地照顾被灶火烧伤、患上腹泻和牙痛的当地儿童。简希望自己能把他捆起来，强制他去休息。"以前就算你累惨了，我也从没见过你脚步踉跄。"她在日志中写道。

简同样也感受到了压力，因为她知道，卡尔选她来做挖掘时并不确定她能行。除了通过统考之外，要想拿到博士学位，她需要为毕业论文积攒实地考察的机会。莫维乌斯离开后，卡尔成了这个系里掌握着简命运的人。"她感觉所有学术上的事完全取决于她的表现和留给

144

We Keep the Dead Close   161

卡尔的印象。"安德莉亚·班考夫后来这样告诉警方。

然而即便简拼尽了全力，她在自己负责的垄沟里还是会彻底手足无措。当其他队员挖出有趣的陶器碎片时，简只发现了砖块和老鼠洞。她很怕卡尔发现她把挖掘工作搞得一团糟。卡尔不止一次对安德莉亚·班考夫说，除了一个人之外，他对所有人的进度都很满意。安德莉亚担心卡尔指的是她的丈夫阿瑟，所以没敢细问。

到了下午，吉姆完成了当天的任务之后，会爬到简的垄沟里帮忙。他们会一起研究，一直到光线暗下去，什么都看不见为止。

———

7月下旬，善意和耐心已经被沙尘暴和沙蝇消磨殆尽。航空信是他们和外界的唯一联系，和他们吃的食物一样是需要配给的：午餐，一听金枪鱼罐头三个人分；一罐花生酱要吃上两个礼拜。人们开始幻想姜饼、发泡鲜奶油、好时巧克力棒、牛排和绿色蔬菜。他们向往寒冷。大量的蚊虫叮咬让简看起来像得了皮疹一样。她病得太重，没办法再去挖沟，被困在床上的时候，一只鸡走进了她的帐篷，拉了泡屎，然后走了出去。还有一次，一条蜈蚣钻进了她的内裤。

除了卡尔和理查德·梅多（"祝福他那百毒不侵的心脏"），几乎所有人都病了。从第一周开始，简就病得很重，状况时好时坏。吉姆得了红眼病和腹泻，痔疮太过严重，导致他根本坐不下来。其他人则患上了痢疾，肠胃不适。"我们是如此虚弱，所有人都是这样——我们没有信仰，也不相信宿命，因为它们都和这个地方格格不入。"简写道。她说，要应对这种状况，要么是受虐狂，要么就得高度负责，她怀疑只有吉姆做得到。到最后，连理查德都病了。

有时候，简再也没办法开导吉姆摆脱他的情绪了。她告诉他，自己做了个梦，梦见他俩结婚了——即便她找不到他，也知道他在哪里。隔天夜里，他二话没说就把自己的床从她床边挪走了。他在伦敦时说的"我爱你",变成了"是的,我可能愿意吧"。简心想,到头来一切都要重蹈覆辙了。

"我也许应该等到自己确定了之后,再跑去和汉弗①胡说八道。我是说万事俱备,只是我怀疑看不到什么未来。尽管他是个好人。他确实是个好人。这到底是怎么了。"她在给父母的信中说。

距离考察结束还有一个多月,她却已经被掏空了。简写给自己:"我觉得也许我想去死了,这样我就不必眼看着它结束,不必费尽心机地想读出言外之意,靠这个来维持我对真实事物不甚稳固的把握。"

闭环

"假如说这是一部悬疑小说,我想不到还有比卡尔更适合的嫌疑人了。"阿瑟坐在他办公室的转椅上说。我问他有没有怀疑他的具体原因。他并没有。这一切都是猜测。"在我看来,哈佛大学好像在受到威胁的教授身后关上了大门。我总会把他拿到终身教职和简被杀这两件事联系在一起。"

卡尔获得终身教职的时间点给我的感觉也很重要,不可能是随机的。还有另外几个谜团紧随其后,悬而未决:简和卡尔的关系开始时相当不错,但如果博伊德和阿瑟是对的,之后便急转直下。我不知道为什么会这样。

并且如果杀害简的凶手是系里的某个人,我很难相信她在统考当天早晨遇害纯属巧合。这可是她学术生涯的关键时刻。

最后,我不仅对卡尔晋升的时机感到好奇,还对这个事实本身起了兴趣。2005年,哈佛大学才开始将所有初级教授的聘书自动调整

---

① 吉姆·汉弗莱斯的昵称。

为终身教职,但在那之前,在校任教的初级教授获得终身教职的情况是非常罕见的。相反,学校会聘请校外那些已经功成名就的教授。此后的四十三年里,卡尔是最后一位从内部获得终身教职的考古学初级教授。系里的几个前员工告诉我,1969年是一个特殊时期。(那一年,人类学系的一位助理教授大卫·梅布里-路易斯［David Maybury-Lewis］也得到了终身教职。)由于一些他们无法解释的原因,那一年显然是开了个口子,允许初级教授进入学术的象牙塔,进而造成了一种疯狂的紧迫感,得在窗口关闭之前获得终身职位。

即便如此,卡尔想得到晋升,则必须要有过人之处。卡尔将自己的迅速晋升归功于他的实地考察经验、他在宾夕法尼亚大学的导师写的推荐信,还有入职哈佛大学之前发表的作品。而叶海亚堆则是一个里程碑式的发现。但仅凭1968年的考古季和前一年的遗址调研就足够了吗?那肯定不是卡曼尼亚,卡尔回来后还在同这种观点抗争。但负责评定终身教职的委员会或许还不知道,这个遗址和卡曼尼亚之间的关联纯属判断失误——即便两者有关联,可能也无关紧要。(不到两年,1970年,叶海亚堆的进展报告上只字未提卡曼尼亚。)

卡曼尼亚这个故事不错,报纸已经对它大肆渲染。1968年11月,《波士顿环球报》将卡尔誉为亚历山大大帝失落之城的发掘人:"几个世纪以来,学者们认识到卡曼尼亚曾经存在过。然而他们一直没能找到传说中的堡垒。［……］但就在过去的这个夏天,由卡尔·兰伯格-卡尔洛夫斯基带队的哈佛大学团队［……］让这座古代堡垒重见天日。"证据是不够的:只有在土丘顶部发现的象牙,以及根据一位古希腊历史学家的说法,叶海亚堆和卡曼尼亚的位置都在"距离海洋5天的脚程"。但这些依然没能阻止卡尔自信地向《环球报》宣称:"我很肯定我们发现了卡曼尼亚。"

我开始相信,这世上有两种考古学家:一种是像吉姆·汉弗莱斯和理查德·梅多这样的,行事严谨、依赖数据;还有一种就是像卡尔这种会讲故事的,正如我在他课堂上亲眼所见的那样。我还渐渐开始相信，会讲故事的人总能赢。只要没人强迫我们仔细观察，我们似乎更重视它好不好记，不太重视它是否准确。正如我们见面前阿瑟在电话里说的："如果你能讲出一个真正精彩的故事，讲出你考察的遗址是什么，它的用途是什么，还有它为什么在那里，等等，那就是真相。最好的故事？那就是真相。不管它有没有发生过。"或许唯一能迫使终身教职委员会审查卡尔说法背后的真相的，就是那年夏天参与过挖掘工作的人了。

但接近并不等于因果，我骂自己。

"我不知道怎么结束这个闭环。"我对阿瑟说。

他说他也不知道，接着他补充道："是啊，不过你看，如果真是他干的，过了这么久，有个了结也不错。就像我说的，我希望是他干的，但愿望不一定能反映现实。"

统考

随着警方继续询问简的朋友，简的死亡时间成了一个突出的问题。

唐·米歇尔告诉警方，他最后一次看见简，也就是她过来喝雪利酒那次，她聊到了"兰伯格-卡尔洛夫斯基这个人，还有他会不会对她的考试成绩做手脚"。简很肯定卡尔不喜欢她，但她并不知道原因。

在和警方交谈时，吉姆提到简和他说过类似的话，她说她担心自己这次考试的打分不公平。她感觉前一年同样的事已经发生在了自己身上。吉姆在发表意见之前，说自己也不清楚故事的全貌，因为他那一年没有参加统考，"但按照我的理解……她本来应该可以考过的，但有人认为给统考判分的人不让她过"。

英格丽德·基尔希说她知道更多的内幕，而且她对此毫不掩饰。

她向警方解释说，统考的三个部分简都没有通过，尽管理论上她通过了考古学部分的考试。照英格丽德的说法，简知道卡尔是负责给她考试打分的三个人中的一个，而他曾向评分委员会提议，他们应该全数不让她考过。显然卡尔还补充了一句，说如果简以后还表现这么差的话，他会让她今后在这个系都没有前途可言。卡尔后来否认了这种说法："一个人能决定一个人考不考得过，这太扯了。这是在撒谎。"

史蒂芬·威廉姆斯向警方打包票：对统考评分不公平是不可能的。他说评分程序的设计就是为了防止偏见。考试一直都是由三人组成的委员会评分，每个问题的解答由两位教授共同审阅。并且每份试卷都会被编号，不会出现考生姓名，这就保证阅卷人并不知道他们打分的对象是谁。"我们采取的这些措施就是为了往死里确保我们一无所知。"

他向达文波特警探态度坚决地保证，他认不出任何一名学生的字迹。

但史蒂芬·威廉姆斯的保证不太站得住脚，因为简并不是唯一认为自己被不公平打分的人。学生们指责威廉姆斯本人在前一年还给另一个女生打了不及格，这个女生就是凯蒂·凯鲁瑟斯（Kitty Caruthers）。

就在简一路跟着吉姆来到他房间，质问他被萨拉·李·埃尔文追的感觉怎么样那天，他们原本在学生食堂聚餐，是因为他们都对凯蒂不公平的处境沮丧不已。

一名学生给卡尔写了投诉信。凯蒂得到的分数是一个 A 和一个 B，写信的学生不明白为什么凯蒂不能重考一次，尤其是另外两名学生已经获准参加了补考。信的作者认为，史蒂芬·威廉姆斯向来对凯蒂粗鲁无礼，没有给她一个公平的机会。这封信断定，威廉姆斯很可能是想让她难堪。这个写信的人唤起了卡尔富有同情心的一面：他和凯蒂一样——状态极差，需要用镇静剂勉强支撑自己的身体，他应该能够理解那种孤立无援的心情。凯蒂没有否认自己考试失利；她只想得到再考一次的机会。

凯蒂并没有获得第二次机会。1968 年春，她只拿到了硕士研究生的学位，从哈佛大学离开。

和史蒂芬·威廉姆斯的严正声明相反，学生们都觉得，统考的评分系统为个人偏见留下了很大的空间，进而使得结果也有了偏差。统考就和普通考试一样，都存在着主观的成分：在给考试本身评分之后，几个老师还会讨论这个学生在系里的表现以此判断该生值不值得继续读下去。据一位和简同届的学生说，在这一系列的评议中，教授的意见所占的权重，除了取决于该教授在系里的地位，还取决于教授和这名学生合作的密切程度。

卡尔后来说这是"对统考指导原则和规定的根本性误解"。虽然他承认评分过程中的确有教师开会商讨的环节，但他重申，一个人并没有权力让一个学生落榜，并提到史蒂芬·威廉姆斯原想让另一名女生不及格，结果并没能如愿。在他五十一年的教学生涯中，卡尔记得只有一个人没通过统考，那就是凯蒂。

但该生坚称：虽然在一名学生的学术生涯中，教授支持与否起到的作用微乎其微，或许构不成什么后果，但主要导师的反对票足以毁掉这名学生预想中的职业生涯。

自从莫维乌斯因为莱塞济的考古项目弃她而去之后，卡尔就成了简的主要导师。和前一年一样，他也是三人评分委员会中的一员。简可能会认为，不管她在考试中发挥得多好都无关紧要了。她的命运已经掌握在卡尔的股掌之间。

英格丽德·基尔希的警方询问笔录（1）

警探达文波特中尉：女士，你的姓名是？
基尔希女士：英格丽德·基尔希。
警探达文波特中尉：我会问你一些问题，我问这些问题，只是为了知道答案，不管答案是什么。我们也在调查教职人员，也是因为我们正沿着这些测试的思路去思考，她肯定是被其中的一个测试吓坏了。

基尔希女士：她确实是吓坏了。

警探达文波特中尉：而且我们有一种感觉，就是因为这个卡尔洛夫斯基。

基尔希女士：没错。我和你讲，我知道这件事。她去年参加了考试，结果没考过，之后我和她聊天。她简直心灰意冷。考试之前和之后她都是这么心灰意冷。之后她说："我被坑了。有人给我小鞋穿。"我说："啊？谁啊？"她说："卡尔洛夫斯基真的把我给毁了。"我说："嗯？不是莫维乌斯吗？"她说："呵，莫维乌斯。"

莫维乌斯觉得她是特别优秀的学生。很明显，他为她研究生入学写的推荐信非常棒，她知道这个是因为有一次她打开了信。我认为莫维乌斯并没有对简作为考古学家的能力失去信心。她厉害得不得了。这一点毋庸置疑。

但兰伯格有个特点，我觉得他不能容忍情绪或情感上的突发事件影响她的工作，会有那么巨大的差异。她要是对什么事情很难过，就会破罐子破摔。圣诞节期间，差不多在她去年参加统考的同一时间，她和弗朗克蒙特分手了，天啊，那对她来讲简直是致命一击。

所以对于这次考试，负责她的委员会坐下来说："你看，社会人类学，她没考过。体质人类学，她没考过。我们可以让她考古学考过去。"然后卡尔洛夫斯基说："算了吧。如果她还是照这个样子搞下去，我可能会眼见着她被踢出这个系。"

［……］你知道吗，卡尔有一天晚上和她起了争执。他们在卡尔家参加一个聚会，两个人明显都喝高了。不知道说到什么事，卡尔骂了她一顿，她骂了回去。他和她说："你不过就是这个系的一个学生，逃不出我的手掌心。你知道，要是我能阻止你参加这次考古挖掘，我会这么做的。"

警探达文波特中尉：这是多久以前的事？

基尔希女士： 去年春天。她说他就是这么和她挑明的："简，如果你这次挖掘做得好，下了功夫，我可能会让你留在系里。要不然，我会看着你的头被砍下来。"难怪她那么害怕考试。她被吓坏了。

警探达文波特中尉： 这是挖掘之前的事。

基尔希女士： 这是挖掘之前的事，但我认为，她在挖掘现场对兰伯格-卡尔洛夫斯基的态度很大程度上是因为他对她的敌意。她不喜欢他，我觉得他也讨厌她，不知道为什么。

太讨人厌了

我给在皮博迪博物馆工作或是与之相关的几十号人打了电话——管理人员、馆长助理、秘书、教务主任、出版商、文物管理员，还有研究生、教职员工、助理教授——我很快就了解到，大家都对卡尔怀有成见。

在我们的交谈中，卡尔成了一个复杂多变的人：出色、威严、脾气暴躁、雄心勃勃、善于启发、浮夸、有魅力、压榨人、偏执。有的人知道要和他保持距离，有的人则仰慕他的个人魅力。但不管怎样，他都引发了强烈的反应，例如，博物馆的驻馆艺术家芭芭拉·韦斯特曼（Barbara Westman）就是这样。我和芭芭拉交谈的时候她已经八十八岁了，她对博物馆的评价一直不疼不痒，很温和。"所有人都很好，"她说，"我们以前都在街上喝咖啡。"但当我提到卡尔的名字时，她的态度变了。"他和他老婆都太自以为是了。自、以、为、是。对，就是自以为是。"她笑起来，对自己的说法很满意。"他太讨人厌了。"

艾德·韦德（Ed Wade）在史蒂芬·威廉姆斯和卡尔任博物馆馆长时都担任助理馆长。他说，卡尔刚来系里的时候众星捧月，但他很快就有了难对付的名声。艾德还记得，卡尔是个极易怒的人，他总是靠胁迫别人而不是赢得别人的尊重来维持自己的权威。他会当着别人的面爆发。史蒂芬·威廉姆斯经常会撞见最糟糕的状况。70年代中期，也就是史蒂芬和卡尔双双得到晋升后的几年，他们之间的关系结构发生了变化。卡尔的所作所为和艾德对自己同事的期待相距甚远，他说他对哈佛大学失去了兴致。

位于皮博迪博物馆街对面的闪族博物馆（Semitic Museum）的前馆长卡内·加文神父（Father Carney Gavin）说，即便卡尔已经在哈佛大学建立起了牢靠的权力集团，他还是会对那些他自认为闯入他领地的人心生嫉妒。加文神父负责的博物馆同近东语言与文明系有联系，因此工作内容和卡尔有所重叠，果然没过多久，竞争就慢慢累积成了怨恨。"卡尔会假装在我那间小办公室的客厅里读科学杂志，其实是在偷听我聊电话，"他说，依然感到不可思议。"他对人刻薄。尤其对长期雇用的员工态度恶劣。他很有野心，是个非常讲政治的管理者。他对他的学生也很苛刻，"加文补充说，"他真是个暴徒。"（卡尔后来回应说，他以为他们之间的关系相当不错。"我没感觉和卡内·加文那么小的业务范围有过竞争。"）

加文是在哈佛大学的生态系统里成长起来的——他的叔叔曾经是某研究生院的院长——他对这个机构中的权力运作方式没有那种英雄式的幻想：谁能保障资金进账，谁就握有权力。卡尔仰仗自身的魅力做交易，比起史蒂芬·威廉姆斯，他筹款的能力更胜一筹。"筹到那笔钱需要的是精力和马提尼酒。"卡尔打趣道。根据加文的说法，他在这方面的成就足以让哈佛大学对他身上的任何缺点视若无睹。

和我聊过的一些人说卡尔是个懒惰的学者。约翰·特勒尔一开始是卡尔的研究生，他记得有一次上课时，卡尔自信满满，不小心把一个重要的考古学序列讲反了。不出所料，特勒尔不再信任卡尔的学术水平，决定不把自己的未来交到他手里。对于特勒尔而言，卡尔讲故事的方式似乎不仅仅是对细节漠不关心。"我们都会讲和自己有关的故事。但有些人似乎，怎么说呢——更入戏。"他分不清卡尔究竟是想让别人相信他讲的关于自己的故事,还是他自己也信了。

还有一位之前的研究生告诉我,即使是过去帮卡尔拿到终身教职的教授们,最终也识破了他的伪装。这个学生记得,其中有个人"会嘲笑他,然后承认说,'是的,当时这一切看上去非常激动人心、非常精彩,但他确实更像是一个瞎说八道的艺术家'"。

并不是所有人都对他持批评态度。彼得·戴恩曾和简一起去叶海亚堆考古挖掘,他承认,运气对卡尔的职业生涯起到了一定作用,但他同样肯定了卡尔在才智和领导力方面的成就。他能看出来卡尔有自己的怪癖——"就像我们所有人一样"——但他认为,卡尔是他希望所有终身教授都能成为的那个典范:一个好人、一位思想特别开放的学者,他总是希望自己的每一个学生都能做好。

对彼得来说,卡尔过于笼统的叙事表明他乐意和大众分享考古学的魅力,这一点是值得赞扬的。"他从来没有想过,他和任何人以任何一种方式交谈都是在削弱他在做的事。他会跑去和扶轮社①的人聊天。"1968 年考察的另一位队员菲尔·科尔同样认为,卡尔讲故事的能力很重要:"他会描绘出一个充满异国情调的巨幅画面,燃起你的想象力,即便它们被证明是错误的,但是对你依然是一种刺激。"

从这个观点来看,卡尔尤其偏好听上去很性感的想法和有趣的假设,但这并不代表他对学术的态度是轻率的,而是代表一种大胆的想象力:卡尔最初或许误判了叶海亚和卡曼尼亚的关联,但他既勇于大胆猜测,又敢于承认自己的错误。并且他的热情和魅力对几届学考古的学生产生了巨大影响;即便是在最近这几年,当卡尔坐在书桌后面掌控全场时,大家都会纷纷赶过来听。正如系里的研究助理阿吉塔·帕特尔(Ajita Patel)和我说的那样,"卡尔属于濒临灭绝的物种。你

---

① Rotary Club,国际扶轮社(Rotary International)在美国的分支机构。国际扶轮社分布在 168 个国家和地区,总部设在美国伊利诺伊州埃文斯顿,是一个非政治、非宗教组织。旨在汇集各领域的领导人才,提供人道主义服务,促进世界各地的善意与和平。

需要这种引人注目的老师。能推销大故事的人。能吸引学生的人"。

然而有些学生则提出了更加严重的指控。几个学生告诉我,他曾经因为临时变卦而让别人陷入困境。布鲁斯·布尔克(Bruce Bourque)回忆,有一次卡尔承诺给他一笔教学奖学金,结果转身就把奖学金给了另外一名研究生,尽管那个时候布鲁斯正在接受全额资助,还带着孩子,而那个人家境富裕。

另一名学生伊丽莎白·斯通(Elizabeth Stone)的经历很相似。当时伊丽莎白在宾夕法尼亚大学读大四,亚述学系联系到她,说他们有一项可发放四五年的奖学金,如果她确定接受,他们很乐意提供给她。(而如果他们提供给了她,结果她拒绝了的话,系里会失去那笔奖学金的资助。)伊丽莎白回复说,如果哈佛大学也有类似的奖学金,她有可能会去哈佛。宾夕法尼亚大学打来电话核查,卡尔向对方保证,她会拿到哈佛大学的录取和资助。这一切都是通过口头沟通的;伊丽莎白后来解释说,"我认为那个时候大家都很体面,很讲信用的",于是她回绝了宾夕法尼亚大学的机会。但当她接到哈佛大学的招生录取通知时,伊丽莎白惊讶地发现,哈佛只提供了一年的资助。她后来找卡尔当面对质,他告诉她说自己反悔了,因为他知道,放弃了宾夕法尼亚大学的录取机会之后,她就别无选择了。

"他都不掩饰的吗?"我问。

"对。"她说。

(卡尔后来否认自己有权做这种财务上的决定。"我没有权力去管学校提供多少钱或是什么职位和奖学金。"他补充道,布鲁斯·布尔克拿不拿奖学金是由委员会决定的。)

伊丽莎白说,这不是她第一次和卡尔沟通时遇到麻烦。她遇见他的时候还在宾夕法尼亚大学读本科。他和几个哈佛学者来宾大访问,她和他们一起参加了一个聚会。伊丽莎白和卡尔跳了"好一会儿"的舞,但她并没有别的意思。"我真的没多想,但其他人很明显有想法了。"她告诉我。不久之后,宾大的学者访问哈佛,伊丽莎白也去了。

聚会上，卡尔的妻子玛蒂朝她走过来。她托住伊丽莎白的下巴，细细打量她。"你挺可爱的，是吧。"玛蒂说。

但伊丽莎白渐渐开始对玛蒂尊敬有加。她记得自己亲眼看见玛蒂说服喝醉了酒、满腔怒火的卡尔不要去揍一个研究生，而是叫他去捶墙。（伊丽莎白记得那次卡尔弄伤了自己的手。）玛蒂或许有理由起疑心。在宾大的时候，卡尔的确有一晚是在伊丽莎白的住处过的夜——只不过不是和她一起。据伊丽莎白说，他当时和她朋友在一起。

鲁斯·特林汉姆

20世纪70年代，鲁斯·特林汉姆（Ruth Tringham）在哈佛大学史前考古系任助理教授。在很大程度上卡尔是负责把她领进门的那个人。1971年，他给人类学系的常任成员写了一封热情洋溢的推荐信，帮她击败了其他26位候选人。按照卡尔的说法，经过六个月的调研，鲁斯毫无疑问是未来的新员工里最优秀的一个。我们第一次在Skype上通话时，鲁斯已经在伯克利大学任终身教授了，她说她在哈佛大学和卡尔相处的经历总体上是不错的——直到她在那里的最后六个月。但她并不想在电话里聊这件事。

几个月后，我在她家附近的一间咖啡馆和她见了面。她骑着自行车赶来，摘下头盔之后头发被弄得乱糟糟的。

鲁斯从来就不是一个虚情假意、矫揉造作的人。1978年，哈佛大学没有给她终身教职，她写信给文理学院的院长亨利·罗索夫斯基（Henry Rosovsky），说自己就算是成了超级大明星，也不会回到哈佛大学。她的英式口音使得她的拒绝多了一丝调皮的意味。

我把在卡尔档案里找到的三封信带过来给她看，希望这样就能引导她讲出电话里不想讲的东西。

第一封是 1971 年卡尔写的推荐信。

第二封是 1975 年她写给他的信。她读了出来。

"亲爱的卡尔，"信是这样开始的，"这真的只是一封非常简短的信。我正在准备在圣达菲①的报告的高潮阶段（?!）。"

她大笑起来，有点不好意思。"我写得太私人了，是吧？非常私密的对话。"

她继续读下去。写到这里，她讲述了卡尔和考古学系一个老教授戈登·威利的虚构故事："卡尔开始心神不宁，他想到了他即将抵达的'伟大高度'。"

她被自己的直率惊呆了。"我不敢相信我居然给卡尔写了这个。我们那个时候关系肯定不错吧，不然我怎么会这样呢。"她看了信的日期。"这个时候他还会给人许诺。"卡尔向鲁斯保证，他们会想办法把她的任期改为终身教职。

接着，我把第三封信推到了桌对面。我相当肯定她之前没见过这封信。鲁斯靠在椅背上读了起来。

"虚伪的人，"她说，"我从头到尾就不该相信他。"

那是 1976 年史蒂芬·威廉姆斯写给卡尔的信，史蒂芬在信里训斥了卡尔，因为他对人类学系的常任成员说的关于鲁斯的一番话。显然，卡尔对于鲁斯的挖掘项目和她的参与度评价过于负面，因此史蒂芬觉得有必要让卡尔做出更正。

"他为什么会——"我开了口。

"他为什么会这么做？"她替我说了出来。因为当时正处在他们要决定她是否能拿到终身教职的时期，她解释说。

"所以你可能会被授予终身教职这个想法威胁到他了？"我还是觉得自己错过了什么。"没有哪一刻是你们的关系急转直下的吗？你们

---

① Santa Fe，美国新墨西哥州的首府，拥有 400 年的历史。1610 年曾为新西班牙新墨西哥王国的首都；墨西哥独立后为纽渥墨西哥省的首府；新墨西哥成为美国的州之前，又被确立为新墨西哥的首府。

之前关系那么好——"

"比如他追求我，我拒绝了之类的？"她问。

我点点头。

"有可能他确实这么做了，但我不知道。我对这种事总是很天真。"我几乎能看到她的心思在游移，不断从一个想法跳转到另一个想法。"他为什么会嫉妒？他自己有终身教职啊，没什么可失去的了。"

她又想了想，最后说："他和蛇一样虚伪。你知道的，他就是这种人。有可能所有展示给我的，都是一出戏或者是他的计策。我是说最终的最终，他，唔——"她的措辞变得不连贯，但嗓音大小依旧保持不变，"自那天晚上之后，我们的关系突然就恶化了。"

和刚才相比，她180度的转变让人惊讶。也许这么多年以来，她需要把这两种情感严格地划分开来。即便是那天在咖啡馆，她内心也是矛盾的，并且小心翼翼地表示，只有在回想起这一切的时候，她才会怀疑自己是不是从一开始就把好心错当成驴肝肺了。

1977年秋天，在史蒂芬·威廉姆斯指责卡尔的负面评价一年多以后，鲁斯帮了卡尔一个忙，让他的一位考古学家同事住进了她的公寓。这位同事据说很难相处，为人粗暴无礼——鲁斯发现这一点也不夸张。她床单上的汗渍并不是他留下来的最糟糕的污点。鲁斯和卡尔抱怨，有天晚上卡尔过来道歉。

故事讲到这里，鲁斯的记忆有些模糊了。她怀疑自己是不是有意识地把它给屏蔽掉了。她记得卡尔替同事道了歉，然后"突然之间情形发生了改变，他开始用不那么正经的口吻谈论起了我的个人生活、我未来的职业，这让我感到不适、混乱和不安。我记不起他说的任何一句话了。我们没有坐下来，而是面对面站着，离得非常近；他背靠着窗户，窗外天色暗下来，所以他只留下一个剪影。我们没有肢体接触，这一点我非常肯定，但我确实记得自己想让他滚出我的公寓"。

我问，会不会是他支不支持她升职在某种程度上取决于她当晚的反应。

"不可能,"她说,"没有什么明确的表示。对,没有。"

最后鲁斯对卡尔说他该走了。他离开的时候,她依然觉得他是支持自己的。但那天晚上过后,鲁斯回忆,"一切都急转直下"。卡尔"有点变了,不再是我的朋友了"。

几个月后,系里宣布,鲁斯没有获得终身教职。

(几十年后,卡尔也回忆起那一晚,还有让她感到焦虑难安的有关终身教职的谈话。但他认为,他们在那之后关系一直都很好。至于她的终身教职,"友谊,和一个人是否要对某个朋友的职业负责是有区别的"。更何况没有给她终身教职是系里的决定;他们投票决定不要推选她到特设委员会的阶段。)

鲁斯本来应该再待一个学年,但她以最快的速度离开了哈佛大学。她给院长罗索夫斯基写了那封信,但并没有解释她离开的原因。她从未和卡尔当面谈及那一晚,也没有和他聊过她对于没有拿到终身教职的失望。

"那个时候女人是不会这么做的。你只会继续往前走,找别的事做。"她说。

鲁斯看向我,仿佛刚刚从四十年前穿越回来,而后才想起来,我们坐在那间咖啡馆是因为简的缘故。她同意,简的事或许是为了警告学生们和同事们要对卡尔怀有戒心。"这对你理解他可能对简做了什么并没有帮助,但他的确会以同样的模式突然抛弃你……即便你明知道起因不是他,但也非常有可能是他从中作梗。他就是这种人。"

理查德·梅多

警探们询问了和吉姆、简一道去叶海亚堆考察的理查德·梅多,问他伊朗考古现场有没有发生过关系紧张的情况,理查德拒绝透露半点消息。

达文波特警探问，有没有人嫉妒这次考古发现的结果。

"当然没有。"理查德说。他也否认了"有女人惹麻烦"的说法。

"没有嫉妒吗？在——"达文波特刚开口问，理查德就打断了他。

"绝对没有。"

"好吧，"达文波特说，"这个团队回到哈佛大学之后有没有出现什么不好的情绪，包括你自己在内，你了解吗？"

"不了解。"

之后，达文波特问理查德他的手和腿为什么在颤抖。

"我身体容易紧张。"他说。

丹·波茨

我最害怕交谈的人，当属卡尔之前的学生丹·波茨了。（正是他的儿子摩根第一次和我讲了简的故事。）尽管我总是表现得好像自己说的每一件事最后都会直接传到卡尔的耳朵里，但和他最忠实的门生交谈还是让人感觉尤其危险。丹负责编纂卡尔的纪念文集——一本由同事、朋友和学生撰写的文章和回忆录的合集，通常在一位教授辉煌的职业生涯即将结束时结集而成——为了庆祝他六十五岁生日。编订纪念文集是一项奇怪的学术传统，本质上带有阿谀奉承、令人尴尬的意味，而卡尔也没能例外。文集的标题是"聪慧机敏的人，勤学好问的灵魂"。文集中充溢着崇拜之情，塞满了向他表达敬意的学术出版物。

丹·波茨自己写的文章《赞扬卡尔》称赞教授营造了一种"充满能量、期待和毫不畏惧去享受智识努力"的氛围，吸引人们进入到他的"创造力旋涡"。丹为文集的扉页选了一张照片，照片中的卡尔帅气、面带微笑,头发微微蓬乱,裤子发皱。背景是一片沙丘,他手握比例尺蹲在前面,袖口挽到了手肘。这位技艺高超的考古学家正在工作。

我给丹写了封邮件,借口是想聊聊叶海亚堆,因为他也在那里做过好几年的挖掘工作,而且我从他儿子那里听说,他和理查德·梅多一样,对数据很是严谨。摩根没说错。丹很高兴可以追忆往事,而他提到的细节是如此生动,让我感觉自己就坐在他面前。他告诉我,最近的沿海城镇阿巴斯港①太过潮湿,人们真的会从裤子里拧出汗水来。

聊了差不多半小时后,我问丹怎么看我对考古学家的分类,以此委婉地提起卡尔——一类是像卡尔这种"会讲故事型"(Storyteller),还有像理查德·梅多、吉姆·汉弗莱斯和丹自己这种"学者型"(Scholar)。波茨大体同意我的分法,但他又补充了一类——"不切实际型"(Boy Scout)。他也绝对认同卡尔是典型的"会讲故事型":"他差不多就是那种宁可撒几个谎,也不让一些事实阻挡一个好故事的人。"

我们立刻就聊开了。他儿子提醒我他对流言蜚语非常反感,因此一向对简·布里顿的事不置一词。然而突然之间,这个人释放出了几十年来压抑的愤怒。

"每当我一想到哈佛大学那些真正伟大的学者,一想到如果我没有落到他手里的话可能会师从哪些人,就几乎要了我的命。"

我压根不用问,丹就主动提起了他替卡尔编纂纪念文集的事。他说他之所以自愿干这个活,是因为他觉得如果自己不做,就没人愿意做了。他当时觉得,即便是卡尔这样的人也值得拥有一部纪念文集。但是"我不知道放在今天的话我还会不会这么做",他说。

---

① Bandar Abbas,位于伊朗南部波斯湾霍尔木兹海峡沿岸的一座城市,西北距离首都德黑兰约 1100 公里。

"是因为工作量太大了，还是因为卡尔？"我问。

"因为卡尔，"他说，"每当有人问起'你的导师是谁？'，我都会羞愧难当，我有疑虑的权利。"

这些年以来，由于卡尔的口无遮拦和学术上的怠惰，丹·波茨逐渐感到大失所望。"他当然说服了哈佛大学的许多人，说自己是神童，是发现了叶海亚堆的天才。"起点是很高，但卡尔就这样止步于此了。他"被自己的成功冲昏了头脑"。

但很明显，丹也花了很长一段时间才相信了卡尔，在这么多年的忠心耿耿之后，他感到自己遭到了背叛也是可想而知的。

丹补充道："你知道他还被指控了剽窃吗？他剽窃了我。他还剽窃了另外一位学者的资助申请，居然傻到把一些段落直接塞进了一篇文章。如果是学生的话，不用做到这个份儿上就会被退学。"

这是一项相当严重的指控，我后来在卡尔的档案中发现了蛛丝马迹。这位学者名叫吉姆·夏弗（Jim Shaffer），那篇被剽窃的文章是他 1973 年申请国家科学基金会（National Science Foundation）的资助的报告。其中有一封来自国家科学基金会的信，信中指责卡尔在一次名为利洁时（Reckitt）的讲座中涉嫌剽窃吉姆的研究计划，该演讲后来还发表在了期刊上。我还找到了卡尔写给吉姆的道歉信。信中卡尔解释说，在他的印象中，自己在讲座中已经引用了吉姆的研究。"请接受我最真挚的歉意。其实我根本不会伤害学生、同事或者任何人，"卡尔这样写道。夏弗接受了他的道歉。几年后，卡尔又对这件事做了解释，"借鉴和剽窃是不同的"，并说如果国家科学基金会发现了他剽窃的证据，他们根本不会支持他后续的项目资助申请。

而丹从来没有出面指控过他的剽窃行为。我不理解为什么他如此肯定自己的想法被窃取，却没有曝光这件事。

丹向我解释了当时起到推波助澜作用的权力形势。他说，当他意识到卡尔在选集的后记中剽窃了他部分的博士毕业论文时，他曾当面和教授对质过。卡尔起初怒不可遏，最终还是以信件的形式和他道了歉,他告诉这位他之前带过的学生,说自己之所以这么生气,就是因为他在乎丹,他把他当作一名学者、朋友和学术上的后辈。

正是从那时起,丹觉得自己必须就此罢休。他问我,在那种情况下他还能做什么。如果他将这件事公之于众,卡尔可能只会象征性地受到点惩罚,可对于他这样一个学术刚起步的人而言,后果可能要严重得多。更何况卡尔是他的导师,丹当时刚毕业,需要卡尔写推荐信。如果他找别人写,事情看上去就会很蹊跷,因为主要导师都没写。丹承担不起公之于世的代价。

但他说,这不是卡尔唯一一次试图利用他的想法蒙混过关。剽窃毕业论文事件过去几十年后,丹曾将一处沙特阿拉伯的遗址告诉了卡尔,当时他已经和这里的文物部门取得了联系。六个月后,就在丹还在制订挖掘计划的时候,卡尔发来邮件,说自己会在那里做考古挖掘。丹气得火冒三丈。"你知道,我根本不是你的学生。我是编辑了你纪念文集的白痴,看在上帝的分上。"

卡尔后来说,由于和沙特阿拉伯前考古局局长起了争执,他们不允许丹再进入该遗址。丹对这两点都进行了反驳。不过他们一致认同,卡尔在回复丹怒火中烧的邮件时,大意说的是,"你知道什么并不重要,你认识什么人才重要"。

多年后,丹·波茨最终还是原谅了他。"我不想让他或是我把这段恩怨、这件蠢事带进坟墓。"然而,在这么多次宽恕之后,丹却被我逮了个正着。宽宏大量也是有上限的。"你看见他那张照片了吗?"他指的是纪念文集开篇的那张,"他拿着比例尺一样的东西,身后像是沙堆的那张?"

我盯着它看。他看上去好像在伊朗。

"这是在皮博迪博物馆对面的工地拍的。"

我大笑起来。

"当时我在场。你看到他是怎么撸起袖子吧?我是说,这完全就是个骗局。"

卡尔·兰伯格-卡尔洛夫斯基纪念文集开篇的图片。(哈佛大学档案馆馆藏©哈佛学院院长及研究员,皮博迪考古与民族学博物馆馆藏,PM2004.24.28512A)

这是原封不动、如假包换的卡尔的把戏。即便知道了背景不是沙漠,我还是没办法无视那片沙丘。我不得不敬佩这出戏码。

简死去那天:卡尔的看法

1969年1月7日晚,卡尔来到了警局,这次完全是他自愿的。他从六点档的新闻上听说了简的事。她被谋杀,记者说。卡尔知道简已经死了——当天下午4点左右,史蒂芬·威廉姆斯已经告诉他了——但她是被人杀死的对他来说却是个新消息。威廉姆斯并不知道简究竟是意外死亡、自杀，还是被人谋杀的。

"我赶紧就赶过来了，因为这是我第一次比在皮博迪得到更多的消息。现在流言蜚语满天飞，一经证实这其中明显有人为谋杀的成分，我就跳进我的车里，一路开过来了，就因为有消息说吉姆·汉弗莱斯也在这边，我知道他俩的关系有多亲密。"他和彼得森中尉、阿莫罗索（Amaroso）警探和塔利（Tully）警探坐在一起。

警方问了他一些常规问题：你和死者认识多久了？你最后一次见她是什么时候？你发现她有任何问题吗？卡尔说，她以优异的成绩毕了业，"以她的工作来讲，简真的已经展现了她的才华"。

他最后一次见到简是在星期五，当时简来到他的办公室，告诉他在伊朗的暑假计划。"她详细地说明了自己想要攻克什么样的问题、想写什么论文主题，当然还有多了解了解接下来的考试……就是今天考了第一部分的这个考试。"

他说，就他所知，简没有和任何人发生过矛盾。

拼图碎片

我继续给简死的时候在皮博迪工作的员工及相关人员打电话，一寸一寸地接近故事的中心。有一件事越来越明确：简死前几个月，她在系里如履薄冰。

据一位和简同届的研究生回忆，她去世前的那个学期，卡尔曾公然说简不是个好学生，说他不确定她能否通过这次考试。我怀疑会不会卡尔已经决定让她退出这个项目，所以这一切都是在做铺垫。卡尔后来反驳了这种想法："说我想要刁难简的这种传言根本就是错的……我不会对一个研究生抱有恨意。"

而当时另一位学生（因害怕破坏与卡尔之间得来不易的工作关系

而不愿透露姓名）记得自己曾听闻，叶海亚堆第二个季度的考古不让简参加了。我第一次听说这件事。这个消息似乎太过重要，重要到只有一个人记得。可这名学生既不记得到底是谁转述了这个传言，也不记得卡尔不让简参与的理由，所以这个线索并无助益。

然而这名学生相当笃定："我绝对确定，我就是知道她不许再参加了，不然我怎么会相信关于卡尔的某些流言呢？"在解释为什么这么多年以来一直对卡尔心存疑虑时，该生说，"完美符合他的人设"。

就这样，这名学生为卡尔的终身教职与简之死有关的理论提供了最后一块拼图：敲诈勒索。

该生替我厘清了事情的来龙去脉：简或许已经在怀疑卡尔可能不让她通过统考，或是拒绝再带她参与叶海亚堆后续的考古，目的就是迫使她退出人类学系的项目。为了阻止他这样做，简可能威胁过卡尔，说她会"到哈佛大学校董会去，将他的胡作非为通通都捅出去，而这样就会毁掉他取得终身教职的机会"。卡尔或许觉得，除了让她永久噤声以外，自己已别无选择。

这名学生并不是唯一相信这个理论的人。一位名叫彼得·罗德曼（Peter Rodman）的生物人类学系学生也对这个敲诈勒索的说法有印象。罗德曼说，尽管他们是仅有的从哈佛大学本科直升到博士项目的三人当中的两人，但他对简并不那么了解。他记得非常清楚，简去世后，有个传闻流传最广：简威胁了统考委员会的一个成员，说如果不让她通过考试的话，她就曝光这段感情。卡尔·兰伯格-卡尔洛夫斯基正是身处这个传言中心的教授。

我不需要深入研究就发现这个理论几乎经不起推敲：我打心眼里怀疑简和卡尔真有婚外情；我不能想象，即便这是真的，会对他争取终身教职造成什么损害。哈佛大学一直到 2015 年才将教授和本科学生不得发生恋爱关系写入规定。研究生则至今没有明文规定。此外，就算卡尔确实感觉自己受到了简的胁迫，直接跳到——卡尔认为解决这个状况的最佳方式就是把她杀死——这个结论，也是说不通的。

我再一次梳理了其他可能的理论。有没有可能卡尔对简和他的明星学生吉姆成天腻在一起心存妒忌。正如卡尔对媒体说的那样，他自己不在叶海亚堆的时候，吉姆正是那个他可以托付的人。卡尔后来告诉我，"我还有几个别的考察项目，但我永远都不会有第二个吉姆了"。

或者有没有可能，简真的威胁说要揭露卡尔关于叶海亚堆可能是卡曼尼亚的推测是夸大之词。根据闪族博物馆前登记员琳妮·罗桑斯基（Lynne Rosansky）的说法，简去世五年后，哈佛大学还流传着一个主要说法。"有人猜测说，她手里掌握着能证明他理论有效性的证据，这会威胁到他的整个立场，关系到他发表的那些东西。"

再或者，有没有可能仅仅是简让卡尔抓狂了。她既不尊重他的权威，也不好好接受他的指示，没有什么比不被尊重更让他心烦的了。

我把我的这些想法告诉了大卫·弗赖德尔，他从哈佛大学本科阶段就认识简了。卡尔是他毕业论文的指导老师。

简可不是一般的学生，他提醒我。她是拉德克利夫副校长的女儿。也许简对卡尔的所作所为并不是什么大事，但她的话比大多数人更有分量。"学术政治水很深、环境险恶，也非常私人化。而且还不依不饶。"

我后来和卡尔提起这件事，他坚持说，从最一开始他就不在乎拿不拿得到终身教职。身为哈佛大学的助理教授，他知道自己总会在某个地方找到一份好工作的；他已经得到匹兹堡大学（University of Pittsburgh）的聘用了。而且他说，他从来都没有那种"哈佛情结——对机构产生不必要的依赖是很糟的"。

我和大卫·弗赖德尔分享了上述这些。尽管大卫认同，哈佛大学的初级教授职位也可以帮助一个人开启在其他知名大学的职业生涯，但他对卡尔胆敢说自己不关心终身教职感到可笑。"他在和你撒谎。他只是在撒谎。不是这样的……你应该知道的。"

英格丽德·基尔希的警方询问笔录（2）

警探达文波特中尉： 你认为卡尔洛夫斯基对简这名女性有兴趣吗？

基尔希女士： 你知道，这个我很难说。我只知道有不少男的都觉得简超级性感，并且我了解到兰伯格-卡尔洛夫斯基的婚姻属于欧洲式的那种，他认为他妻子在家中的地位和他在外面的地位都是相当随意的。我觉得这完全有可能，你知道，他被简吸引，又被拒绝了。这完全是有可能的。

警探达文波特中尉： 你知道她在和兰伯格-卡尔洛夫斯基的一个法国教授朋友约会吗？

基尔希女士： 是法语教授，还是法国人？

警探达文波特中尉： 法国人。

基尔希女士： 啊哦（表否定）。

警探达文波特中尉： 你知道班上有什么人吗？

基尔希女士： 哦。等会儿。这个法国人是之前的同学——

警探达文波特中尉： 没错。

基尔希女士： 兰伯格-卡尔洛夫斯基的同学？我的天啊，我还记得有一次和她聊天，我感到非常困扰。她说她觉得卡尔是个骗子，我说："你为什么会这么觉得？"她说："有天晚上，兰伯格邀请我和他的一个同学去他家见面。""天啊，他奇怪不奇怪。"我说："你说他奇怪是什么意思？""唔，"她说，"兰伯格和他妻子在晚饭后就上了楼，消失了，就留下我和这个家伙在一起，然后这家伙一直在和我说兰伯格多操蛋，说他从大学开始就是个骗子，说他对自己说的那些谎话绝对是病态心理，说他和女性的关系不检点之类的。"我记不清她说的是什么时候的事了，但她当时吓得不轻。

警探达文波特中尉： 要是我没记错，会不会是 12 月第一个星期的事。

基尔希女士：我希望自己能记起来她是什么时候告诉我的。天，这让她很沮丧，因为我觉得她感觉到兰伯格不完全是真心实意的。实际上我觉得，她认为他就是个骗子。他要么给出承诺，然后再出尔反尔；要么他会发表一些观点，然后再和别人交谈时加以反驳，类似这种事。

警探达文波特中尉：你知不知道有人真的对她恨之入骨呢？

基尔希女士：简当然不是人见人爱；我只能这么说。我认为相当多的人都对她有所惧惮——不仅仅是不喜欢她。不喜欢一个有吸引力的人是很难的，但害怕她却是很容易的。我认为，如果你想顺着这条线索往下走，你得看看谁最有可能感觉自己被简伤害，因为她无论是在工作还是在恋爱中，都不会受任何人的委屈。她会横冲直撞，就算半路上毁了其他人的职业生涯，她也在所不惜。

警探达文波特中尉：卡尔洛夫斯基对她的感觉也是这样吗？

基尔希女士：有可能。我觉得卡尔洛夫斯基对他自己在哈佛大学的地位非常没有安全感。我觉得他的终身教职如果没有过审，他会感到非常愤怒。

警探达文波特中尉：我想他的合同还有两年时间。

基尔希女士：助理教授的合同。

克里斯蒂·莱斯尼亚克

我积累了一大堆间接的证据——所谓的不良行为、由来已久的怨恨、过度承诺和恐吓之类的故事。但就算把这些都整合起来，也不能证明卡尔有罪。当我试图证实这些故事，了解我这个故事的根基有多牢固时，我遇到了记忆、观点和证据上的限制。

有的人已经死了，有的不愿意开口说话，有的连人都很难找到。有些故事压根就没有目击者，只是某些人反对卡尔的言论而已。有些则缺少关键性的背景：比如我后来了解到，艾德·韦德在担任卡尔的助理馆长一年后就被他辞退了。[接替艾德职位的加斯·鲍登（Garth Bowden）反倒记得卡尔是个"非常棒的专家，很好的朋友"。] 其他的要么明显是夸大其词，要么就是存在误解——或许是学术界观点扭曲的产物。譬如，许多人都讲到卡尔和助理教授汤姆·派特森之间竞争激烈，因为二人都在争取人类学系唯一的终身教职。但当我和汤姆交谈时，他却完全不记得这事了；他在卡尔拿到终身教职的前一年就去了耶鲁大学。

尽管我手头有资料，但事情还是模棱两可。在查阅丹·波茨的博士论文和卡尔的后记时，我能看得出来卡尔谈到了丹曾经写到过的滚筒印章[1]。卡尔在文中使用了相同学者的相同引文。他对图案中的神灵也得出了相同的结论。但这并非是批量化的复制粘贴工作。并且卡尔其实在注释中提到了丹的博士论文。的确，它被埋在了若干尾注当中，而不是在正文做出说明，并且也没有写明卡尔究竟从丹的论文中得到了什么，以及其中有多大成分是完全相同的，但卡尔至少是做了说明的。难道不能说，因为他们曾一同在叶海亚堆共事，所以引用同样的资料、得到类似的结论并不算稀奇吗？即便我手头有我希望找到的所有确凿的证据，我依然不能确定其意图，或是否存在恶意。

不过其中还是有一些空白尤其让人心动。我试图找到伊丽莎白·斯通提到过的那个曾和卡尔共度一夜的女人。她叫克里斯蒂·莱斯尼亚克（Christine Lesniak），她和伊丽莎白都参加过叶海亚堆 1971 考古季的考察，也就是简去世两年以后的那次。那一年参与考察的其

---

[1] Cylinder seal，发明于公元前 3500 年左右，是古代近东地区普遍使用的印章，具体是在现今伊朗西南部的苏萨和美索不达米亚南部的乌鲁克。通常上面刻有"图案故事"，在湿的黏土上滚动按压后，可留下连续的图案。其发明和后来楔形文字的发明关系密切。

他人也强烈怀疑卡尔和克里斯蒂有染。这个人将那年夏天的日志复印件发给我,其中包括这样一条记载:一次吃饭时,玛蒂想要把一壶水泼在克里斯蒂身上。但是我需要听克里斯蒂亲口告诉我。她有名有姓,又对题铭研究感兴趣,还曾在宾夕法尼亚大学待过,我以为很容易就能找到她。结果她却音讯全无。

我最终在哈佛大学的线上名录找到了她的条目。上面列出的信箱地址写的是另外一个名字。我按照上面的地址写了一张明信片,并留了电话号码。一个星期后,我接到了一通电话。

"你想找克里斯蒂·莱斯尼亚克?"电话里的女人问。她对我严加"拷问":这个说要联系克里斯蒂的人是谁?我是怎么联系到这个人的?这个人有没有邮箱地址?

我的回答合了她的意,她于是态度缓和下来。"我会和你说明情况的,"她说,"我是她的妹妹,40年前,她失踪了。"

我的脖子上起了鸡皮疙瘩。

她妹妹说,克里斯蒂去过三所高校——宾大、哈佛和芝加哥大学——"然后她就出了非常非常大的问题"。20世纪70年代,克里斯蒂住在芝加哥的时候失踪了。她妹妹说她最近和芝加哥库克县(Cook County)的一位法医聊过,他说,截至6年前,她的尸体并没有在太平间出现过。她可能还活着。他只能告诉她这些了。

想要解读她失踪的诱惑叫人难以抵挡。但并没有证据证明卡尔和她的失踪有关;她妹妹甚至不记得自己听说过卡尔·兰伯格-卡尔洛夫斯基这个名字了。卡尔后来说,"说我和她有婚外情,这太离谱了,"他指出另一位学者当晚也在伊丽莎白家过了夜。回想这一切,她妹妹相当肯定,克里斯蒂患上了精神分裂症。"我最后一次见她,她的牙已经开始出问题了。牙齿全都烂了。"她说。这非常不像克里斯蒂,她平时一直都"有条不紊、中规中矩的"。

我的理性告诉我,几乎可以肯定的是,从卡尔和这个失踪女人有关的纯粹巧合中寻找意义,这更多地暴露了我将内疚转化为叙事的能力，而非其他。并且只要我查得足够仔细，或许也能从其他人那里找到类似不足为外人道的事。我自己也不例外。要是有人用这种似是而非的逻辑一口咬定我就是凶手，他们不必大费周章就能发现我身上的一些线索脱不了干系：我祖父的兄弟据说曾是华裔黑帮的一名杀手；我的曾祖父曾失手杀过一个人，因为对方骚扰了他怀孕的妻子；我就是以这个女人的名字命名的。

然而，即便知晓了所有这一切，我发现也很难对其简单归因，并接受这样一个事实：在同一个教授的阴影之下可以找到两个沉默的女人。

第二则密码

简葬礼结束后的那晚，卡尔按计划要在沃特敦①的圣詹姆斯教堂（St. James Church）发表演讲，该教堂地处 16 号公路，刚好途经奥本山公墓（Mount Auburn Cemetery），位于该镇一个人称"小亚美尼亚"（Little Armenia）的地方。菲尔·科尔和兰伯格-卡尔洛夫斯基同行，陪他一起。卡尔和往常一样语调严肃，他在挖掘现场拍的一张张照片更增加了他演讲的效果。他一张张展示着那些图片，然后停在了一张图片上。简就在那张照片里。

卡尔不再说话。他看着观众。菲尔有些吃惊：卡尔居然流泪了。

接着卡尔继续演讲，仿佛什么事都没有发生过。但菲尔能分辨出他的声音哽咽了。你会如何解释一个哭泣的男人呢？多年以后，他仍在自问。你觉得他是真情流露吗？是因为对某种犯罪行为心存愧疚吗？那是不是一场表演呢？

---

① Watertown，美国东北部马萨诸塞州的住宅和工业城市，位于州府波士顿西北。

那一刻对于菲尔来说依然包裹着什么东西，就像红色赭石，完全是模棱两可的。你可以用各种不同的方法去解读它。

"如果你非常迫切地想找到答案，你可能会对他这个行为有负面的解读，我认为，"菲尔后来反思，但"我觉得它最有可能的解释就是它看上去的那样：他由衷地感到抱歉。那是真诚的眼泪。是真诚的悔意。"

物证

工作的时候，我的手机亮了。我抓起笔记本，打起精神。

"你好，我是贝基·库珀。"我尽量压低声音，因为我还坐在桌前。

"你好，我是博伊德·布里顿，回你最近一次的电话。"他说。声音一如既往地洪亮。"都过去多久了？我记得你，但确实有段时间了。"

"差不多有一年半了。"我说。

我之所以会给博伊德打电话，是想知道近几年有没有人被派去调查简的案子。

我当时刚和米德尔塞克斯县①的地区检察官办公室开启长达两年的公共记录之争。在马萨诸塞州，理论上，蓄意杀人罪是由案件发生地的地区检察官负责审判。了解到这一事实后，我立刻向米德尔塞克斯县的地区检察官提交了公共记录申请；寄希望于即便剑桥警方不再保存有简的记录，米德尔塞克斯那边也会保存。

实际上他们的确有。但他们拒绝透露任何信息："很遗憾，在这一时期，办公室无法向你提供记录的副本，因为你寻找的记录直接涉

---

① Middlesex County，美国马萨诸塞州东北部的一个县，北邻新罕布什尔州。

及正在进行且公开审理的刑事调查。"他们援引了一个叫做豁免权的东西作为他们回绝的理由。

就是这样了，一页纸的拒绝。我有 90 天时间对他们的决定进行上诉，信中告知我。

如果我能证明针对简这个案件的调查并不积极，那么我的上诉或许还有一线生机。当然，从简遇害到我上诉，中间隔着 50 年的时间，即便没有法律规定谋杀案的时效，这应该也会是他们拒绝我的因素之一。

耐着性子听完博伊德离题万里的开场白之后，我终于告诉了博伊德这通电话的主要意图，他说他很乐意帮忙。他翻看了自己的往来邮件，看看有没有什么感兴趣的东西，他边翻看收件箱边说道。他最终找到了自己想找的："彼得·森诺特中士，"他说，"我不知道你听没听过他的名字。"

我没有听说过。

"他是马萨诸塞州的一名州警，他们现在负责这个案子。这个案子不再由剑桥那边管了。"据博伊德说，森诺特说过，"物证保留了下来，可以再核验，但查 DNA 是不太可能了。他们认定这是一桩悬案，但并没有撒手不管。"

物证。我被这个新冒出来的事实分散了注意力，并没有注意到"悬案"这种说法。如果真存在物证，游戏规则就变了。这个案子就不再依靠供认推进，不再是变幻莫测的记忆的牺牲品，亦不再是沉默、洗刷与恐惧的受害者了。这个案子可能真可以解决了。

我在想，案子的物证究竟是什么，是否保存完好。烟屁股上的唾液？烟灰缸上的指纹？唐说过的他们要求他拍下的指纹？我也怀疑过是否会有 DNA 的存在。一直到 80 年代末以后，DNA 检测才被应用在侦破案件上，之后得以广泛运用。即便有关部门奇迹般地保存了带有 DNA 的物件，它能够保存完好，并能在半个世纪后仍成功被检测到的概率几乎为零。但不管怎么说，这还是有意义的。

我问他，他愿不愿意将他掌握的任何相关信息都共享给我。

这时我的手机响了，一封电子邮件发了过来。我们还没有挂电话，所以我以最快速度浏览了邮件：从博伊德搜集到的资料看，剑桥警方已受命将档案移交给了马萨诸塞州警局。邮件里没有涉及太多细节，但建议地区检察官介入。森诺特中士对这位勤奋的法医大加赞赏——他在最初的尸检中保存了这些证据。有两位剑桥警察对于在90年代重启本案满怀热情，那就是布莱恩·布兰雷（Brian Branley）和约翰·富尔克森（John Fulkerson）。

———

172　　这三名警察我全都找到了。森诺特中士什么都没提供给我。我给约翰·富尔克森留了语音。我在布莱恩·布兰雷那里运气好一些，他确认了我申请公共记录所需的信息：没有人直接被派来查这个案子。就在我正将这个细节补充到申请信里的时候，约翰·富尔克森回了电话。

"我记得很清楚，"富尔克森毫不犹豫地说，我不禁爱上了他浓重的波士顿口音，"我手头没有所有的记录，但我记得她是60年代在大学路遇害的。"

"你怎么会记得是在大学路？"

"我做刑侦工作有段时间了，一般不会忘记自己侦办过的案子。"他说在他的职业生涯中，曾经查办过四十多起案子，但"它们从未离开过你的脑海，你知道吧？它们从来都没有离开过你的记忆"。

90年代中期，他和布莱恩·布兰雷双双被分配到重案组。他们在清查和重新整理剑桥警察分局旧址的凶杀档案室的过往材料时，看到了简的案子。这个案子很显眼，因为剑桥留下的悬而未决的凶杀案并不多。翻阅了档案之后，富尔克森和布兰雷发现，有几个"和她关系亲近的人"——他们想要继续追查下去并且采访他们。"你知道的，

80%的人是真的想承认他们做过的事。有时候随着时间流逝，他们也想谈谈这个案子。"

富尔克森没有透露具体的姓名，他说："我感觉我采访过的某些人有重大嫌疑。"

"是你重点怀疑的，还是当时的主要嫌疑人？"

"我自己重点怀疑的，"他澄清道，"过去这个人并没有真的被查到。但档案里提到了他。"

富尔克森说，大约在同一时期，地区检察官办公室一直在大力推动重审那些可能通过重新检测DNA证据来解决的旧案。简这个案子，"他们试过重新检测DNA证据，但没有成功"。

所以物证就是DNA！我几乎喊出声来。但我克制住了。我不想让他注意到他提供的信息有多重要，这样可能会让他三缄其口。相反，我一直围绕着哈佛大学和简·布里顿一案的关联兜圈子。我说我在听完这个故事后，久久无法忘怀，我发现其中一部分原因是，这个故事依然在考古学界活跃着。"我发现，呃，和哈佛大学的人交谈很难。"他说。我认为他的意思是，他明白这个系在某种程度上被卷入了这个案子。"他们好像希望这件事什么时候会突然消失，你懂吧？"

他拐弯抹角地谈到了和哈佛大学的关系，提到了玛丽·乔·弗拉格（Mary Joe Frug）一案，即1991年哈佛大学法学院一位教授的妻子被杀的悬案。他和布兰雷重审了这个案子。"我发现和哈佛大学打交道非常难。和那些教授们。不是校方。"他们"会骄傲地坐下来和你谈，但你知道的，他们可能不会按照你的要求回答你提的问题"。

我说，我觉得身为一名哈佛大学的教授，总给人一种不可战胜的感觉。

"我认为，他们是觉得自己比你更聪明。"

尽管最后，他和布兰雷不得不承认，他们并没有解决简·布里顿一案。"只是在我们这里行不通，你知道吧？在她这里行不通。"2005

年，富尔克森被要求整理好该案的档案。几年后，富尔克森从重案组调到了交通部门。

"我很怀念，"他不断说，"我感觉自己真的不再是过去的我了，不再是那个帮人排忧解难的警官，那才是我习惯的方式啊。"

富尔克森的整个职业生涯都兢兢业业，不言放弃。他的第一份工作是在惩教署（Department of Correction）负责拘押逃犯的专案组，他上司的座右铭是"你若不追捕，他就会逃走"。对于富尔克森来说，这句话的意思是"若不追查到底，就会有人逍遥法外"。富尔克森将这句座右铭文在了手臂上。

他告诉我，他至今仍坚信简的案子是可以解决的："我不是在指控谁，我也从来没有指控过任何人，但就是还有事情没有查透。"我小心翼翼地让自己相信，我终于在执法部门找到了一个和我一样备受这个案子折磨的人。

通话的最后，我想试试运气，于是和他确认犯罪现场是否有红色赭石。

"我真的不能和你说，因为这个案子目前还在公开审理中。要是我告诉你了，大家就知道是谁透露的了。"

我表示理解。

"我还有几年就退休了。所以……"他压低了声音，"记住我的号码。你有任何需要，都可以给我打电话。"

卡尔在警局总部

简的尸体被发现 8 天后，卡尔再次来到剑桥警局总部。这一次是他们叫他来的。

警探里奥·达文波特中尉负责审讯。达文波特很擅长暗中恭维询问对象，以此获得对方的信任。一开始，达文波特管卡尔叫副教授。"助理教授。"卡尔纠正道。达文波特道了歉。"我不介意被人叫副教授。"卡尔回。

达文波特问卡尔，他是否曾在没有夫人在场的情况下去过简的公寓。绝对没有。他问卡尔有没有在社交场合做过简的男伴。"从来没有过。绝对没有过。"卡尔补充说，自己从来没有在任何被看成是约会的情况下和简在一起过——"绝对的，百分之百没有过"。

他们又试着从妒忌的角度出发：卡尔对简分散了吉姆的注意力感到愤怒。不会，他说。吉姆和以前一样，学习很勤奋。

"我得和你说件事，教授，"达文波特说，"你几乎无处不在。我们每追踪一条线索，你就会横在半路。"

达文波特问卡尔他最后一次去简的公寓楼是什么时候。两个月前，他说。

"如果我们聊过的人中，有人说你今年1月1日以来去过大学路6号，他们说错了？"房间里的另一个人问。

"致命错误。"卡尔说。

"致命错误，"达文波特重复道，"我多希望别这么说。致命，致命，致命错误。"

保罗·德曼

卡尔为丹·波茨的叶海亚堆专著所写的前言以保罗·德曼[①]的一段话开始："问题的关键，不仅在于自传作者和其经验之间的距离，还在于美学和历史有无可能融合。"

[①] Paul de Man (1919—1983)，比利时解构主义文学批评家及文学理论家。

我一直在叶海亚堆的论文集里寻找简躺在路虎车前面的那张照片,想看看它是否真如我记忆中的那样,不同于阿瑟·班考夫冲印的那张。就在这个时候,我被开头的这段引言和后面的章节击中了。看起来卡尔所强调的,正是大家指控他的地方:人们可以通过活在叙事中,缓冲现实的经历带来的压力。

卡尔认为,对于一个故事来说,持久性和准确性均可衡量它的价值。他举了因挖掘特洛伊城而闻名于世的海因里希·施里曼①为例。没有多少人在乎他的现场报告,或是之后的考古学家挖掘该地的报告。相反,人们记得的,是施里曼挖掘特洛伊的这个想法。

卡尔没有提及的是,施里曼的特洛伊可能根本就不是特洛伊,并且他的挖掘方式毁掉了未来考古学家重新调查的机会。人们形容施里曼是一位"坚持不懈地自我营销的业余考古学家"。然而我有种感觉,这些细节无非更佐证了卡尔的观点:比起让人沮丧的事实真相,施里曼的叙事更为重要。

卡尔认为,将考古学和讲故事割裂开来是不可能的。的确,文物就在那里、数据可以恢复,但考古学家的工作恰恰是赋予这些文物以意义——去讲述它们的故事。"考古学家是从三个维度让文物得以重见天日——它们在久远的昨日世界中被生产;在我们的当今世界作为物件被发现;而赋予它们的阐释或'意义',则可能属于也可能不属于任一世界,"简言之,卡尔写道,"一切考古学都是考古学家在自己的头脑中对于过去思想的重建。"

我后来把这种观点讲给我的朋友本(Ben)听。在我说到开篇的引用来自保罗·德曼时,这个文学教授的儿子打断了我。"你知道这个人吧?"他问。我不知道。他告诉我,德曼曾经是文学理论界屈指可数的重要人物,但他死后几年,一位研究生发现他曾给比利时一家

---

① Heinrich Schliemann(1822—1890),德国传奇式的考古学家,放弃从商投身考古,使得《荷马史诗》中长期被认为是虚构出来的国度——特洛伊、迈锡尼和梯林斯重现天日。

支持纳粹的报纸写过周更的专栏。这一发现导致德曼精心构建的身份被戳穿，他的名字已经成为两面派的代名词。正如《哈泼斯》[①] 的克里斯蒂·斯莫尔伍德（Christine Smallwood）所说，德曼是"狡猾的雷普利先生[②]，自信的男人，一个依靠盗用、撒谎、伪造和诈骗赢得知识界赞誉的骗子"。德曼的双重生活于 1987 年被人发现；卡尔是在 2001 年引用了他的话。

卡尔给我的感觉是，他太过聪明了，这种将两件事相提并论的做法没有任何意义。他似乎是有意丢下这一粒粒的面包屑，就等着我这样的人按图索骥找到这些引语，留下一连串省略号。我感觉有三种可能：卡尔真的有罪，并且厚颜无耻地动用他的无所不能嘲弄着世人。他是无辜的，他追求并精心打造了自己疑似恶棍一样的名声。当然还存在第三种可能：我被困在了自己发明的符号游戏之中，在没有意义的地方寻找着意义。

克利福德·A. 洛克菲勒

"你真是拿到了最原始的馆藏，"在位于普西图书馆地下室的大学档案馆，图书管理员将装有卡尔文件的手推车推到我身边，笑着对我说，"这些确实没有经过处理。"

2016 年 5 月，在哈佛大学执教五十一年后，卡尔·兰伯格-卡尔洛夫斯基退休了。他离任后，他办公室里的文件被送到了档案馆。我是

[①] *Harper's*，首发于 1850 年的美国纽约，是一家持左派立场的进步月刊，涵盖了文学、政治、文化、艺术等诸多主题。也是美国第二长寿的持续发行的月刊。

[②] Mr. Ripley，美国作家帕特里夏·海史密斯（Patricia Highsmith）创作的心理惊悚小说系列中的主人公和中心角色，该系列从 1955 年的《天才雷普利》（*The Talented Mr. Ripley*）开始，该角色是一个复杂且在道德上模糊的人物，涉及伪造、偷窃和谋杀等各种犯罪活动。

在那年夏天得知这件事的。2016年10月,我终于来图书馆赴约了。

档案保管员说,卡尔档案中的一些文件被抽走了,因为其中涉及的校方和学生记录距离现在太近了,但其余的全部都在这里了。他向我演示了如何翻阅这些易碎的文件才能不破坏它们——从中间翻,不要从页角翻阅——之后他便留我一个人自行查阅。

箱子上方贴着一张单子,列出了在卡尔办公室找到的资料。1号箱:房间右侧的储藏柜。2号箱:书房大桌上散放的物品。10号箱:书桌上方架子上的信箱。有那么一瞬,我想过卡尔是不是离开得很匆忙,但我认为更有可能的情况是,他只是将所有物品都留给了某个档案保管员处理。

接下来的4天,我在档案馆逐一翻阅了每个文件。他过去做过的讲座、伊朗寄来的蓝色航空信、打印的博物馆通讯录、他的日历、书评、笔记本,还有多年来他本科和研究生的课程大纲。在一张没有标注日期的照片中,我清楚无误地看见了那个曾让研究生们为之倾倒的迷人的德古拉伯爵。照片中央是他小指上戴的图章戒指,我在课堂上没能看清上面的图案。很难相信卡尔在系里的任期已经结束——一个传奇落幕了。

在这些档案中,卡尔再次以容易伤害他人、易怒、脾气暴躁、有点偏执的形象示人。最有趣的一封信来自宾夕法尼亚大学的教授维克多·麦尔(Victor Mair),为了回应卡尔"气急败坏的抨击",他半开玩笑地写道:"一封攻击我、签有你名字的奇怪信件的复印件,通过传真匿名发送到我们系。[……]由于信中的指控错误百出、不合逻辑,语言又是如此无礼、没有文化,我首先想到的就是这封信一定是由他人伪造的,他们想玷污你的声誉。"

然而,从档案中也可以一睹卡尔的另一面:能给人以支持的导师、敢于冒险的学者、兢兢业业的教授。1970年,他为一群因占领大学楼(University Hall)而面临纪律处分的黑人团结组织(Organization for Black Unity)的学生辩护。卡尔从接管之初就待在那栋楼里,还写信

兰伯格-卡尔洛夫斯基 1983 年的照片，他看起来温文尔雅，身旁是他的妻子玛莎，还有前研究生大卫·弗赖德尔。[戈登·R. 威利个人赠与，2003 年。哈佛大学皮博迪考古与民族学博物馆馆藏，PM 2003.14.28，由亚历桑德拉·格拉尼克（Alexandra Guralnick）授权。]

支持学生们的行为。1973 年，他替理查德·梅多写推荐信，赞扬梅多是最难得的学术发现：一个优秀的老师、学者和人。而卡尔的影响所辐射的时间跨度之广也很难被无视——从对 1967 年叶海亚考察中两名学生"欣喜若狂的赞许"，到 1999 年一名本科生感谢卡尔对她兴趣的支持，这在其他教授那里几乎是没有过的。

档案中还有一沓教材的文稿，是由他和一位比简高几届的前研究生杰里·萨布洛夫（Jerry Sabloff）合作编写的。在教材的正文，卡尔解释说，在古代美索不达米亚的语言苏美尔语和阿卡德语中，是没有"历史"（history）这个词汇的。但是这一词语的缺席，卡尔写道："并不代表他们对历史或过去毫无兴趣，因为大量刻有文字的泥板表

We Keep the Dead Close 199

明，事实恰恰相反。不存在'历史'一词，意味着他们对过去，或者说对我们称之为历史的东西，持一种全然不同的态度。"如果我们坚持用自己的历史观去分析他们的态度，我们就会忽略他们对过去的重视。这和我旁听的第一节课上他提到的观点类似，也是叶海亚堆专著前言中困扰我的主要论点：历史学家的凝视，同历史学家的偏见密不可分。即便是我们认为自己揭示了过去，我们实际做的也只是重建过去，旧瓶添新酒而已。

在大学档案馆的最后那段时间，我还有一组材料没来得及查阅。我故意将卡尔大学和研究生时期的笔记留到了最后。卡尔喜欢涂鸦——他笔记的边缘随处可见摆成十字的骨头、头骨和骷髅。几张卡通式的自画像因夸张的蓬松头发，一眼就能被认出来。其中一幅画了一个舌头巨尖、牙齿锋利的男人，正准备去舔无头躯干上的一对乳房。

兰伯格-卡尔洛夫斯基研究生时期的笔记本上的涂鸦，1959年。（哈佛大学档案馆馆藏）

卡尔笔记本的空白处还画满了他的签名，以及他求学的年份和院校，仿佛是在预演他的个人传记。他一遍又一遍写着自己的名字。有时候只写他姓名的首字母，有时候写克利福（Cliff），但大多数时候写的都是他的全名：克利福德·兰伯格·卡尔洛夫斯基，有时有连字符，有时略去不写。

卡尔还尝试过不同的姓名。一次写的是卡尔·冯·兰伯格（Karl von Lamberg），之后一连几页都只写了克利福德·A. 洛克菲勒（Clifford A. Rockefeller）。写了一遍又一遍。仿佛他不仅在预演自己的故事，还为自己选定了一个新的身份。

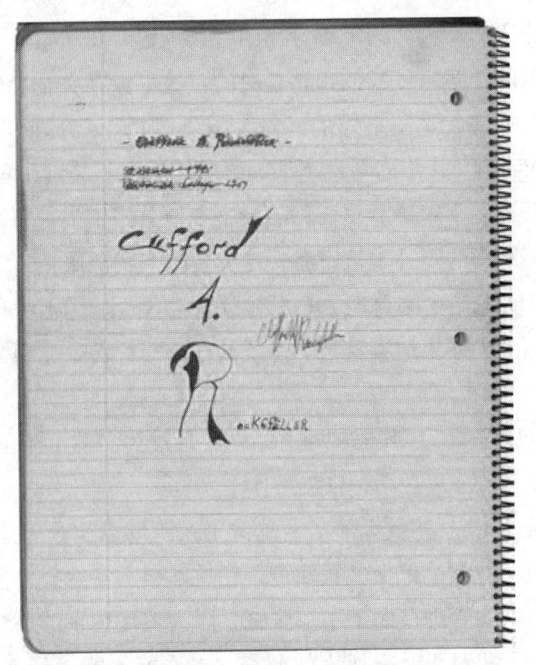

兰伯格-卡尔洛夫斯基在同一本研究生时期的笔记本上的签名。(哈佛大学档案馆馆藏)

晚上，我会回到位于艾略特楼（Eliot House）的家。我和大学的朋友们合住在那里。这是我毕业以来第一次回宿舍住。我甚至还能溜进食堂吃饭。我感到大学以后时间仿佛静止了，直到瞥见自己在商店橱窗上的影子，反复端详，才惊异于时间的流逝在我身上留下的痕迹。

"只能用铅笔。"皮博迪博物馆的档案管理员提醒我。

调查的最后一天，为了查看简的考察笔记，我从哈佛大学档案馆转战博物馆的档案室。我的预感是对的：这里保存有全套的叶海亚堆资料，是在哈佛大学图书馆的网站上看不到的。我提前申请了1967年、1968年和1969年的考察笔记，眼前的手推车装满了翻盖箱。

我打开第一个箱子。里面用隔板整齐地分门别类，每个格子里都有一本不同垄沟的野外笔记。有一本突然映入我的眼帘："野外笔记：E址，J. S. B.。"简·桑德斯·布里顿（Jane Sanders Britton）。

我从隔板中抽出这本笔记。本子是苔藓绿色的，布料封皮，边缘掉了色。

我翻开第一页："叶海亚堆1969年E址野外笔记。记录：JSB/[ ]。"第二个名字被人用一张纸贴住了。

1969年？1969年夏天简已经过世了。她的名字怎么会在她死后六个月出现在野外笔记上？我知道，在这本档案拿给我之前，一定有某个可怜的档案管理员贴上了那张纸，因为盖住名字的那个学生还活着。我翻找了我对于叶海亚堆的调查，看看能不能找到1969年负责挖掘E址的人是谁。"J. H."一条笔记写道。吉姆·汉弗莱斯。

凭借直觉，我迅速打开了其他箱子，发现了要找的材料：1968年E址笔记。和我猜的一样。E址是由简负责的。

简死后的那个夏天，吉姆接替了简，负责她的那条垄沟。而当他要撰写考察笔记时，他留下了她的名字。这和我一向习以为常的竞争激烈的学术圈故事大相径庭。这个举动是那样不动声色，让人感到格外美好。没有大张旗鼓，没有大肆庆祝，没有为自己博得一点关注。在这个人人争着抢着留下自己姓名的领域，他加上了她的名字，并把她放在了第一位。

我浏览了简的笔记，上面按时间顺序记录了她的每一天。正合我意。她的笔迹很工整，并且全部都是大写，就像一位建筑师一样，但并不涉及个人视角。相反，笔记里塞满了几十张按比例绘制的图纸，还有她对自己负责的垄沟特征及发掘内容的字迹小巧的手写记录。条目详细地记录了她每天挖掘的地点和内容。例如，那年夏天考察的第一天，她记录道："1968年6月30日：移开表层碎片；清洗+灰尘覆盖整个垄沟所在区域。在沙褐色的土壤中发现了大量碎片。"8月21日，简写到她在出土的壁炉中发现了"红色赭石的痕迹"。从她的字迹中看到"红色赭石"的字样让人心惊。

我翻阅了剩下几本笔记。菲尔的是最不工整的。阿瑟·班考夫的笔记里有一条是写给自己的："挖掘第一天。我的技术有点烂。我觉得就算一面墙咬了我一口，我也不知道它是什么。"

理查德·梅多的笔记很细致。我认真读了每一页。在蓝色的毫米级绘图纸上，理查德按比例绘制了他发现新石器时代一个小塑像的地点，这将是本考古季的一大发现。塑像由绿色的皂石制成。和它一起挖掘出来的还有许多燧石碎片、加工过的石器、三个皂石箭杆校直器①，以及两把骨制刮刀和一把骨铲。塑像有肚脐，嘴是一个圆点，呈惊讶状。

---

① shaft straightener，古代和部落社会中经常使用的一种制作箭杆的工具。在一块扁平的圆石上磨出一个凹槽，在箭杆制作和使用过程中用来修复可能出现的弯曲或不规则形状。使用时，箭杆校直器被插入箭杆的一端，并通过适当的施力来校直箭杆，使其达到直线状态。

在这一页的底端，理查德写到了"骨头底下及周围的红色赭石"。有可能小塑像附近的这些骨制工具就是卡尔在接受采访时和记者提到的"有遗迹表明，腐烂尸体的骨头上涂有一种红色物质"。但当我继续阅读叶海亚堆的报告时，我惊讶地发现，实际上带有红色赭石的人类墓葬正是在叶海亚堆被发现的：1970 年，一具左侧卧尸体被发现，其头骨已压碎，一只手臂的尺骨上有红色赭石。即便这具尸体是在简死后被挖掘出来的，但这仍是个诡异的巧合。卡尔曾被人引述称，在伊朗，从未发现过撒有任何类型的粉末的尸体；然而仅仅过了六个月，就在他的考古现场发现了。而绝非侥幸的是，那座墓葬是该土丘最古老土层的典型特征。一位在简死后加入伊朗考察的研究生托马斯·贝尔（Thomas Beale）在他关于叶海亚堆考古的论文中写道："在第七时期，叶海亚居民用红色赭石涂抹他们死者的身体。"

我从这些笔记本上抽出双手，感到我的指尖覆盖着一层叶海亚堆沙漠的细沙。刹那间，时光轰然崩塌。

愤怒的开端

"今天理查德找到了一尊塑像。真令人嫉妒啊！你简直不敢相信。我感到自己低人一等，这让我吃了一惊——我的意思是说，我并不会对他的发现感到不满，但也不由得怀疑，自己是不是比想象中错过的还要多。"简在她的日志中写道。

理查德的发现真是非同寻常。10 英寸[①]高的皂石小雕像，虽已有几千年历史，却几乎完好无损。它是从一块绿泥石上整体雕刻而成的，相当惊人：身形瘦高，眼睛呈两个凹孔，鼻子笔直，没有双乳，

---

① 约 25.4 厘米。

却有女性生殖器。看上去是雌雄同体：在阴茎上雕刻的一位女性。卡尔后来称其为产育女神，并预言未来五年，它将成为"原始雕像的珍贵典范"。伊朗或美索不达米亚的任何一处遗址都没有发现过类似的文物。

这一发现的时机来得再好不过了。这是玛蒂·兰伯格-卡尔洛夫斯基来现场的第二天。队员们一直都在期待她的到来。在这个时间点，补给少得可怜，大家都希望玛蒂能带来"食物、新闻和新面孔"。连简也对玛蒂的到来感到很兴奋——兴奋程度不亚于为吉姆的痔疮找到了治疗药膏。简的乐观还来自她和吉姆推断出简负责的垄沟位于一座5米高墙的中心——有可能是面城墙。虽然没有皂石雕像，但就博士论文的主题来说足够了。

当简坐下来画那座小雕像时，她已经精疲力竭，快要坚持不下去了。她翻开日志，在那天早上写的条目底下描述了这一发现："L-K夫人，尽管我很喜欢她，但她并没有成为这里的一股新鲜空气，虽然我很肯定卡尔一定挺高兴。还有一个多月的时间。之后我就得一个人面对秋天了。"

由理查德·梅多发现的新石器时期雕像。[托马斯·怀特·贝尔《叶海亚堆考古发掘，伊朗，1967—1975：早期》，美国史前研究学会，第38期刊。第200页，图7.25。© 2001年哈佛学院院长及研究员，哈佛大学皮博迪考古与民族学博物馆馆藏]

要融入一个已经成型的团队从来都不是件容易的事，玛蒂几乎很快就触怒了这群成员们。尽管身处沙漠中心，她还是每天都坚持盛装打扮，一天要换好几次衣服。简和安德莉亚·班考夫狼狈不堪地穿一身被汗渍洇湿的衣服，他们将她频繁换装的举动视为一种冒犯。但他们同样认识到，在愈发冰冷的氛围下，他们的不满似乎并不重要。"我挺喜欢她的，但她对这个地方的满腔热忱让人心力交瘁。"简在给她父母的信中写道。

安德莉亚很快就见识了玛蒂身上固执的一面。当警方问到在伊朗的挖掘是否发生过"敌意"时，她讲述了当时的情形。那是玛蒂来现场的头一个星期，安德莉亚发现，她和阿瑟养的宠物麻雀把他们的睡袋搞得乱七八糟。她骂了句脏话，这让站在文物代表旁边的玛蒂感到不快。她让安德莉亚安静，然后转身走开了：

> 仅仅几分钟后，她回来了，拼命冲我大吼大叫。她说卡尔告诉她，我在英国学院骂人给他难看了，我一定觉得自己是个"很酷的小妞"，但如果她再发现我爆粗口，她会像我妈那样惩罚我。

安德莉亚从未想过纠正玛蒂。发生在英国学院的骂人事件根本不是安德莉亚干的，而是简。

当安德莉亚把这件事讲给简时，简觉得她一定是夸大其词了。而当玛蒂发现在英国学院骂人的并不是安德莉亚时，她一再和她道歉。

简感到自己突然对玛蒂产生了一点宽容之情，但很快这份宽容就消磨殆尽了。"每个人的脾气都坏极了。"简在日志中写道。

在过去，即便食物很糟糕，但至少每个人都是被平等对待的，所以尚可忍受。但玛蒂一来，她满不在乎地干掉了两杯可乐的配给，而其他人都将这份配给奉若神明。她还妄自决定——并没有咨询负责登记食品储藏配给的安德莉亚——大家应该吃多一点。她之后澄清,只有理查德和彼得应该多吃点,因为她觉得他们太瘦了。

玛蒂似乎把考古学当成了一个可爱的爱好。这个游戏好有趣啊,我也可以玩吗?她这样的暗示惹到了大家。但她非常认真地觉得,她丈夫是不会做错事的。班考夫夫妇认为,她是希望他的权威也能在她身上延续。

玛蒂会反复提及简和吉姆之间的关系,这尤其让简感到愤怒。在这样一个抬头不见低头见的小圈子里,他们一直在努力维持着两人的隐私和尊严,现如今玛蒂却频频管吉姆叫"她的男孩"。

然后简便亲身经历了先前安德莉亚提到过的事。据安德莉亚说:

> 有天早上,简起床吃早餐时迟到了。她比平时更爱发牢骚了,很快就喝掉了一杯咖啡。出门时她踢到了脚,喊出了骂人的四字单词。玛蒂马上对简说,女生不应该骂脏话,但简连头也没回,径直走了出去。这种男女双标的论断真的惹到了简。

考古新发现、新面孔和花生酱的补给("感谢上天")的短暂缓和期已经结束了。冲突浮出水面。而现如今,没有骂脏话和黄段子作为调剂,压力没有了释放的出口。周围的气氛——脆弱的神经、潜藏的攻击、怨恨、急躁、随时可能崩坏的互动——变得让人幽闭恐惧。

一天,当地首领的儿子过来,坚持要向卡尔收取土地税,因为他在"他的"土丘上动了土。卡尔知道,伊朗境内所有考古遗迹都属于政府财产,他意识到这笔税其实就是敲诈勒索。政府代表建议卡尔不要付任何钱。

首领的儿子为了报复,在当地工人中发起了罢工。后来,据阿瑟·班考夫说,随着矛盾愈发白热化,卡尔最终变得"怒不可遏"。

卡尔抄起了一副镐。如果首领的儿子拿不到钱就不走,卡尔也不会留下他的任何财产,就从这边这座泥砖房开始。他挥起镐,朝泥砖房砸了过去。"只需几个小时，（他）就会将这些小房子夷为平地。"彼得·戴恩回忆。最终，首领的儿子低了头——很有可能是因为政府代表找来了当地的警察，威胁说要把他关进监狱。

到了这个节骨眼，不安几乎变得让人难以忍受。菲尔·科尔和彼得·戴恩提前离开了。（菲尔的母亲在机场接他的时候没有认出自己的儿子；因为痢疾病倒之后，他那个夏天体重减轻了将近30斤。）而前来视察的考古学家本诺·罗滕伯格（Benno Rothenberg）让情况更糟了。为了给他留个好印象，卡尔变得让人更加难以忍受。酒精突然之间只能留给"成年人"——本诺、玛蒂和卡尔。阿瑟回忆，如果有人能被邀请过去和这几个成年人坐在毯子上，举杯痛饮，他们会觉得自己超级幸运。

在考古季接近尾声的时候，阿瑟和安德莉亚变得疑神疑鬼，满脑子都是"我们觉得他们会怎么想"，只有和吉姆、简聊天的时候他们才会觉得舒服一点。"按照学术界一向的习惯，造谣中伤都是通过旁敲侧击实现的，没有人会摆明了说自己讨厌谁"，他们后来给警方写信时这样说。班考夫夫妇原本以为，说兰伯格-卡尔洛夫斯基讨厌他们有夸大之嫌，但当卡尔告诉阿瑟他不会再参加第二年的考古挖掘时，仅存的一点希望也破灭了。班考夫夫妇原计划那一年去国外，下个考古季到叶海亚堆考古，好赚取返乡回程的路费。可是如今他们却被困在了伊朗，没有钱回家，这就是为什么在简过世时他们会身在意大利。"这么做也太不是人了。"阿瑟后来说。

甚至连处变不惊的吉姆也濒临崩溃了。在阿瑟和安德莉亚给警方的联合声明中，他向阿瑟吐槽玛蒂是个"愚蠢、狠毒、嫉妒心强的婊子"。提及卡尔时，他总忍不住嚼舌根，尽管争吵过后，他还是会回到"好的，老板"模式。本诺到达的当晚，专程迎接这位学者的鸡尾酒会进行到一半，卡尔得知，吉姆安排了阿瑟去接当地一个患病的婴儿到附近采矿工地的医生那里医治。吉姆自掏腰包 2.26 美元作为治疗费。卡尔没有大喊大叫（他不想当着本诺的面这么做），但很明显他气得不行。吉姆说,"毕竟那还是个孩子,还是他自己出的钱,和卡尔没什么关系",但卡尔还是不能接受。这让人想起那个夏天早些时候,他们因为卡尔平白无故威胁说要解雇一个工人引发的争吵:吉姆希望当地人能被人道地对待;卡尔要的则是手底下的人服从他。"有过争吵,但没有到肢体冲突这么激烈的地步",阿瑟回忆,但对吉姆来说这很不寻常,因为他宁愿走开也不愿意为自己争辩。卡尔说他不记得这件事了。

然而发生了这一切的夜晚,也许只是一场无声的斗争,它让每个人都像带电的电线一样暴露在外,一点就着。卡尔买了一整只羊,想烤个全羊。他知道简曾经一整个夏天都在希腊做考古,有烤羊的经验,所以来向简征求意见。

那天晚餐时,玛蒂刚咬了第一口羊肉,便像隔着桌子投来一把匕首一般,转身对简说了一个陈述句:"我以为你说你能做饭。"

卡尔的警方询问笔录

警探达文波特中尉: 教授,谁有权力决定哪些人参与考察?

兰伯格-卡尔洛夫斯基教授: 我先来提名,如果被采纳,再由系里的其他成员讨论决定。可以这么说,我每带一个人,背后都有大约两三位候选人想和我出野外。

警探达文波特中尉: 嗯,博士[①]——我都快给你安上别的职业了,教授——考虑到在确定人选之前,你就已经知道他俩的恋爱关系了。在我看来,在野外,这样一段恋爱关系可能会出问题,而你明明有那么多人可以选。我在想你为什么会选择这个女生。我知道汉弗莱

[①] 原文为 Doctor,也有医生之意。

斯先生参与过上一次挖掘，只说这个女孩自己吧。

兰伯格-卡尔洛夫斯基教授： 她有过野外的经验。莫维乌斯教授大力举荐了她。我是她论文答辩委员会中的三位老师之一，负责审读她的本科论文。她看上去既有必备的资历，还有相应的学术能力，可以胜任这份工作。

我不太担心恋爱会带来什么麻烦，仅仅是因为我了解吉姆工作的方式。他是个踏实肯干的人。

今年，我第一次去问吉姆他们之间的关系是不是认真的，因为我开始筹备第二年去考察的人员名单了，我想知道简能不能再参与进来。我问吉姆他感觉如何。这个项目能做成，少不了吉姆两年来的努力。即便我决定不带上简，这次考察我也不想失去吉姆。我没和他明确说我不想带简，但我暗示过这种可能性，就是我这一年也许不会带上她。

吉姆当时对我说："你瞧，我是个独来独往的人。不要去考虑这件事。谁能出去考察，这种判断应该完全由你来定。"

然而，所有这些先前的考虑其实都无关紧要，因为我实际上已经做了决定，我会带上简。这个学期以来，简对这个项目中的一个特定方向——早期村落社会的防御系统非常感兴趣，她上个学期主要负责这一块的挖掘，也开始做相关的研究。她还在考虑或许可以把它发展成一篇博士论文。我觉得再给她一次出野外的机会才公平。虽然有段时间我也考虑过我这么做应不应该。

我和简以及我们系主任都讨论过我的这种矛盾心理。如果我不带她，她就没地方可去。她可能没有能写博士论文的项目。实际上她做成一个研究项目的机会就会被剥夺，而这个研究项目最终关系到她的博士学位。我问他，他的感受如何；他接下来有没有什么办法可以帮我判断一下，我该怎么办。

警探达文波特中尉： 你是个不怕惹事的人。你知道这一点的吧，教授？你真是替自己惹了一大堆麻烦。

兰伯格-卡尔洛夫斯基教授： 这是——这是一个大项目。实际上今年这个项目会做得更大。你看，任何一次考察的负责人、考察的结果，在某种程度上都是由项目中的一个又一个人合在一起决定的。我手上的人越好，项目做得就越好。

警探达文波特中尉： 在最后一次挖掘中，你和他们合作无间。

兰伯格-卡尔洛夫斯基教授： 绝对的。

警探达文波特中尉： 他们当中的每一个人。

兰伯格-卡尔洛夫斯基教授： 和阿瑟、安迪①·班考夫两个人之间存在很大的问题。我和其他每个人都合作过——实际上我和阿瑟、安迪合作也相当多。

某不明身份男性： 是。我们聊过的每个人都说，他们都对你是否会带上简表示怀疑，但根据你现在的说法，你自己设想的是会带上，但你是唯一一个——

兰伯格-卡尔洛夫斯基教授： 没错。没错。我觉得对很多人来说，我显然对自己会不会带上简表示怀疑，但我从来没对任何人说过她不会去，或者她一定会去。

警探达文波特中尉： 教授，我们注意到有种说法，但我们并不知道它有没有事实根据，有人觉得你和简·布里顿之间是有反感在的。

兰伯格-卡尔洛夫斯基教授： 我……我不清楚有没有。我不知道简喜不喜欢我。你很难知道学生们对你是怎么想的。很多和简有关的事，我们都有过争吵。她时不时会骂脏话。

某不明身份男性： 你讨厌她吗，教授？

兰伯格-卡尔洛夫斯基教授： 不会，我不讨厌她。我明显不可能真那么讨厌她。只是她的某些行为举止会困扰到我，你知道的，但我没有讨厌她到那种程度，你知道，我不会的，我不会不准她继续参加

---

① 安德莉亚的昵称。

项目。那是她在学术上应得的，但我还是更喜欢吉姆。他更负责任。他……他……他更……他比起简来说，更认真负责、头脑更冷静。

某不明身份男性： 在所有参与挖掘的人当中，你最不喜欢她？

兰伯格-卡尔洛夫斯基教授： 不，不是的，我不……我……我……因为你看，这么说就代表我真的讨厌她了。

某不明身份男性： 你妻子对她怎么样？

兰伯格-卡尔洛夫斯基教授： 我妻子也不是特别喜欢她的行为方式和她说的那些话。

某不明身份男性： 我也许说得不对，但我听人说，她和他们说你不喜欢她。

兰伯格-卡尔洛夫斯基教授： 你知道的，在她印象中我可能不喜欢她，就像在我印象中她可能也没那么爱我一样。

某不明身份男性： 嗯。并不是你告诉她的，而是你对她的所作所为让她这么以为。

兰伯格-卡尔洛夫斯基教授： 没错。简显然知道我不喜欢她说话的方式。她会对另一个人冷嘲热讽，我是无意中听到的，也可能她这么说就是为了让我听到，看我对这件事的反应，对我妻子也是如此。

某不明身份男性： 嗯，她故意招惹你。

兰伯格-卡尔洛夫斯基教授： 是的，在某些方面我想也许可以这么说。她故意试探我。

某不明身份男性： 除了说话方式这一点以外，你还和她说过什么别的吗？

兰伯格-卡尔洛夫斯基教授： 我还说了她工作的方式，她做事情的进度太慢了，我建议她做点别的。简曾经和一位考古学家在法国工作过。她自以为技术很好，但她不太善于纠正考古挖掘技术方面的问题。这可能是简不喜欢我的另外一个方面。

警探达文波特中尉： 会不会也是因为你以前对她论文的评分呢？

兰伯格-卡尔洛夫斯基教授： 不，不会。我很怀疑这一点，有记录为证，她的分数一直都是 B-或者再高一点，这在系里属于合格的成绩。

警探达文波特中尉：我理解的是，她去世那天早上正准备去参加一门考试。

兰伯格-卡尔洛夫斯基教授：是的。

警探达文波特中尉：三门考试哪一门最难？你知道吗，先生？

兰伯格-卡尔洛夫斯基教授：考古学应该是……应该是最简单的，考古学也是她去年成绩最好的一门。我认为应该是社会人类学最难。

警探达文波特中尉：不是你的那门。

兰伯格-卡尔洛夫斯基教授：不，不是。不是的，绝对不是。

警探达文波特中尉：显然，在参与了挖掘之后，她并不担心你的这门考试——

兰伯格-卡尔洛夫斯基教授：唔……

警探达文波特中尉：还有她做过的那些研究。

兰伯格-卡尔洛夫斯基教授：我只能说，我希望她不会太过担心。我希望她不会。

警探达文波特中尉：那届时你会批改考试试卷吗？

兰伯格-卡尔洛夫斯基教授：是的，嗯，没错。对的。

警探达文波特中尉：好的，我好奇的就是这些了。

兰伯格-卡尔洛夫斯基教授：其实我昨天晚上批完了。

警探达文波特中尉：吉姆考得怎么样？

兰伯格-卡尔洛夫斯基教授：吉姆——我是第二轮改卷的。有三位教授负责批改考卷，三个分数加起来才是最终分数。他考得——他考得不错，和我想的一样。

某不明身份男性：这个星期二她没来参加考试，还有其他没来的人吗？

兰伯格-卡尔洛夫斯基教授：据我所知没有。据我所知没有。

某不明身份男性：谁可以提供给我们这个信息呢？

兰伯格-卡尔洛夫斯基教授： 我觉得史蒂芬·威廉姆斯可以，因为他和秘书参与了监考、核对姓名和考号的工作。你看，我们是对照考号来批改试卷的。我们不知道谁……我们自己批的是谁的卷子。虽然在某些情况下，你知道的，我显然……毫不夸张地说我能分辨出……我能分辨出……我能分辨出那些和我合作最紧密的学生们的笔迹。

富兰克林·福特

简去世几天后，卡尔接到了哈佛大学文理学院院长富兰克林·福特（Franklin Ford）的电话。福特院长表示，哈佛大学会毫无保留地为他提供全力支持。

半个世纪以后，卡尔在我们第一次正式见面时将这个故事转述给了我，他对着他刚点的一盘鸡肝咧嘴笑起来："他甚至都没问是不是我干的！"

第四部分　神话

2018：迈阿密

几个月前——森诺特还没有打电话说他将宣布这个案子的突破性进展，唐还没有发来信息，而我也对5天有多长没什么感觉——我答应了周末要去迈阿密参加一个单身女子派对。现在，当我将电脑、调查记事本和比基尼打包在一起的时候，还有什么比这个是我更不情愿干的呢。我在机场给唐发了封邮件：

你昨天晚上睡着了吗？我凌晨3点钟醒了一次，感觉自己正处在圣诞节早晨和噩梦的交叉口。对一件未知的事兴奋不已，叫人多么难用语言形容啊。

在迈阿密，我可以用指纹进出新娘的一位朋友的公寓，用不着钥匙。我也想做个合格的客人，但心里背负着这叫人紧张难安的5天的重压，让我显得不太合群。我替自己倒了杯酒，假装抿着喝。我能听见鞋跟踩在卫生间的大理石地面上发出的咔嗒声，吹风机在呼呼作响。我躺在客厅的沙发上，把平底鞋踢到一边，研究法医DNA技术的演变，设计详细的表格，表格上根据星期一的电话结果列满了"如果/怎么办"。

我再一次成为中学时的那种旁观者——游离在聚会之外，石头一般冷酷和清醒，没法全身心地投入娱乐。我们在海滩上喝香槟、吃龙虾，乘优步驶过四个街区。他们聊着酒驾和安必恩[①]成瘾，在停车场将一辆黄蜂牌摩托车撞向一辆宾利后逃之夭夭。他们这种不计后果的享乐主义让我感到悲哀，因为这个世界对简并没有这么宽容。

下午，我逃回自己的房间，试着联系约翰·富尔克森中士，希望他也得到了消息，能向我透露一点信息。4月份的时候，他告诉我他从剑桥警局退了休，让我再过几个月打给他，但就和过去三个月一样，他没有接电话。于是我起草了下一次的公共记录申请，希望这个案子很快就会结案。

周日晚上，我和女孩们在迈阿密海滩（Miami Beach）的一家老式牛排店 Joe's 吃了最后一顿晚餐。这家牛排店清一色是男服务员，他们统一穿着燕尾服，手上飞旋着一盘盘石蟹，替你系上围裙。我满脑子想的是这地方这么潮湿，木头肯定都腐烂了。我和新娘道了歉，因为第二天一早 6:30 就要赶去机场；我怕会有我漏掉消息的媒体发布会，于是把航班改签成最早的一班，至少能像看现场直播一样听听唐的反应。

螃蟹上来了，我将小叉子塞进石蟹的螯。蟹壳紧咬不放，蟹肉变成了一摊泥，我用金属叉子敲击着坚硬的蟹壳，撬开了一个裂缝，我很快就联想到那是人的头骨，而我刚刚将脑浆搅成了一锅粥。我感到一阵恶心，吃不下去了。

我们回了家，我在午夜降临前走上楼，同那群跟着后街男孩的歌跳舞的女孩们道了别。我试着让自己相信，这可能是我最后一个入睡时不知道简死前见了谁的夜晚。

伊瓦·休斯顿

"你要是几年前给我打电话，我想我可能会更腼腆。我现在已经不那么寡言少语了，因为在考古学这个领域，能讲述形形色色的故事很重要，尤其是和其他女性在一起的时候。"伊瓦·休斯顿（Iva

---

① Ambien，美国生产的一种治疗失眠的处方药。

Houston）说。

自从 2010 年的那天起，我和伊瓦就再没见过面了。正是在那一天，她和詹姆斯·罗南让这一切有了开端。现在，在曼哈顿市中心区（Midtown Manhattan）的每日面包店（Le Pain Quotidien），她正坐在我对面。我主动联系她，是因为在知道了这么多有关简的案子和卡尔的事之后，我想和她聊聊。

但当我让她复述简·布里顿的故事时，她问我具体指的是哪个人。我不懂她为什么需要更多提示。我能聊到多少谋杀案呢？我又给她提供了几个细节——红色赭石、关于卡尔的传言——她想起来了，但她可以看得出，我还是对她没有第一时间记起这件事感到困惑不解。

"我说'我们聊的是哪件事'，我不是在开玩笑，我是很认真的，"伊瓦说，"这样的故事实在太多了。悲哀的是，它们的结局总是大同小异：我们再也没听说过那个女孩。"

她继续说下去："大家会聊起那些离开学术圈、进入某个行业的女生们——植物、骨头、博物馆工作——这意味着她们不再出野外了。这感觉好像是她们自己的选择，但全部真相常常并不是这样的。往往是一种创伤性的经历促使她们离开的。"

在哈佛大学，伊瓦刚开始做野外考察的时候就有人告诉她，"不要和某某人去野外，因为他总是动手动脚的"；"不要和 X 出野外，他不会付给你工资的"。伊瓦的学术领域已经转向了文化研究，她说她并没有因为频频发生的骚扰和歧视放弃野外工作，但"我不和你撒谎。如果你撒手不管的话，好处也是相当大的"。

伊瓦顺着她的思路说下去："大家会在闲聊时提到这事，但不太会明说。敌意是有的。在这个领域，压力是存在的，危险迫在眉睫。有时它不会被表达出来，有时又昭然若揭。"

我完全知道伊瓦的意思。就连在高中时，女生们都会互相提醒注意某个老师。"和他在一起的时候别关门"，我们会顺便和对方提个醒。我们还会悄悄告诉朋友,如果去某某老师的办公室,可能会打乱你的日程安排,但要知道他特讨人厌,我们会补充一句。在14岁的年纪,对于这种我必须适应的思维模式,我从来都没有多想。

在哈佛大学时,伊瓦就听说过简的故事三次。不同故事的细节没有太大变化,都是有关一个女孩和她的教授有了婚外情,她威胁说要告诉他的妻子,于是他杀了她。伊瓦从来都不知道她姓甚名谁。

第一次听说简的故事是在她大学二年级。一个女研究生和她搭话,问她在上什么课。伊瓦说自己在卡尔的班上,她觉得他魅力十足、风趣幽默、让人着迷。他让考古学真实可感。

"我和你说件事。"伊瓦记得那位研究生说。"这个故事有点诡异,我也不知道其中有多少成分是真的,但我想告诉你,因为咱们都是女孩,告诉你是一种义务——"

伊瓦对卡尔的看法发生了天翻地覆的变化。她过去认为的魅力十足变成了油腔滑调。过去认为他精心打扮,如今成了有意掩盖的信号。那个学期余下的时间,她从教室前排换到了后排。"你并不想让他选中你,也不想他记住你。还想在他办公时间去他办公室吗?不想了。有想过上他其他的课吗?不想了。"在系里,卡尔似乎依然被奉若神明——不可企及、战无不胜——但如今他的权力让人有种不祥的感觉。

第二次听到简的故事是在一年后。伊瓦给一个在中东工作的朋友讲了这个故事。他们当时在皮博迪的学生休息室,尽管伊瓦已经把说话声压得很低了,另一位同学在她说到这个故事可能不是真的时,还是打断了她。"不是的。这个故事是真的。"那个同学说。

第三次是在分组时听到的。有个准备去中东的女生,大家问她去了那里之后准备怎么办,以伊瓦的理解,这帮学生是在问,你准备怎么对付卡尔?这个学生说她要做的事和他没关系。伊瓦惊讶于她的成熟:"她给人的感觉就是,'我知道你们说的,但这些和我无关'。"

听了伊瓦的话,我发现简的故事——关于一个女孩因她的导师而

220　追凶

失踪的故事——在这个社群中依然被传得有声有色,因为它本身是一种经过夸张的、恐怖电影式的叙事,而这种叙事太过司空见惯了。

"我差不多有八个朋友因为流言蜚语或者某些政治上的理由离开了学术圈。"伊瓦说。她告诉我,有个人被迫放弃了他的博士后项目,仅仅因为他去参加会议时和一个他导师不喜欢的人交流了。当这个学生把问题上报给系里的行政部门时,对方告诉他这位教授位高权重,他们也无能为力,所以这个学生不得不做出决定:要么和这个人合作,要么打包走人。他最终被迫退出。

"这件事发生在一名男性身上",伊瓦告诉我,但在这些故事中,大多数被剥夺权利的都是女性。这类故事几乎总有着相似的走向:"这个人让我感到不舒服;这个人对我不爽,因为我结了婚,因为我生了孩子。"

她说,面对学术界一直存在的不平等问题,考古学并没有做得很好。考古学有一个分支学科叫性别考古学(Gender Archaeology),致力于研究我们隐含的性别偏见如何粉饰了我们重构过去的方式。(比如,真的是男性狩猎、女性采集吗?根据最近的证据或许并非如此。)性别考古学同样还研究性别互动关系如何塑造了考古学家自身的经验。然而,性别考古学仍然不被视为主流。

相反,考古学界内部以男性的强硬心态为荣。她说,理查德·梅多是系里唯一能以同情之心倾听学生,尤其是女生的人。他虽然看上去不近人情,但在现实中完全相反。"他基本上就是我们的奥普拉[①]。我们会去找他哭。"她说。我应该想尽办法找到理查德,聊聊这个故事。他不一定愿意,但他应该对这些都了如指掌。

伊瓦再一次想到这一切。"发生在这个人身上的事太可怕了,"她说,又不太记得简的名字了,"但你知道,我讨厌自己这么说:过去

[①] 奥普拉·盖尔·温弗里(Oprah Gail Winfrey, 1954—),美国脱口秀主持人、电视制片人。她的节目多关注对女性至关重要的话题,为受害者发声。

我还会震惊不已,但现在在这个领域混了十年,我已经见怪不怪了。就算我明天听到了这个故事,我可能也只会摇摇头说,好吧。我认为这是一种更吓人的病症,而我们都不愿意意识到自己患上了这种病。"

——

就这样,经过了这么多年,伊瓦再一次让我对简这件事的看法发生了天翻地覆的变化。就像她曾经把它从传说变为真相一样,这一次,她将它提升到了神话的地位。

如果伊瓦是对的,简这个故事的作用其实是某种警示故事,那么也许相较于原原本本发生在简身上的客观事实,它更多是关于学术界的女性所面临的危险的一则寓言。这种观点让我想起卡尔在第一节课上说的:过去常常被利用,以符合当下的需求。在这个案例中,对于滥用权力的报道很少会带来有价值的改变,反而经常给提出问题的人带去麻烦。简的故事之所以存在,或许就是为了替那些不能被轻易提及的不公发声。

那么接下来的问题就是,简的故事当中的元素也许仅仅是象征符号而已。简代表的是系里每一位女性。她被杀害,象征着某种学术上的噤声。而杀死她的教授,则是学术界滥用权力、从制度上压制女性的标志。

从这个角度来看,卡尔根本不是凶手。他不过是身陷一则仍被传诵的神话的不完美的男人,而非罪犯。我们让他扮演了一个他不该扮演的角色,既因为简的遭遇本身没有答案,而我们需要为它填补一个答案,还因为他的神秘、魅力和才华,让他能够扮演得如此完美。我想知道,把一个人困在一个剥夺其真相的故事当中,却让其他人发声,这是否合理?

我渐渐开始承认,这种观点同其他一些事是相吻合的。我通过所有这些途径发现的有关卡尔的猜想,均没有任何具体的指向性线索。

一切都是旁证，大部分是流言蜚语，并且都明白无误地指向了卡尔的犯罪动机。我早就不再考虑婚外情这个角度了。至于学术上的敲诈勒索这个角度，我调查得越深入，线索就越少。比如还有一种观点认为，卡尔急于在1969年拿到终身教职，因为那一年是个例外，这种观点也经不起检验。我和一位同年拿到终身教职的初级教授、艺术史学家大卫·米滕（David Mitten）聊过。他完全不记得校方对初级教师关闭申请这回事了。

但如果卡尔没有杀死简，那又是谁干的呢？

她必须不能是个女人

2014年，麻省理工学院（MIT）生物系教授南希·霍普金斯（Nancy Hopkins）在拉德克利夫50周年校友聚会上发表了演讲。她是这样开场的："1960年来到拉德克利夫的女性是一场性别革命的开端。"拉德克利夫时任校长玛丽·邦廷让这群学生们的内心充满期待——她们将会超越此前这所学校所有女性在专业上的成就。对于南希来说，这份期待似乎实现了：她1964年从拉德克利夫毕业后去读研究生，于1973年拿到了麻省理工学院的教职。

如果1973年的时候你告诉我，存在一种叫性别歧视的东西，我不知道你在说什么。我不会想到，这种地球上有一半的人不能平等参与、也不能生孩子的职业是带有歧视性的。

并且我以为学校里没有女教授的唯一原因，就是所有其他的女性都选择去当母亲了。1960年，我了解到女性可以上哈佛大学的课，却得不到美国顶尖研究型大学的教职，这让我非常震惊。

《1964年民权法案》①将这种歧视定性为非法。之后,当各个大学仍拖拖拉拉的时候,1970年代初,《平权法案》②的相关法律及法规要求大学必须雇用女性,否则将会失去联邦的资助。一直到1973年,就是我得到教职那一年,我以为性别歧视已经是过去时了。

尽管她既没有主动寻找答案,也没抱有什么期待,但慢慢地,南希发现她错了。"性别歧视的确存在,即便对那些没有孩子的女性也是这样。它的形式是如此令人惊讶,以至于我花了20年时间才认识到这一点。[……]那时我已经50岁了。"

———

1954年秋,科拉·杜波依斯来到哈佛大学,她是学校里第二个拿到终身教职的女性。为了不破坏餐厅里的气氛,她不得不从侧门走进全是男性的教职工俱乐部,在单独的一块区域吃饭。1969年她退休时,在哈佛大学文理学院,无论是终身教职还是副教授,均没有一名女性。

后来,简在莱塞济的室友艾莉森·布鲁克斯(Alison Brooks)找到生物人类学系的终身教授艾尔文·德沃尔(Irven DeVore)当面对质,问他系里不招收女性是怎么回事。德沃尔回答说:"对于一个女人来说,要想有足够的实力进入哈佛大学,那她必须不能是个女人。"

---

① The 1964 Civil Rights Act 是美国在民权和劳动法上的标志性立法,宣布了因种族、肤色、宗教信仰、性别或来源国而产生的歧视行为为非法。该法案禁止了公民投票中的不平等待遇,以及在学校、工作场所及公共空间中的种族隔离。
② Affirmative Action 是一整套法律、政策、指导方针和行政惯例,旨在终止和纠正特定形式歧视的影响。这一系列法案侧重于获得教育和就业机会,特别考虑历史上被排斥的群体,尤其是少数族裔和女性。

文理学院下属机构女性聘用情况
1969—1970

职位	总人数	女性人数	女性占比
常规职工			
全职教授	444	0	0.0
副教授	39	0	0.0
助理教授	194	9	4.6
讲师	18	3	16.7
助教	1104	226	20.5

摘自1970年3月9日《关于哈佛大学女性地位的初步报告》。

莎莉·贝茨，就是曾经帮助简安排打胎的那位女士，是在1965年秋来到哈佛大学的。学期一开始，每个人都必须和系主任道格拉斯·奥利弗（Douglas Oliver）教授面聊一次。莎莉知道，奥利弗教授给每个男生都讲了鼓舞人心的话。"我们在你们身上投入了很多，希望你们都能拿到博士学位。"

但当莎莉走进教授的办公室，无意间提到她对班上的女生人数（差不多占到一半）感到多么惊喜时，奥利弗教授回答说："你们都是为了来嫁人的，不是吗？学位夫人。"

莎莉在春季学期结束前退学了。最终，她同届只有两三个女生还在哈佛大学就读，其中就包括艾莉森·布鲁克斯，她的导师告诉她："我从来没给女人颁发过博士学位，现在也不打算开这个口子。"

1967年开始读博士的玛丽·波尔（Mary Pohl）没多久就意识到哈佛大学存在着歧视——她管这叫"不平衡"（imbalance）。她的导

师戈登·威利邀请博士生们来他的社交俱乐部吃午餐，顺便指导他们。俱乐部仅允许男生入内。

可当我们交谈时，她坚持要我理解她在哈佛大学的经历并非一无是处——接替威利成为她导师的初级教师杰里·萨布洛夫，就是她了不起的伯乐。她还想让我知道，哈佛大学的歧视不足为奇；相比她在职业生涯中即将面临的情况而言，那"只能算是一次热身罢了"。比如在她现在担任荣誉教授的佛罗里达州，她系里的一位年长男性总对她区别对待，会在办公室前台对她"大发脾气"。这个教授成为系主任之后，他毫不掩饰对男同事们的偏袒，比如只给他们涨工资。玛丽提出了申诉，要求重新考虑自己的工资（几年里她多次提交过申诉）。由行政部门选定的一名大学女教师审查了她的案子，并驳回了她的申诉。当玛丽来到她办公室讨论裁决结果时，对方告诉她，"你的工资的确不公平，但生活本身就不公平"。

———

伊丽莎白·斯通，就是那位因为被误导而放弃了宾夕法尼亚大学资助的学生，于 1971 年来到考古系。她被这里的氛围吓到了。多年以后，她称哈佛大学是"我去过的性别歧视最严重的地方"。为了弱化性别，系里的其他女生都穿得"很中性"。伊丽莎白拒绝这么做，结果她成了班上唯一不被教授直呼其名的学生。她成了"斯通小姐"。当伊丽莎白和芝加哥大学商议要尽快离开哈佛大学时，她跑去和秘书们道别，这群秘书也都是女性。其中有个人祝贺她："你们中终于有人逃离这里了！"

———

1981 年，当莎莉·福克·摩尔（Sally Falk Moore）在哈佛大学人类学系拿到终身教职时,她是系里唯一拥有终身教职的女性,也是整个哈佛大学文理学院 16 位女性终身教授之一。摩尔教授感觉自己仿佛孤身一人立于寒风中,系里接纳她,是把她当成朋友,在决策上却并没有拿她当回事。行政部门提升她为研究生院的院长、本科生宿舍马瑟楼(Mather House)的主管,她觉得自己被利用了。行政部门的想法是希望尽可能让女性被看见,以此来提升女性在大学的地位。但这些行政工作消耗了她的时间,反而让她在人类学系的管理上更加没有了发言权。

摩尔很快就意识到,要和这种普遍存在的文化抗争无异于"浪费时间和感情",因此她将更多精力放在了教学、研究和写作上。她发现,用不着赢得系里的斗争,她也能从自己的专业生涯中获得满足感。她还是幸福的。

多年以后,93 岁的摩尔教授会说:"我从来都不觉得身为女性完完全全是一种阻碍。在很多方面,这都是一笔巨大的财富。我得到了非常多的关注,因为人们对我的期望很低,而他们得到了一个完完整整的人。"

―――

90 年代中期,艾莉森·布鲁克斯去哈佛大学探望 1997 届的本科生女儿。她参加了一个会,会上校方骄傲地宣布他们在防止性骚扰方面所做的工作,其中包括针对不当行为对新入学的男生进行培训。艾莉森打断了他们,询问他们计划针对教师的骚扰采取哪些行政举措。

―――

2014 年,拉德克利夫校友聚会,南希·霍普金斯的演讲进行到最后,她告诉听众,学术界的性别歧视最终成了不可争辩的事实。她

1994年就发现，麻省理工学院的理学院中仅有8％的教职工是女性。而在哈佛大学，这个比例是5％。歧视最终被量化了。她将自己的这一发现告诉给麻省理工学院的同事，结果发现"麻省理工学院的女老师们都心知肚明，但每个人都不敢说出口。在精英教育的体制下，如果你说自己被歧视了，大家只会觉得是你不够优秀"。

2005年，时任哈佛大学校长的拉里·萨莫斯（Larry Summers）在一个关于多样性与科学的会议上说，因为与生俱来的生理差异，男性在数学和科学相关的职业中比女性表现得更出色。听到这里，南希·霍普金斯径直走出了房间。萨莫斯虽然承认社会化的作用，但还是淡化了它的重要性。即便他说的话在事后引起了轩然大波，他仍向《波士顿环球报》为自己的立场辩护："行为遗传学的研究表明，人们之前归因于社会化的事情根本不是由社会化引起的。"根据《卫报》的报道，在拉里·萨莫斯任校长的头三年半时间里，提供给女性的终身教职数量从36％下降到了13％。2006年6月，萨莫斯卸任；下个学期，我来到了哈佛大学。

在校友聚会的演讲上，南希这样总结道："在我们有生之年，女性取得的进步是惊人的——这要归功于像玛丽·邦廷这样具有远见卓识的人。但高层的平等？任重道远。"

萨蒂·韦伯

伊瓦·休斯顿并不是一个人。萨蒂·韦伯，几年前和我一起上卡尔的课的那个梳辫子的女孩，同样把简的故事当作一种警示。她在斯坦福大学的讲师、理查德·梅多以前的一个学生之所以告诉她这个故事，也是为了提醒她注意卡尔。而萨蒂和伊瓦一样，都把简的故事看成系里性别互动关系这个大背景的一部分。在哈佛广场的一家咖啡馆内,她不假思索地告诉我,她的看法是,"这算是一种比喻……恃强凌弱的老教授们利用他们的学术地位,让[他们指导的学生]非但不能说不,还可能渴望从中获得兴奋感。"

我问萨蒂在系里的经历如何。她寻找着合适的语句。她想让我明白,她并不是那种会有意找例子来证明虐待确实存在的人。但这些年来,她很难无视日积月累的冷落和欺侮。教授们对她的长相评头论足。她发觉,她和其他女生都不得不靠加倍努力来赢得关注。

她告诉我,按照大学的政策,大约每五年,各个系都要由哈佛校外的学术委员会评估一次;几年前,校外委员会"指责"哈佛大学考古学系没有一名女员工。她说,哈佛大学的考古学系从来没有过一位获得终身教职的女性。

我迅速在脑子里过了一遍名单。科拉·杜波依斯是社会人类学系的,不是考古系。辛西娅·埃尔文-威廉姆斯(Cynthia Irwin-Williams)是怀俄明州地狱峡①考察的负责人之一,为哈佛大学培养了不少最优秀的考古学家,但她从未获得终身教职。鲁斯·特林汉姆也是。塔蒂阿娜·普罗斯古利亚可夫,就是那个随身携带烟灰缸的玛雅学者,在系里连正式的职位都没有。

萨蒂对她的论述做了限定。从来都没有,除了有一回,有人短暂地获得过终身教职。诺琳·图罗斯(Noreen Tuross)教授在系里待了五年。2009 年,人类进化生物学系从人类学系分出来之后,她转去了这个系。萨蒂有印象,诺琳是被解雇的。(我和诺琳聊的时候,她说加入人类进化生物学系是她自己的选择,但在她的理想世界里,她本可以继续待在人类学系的。"分系的时候我的确提过申请,同时在两个系任教,但被人类学系驳回了。原因你得去问他们。我不清楚。")

我问萨蒂,觉得怎样才能改善这种状况。

---

① Hell Gap,位于美国怀俄明州东部大平原的一处考古遗址,包含大量史前古印第安人和太古时期的文物,对北美考古学界产生了重要影响。

"没什么办法？我觉得这是学术界的顽疾……除非重新审视终身教职这种观念，否则不会好转的……我得说，理查德就不会这样。"

我告诉她，我太想和他说上话了。从我们第一次见面到现在已经五年了，感觉时机终于来了。她说最好的办法可能就是去他实验室堵他，她给我指了路："动物考古学实验室在皮博迪博物馆的三楼。'斩首神'（Decapitator God）的隔壁。"

我们都笑了。

"说真的。"

理查德·梅多

我寻找着"斩首神"的壁画。我兜来转去，最后在美洲考古区的角落找到了：红色的巨型怪兽站在芥末黄的背景前，一只手拿着刀，另一只手攥着一颗割下来的头。"你会觉得神就能更利落地杀人。"我坐在壁画前的长凳上，给一个朋友发去照片，他这样回复我。

我和理查德没能按计划见面。

不是理查德不想和我聊。他大多数时候还是愿意的，尽管他在回忆中加入了一些会让事实核查员心动的措辞，比如"我不能给你一个经过检验的说法，因为我记不起来了"。他透露说自己第一次也是唯一一次抽大麻，就是在卡尔家的聚会上。他承认，继卡尔之后过了将近五十年时间，这个项目才有另外的人拿到终身教职，"令人恶心，"虽然理查德明确否认曾告诉警方简和卡尔有婚外情，并反驳了他俩之间有长达几十年的嫌隙，他还是补充道，"卡尔不是圣人。"

所有人都提醒我这个男人少言寡语，结果接下来的一小时，我们随心所欲地聊开了。大部分我们聊到的内容都不是由我主动挑起的，也不完全直接和简有关，而是关于女性在考古学中的经验。似乎对他而言，这两者休戚相关，对我来说也是一样。

他坚信，未来考古学将由女性主导，系里也意识到，要在教师队伍的性别占比上体现这一点，还有很长一段路要走。我问他，校外委员会真的指责过考古系没有女教师吗？他说："校外委员会的每个报告都提到了，不知道提了多久了。"

我知道哈佛大学的项目经受了一场问题风暴。这个系虽小，却不怎么安分，所以一开始就没有多少终身职位，也不太有大的规划。哈佛大学的助理教授职位一直到2005年才被默认为终身制，这就让许多本可以让教师队伍多样化的候选人流失了。自1994年以来，联邦法律禁止设定强制退休年龄，这就使得问题变得更加复杂，因为这样就减缓了人员流动。系里也感觉"被骗了"，理查德说，在图罗斯教授之后，哈佛大学考古学项目第一位也是最后一位拿到终身教职的女教授离开了。"等轮到下一个人的时候，你该聘用谁？"

但如果把这个问题理解成是哈佛大学或考古学界特有的问题，格局就小了。根据我读到的数据，获得终身教职的女性人数少，并不是因为本科或研究生的女生少。相反，随着女性在学术界的地位不断提升，越来越多的女性默默选择了退出。上升到全职的终身教授这个级别，人数便不容乐观了。

哈佛大学人类学系的一名初级教师最近编写了一份报告，对这种悄无声息的减员现象提供了量化的观点。被选为助教的女性人数不成比例地高，相比普通的教学职位，这要求她们付出多得多的"隐形劳动"（invisible labor）。在考古学领域，女性相比男性同行论文的发表率更低。（其他全国范围的调研显示，女性会在教学、行政管理和委员会的职责上耗费更多的时间，并且会花更多时间准备讲稿。）此外，有研究发现，女研究生普遍花更长时间读完学位，这表明她们相比男学生获得的有效指导更少。日积月累，其影响是显而易见的：过去三十年间退出项目的人当中，有87%是女性。

性骚扰和性侵犯的经历可能也是一项重要的影响因素。根据

2014年发布的第一份关于野外考察时遭受性骚扰及性侵犯的系统性调研，接受调研的500名女性中有70%曾受到性骚扰，140名男性中有40%曾受到性骚扰。超过四分之一的女性曾遭受性侵。大多数男性是被他们的同伴骚扰或性侵，而大多数女性则是被她们的上级骚扰或侵犯。另一项调查表明，相比被同辈骚扰，由上级实施的性侵及性骚扰造成的心理创伤更严重，对工作满意度的影响更大。

这是一个典型的鸡生蛋、蛋生鸡的问题。从数据上来看，减少工作场合的性骚扰及性侵犯最有效的方案，是让更多女性得到晋升。但如果女性离开这个领域的部分原因就在于这种有毒的侵略性（toxic aggression），那么你又如何保证这个领域的多样化呢？

我问理查德我们怎么才能达成目标。

"我认为，我们都需要女同事，就这个事实来讲，所有人的想法都是一致的。"理查德说。"但却并不容易实现。"他补充说，能够在这个体制里获得成功的，不管是女性还是带孩子的单亲爸爸、少数群体，都是非常坚韧、非常强大、相当特殊的一群人。"我不知道他们是如何做到的。真的是需要一种坚韧不拔的精神。"

理查德是对的。校友人际网络是一种按阶层和种族划分的社会再生产机制。最为微观的一个例子是：第一个获得哈佛大学人类学博士学位的非裔美国研究生毕业于1961年。

但理查德的洞见让我对他视而不见的部分更为惊讶。"我们已经有许多非常优秀的黑人社会人类学家。他们总会到别的地方去，因为他们是非常非常稀缺的商品。"他明目张胆地使用"商品"（commodity）这个词，让我有些措手不及，但我不想打断他的思路。"要去哪里终归是他们自己的决定。但他们的人数非常非常少，只是因为他们不会进入这个领域，根本不是因为我们歧视黑人。我们这个领域没有黑人的原因，是因为多数情况下他们不会选择留下来。我认为不一定是哈佛大学自身的原因。虽然还是有这种可能性的：因为那儿没有多少黑人，他们没有一个社群，所以会跑到他们认为会有更多黑人群体的地方。这没什么。但你不能因为这个就指责校方。"

我想知道理查德的措辞是不是有意为之——听任学术界的现状：学生被视为客户，大学被视作公司。或者，也许理查德距离这些社会再生产机制实在太近了，他看透了，却在看清全貌之前止步不前。后面这种可能性让我想起了莎莉·福克·摩尔教授，她找到了应对她在哈佛大学备受孤立的方法，进而避开了那些仍待解决的更大的结构性问题。就像她告诉我的那样，"[如果]一个人足够机智，可以避免争端……那就已经非常好了。"

一方面，对于培养从系统层面思考问题所需的时间，我有了更多体会。我渐渐开始看到我在本科时没有能力认识到的事：即便一个体制中的个体都是好人，他们所构成的这个体制也依然有可能是毁灭性的。正因为我和系里所有这些女性交谈，研究她们形态各异的不幸，我才开始意识到体制的惯性有多大的腐蚀作用。另一方面，理查德和莎莉是人类学系的教授。让我颇感惊讶的是，尽管人类学家的职业生涯聚焦于观察人类的行为模式，但一旦轮到观察自己，他们却并不一定比我们做得更好。正如伊瓦·休斯顿曾经告诉我的那样，"要承认你属于你研究的那个世界，是很难的。"

卡可夫教授

帮我联系到系里最多女生的，是一位叫梅尔·康纳的医学人类学者，他和简同一时间在哈佛大学读研究生。他写过一本书，书名是《女人终归是女人：性、演化以及男性至上的终结》（*Women After All: Sex, Evolution, and the End of Male Supremacy*），书中详细地谈到了他的导师艾尔文·德沃尔教授留下的复杂遗产。德沃尔一度支持过他的女学生，但也有人见识过他厌女的一面；我后来才知道，唐和吉尔·米歇尔管他叫"变态艾尔文"。

〔德沃尔的一些学生会对他们的职业生涯是由他促成的这种说法提出异议。德沃尔的第一位女研究生萨拉·赫尔迪（Sarah Hrdy），后来被选为国家科学院院士，并获得过古根海姆奖①，但她觉得，尽管受过德沃尔的指导，却不能将自己的成就归功于此。有一次，德沃尔对评审委员会说，她不应该得到某个职位的聘用，因为她结婚了。她说，难怪德沃尔的主要研究领域是灵长类动物社会中的雄性统治模式。凯瑟琳·克兰西（Kathryn Clancy）曾发表过2014年野外考察中的性骚扰研究，她也是德沃尔带过的本科生。她将自己能够成为人类学家这件事归功于德沃尔——但她并没有提及德沃尔支持过她。〕

我们通电话时，梅尔说他写过一些东西，这让我惊讶不已。他说，他1981年发表过一篇小说，灵感即来源于简的谋杀案。在这个故事中，以简为原型的主人公名叫伊芙琳（Evelyn），是阿尔斯特学院（Ulster College）古典学系的一名学生。她遭到了袭击。而她的教授——名为杰弗瑞·卡可夫（Gregory Karkov）的虚构人物——涉嫌谋杀了她。

受到简遇害后周围不信任气氛的启发，梅尔的小说反映了伊芙琳事件发生后人们疯狂的猜测：

> 激发他们"模糊"（不完全是"淫秽"）想法的，不是谣言权威性的原始来源，也不是事实中得出的一系列逻辑推论，甚至不是勉强联系在一起的条件链条，而是单纯的、动物性的厌恶。学生们对卡可夫教授的厌恶之情溢于言表，在年轻人当中，这种厌恶很少有理由，但也并非一无是处。他们傲慢的精神法庭宣布，他没有吸引力、懦弱、不光彩、不守信用、冷酷无情、自抬

---

① Guggenheim，由美国国会议员西蒙·古根海姆及妻子于1925年设立的古根海姆基金会颁发，每年为世界各地的杰出学者、艺术工作者提供奖金支持，涵盖自然、人文社科和艺术领域。不少诺贝尔奖、普利策奖的获得者都曾获得过该奖金的赞助。

身价、虚伪、斤斤计较——总之是犯了和年轻教授的行为不相称之过,而传统中弥足珍贵的角色,向来是资深教师为学生们求情开脱。那么他被称为杀人犯的谣言,与其说是对犯罪本身的指控,不如说是他们对他所犯的更为微妙的罪行的惩戒,即,他是怎样的人,或者至少是他们认为他是怎样的人:一个严厉、疯狂、冰冷、操控他人的人。

换句话说,关于卡可夫与伊芙琳之死有关的谣言,更像是一场抹黑运动,而不是在表达真正意义上的质疑。这和我同伊瓦聊过之后对卡尔的怀疑如出一辙。

梅尔认同了我的思路,至少就他虚构的人物而言的确如此。"在某种程度上,唯一把这些谣言当回事的人就是卡可夫本人。他为自己的傲慢愧疚,为自己的自私自利愧疚,为自己脾气不好愧疚……他基本上犯下了[作为]一个混蛋的错误,"梅尔告诉我,"可他没有犯谋杀罪。"

我进一步思考了梅尔对于"谣言是一种惩罚形式"的断言,我发现自己刚好正在读有关八卦的社会功能的学术研究。我最终找到了克里斯·伯姆(Chris Boehm),简之前的同学,他研究过小规模社会中的谣言如何发挥作用。实际上,在一篇有关谣言作为一种社会控制形式的论文中,他使用了简的谋杀案作为例证。

根据伯姆的说法,社会群体必然具备一定的"不严密性"(leakiness)。群体中存在着谣言网络,存在着场域中彼此交换的故事,这些谣言和故事在这群研究生中间悄然传递着。其功用是限制局外人的行为,并在可以公开表达的内容受到限制时,保障社群内部成员的安全。换句话说,谣言是对那些不按常规行事的人的惩罚。

如果我们将伯姆的八卦的社会功能理论,同卡尔具有传奇色彩的人物形象以及学术界系统性不平等的大背景并列起来看,有一件事变得格外清晰:卡尔身为嫌疑人这个一目了然的角色,既是哈佛大学泡沫的产物，也是哈佛大学泡沫的反映。

―――

直到梅尔·康纳这篇短篇小说的结尾，卡可夫才意识到，他原本就不可能是凶手，因为凶案发生时他正巧在波士顿公共图书馆做讲座。还是警察提醒了卡可夫他当时并不在场，卡可夫听后震惊地说道：

"但你不会懂的，警官。在过去这24小时里，我一直在苦苦思索自己要不要参加谋杀案的庭审。这自始至终都存在的完美的不在场证明，根本不在我思考的范围之内。我为什么会没想到呢？为什么？"

"我不知道，教授。可能是，内心有愧？"

大陪审团

简死后刚好一个月，这起案件便召集了大陪审团。理查德·康迪（Richard Conti），麻省理工学院一位二十九岁的研究生，也是该陪审团的团长，坐在地区检察官约翰·德洛尼正前方的办公桌前，旁边是德洛尼的第一助理、负责主持诉讼程序的小约翰·埃尔文（John Irwin Jr.）。和陪审团的其他22个人一样，康迪是被随机选中的。但平时为政府承包商雷神公司（Raytheon）设计"有限破坏性武器"的康迪有个秘密。他最要好的几个朋友就在哈佛大学人类学系。他假期都和他们混在一起。他妻子的姐姐是莎莉·贝茨（替简安排了堕胎的人)的大学室友。尽管他从未见过简,但他和朋友们常常谈起她,所以他觉得自己好像认识她似的。

当他终于向地区检察官的第一助理坦白了这层关系,康迪如释重负,也对埃尔文根本不介意这件事有些吃惊。康迪推测,或许埃尔文认为多一个系里的内部人士会对调查有所助益,因为随着时间推移,他明显感觉到大陪审团被当成了对抗人类学系的一把"锐利的军刀"——用以获得记录在案的证词,并让这群教授们经受大陪审团表演的严格考验,所有这些都是在公众视野之外上演的。

康迪很乐意看到这个系的明星们列队被送进诉讼程序,权力和特权通通一扫而空。令人窒息的学术政治、封闭排外的系与系之间的关系,以及讯问过程中暴露的长达几十年的积怨和轻慢,让整件事染上了一层怪异、"与世隔绝的哥特式"之感。他说,所有人似乎都在隐藏着什么。

大部分问题都由地区检察官助理来处理,而康迪最喜欢的瞬间,则是一位老太太一边织衣服一边抬起头,问了一个毫不相干的问题。康迪享受这一时刻,他会说"请回答"。而那个人会支支吾吾地说:"不是的,我从来没给我孙女织过毛衣。"最棒的是,这对证人来说是多么不安啊。有时候,他们会在庭审结束后跌跌撞撞地走出去。

当卡尔·兰伯格-卡尔洛夫斯基出庭作证时,他给康迪留下的印象是"哈佛大学最接近英国傻瓜的人"。他大汗淋漓,地区检察官将他的这一举动解读为"内心有愧的表现"。

但卡尔最终还是说服了陪审团自己是无辜的。陪审团发现,地区检察官所怀疑的与实际的罪行并没有什么关联。

———

接下来的六个月,诉讼程序继续进行,而原先与世隔绝的哈佛世界,现如今却以令人作呕的速度爆炸了。

1969年迎来了两大极端事件——登月计划和曼森家族谋杀案[①]——这两件事是如此迥异，让世界撕开了一道裂缝，强烈的情绪在校园的精神状态中牢牢扎了根。2月，关于拉德克利夫-哈佛并校的讨论开始了，同样被提上日程的还有男女同校后的住宿安排。在那个学期末，哈佛大学的态度终于有所缓和，批准成立了非裔美国研究的学位授予项目。4月初，一整年都在逐渐升级的反越战抗议达到高潮。一群学生积极分子在哈佛大学校长的家门上钉上了一份清单，提出了六项要求。他们的主要诉求是废除哈佛大学的预备役军官训练团项目——为学生提供由军队资助的奖学金，以换取服役年限。最重要的是，这个项目象征着哈佛大学成为战争的共谋。1971届的卡罗尔·斯坦赫尔这样解释道："我们觉得，如果我们没能阻止这场战争，那我们就和纳粹时期的德国好人别无二致……我们会觉得我们自己是一帮混蛋。"

　　在那张清单上，第五条诉求提到了简的死："大学路公寓不应为建设肯尼迪纪念图书馆被拆毁。那栋楼是拉德克利夫研究生简·布里顿去年秋天被杀害时所在的楼，与图书馆的选址相邻，预计也将被拆除。"然而，简的谋杀案即将退出历史舞台。

　　第二天，1969年4月9日中午，约70名学生占领了位于校园中心的行政楼——大学楼。他们撵走了院长和行政人员，并在白人老头半身像的注视之下开始翻阅档案。

　　次日黎明，应哈佛大学校长南森·普西要求，剑桥警方和州警冲进了大学楼。州警们面戴头盔，手持警棍；防暴警察从楼梯上将抗议者们推了下去，并在沾满鲜血的头顶举起棍棒——这样的画面深深烙

[①] Manson family murders，曼森家族是1960年代末在美国加州成立的邪教团体，由查尔斯·曼森领导，旨在发动末日种族和阶级战争计划，约有100名追随者。1969年8月9日，曼森家族成员残忍杀害已有8个月身孕的好莱坞明星莎朗·塔特及其另外4个好友，后又乱刀刺死了比弗利山庄的一对夫妇，震惊全美。这两起凶案让美国民众开始对嬉皮士避而远之，各大城市陆续出现反嬉皮士浪潮。不到一年，嬉皮士运动旋即式微。

印在公众的记忆当中。原本只是少数激进分子的诉求,突然之间变成了全校范围的事业。

4月9日很快就成了标记之前与之后分崩离析世界的分界线。全校范围的罢工开始了。接下来的一个星期,一万名备受鼓舞的人聚集在哈佛大学体育场,讨论接下来该如何行动。罢工进行到高潮时,教职工、助教、学生彼此对立起来,课堂出勤率不到25%。有些保守教师自命成为怀德纳图书馆(Widener Library)的守卫者,他们驻扎在图书馆内,随时准备阻止前来纵火的人。一个月前,富兰克林·福特院长曾告知卡尔他的终身教职申请已经拍了板,现在他又经历了一次轻微的中风。关于这所学校能否挺过此次动荡,校园上下感受到的是一种真正的不确定性。

到了夏天,史蒂芬·威廉姆斯带领这个系安然度过了调查,但当他回望这一整年仍心有戚戚,仿佛一个人盯着象牙塔窗外,迟迟不敢走下来。他在皮博迪博物馆的简报上发表了对于那一年的感想:"冬天时我盼着春天,如今到了夏天,我又开始为秋天担忧。……一句满怀信心的'哈佛从来不会这样!'或许要被迷茫无措的诘问'哈佛又怎么了?'代替。这一次,我不接受任何赌注。"

———

第一次庭审结束后六个多月,大陪审团的成员们不得不承认,尽管他们投入了不少,所有调查途径均以失败告终。陪审团没能票选出任何一个凶手。康迪只能从工程师的角度来理解:"反应很强烈,但从所有这些噪声中得到的信号都有些微弱。"报纸过去对简的故事是多么着迷啊,如今却连陪审团没有起诉就解散这件事都懒得去报道。

但在几十年之后,理查德·康迪重新捡拾起尘封已久的记忆。虽然这些年里,兰伯格-卡尔洛夫斯基的证词让他记忆犹新,但至于另外一个人的清白,康迪却不那么确定了。这个人躲躲闪闪、犹疑不定。"他凭空出现,好像在掩盖着什么,"康迪回忆,"他到底是谁?我不知道。"

特别报道

2016年8月,当我提前8个月向杂志社发出辞职申请时,我并不知道这个机缘来得有多凑巧。2017年4月4日,就在我准备离职、全职研究简的故事10天前,我收到了《波士顿环球报》某人的邮件:

贝基:

希望你一切都好。

我很想和你聊聊我正在写的一个故事。什么方式联系你最好?

托德

托德·瓦莱克(Todd Wallack)是《波士顿环球报》特别报道团队的一名记者,正在写一篇有关简的文章。他很快就平息了我内心涌起的嫉妒之情——最开始,占有欲遮蔽了我的兴奋,而这兴奋来自人们终于开始关注简的事了——他对窃取这个故事并不感兴趣,我松了口气。他只想帮助像我一样还在努力解决这个问题的人。

瓦莱克曾以曝光马萨诸塞州经常不遵守公共记录法为事业。这个喜欢把自己当作自由摇篮的州,政府透明度的排名几乎垫底。该州回复申请用时更久;持有更多的免于披露记录;不会对不遵守法规的机构罚款;并且即便放出了档案,收取的复制费用也相当高昂,这本身就构成了阻碍。马萨诸塞州是唯一坚持政府的三个部门均不受公共记录法约束的州。瓦莱克引述了《迈阿密先驱报》(Miami Herald)前编辑、波士顿大学传播学院主任托马斯·费德勒(Thomas Fiedler)2015年发表在《环球报》的一篇文章:"在佛罗里达州,默认的立场是政府属于公众……而在马萨诸塞州这里,给我的感觉则恰好相反。"

托德·瓦莱克告诉我,我并不是唯一试图获取简的记录的人。他的一名同事,还有一位耗费大半生时间和马萨诸塞州政治打交道的近八十岁的老人迈克·威德默(Mike Widmer),两人申请的公共记录均被州方面驳回。在简的案例中,瓦莱克看到了提出这个问题的时机:一起谋杀案是否会因为年头太久,其案件记录的持有者就不能合理地扣留资料了呢?

这个同我一起秘密生活多年的尘封的老故事,即将在全国的舞台上重新亮相。

新的嫌疑人

接到瓦莱克邮件的那晚,等老板离开之后,我拿起了电话。三年来,这是我第一次和唐·米歇尔通话。

自从他2014年夏天在探案网上接连发帖之后,过去还对这个主题帖如此着迷的唐,现在已经基本上不再发帖了。人们还在不断"为简碰撞着",一直在通过发帖保持这个主题的热度。博伊德2016年1月第一次发帖:"作为一名牧师和基督徒,我感到自己有义务努力去宽恕。我不确定我将会怎样迎接这个挑战。这并不代表我对找寻真相漠不关心。"该帖引起了短暂的点击率飙升。除此之外,几个月以来,这个主题下面没有太多事发生。"探案网上悬案的主题永远不会消失,它们只是在静候下一次出色的推理或零星的新闻,因而延长了咖啡时间。""澳洲女孩"在主题下面这样写道。自那之后,我没再查看这个帖子了。

直到我准备离开杂志，重新回到这个网站，我才意识到自己错过了唐很重要的一条新帖。他怀疑的人——那位姓名不详的非终身职位教授——死于 1996 年，而不是 1999 年，他做了勘误。"这些都发生在很久之前，所以我要么压缩了记忆的时间，要么延长了记忆时间，我并不打算为这个就胖揍自己一顿。"

这样就说得通了，就能解释我在档案馆为什么找不到任何一个符合唐描述的人。按照这个思路想下去，我记起了哈勒姆·莫维乌斯档案里的那封信。寄信人是史蒂芬·威廉姆斯。那封信给人感觉像是这个系的两名主要嫌疑人加了密的动态更新。我知道威廉姆斯和莫维乌斯描述的其中一人是卡尔。那另外一个人呢？

为了寻找答案，我重新翻阅了我拍下的照片。就在这里了，印有皮博迪的信纸，1969 年 1 月 20 日的一封信：

> 李·帕森斯 24 日会前往危地马拉，卡尔当然也在做准备，所以皮博迪净忙着迎来送往了。

李·帕森斯。

他的名字在其他和简相关的地方从未出现过。没有报纸报道。没有朋友或同学讲起过他的故事。我在谷歌上搜索"李·帕森斯 讣告 考古学家"，找到了一个名为"人类学家各式讣告"的页面。帕森斯的讣告由著名玛雅学者迈克尔·科（Michael Coe）执笔，篇幅很长，发人深省。讣告形容他是一位重要的中美洲考古学家，但"他的一生——包括学术和个人生活——却经常麻烦不断，不甚幸福"。个中细节和唐的描述相符。他从属于这个系，却没有终身教职；年份也是符合的："因为对方许诺了他副馆长的职位，帕森斯于 1968 年来到哈佛大学皮博迪博物馆任职。由于资金匮乏，这个职位的许诺未能兑现，他一个人郁郁寡欢地做了两年馆藏的负责人，于 1970 年在双方均同意的前提下离开。"

和唐怀疑的那个人一样，李·帕森斯死于1996年。卡尔遗留下来的空白突然间补全了。

在电话里，唐听起来一头雾水，不太耐烦。我解释了自己是谁，然后停下来等他说点什么，但他只说了"嗯"，所以我只能靠一通胡言乱语来打破沉默。

他低声笑起来。"你的名字我熟悉。"他终于开了口，兴许是为了让我不要再说下去了。

我问他能不能和他见上5分钟的面，解释我正在写的东西。

"你是说你要飞到希洛[①]？"他问。我知道这听起来太荒唐了。只为了和他见上几分钟就飞到夏威夷，这事太荒诞了，所以我只能轻描淡写地说自己反正也要去"西海岸"。

"那个西海岸。"他又笑起来，这一次是在笑我的委婉说法。"好吧，"他说，"行，我见你。"

我们计划在5月的第二周见面，我放下电话，在办公室里跳了一圈又一圈，然后我走出我的小格子间，来到大厅，为终于能去见一个目睹过犯罪现场的人而兴奋不已。我想庆祝一下，但办公室里一个人也没有。我跳啊跳啊，直到气喘吁吁才停下来。

熏香之夜

就在皮博迪博物馆的一些人怀疑卡尔·兰伯格-卡尔洛夫斯基的时候，唐和吉尔·米歇尔心中却另有怀疑的人。不是因为他们有多喜欢卡尔。卡尔总能让唐想起一种黑胡桃树，散发出的化学物质能将它

[①] Hilo，美国夏威夷州城市，位于夏威夷岛东北岸。

附近的所有东西都毒死。然而，尽管不喜欢卡尔很容易，尽管想象一个一尘不染的道德宇宙、将一件可怕的事和一个马基雅弗利主义者联系在一起让人心生愉悦，但李·帕森斯似乎更有可能是那个罪魁祸首。

1968年秋天，李加入了博物馆，但他并没有引起大多数学生的关注。形容他是什么样的人很难，但形容他不是什么样的人就容易得多。他帅气，但也没有那么帅。比唐年长，但也不算老。他的头发介于金色和棕色之间。不胖，不瘦，不声不响。为数不多几个认识他的人，比如研究生布鲁斯·布尔克就认为他"莫名其妙有些边缘化，格格不入"。另一个人说，"你很怕他笑，他的脸会垮［下来］"。他唯一的活动就是邀请大家去他住处，用他的高保真音响设备听唱片。

唐在几次聚会上见过李，但并不太了解他。除了他记忆中刻骨铭心的两件事之外，他俩之间没有多少交集。

第一件事发生在1968年11月。吉姆那个学期还在加拿大，简邀请唐和吉尔过来吃晚餐。他们快吃完的时候，门铃响了。是李·帕森斯，他那个秋季学期在简的一门课上任教。简让他上了楼，四个人聊了一会儿，之后李邀请所有人去他家听唱片。他住在拉德克利夫庭院（Radcliffe Quad）边上，步行要15分钟，所以唐开车带大家过去。

李的公寓在楼上。客厅的墙面上铺着白色绒毛毯。大家坐在地板上喝酒。他们都有点醉了，但谁也没有李醉得厉害。唐记得他喝得"烂醉如泥"。给人的感觉有点奇怪，但还不至于会发生什么危险。

过了一会儿，李去了别的房间，拿回来一个用玉米穗皮卷起来的东西。那东西很大，差不多有五六支香烟捆起来那么粗，用线系着。"这是上千年的玛雅熏香。"李连话都说不利索了。

他把它放在一只铝制烟灰缸的边缘，像点大雪茄一样点着了它。它差不多有两三根许愿蜡烛那么长。在玉米穗皮里面，唐看见一种白色物质，是像口红芯一样的蜡柱。李把烟灰缸直接放在了地毯上。

所有人都坐在地板上，看着玛雅熏香燃烧。它闻起来有股泥土和有机物的气味。烟灰缸最后太烫了，在他的白地毯上烧出了一个洞。

"就像理查德·普赖尔①说的，'就在这个时候，我拿起了我的刀'。"唐回忆。

吉尔和唐交换了眼神，互相示意：这也太过了。于是他们告诉简，他们准备开车回家了。"想和我们一起回去吗？"简说她想留下来，这让他们吃了一惊。

那一晚，唐因为把简独自留在李的住处而担心不已。他不觉得她会背叛吉姆，但如果她并不打算在那里过夜，她为什么不和唐、吉尔一起回来呢？这样就用不着凌晨 3 点自己走回家了。他担心当简意识到我被困在这里了，到那时就太迟了。

铺天盖地

我和唐的通话引来了铺天盖地的电子邮件。和他 2014 年在探案网上发帖一样，唐以同样的频率和密度给我发来邮件。他告诉我，我可以信得过他，他会全力配合。我抵达夏威夷大岛②时，他主动提出要来机场接我，尽管我落地的机场离他家有两小时的路程。他还问我在岛上的时候还想做点什么。"如果你愿意，我们可以带你到 4000 多米海拔的地方，或者比这个再低点的地方也行。当然了，得去趟火山。那儿有 100 多米高的瀑布。"

前后的反差让人无所适从。这其中有种过度的热情，或许是对他说自己很害羞的一种补偿。但他说的一些事让我有些不安。"你可能想过要给吉尔［纳什］打电话或者发邮件，"他提到了他的前妻，"我

---

① Richard Pryor（1940—2005），美国著名喜剧演员，主要作品有《子弹边缘》（*Trigger Happy*）、《妖夜慌踪》（*Lost Highway*）等。
② Big Island，夏威夷最大的岛屿，位于群岛最南端。

不会介意的。"如果有个人最能证实他讲的故事,他又怎么会阻止我和这个人交谈呢?

过去的疑虑重新浮现出来。这个男人既然听得见早上有人敲简的房门,又怎么会在夜里听不见她被杀时的叫喊呢?他为什么要保留沾有她血迹的毯子?又为什么如此急切地在探案网上发言呢?

一想到即将离自己熟悉的一群人 8000 公里之遥,出现在一个我不能完全排除嫌疑的人面前,我就会结结实实地感到自己有多么脆弱。为了租到一间爱彼迎(Airbnb)的民宿,我用谷歌地图搜索了他家,我看见有一口"沸腾的锅"——水流湍急,看上去像是在沸腾一般——就摆在他的后院。这就让我极容易产生这样的联想:自己正在采访他,一个问题问了太多遍,接着他露出微笑,因为他知道我的跌倒多像是一个意外。

探案

唐发来了一封邮件,建议我去联系阿莉莎·贝尔泰托(Alyssa Bertetto),她协助主持了一个专门讨论世界未解之谜的论坛版块。我不太情愿——谋杀案的粉丝文化让我深感不安。当然我也对简的故事深感着迷,但我告诉自己这是不一样的。真实犯罪的粉丝文化给人的感觉是将犯罪扁平化成了娱乐,用他人的恐惧和创伤来应对身体上的脆弱感。我理解那种将自己带到你最恐惧的事物边缘的那种力量,但我担心在这种情况下狼吞虎咽的死亡故事,需要与被杀之人及其悲恸的家庭保持距离。我们不仅要对死者负责,也要对生者负责。

但唐说他这几个星期一直在和阿莉莎·贝尔泰托联系,她对于李·帕森斯的研究给他留下了深刻的印象。

阿莉莎说话声音很温暖，也很爱笑。她在科罗拉多的家中和我聊天。她完全不是我想象中的样子。她很年轻，表达清晰，关键是——并不疯狂。

阿莉莎第一次知道简的案子，是有人在未解之谜论坛版块的评论中不经意提到了这件事。"我当时想，天，这也太奇怪了，我从来都没听说过。"作为该网页的版主，她还以为自己见识过所有未被解决的重大谋杀案。

阿莉莎发觉自己莫名其妙被简的案子刺痛了。尽管她一向对悬疑很痴迷，但简的故事让她第一次感到这是她不得不承担的责任。她成为该案的专家；甚至受其启发，去考取了私家侦探的执照。我完全理解阿莉莎的感受。我发现，和人交谈的感觉出乎意料地打动了我；和我交谈的这个人，虽然在其他方面看起来很理性，但她的生活同样围绕着解决一个陌生人的谋杀案发生了变化。

最开始阿莉莎想拿到警方的记录。无果。之后她在探案网上联系了唐·米歇尔。唐通过私信和她分享了他对李·帕森斯的怀疑。阿莉莎继而尽自己所能，开始深挖唐的嫌疑人。她发现对李了解得越多——尤其是他在简被杀后事业一落千丈——就越觉得他是最神秘的嫌疑人人选。

在坚持不懈的公共记录报告的帮助下，阿莉莎补全了李 1970 年突然离开哈佛大学之后的空白。他搬到了密苏里州的圣路易斯（St. Louis, Missouri）。他的前妻和孩子们没和他一起过去。（李在此前的一年和妻子离了婚。）他和一个男人合住了一段时间，后来去了佛罗里达州，于 1996 年在那里过世。阿莉莎找到了他的临终遗嘱。这份遗嘱看上去像是"平平无奇的老生常谈"，除了"其中一段提到他希望自己的尸体被火化，撒在和他在圣路易斯同住的那个男人的坟墓上。这就有点奇怪了"。

唐告诉她，这和当时盛传的李是同性恋或双性恋的传闻是吻合的。他提醒她，那些年——即便是在开明的剑桥——许多人仍将同性恋视为一种疾病。那么李一直瞒着这个真相就说得通了。

"你介意告诉我他想把骨灰撒在坟墓上的那个人叫什么吗？"我问。

"当然可以。我找到这个人遇到了一点麻烦。但有趣的是，他的名字是史蒂芬·爱德华·德菲利波（Stephen Edward DeFilippo）。"这个名字对我来说毫无意义。

但她接着说，有趣的是，"他比简都年轻"。他生于 1950 年。李在哈佛大学的时候，他可能也就十七八九岁。她说，他于 1979 年 9 月神秘离世。史蒂芬安葬在马萨诸塞州的沃本（Woburn）。

我问她，她是真的怀疑李，还是只是觉得他极有可能是嫌疑人。

"我对他了解得越多，就觉得他是凶手的可能性越大，也就越觉得真是他干的。"

阿莉莎提出要分享她调取的所有关于李的法庭文件。她丝毫没有竞争意识，也没有半点占有欲，这让我很是感动。她却告诉我，"令人欣慰的是，我不是唯一躺在床上思考这个问题的人，希望有人能做点什么"。

第二件事

唐记得的有关李·帕森斯的第二件事，就发生在熏香之夜后的几个星期。吉姆当时在剑桥访问，简想让他看看唐从新几内亚①带回来

---

① New Guinea，马来群岛东部岛屿，位于澳大利亚以北、太平洋西部、赤道南侧，是世界第二大岛屿。

的手工艺品。他们在米歇尔家待了一段时间，简的门铃响的时候，夜已经很深了。简、吉尔和唐都心知肚明，只可能是那个人。

熏香之夜过后，李来过简的住处一次。那天同样很晚了，他按了门铃，上楼去敲她的房门，但没人应。简当时在尼德姆。他随后穿过走廊，来到米歇尔家，他们隔着门说了话。他听起来喝醉了，求他们让他见简一面。他不相信她不在家。

这一回，门铃响起的时候，唐发觉简的脸僵住了，她默不作声，面露惊恐。熏香聚会的那天晚上究竟发生了什么，唐想知道，才会让她现在这么不想见他一面？熏香之夜的次日，唐听见她走上楼的时候想过去和她谈谈。"我不想谈这件事"，简说完便进了她的公寓。她在里面待了很久，没再出来。但让唐感到不安的，比起她不想说这个举动，更多的是她脸上的表情。她眼睛发亮，不像是简单的宿醉。她的脸一直很僵。看上去她似乎调用了全身上下所有的能量，才让自己不至于瘫倒在地。而她的表情则流露出恐惧。

李又按了门铃，朝楼上大喊起来，所有人都听出是他了。

"我来吧。"简终于开口了。她走下第一段楼梯，和迎面走上楼的李见了面。

与此同时，吉尔和唐正和吉姆在一起。他们试图对眼下发生的这一切轻描淡写。哦，你知道李的，他只是个怪咖。他太寂寞了。

他们听见简朝楼上喊："唐，你能帮我关掉我的打印机吗？"简为了让李觉得他来的这会儿自己正在学习，不惜假装打印机还开着。她在演戏给李看，吉尔想。

吉尔朝门口看了一眼，看见李和简就在走廊里。她听不见他们在说什么，但她发现李从头到脚都穿得整整齐齐。

最后，简一个人回到了米歇尔家。她成功把李劝走了。但吉尔还是想往窗外看一眼，确认一下。

"别这样，"唐说，"他会看见你的。"吉尔于是走开了。

斗篷被掀了起来

我收拾好了行李。结束了在《纽约客》最后一周的工作，第二天我就要跑到8000公里以外，开启我的西海岸之旅了。为了确保有人知道我去了那儿，我做了一件在那之前只是想象过的事。我给卡尔打了电话。

尽管卡尔在简的故事中已经不太是恶人的象征了，他依然是她的叙事中的一大重要人物。而且我不得不承认，既然我已经确信他是无辜的，我对他这个人物的兴趣就更浓了。什么样的人能从这种谣言中幸存呢？

在这之前，这一刻已在我的头脑中闪过无数遍。有时我会想象我们聊了几个小时的叶海亚堆，我等着看他会不会提到简。有时我想象自己和他聊起有关他的传言，他会惊叫起来，我一直等着人来问呢！然后他会给我提供解决这个案子的最后一条线索。大多数情况下，我会想象他立即挂断了我的电话。如今这一刻终于近在咫尺了，我觉得只有一种开场方式——如果我想让卡尔尽可能对我直言不讳，我需要让他感受到我对他也一样开诚布公。

我第一时间就告诉他我在写简·布里顿，接着我开始解释，"就是在她校外的公寓被杀死的——"

"哦我知道，"他说，嗓音沙哑。但以我的理解，他并没有希望我闭嘴或者走开。以我的了解，这是一个人将这个故事背负了几十年后的疲惫。"你在写她的故事？"

没错。

"哦，"他叹了口气，准备说出下一个想法时吐了一口气，"你知道的,很多很多年前,我接到过杜鲁门·卡波特①经纪人的电话。"卡尔告诉我,这起谋杀案的神秘、考古挖掘、大学的背景设定引发了卡波特的兴趣,他想写简的故事。我一边听,一边感受到了故事讲述者把你牵引到他的轨道上的那种强大吸引力。我想相信他,但我分辨不出他是不是只把我想听的东西讲给我,让我在自己的幻想中随波逐流。

我们又聊了两个半小时。虽说负责提问的人是我,我还是让卡尔主导了对话,想看看他会不会在聊天过程中暴露点什么。他形容简"非常活泼",是"一位非常有能力的年轻女士"。他坦率,诚恳。他形容自己是受到伤害的人,他迷惑、不解,对案件的调查情况两眼一抹黑。他说他有段时间过得很艰难,因为他分不清警方告诉他的事当中有多少真实的成分。他们说烟灰缸里有血迹,说杀死简的人肯定是在血里摁灭了烟。他们说厨房的窗户上有沾血的指纹。他们又说凶手肯定是她认识的人,因为地板上放在她身边的那堆书完好无损。他们还说简在日记中想象过和他做爱。所有这一切给人的感觉都太过夸张了,他甚至不确定自己听到的有关她的死法有多大成分是真的。"我的意思是,老实说其中的一些我是不信的,直到他们给我看了简的照片。"

我们谈到的最接近大家怀疑卡尔的事,是他说到他理解人们为什么紧盯着叶海亚堆考察队不放。"这真有点像阿加莎·克里斯蒂的创作构想。"但他想让我明白,他们都相处得不错。他强调说,他和挖掘现场的其他人基本同龄;他们之间没有等级之别,也不会产生裂痕。

我们暂时岔开了话题,聊到他最开始是怎么和考古学结缘的。他大学时学的不是考古。负责监督他学业的叔叔讲得很清楚,医学预科

---

① Truman Capote(1924—1984),美国作家,代表作有中篇小说《蒂凡尼的早餐》、长篇纪实文学《冷血》。其中出版于1966年的《冷血》是根据他花费六年时间实地调查堪萨斯城的凶杀案所记录的材料而作。

这条路是他唯一能接受的方向。即便卡尔在读研究生的时候选择了自己的路，没有去读医学院，但读的还是和医学相关的生物人类学，没有读考古学。卡尔是偶然进入这个领域的：他在宾夕法尼亚大学同系的教授罗伯特·戴森（Robert Dyson）发现卡尔大二结束后的暑假没有任何安排，就邀请他来考察。

他叔叔听到这个消息后"惊恐万分"。上学有什么意义，他的叔叔想知道。"绝对不是花费所有这些时间、精力和钱，去做像考古学这么没用的东西。"

但卡尔很快就被挖掘和分析过程中的科学严密性吸引了。而令他更感着迷的是，数据的好与坏取决于他赋予它的语境。"我意识到，对于物质的分析本身是无用的"，除非你能用"一个可信的、有意义的故事"来阐述科学。

"你觉得讲故事的工作对你来说是天生的吗？"我问。

"某种程度上，是的。"

我感觉是时候提出我从简的一位本科生导师那里听到的理论了。那个人曾说，一个人能成为考古学家只有两种原因：要么是小时候丢失了什么，然后他们穷尽一生，努力找回它；要么是小时候找到过什么，然后用他们一生的时间去找来更多。"对你来说是这样的吗？"我问。

"是的，我认为是。"卡尔说。他说他自己属于前者——有缺失的孩子，这种说法对他更"有启发"。

当我问到他知不知道自己试图疗愈的是什么，他好像在权衡他说的每一个字，缓缓地说："我可能会说，我的童年并不那么快乐。"

我们小心翼翼地谈到了他年轻时的故事。他的声音有些颤抖。"我的成长过程是放养的。"当战争让整个欧洲"分崩离析"时，卡尔两岁。他和祖母搬到了美国。卡尔的父亲留在了奥地利，成了一名持不同政见者。他在《伦敦时报》（*London Times*）上发表文章，公开表态反对当权者对纳粹的纵容。"我自己不是犹太人，"卡尔告诉我，

"但我父亲死在了奥斯威辛集中营。"

战后,卡尔和他的祖母回到了欧洲,他的家人们努力"以某种方式、在某个地方"重新站稳脚跟,"并不总能成功"。卡尔一开始说,他于1952年搬回了美国,但他随后纠正道:"并不是我搬的,我是被各种势力推着走的。"他别无选择,只能和康涅狄格州的叔叔和婶婶住在一起,而那时,这两个人对他来说已经变成了陌生人。他的母亲当时已经搬到纽约,和她新一任的丈夫住在斯卡斯代尔①,之后一直没怎么露面。

卡尔依然觉得,他对自己的人生没有多少掌控感:"受制于人就要求你做一些你不一定想做的事",这就给他灌注了两种强烈的欲望。其一,渴求安稳,保障最基本的生存。其二,他需要掌握自己的命运。

大学毕业几个月后,他和玛莎·维尔(Martha Veale)结了婚。卡尔从她身上找到了前者的答案。两人携手,一道找到了他们自己的路。"我和我的妻子为了实现我们的目标,努力工作。"卡尔告诉我,他和同一个女人共度了56年的时光。我从电话里听见一个女人的嘀咕声。"57年,她纠正了我,"卡尔说,"57年。"我之前并没有意识到自己在同他们两个人说话。

他的考古学事业则给了关于后者的答案。然而,卡尔取得的荣誉似乎对他叔叔来讲都无关紧要,除了这一次:"他第一次说好话,就是我告诉他哈佛大学邀请我去做助理教授。"但也仅此而已。

"我猜,他可能很难接受我闯出了自己的路,"卡尔继续说,"我不知道。我不知道。但我可以告诉你,对我来说,这段经历并不是最激动人心的。"

我眼看着吸血鬼的传奇斗篷被掀了起来。他不过是一个穿着漂亮西装的人而已。没错,卡尔的确是奥地利精英的后代,但他同时也是

---

① Scarsdale,美国纽约威斯特彻斯特郡的一个城镇,位于纽约市北部郊区。

一个从来没有得到过他所需支持的男孩。一个感觉自己被各种他无力掌控的力量推来操去的男孩。一名一遍遍签着自己名字的大学生，和我们所有处在那个年纪的人一样，内心充满了否定和不安。他的闪耀和暴躁难道仅仅是在寻求肯定和认同吗？这些虽然都不能为他所谓的行为开脱，但确实让他更有人味了。

"你知道，"他话锋一转，"我和你说一件事，我觉得有可能是真的。从许多方面来说，简的死都让一个人经历了其中最糟糕的部分，这个人就是吉姆·汉弗莱斯。"

除了谋杀案发生的当晚吉姆来过卡尔家，之后他们再未谈起过简的死——他们的关系也永久地改变了。"并不是关系不好了，也不能说关系很好，是那种不好不坏，没时间开玩笑了。"卡尔说，吉姆之后又去叶海亚堆考察了几个季度，但"我觉得他的心已经不在那儿了"。

"因为他还沉浸在悲伤里？"我问。

"我不知道，"卡尔说，"我不知道他有多悲痛，那是他的隐私。"

因为我们的对话接近尾声，又因为我们已经聊了这么多，我必须要问。"不是因为他在某种程度上怀疑你也被牵扯进去了？"

"不。不是的，从来都没有。没有。据我所知没有。"

死去的人。将死之人。尸骨未寒的人。

1969年1月7日，星期二，清晨，吉尔·米歇尔突然醒了过来。她感觉自己仿佛正在一间国外的旅馆里。"就好像家具都被重新布置过。那种感觉不太妙。"她后来这样告诉警方。唐也醒了，究竟是因为吉尔，还是因为吵醒她的什么东西把他也给弄醒了，他不得而知。他看了看手表发光的表盘。凌晨3点。

吉尔走下床。就去趟卫生间,如此而已,她自言自语道,感觉好些了。但她一在公寓里走动,那种奇怪的感觉又回来了。

走廊里亮着诡异的绿光。她之前从未注意过。光是常亮的,并没有闪烁,好像是从卫生间透出来的。她跟着那束光走到窗口,从那里看见波士顿公交站的灯亮着。吉尔劝自己,卫生间的窗帘是白色的,墙壁是绿色的,所以灯光可能一直都是这个颜色,只是她没有注意到而已。

无论是楼外面还是公寓内,吉尔都没有听见一点动静。我可能是彻底疯了,她喃喃自语。她只不过是做了噩梦。

———

那天一早,唐被一通电话吵醒了。那时还不到9点,按计划简的考试刚好开始。唐以最快的速度接起了电话,希望铃声没有吵醒好不容易重新睡着的吉尔。来电话的是和唐同系的一个朋友,他的拍照工具出了点问题,想借用唐的设备。撂下电话,唐正往卫生间走,听见走廊里响起一阵脚步声,之后有人在敲简的门,声音很清晰。

好吧,简又是这样,唐心想。考试又睡过头了。在他走进卫生间洗澡之前,他并没有听见她房门打开的声音。他希望能一切顺利。

———

那天晚些时候,吉尔听见公寓的楼梯间传来脚步声。大约是在中午12:30,她一直留心听着外面的动静,等着简考完试回家。但是,当脚步声来到楼梯平台,离她家门口越来越近,吉尔就知道那不是简。那脚步声太像男人了。她想也许是电工来找普雷瑟夫妇,他们是四楼除他家以外唯一的住户;或者也可能是吉姆·汉弗莱斯,吉尔只不过刚刚没听见简回家。

这位陌生人敲了简的门。门没开。之后她听见两个男人模糊不清的交谈声。

唐在中午前刚办完事回家,准备为即将开始的所罗门群岛①考察收拾行李。他正在房间里走来走去、往箱子里装东西,一大片衬纸板从墙上掉下来。他把它拖到大厅的时候,看见吉姆就在走廊里。唐经过他,把重重的衬纸板放了下来。

"你见到简了吗?"吉姆问。

没有,唐说。

"唔,她没来参加测验。"唐对这种说法很新奇。他从来不管这个叫测验。可能是加拿大那边的习惯吧。

吉姆和吉尔相继进入简的公寓。唐等在门外。当吉尔退回到自己的卧室,从震惊中恢复过来之后,她让唐给卫生服务部打个电话,因为"出了相当可怕的事"。

唐从这一刻起才开始接手。他和吉姆说要报警,但没人记得剑桥警方的电话(当时剑桥还没有911这个报警电话)。他们手忙脚乱地在米歇尔夫妇的公寓里翻找电话簿,终于找到了,吉姆却因为太过慌乱找不到位置。唐从他手里拿走电话簿,翻到那一页,给警方打了电话。

他们在等警察来的时候,唐试图联系简的家人。拉德克利夫那边占线。尼德姆的家中无人接听。他重新拨了一遍拉德克利夫的电话,联系上了布里顿先生的秘书。唐让秘书告诉他,来他女儿的公寓一趟。吉尔猜那位秘书肯定是为难他了,因为没过一会儿,他终于吐出了一句"她死了"。

吉姆一直在说:"你应该打电话给医疗卫生服务的。打电话给医疗卫生服务。"吉尔同意他的说法:"咱们也许应该探探她的脉搏。她可能还活着。"唐开始怀疑自己,因为他其实还没碰过简,没办法确定,所以他又回到她的公寓。他没看到她的胳膊,所以试探了她的膝

---

① Solomon Islands,南太平洋岛国,位于太平洋西南部,属美拉尼西亚群岛。

盖后侧。没有脉搏。人已经完全凉了。这次毫无疑问了。

就这样,三个人在米歇尔夫妇的公寓里心惊胆战地等待着。他们来回踱步,朝窗外看,想知道警察什么时候会出现。那是一种无声的惊恐。唐想到他最后一次见到简的时候,她是多么有活力啊。他想到了几个小时以前自己办的事是多么愚蠢,他们又是多么普通和平庸,而现如今他的朋友死了。他挣扎着接受这个事实,事情已经发生了,但紧接着他又拼命想知道到底发生了什么事情。

从此以后,唐对于吉姆·汉弗莱斯的记忆中断了。事实上,除了葬礼上和陪审团庭审时两人有过交集,唐不记得自己再和他说过话,一直到1984年和他们的一个共同的朋友偶遇。

警察来了,唐朝简的公寓指了指。几分钟后,唐听见楼梯间里传来声响。两个人的脚步声。简的父母来了。唐后来写过一首散文诗,记录下这一时刻——不朽的是如此彻底的哭泣,他们简直因悲恸而垮掉了。

> 我听见呻吟从悲恸、震惊中迸发,那不是我的呻吟。我听见喘息声,呼吸声,吞咽声。
>
> 我把他们叫来,我就是信使,将她的母亲从一顿愉悦的午餐中叫来,将他的父亲从办公室叫来,只是说,快点来,糟糕的事发生了。我让他们爬上四层楼的楼梯,我让他们听我的故事,讲述,丧钟之鸣:就在那里,她死了,你们不能进去。他们打嗝,他们放屁,他们流泪。
>
> 死去的人还在,将死之人却不在了,尸骨未寒的人、大声哀恸的人通通不在了。

———·———

那晚,经历了警方漫长的审问过后,唐和吉尔躺在床上。没有激

We Keep the Dead Close 257

烈的哭诉。没有大喊大叫。没有悲伤爆发出声响。相反,那天下午,他们在等待警察的途中已经无声地斗争过了:一种令人忧虑、无法调和、不再有意义的现实感。唐转向吉尔。第一次,他想,也是唯一一次,他和他的妻子说,他爱她。

夏威夷

我和唐·米歇尔坐在卧室沙发的对角,他就在这栋房子里长大。翡翠藤、兰花和芬芳扑鼻的木槿花,还有绿得像用荧光笔染过的草,从窗外向我们压过来。墙上挂着一幅黑白底色的照片,是唐在一次南太平洋考察途中拍的,上面是马莱塔岛[①]的人们。我将我的录音设备放在咖啡桌上,希望在唧唧啾啾的鸟鸣声中能听清他说话。

动物的背景声让我回想起前一天晚上,我在小树蛙此起彼伏的声浪中努力入睡。晚8点前,我的飞机已经在希洛机场滑行了。此时距离我和卡尔结束通话不到24小时。我最后一个下了飞机。停机坪的潮湿瞬间击中了我。唐之前问过我,他和他的伴侣露丝(Ruth)能不能去机场迎接我。夏威夷人很好客,他们告诉我。他说不这样做的话会感觉很奇怪的。他发给我一张他在他家门前的近照,这样我就能认出他了,就像相亲时第一次见面一样。

我走上自动扶梯,和唐说的一样,楼梯口都是等着接人的人。我的目光扫过人群。在写写"欢迎回家"的横幅旁,唐穿着深红色的夏威夷衬衫站在那里,我先是认出了他闪闪发光的光头和灰白胡子。露丝站在他身边。两个人一人捧着一个夏威夷花环。

唐调整了一下眼镜,好像在表演认出我的样子。我挥了挥手,朝

[①] Malaita,西南太平洋岛国所罗门群岛中的大岛,是所罗门群岛人口最多的岛屿。

他们走去，脚步贴着地面擦过。我们都在笑，近乎浮夸地笑。露丝一只手打着石膏，伸手在我头顶戴上她的花环——绿白相间，顶上看起来像颗带刺的菠萝。我俯下身迎过去。接着唐举起花环，一串紫色的兰花，套在我头上。露丝拥抱了我，唐亲了亲我的脸颊。奇怪的是，这感觉真就像回家一样，即便我内心还想有所保留。"我们知道你长什么样，但我们不知道你有这么高"，这是唐见我时说的第一句话。

他们开车载我去了我订的爱彼迎，一个小房子的顶楼。唐帮我把行李箱抬上去，露丝递给我一袋零食。她告诉我，她给我打包了一个三明治还有咖啡。唐补充说："我给你装了一个番木瓜，还有一个刺果番荔枝。"令人惊讶的是，唐本人和邮件里截然不同。邮件中的他严格、让人疲惫，而眼前的唐温和、善解人意，还有点害羞。他们俩感觉就像是对我百般呵护的父母刚刚送我去上大学一样。

第二天早上，我们俩中间放着录音设备，唐告诉我他想尽自己所能帮上忙。在我来之前，他花了好几个小时翻阅他收藏的旧信件。他改变了主意，觉得有必要联系吉尔，还写下了我最有可能说服她接受采访的所有角度。他拿出了一个很大的塑料特百惠盒子，里面装满了信件、底片和幻灯片，自打他从纽约州北部搬来之后，这些东西就一直放在他的客厅，还没有拆过封。我们决定等聊完之后再一起翻翻看。我们未来还有 5 天，感觉时间还很充裕。

我们从他怎么认识简开始谈起。他说，他 1964 年秋天到哈佛大学读研究生时第一次见到她，当时她还在拉德克利夫读大二。"她热情、奔放，为人和善。"他记得她大四那年曾邀请他和吉尔吃过一次晚餐，但一直到她 1967 年夏末搬进大学路公寓，他们才真正熟络起来。

从那以后，他和吉尔一个礼拜能见到简三五次。他们会到哈佛广场看电影。他们还会跑到哈佛书店买披头士的最新唱片，然后坐在唐的公寓里听。有一次，他们在对方的胳膊和手上画了花纹。他觉得她"在许多方面都很有吸引力"。

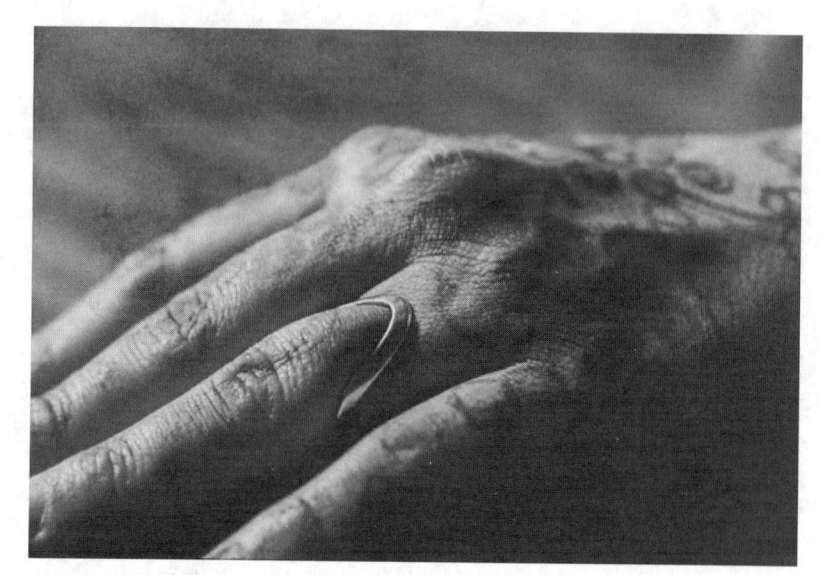

画花纹那晚简的手。

吉尔认为，除了直言不讳之外没有什么意义。据唐说，她总喜欢说"我最擅长的就是看透别人的缺点"。她曾和她丈夫说："要是我死了，你应该去娶简，因为简一直爱着你。"

我们的访谈刚开始，唐递给我一件工艺品。那是一只猫脸，比我的手掌还大，由类似陶土的碎片黏合而成。唐解释说，那是简死后他从她公寓里拿过来的，是他保存的为数不多的她的纪念品之一。我明白皮博迪博物馆的管理人员对我说的话是什么意思了：触摸一件文物是一种极具震撼力的体验。并不是说物件本身有多珍贵，而是手握她把玩过的物件会产生一种魔力，那是一种与过去的物质上的连接。

我们很快就进入了节奏。我在沙发上蜷起身，膝盖抵在胸口，手里握着笔记本，录音机运转着，而他则坐在沙发另一头。我们就像这样一口气聊上四五个小时，每天从上午他遛弯回来，一直聊到晚餐，很少有时间吃午餐。我有时候会偷偷溜进卫生间，狼吞虎咽地吃下我塞进口袋里的一袋杏仁，因为我不想破坏我们交谈的节奏。

有太多在正常情况下会有所保留的信息,他都如数告知,即便有些信息对他本人不利。唐坦白说自己想过和简上床。他告诉我,有一晚简过来了,吉尔当时在新墨西哥州(New Mexico)。她在他的沙发上,喝酒,抽烟。气氛变得浓情蜜意。"什么都没发生,但那感觉很强烈。"他对我说。他看到我正往本子上记着什么,显然为了说明他对她的吸引力也是有界限的,他补充道,"'我从来都没想象过那晚可能会发生什么,而且我还自慰了',这么说你能懂吗?"

对于回答测谎仪提出的有关他和简之间是否发生过性行为的问题,他感到恐惧。他担心测谎仪分不清"我们发生过"和"我本想发生"之间的区别。他似乎并没有想过,后者更有可能被定罪。

唐的坦诚让我能放心地提起那沾有血迹的地毯了。我问他这些毯子是怎么归他所有的。他说警察把简的一些物品拿去做实验分析了,但凶案发生后很长一段时间,毯子都没有被拿走。"我记得吉尔和我说,'我们还是把这些毯子拿走吧'。于是我们就拿走了。"他们把她的猫也带走了。

我从探案网上了解到,他们几十年来一直保留着这些毯子。"你们是用自封袋装的吗?"

"哦,我们用了!"唐坦诚地说。

"上面还有血也用?"

"我们把沾血的部分剪掉了,"他说,然后笑了起来,也许第一次听到这话也感觉有点诡异。"只有一块上面沾有一大摊血迹,没错,我们拿剪刀剪掉了。"他解释说,血迹大概有两只手那么宽。

我努力控制着自己的表情。

"是,我猜这听上去很诡异,但对我来说是种安慰。那感觉你懂的,这可是简的毯子。"

我问他是不是想把它们当作对她的纪念,我试图不去评判卡尔在提到吉姆时所说的"悲痛是他的隐私"。

唐点了点头。他说他和吉尔离婚时,她不想带走这些毯子,于是他就带走了,并且这么多年一直留着,直到他动身搬到夏威夷之前,他才把它们丢进了后院的火堆。(我后来通过吉尔的一位朋友了解到,吉尔不同意他的说法,说她自己也留了一条,并且一直留到了现在。)

接下来的日子里,保留这些地毯的做法开始和唐的行为模式相吻合:他就像个多愁善感的档案管理员。他和露丝在斯坦福大学读本科的时候开始约会,但1964年毕业后两人失去了联系。几十年后,唐发去的一封邮件让他们得以重聚。他发出那条信息的日子成为他们每年一起庆祝的节日。他们管这一天叫"一年一度的读邮件日"。生日当天,他总会走上和年龄一样的公里数,每走一步,他都会默念他生命中相对应的重要阶段。他会想到自己在20岁的年纪找到了露丝——20公里的标志——想到当他再次找到她之前,他得走完一场马拉松。唐之所以会成为我梦寐以求的采访对象,是因为他属于那种会排演过去并留存纪念的人,也恰恰是这一点,让他诡异地保留了那些地毯。

唐还坦言,他有时候会担心,重提发生在他身上的事、以此证明自己有多与众不同,是在利用过去来美化自己。"有时我会扯到自己差点儿被潮水淹死,因为人们会说'什么?'。有少数几次我也会说:'你知道吗,我曾经被卷进了一场谋杀案。我发现了尸体,情况真的很糟糕,我知道被警察吓出一身汗是种什么感觉。'我不该这么做。但我时不时还是会这么做。我并不喜欢自己这样。"

到了晚上,露丝会加入我们的聊天。我们会一起吃晚餐,要么是在他们家,要么是在附近喜爱的餐厅,比如肯的松饼屋(Ken's House of Pancakes),他们家的特色菜是卡卢瓦摩可(Kalua Moco),腌制的猪肉配上两个煎蛋的米饭。每当这个时候,我都会被唐和露丝之间微小的温柔时刻所打动。露丝手上打着石膏,唐会帮她系安全带。她甚至不必开口要求。在餐厅里,他会主动帮她打开吸管。露丝告诉我,她第一段婚姻是嫁给了一个第一次约会就向她求婚的人,唐说:"你很容易被人爱上。我知道。我就爱上了你两回。"

乔伊斯中尉的信

DEPARTMENT OF PUBLIC SAFETY
DIVISION OF STATE POLICE
FRANK J. JOYCE
STATE POLICE DETECTIVE LIEUTENANT

District Attorney's Office
72 Belmont St.
Brockton, Mass

Office
Residence

Commonwealth of Massachusetts
Department of Public Safety

CPAC Unit - Mass. State Police
Middleboro, Massachusetts
January 8, 1979

Dear Jill and Don,

It does not seem possible that ten years have gone by since Jane Britton was brutally murdered. As you can see I am still a member of the state police although now assigned to the Office of the District Attorney, Plymouth County. However, I am still ready to pursue any information relative to the Britton homicide. I recently received a telephone call from Delda White of Mattapan, Mass. who rekindled my interest. During our conversation she mentioned that both of you either told her or Sarah McNulty that Lee Parsons admitted that he killed Jane but you chose to discount it because he was mentally unstable. I am still of the opinion that he could have been involved. Therefore, I would appreciate hearing from you as to what he actually said relative to this matter. I understand that he is now located in St. Louis, Missouri. I would appreciate hearing from you as soon as possible. During the week I can be reached at ▓▓▓▓▓▓ or ▓▓▓▓▓▓. Nights or weekends I can be reached at ▓▓▓▓▓▓. As you can see I have not abandoned hope of solving this case. Looking forward to hearing from you soon. Stay in good health.

Sincerely,

Frank J. Joyce
Detective Lieutenant
Massachusetts State Police

亲爱的吉尔和唐，

距离简·布里顿被残忍杀害已经过去十年了，真是不可思议。如你们所见，我还在州警局工作，虽然现在已经被分配到了普利茅斯的地区检察官办公室。但我一直在追踪和布里顿谋杀案相关的信息。我最近接到了一通电话，对方是来自马萨诸塞州马塔潘①的德尔达·怀特（Delda White），她重新燃起了我的兴趣。我们交谈时，她提到你们俩要么是和她说过，要么是和萨拉·麦克纳尔蒂（Sarah McNulty）说过，李·帕森斯承认他杀害了简，但因为他的精神状况不太稳定，你们选择了无视他的话。我还是相信他很有可能和这起案子有关。因此，如果能听你们聊聊他说过哪些和这件事有关的话，我将感激不尽。我知道他现在定居在密苏里州的圣路易斯。如果能尽快收到你们的回信，我会非常感谢。这个星期你们可以拨×××或×××联系我。晚上或周末可以拨×××。如你们所见，我还没有放弃解决该案的希望。期待着你们尽快回信。祝安好。

此致

弗兰克·乔伊斯
警探中尉
马萨诸塞州警局

剑桥警方

1979年，乔伊斯中尉写信给米歇尔夫妇，希望能继续跟进李·帕森斯所谓的供词，之后唐很快就联系了他。除了1969年12月的那封信以外，他们自打简过世后有十年都没再联系过对方，但乔伊斯中尉的慎重和周密在很早之前就赢得了唐的信任。和乔伊斯相比，米歇尔夫妇在调查最初的那段慌乱时日里打交道的剑桥警方简直不可同日而语。唐至今想起其中的一些时刻，心中的创伤都会像闪电一般清晰地闪现。

第一天，剑桥警方的审问还相对平和，之后的几次却相当严苛无情。有一次，警官们来到了他们在大学路的家，将唐和吉尔分开审问。他们在简的房间里审问了吉尔。他们离那张仍留有血渍的床太近

---

① Mattapan，马萨诸塞州波士顿市的一个街区。历史上曾是临近多尔切斯特（Dorchester）的一部分，1870年吞并多尔切斯特后成为波士顿的一部分。

了,吉尔立刻感到一阵眩晕。"你杀了她。你杀了她。来吧,你会告诉我们的。"一名警察开始诱导她。

同一时间在唐的房间,一名警察朝他大吼大叫:"你操了她,你操了她!我们知道你操了她!你就是为这个杀掉她的。"

吉尔哭了。

"好像永远都不会结束,但整个过程可能也就持续了差不多15到20分钟,也许都不到,"唐后来回忆,"吉尔回来后,她说,'我差点儿就告诉他们,没错,是我杀了她'。只要能让他们停下来。"

还有一次,唐在警察局总部单独接受问讯,一名警官打开了一个马尼拉文件夹,里面是20.32厘米×25.4厘米的照片。他将它们甩在桌上,照片顺着桌面滑过来,迫使唐不得不去看。"这就是你朋友。这是她的头骨吗?"唐不想看。"看看!看看这些!是你干的吗?"简的头皮被剥掉了,后脑勺露出了因攻击而留下的裂痕。简左耳后侧的一整片都被敲碎了,变了形。"太让人震惊、恶心了,不是难过可以形容的。"

米歇尔夫妇很敏锐地感受到了他们有多不堪一击。"哈佛大学也许并没有出卖我和我妻子,但他们也没给我们任何支持。"唐后来回忆。史蒂芬·威廉姆斯"忙着帮所有和博物馆有关的人撇清嫌疑",但米歇尔夫妇当时不过是卑微的研究生,似乎并不值得被保护。只有唐之前的导师比尔·豪威尔斯(Bill Howells)教授为他们挺身而出。他打电话问有什么他能做的,主动提出如果他们需要的话,他可以自掏腰包给他们订宾馆住。他宽慰道:"我们会熬过去的。"

在米歇尔夫妇看来,警方的无能让他们更加无法忍受这种近乎无情的审查。在简遇害后几个星期,简的公寓并没有被保护起来,这就表示唐和吉尔可以随便进出。

有一次——可能就是在那一天,他们应简父母的要求到简的住处,挑选和她一起下葬的衣服——唐发现简的公寓的墙上有什么东西。红色的粉末,看上去像是有人站在她的床脚,手里攥着灰土,朝墙壁撒了上去。中间的颜色比别处更浓一些,其余的粉末沿墙壁延伸而上。他发现简尸体那天并没有注意到,因为当时的视野受限。而现在他没法无视它,并且他确定那不是一个意外。他立即给警方打了电话,留言告诉他们自己看见了什么,以免他们第一天也和他一样错过了。第二天,有关红色赭石的新闻铺天盖地而来,他不知道这是否只是一个巧合。

另外一次他们来简的房间时,发现了房间里的一块墓碑——后来有人推测是一件遗迹,是从研究普利茅斯种植园[①]殖民时期的墓碑的本科班上拿来的——被人移动了。简平时会把它放在咖啡桌边上,而不是现在他们看到的床边。唐认为,看上去像是凶手拿了石头,然后放在床边制造出一种葬礼的感觉。

还有一次他们过来——这次是来喂简的乌龟萨尔贡(Sargon)——吉尔看见在浑浊的缸底,黏糊状的水藻之间,有一把泪珠形状的阿舍利[②]手斧,上面没有沾上一点植被,看上去像是刚刚被人清理过。手斧大约15厘米长,由燧石制成,在旧石器时期的非洲和欧洲是一种常见的工具。米歇尔夫妇确定他们没有送过她这把斧头,这会不会就是她被杀后被报告失踪的那件考古工具呢?

唐俯身查看了铺在乌龟缸前方的那块地毯。地毯是米黄色的,上面有一块"半月形的"血迹,形状和手斧的轮廓完全吻合。他迅速回想起警察强迫他看的那几张尸检照片。在其中一张照片里,她的额头上有一道伤口,警方告诉唐,这处伤口并不是致命伤,但有可能让她晕了过去。

---

① Plimoth Plantation,位于马萨诸塞州普利茅斯,是英国殖民者在17世纪建立的普利茅斯殖民地的原始定居点。这群殖民者被称为朝圣者,是第一批移民到美国寻求与英国教会宗教分离的人。1947年,这里建起了一座非营利性质的历史博物馆,展出文物、辅助考古方面的学术研究。

② Acheulean,旧石器文化的一个阶段,距今170万年至20万年间,因最早发现于法国亚眠市郊的圣阿舍利而得名。阿舍利工具遍布非洲、西亚、南亚、东亚和欧洲的大部分地区,通常与直立人的遗迹一起发现。其特点是盛产左右对称的石器,比如手斧、手镐、薄刃斧、砍砸器、大型石刀等。

重新拼凑起那天夜里简的遭遇，个中过程对于唐来讲似乎突然变得再清楚不过，感觉就像是一个"拙劣的玩笑"。简认识那名凶手，所以让他进了门。两人爆发了一些争吵，凶手用手斧弧形的部分击中了她的额头，削下一块皮。她脸朝下倒了下去，趴在地毯上失去了意识。致命的几击接连从她脑后袭来，使用的工具更锋利。之后的某个时间，她的尸体被搬到了床上，凶手将她盖住，挪走墓碑，周围撒上赭石粉，清洗了手斧，然后离开了。

这个答案看上去是多么浅显啊，这让唐感到怒不可遏。这再一次加深了他的怀疑：剑桥警方要么是蠢，要么就是不称职。"这种三年级的玩意！太初级了，我忍不住想，他们肯定知道，或许正因为他们对这种事保持沉默，所以只有凶手知道。但如果他们打算这么干，至少别让公寓大敞四开。把毯子拿走啊。"

米歇尔夫妇和乔伊斯中尉分享了所有这一切——担心犯罪现场缺乏保护，唐感觉剑桥警局漏洞百出、管理松懈，他对于手斧的猜测，还有他对李·帕森斯的怀疑——因为他们感觉他毕竟和他们是一个团队。尽管乔伊斯中尉从来没有直接说过剑桥警方玩忽职守，但他给米歇尔留下的印象无疑是他知道他们的底细。

这种同理心让唐有勇气分享有关调查的另一个细节，这个细节一直让他惴惴不安。有一天，就在简葬礼之后不久，一名警察一个人回到了米歇尔夫妇的住处。唐记不住他的名字了，但他看上去挺年轻的，有可能是第一天来公寓取指纹的贾科波警探。根据《波士顿环球报》的报道，贾科波在简的公寓里找到了和所有指纹相匹配的物件，除了一组。

这名警察问唐能不能和他一起到隔壁，给简公寓里的一处指纹拍照。唐心想，他们难道没有人做这事吗？但他还是二话没说，拿起相机和特写镜头，和这名警察一起走进了简的公寓。他们去了厨房，警察指向了那个有问题的指纹。它看上去像是沾有血迹的指印，比较大，唐觉得有可能是大拇指留下的。这处指纹是在简厨房的窗户玻璃

240

We Keep the Dead Close 267

上，旁边就是通向院子的防火安全梯。

唐拍了几张照片，之后警察让唐替他把底片洗出来。我和你一起去，警察说。唐同意了，以为这可能是警方程序要求的监管流程。

唐的暗房在艾尔文·德沃尔教授家的地下室，布局不比他接受警方审问的地方大。唐从相机里抽出胶卷，准备好显影液和定影剂，这时这名警察四下打量了一番。在他的工作室四周，唐挂了几张他最得意的照片。在暗室灯红色的灯光中，周围的一切看上去有些死气沉沉，只有一种颜色。

"那是简吗?"警察问，指着一幅高对比度、有颗粒感的肖像。"对。"唐说。几年前，简还在拉德克利夫读大三时，他曾让简为一个系列的作品摆拍。简一般不喜欢拍照，但一旦想拍就非常上相。这张照片里有某种私密感。她的头发披散在肩膀上，她的目光和阿瑟·班考夫的那张叶海亚堆的照片一样，都带有某种恳求的性质。

简，摄于 1966 年 2 月，和唐暗房里悬挂的照片属同一系列。

"那边那张是我妻子。"唐指着他挂的另一张照片说。这样警察就不会误会了。

唐把照片、底片和整卷埃克塔克罗姆胶卷递给那名警察。"我们会把这个冲洗出来的。"警察说。

几个星期过去,唐再也没得到任何消息。"我猜他们只不过想来看看我的暗房。"唐这么和自己说。而当好奇心占了上风,唐终于忍不住和警方跟进了消息。"那个指纹是谁的?"他问。简的,警察说。别为这个操心了。

———

乔伊斯中尉的信写于简去世十周年后,唐收到这封信之后打电话给他的朋友吉恩·欧根(Gene Ogan),想弄清楚李·帕森斯承认自己杀过人的传言属不属实。直到唐给乔伊斯中尉回了信,吉恩也没有回话。

一两年前,我们的一个朋友(吉恩)在电话里告诉我们,他从他(同在人类学系)的一个同事那里听说,他听第二个人类学者说,李·帕森斯对第三个人说了一些话,大意是他杀了人。这个消息链条太长了。我们这个朋友本打算再跟进一下,结果到现在也没有什么进展。这个链条牵涉到一个他觉得很难接近的人,他不愿意去问。

后来唐才知道,这个消息链条中的第一个人是一位名叫丹尼斯·普利斯顿(Dennis Puleston)的考古学者。他在乔伊斯中尉听说这个传言六个月前,就在一次考察中丧生了。普利斯顿被闪电击中时,正站在墨西哥奇琴伊察①古遗址的一座金字塔上。

夏威夷最后的日子

再回到唐的沙发上,我们还聊到了一些我想聊的其他话题——他在大陪审团的证词、他手绘的简公寓的建筑图。即便我们在一起的时间所剩无几,我并不着急。我很确定,在我离开大岛之后,我们的谈话还将持续很长一段时间。我现在唯一需要做的,就是听一听简在他和吉尔的婚礼上演奏的那首曲子:《巴赫的 F 大调托卡塔》(Toccata in F Major)。唐和我说过,简死后,他和吉尔从布干维尔岛②回来,他会把自己灌醉,然后听这首曲子的唱片。一直到现在,每当他想起她的时候,还是会播放这首曲子。我想看着他听它的样子。

我们在他的笔记本电脑上试了试,但低音部分不够有力,没法重现当时的体验。"没有了低音部,你就失去了一切。"于是我们走进他的办公室,听他在扬声器上播放它。这是一首让人印象深刻的曲目——巴罗克式的、神秘且有力——光是能弹奏出来就很了不起了。差不多 8 分钟里,我们被摄住了心魂,如醉如痴。我感觉我能看见唐的眼睛里有泪光闪烁,但我不知道那是不是我想象出来的。我希望自己能融入这个场景,却怎么都想象不出简在这个场景中的位置。

"如果牧师站在这里,管风琴就在上方。"他往我们身后的头上方指了指,说。

我转过身,仿佛她真的站在我身后。"哦,你看不到简的。没人

---

① Chichen Itza,世界新七大奇迹之一,由玛雅文明所建,坐落在今墨西哥境内的尤卡坦半岛北部尤卡坦州,是一处庞大的前哥伦布时期的考古遗址。
② Bougainville,西南太平洋上所罗门群岛中最大的岛。

能看见她。"

"除非转过身去看她,不然没有人能看得到她,看不到的。她不过是坐在我们所有人之上。"

"你听的时候会去想象她弹奏它的样子吗?"我问。

"我什么都不会想,"唐说,他更多的是感受到她的生命和死亡。听着它,尤其是结尾逐渐降低的音符,唐说,"我就是在那里几乎要大喊出声:为什么会发生这种操蛋的事啊?"

消除及历史文物

我从唐·米歇尔那里离开后,到凤凰城①见了一个朋友,这样我们就能一起开车去圣达菲了,皮博迪前馆长史蒂芬·威廉姆斯现在就住在那里。我了解到史蒂芬正饱受认知症的折磨——另一种消除记忆的方式,但我想和他待在同一个房间,仅此而已。我们开车驶过美国西南部荒芜如火星一般的景象,无法无视我们四周遍布的红色赭石山峦。

在大峡谷②,我们酒店的停车场里,我发现手机信号足够给迈克尔·科打个电话,就是那位替李·帕森斯写讣告的玛雅学者。那天是他八十八岁生日后的第二天;前天夜里他在中国城一直庆祝到凌晨1点。我告诉他我在写简·布里顿——不经意地提起自己听说李和简认识。"我和李很熟,"他说,"他是我的一个好朋友。和他同时期的一些人指责他犯了这个罪。"

50年代末,同为哈佛大学人类学系研究生的迈克尔和李相识。

---

① Phoenix,美国亚利桑那州首府、最大城市。
② Grand Canyon,位于美国亚利桑那州西北部,由科罗拉多河经数百万年冲蚀而成。

虽说李当时已经结了婚,迈克尔说他似乎一直都知道李是双性恋。李是个"不错的人",也是"很棒的考古学者",但好像总有什么"困扰着他,折磨着他"。

迈克尔主动说起李和简·布里顿约过会,但他确定李和简的死无关。系里的种种动向让人很容易怀疑上他。他笨拙、害羞,在一个以新英格兰精英为主的系里,他是个中西部的老实人。虽然系里至少有一位公开出柜的同性恋教授,但当时哈佛大学的氛围还远没有那么包容。[1968届的安德鲁·托比亚斯(Andrew Tobias)形容当时在哈佛大学身为同性恋的经历:"我们要么只能压抑、伪装自己,要么就活在恐惧中,一直到毕业。"]

另外,在简去世时,李的处境已经很艰难了。之前许诺的聘用他的那个职位始终都没有兑现,很大程度上是因为李和史蒂芬不和。迈克尔说,史蒂芬当系主任那段时间是一个"糟糕的时期"。"他还活着,所以我这里不想说造谣中伤的话。但他绝对、绝对、绝对不是我们最喜欢的人。他完全就是个差劲的系主任。"因为罪案发生时,李已经不受系里领导的待见了,还有传闻说他一直在和简约会,一个孤独、不合时宜的人太容易被当成替罪羊了。"你知道,他一度是头号嫌疑人。"直到李的生命行将结束时,迈克尔才看到他在某种程度上安于了自我。李和他的伴侣——"一个非常聪明的年轻黑人",迈克尔不记得他的名字了——两人曾来拜访过他和他的妻子。"我觉得他是幸福的。"

因为迈克尔要去吃药,他挂断了电话,等我们再联系对方时,大峡谷吞没了我的手机信号。我们未曾聊起过传说中的那次认罪,也没有谈及李在圣路易斯的伴侣史蒂芬·爱德华·德菲利波。和简一样,我对李了解得越多,就越觉得自己对他一无所知。如果说卡尔精于讲故事,那么李就擅长消失。迈克尔告诉我,尽管他们俩很熟,他并没有李的照片。

我们的公路之旅穿过查科峡谷①有着千年历史的大房子和岩画，以及佩科斯普韦布洛（Pecos Pueblo）遗址。我和朋友终于抵达了圣达菲，我们沿着碎石路一路开到了史蒂芬·威廉姆斯的家。威廉姆斯夫妇并不知道我会来。我走到他的房子周围，寻找前门的门铃。我穿过车道，经过他家后院和一处类似于客房的房屋。和我先前设想的相比，这太像是一次入侵了。

终于，我找到了一扇像是前门的门，按响了门铃。一位上了年纪的女人过来应了门。她的穿着打扮是我在哈佛大学很熟悉的那种——优雅，休闲，一头齐短发，发色金黄。她就是史蒂芬55岁的妻子尤妮斯·威廉姆斯（Eunice Williams）。她请我进去，并替我约好了第二天再回来见他。也许是临时起意，她补了一句，说他这会儿正在隔壁房间吃晚饭，欢迎我过去打声招呼。我动心了，但还是不想打扰到他。我告诉她明天再来看望他俩。

然而她第二天一早打来电话，说时机不凑巧，再过一天也不行。永远都凑不到合适的时间。我没能比前一天离他更近，因为我飞往加利福尼亚的航班起飞了。我再也没能和他见面。两周后，丹·波茨发邮件给我，我才得知他去世了。

火车停靠在圣何塞②，简在拉德克利夫最好的朋友伊丽莎白·汉德勒就住在这里。她高高瘦瘦，指甲精心修剪过，正站在她停好的车

---

① Chaco Canyon，位于美国新墨西哥州西北的纳瓦霍印第安人保留地，曾是北美洲史前史上最辉煌、最成熟的文明中心之一，后因干旱被遗弃。
② San Jose，加利福尼亚州旧金山湾区南部的城市，地处旧金山湾以南的圣克拉拉谷地，是圣克拉拉县的首府。

外等我。我喜欢去想象简到了这个年纪，也会对衰老这件事有着同样的固执。

伊丽莎白的工作是负责这座城市的公共关系。她建议我们在市中心的一家薄饼店吃个午饭。她说她并不知道和李·帕森斯有关的事，但觉得简和李约会这种说法很有道理。"要是简发现在性方面开放一点对自己是有好处的，比如——谁参加了什么研讨课，谁去了考古挖掘？我一点也不感到惊讶。你知道吗？那也是一种资本。现在依然是。但人们更清楚，这是成为一名成功女性的一部分——利用性来提升自己。"

伊丽莎白告诉我，她的课程小组负责人卡尔·海德（Karl Heider）曾在办公时间对她动手动脚。他紧挨着她坐在沙发上，从沙发靠背将手臂伸过来，放在她肩膀周围。伊丽莎白不是不喜欢他，她也觉得他很有魅力，但采取行动实在太危险了。她离开了他的办公室。多年来，伊丽莎白会多次在脑海中回放那个时刻。那一幕仍让她羞愧难当，有时她也会怪自己不知道怎么"处理得当"。

"我觉得身为女性真的会有这种感觉，就是不管勾引的结果怎样，错都在我们。不知道为什么，要么是我们自找的，要么是我们自己没有处理好，要么不论我们想不想迁就都是在做坏人。你懂吧？不管结果如何，总有一种感觉是，这是女性单方面在道德上的弱点。"

午餐过后，她邀请我去她家，给我看了她家人的照片。她大女儿的中间名就叫简。她站在厨房里，我坐在吧台旁，我们聊到了简保守的秘密，伊丽莎白渐渐怀疑简也是一个善于讲故事的人，添枝加叶的刺绣工。她的人生似乎总比其他人戏剧化得多。简曾和人说她同时有过 14 个男友。伊丽莎白从来不觉得自己有资格去质疑这些故事。她有种感觉，简需要它们。伊丽莎白告诉我，简在大学时会一连几天消失不见。她会拉起窗帘，将全世界隔绝在外。"我感觉她在和魔鬼搏斗。"

我离开前，伊丽莎白递给我一张她的结婚照，简是她婚礼上的伴娘；还有一封简从伊朗寄给她的蓝色航空信。"这简直是我听过她最开心的一次了,"伊丽莎白说,"你把这个带走吧。"

我犹疑地看着她,不想拿走她最好朋友的最后一封信的原件。

"这是一份记录。你应该拿着它,"她坚持,"我知道历史文物对你、对这个故事来说意味着什么。"

简写给伊丽莎白的信

1968年7月27日,星期六

亲爱的[少尉+]小泽(Ozawa)女士——你愿意的话可以给他看:

我知道你在大尼德姆地区同性恋的异域社会中引起了轰动。很不错的东西,但是不是有点让人头晕目眩?那些游行真的没有吸引你吗?我今天下午没在考古现场,策略上搞砸了午餐+一整个下午都在打嗝①(意第绪语中打嗝的意思)。嗝。所有官员的妻子、姐妹+姨妈都在我们雅致的茅草屋门口盯着呢,因为阿瑟·班考夫夫人刚刚晕倒了。他们都觉得她怀孕了,哈哈哈。(她没怀孕。)你收到我的第一封信了吗,伊?就是写了消息的那封——还是也许我父母已经告诉你了。总的来说,我再说一遍好了;你还记得那个身材高大的加拿大人吗?

他爱我

真想不到啊。这件事+夜空是这地方仅有的两个恩典。而9月到12月将会是地狱(吉姆要动身前往俾路支斯坦②),要是我

---

① 原文为grepsing。

② Baluchistan,又称俾路支省,位于与伊朗及阿富汗三国交界地区,是巴基斯坦面积最大的省。

不用复习统考的话，我从头到尾都会喝得烂醉。我现在变得骨瘦如柴，因为这里的饭菜真像老鼠屎一样。还有营养不良。一想到一个半月以前我还在萨沃伊①吃菲力牛排，我的胃就抗议得更凶了。……我已经认识他5个月了＋他会做这样的事，比如早上5:30步行到考文特花园②，早上7点钟再手握一大捧花叫醒我。……美中不足的是：

詹姆斯二十六岁

詹姆斯的父亲八十岁

詹姆斯的父亲出生时詹姆斯父亲的父亲六十二岁。

这可不是什么好兆头——就像我告诉我父母的那样，我可能会在这个小伙子身上浪费掉我的青春，然后让他跟着某个年轻可爱的小姑娘跑掉，因为我已经老到生不了孩子了。唉。不过说不定他能打破先例（希望，希望。）注意——别再买小的露营床。它们很危险，承重刚好是145公斤的时候会弯掉。啊。我闻到了炒洋葱的味道，呃，还有三个人生病了，这里全是屎尿屁。愉快的事？一件没有。

别的没啥可说的了，除了放松一下＋吃个熏牛肉三明治、抹奶油的姜饼、一块好时巧克力、巧克力麦芽、奶酪汉堡、牛排＋带酸奶油的烤土豆、百翰圣代、一升牛奶＋一杯真正的咖啡。

祝好＋拜拜

简

另：我大约9月20日到家——你到时会在吗？

---

① Savoy，位于法国东南部，历史上曾为一公国。
② Covent Garden，又译科芬园，位于伦敦西区，是城市主要的剧场与娱乐重地。

博伊德其人

在洛杉矶，我表兄弟家的门铃响了，我没料到会这么快。我跑出侧门，是博伊德——个头不高，身形略魁梧，灰白的头发朝后梳——正面对着大门口。

"你好啊！"我说，为了引起他的注意，我说话的声音比平时大。

他转向我。我猝不及防地从他脸上看出了简的影子。我对简的脸并不那么熟悉，但博伊德是如此眼熟，只能说我了解她的一些基本相貌特征——圆脸，纽扣一样的鼻头，顽皮的笑脸。他身穿黑色的纽扣衬衫，脖子上戴着教士的硬白领。

"见到你真好！"他说，比我预期的还要兴奋。"我来得有点早了——我可信不过 405 国道。"

他爬上他的那辆银灰色尼桑车，帮我打开了门锁。"这是你能买到最便宜的带空调的车了，"他说，因为费了一番力气所以有点气喘吁吁，"保持低价的一个办法就是车上只有一个钥匙孔。"我坐下来，试图忽略腿上一阵神秘的瘙痒，这种瘙痒感从我一上车就开始了。蠓，我后来才知道，那是一种咬人的飞虫，小到人的肉眼看不到。

他现在过的日子和他从小到大舒适的生活可谓是大相径庭，那时他们每次去纽约旅行都要住广场酒店呢。他的后视镜上挂着一个木制的十字架。"原谅我这一身打扮，"他说，"我不想这么穿来着，但今天晚上我还得工作。"

我们的计划是一路开到圣巴巴拉[①]，他在那里的圣公会救世主教堂做牧师。博伊德解释说，这是为耶稣升天举行的周中礼拜，以纪念复活节后 40 天——基督教三大奇迹中的第二大奇迹，即耶稣复活后升天。

[①] Santa Barbara，美国加利福尼亚州城市，距离洛杉矶以北 150 公里。

两小时的车程，我们又回到了我们通电话时的谈话节奏，我熟悉的那种。我提问，他一个人一口气说上几分钟。这是我们俩最自然的状态。他让我想起了 S. J. 佩雷尔曼①故事里的人物：正统，喜欢讽刺人，只不过分属不同的时代。"风驰电掣"，他说要测试一下他父亲的克莱斯勒（Chrysler）汽车能开多快。他语带机锋，辞藻连篇，还会引用我从没听过但却羞于承认自己不知道的名人名言、剧作和书。"让所有潜藏在泥土里的毒通通都孵出来吧，"②他嘶吼道。我连连点头，有些不知所措。我的印象是，他之所以这样，部分是为了我好，是一种用他的聪明才智打动我的表演；部分只是让他自己开心，也许是因为我怯懦的问题没起到什么作用。但最重要的是，它几乎没给脆弱和反思留下空间。博伊德永远不会扮演人们期望的那种悲伤弟弟的角色。

"如果我活得够久，你可以在巴斯托③的州立老兵之家找到我，一个脾气暴躁的老人，连自己的腿都感觉不到。现在我每天早上醒过来都有点恼火，因为上帝没有一夜之间完成他的使命。"

我们有时也聊到了简，但大多数时间都在聊别的。特朗普。洛杉矶整治无家可归之人的战争。他的童年。"这些人都不是坏人。但人们最终还是可能对彼此使坏。"他在女人方面有着不良记录：有已婚的脱衣舞女，有代言模特，还有每天能喝上一升酒的酒鬼，有"患双相情感障碍的胖女人"，有从昏迷中醒来认为自己是"无所不能的上帝"的人，有摩门教徒，有养狼狗的。或许后面两个是同一个人。他最喜欢讲的故事是他把脱衣舞女友带回家见家长。博伊德的母亲把他拉到一边，试图鼓励他，"我们觉得朱迪斯（Judith）很好。你想要走

---

① S. J. Perelman（1904—1979），美国幽默作家、编剧，主要作品有《公众演讲》《环游世界八十天》等。

② Let all the poisons that lurk in the mud hatch out，选自英国作家罗伯特·格雷夫斯（Robert Graves, 1895—1985）最著名的历史小说《我，克劳迪亚斯》。该书讲述了古罗马帝国第四任皇帝克劳狄的生平，20 世纪 70 年代被 BBC 改编成电视剧，红极一时。

③ Barstow，美国加利福尼亚州圣贝纳迪诺县的一个城市。

我的钻石吗?""不用,"博伊德说,"她丈夫也觉得她不错。"

我们聊到了他的成瘾史——在他做 DJ 做到如日中天时,他酗酒、吸食可卡因和冰毒——后来又戒了毒。他回归了信仰。他很坦诚,但并不多愁善感。我感觉每谈及一个有关简的问题,就得问他三个别的问题作为铺垫。而他每每谈及她,言语之间有时会流露出喜爱之情,却很少显出温柔。我问简会不会让他想起多萝西·帕克,伊丽莎白就曾这样说过。"她们都有不合时宜的浪漫以及不合时宜的聪慧,但多萝西·帕克天赋异禀,而我姐姐真的没什么天赋。"

博伊德最接近于承认简的死对他有多大的影响,是他转述她死后自己做的一个梦。简出现的时候,他正和他父母在一起。"我想在梦里说,'她怎么会在这儿?'所有人都说,'我们不聊这个。'我们不聊我们之间发生了什么,我们不聊她为什么会起死回生。"

我们朝着大海开去,之后沿海岸线行驶了两个小时,去到文图拉①和其他一些地方。

"我们到了,拉科利纳(La Colina)。"我们停在一所天主教高中的停车场。

他走下车,绕到我这一侧替我开了门。之后他从后座拿起他布道用的活页夹,用口袋里的梳子梳了梳头发。过去的几年,他饱受神经疾病之苦,这个病令他的指尖和脚趾刺痛,所以他走起路来很是小心。他抽出教堂的钥匙,我们走进一个房间,整个地板铺满淡紫色地毯,淡紫色的长椅,淡紫色的跪凳。圣坛由玫瑰色的大理石制成。房间里隐约散发着熏香的气味。我们走过长椅,来到后面的走廊。

"我能进来吗?"我问。

---

① Ventura,美国加利福尼亚州文图拉县县治,位于加州中部海岸。

他说可以。那是个小房间，和一个食品储藏间差不多大。他从柜子里抽出一件宽松的白色礼袍。这叫法衣，他说。"因为我出太多汗，他们都叫我'漏水执事'，所以我说服了主教让我穿这件更轻便的衣服。"

他解开了一个大金杯的包装。这就是圣杯。"这是擦洗圣杯的布，"他指着一块白色小亚麻布说，并将它小心翼翼地叠成三折。"这是圣餐盘"——一种浅浅的盘子——"我们会在上面放上盖子。"他演示了用硬盖盖住盘子的方法。

我突然意识到简会多喜欢这一切。所有这些用词、符号、背后隐藏的含义。她并不信教，但来的路上博伊德告诉我，简喜爱罗马天主教的弥撒，因为它是如此有仪式感。

在简还活着的另一个世界里，她或许已经完成了她自己的仪式：拉德克利夫 50 周年的团聚。她不会穿法衣，但是会穿上自己的袍子——红黑条纹相间的博士服。她会和 1967 届的同学们一起走过哈佛园。参加 30 周年同学聚会的学生们将在他们后面加入，25 周年的继续接在后面，以此类推，直到最后 2017 届的学生们走在队伍的最后。远方响起钟声，当队伍蜿蜒而行，50 周年的队伍最后会和 2017 届的队伍平行，未来和过去并肩。（或者我们再现实一些，简可能会故意失约，直接和伊丽莎白·汉德勒坐上租来的敞篷车，一路开到里维尔海滩。）

———

为了不走回头路、避开文图拉县的土路，我们沿着海岸线的公路开回了洛杉矶。

博伊德这样形容自己浪漫的一生："我的脑袋里有个铃铛，基本上就是那种狗屁警报一样的东西，一旦它开始响，忽略它就会有危险，而且你还关不掉它。它会破坏一些关系。除此之外还有一个看不见的标识，但我确信它就在那里，像明亮的霓虹灯一样忽明忽暗，好女人和坏女人都能看见。好人容易避开它；坏人则避之不及，因为它用巨大的字写着，蠢货。蠢货。蠢货。"他能从第三人称的角度看清现状，却无力改变。也可能他身体里有一部分并不想改变。和错误的女人在一起，用他的话说，至少总是有"免责条款"的。他总能说，从最开始就注定了。

有那么一瞬间，博伊德的伪装崩塌了："我所错过的，或者说从来没有得到满足的，是关系中那种难得的珍贵品质，比如温柔。比如信任，没有什么能威胁到这段关系的一种感受。没有刻意伤害的感觉。没有过多期待。你就是喜欢它本来的样子。"

我的心跳漏了一拍。我知道他形容的这种宁静的幸福感，因为我太渴望它了。我和杰伊在一起时曾有过类似的感觉。他见过我所有的碎片，而通常我在任何时候都只会让人看到其中的一小部分——他却拥有这些碎片。但这使我更加渴望得到我所爱之人的爱。

"这个故事真正让人心碎的部分，我是说这一切都让人心碎，但在惊恐之余更让人崩溃的是，她真的找到了一个不错的男人。"伊丽莎白和我说过。简找到了她的温柔。伦敦凌晨5点半的花束。伊朗沙漠里紧靠在一起的折叠床。"她有生以来第一次真正感到了幸福。"

在我们一起待了7个多小时之后，博伊德终于主动谈起简遇害的事。

"我现在想起来，总能想到同样两个问题：谁干的？……还有，她会不会很幸福？也许是因为我自己对幸福的看法是，幸福被高估了——我是在微小的时刻里一点一点找到它的，不是按照什么宏大的计划来实现幸福的——我觉得她也许不会……人们同样没有满足她的期待。"

在开往我表兄弟家的路上，我们驶入了洛杉矶的山脉，他打开了车灯。我问他愿不愿意在我离开这座城市之前再见一面。他不愿意敲定一个日期，但也没有拒绝。

"如果你不介意的话，能看看你家人的照片或者往来信件就太好了，如果你那儿有的话。"我补上了一句。

"我找得到的话可以,"他说,"也有可能在我处在'让过去都见鬼去吧'这种心情的时候丢掉了一些。"他说他现在手里有的,可能只剩下简从伊朗寄来的一封信,还有他们 1960 年在欧洲旅行时他母亲的旅行日记了。

他将车停在了我表兄弟家的车道上。"我们到时候再看怎么办。"他有些松口了。他让我下了车,我向他表示了感谢。车门没关严。

"使劲关。"博伊德说。那一刻结束了。

家族的沉默

简过世后,博伊德尝试过重新回到尼德姆生活。这里的家一向安静、古板,但现在却变得让人难以忍受。没有人谈及发生的事。他的父亲重新回到拉德克利夫工作,同时还要应对家长们对他们女儿安全的顾虑。在答复他们时,他不会提到自己的女儿。博伊德的母亲则痛不欲生。"一切都是消沉的。一切都染上了她的痛苦,一切都因为她感觉哪哪都不对。"博伊德感到无比窒息,而且根本没有改变的余地。

尽管简的父母已经足够受人关注,可以保证他们女儿的谋杀案能得到充分的调查,但他们在那个精英社会的地位能否悉心维持下去,却取决于他们对这些机构的维护。无论他们个人怎么想,他们还是选择了沉默以对:警方会解决问题的,哈佛大学是无辜的。

简的父亲 J. 博伊德最初能得到拉德克利夫的职位,就是因为卡博特公司的卡博特一家是哈佛大学董事会的成员。当他们听说 J. 博伊德因为铲雪时得了疝气,正准备从卡博特公司卸任时,他们告诉他不必担心。就这样,J. 博伊德在没有任何学术背景的前提下,突然摇身一变,成为这个国家最优秀的高校之一的副校长。

博伊德知道,富人们会管好自己的事。他还知道,这句话中没有明说的另外半句是，只要你不让他们难堪。

简的父亲也许和波士顿的上流社会关系甚笃，但他自身并不属于那个阶层。他是受人邀请才跻身其中的。J. 博伊德在密苏里州的圣路易斯长大，有段时间曾在河船上的舞蹈乐队中演奏过班卓琴。他一路打拼到卡博特公司，开始是做销售，后来转去管理岗。他娶了一个来自伊利诺伊州斯普林菲尔德①的女人，之后有了两个孩子查理（Charlie）和苏珊（Susan）。苏珊生下来患有脑瘫。在去加利福尼亚出差途中，他一遇见鲁斯·莱纳特（Ruth Reinert）便和查理、苏珊的母亲离了婚。鲁斯来自威斯康星一个更富庶的家庭，在斯克利普斯学院②教书。他们很快就结了婚，之后她随他搬到了马萨诸塞州。

布里顿一家的社会自觉意识再夸张不过了。就在博伊德第二次从普林斯顿大学退学并宣布将前往加州从事广播工作让他们感到难堪之后，他们让他给沃特敦的一个人打电话。博伊德接下来便得知，自己要去参加军队的体格考试了。就在其他家长想尽一切办法让自己的孩子远离越南时，布里顿一家替他办好了所有的手续。

1968 年 11 月底，博伊德的调令下来了。他父母送他去了机场。J. 博伊德握着他的手。"我希望他们能派你去和谈。"他说。他的母亲哭了起来。博伊德不记得简有没有去机场送他。那次道别让博伊德印象最深的，是简在达纳霍尔寄宿学校的朋友泰斯·比默给他的拥抱。他在出发前碰巧在哈佛广场遇见了她。五十年后，泰斯同样记得那个拥抱。"我的天啊，我从来没那样拥抱过……"泰斯记得博伊德当时说。她压低了说话声。

博伊德待在旧金山的朋友家中，等着接他的航班来。他离开奥克兰③前往越南的那天早上，广播里一直放着伯德乐队的《你不会无处

---

① Springfield，又名春田市，美国伊利诺伊州的首府，同时也是桑加蒙郡郡治。
② Scripps，一所女子学院，1926 年成立，位于美国加利福尼亚州克莱蒙特。
③ Oakland，位于美国加州旧金山湾区东北部，与旧金山市隔海相望，是阿拉米达县的县府。

可去》①。

仅仅过了三个月,博伊德就回到了尼德姆。他的家人托人为他争取到了体恤的新调动。但博伊德对于这个决定并没有发言权;他们之所以这么做,是因为再把他送回战场会让他的母亲彻底崩溃。博伊德再次觉得自己不过是个提线木偶。

现如今,不仅他们的女儿死了,而且他们一旦推动调查,她的名誉就会因此而受到玷污,并且他们有可能会被他们社区的精英圈子抛弃。就像伊丽莎白说的那样:"我的感觉是,他们宁愿不知道发生了什么。"

———

这种沉默成了它自身的毒药。

博伊德得到了"一个我从来都不想干的工作"——向在越南战死的士兵家属发放死后勋章。一个女人住在南波士顿(Southie)的一处地下室砖房里。他硬着头皮告诉她,她唯一的儿子去世了。她一直哭个不停。而住在安多弗②的另外一家,因为家里孩子太多,好像感受不到丧子之痛一样。

博伊德太想逃离这个小镇了,为此他一连打了几通长途电话到西贡,想替自己预留越南军事广播网的职位。回去打仗都比留在尼德姆好。一天夜里,令人窒息的压抑终于让他忍无可忍。"什么都不对,"他大叫,"我留在这儿毫无意义,因为我不可能让事情好起来。"博伊德气冲冲地离开了餐桌,之后他以最快的速度前往西海岸。"如果说我这辈子后悔做了什么事,那就是除了离开我母亲之外,我没有任何能应付她的办法。"博伊德反思说。

---

① You Ain't Goin' Nowhere,鲍勃·迪伦于1967年创作的歌曲,次年伯德乐队(Byrds)录制并发行单曲。

② Andover,美国马萨诸塞州埃塞克斯郡的一个镇,位于美国东北部大西洋西岸,距离波士顿约50公里。

简死后几年,鲁斯患上了癌症。"她最后的日子相当悲惨。"博伊德记得。她抽了一辈子烟,但博伊德无比肯定,一切都是心碎惹的祸。医生们替她手术,摘除了她肺部的肿瘤,但手术做得一塌糊涂,她始终都没能摆脱疼痛。除了使用强效的阿片类麻醉药物之外,疼痛有增无减。手术后癌症复发,转移到了脑部,形成的肿瘤"大小和形状跟一张小煎饼一样",最终引起了失智。

"之后的八年,她在身体上、医疗上、精神上都衰弱了下去,我远远地躲开了,什么都不想看到。'很抱歉你快死了。很抱歉你过得不幸福。但在我的记忆里,你从来都没有开心过。很抱歉我让你失望了。'"

和博伊德相反,他父亲很少离开她病床左右。他在病榻边做着针线活,等待着那个结局。鲁斯有个要求,就是永远不要送她去疗养院,而在她最后的时日里,J. 博伊德为了保证她能得到医院的照料,麻烦接连不断。一天,负责照料鲁斯的社区医院告诉J. 博伊德,她必须得离开了。如果一直这样照顾临终的病人,院方会失去医保的认证。他很不情愿地开车送她到他能找到的最好的一家疗养院。疗养院位于韦尔斯利。他替她办好了入院手续,之后暂时离开疗养院去取她的毛衣和其他一些随身物品。等他再回来时,她已经死了。

J. 博伊德·布里顿给博伊德·R. 布里顿

我们约好第二次见面的当天早上,博伊德给我打来了电话。我以为他会取消这次见面,所以心跳漏了一拍。但他只是打来告诉我,他找不到他母亲的日记了。

我先到了咖啡馆,几分钟后,从我坐的位置,我看见博伊德沿着人行道蹒跚着走过来。他手里提着一个巨大的文件盒,里面塞满了马尼拉文件夹还有一个相框。他正努力保持着平衡。我冲过去迎他。

"我这儿真有一些好东西。"他调皮地说，明白自己极大地低估了要展示给我的宝贝。

我们坐下来。我注意到那个马尼拉文件夹上有一行用黑色记号笔写的大字："简·布里顿谋杀案文件。其他家庭文件。"文件盒已经破旧不堪，接缝处被重新粘过，他拿出里面的东西，铺满了整张桌子。"J. 博伊德·布里顿（J. Boyd Britton, JBB）给博伊德·R. 布里顿。"文件盒的侧面写着。他的父母搜集整理了这份简的档案：她在拉德克利夫的毕业典礼流程、她画过的图画书、她从考古现场寄回家的所有信件、童年时的照片、她的葬礼簿。

我换着法问他，他是不是很不情愿看到这些东西。他用我们在文件里发现的他的笔迹岔开了话题。"我会忘记自己做过的一些事。"

我给他从文件夹里取出的每件东西都拍了照，就在几分钟以前我还以为它们早已不见了踪影，而我不想失去这些得来不易的文物。他饶有兴味地看向我。"我会把这箱东西都交给你的，"博伊德说，我不知道自己理解得对不对。"没有比现在更好的时机了，现在也没有时间看到所有这一切。"他让我拿回去影印一份,改天再还给他。他唯一的要求是让我换掉那个破破烂烂的盒子,毕竟这些文件已经在里面待上五十个年头了。

他的慷慨之举让我想要大哭一场。在那一刻,没有什么比这更有意义了。他甚至打开相框,将吉姆·汉弗莱斯在伊朗拍摄的简的照片递给我,好让我看得更真切。

午饭后我们朝停车场走去,我感谢了他的信任,肯把简的故事和她的信件交给我。"你给人的印象是很可靠的。尤其米歇尔更是这么觉得。伊丽莎白说过一句话,大意是:'她很有魅力,所以我希望她是值得信赖的。'原话可能不是这么说的,但意思就是她很喜欢和你聊天。我也是。"

他倒空了一直放在他车后座的一个大垃圾袋,把它递给我,让我用这个保管好文件盒。他难得地流露出一丝感伤。我再次感谢了他。"好啦。首先我并不忙。其次这件事意义重大。"

简·布里顿的家庭文件

我一回到纽约,就解开了简的那一大捆信件上松松垮垮的橡皮筋。很多信都是用墨水写在了葱皮纸的两面。我需要花上相当长的时间来解读这些信,但她就在那里。她比我想象中还要更完整地存在着。

她勇敢,风趣,温暖。"不能说我介意要不要考虑结婚。但我同样不介意考虑回家后要吃披萨。"她在和莫维乌斯考察时写信给她父母。她是如此丰富,这种丰富甚至漫溢到了信封的背面:她会把自己画成一只举着法国国旗的豚鼠,还会抱怨需要用舔的方式给信封口:"呸!这信封是胡椒薄荷味的。"有时候她还会潦草地涂鸦:"热情洋溢的、异国情调的莱塞济向邮递员问好。"

这些就是简的全部了。大学二年级的夏天，她恭喜父亲得到了拉德克利夫的工作；可以追溯到初中的成绩单；她把伊丽莎白的课程小组负责人卡尔·海德画成了一只鸟，主要习性是"欺骗性的交配习惯"。

还有简的父母搜集的有关简谋杀案的文件：我已经了如指掌的合众国际社和纽约的小报文章；父母给远在越南的博伊德发的电报；他紧急离队的命令；《尼德姆时报》（*Needham Times*）上的葬礼通告。参加她葬礼的人员签名：卡尔、玛蒂、史蒂芬和尤妮斯·威廉姆斯、吉姆·汉弗莱斯、米歇尔夫妇。

还有一些我不知道的事，比如在1979年圣诞节前夕，卡尔曾寄给简的父亲一包有关叶海亚堆的文章，并附信说："简看到这项工作的重要进展会很高兴的；更重要的是，她为这个项目的成功做出了主要贡献。"信里并没有提及这次交谈从何而起。"如果需要我做什么，请随时叫我。致以这个圣诞季最温暖的问候。"卡尔的信戛然而止。在他寄过去的一篇文章中，他特地在她的名字底下划了线。

我将简的信留到了最后。卡尔曾答应我，在我返回东部之后他会

简写的说明文字:"大糊涂思想家海德。欺骗性强＋人不太好。交配习惯奇特。叫声：呃，呃，嗯，呃。"

再和我见上一面，我想在见面之前先研读一下这些信。

我一边读信，一边将它们打出来。我喜欢她的文字穿过我手指的感觉。这些信已经成为她日记中的记录——她为此告诉父母要替她保存好这些信。不管她和她父母之前关系如何，她还是在信中一吐为快。也许相比对于自我暴露的担心，她在挖掘现场和人交流的渴望更为强烈吧。我将所有信件全都打出来花了差不多一个星期时间，这在某种程度上引发了一种近似幻觉的状态。我因为她老掉牙的笑话笑出了声。我开始学着她的样子写邮件。这给人的感觉很像是爱，一种说不清道不明的混杂情感——钦慕她，如饥似渴地阅读她，占据她，模仿她，和她心意相通，并且认为自己就是她。

最亲爱的妈妈爸爸，我现在在维罗亚（Verroia）动物农场，我怎么才能不让大家再叫我"呆瓜狼人"（Fangface）呢？

要是我不把事情做到尽善尽美，我就什么都不想做了。

我告诉过你吗，吃过那顿超赞的晚餐之后，吉姆背着我穿过了罗素广场①……

博伊德（在卡尔之前）来了一封信，他正疯狂地帮我策划怎么报复弗朗克蒙特（*这个故事永远都没人知道，听天由命吧），我猜他盯上了我俩，因为他说过："我们可能并不是那种生活过得特好的，但也没有人敢招惹布里顿家的人（我的天啊！）"我是这样觉得的，有些人是天生的掠夺者，有些人是天生的受害者，而我们则介于两者之间，既没有勇气成为第一种人，也不够谦卑去做第二种人。

在简 1965 年写的一封信当中，她提到了杰里·罗斯，就是那个神秘兮兮的人，他的无迹可寻为我内心埋下了"简可能是个不可靠叙事者"的种子。"以防我最近的一封信没寄到，"简给她父母写信时说道，"杰里·罗斯来自缅因州（Maine），地质学专业，就是写《就说是睡着了》的那个亨利·罗斯②的儿子。"

是亨利·罗斯的儿子，不是伊丽莎白和博伊德记忆中的菲利普·罗斯。简根本没有撒谎。又是在传声筒游戏中丢失的一处细节。

各种情感如海浪一般击打着我。起初我还算放宽了心，因为即便

---

① Russell Square，位于英国伦敦的一个大型花园广场，以贝德福德公爵和伯爵的姓氏命名，附近坐落着大英博物馆及伦敦大学的理事会大厦、图书馆。
② Henry Roth（1906—1995），美国犹太作家，其作品《就说是睡着了》（*Call It Sleep*）出版于 1934 年，被誉为美国犹太文学的代表作。

我永远没办法知晓关于她的一切,她的一些谜团可能也已经画上了句号。我给博伊德和伊丽莎白写了信。我知道他们和我一样,都想要弄明白:如果在这件事上简都可以说谎,那还有什么是真实可信的呢?好在这一事实替我终止了这场侵蚀,我希望它也能带给他们同样的宁静。

但紧接着,这种宽慰感变成了巨大的愧疚。我怀疑过简。我们都怀疑过简。我们在全盘接受自己的记忆会出错之前,就迫不及待地对她横加指责,并且我还意识到,这并不是我们将责难转嫁到她身上的唯一方式。即便当我们讲起那晚发生在她身上的事,在众多版本当中,简依然是那个犯了错的人。是她和卡尔有了婚外恋。是她对某人敲诈勒索。是她激怒了别人。

或许,简的故事有更多我意想不到的道德意味。它不仅是对手握权力之人的一种叙事性的审查,比如像卡尔这种被视作逾矩的人;也是对不检点、过分自信行为的一种告诫,尤其是对于像简这样的女研究生。将罪过转嫁给受害者,让我们得以和她的切身遭遇保持距离;只要我们不逾矩,灾难就不会发生在我们自己身上。但这样一来,我们不自觉地将故事延续了下去,而最开始我们之所以讲述这个故事,就是我们自以为能借此克服父权制衍生出来的道德观。

我很抱歉。

测谎

测谎仪和一台老式电动打字机一样大,输出的数据类似一张心电图。一条线记录卡尔的呼吸,下面那条线显示的是汗腺的活动。最下面一条追踪他的心跳——他主动脉瓣的分流,以及每次挤压血液后的嘶嘶声。

几十年后他还记得,"测谎有趣的一点",就是"你只能回答是或者不是。你不能讲故事"。

简死亡当晚你在哪里?乔伊斯中尉问卡尔。你和她约过会吗?你和她发生过性关系吗?"全都是这种精彩的问题。"卡尔边回忆边说。

卡尔从他坐的位置能看见测谎仪的指针。"我怀疑那个指针肯定和真理、谎言有着某种不对称的关系。不对称的结果就是,指针会这样抖动"——几十年后,他大幅度地上下晃动着他的手指,示范给我看。

卡尔回答问题的时候紧盯着指针的动态。仪器没有对关于简的问题表露任何"迹象"。"我真的可能会暴跳如雷的。"而在卡尔回答一个有关自己的问题时,指针却剧烈地上下摆动起来。在回答"你是在捷克斯洛伐克的布拉格(Prague, Czechoslovakia)出生的吗?"这个问题时,他答了"是",这时指针开始抖动。"等一下!"卡尔脱口而出。

卡尔和自身身份之间的复杂关系,似乎让这个事实被判定成了谎言。

卡尔其人

我一路从哈佛园跑到教堂街(Church Street),还有不到一个街区时放慢了脚步,这样我到托斯卡纳(Toscano)的时候就不会上气不接下气了。就在这家餐厅的砖拱门底下,我看见卡尔站在那里等我。自从五年前旁听他的课到现在,我还是第一次见到他。

我们坐下来简单聊了几句之后,他略带羞怯地问:"你找到凶手了吗?"我直直看向他的眼睛,点了点头。他打量着我——没有让出他交谈的掌控权,但同时也意识到我可能有自己的算盘。我承认我在开玩笑。

"你知道大家都说你和这个案子有关。"我说。

"哦,当然。"他说。仿佛我问的只是他假期过得好不好。

服务员走过来,问我们要不要点餐。我们连菜单还没打开呢。但卡尔说可以,"我要我平时一直点的那个",他没看菜单,点了一盘鸡肝和一杯啤酒。我手忙脚乱地点完了。

我们聊了 5 个钟头。他当时已将近八十岁,头脑清醒得叫人羡慕,但当他太过投入地讲话、忘记合上嘴时,还是会时不时流口水。尤其让人感到不安的是,他流口水时嘴里还塞满了内脏。在我们会面的过程中,我对自己将他囚禁在一个他不应该承受的荒诞说法中感到懊悔,但我能感觉到在我们交谈时,我的部分自我再一次陷入了过去的怀疑,这样不利于我做出更好的判断。

当警方问他是不是和简有了婚外情时,他的回答是"我家里都有牛排了,为什么在外面还要吃汉堡包?",我问他这是不是真的。

他笑了。"听起来像我说的话。我不记得说了这话,但听上去可能是我说的。"

他谈到简的死留下的谜团,他说:"我必须说,在事件发生之后很长一段时间,甚至就算是事件发生后不久,我从来没有为之着迷过。"

他提到了滑雪。他说他明知道一有差池自己就会死,但他还是会滑上雪道。我问他是不是总感觉自己是不可战胜的。他纠正了我。他说,所谓不可战胜,是一个人不相信有事会发生在自己身上的一种感觉。而相反,他却完全清楚自己有可能因为卡刃①而死——他只是知道它不会发生。"我并不是无所不能,也知道自己不是无所不能。我就是这样高傲自大。"

---

① 原文为 catch an edge,指在滑雪途中因雪板边缘卡入雪地而摔倒,这里也有抵达能力边界的意思。

他说,滑雪是他真正掌握的一项艺术。"假如你是学者,你就能走上讲台,想说什么说什么。对的,错的,中立的,有争议的,没争议的,这个理论,那个方法,这个数据,那个数据,等等等等。了不起似的。可你必须得掌握滑雪才行。"

感觉他在用这个理念戏弄我:任何一组事实都能符合任何一种叙事,只要你选择以特定的方式排列组合。

我这才意识到自己已经太久没动过,我因为他的存在而被压制住了,所以起身去了洗手间。我一回来,他就问了我一个问题。

"贝基,你结婚了吗?"

我吃了一惊。他是故意这么直接地迎合自己的刻板印象吗?我说我没有。

"这年头你要是聪明的话,就不要结婚。"他说。现在的男人和女人认为他们是平等的,而婚姻都是冲突和算计后的妥协。

"了解了你知道的这些之后,你还会结婚吗?"我问。

"当然会,"他说,"因为我很幸运。我找到了那个对的姑娘。"玛蒂参与了他所有的考古挖掘,也是他在皮博迪博物馆的得力助手。

他说,70年代有段时间,她还不满足于此。"我厌倦了听她说'我有我自己的权利'。"

"发生了什么?"我问。

他没有回答我的问题,转而称赞起她在他的考古现场监管杂货铺、组织工作人员的工作,还有她做他的行政助理是多么有天赋。我感觉自己有能力引导这部分的对话。"可是她说她也有自己的权利,她是想有生之年做点什么别的事吗?"

"不,不是的。她做全职妈妈很开心。"他答道。

我们聊到了他的父亲。尽管卡尔知道有人将他父亲说成是"奥地利的良心",他还是不愿意去赞扬他父亲的道德立场。我想知道,一个孩子能不能将父母的英雄主义与由此产生的遗弃行为完全分开。即便如此,卡尔对父亲有意赴死还是出奇地愤慨:他为什么就不能相信他的家族几千年来一直大权在握,这一次也能东山再起呢?他为什么就不能闭上他的嘴呢?

我们更多聊到了他的童年。我问到他似乎对克利福德·A. 洛克菲勒这个名字十分痴迷。他给了我两个答案。他告诉我,在逃离奥地利时,他父亲的姓氏"兰伯格"从他护照上删掉了。他说,子不嫌母丑。我说,好吧,但为什么选了洛克菲勒这个姓呢?他顿了顿。"如果你有着和我一样的童年,身份比大部分人都更不稳定,"他补充道,"我们创造了自己。不管我们是谁,都是如此。我们创造了那个我们以为自己是、假装自己是的人。"

有人告诉过我,卡尔知道大家对他的风言风语,但他有意去迎合这些说法,或许是为了赌他只要能主导叙事,自己就不可能被流言吞没。卡尔后来说:"简·布里顿的谋杀案……肯定不会带给我任何男性气概之类的东西。"但在我们那天见面时,他当着我的面在男性和加诸他身上的符号之间摇摆,感觉他似乎想展示给我看:比起任何人替他写就的角色,他自己能更好地适应这个反派角色。

摔跤

天气暖和了起来。五六个研究生和卡尔·兰伯格-卡尔洛夫斯基在紧邻北站(North Station)的圆形运动场波士顿花园(Boston Garden)坐了下来。他们是来看一场职业摔跤比赛的。他们几乎坐满了一整排。在迅速爆发暴力事件这方面,波士顿的摔跤迷们可是出了名的,而这里也在酝酿着一场风暴。运动场里弥漫着爆米花、披萨和酒精的气味。所有人都知道这场比赛是事先排演好的,但这也是乐趣的一部分。

吉姆·汉弗莱斯的研究生朋友彼得·蒂姆斯(Peter Timms)组

织了这次活动。他的想法是去看一场职业拳击赛,就像咆哮的20年代①一样,摔跤是波士顿最接近职业拳击赛的东西了。

比赛的灯光暗下来,另一位研究生约翰·耶伦(John Yellen)对此心存感激。赛场里变得如此幽暗——弥漫的烟雾让它更加黑暗——这样其他观众就看不到他们应彼得的要求系的黑领带了。这群人当中的唯一一位女性,身穿晚礼服,戴着一个大猩猩的面具。卡尔穿着燕尾服,手握一根象牙头的手杖。

他们就像一群剑桥的贵族一样混入人群,来到普通人中间。卡尔觉得很有趣,彼得也是,但对于土生土长在布鲁克林的约翰来说,那是他有生以来最尴尬的一晚。

比赛开始了。比起一场运动,这更像是一出戏剧。激情。怪诞。表演。哑剧。摔跤手一旦站在赛场中间,就不再是凡人。他们变成了人类经验的化身:痛苦,狂喜,正义。正如文学理论家罗兰·巴特②写的那样:"摔跤展现了人类的苦难,所有的悲剧性面具都在摔跤中被放大了。"摔跤手演绎了我们的道德准则。而在波士顿花园,每一次都会上演同一个古老的神话故事:善良之人击败了恶人。

比赛结束,卡尔走下台阶。他看上去很是伟岸。他能感受到人群中间的兴奋——数千人还坐在他们的座位上,而他像魔术师一样等待着属于他的时刻。比赛发起人介绍他是卡尔洛夫斯基伯爵(Count Karlovsky),卡尔昂首阔步地走来走去。在那一刻,他仿佛是被光芒笼罩的神。他用力敲打着手杖,象牙头掉落下来。

---

① Roaring'20s,指北美和西欧在1920年代的十年间,出现了持续经济繁荣的时期。这咆哮的十年也是全美体育发展的盛世,人们不分阶级与地域地聚集到体育场观看各种比赛。

② Roland Barthes(1915—1980),法国文学批评家、文学家、社会学家、哲学家、符号学家。其著作对后现代主义,尤其是结构主义、符号学、存在主义、马克思主义和后结构主义思想产生了很大影响。著有《写作的零度》《符号学原理》《恋人絮语》等。

第五部分　回响

2018：降落波士顿

迈阿密的日出就像宝丽来照片一样，缓慢地凭空而起。我浏览了当天早上《波士顿环球报》的头版头条，一无所获。我担心认为他们能破案只不过是我的想象而已。万一森诺特只打算宣布他们可以给这案子建个档呢？或者连这个都做不到怎么办？

我坐在飞机的最后一排，飞机还停在停机坪上。一声巨响，好像是发动机脱落了一样，所有人都紧张不已。我身后的乘务员都受过训练，他们可能是觉得没人听见他们说话，所以并没有掩饰他们的反应。"我的老天爷。那是什么啊？"其中一个说。"雷声。"另一个答。机舱内因为几道看不见的闪电变得明亮。太应景了，不是吗，我病态地想。

飞机在晌午前降落在波士顿，飞机落地的那一刻，我立刻看了一眼手机。手又冻僵了，我好几天都没什么食欲。但并没有头条新闻，没有短信，也没有提醒。只有一封唐发来的邮件，说他什么都没听说。

我重新回到哈佛广场那间树屋一样的小卧室，照这个速度下去，除非有没对外公布的新闻发布会，否则下午4点以前我都得不到任何消息，森诺特知道那个时候唐会看完医生回来。但是除了给米德尔塞克斯的地区检察官办公室设置推特（Twitter）提醒以外，我很难做什么有意义的事。我强迫自己吃了点午饭。我打开行李箱，做了杯咖啡。我试着写点什么，但如果连结果都不知道，怎么写呢？在多年的等待之中，这三个小时算不得什么，但眼看着时间一分一秒地流逝，是多么令人难以置信啊。

  坐在书桌前，我四周包围着索引卡和图片，这些卡片和图片被我用工字钉固定在软木板上。其中有一张照片是1970年1月和李·帕森斯在危地马拉同行的一个年轻人。他正从峡谷中滑下来，轻盈矫健，衬衫敞开。还有一张照片是李自己在博物馆的几块蘑菇石头前俯身研究文物，并没有察觉到相机的存在。他额前的几缕暗棕色刘海垂在眼镜上。当他冲向简时头发也是这样的吗？第一下袭击过后他的眼镜还戴着吗？我无法在脑海中构想出这样的画面。

李·帕森斯。(哈佛大学皮博迪考古与民族学博物馆馆藏，PM969‐48‐00/2.3)

"什么是好的故事？"其中一个索引卡片写道，好下面的下划线是为了强调这个字的道德意涵，同样也是在强调它严格的传统意义。"谁操纵着过去？"另一张卡片问。

我的电话亮了，显示的是唐纳德·米歇尔，那是我在认识他之前输入的名字，当时的他还不想和我有任何瓜葛。我接起了电话。

坚信不疑

正如承诺的那样，托德·瓦莱克在《波士顿环球报》刊发的文章——2017年6月18日星期日《环球报》头版头条的折页，简的大头照赫然印在上面——将米德尔塞克斯地区检察官拒绝公开简的记录一事，放置在了马萨诸塞州限制公众获取文件的历史大背景中加以讨论。瓦莱克在文中援引了发生于伍斯特①的一桩案件，尽管州警方知会过地区检察官该案的主要嫌疑人已经死亡，他们还是不肯公开六十六岁凶手的记录。他将马萨诸塞州拒绝公开记录的行为与其他州的情况做了对比，在其他州，公布过往悬案的信息确确实实是有助于破案的。

"我们无法知道哪些会成为重要证据，"地区检察官玛丽安·瑞恩（Marian Ryan）反驳道，"这对于我们来说进退两难。"

瓦莱克的文章还公开证实了简·布里顿一案的最后一轮DNA检测是在2006年，并且还有一些余下的DNA是有关部门可以用于测试的。

之后邮件陆陆续续发来了。卡尔写道，他不认同官方决定不公开案件记录这种做法。唐·米歇尔被读者的评论搞得胆战心惊，他们觉

---

① Worcester，新英格兰地区仅次于波士顿的第二大城市，位于美国马萨诸塞州中部，距离波士顿以西约64公里。

得他拿走沾有血迹的毯子令人反感，认为这无疑说明了他就是凶手本人。但比起这个，他还是更感激简的案子能受到关注，也对有机会重新讲述这个故事心怀感恩。一位律师主动提出要为我和那位一直试图拿到档案的近八十岁的老人迈克·威德默提供免费的法律援助。这位律师的计划是威胁将此事捅到更高一级的总检察长办公室，让他们负责查办。我们愉快地接受了他的帮助。

事实证明，早在1969年，迈克·威德默是第一位赴现场报道的记者。正是从他最初在合众国际社、后由《星条旗报》转载的文章中，博伊德第一次得知了简被杀害的消息。就在瓦莱克的文章发表前不久，我和迈克在哈佛广场的面花烘焙坊（Flour Bakery）第一次见了面，马路转角就是简在大学路的公寓楼。这里过去是克罗宁酒吧，迈克在最初的那篇报道里提到过。迈克精神矍铄，目光炯炯。他在七十五岁生日时曾游泳游到了恶魔岛①。我意识到他第一次报道简这个案子的时候，差不多和我现在同龄，我们俩的年龄差刚好是从简过世到我们提出档案申请的时间。

他刚刚在合众国际社工作的第二天，波士顿分社的社长斯坦·贝伦斯（Stan Berens）就将他叫到了办公室，摇着食指示意他。"我们给你找了个一流的谋杀案。"贝伦斯说。

迈克坐上地铁红色线（Red Line）来到哈佛广场。那感觉就像回家了一样——他刚刚在哈佛大学读完研究生；他最好的朋友就住在大学路公寓街对面——但这种熟悉的感觉只会让那一刻变得更加不真实。迈克走进简的公寓，和警察们交谈，并以最快的速度向当天下午值班的编辑汇报了这个故事。

他的报道一经刊发，就迅速被发往世界各地的合众国际社。报道被印发在一些晚报上，第二天一早又被几十家报纸联合报道。迈克至今还

---

① Alcatraz，美国加利福尼亚州旧金山湾内的一座小岛，曾设有恶魔岛联邦监狱，关押过重刑犯，于1963年废止，现为观光景点。

保留着纽约分社社长祝贺他以二十四次转载对两次转载的战绩击败美联社报道的那张纸。"它确实成就了我的事业。"迈克·威德默告诉我。

我们离开面花烘焙坊，溜进了简的公寓楼。一名邮递员刚好走出来，我们钻进了电梯。电梯门一关上，我们便咯咯笑了起来，我看到年龄从他身上消失了。突然之间我们变成了同龄人，追踪着同一个故事。这么多年过去，这栋建筑经历了大面积翻修，他发觉自己已经很难认出其中的布局了。但我们还是在四楼找到了过去的楼梯间，希望他的身体记起多年前他做过的事。

我们离开这栋公寓的时候还没准备好就此别过，于是又走到了附近的公园。他试图回忆起简的尸体被搬出公寓的情景，我记得我手机里有一张旧报纸的照片，上面就是担架被抬出来的样子。迈克拿过我的手机，放大了照片。他将手机还给我，指着一个留着胡子、身穿浅色风衣的年轻人。"这就是我。"他说。他在一张他从来不知道它存在的照片中看见了自己。

穿浅色风衣、系黑色领带的迈克·威德默。

我这才发觉我们身处的这座公园，正是我第一次听说简的地方。我感受到了回响，想知道这个故事是不是真的带有某种巧合，还是说因为我太过渴望巧合而有意制造了它们。

理查德·迈克尔·格兰利

不过到目前为止，自打瓦莱克的报道发表之后，受震动最大的是理查德·迈克尔·格兰利（Richard Michael Gramly），简·布里顿去世时他是哈佛大学人类学系的研究生，他从她的故事外围逐渐靠近了正中心。

我第一次见到格兰利这个名字是在 2014 年夏天，在探案网上，差不多和唐·米歇尔第一次在网站发帖是同一时间。理查德·迈克尔·格兰利还有很多名字——米奇（Mickey）、迪克（Dick）、理迈格（RMG），最经常使用的名字是迈克（Mike）——在简死的时候，他并没有因为与这起谋杀案有关联而受到审问。一直到 1976 年，一位名为安妮·亚伯拉罕（Anne Abraham）的年轻考古学家在两个人的考察途中，于加拿大拉布拉多（Labrador, Canada）一处偏远的地界拉玛湾（Ramah Bay）失踪，人们才开始怀疑格兰利。他是最后一个看见安妮活着的人。

探案网同主题下的帖子流言四起，都是关于格兰利和他那一点就着的火暴脾气的。这些有关格兰利的不堪入目的猜测，使得我很多年都不敢靠近这网站一步。这似乎是在将罪过抛给一个不幸与另一桩悲剧有关的人身上。没有人能确定格兰利认不认识简·布里顿，更不要说他在凶案发生时人在不在剑桥了。

在简的好友当中，没人认为格兰利是凶手，但这依旧不能阻止这么多年私底下谈话时他的名字动不动就会冒出来。2016 年，博伊德曾说他和安妮·亚伯拉罕的家人聊过。他说，尽管他试过鼓励他们，因为他同情这种生活在一个没有答案的巨大疑问中的痛苦，但博伊德还是感觉自己给不了什么具体的帮助。对于博伊德来说，安妮·亚伯拉罕的失踪"完完全全是另一回事"。在夏威夷的时候唐·米歇尔告诉我，他听说了拉布拉多考察的悲剧，也在给乔伊斯中尉写的信中提及了此事，但他还是觉得对格兰利的怀疑并没有事实依据。

然而直到2017年，格兰利的名字一再出现，我感觉为了以防万一还是有必要做一点调查工作。

我和比尔·菲茨休（Bill Fitzhugh）聊了聊，安妮·亚伯拉罕失踪的那次拉布拉多考察正是由他组织的。菲茨休如今是史密森学会北极研究中心（Arctic Studies Center）的主任，他说格兰利是一个"非常复杂"的人。但他向我保证，安妮失踪后史密森学会已经做过详细调查，并且机构对这个解释也是满意的：她的死纯属是一次可怕的意外。至于简的死，尽管菲茨休1969年时也是哈佛大学的一名研究生，并且偶然和简认识，但他并不知道迈克是不是也是同样的情况。"他有没有牵扯进简的死我不能——我不了解，所以说不好。"菲茨休说。

到了春天，差不多是我在西海岸旅行的那段时间，我甚至给格兰利本人打了电话。用无端的猜测侵入别人的生活让我感到紧张，我也没兴趣去测试他脾气差的说法是不是真的。但我还是觉得不试着接触一下是不负责任的。

在电话里，格兰利的声音经常在同一句话中从清晰的男高音转变成刺耳的怒吼。他告诉我，他知道人们都在谈论他和简的谋杀案有关。他说他认为这属于"还可以接受的尴尬局面"，因为一直以来他只是在努力协助解决这个案子。他不止一次为了调查的事联系过剑桥警局，并为他们的毫无进展感到愤怒。"问题在于，在我们这个社会，做好事都是要受到惩罚的。"他说，他还提醒我萨勒姆女巫审判案①正是发生在马萨诸塞州。

"现在再来看看这个。"格兰利说完,便开始讲一个故事。

1970年代中期,格兰利在皮博迪博物馆的帕特南实验室(Putnam Lab)任管理员。他主动承担了给实验室做深度清洁的工作,因为实验室自60年代末开始使用以后还没有彻底清扫过。他说,在一个储藏柜底层的最里面,他发现了一箱被人打开了的红色赭石,看上去像是有人拿走了一把。格兰利立刻想到了简的死,觉得有必要报告自己的发现,并且坚信这就是某种证据。

格兰利将箱子交给了时任博物馆馆长的史蒂芬·威廉姆斯。当威廉姆斯看到盒子里盛装的东西时,脸上闪过一丝惊恐。那是格兰利最后一次听说此事。

"你为什么不去找警察呢?"我问他。

他说,他相信自己敬爱的史蒂芬导师会处理好的。

但几十年的沉默过后,格兰利觉得,他除了亲自告诉警方以外别无选择。因为他相信,那箱红色赭石的主人,正是简谋杀案发生时负责看管实验室的那个人——李·帕森斯。

托德·瓦莱克在《波士顿环球报》的报道刊发以后,我觉得可以放心大胆地把格兰利当成简故事中的一个小人物来看待了。李·帕森斯变成了我主要关注的对象。之后我读到了这篇文章。

在一段看似无关紧要的简短段落中,藏着格兰利说过的一句无伤大雅的话:"简从未得到过正义。"如果读者没有花费数年时间研究过

---

① Salem witch trials,1692年2月至1693年5月,北美殖民地马萨诸塞湾的萨勒姆(现美国马萨诸塞州)一位牧师的女儿突发怪病(被认为是"巫师"在作恶),引起镇上与周边城镇邻里之间的相互指控,最终引发了一场残忍的审判,结果有20人被处以死刑,其中14位是女性。

简的故事，这段话不会引起什么注意。但对于我而言，其意义却相当重大。瓦莱克决定在文中引用格兰利的话（甚至是他作为简的支持者说出的话），这就像是一份官方声明一样，宣称了格兰利不仅仅是故事里的一个边缘人物。他的出现让我一度怀疑过的调查途径有了可信度，也促使安妮·亚伯拉罕的家人和我取得了联系。

我一直拖着没去联系亚伯拉罕一家，因为我听闻他们在安妮失踪后几十年终于恢复了安宁，而这份安宁是不堪一击的。我还担心自己给他们过多的承诺——毕竟我写的是简，不是他们姐姐的案子。但在纽瓦克①机场候机的时候，我收到了托德·瓦莱克的一封邮件，上面写着安妮的哥哥泰德（Ted）的电话号码。在得到泰德的允许之后，托德告诉我他有一些关于格兰利的事要分享。

这次航班是飞去罗马的，也是我前往保加利亚（Bulgaria）旅行的第一站。接下来的四个星期，我将在那里挖掘一处铜器时代的遗址。优纳塞特堆（Tell Yunatsite）是堆积起来的城市，年份较近的土层堆叠在过去的土层上。这里也是我能找到的和简在叶海亚堆的挖掘最为接近的遗址了。阿瑟·班考夫对我的这个决定表示支持。几个月以来，我一直期待着这次挖掘工作——我想感受那种疯狂，也想了解铲子铲在土里的感觉——但突然之间，它变成了我最不想做的事。

航班开始登机时，我拨通了电话。

泰德的嗓音尖细而忧郁。他是在俄克拉何马州（Oklahoma）和我通的电话，过去的十年里，他一直作为放射肿瘤学家在那里治疗切罗基族②和奥塞奇族③的成员。我不得不用手罩住手机才能在纽瓦克机场的广播声中听清他说话。

---

① Newark，美国新泽西州最大的港市，大纽约市的一部分。
② Cherokee，美国东南疏林地区的原住民族群。18世纪以前，他们主要居住在现在的北卡罗来纳州西南部和田纳西州东南部，以及南卡罗来纳州西部和佐治亚州东北的部分地区，被迫迁徙之后，现今大多居住在俄克拉何马州东北部。
③ Osage，北美大平原原住民部落。自19世纪，他们被迫从堪萨斯州迁移到印第安领地，也就是现今的俄克拉何马州。他们的大部分后裔都住在俄克拉何马州。

泰德说，他发现格兰利的行为"相当可疑"，因为这和他妹妹的失踪有关。在他们外出考察的那个夏天，迈克并没有按规定在拉布拉多搭建起无线电通信设备。直到安妮失踪之后，他才终于发出了信号。

泰德还说，他并不是唯一认为迈克有能力做出不可告人之事的人。还有两个女人也被他吓到了，她们耗费了很长时间监视格兰利的一举一动。"其中一位记录了他整个职业生涯中发生在他周围的所有谋杀案。"尤其值得注意的是，格兰利老板女儿的被杀案到现在还没有解决。

泰德解释说，他花了几十年时间，想找到简的谋杀案和他妹妹失踪之间的关联。简死的时候他在哈佛大学读本科——他读错了她的姓，把重音放在了第二个音节上——她的死"没怎么引起他的关注"。但是到了90年代末，他在脑海中构想出来的联系已经足够确凿了，所以他一遍遍联系警方，恳求他们调查格兰利和简的关系。

泰德写给剑桥警局的信从来没有得到过答复，但现在，简一案的DNA证据终于出现了，他感觉又有了希望。泰德从解决简的案子中看到了了结安妮失踪案的可能。"重点是找到一个他被牵连进来的案子，那样我就心满意足了。"

我和泰德又重新聊到了安妮，他说他父母一直没能成功对史密森学会的疏忽提起诉讼，说到这里他破音了。"我们的目标是起码保证这种事——"他顿了顿，很难听出他是在咳嗽还是在抽泣，"以后不会发生。"

这就是我曾经期待从博伊德那里听出的悲伤的声音。我对李·帕森斯是嫌疑人的肯定和兴奋劲全被击碎了。我的怀疑转变速度之快，就像抽鞭子一样。我向泰德承诺说我会尽力而为。

他感谢了我。"我感觉自己有点像哈姆雷特，什么都做不了。我也不想错怪无辜的人，但我认为必须严肃调查格兰利。"

就在飞机起飞前，我收到了泰德的邮件，上面说他帮我联系了他的妹妹爱丽丝（Alice），还有那两个花了几十年时间搜集格兰利信息的女人。他还发来了两个附件。我下载下来，在飞机上读了起来。读着读着我就想大喊大叫，因为在高空的这个铁皮罐子里，我没办法和任何人分享，也做不了任何事——在拉布拉多考察的领队比尔·菲茨休写的那篇关于史密森学会的文章里，我看到了安妮的照片，她脸上涂满了红色赭石。

菲茨休写道：

> 1975 年最重要的发现是位于响尾蛇湾（Rattlers Bight）的一处印第安人公墓。安妮挖掘了其中的一个坟墓，里面有一具被捆绑起来的人类骨架，还埋藏着海象牙斧、鱼叉、抛光石板制成的精细工具，以及可能是被用作镜子的巨大的云母片——所有这些都被厚厚的仪式性的红色赭石覆盖。我记得她激动地颤抖着，刷去覆盖在上面的赭石，她觉得自己是 4000 年以来第一个从云母中看见自己倒影的人；她停了下来，好奇之前留下的镜像为什么过了这么久都是黑漆漆的，然后她用手蘸了蘸赭石，顽皮地涂在脸上，想打破这个魔咒。

我的胃里仿佛涌满了酸水。我狼吞虎咽地吃掉了乘务员发给我的零食包，以为食物可以帮我缓解，结果却并没有什么用。

因为除了我以外没人知道，在打给我的那通电话里，格兰利生动地讲述了李·帕森斯曾工作过的帕特南实验室中红色赭石的故事。格兰利还告诉我，他其实认识简·布里顿。

安妮蹲在她挖掘的墓中，脸上涂满了红色赭石。

米奇

那是格兰利在哈佛大学就读的第一个学期。虽说他个头1米8，顶着一头偏红色的金黄头发，但在许多高年级的同学眼里，他仍是不会被注意到的那个。而简乐于去结识每一个人，有着和那些感觉与自己格格不入的人交朋友的天分。她在皮博迪博物馆外的台阶上和他聊起了天，天气暖和的时候人们会聚集在那里。简表现出的样子就好像她坐拥整个地方一样，这给迈克留下了深刻的印象。"她有社交天赋，为人外向,朋友遍天下,不分男女,社交圈子广得叫人难以置信。"

他们之间的闲谈陪伴了他生命里那段孤独的时日。他那个时候因为长距离的异地恋刚刚和正式交往的女友分手。但他心里再清楚不过,最好不要把简的热情误解成更进一步的关系。就像他后来回忆的那样,"我只是个从纽约州北部来的小子,大声喊出来吧。我在赫赫有名的人类学系。我向来是那么勤奋。我了解考古学,但我毕竟不是新英格兰贵族出身。"

理查德·迈克尔·格兰利比简小一岁,在纽约州的埃尔迈拉(Elmira)长大。他的父母在他十岁那年离了婚,离婚证明上写的原因是"暴力"。之后格兰利在上学期间便和做机械师的父亲、做清洁女工的祖母住在了一起。

米奇从小就喜欢调皮捣蛋,有着企业家一般的头脑和一股疯狂科学家的气质。他发射的火箭可能会落在邻居家的房顶上。米奇总像是在忙着捣鼓些什么,左邻右舍的许多小朋友都会被他吓到。年纪大一点以后,他曾和一个朋友演示海军陆战队的士兵是如何靠按压颈动脉在几分钟之内置人于死地的。

高中时,他就像是一个谜。他被大家称作迪克,不仅加入了科学俱乐部和德语俱乐部,担任钱币俱乐部的主席,还是年鉴文字工作组的成员。但和你想象中参与了这么多活动的人不同,他身上并没有那种社交场合的存在感。1964年毕业时,在全年级400个人当中,他是17名荣获优等毕业生的学生之一,但多年以后却没有什么人记得他。其中一位获优等毕业生的学生凯莉·贝桑妮(Carrie Besanceney)说:"我只记得在霍利亨(Houlihan)女士的社会研究课上,我和他并排坐过。他性格温和,但我想不出他都和什么人来往,在校外都做些什么。"

凯莉不知道的是,迪克喜爱户外运动——打猎、钓鱼、沿着铁道线徒步。迪克最爱的消遣方式,就是在埃尔迈拉附近的耕地和大平原上闲逛,找寻箭头。他高中时就开始在希芒河①边做考古挖掘了,还迎来了一次重大突破——纽约州的考古学家威廉·里奇(William Ritchie)回复了格兰利的一封信,并成为他的非正式导师。格兰利整个大学暑假期间都在替他工作,尽管里奇本人不曾就读过哈佛大学,却将格兰利送上了哈佛大学博士项目的快车道。里奇向哈佛大学输送过一大批年轻血液——布鲁斯·布尔克、哈维·布里克(Harvey Bricker)、迈克·莫斯利(Mike Moseley)——他们自称为"非正规军"。布鲁斯·布尔克后来反映说,有关红色赭石在北美墓葬中的用途的信息可能是他们带到哈佛的。"这种有关红色赭石的仪式性的东西"让比尔·里奇(Bill Ritchie)和他的一众伙伴着迷不已。

格兰利大学毕业后跟随布鲁斯去了哈佛大学。据格兰利说,第一个学期刚开学,也就是1968年的秋天,他遇见了简;他们俩选了同一门课,任课老师是人类学家卡尔顿·库恩(Carleton Coon),在这门课上用到的材料后来被他结集成《游猎民族》(The Hunting Peoples)一书出版。格兰利记得自己和简讨论过,库恩在野外挖掘期间,在未经允许的情况下削掉了一个人的一缕头发作为实体样本,之后也没有为此事道歉,这让他们感到非常震惊。

有几次下课后,简邀请格兰利去她家喝茶。他们走到大学路时已是晚上,一盏盏路灯亮起。"美好而闲适",他回忆道,并且还说到了她床边的书桌,上面摆着她给库恩画的工艺品。

格兰利提醒自己,简邀请自己只是出于友善。他们谈天,喝茶;他当时正在考虑去伊朗工作,简给他提了一些建议。虽然他还是会忍不住想,她的行为多容易被曲解啊。他听说简会对很多人体贴入微——但不一定和他们发生关系。但他告诉自己,你是知道的,但谁知道呢。

---

① Chemung River,位于美国纽约州中南部和宾夕法尼亚州北部,是萨斯奎哈纳河的一条支流。

遗迹上的学者

从索非亚①到帕扎尔吉克②有两小时的车程。我的考古地点由保加利亚大学负责管理，位于这个国家最核心的地带。我原本希望这是个十人团队，结果同车的只有一个叫丹尼尔（Daniel）的六十多岁的男人。他的裤腿边缘被他踩得破破烂烂，光是钻进车里就已经让他上气不接下气了。我担心在前面等着我们的三十七八摄氏度高温底下，他会有什么反应。

我们没有在星空下露营，而是被安置在了帕扎尔吉克市中心的宾馆里，距离遗址15分钟的路程，轻松得叫人没什么可抱怨的。我自己独享一间房，有书桌、有空调，附近还有一直开到晚上9点的市内泳池，我还把两张单人床拼到了一起。

头几天，我并没有见到优纳塞特堆的尊容。负责人是一对父子档，想先讲讲挖掘方法和理论基础，所以在宾馆的早餐区给我们俩上起了课。他们告诉我们，6000年以前优纳塞特发生过一次大屠杀。丹尼尔问："要是碰到你知道是被谋杀的人的遗体，那是种什么感觉？"年轻一点的负责人说："一方面你知道那是个悲剧。但身为考古学家，尽管这听起来有点奇怪：那是你的幸运，也是你理解人类故事的唯一机会。"

午休时，我拉上长长的红色窗帘，这让整件事增添了梦幻般的《双峰镇》③之感，然后我重新开始仔细查找探案网上的线索。我开始找爱丽丝·亚伯拉罕（Alice Abraham）的帖子，因为我从她哥哥

---

① Sofia，保加利亚首都，位于保加利亚中西部，地处四面环山的索非亚盆地内。
② Pazardzhik，保加利亚南部城市，帕扎尔吉克州首府，位于马里查河上游两岸。
③ *Twin Peaks*，由大卫·林奇和马克·福斯特联合执导的惊悚类美剧，于1990年在美国首播，讲述了在华盛顿州的安静小镇双峰镇，一名年轻女子的尸体被冲上岸，打破了镇上的宁静，引发了一连串的谜团。

那里得知她也是发帖人之一。但我惊讶地发现,她第一次发帖是在 2016 年。而大部分谴责格兰利的帖子发帖时间更早,发帖人叫"监督之眼"(Srutin-eyes,后文简称 S-E)。

S-E 提到了和格兰利有关的一个恶性事件,把他描述成圈内的"贱民",脾气暴躁,有过践踏伦理的前科,例如"对人类遗骸做了可怕的处理"。S-E 说,格兰利之于考古学界已是离经叛道。他因为亵渎坟墓遭到起诉之后,曾一度被禁止在纽约美国原住民墓地遗址做考古挖掘。根据 S-E 的说法,格兰利在纽约州立大学石溪分校(Stony Brook)的学生们都称他为"疯狂的迈克",因为他"经常会勃然大怒,在言语上攻击不同意他观点的同事,不止一个人找过我,说担心自己的人身安全"。

我可以证实 S-E 的一些说法。格兰利实际上曾在 1982 年失去美国考古学会(Society for American Archaeology)的会员资格。在为一名因掠夺及非法侵入而遭到指控的文物收藏家辩护时,格兰利解释说,他之所以没有延长自己的会员期限,是因为"美国考古学会的章程中非常明确地规定,交易文物是不被允许的"。于是他在 90 年代初创立了美国业余考古学会(American Society for Amateur Archaeology),并通过自己的出版社发表了他的挖掘成果。他的这家出版社推出的第一批作品,就是有关五十个州各自历史保护法的调查问卷汇编。格兰利尤其感兴趣的是针对人体遗骸的地方法律。汇编集的前几个问题就是:"(1)你所在的州/地区是否有适用于挖掘人类墓葬的法律?(2)如答案为'是':有标记的墓葬和无标记的墓葬之间是否有区别?"

纽约司法部长和当地的美国原住民团体的确曾对格兰利和他当时工作的凯尼休斯学院①提起过诉讼。指控的罪名是亵渎坟墓,以及在尼亚加拉(Niagara)边境一个 17 世纪的易洛魁人②村庄里对文物和

---

① Canisius College,位于美国纽约州水牛城的一所私立天主教大学,与当地的凯尼休斯高中一起于 1870 年由耶稣会成立。

② Iroquoian,北美洲印第安人的一支,原分布在密西西比河以西,后迁到安大略湖和伊利湖一带。于 1570 年前后组成易洛魁联盟。

人体遗骸处置不当。这标志着第一次有州根据美国本土居民墓葬保护与赔偿法案①提起诉讼。该法案是 1990 年颁布的一项联邦法律,旨在保护和遣返美国原住民的文物。在一年多的时间里,格兰利将挖来的陪葬品摆在自己办公室,把一些人类的骸骨存放在文物贮藏室走廊的纸箱里,而这些环境并不适合保存文物。时任司法部长的艾略特·斯必泽(Eliot Spitzer)不仅指控格兰利违反了法律,还指控他将这些文物窃为己有的做法"违背了公序良俗"。格兰利辩驳说,用纸箱保管这些文物仅仅是暂时的;在提起法律诉讼期间,他正在为挖掘出来的遗骸建造一个立有花岗岩纪念碑的墓室。2000 年的协议书要求格兰利返还该遗址的所有人类遗骸及文物。协议还禁止他在没有取得相关部落或民族许可的情况下,再次对纽约的美国原住民遗址进行挖掘。同年晚些时候,他搬到了马萨诸塞州。

尽管我从来没和任何一个从他学生那里知道"疯狂的迈克"这个绰号的人聊过,但我确实找到了说过他情绪阴晴不定、对他有过生理上的恐惧的人。在一个现已关停的网站"箭头学"(Arrowheadology)上,有个主题帖讲述了格兰利一次大发脾气的事件。杰森·纳拉里奇(Jason Neralich)是一位业余的考古学者,2003 年他在格兰利的橄榄枝(Olive Branch)考察队中有偿打工。这次考察的协议是,志愿者可以自行保管收工后找到的任何东西。就在一次值勤过后,纳拉里奇发现了两把燧石刀片,他把其中一把称作"橄榄枝遗址的圣杯"。据说格兰利得知这件事之后不太高兴:他"在一种完全精神错乱的暴怒中跳下车,歇斯底里,丑态百出,把所有队员都吓坏了。大概就是在这个时候,他直接将他喝醉了一般的怒气撒向了我。他冲到距离我的脸几厘米的地方,从肺里爆发出阵阵怒吼。我能从他的呼吸中闻到一股酒精味,他继续说着粗俗不堪、醉醺醺、叫人难以理解的黑话,我被他的口水喷到了。那一晚,那一刻,我周围的时间仿佛静止了,我

---

① NAGPRA, Native American Graves Protection and Repatriation Act.

唯一记得的是格兰利大叫着'你管自己叫考古学家！！！'"。

格兰利说这是对现场挖掘协议的误解。虽然大家可以保留他们在诸如铁路路堑这种特定的遗址区域发现的任何东西，但这些刀片却是在路堑旁边发现的，关键是它们还处在原有的环境中。这类文物属于道格拉斯·希尔金博士（Dr. Douglas Sirkin），他们挖掘的这片区域归他所有。格兰利说，即便如此，希尔金还是给杰森付了酬劳，并且以他的名字命名了自己的储藏室。"我也不知道（你给大家讲什么是现场协议的时候）应该怎么做。让大家签一份血书？"

还有人和我讲了类似的故事。一位年轻学者要求匿名爆料，因为他怕讲到和格兰利的交往会遭到报复。"唉，我刚开始读研究生那几年，非常有名气的考古学家……在开会时把我拉到一边，对我说：'哎，我听说你可能和格兰利有交集。听我一句劝，千万别和他单独待在一起。'"这位学者描述说，当格兰利处在"恐吓模式"时，他会觉得没人把他说的话当回事，所以会给各个大学的人打电话，"告诉所有人我是个多差劲的人，不要和我工作。彻底排挤我吧"。

大多数情况下，格兰利打去电话的那些人并不拿他当回事。正如一位愤愤不平的学者解释的那样，"所有人都知道，这家伙顶着各种头衔，长期做着不道德的事。"他们还联系了这位学者，和他开玩笑说："哦，你又把格兰利惹毛了。他又开始大发雷霆了。"

我还了解到，在探案网上最初发布有关简的主题帖的人，曾亲身经历过格兰利的暴怒。用户"陈年旧案"（macoldcase，后文简称MCC）担心家人们的安全，所以用匿名的方式和我交谈。MCC说，他们有一次激怒了格兰利，是因为他们在一小篇文章中没有引用他的话，而发表那篇文章的刊物是"只有研究古印第安人的考古学家会读的不起眼的小期刊"。MCC毫无预兆地收到了一封格兰利发来的泄愤邮件，上面说他们是考古学界的耻辱，说他们应该从博士项目中被除名，说他们找工作会遇到麻烦的。"我都能想象他猛敲键盘、在电脑前大吼大叫的样子。"他们说。

格兰利联系了 MCC 的研究生导师还有他们的工作单位。MCC 向导师们解释了事情的前因后果，对方均表示理解。"我们聊到最后，我的一个老板说：'我想他是 60 年代去哈佛大学读的研究生，我经常听说那儿有过一个赭石谋杀案的传闻。'这位老板用开玩笑的语气补充道：'我想知道是不是他干的。'"

这是 MCC 第一次听说简·布里顿谋杀案，但"我围绕这个人问得越多，所有人——包括当时在哈佛大学读书、现在在东北部工作的，还有做古印第安人考古的——都至少能讲出一个关于他脾气暴躁、声名狼藉的故事，所以那个时候我就在探案网上匿名发布了那个帖子。"MCC 发布的简·布里顿主题帖并没有提及可能的嫌疑人，只是问有没有人了解更多和案件有关的事。他们只是随口一问，结果 MCC 惊讶地发现，帖子的线索将嫌疑人的矛头指向了格兰利。

在发布的帖子中，S-E 总结了牵涉到格兰利的案子：

> 有两位女考古学家死了，理查德·迈克尔·格兰利（RMG）当时好像就在哈佛，他绝对是最后一个在拉布拉多见到活着的安妮·亚伯拉罕的人。他一向是，现在依然是我行我素、不管不顾……其他考古学者都说，待在他旁边会让人担心自己的人身安全。执法部门的人别再吃闲饭了，赶紧去调查一下简·布里顿的死和安妮·亚伯拉罕失踪之间的关联吧！

三名嫌疑人

我接到了一个未知号码的来电。对方叫史蒂芬·洛林（Stephen Loring），是我前段时间在比尔·菲茨休的提议下联系的一位北极考古学者。洛林是 1976 年菲茨休拉布拉多考察队的成员，正是在那一年的夏天，安妮失踪了。"他记性特别好，能记住许多细节"，比尔告诉我，但他也提醒我洛林也许不想谈及安妮，因为他个人的状况不是很稳定。不到一年前，他妻子刚刚过世。

我第一封邮件写得很模糊，所以洛林打来电话的时候，他还以为我想就北极的菜肴采访他呢。当我告诉他我在写关于简·布里顿的书，他的声音像哨声一样滑落下去："唔，说来话长。"他笑起来，仿佛这通电话他已经等了五十年。

信号不太好，我将手机紧贴在耳朵上。

"你知道，你怎么想它就有什么样的走向。三名嫌疑人都是有趣又偏执的角色。"

三名嫌疑人，这让我始料未及。

"关于是谁杀害了简·布里顿，有不同的阵营。李属于那种不太重要的小角色。然后是兰伯格-卡尔洛夫斯基，再之后当然就是有力争夺者迈克·格兰利。"

这还是我头一回听别人这样说——我的三名嫌疑人。

虽然洛林没去过哈佛大学，也从来不认识简·布里顿，但他的生活总是和她身后的世界交叠相错，仿佛他们是被套牢在一起的。洛林说，1969年，他在佛蒙特州（Vermont）的高达尔德（Goddard）学院读大一，冬季学期时在皮博迪工作。他去工作的第一天，是简·布里顿被杀害后的星期一。他对那里的第一印象，就是史蒂芬·威廉姆斯带着一名警探参观博物馆的内部。

在位于地下室的工作台，洛林还和兰伯格-卡尔洛夫斯基的活动范围重叠了，虽然卡尔从来都懒得和博物馆的临时工交流。对于洛林来说，兰伯格-卡尔洛夫斯基不过是皮博迪博物馆"走廊里游荡的一个人"而已。

迈克·格兰利呢？"那可是个活跃人物，"洛林透露说，安妮·亚伯拉罕失踪时自己曾是她的男友，他和亚伯拉罕一家人的关系一直都很密切。他最近和泰德·亚伯拉罕提到过的倾尽毕生之力调查格兰利的两个女人中的一个聊过。洛林说到她怀疑格兰利的理由，那些理由完全和安妮·亚伯拉罕无关，但很有趣，"足以让他排到靠前的位置。"

洛林说，所有人里他最了解的就是李·帕森斯。他接受了李去危地马拉考察的邀请之后，和他一起待过好长一段时间。然后——

电话里响起电流声。

我拨回去。"嗨。史蒂芬的手机答录机。"

我又试了一次。他接起电话，但我还是听不见他说话。我又拨了一回，不想在这个关键时刻联系不上他。而这一回，只有一声声电话铃在响。

挖掘现场

我每天都待在保加利亚的挖掘现场，蹲在一个有着 7000 年历史的黏土坑里。我不敢碰坑的边缘，不然它就会坍塌下来。那感觉就像是我从土里掸掉土里的土。但是我喜欢。那是一种多学多得的感觉，可以了解到土壤颜色的变化意味着那里曾经有过一个古老的柱坑。我一直不太能克服这种想法：我们可以从过去的消极结果中恢复过来。

另一位前来挖掘的丹尼尔简直要把我搞疯。他管苏打水叫"碳酸水"。看见他在白面包上抹了几厘米厚的厨师自制的蜂蜜，却拒绝吃一口蔬菜，我难受极了。但疯狂之余还是有快乐的一面。小团队的确会产生一种极度精神错乱的氛围。这让我感觉自己离简更近了。我很享受学习怎么用凸度仪绘制残片，因为我知道那是她的专长。看着挖掘负责人用刀的边缘轻轻掸掉文物表面的尘土，我很享受那种专注带来的紧张感。危险与细致共存是多么诱人啊。

我们从早上 6 点一直挖掘到下午 1 点，下午最热的时候休息，之

贝基在优纳塞特堆。

后会回到遗址，花三个小时对残片进行清理和分类。场地负责人告诉我，他一连几天祈祷自己不用同时看到日出和日落。在梅子拉基亚酒[①]带来的令人迷醉的兴奋感和山羊夜里回家的铃铛声之间，我可以处在时间的任意角落。

我夜里会贪婪地睡去，把闹钟定在必须起床的最后一刻，之后再飞奔到车上，那辆车会载着我和丹尼尔到挖掘现场。有一天早上，我醒来后收到了唐·米歇尔发来的信息，在赶去遗址之前，我只有几分钟时间看他发了什么：

> 贝基，马萨诸塞州警局的彼得·森诺特刚刚打电话给我。他肯定知道我在哪儿，因为他说他们会再做几次 DNA 检测，需要

---

① Rakia，一种由经过发酵的果实生产的蒸馏酒，酒精度数在 40% 左右，主要流行于巴尔干半岛。

我配合。我说当然可以。他说他可能会飞过来取样。总之……大树晃动了，靴子要落地了。他除了说到"新的检测方法"之外没透露太多。

"无路可走的时候，这个时机挺好的。"我回复，眼镜还放在床头柜上。

唐发给我一个公共电视的片段链接：前一晚录制的专题讨论，嘉宾是地区检察官玛丽安·瑞恩、《环球报》记者托德·瓦莱克，还有和我一起争取调取简的记录的伙伴迈克·威德默。我边刷牙边看了起来。

玛丽安·瑞恩认为，她的职责不是披露档案，而是给受害者的家人们提供解决办法，在合理的怀疑之外找到足以支持起诉的证据。她希望可以利用余下的DNA做到这一点。

"从2006年开始你们就没再做过DNA检测了！"迈克·威德默反驳说，"现在引起众怒了，你突然又——"

所有人开始互相讨论了起来。

节目看到一半，我给唐发去短信：

> 2分钟之内我得赶去遗址
> 老实说，我很高兴他们开始取样了

我一直担心的是，就算官方开始做DNA检测，他们也只准备通过1990年创建的DNA联合索引系统（CODIS, Combined DNA Index System）国家数据库筛查一遍基本信息。我担心杀死简的凶手并不会被写进数据库，那么真正的凶手就会成为漏网之鱼。

专题讨论的主持人问："顺便问一句，有人已经得出结论了吗？……库珀那边有结果了吗？"

迈克答道："我不知道。我隔三岔五会和贝基聊天。"

在那个房间，在屏幕上，我缺席了，我的缺席给人的感觉就像古代的柱坑一样，剩下的全部只有一个凹坑。他们在讨论简的故事，我的故事，我们的故事，而我却不能回答。

又经过了几分钟来来回回的讨论，主持人说"我们时间到了"，但用一个坚定的承诺来结束这个部分还不算晚。

地区检察官说："目前的情况是，我希望知道 4 到 6 周之内我们能不能开发出一份 DNA 档案。"

主持人紧接着逼她给出了承诺："等到那个时候，你会下定决心共享这个信息吗？"

她点点头。"会的。"

玛丽·麦克卡森

我把回家的航班改签到了比原计划早两个星期，但我还是可以在保加利亚待上几天。这段时间我尽量和简的故事保持着联系。处理完残片回来，我在宾馆的床上给玛丽·麦克卡森（Mary McCutcheon）打了电话，她 2007 年以前在乔治梅森大学（George Mason University）教人类学。她就是花费数十年时间追踪格兰利可能对简的死亡和安妮的失踪有罪的两位女性之一。

在电话中玛丽告诉我，她是在 1968 年春天、大学三年级时认识格兰利的。当时她正和教授考察休斯敦的支流，教授将他的一位熟人介绍给了她，这个人就是理查德·迈克尔·格兰利。格兰利从伦斯勒理工学院（Rensselaer Polytechnic Institute）毕业后在一家石油公司做地质学家。他长得很帅，红头发，手臂健壮，肩膀宽厚。他还主动用他的野马敞篷车载她回家。"我被他迷住了。"她回忆说。他让她叫自己米克（Mick），因为他同父异母的姐妹们都这么叫他。这迅速让两人感觉像是老朋友一样。他还邀请她去了他的"克洛维斯俱乐部"

(Clovis Club)，在送她的会员卡上，他签的名字多了一个字母 e：Gramley。后来他们开始约会。那是一段"旋风式的"恋爱。过不多久，玛丽就头脑一热同意了和他一起去墨西哥自驾旅行。

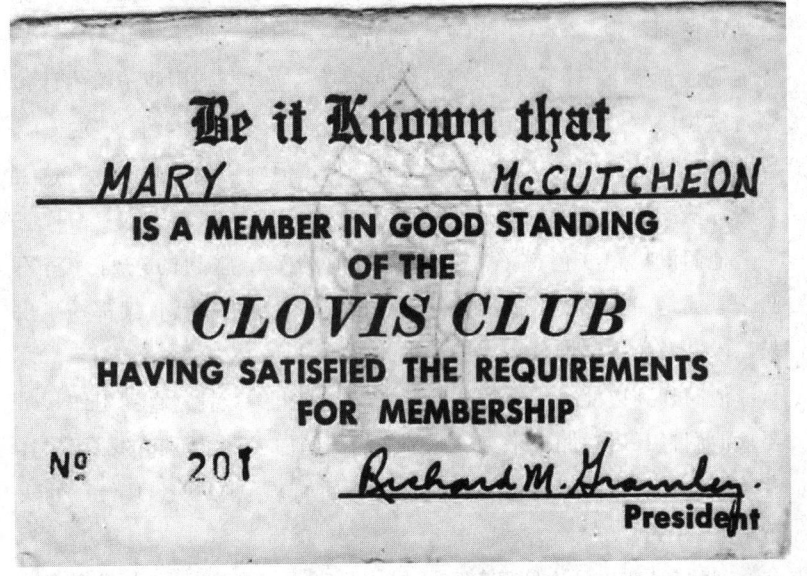

玛丽·麦克卡森"克洛维斯俱乐部"的会员卡，格兰利的签名多了一个字母 e。

公路之旅

米克停好车。没有了风，得克萨斯州东部（East Texas）夏天的酷热实在叫人难以忍受。玛丽知道，米克整个周末都在哈里斯县[①]男

---

① Harris County，位于美国得克萨斯州东南部，是全美人口第三大县和得州人口最多的县。

子学校（Harris County Boys' School）附近的一处墓地遗址考察，这所学校以前是一群受人抚养、有犯罪倾向的男孩子们的住处。当他提议他们可以在去墨西哥的途中停留此地时，她很是兴奋。他们拿着铲子、牙签和刷子轮番上阵，就这样度过了一个下午。而玛丽发现，比起埋头挖掘，她其实希望能喝上一口冰茶。但米克似乎乐此不疲，不停地说他希望下一铲子就能挖出红色赭石。他教会她用质子磁力计检测含铁物质的原理，他在纽约的时候和比尔·里奇学会了这项技术。玛丽知道这种对红色赭石的兴趣并不少见，但她从没见过谁能有这么大的热情。他甚至还为此写了一篇论文。

他们没找到红色赭石，但米克对他的铲子碰到的东西兴奋不已——那是一具人类的遗骸。他们一直挖，直到把整具骨架都挖了出来，米克马上把这堆骨头塞进了车的后备厢。

他们开到边境时已经完全忘记了后备厢里的骸骨，直到工作人员要求他们打开后备厢。米克——帅气的美国白人，了不起的故事讲述者——告诉对方他们快要赶不上去墨西哥城（Mexico City）的火车了。

"我只是在生活中兜兜转转，被一件件事情绊倒，也在无意中造成过伤害，"玛丽后来回忆，"回看那段时间的自己，我心里会想，呃。"

他们从墨西哥城乘三等巴士横跨恰帕斯[①]和尤卡坦[②]，拜访了古代考古遗迹和岩穴——一种藏在城市地表以下的矿池。在这些地方，两人之间的话题很难绕开仪式和死亡。有些岩穴曾经是古代玛雅人的圣地；矿池中乳白色的水就是人类曾经的祭祀场所。

在帕伦克，一座建有巨石金字塔的古玛雅城，玛丽和米克扛着大

[①] Chiapas，墨西哥东南部的一个州，东邻危地马拉，南临太平洋，是连接墨西哥和中美洲的重要桥梁。

[②] Yucatán，墨西哥的一个州，印第安玛雅人的故乡，位于尤卡坦半岛北部，北临墨西哥湾。

包小包在这些建筑之间上上下下。一条剧毒的矛头蛇横穿过他们走的路,却从他们脚边溜了过去,不像是会对他们产生威胁,反倒更像是某种征兆。他们发现一场暴风雨就要来了,便立刻飞奔到他们能找到的最高点,迫不及待地想看雷电猛烈地划过天空。他们在金字塔尖上驻足,看着闪电击中了树木,尽管心里面明知道那闪电可以轻而易举置他们于死地,但他们依然感觉自己被年轻和激情庇佑着。大雨倾盆之时,玛丽眼见着米克陷入了狂喜。他向玛雅人的神灵吟唱,不停地讲述着,说他认为献祭的处女在被杀死并丢进岩穴之前是四肢张开的姿势。玛丽感到既惊恐又困惑。

  旅行结束后,玛丽回到了伊利诺伊的家。米克则一路开到边境去,车的后备厢里还放着那具骸骨。1968年夏天余下的日子两个人是分开过的,除了有一回米克在玛丽的老家和她短暂地见过一面。玛丽的母亲马上就不喜欢他了,这种强硬的态度并不是因为米克真做错了什么,更多是出自直觉。她当着他的面把玛丽拉到一边,将自己的感觉告诉了她。这让玛丽回想起一次诡异的时刻,当时他们还在墨西哥,一个陌生人看着她和米克上了公交车,然后用西班牙语对她耳语:"赶快离开这个男的。他不是什么好人。"

  最后玛丽沉思道:"他们也许是对的。"

  玛丽觉得这段关系已经结束了,但那个夏天她不想和格兰利"起什么波澜",所以她继续和他保持联系,不冷不热地回复他,寄希望于米克能接收到她的暗示。她开始在野外实践学校和一个男生约会,选择不去多想米克送给她的那条项链——他管它叫"危地马拉婚礼项链"。她并不知道,按照危地马拉的传统,在新娘和新郎的脖子系上一条珠宝,就意味着两个人会永永远远地在一起。

  然而那年秋天,当米克到哈佛大学就读,他又以重新燃起的激情给她写信了。他要她嫁给他。玛丽大为惊讶。他们几次约会过后,的确在冲动之下一起去了趟墨西哥，但认识她还不到一个夏天，他竟然向她求婚了？"我总在想，一个婚姻不幸的男人，为什么会和一个人在一起仅仅六个星期，就想要和她结婚呢？简直是疯了。"她突然开始用新的眼光看待那条危地马拉项链了。

玛丽回复了米克的信。很抱歉我让你误会了，如果是我的原因让你觉得我对这段关系很认真，我感到抱歉，因为我并没有。她将项链和回信包起来，一起寄了出去。

米克并不接受这个消息。他"对我进行了尖刻的谴责，还愤愤不平地斥责我把项链还了回去"，她回忆说，"他的愤怒令人不寒而栗。"

在那之后不久，她当时还在哈佛大学学建筑的妹妹打电话告诉她，米克在她生日当天出现在了她住处的门口。玛丽不知道米克是怎么知道她妹妹的住处的，又怎么知道10月15日是她妹妹的生日。她妹妹说，米克介绍说自己是她姐姐的前男友，还送了她一块巧克力蛋糕。

"千万别吃！"玛丽提议。

一月份，也就是不到三个月后，玛丽在休斯敦读报的时候，一则剑桥袭击案的报道吸引了她的注意，里面描述的受害者让她联想到了自己：外向、爱卖弄风姿的人类学家，有着一种漫不经心的气质。"我一读到关于红色赭石的部分，我就说，'啊。我知道是谁干的了。'"

但玛丽并没有把她的怀疑告诉给任何人。"部分是因为我害怕了。部分是因为我觉得，嗐，警察5分钟就能搞定这个案子。"她告诉自己，除了直觉以外她无凭无据。因此玛丽就这样继续去过她自己的人生了。除了1972年的时候米克寄给她一张明信片，告诉她他快要结婚了，两人再无联系。而在接下来十五年左右的时间里，她误以为自己是唯一将格兰利和简·布里顿联系在一起的人。

黄金女孩

多年来，玛丽都觉得格兰利缠住了她。在史密森学会工作时，她惊讶地看见走廊里的纸箱上写着格兰利的名字，之后她又得知了安妮·亚伯拉罕失踪一事。

玛丽很小心地不让自己的号码公之于众，因为她不想让米克找到她。可有一回他还是联系上了她，那是 90 年代初，他打来电话祝贺她发表了一篇文章。除了"你是怎么知道我电话号码的?"之外，玛丽一句也没多问。

直到多年以后，玛丽在谷歌上搜索，她才意识到简·布里顿的故事又重新回到了她身边。有关简这个案子的文章提到了唐和吉尔·米歇尔。玛丽发现自己认识他们，并且已经认识他们好几年了。自她有记忆以来，他们就一直在参加同一个太平洋岛国人类学家的年度会议。吉尔·米歇尔——一度用的是她的中间名纳什（Nash）——曾和玛丽公开讨论过她的怀疑（她和唐都倾向于李·帕森斯），玛丽则和她分享了自己对于格兰利的直觉。

差不多一年以后，另一位叫帕特丽夏（Patricia）[①] 的女士联系了吉尔，她同样怀疑格兰利。帕特丽夏解释说，她在读研究生之前就认识格兰利了，也和他有过一段不太靠谱的交往经历，简·布里顿被杀的消息让她立刻想到了他。几十年后，因为这个怀疑一直没有动摇过，帕特丽夏主动调查起了简的谋杀案，这就是她最终和吉尔通电话的缘起。吉尔告诉帕特丽夏她还有个"同道中人"叫玛丽，并很快让两人联系上了。

在某些方面，玛丽和帕特丽夏是一对完美而古怪的搭档。"她非

[①] 此处为化名。——原注

常非常地坚持不懈，而我就有点得过且过。"玛丽告诉我。玛丽和人类学界有联系，喜欢和人聊天；而帕特丽夏是很有条理的人，她会为了寻找那些晦涩难懂的地方报纸的档案，驱车数百英里穿越全国。在过去十年里，帕特丽夏把家里的一整个房间都让给了格兰利的材料：地图、成垛的研究文件，书架上也摆满了解读连环杀手想法的学术和流行书籍。她的家人因为她"奇怪的爱好"总拿她开玩笑。

"她做的工作是惊人的。"玛丽说。帕特丽夏详尽地记录下格兰利活动范围之内发生的所有悬案。她还编了一份档案，收录了这些谋杀案，对照他做过的考古挖掘、参加过的论坛、美国业余考古学会的会议、他考察时走过的主要公路。这份档案展示了她长达数年时间的细心工作。上面列出了十几位死者。

然而相比两人表面上的差异，玛丽和帕特丽夏从根本上有着更多相似之处。通过邮件和电话，她们各自私下里几十年的怀疑终于找到了同伴。2012 年，玛丽和帕特丽夏终于在地区检察官办公室和森诺特中士见了面，这时两位女士已经六十多岁了。内部交流时，马萨诸塞州警局里所有人都管她们叫"黄金女孩"（Golden Girls）。

与此同时，两位女士都意识到，罪行被加诸某个人身上是多么容易，又有多危险。"每个人都会犯迷糊，"玛丽告诉我，"你讲了一个故事，听故事的人很容易就被带跑了……他们会直接跳到结论，认为他有罪，就算他可能是清白的。"玛丽说，尽管她对格兰利的直觉很强烈，但"我人格的另一面是非常、非常、非常忠于美国司法系统的，并且我支持为被告的权利提供真正的好的辩护"。

玛丽知道，她对格兰利本人并没有什么具体的不满。她告诉我，她妹妹甚至不记得生日蛋糕的事了。"如果我是这个案子的辩护律师，我会一举拿下所有这些东西的。"

她接着说："他也许只是个无辜的人，只不过一路走来树了几个敌人。不然他可能就是真的精神变态。"

安妮·亚伯拉罕

安妮·亚伯拉罕准备飞往托恩盖特山脉（Torngat Mountains）的拉玛湾，那里位于拉布拉多省的最北部，而拉布拉多省本身就是加拿大的北部省份。她在日志里抄写了《福布斯旅游指南》上有关该地的一段话：

> 延伸至内陆我们目之所及的地方，耸立着数不清的山峰。（……）在几乎任何一本图文并茂的故事书中，都能看到像这样梦幻般的山脉。它们无一例外都是藏匿着食人魔、巨人和恶人的城堡。

风景中蕴藏着魔法般的许诺。托恩盖特这个名字来源于因纽特语 *Tongait*，意为"幽灵之地"。那晚她在日志里写道，这个名字"就是恶灵，我太激动了"。

虽然这是她第一次到拉玛湾，但安妮已经跟着比尔·菲茨休在拉布拉多考察过六个季度了。这些年她和菲茨休夫妇走得越来越近。她第一次考察是在五年前的 1971 年夏天，那也是菲茨休夫妇在拉布拉多的第一次考察。她的哥哥泰德也受到了邀请，因为比尔是他在哈佛大学上的一门课的助教。她的姐姐多萝西（Dorothy）和十四岁的安妮也获准一起参与了考察。

第一次考察期间，安妮以她独特的无畏和敏感给所有人留下了深刻的印象。比尔的妻子、负责营地管理的琳恩·菲茨休（Lynne Fitzhugh）记得："有天晚上下起了暴风雨，她第一个冲出去，跳进冰冷刺骨的水里，把那艘脱了锚、就快漂走的快艇给拽了回来。其他人全部呆立在那里。只有她毫不犹豫。她就那样冲了过去。"

考察途中的生活是艰苦的。他们乘着小船在波涛汹涌的大海里颠簸，避开将海岸线像疮痂一样剥落的冰川。但安妮却以此为乐。琳恩除了考古学者们以外还要照顾她自己的两个小孩，她回忆说："我正在溪水里洗尿布，突然狂风暴雨袭来，本（Ben）很有可能会摔倒，划破他的脑袋，那样我们就得叫小型急救飞机来。"但安妮总是会突然冲过去。"那段时间真的很难，但我还挺喜欢的，不过如果没有安妮的话，我也许也不会那么喜爱那段时间。"少数时候她俩都不用看孩子，琳恩会邀请安妮一起去冒险，她们会去寻找传说生长在隔壁山谷里的植物大黄。到了夜里，当附近的居民和因纽特家庭纷纷聚在一起，吹奏队员们带过来的口琴和竖笛时，安妮会拉起她的小提琴。不知怎的，在北极的苍穹底下，这一切都恰到好处。

———

在前往拉玛湾前和团队其他成员在一起的最后一个早晨，安妮在早餐前走了很远的路。她路过一处老营地，营地后身是一片海滩。当她发现沙滩上遍布着狗的尸体时，安妮惊恐地退了回来。尸体总共有五具，每具上面都爬满了蛆。她确定它们是被骑警用枪打死的。安妮继续往前走，看见一个穿着50年代裙子的女人正朝向大海唱着歌。安妮走过去之后女人停了下来，安妮问她在唱什么，她转向安妮，大叫起来。

拉布拉多的美和它的暴力是分不开的。正如雅克·卡蒂亚[①]说过的那样，这里是"上帝赐给该隐的土地"，一座伊甸园。"纯净、广袤的国土，荒凉、狂暴、野蛮，野花和缓缓消失的金色暮光又让它变得柔和，那里有一丛丛低矮的桦树、柳树，四处散布的云杉，数不清的鸟兽，奇特的景致，闪烁的北极光"，比尔·菲茨休这样写道。

[①] Jacques Cartier（1491—1557），法国探险家、航海家，曾在法国国王弗朗索瓦一世的资助下进行过三次航行；虽然未能开辟通往东方的西北航道，但成功为欧洲人开启了加拿大的大门。

琳恩在她关于此地的口述史——她献给安妮的书中最为贴切地描述道:"拉布拉多的气候在这片大陆上最为致命,不是因为它恶劣,而是因为它完全让人毫无防备。夏日清晨温暖惬意的西南风瞬间就能猛刮起来,黑暗的阴影如同寒风一样飞速掠过清澈的海面,掀开平静的水面后狠狠地抛向陆地,岩壁发出笛声和尖叫。"

回到那架飞机上,安妮心里清楚,接下来的 1976 年考古季将会是一次挑战。这次的考察任务是找到传说中的拉玛燧石来源地——一种非常特殊的石头的源头,这种石头很容易剥落,被当地的群落视作制造工具的珍品。燧石是石英的一种,通常像打火石一样呈灰白色、没有光泽,而拉玛燧石是半透明的,看上去像是乳白色的冰。但要找到燧石来源地,则意味着要在拉玛那些叫人难以应付的陡坡上爬上爬下。安妮为了这次行程特地去学了攀岩和地质课,她希望和她同行的负责人、纽约州立大学石溪分校地质学的助理教授迈克·格兰利,能和她在报纸上看到的一样出色。其实他们之前就有过一面之缘,是在那年 2 月皮博迪博物馆举办的一次研讨会上。菲茨休聘请格兰利作为该任务的石料来源的专家,安妮自愿陪他一起。考察队的其他成员驻扎在 175 英里开外的九月港(September Harbor)大本营,而只有他们两个人会在拉玛的峭壁上安营扎寨。

史蒂芬·洛林在夜幕降临前抵达了营地。安妮自从去年夏天和他在考察中遇见后一直在和他约会。他们彼此相拥,直到早上登机的时间。

琳恩·菲茨休最后一次见到安妮,是她走进那间被改造成大本营的渔民的棚屋。琳恩因为头痛卧床,安妮走到床边,在她嘴上亲了一下。琳恩多年后仍记得那个瞬间:"就像她真的在做最后的道别一样。"

———

前往拉玛湾的飞机平安抵达。飞机从安妮登机的塔利亚角

（Thalia Point）出发，在马格福德（Mugford）接上迈克，然后把他们送到了偏远的考察现场。

他们在一个老摩拉维亚传教士的足迹中搭起了营地。这里的地貌比旅游指南中描述的还要泥泞。当然，这里有雄伟的峡湾和悬崖峭壁，但也有鲑鱼游过的小溪和厚厚的苔藓，这让脚下的土地尤为松软，甚至还有一小片沙滩区，卵石被海浪卷进大海。

在拉玛，没有什么地方能比得上狗鼻崖（Dog's Nose），一处俯瞰大海的大玄武岩悬崖。过去的几年，安妮、琳恩和菲茨休家的孩子们正是在这里的雨水坑中洗澡，座头鲸就从他们身后跃起，张着嘴舀起海里的毛鳞鱼。但这里的景色依然有着预期中的魔力。天气晴朗时，在山脉的某些区域，声音传播得如此清晰，你几乎可以靠自己的回声在山谷中唱出一首二重奏。从帐篷里，安妮能听见大本营附近的瀑布像滚沸的水一样汩汩作响。她在日志中写道，"海浪无节奏地在岸边嬉戏"。

他们最初几天在周围徒步，寻找燧石来源地。安妮不喜欢迈克总是不等她，自己走在前头。他一直走个不停，让她感到疲惫。"虽说这一切都很有趣，我的耳朵还是厌倦了他说话的声音，我不喜欢他故作成熟的低沉鼻音……还有他的胡子——这是另一个话题了。"她在日志中写道。夜里，他们睡在同一顶帐篷里，迈克会和安妮讲起他在非洲的时光——关于巨型树眼镜蛇的奇异故事——他辩解说这是真实的故事。

但他们相处得还算不错，日子很快就混淆在一起了；安妮的日志不再标注日期。一天早上，迈克独自一人走得太远，从安妮的视野里消失了。"我爬上一处狭缝，页岩太碎了，我试着用一只手抓住，结果岩石险些崩裂，真是千钧一发。听到我大呼小叫之后，迈克终于肯停下来等我了。"

他们沿着山谷上方溪水潺潺的山脊一起徒步，目标是爬下山坡、进入山谷，沿着小溪找到溪口。迈克走的路线是最快也最陡峭的岩屑坡①，而安妮多花了点时间，选择对角作为下山路线。安妮刚走到溪流上方，向下看，就看到了一块巨石，闪烁着拉玛燧石乳白色的半透明光泽。安妮捡起一片石头，朝迈克丢过去。石头没有丢到迈克那里，他嘲笑她胳膊没力，但他们都知道这意味着什么。安妮找到了拉玛燧石的来源地。

安妮在拉玛燧石来源地。迈克·格兰利用相机捕捉了这一刻，这也是她的最后一张照片。

这片来源地很大，长400多米，由坚固的燧石构成。那天余下的时间里，安妮和迈克一直来来回回地走，捡拾着燧石石片。回程的路途很累人，除了重走来时的路以外，他们没能找到返回营地的捷径。安妮在帐篷里休息的时候，迈克为她做了顿晚餐，这让她惊讶不已。

---

① Talus slope，由重力作用和坡面微弱冲刷作用形成的非地带性地貌，也被看作是冰缘地貌的一种类型；通常位于陡崖之下，由崖上崩落的松散岩屑和岩石碎块组成的倒石堆组成。

We Keep the Dead Close 333

她发现自己前一天弄丢了她那顶灰色的帽子，迈克说，"就当是祭献山神了"。

他们第二天又回到了那片地方，兴奋感依然没有退却。"时间不知不觉就溜走了，"安妮写道，她发现许多燧石都天然生有铁锈。"也许这就是红色赭石的灵感来源。"

那天晚些时候，迈克朝安妮示意说要回营地了。安妮于是再一次被丢下了，独自一人在碎石间攀爬。尽管很想赶上他，她还是没办法加快脚步，因为她不信任踩在脚下的地面。拉玛湾的岩石碎成完整的一大块一大块，很容易就能想象整块岩石在她脚下裂开的情形。安妮发现迈克正站在山坡最陡的地方等她，不由得松了口气，但随后他又丢下了她。安妮慢慢向山下爬，孤身一人进入到另一个世界。蚱蜢，紫菀，蒲公英，漫天飞舞的蝴蝶。一只白胸鸟在半空盘旋，好似在打量她一般。这几天远处总能看见几头黑熊，但那晚它们一头也没有出现，没有破坏她重新振作起来的好心情。安妮唱着歌回到了营地。

第二天阴雨绵绵，接下来的一天，天气并没有好转，风大、天又冷。直到星期四，安妮才穿上她的防水靴，沿海岸走去，她想找找有没有去到那片燧石地的捷径。她尝试了四条不同的从海岸爬上崖壁的路线，但是因为风太大了，她又不相信"那讨厌、易碎的页岩"能擎住她和她扛的东西。所以她只好走回营地，帮迈克烤他前一天下午打到的鹅。享用过大餐之后，他们聊了起来，这一次安妮发现自己聊得最多。她聊到了她在乔治华盛顿大学（George Washington University）的课业情况，聊到她多爱她的家人同时又渴望远离家乡。安妮离开营地，一个人看日落，她很感激能在聊天中途休息一下。那晚，她一面在烛光下写日志，一面享受着衣服散发出的木头燃烧后的气味，灯芯快要燃尽时，她写道："对他说了这么多，我感觉既好又不好"，她这样反思，之后又写了一些话，结尾是"我爱史蒂芬"。

第二天一早，万籁俱寂，给人的感觉很奇怪。天气低沉，阴云密布，一丝风也没有。因为一切安宁无事，她和迈克便决定再试一次，

334　追凶

想在海岸附近找到去往燧石地的捷径。就在他们为那天的徒步旅行做准备时,她发现迈克正在砍他捡到的驯鹿鹿角,把它削成了一个抓痒耙。在日志中,安妮还注意到迈克架起了通信设备。

大约 24 小时之后,1976 年 8 月 7 日早,迈克第一次通过通信设备联系到了大本营的比尔·菲茨休。他说,安妮失踪了。

第二通电话

"要是你在一个荒郊野外的帐篷营地里,并且知道你的朋友可能已经死了,你会尽可能忘掉这件事的。"

我和格兰利通了第二次电话。聊了一个多小时之后,我终于鼓起勇气问他有关安妮·亚伯拉罕的事了。

"唔,你知道,那两件事是很不一样的。"他回答道。虽然此前他和简几乎没什么交集,但在拉玛的那个星期,他已经很了解安妮了。但就和简的案子一样,格兰利说他知道大家都怀疑他和安妮的死有关。"那些人因为害怕我,就想贬低我、让我名声扫地,我被他们针对了。"

他说之所以有人会怕他,就是因为他威胁到了他们的职业身份。尽管不隶属于任何机构,他最近还是完成了纽约州奥兰治县(Orange County, New York)第一组有人类接触证据的乳齿象遗骸的挖掘工作。如今他的发现被哈佛大学比较动物学博物馆收藏。"我做考古纯粹是因为爱。我不需要一直有人给我发工资才去做。"他说,他们对他的怀疑令他难过,但"还不至于到和人据理力争的地步"。

当他后来面对大家对他的脾气和恐惧等各种指控时,他也能够沉着冷静地应对了。至于人们给他起的"疯狂的迈克"的绰号,还有纽约州立大学石溪分校的人担心他们的人身安全,他回应说:"我都不知道他们在说什么。"他还告诉我，虽然怀疑都落在了他头上，他并没有谋杀过安妮和简，当然也没有杀过任何人。他补了一句，"不管人们怎么说，我从来都没有背叛过自己。"

他的自我辩护和我从专业考古圈子那里听到的批评形成了有趣的对照。专家们指责格兰利的挖掘速度太快了，不仅他挖掘过的遗址遭到了永久性的破坏，而且他得到的数据也用不了。格兰利反过来又指责他们对自己的数据过于自私，因为他们沉迷于可能永远不会用到的测量结果——他们的测量慢到有时候根本来不及发表。而专家们则主张说，考古学家不仅需要承担法律义务，还需要遵循一定的方法论和道德标准。格兰利却说，业余人士和专业考古学家之间唯一的不同，就在于他们的工作能否得到报酬。毕竟格兰利在这个领域取得了博士学位。在专家们看来是鼓励掠夺者和侵入者的行为，他则将其描述为"保护式"考古——为了挽救文物，让它们免遭自然或人类的破坏。

持这种立场的并非格兰利一人。在贝茨学院（Bates）做了四十多年教授、从威廉·里奇那会儿就和格兰利是朋友的布鲁斯·布尔克说，里奇的整个团队如今都被一些人视为不成体统、离经叛道。但布尔克将这种看法归结为"考古工作方式的转变。现在的人特别讨厌做野外工作，'公共考古'和'文化资源管理'已经取代了实打实的野外考古"。

不过，格兰利的立场感觉像是一场华丽、精心策划过的舞蹈：就算没有违反法律条文，他也熟练地绕开了法律的精神。然而格兰利显然是个极其聪明的人，他有可能就是靠生存在规范性道德的边缘才有所成就的。

他总结自己的方法。"我不会拍政府的马屁，也不会去巴结哪个政党。我就是实实在在的。现在和你聊天的这个人，是一个真正的考古学家，一名科学家。我从十岁开始做考古，十三岁半发表了第一篇文章，好吧？我会一直做下去，直到身体不允许为止。"

因为之前就对格兰利的火暴脾气有所耳闻，所以我相当惊讶他能如此开诚布公、毫不设防地谈到安妮，还有他们的拉布拉多之行。

"她失踪那晚我待在营地的帐篷里。我们喝了一瓶威士忌，英制的一夸脱。你知道英制的一夸脱的威士忌有多少吗？"他问我。我不知道。一升多。"我喝了四分之三，可是一点醉的感觉都没有。因为我对那件事念念不忘。我甚至忘不掉它，你懂吗？就那样失去了一个人，就是这种感觉。你只希望那几个小时不去想这事。可我忘都忘不掉。而且我从来都没有忘记。"

他形容安妮性格外向、热情高涨。他告诉我说她是个不错的野外考察者，能跟得上他的节奏，而他也尽可能别走到她前头太远。有时候走得太快，他总是会回头找她。他还强调了拉玛有多偏远。"危险无处不在。有时候趁你不备，危险就会接踵而至。"

他还指责她总去冒一些他根本不会去冒的险。"有一天我们爬上了一处 900 多米高的山顶。因为能看见悬崖的尽头，所以我就爬了上去。当然了，之前从来没有人走到过这里，你也不知道这些石头能不能踩得稳……所以我趴下来，肚皮贴在石头上，分散全身的重量，我就这样匍匐着爬到悬崖边，往下看。我的老天爷。900 多米的落差直达峡湾。山顶的风非常大。我朝身旁看了一眼，安妮就站在悬崖边上紧挨着我的地方，狂风拍打在她身上。你知道万一她被刮下去，我就有责任了，你懂吗？"

当我和他聊起简的时候，他提到了阶层。他说安妮去的是"华盛顿特区一所给有钱人开的走读学校，他们都对老师直呼其名"。格兰利告诉我，他是永远不会这么做的。

我们接着聊回到她失踪的那天。"她肯定是从 80 多米高的地方跌到 600 多米深的水里了，"他说，"那天我们沿着峡湾徒步的时候，她背着我们的午饭和石锤。东西太重了。她肯定是直接掉到水里去了，这么多年一直在那儿。真是个悲剧。可怕的悲剧。"

格兰利已经告知加拿大皇家骑警（Royal Canadian Mounted Police, RCMP），安妮最后出现的那天早上，他们在找前往燧石地的捷径。他们走的那条路——沿着一条溪水而上，穿过刀锋般的山脊，再顺另一条坡度更陡的溪流而下——单程要花上三个小时。他们相信，如果能想办法绕过一处岩石连接点——从悬崖延伸到海滩的岩石坡面，可能就会找到一条沿着海岸线的替代路线。一个选择是通过攀登底部的岩石绕过这个连接点，另一个选择是沿斜坡上的一处陡峭的切口前行。他们管那里叫楼梯（staircase）。

那天早上，格兰利和安妮等着退潮。上午 11 点左右，格兰利尝试着绕过连接点，但他发现石头太滑了。他摔倒了好几次，浑身湿透，之后回到了安妮待的那片海滩。格兰利又试了试那条楼梯路线，没走出多远差点儿摔倒，于是他又跳回到了海滩。安妮也试了一次，向上爬了差不多 10 米。"我不喜欢冒险，所以决定再试一次沿海的那条路。"他在自述里这样写道。他绕着连接点又走了一趟，把安妮留在了悬崖上，留在了视线之外。15 分钟以后他再回来，他说他到处都看不到她。她既不在悬崖上，也不在海滩上。他大喊她的名字，却没有回音。

他告诉我，他已经用遍了所有办法找她。"实际上，我在那座该死的山爬上爬下太多次，结果把自己的屁股给磨坏了。"他说他用左腿当刹车，一路滑下了山。"在那之后，我有一段时间都是半残废的状态，最后不得不换掉我的髋关节。"

他那天晚上回到营地，"我知道她消失了。我就是知道。"他喝了威士忌，读了她的日记。"读别人的日记不是什么光荣的事，但我知道我必须这么做。"他说。日记里没有提及他和此事有关，并且安妮自己也承认她爬山时存在隐患，这在法律上对他是极其有利的。"我们就这样阻止了这一切，阻止了想为上面那点小事起诉所有人的那个爹。"他说。暗指安妮可能已经死了。

他接着说："就是她爸爸让我丢了石溪分校的工作，好吧？"他很确定，对此耿耿于怀。（安妮的哥哥泰德·亚伯拉罕并不知道，他们的父亲和格兰利被石溪分校解雇有什么关系。"不是这样的，在我看来，格兰利是因为他自己行为不端才被学校开除的。")

安妮失踪后的几个月，格兰利将拉玛湾的一条小溪命名为希尔达溪（Hilda's Creek），以纪念安妮和她的母亲。希尔达是安妮的中间名。他还告诉我，他把给安妮拍的最后几张照片寄给了她的家人和史蒂芬·洛林。但我后来和史蒂芬还有安妮的兄弟姐妹确认，他们却说没有收到过这些照片。

史密森学会进行了一次内部审查，但从一开始，格兰利就有信心证明自己是清白的。"我已经通过了加拿大皇家骑警的调查和测谎，"他告诉我，"所有都通过了，一切顺利。你知道的，他们知道我那次没杀人，但他们都——"他顿了顿，因为自己的口误笑了起来。"没杀过人，"他纠正道，"我是说，我没有。"

安妮·亚伯拉罕营救行动

根据过去多年的考察经验，安妮知道无线电通信系统有多重要；比尔·菲茨休很清楚，按照拉玛考察团队的规定，每天早上7点需用无线电发送一次信息。然而从安妮和格兰利下飞机算起已经过去4天了，菲茨休还是没有收到他们的信息。

菲茨休对于这种通信不畅的状况感到非常担忧，于是计划提前让他们撤离，但所有可能出错的地方全都出了错：他想安排一艘船去营救拉玛团队，结果船的引擎坏了。之后他又尝试和拉布拉多航空公司（Labrador Airways）联系，让他们安排一架包机。失败之后他试图说服一名私人飞行员，让他去接他们，但那名飞行员当晚已经计划往南面飞了。菲茨休安慰自己说，也许只是拉布拉多的气象条件干扰了无线电的频率；他自己也有过将近一周没有通信的阶段。但是一直到8月6日——距离他们下飞机已经过去了整整一个星期，菲茨休还是没有收到迈克和安妮的消息，他便决定第二天亲自前往拉玛。就在他准备动身的时候，1976 年 8 月 7 日，菲茨休接到了格兰利的电话。

——

8 月 8 日，泰德·亚伯拉罕的电话响了。他母亲打来电话，说安妮失踪了，最后一次有人看到她是在一座漂向海湾的冰山上。这个消息本身含混不清，但传递的信息相当明确：泰德需要赶过去帮忙找到她。

那趟路途让人感觉漫长无尽。泰德和他的朋友迈克尔·马洛尼（Michael Maloney）一起开车抵达蒙特利尔（Montreal），登上了前往古斯湾（Goose Bay）的第一趟航班。早 6:45，搜救直升机把他们送到了奈恩（Nain），史蒂芬·洛林就在那里等着他们。三人在一名加拿大警官的陪同下，从那里继续往北飞了两三个小时。直升机内飘荡的柴油味让人作呕。

他们着陆后，泰德感到困惑。他以为他们会直接到拉玛湾，结果却来到了一处建有掩体、堆满水泥的旧军事基地。他了解到，他们所在的地方是萨格利克（Saglek），至于为什么会在这里停留还不是很清楚。

警官带他去了一个房间，房间里有个男的坐在桌前。泰德不认识他，那个男的也没有从手头的工作中抬起头：他正在一张纸上画着岩石的细节。直到直升机加满油，史蒂芬告诉那男人该上飞机了，他说："不了，我不会和你们几个再回去的。"泰德才意识到眼前的这个陌生人是谁。

那是泰德第一次也是唯一一次见格兰利。"我没资格说，你必须得和我们一起。但我感到震惊。"他们总共见了五到十分钟，没有过一次眼神接触。

直升机从拉玛湾上空飞过，那景象让人沮丧。一道道悬崖纵然壮观，但大部分都寸草不生。一个人很难在裸露的山坡上消失不见，而他们目之所见唯一的活物就是一群北美驯鹿。

　　直升机把三人放下，让他们在没有船也没有飞机包机的情况下执行搜救任务。他们在格兰利和安妮住过的地方搭起了营帐。泰德爬进安妮用过的帐篷，在那里读到了她的日志。日记中是她对大自然的观察、和格兰利徒步的故事，还有几幅素描。他看不出有没有哪几页被撕掉了。

　　她的日记仅有一处提到了无线电——最后一篇写道，迈克架起了无线电通信设备。

　　泰德、史蒂芬和迈克尔在拉玛湾待了五天，没费力气就通过无线电联系上了菲茨休。史蒂芬是他们中唯一熟悉这个地方的，所以由他担任向导。泰德一直在想象，他下一秒就会看见安妮，她就在那里等他，和他打招呼说，哎呀，你不用大老远跑到这儿来，我也就走丢了一小会儿。

　　为了追溯安妮最后几小时的行踪，他们沿着海岸走到了格兰利说他们俩试图找到捷径的地方。海滩约有10米宽，泰德沿着海岸走，他的左手边耸立着陡峭的悬崖。要想去到燧石地，安妮必须爬上悬崖，之后要么小心翼翼地从另一侧下山，要么只能沿着高高的山脊前行。泰德查看了那个陡坡，试着自己爬上去——它由大块的页岩组成，越往上走就越容易碎裂——泰德越来越不相信格兰利讲的故事了。泰德很确定，这种路，安妮连试都不会试。她也许很勇敢，但是个谨慎的登山者。再说就算她途中失足跌落，最后也会掉到沙滩上，格兰利会在那儿找到她的。而且在这种声音可以清晰传播的开阔地貌,很难相信他什么都没听到。(负责审问格兰利的警官问他,如果安妮在这个地方掉下去,他会不会听见她的叫喊,他说,水的声音太响了,而且他当时正努力专注于让自己站稳。)虽然比尔·菲茨休完全相信格兰利对安妮最后几小时的描述——格兰利也是这么对加拿大警方和加拿大皇家骑警这么说的——但泰德确信,格兰利讲的故事是假的。

过了一段时间,泰德觉得他看见有个人或者什么东西漂在水里。橘色的,像是塑料或者雨披,因为离他大约有800米远,很难看清楚。他蹚着冰水,尽全力走到最远处,最终还是没办法近距离看清楚。泰德招手拦下了一艘船,开船的是一对德国夫妇,听不懂他的请求。

与此同时,恶劣的天气,以及菲茨休和加拿大皇家骑警之间的分歧减缓了搜救进程。菲茨休很生气,当局不允许他组织的由攀岩者和当地因纽特人组成的搜救队搜寻该地区,因为他们认为空中搜索会更有效。凛冽的风同样阻碍了加拿大皇家骑警和他们的搜救犬的工作。也许一开始线索还在,可等他们终于能在拉玛着陆,地面已经没有了安妮的气味。

泰德拼尽全力不让自己陷入沮丧,但当他日后回忆起那段时间,他说:"在那种情况下,没有真正的悲痛,也没有恰如其分的反应……(我们都身处)我们无法真正掌控的事态之中。"

———

第一周结束了,他们不得不承认,安妮生还的可能性接近于零。泰德、史蒂芬和迈克尔·马洛尼替她办了个小型仪式,看着他们点燃的蜡烛漂向大海。

搜救队在拉玛的最后一天,菲茨休和几个加拿大皇家骑警的警官一起飞过来了。其中一个警官对泰德说:"时间到了。你们得走了。"警方已经完成了测谎,就是格兰利"全面"通过的那个测试,他们不想让三个门外汉四处转悠。他们同意让史蒂芬·洛林最后搜一遍海蚀洞①,但到那天晚上,所有人都必须返回奈恩。菲茨休还有个任务,就是打电话给安妮的父亲,告知他搜寻结束了,人没有找到。

加拿大皇家骑警说他们会继续寻找安妮的尸体,但他们后来取消了搜索行动,因为据当地的因纽特人说,海里遍布着海虱。如果安妮真如现在所有人认为的那样落水了,那么她的尸体会在三天之内彻底被海虱吞噬。

两个月后,1976年10月,纽芬兰省司法部(Newfoundland Department of Justice)宣布,"已经明确确定"理查德·迈克尔·格兰利"对她遭遇的任何不幸都无须承担刑事责任"。

史密森学会也开启了内部审查。但由于加拿大警方数次回绝了他们提交的申请,在看不到官方档案的情况下,他们只能结束审查。1977年3月,史密森学会认为,可以排除因格兰利的过失而导致安妮的失踪,因为在那么大的压力之下,格兰利不愿主动参与搜救也是情有可原的。(他离开拉玛的那天,护士给他打了一针镇静剂。)然而,有关安妮·亚伯拉罕究竟发生了什么,报告总结道:"坦白讲,我们无法肯定地说她发生了什么。"

――――

在史密森学会没能获取的档案中,有一份加拿大皇家骑警调查格兰利的15页文字记录。1976年8月11日,安妮最后一次被人看见的5天之后,格兰利接受了麦克唐纳(MacDonald)警官的讯问。

格兰利告诉警官,当他发现她失踪的那一刻,"我当时就有种感

---

① sea caves,沿岸地区的悬崖受海浪拍击、侵蚀形成的洞穴。

觉,事情不太对……非常非常强烈的感觉"。为了"压制住那种感觉",他劝自己说她肯定只是去了趟燧石地。所以他没有立刻联系菲茨休,而是回到大本营,打包了在燧石地工作一整天所需的用具,还有在那里过夜用的睡袋。他在漫长的山路上飞奔,想要拦住她,他想象自己对她说,安妮,你赢了,快给我出来吧。

可是当他下午2:30左右抵达燧石地的时候,并没有看见她的影子。"什么都没看到,我一遍遍喊她的名字,也没有回音。"他查看了山坡,沿着溪水搜寻,不停地叫她。他还花了大约一小时搜集岩石标本、拍照。晚上10点左右,格兰利终于回到了营地。他说,通过无线电联系菲茨休太晚了(尽管他们的频率在全天任何时段都可以用于紧急呼叫)。他还是相信,她会在退潮之后赶回来的。他说,他一整晚都难以入睡,情绪低落,担忧不已,他在他的自述中强调了担忧这个词。

麦克唐纳警官想了解他和安妮之间关系的性质,而格兰利知道他的目的是什么。他发誓他和安妮的关系没那么亲密。史蒂芬·洛林是他朋友,并且"我有老婆,还有一对双胞胎。我不会做那种事,和她搞在一起",尽管他也承认,"她是个非常有魅力的女孩。就像我说的,很养眼"。

他说他很欣赏安妮,但她太固执了,不符合他的口味。有时候她会听他的,但有时候她会说他言过其实。他承认,看见安妮写日记的时候他会感到不安。他担心她并不相信自己讲的故事。

格兰利滔滔不绝地说着。他说到她失踪那晚,当读到她在一篇日记里写,她觉得他讲的水里有海豹纯属扯淡,这让他很是受伤。"真是伤到我了,天……我实在没脸再读下去了。因为我不想……我还会在日记里看到些什么?……也许是我穿的衣服,也许是我说话的方式之类的,谁知道呢。读起来太沉重了。"

讯问结束时,格兰利说话的方式多少带有一点表演的性质:"我可不喜欢这个女人失踪的时候我是唯一在她身边的人。这对我影响很不好。你知道我什么意思吗？人们会说，你看吧。我杀了人行了吧。是我把她推下悬崖的。满意了吧。就是这么回事。我知道你要问这个。这点很重要。"

唐·米歇尔和森诺特中士

就在我装好行李，在保加利亚和大家道别的时候，唐·米歇尔走进了位于希洛的警局总部，彼得·森诺特中士在那里等着他。"你要做的，就是扫牙龈、上颌、牙龈、上颌，然后还有口腔里的上颚之类的。"在一间小小的审讯室里，森诺特中士指导着唐·米歇尔做DNA检测。

森诺特身高1米8，高大魁梧，比唐想象中还要开朗。他很爱笑，谈话的氛围放松一些之后，他时不时会甩出一句随意的操。他一口浓重的波士顿口音，所以他叫"唐"（Don）的时候，听起来更像是"黎明"（dawn），赭石（ochre）听起来像是"秋葵"（okra）。

森诺特看上去有点不自在，不仅是因为希洛警方在来的路上给了他很大的压力。森诺特立即意识到了外人对他的不信任，还有他们条件反射一般的自我保护。这儿就像波士顿南部一样，他告诉唐。森诺特看上去很是显眼，因为在夏威夷这种天气，他穿得太多了。他对唐说，等他们结束了，他准备去买几件短袖。

唐按照指示取完样，把棉签递给了中士，中士将它和其他检验材料一起收好。

"我总担心还不够，所以我给了他们好多，"森诺特边说边笑，"这个会送到我们实验室，除了这个案子以外不会在其他地方使用，也不会被收入到DNA联合索引系统之类的数据库里。"

彼得带了一背包的文件夹和档案，但在谈到这些材料之前，他说:"我想先简单聊聊你为什么会在这里,还有发生了什么。"这就是唐说的他那种"不要和我作对"的感觉。早在森诺特飞过来之前,唐就已经极为紧张了——过去这么久,万一他们把谋杀的罪名加到我头上怎么办?如果他们只是通过调查来证明扣留警方档案是合理的呢?之后唐却释然了。"我很难相信这次调查真的重新启动了……我不相信你在《环球报》那篇文章刊发后不久给我打电话纯属巧合。"

彼得很有耐性,善解人意,也很坦诚。他说他能做的许多事都取决于他手头掌握的资源。"眼下预算肯定没什么问题;毕竟我人都在夏威夷了",他语气轻松,但传达的信息很明确:要给一个五十年的陈年谋杀案调拨资源并不容易。

"这些我都理解,"唐说,"但还有一些困扰我的事情。"他想证明马萨诸塞州那边真的在侦办简的案子。

"那背后有它的原因。"彼得说,指了指唐刚刚递给他的DNA样本。"之前做过一轮检测——的确检测出了一些东西。不是特别多。"他并没有明说"一些东西"是什么,但他告诉唐不是很多人怀疑的烟蒂。"烟蒂在公寓里吗?绝对在。我的天,烟灰缸都是满的。"但在实验室的报告和证据当中却没有出现。

"我只想知道,如果这样有用的话,至少得有一个东西是可以测试的吧。"唐说。

彼得点了点头。"这么做可不可行?会不会是那种特别漂亮的全垒打?谁知道呢,"他解释说,"除非真有沾上DNA的物品可以测试,不然我们实验室是不会无缘无故去测某个人的DNA的。但是他们会等事情发展到一定程度,然后说,'好吧,的确有可以测试的物品,但如果没有和它比对的东西,我们还是不会做的。'"另外他们之所以需要博伊德的DNA,是因为没有简的DNA。"他们说这里有两个人——那好,哪个是受害者呢?"

他解释说,但是他们能测的DNA并不是无穷尽的。"我相信你们考古学也明白这个道理。"彼得说。每一次测试之后,样本量都会变得"越来越小,越来越小"。当局从这个神秘物体上提取的DNA几乎已经达到了可提取次数的极限。他确定这是他们的最后一次机会。

彼得又聊回到唐之前提出的对这个案子的投入问题。"我现在就可以看着你的眼睛告诉你,波士顿时间凌晨2点钟,埃德丽安娜(Adrienne)"——专门负责谋杀案的助理地区检察官——"和我谈到了这件事。埃德丽安娜眼下正被这个问题困扰。而她属于那种一旦咬定绝不松口的人,就像斗牛犬一样。"为了证明他们解决此案的决心,他告诉唐,他们找到了一台卷轴式的磁带播放机。就连90年代重启此案的剑桥警方都没办法听到60年代的审讯,因为没人能搞到一台播放这些磁带的机器。

"我们从一个搞收藏的学校老师那里找到了一台……之后转录来转录去。总之不容易,是吧,但大家都尽心尽力地在做。为了完成这件事,他们还付了酬劳,而没有干等十个月。他们很用心。当然了,报纸冒出来,推动促成了这些事……看看我现在在哪儿就知道了。所以帮我完成这个古老的历史吧。你是考古学者。我来都来了。我想深挖下去。"

生日蛋糕

我从保加利亚回到家之后,哈佛档案馆的人联系我,说格兰利提到的那门他和简相识的课并没有在哈佛大学开过课。真相到底是什么呢?那门课是真的?认识简是真的?两件事都是真的?抑或都不是?

我翻出两次给格兰利打电话时记的笔记,想从里面找到至少有一个瞬间能将两者联系在一起的版本。于是我看到:我们第二次通话时,他说到和玛丽·麦克卡森分手分得很艰难,就是日后成为"黄金女孩"之一的那个玛丽。

"其实,"他当时告诉我,"她妹妹是哈佛大学的一名硕士生。我还给她烤过一块生日蛋糕呢。"

自暗土而出

地区检察官玛丽安·瑞恩说的 DNA 检测所需的"四到六周"过去了。我和迈克·威德默还在等我们 6 月提交的那份申请的反馈。主动提出要替我们做免费法律援助的律师已经不再回复邮件。公共记录的主管丽贝卡·穆瑞(Rebecca Murray)下令对记录样本进行不公开检查,这样她就能亲自评估检察官的主张了。至于地区检察官办公室有没有提供足够的证据,来证明该案的确还在调查、并未结案,她并没有宣布。

8月将尽,9月不期而至,我已经做好长期搬回哈佛大学住的准备了。我想尽可能离档案馆、离故事发生的核心机构近一点。我在亚当斯楼骗到了一个"精灵"的位置,那边会提供给我食宿,最重要的是给我时间去理解所有这些故事和全部的笔记。在哈佛校园里写简的故事没有让我感觉身体很脆弱。相反,我向往那种我称之为"沉浸式精神错乱"(immersive insanity)的状态。我只想把注意力放在简这里,心无旁骛,但并没有意识到自己的愿望能达成到什么程度。

到达之后,打开行李,我对这里标配家具的身体记忆让我毫无防备。我已经忘记了自己对那把后仰的木制办公椅有多熟悉,也没有意识到我的脚还记得踢多高才能关上最下面的梳妆台抽屉。

我的身体对于周遭环境的识别度之高,使得我更难以忍受那些陌生的面孔。有时我坐到食堂的餐桌前,本科生会在我周围留出位置。而其他时候我是如此不显眼,人们走路的时候真的会撞到我。周围全都是朋友们的影子，这让我感觉自己属于昨日的世界。

9月中旬，安妮的妹妹爱丽丝·亚伯拉罕写信给我。这是我俩第一次直接联系上。她刚暑假旅行回来，邀请我去她伴侣在布鲁克莱恩①的办公室和她见面。

爱丽丝身材高大，戴一对驯鹿形状的耳环，发辫及腰。但当她聊起她姐姐的死、拿出那些照片和地图时，我发觉她比我见过的任何一个人都更脆弱。她说当她在《波士顿环球报》的文章里读到格兰利的那句"简从未得到过正义"时，"我为此失眠了20天，身体里许多丑陋的东西都被诱发出来了。格兰利的傲慢搞得我想大声尖叫。"我很感激她的伴侣克莉丝（Chris）能和我们待在同一个房间。她是主持人兼专业的治疗师，所以我不必承担全部的情感责任，不然我完全不知道该怎么办才好。

爱丽丝说话的时候声音微微颤抖。她说，她的家人始终都摆脱不了安妮过世带来的困扰。高中时，班上有同学的亲戚或朋友过世，老师都会让他们去找爱丽丝。和简的母亲一样，她的母亲在悲剧发生后短短几年之内死于癌症。姐姐多萝西信教之后，不再和她以姐妹相称。最后只剩下了哥哥泰德，但他们直到最近才开始谈论安妮。"他有他自己的问题，处理起来也很棘手。"爱丽丝告诉我。他一直觉得，安妮跑去那儿他是有责任的，毕竟最开始是他把她介绍给了比尔·菲茨休。

在沉默之中，伤口溃烂。爱丽丝至今仍活在悲伤里。

我问她，这么多年过去，她希望人们问她什么。

"我想我希望能得到认可。被信任。至少有人聆听。因为那是一

---

① Brookline，美国马萨诸塞州诺福克县的一个镇。

个心结，实话说，你知道的。没办法解释给大多数人。他们不可能和这种事扯上关系，更不要说理解了。我管这个叫失踪？还是叫死亡？我称之为谋杀？还是悬案？这些标签的含义又是什么？"

她告诉我，史蒂芬·洛林对她来说就是救星，这么多年一直给她寄各式各样的明信片。她形容他是那种"想象中的人物"，一直让她保持良好的精神状态。她推测，他在这世界之中看见的诗意是一种和现实保持距离的方式。在我和史蒂芬第一次通话前不久，他的妻子过世了。我并没有意识到他们已经结婚三十五年了。（我也没有意识到，他妻子就是性别考古学的创始人之一琼·格罗①。而性别考古学是伊瓦·休斯顿在咖啡店告诉我的一个学科分支。）

克莉丝离开了，爱丽丝和我聊起，史蒂芬一直在帮她操办纪念安妮失踪30周年的拉布拉多之旅。爱丽丝没指望能找到安妮的遗骸。她只想摸一摸安妮如此热爱的岩石，看一看自从姐姐失踪后她做噩梦会梦到的地方。

在行程的最后，爱丽丝、克莉丝、史蒂芬和安妮儿时的朋友替她举办了一个小型追思会。爱丽丝做了简短的发言："安妮，我们来和你打声招呼。过去很久了。三十年了。我们给你留了一张你的照片、梅·萨藤②的一首诗，还有从你书签上拿下来的一只小金蛙，因为失去你的创伤"——她破音了——"是我们所有人生命里的重要书签。"

史蒂芬朗读了萨藤那首名为《召唤》（"Invocation"）的诗，那萦绕心头的诗句恰如其分，一部分是在告别，一部分是咒语。它是这样开始的：

自暗土而出

---

① Joan Gero（1944—2016），美国考古学家、女性考古学先驱，主要研究领域是史前的性别及权力问题。
② May Sarton（1912—1995），美国20世纪颇有声望的作家、诗人，著有《独居日记》《海边小屋》《过去的痛》《梦里晴空》等作品。

那里的矿藏

在它们的石屋里闪耀

比种子或新生更深厚。

爱丽丝告诉我:"我不知道我还会不会继续深究这件事。就算我继续——克莉丝不知道这个——我不知道我会不会心碎,会不会想要死在那里。"

访谈结束的时候,爱丽丝递给我一块乳白色的拉玛燧石,那是她从拉布拉多带回来的。那块石头和我读到它时想象的一模一样,就像是一块冰糖。她想让我留着它。我把它和她另外给我的几件物品一起塞进包里。

其中有一篇安妮高中时写的论文的复印件:"大多数人在面对死亡时都悲伤不已,"论文这样开篇,"我希望我的死不要被一块做了标记的坟墓定义。如果非要一个坟墓,请把我埋葬在大海里。"

安妮和简一样,似乎都预知了自己的死,这让我久久不能平复。当我重新走到阳光里,我感到一阵眩晕。那感觉就像我在两个小时的对话里集中了全部的精力,等到终于结束了,我的身体终于释放了所有压力。我的脚趾踩在绿色线(Green Line)的金属轨道上,我就这样横着走,像一只鼹鼠一样展开身体。那晚,露露问我,一旦步入三十岁,是不是你的身体会散架,并且所有朋友都会因为结婚而离开你,我点了点头,将打了绷带的膝盖抱在胸前。

调查

1995 年,格兰利创立美国业余考古学会的第二年,剑桥警局的警官约翰·富尔克森和一位名叫苏珊·凯莉(Susan Kelly)的作家见了面。苏珊在为她的犯罪小说做研究时认识了一些剑桥的警官，在写一本关于"波士顿杀人狂"的书时偶然发现了简·布里顿的谋杀案。她调查了红色赭石之谜，调查得越深入，她就越怀疑一个家住北安多佛①的男人。她这次来是想和富尔克森报告自己怀疑的这个人。

富尔克森听苏珊说完。当天晚些时候，他收到了一封理查德·M. 格兰利博士寄来的信，信的抬头是"大湖区文物库"，这让他感到很吃惊。

信是写给剑桥警局的记录管理员的：

亲爱的先生/女士：

几个月前，我通过电话联系了贵办公室，申请简·布里顿女士谋杀案的相关记录。她（我记得还有另一个人）在1968年（10月？）离奇死亡。

简是我在哈佛大学同系的同学。直到今天，她的死还让我感到不安。

现如今二十五年一晃而过，相关人士已经从哈佛大学退休，我打算调查一下这个令人遗憾的事，希望能弄清真相（在我自己看来）。

因此，我请求贵单位批准调取布里顿的相关档案，还有另一位在同一时间（？）遇害、情况类似（？）的受害者的档案。我从事件发生时的报纸报道中了解到了另一名受害者的情况。

我计划于10月25、26日来剑桥。如果有需要遵循的流程，麻烦一并告知。

---

① North Andover, 美国马萨诸塞州埃塞克斯县的一个镇，位于美国东北部大西洋西岸，距离波士顿将近50公里。

多谢您的帮助。

致以问候，

R. M. 格兰利博士
会长

格兰利提到的第二桩谋杀案指的应该是艾达·比恩。简遇害后不到一个月，艾达·比恩在林纳恩街被人谋杀。富尔克森圈出了简·布里顿和理查德·格兰利的名字。假如格兰利早几个月打来电话，那么他就会错过这个消息。富尔克森在那张纸下方写：“和今天提到的名字一样！”单是这个巧合就足以重新启动调查了。

简的案件档案——大约有 4 箱，每个箱子约有 1.2 米×0.6 米——早已破烂不堪。报告胡乱堆放在箱底；一只烟灰缸被丢了进去；还有一些从来没有被记录过的证据。富尔克森和他的搭档布莱恩·布兰雷整理箱子时，发现这些箱子里的物品是不完整的。没有犯罪现场的照片。没有测谎记录。没有体检报告。没有任何可能会被保存下来的其他物证记录。他知道 60 年代警方的工作规范和今天不一样，但这仍然让他觉得奇怪。

富尔克森和格兰利通话时，格兰利问到警方的调查进展如何。富尔克森感觉他是在打探消息。

他们计划让格兰利下次到剑桥的时候来一趟警局。但就在他们计划见面前不久，格兰利改了主意，人没来，而是给富尔克森寄来了一个包裹。包裹里附有一封信；一份皮博迪博物馆的手绘地图，上面标出了帕特南实验室的位置；还有一封写有他怀疑对象的信，信封上写着：“我关于简·布里顿谋杀案及其后的回忆。”他的故事和二十年后他给我讲的版本略有不同。格兰利承认认识简（他写到她曾邀请他去家里喝茶）；在帕特南实验室发现盛有红色赭石的容器开着盖，也是这封信描述的核心场景。但在这个版本中，他怀疑的对象并不是李·

帕森斯，而是卡尔顿·库恩。（格兰利后来说，他从来没看过帕特南实验室管理员的值班表，所以他不能确定在他前面值班的人是谁。）库恩就是格兰利后来说他和简相识的那门课的任课教授——哈佛大学并没有这门课的记录。

  我认为卡尔顿·库恩有可能是此案的凶手，理由如下：（1）他性格暴躁，（2）他有去简·布里顿公寓的理由（她当时正在替他画工艺品），（3）他的办公室就在我的实验室走廊对面，也就是发现赭石的地方，以及（4）他知道赭石的含义。

收到格兰利的信后，富尔克森联系了苏珊·凯莉并让她也读了这封信。她发现格兰利还试图把怀疑的矛头指向另一个人：玛莎·普列切特（Martha Prickett），兰伯格-卡尔洛夫斯基的一名女研究生，据大家说她极易害羞和紧张，且勤奋好学。格兰利的说法是，1978年简的谋杀案发生时，玛莎·普列切特曾帮他将五楼的物品搬到皮博迪顶楼的储藏间。

  当她说到"嫌疑人"之一就是在帕特南实验室发现那箱红色赭石的人，你能想象我有多震惊吗！！！她都没发现那个人就是我！她很明显是从某个希望掩盖自己行踪的人那里听说了这个谎言，不然就是她自己凭空捏造的！为什么不呢？我开始想，（1）要犯下殴打罪，玛莎肯定是够强壮了，（2）她没有男朋友，所以简有可能是她爱的人，（3）玛莎非常维护兰伯格-卡尔洛夫斯基（据我记忆是这样），如果简和卡尔陷入某种感情的话，她肯定是会做出防御行为的，（4）她去过伊朗，也了解红色赭石。

格兰利的信这样结尾："库恩已经入土，可是普列切特还'在那里'。"

这些指控、愤怒，以及对直接问询的逃避，所有这一切都指向了同一个方向。富尔克森觉得他们肯定已经找到那个人了。他和布兰雷只需要找到证据来证实即可。

在接下来的一整年里，富尔克森从联邦调查局（FBI）获取了格兰利一组采自他和平队①时期的指纹，然后通过该部门升级了该案。1996年11月，剑桥警局的探长托马斯·奥康纳（Thomas O'Connor）将格兰利描述为"此案的主要嫌疑人"。奥康纳要求协助追查一切查到的物证，而眼下他们记录在案的物品只有"沾有指纹的烟灰缸，几个烟蒂。还找到了一块有血迹的花岗岩"，他觉得这块花岗岩应该不是凶器。法医的验尸报告还是没有找到，"因此我们不能确定受害者是否遭到强奸"。奥康纳没有特别的理由去怀疑存在其他物证，但他希望能找到曾经下落不明的血清学证据，并且能在此后的几年里对其进行检测。

1997年1月，马萨诸塞州警局再一次介入了。彼得·森诺特和约翰·富尔克森、助理地区检察官约翰·麦克沃伊［John McEvoy，埃德丽安娜·林奇（Adrienne Lynch）的上一任检察官］，还有剑桥警局的警官帕特里克·纳戈尔（Patrick Nagle）见了面。森诺特同意协助他们重新调查。见面后的第二天，森诺特联系了马萨诸塞州警局的犯罪实验室，寻找一切可能和布里顿案件有关的证据。他还就安妮·亚伯拉罕失踪一案联系了加拿大皇家骑警。森诺特记下了来自奈恩的下士乔恩·兰吉尔（Jon Langille）和下士德克斯特·吉拉尔（Dexter Gillar）的名字，并在和加拿大皇家骑警通话时记了笔记：

  测谎记录。用的是"过去时"→已死亡

---

① Peace Corps，1961年起美国政府运营的一个志愿者独立机构，旨在展开国际社会与经济援助活动。

陈述分析→他在撒谎（格兰利）[……]很可疑
1976年的测谎通过了。现在重新测试后认为是他干的

尽管他们重新开始怀疑格兰利，下士兰吉尔告诉森诺特，他们并没有重启安妮·亚伯拉罕一案的计划，但他同意会去找她的档案发给他看。

与此同时，森诺特得到了他期待已久的消息。实际上，替简尸检的乔治·卡塔斯医生保存了物证。1998年2月20日，卡塔斯医生翻出了他从简的验尸报告中保存的十三张切片，其中一张是含有微量精液的阴道涂片。如果吉姆·汉弗莱斯说了真话，他和简那晚没有过性行为，那么上面的精子就应当属于另一个身份不明的男性，后者至少是最后见到简活着的人之一。警方需要知道这个人是谁，为此他们需要从阴道涂片中开发出DNA图谱。从一份四十多年前的DNA里提取出可用物质的可能性微乎其微，但并非毫无可能。森诺特将这些切片一并送到了犯罪实验室。

就在森诺特等候对方反馈时，下士兰吉尔联系了他。现在是6月份，他发传真给森诺特，说他终于找到了安妮·亚伯拉罕案件记录的复印件。一个星期后，这份案件记录发到了森诺特的邮箱。兰吉尔在附信中写道："我们相信关于这位年轻女士的失踪，格兰利博士知道的比他当时告诉调查者的要多得多。"森诺特将这份案件报告抄送给了助理地区检察官，并总结了马尼拉文件夹里标有"不要销毁（未找到尸体）"的内容。"简言之，"森诺特写下的话表明了他对此事的态度，"安妮·亚伯拉罕10分钟就从地表消失了，20个小时都没有被报告失踪。"

同年9月，马里兰州日耳曼敦（Germantown, Maryland）的一家实验室赛尔马克诊断公司（Cellmark Diagnostics）宣布，他们已经从阴道涂片上发现的DNA中提取了基因图谱。该实验室能够区分阴道涂片中的精子部分和非精子部分——这意味着和大家怀疑的一样，它

同时包含男性和女性的 DNA——该测试已经获得了该男性基因组三个位点的信息。三个位点足以缩小嫌疑人的范围，但还不能锁定在一个人身上。（相比之下，今天的 DNA 联合索引系统要求至少八个位点。）在检测过程中，一半的样本已经消耗掉了。

全国各地的实验机构通过 DNA 联合索引系统数据库检测了有限的 DNA 图谱。亚拉巴马州（Alabama）和佛罗里达州有几个人符合这个图谱，但这些线索后来就没了下文。其中的一个人在凶案发生时只有五岁。

2004 年，技术已经足够先进，当局希望能从阴道涂片中获取更多的信息。他们再次采用差异化的提取程序，试图从其他物质细胞中分离出精子部分。他们在九个不同的位点测试了这些材料，还加上了性别指标。然而这一次，任一位点都没有找到能锁定嫌疑人的结果。DNA 不够用了。

不屈不挠的剑桥警方和马萨诸塞州警局通力合作，继续推进他们的调查。马萨诸塞州警局找到了格兰利的驾照，包括他的身份证照片。他已经不再是玛丽·麦克卡森迅速就爱上的那个轻盈的男人了。岁月让他的脸变得粗糙，也长出了双下巴。浓密的胡须盖住了他的上嘴唇。他们还调取了他家庭成员的信息、他写过的书，还有他做过考古的地点等细节。在一份他家物业记录卡的打印资料上，有人添加了一个手写的说明：垃圾于周二上午取走。

这一切都在为 2005 年 11 月的那天做准备。那一天，森诺特出现在了格兰利位于北安多佛的家。他要求格兰利提供唾液样本。格兰利同意了，并签署了知情同意书。森诺特将唾液样本送到弗吉尼亚的博德科技公司（Bode Technology Group）进行检测和比对。2004 年那次检测也许没有足够的 DNA 可以形成图谱，但如果格兰利的 DNA 和 1998 年图谱中的三个位点相符，说不定最终也能有个结果。

2006 年 2 月 6 日，博德公司将法医案件报告送交给了助理地区检察官约翰·麦克沃伊。距离富尔克森收到格兰利那封时机诡异的信，

已经过去十多年了,这十多年来的耐心侦查都是为了这一刻的到来。麦克沃伊直接翻到第二页看检测结果:

可以排除理查德·格兰利是阴道涂片所提取图谱的潜在供体(A-69-8-V)。

第六部分 遗产

2018：有些事已经有定论

"你好？"我说。

"你好。"唐用一种局促而无奈的语调答道。我仔细听他的声音，想从中找到他有可能知道内幕的蛛丝马迹。他的语气让我怀疑终于有了一个答案，一个名字。但话说回来，唐的反应经常不是那么直接。

他笑了。"我刚和彼得通过电话，得到的消息是——"他在找合适的词。"除了有些事已经有定论之外，没有太多的消息。距离他们公布消息还得再等两周。但他们会公布的。"

我努力克制自己的失望，想让自己听起来更像是出于好奇，但最终我只吐出了一声"啊"。我满脑子想的都是，我们已经等了5天，到头来才知道还得再等两周？

"我记了笔记。"唐念出了他记下的要点：

- 我们已经确认了某人的身份。
- 他说，这个人几年前就已经进入了我们的视野，但我们什么都做不了。或者说我们做不成任何事。
- 不是活着的人。

从这三条来看，只有李·帕森斯符合了。

唐告诉我，电话那头的森诺特心情不错，甚至还开起了玩笑。但在确认他们已将某人作为本案的嫌疑人时，彼得却"一点也不含糊"。他说："我们找到了。这事解决了。"

他们准备联系博伊德，让他出席新闻发布会，但博伊德不想凑这个热闹。他说他做过"承诺"。唐没说他到底想不想参加。但他告诉我,对于如何纪念这件事他另有想法。每当有重要人物来访或是达成了某个重要目标,唐和露丝都会在他们家的后院种点东西来纪念这一时刻。有一棵是种给他俩的子孙辈的,甚至还有一棵是给我种的。唐说等我们找到凶手的那天,他想替简种上一棵树。

他说森诺特还顺便透露了一点将来的结局:"'这个故事相当精彩。等到它公布出来的时候你会爱上它的。'"

"他没说别的了?"我问。

"没有。啥都没说。"

我猜我们得再等两周了,我们怯生生地说,不知道怎么说再见。我们想在电话里多待一会儿,全世界仅有的两个知晓内情的人,在知与不知之间进退两难,也因此而彼此相连。

我们挂断电话后,我的身体瘫软下去。就像小时候我母亲得了扁桃体炎,她住院三天后回家,父亲将我抱到她怀里,她紧紧地抱住我,希望我也能抱抱她,但我的身体只是瘫倒在她怀里,因为几天来的紧张,身上的肌肉终于放松下来了。

那一晚,我故意没把哈佛警官送我的金属警棍放在床头柜上。那是近十年以来,我第一次在夜晚安然入睡,内心无忧无惧。

史蒂芬·洛林(1)

我再次联系史蒂芬·洛林,是想听他多讲讲格兰利的可疑行为。的确,格兰利在安妮失踪后的所作所为令史蒂芬失望甚至厌恶,但大多数时候,他只是对格兰利造成的破坏感到非常非常难过。

洛林说,在安妮过世这件事上,他从来都没有怀疑过格兰利。他很久之前就接受了这只是一次意外。"我去爬了那个悬崖,就是他们说她爬上去又摔下来的那个地方。那地方太艰苦了,任谁都不该去。"

但史蒂芬也理解，亚伯拉罕一家从来都不曾有过这种安宁。"太容易怀疑到迈克头上了"，对于某些人而言，认为他是安妮死亡的幕后黑手"几乎是最简单的答案了"。所以他发现，和他们讲简·布里顿的故事对他们是某种安慰，因为在他讲述的简的谋杀案的版本中，格兰利并不是嫌疑人。"另一重作用是，"洛林告诉我，他希望说服安妮一家，让他们相信杀害简的另有其人，这样也许就能让他们以为安妮的死只是个悲剧，并不是人为的谋杀，这种想法或许可以给他们一点安慰。

"我非常认同李·帕森斯就是罪魁祸首。"史蒂芬告诉我，接着开始讲述。

蒙特阿尔托

1969年，史蒂芬·洛林在皮博迪博物馆的冬季和夏季工作都做得不错。他一直在帮李·帕森斯将非洲艺术品从画廊区转移到仓库。李邀请他参加国家地理赞助的第二季考察，地点在危地马拉的蒙特阿尔托（Monte Alto, Guatemala）。李解释说，他需要有人从密尔沃基[①]把他考察项目用的车开过来，如果史蒂芬可以的话，他欢迎他留下来帮忙。史蒂芬想象不出比这个更好的安排了。

几个月后，1970年1月，史蒂芬飞去密尔沃基，见到了安提亚克大学的学生诺亚·萨维特（Noah Savett），李也邀请他一起参与考察。他们正准备动身，李联系了他们，提出了一个奇怪的请求。他解释说，几个月前，他的导师史蒂芬·德·博尔海吉（Stephan de Borhegyi）过世了，为了实现对导师的许诺，李需要将他的骨灰撒在

[①] Milwaukee，位于美国威斯康星州东南部，密歇根湖西岸。

危地马拉的阿马蒂特兰湖（Lake Amatitlán）。史蒂芬和诺亚能不能在南行之前，从密尔沃基的殡仪馆将德·博尔海吉的骨灰取出来呢？

史蒂芬和诺亚将骨灰放在海蓝色的国际旅行车后面，和挖掘工具放在了一起。他们正准备一路向南开，在危地马拉和李碰面，结果李突然出现在了密尔沃基。他看上去心烦意乱，衣着不整。李说他想和他们一起走。史蒂芬和诺亚知道他们不能拒绝。你是老板你说了算，他们说。

他们开了一晚上车。刚驶过得克萨斯州和墨西哥的边境，李就直接带他们去了第一家酒馆。他一杯接一杯喝着啤酒，一直喝到"两眼一抹黑，醉得站不稳"。而只要酒劲儿刚过，他就又会喝上一轮。李一连三四天都是这个样子，直到他们抵达瓦哈卡州[①]南部。

接下来的一周，白天他们和调研的同事考察几个重要的考古遗址，这个时候李还能保持清醒。等到了晚上他们露营的时候，李又会喝得酩酊大醉。他会向史蒂芬和诺亚求欢，但因为他喝得太醉，很容易应付。"别来烦我们。"史蒂芬会说，他没费多少力气就把李赶了出去。史蒂芬后来将李的大部分行为都一笔勾销了，认为那不过是他导师过世引发的强烈悲痛所致。

他们一直开到危地马拉中南部，那里火山高耸，在他们走到火山之间的山道之前，先是穿过了一片云雾缭绕的森林，树木浓密到看不见远处。到了山的另一侧，他们一路向下，走到了一个和周围全然不同的世界，连绵数英里的湖泊和牧草地，山下就是太平洋，远处的帕卡亚火山（Volcán Pacaya）在半空中闪耀着红光。

等他们终于抵达遗址，史蒂芬对这些工作感到兴奋不已——用砍刀清除掉山丘上的灌木丛，留心不要被毒蛇咬到，四处找那些戳出地表的岩石，因为有可能底下就是雕塑。蒙特阿尔托属于早期玛雅文明的一部分。在沉睡了 1500 年之后，巨型的大肚腩石像被发掘了出来。

[①] Oaxaca，位于墨西哥南部，首府瓦哈卡市位于瓦哈卡中央山谷。

1970 年 1 月，在开车前往蒙特阿尔托途中，史蒂芬·洛林在一处考古遗迹考察。（哈佛大学皮博迪考古与民族学博物馆馆藏，PM969‒48‒00/2.1）

这些雕像都极其肥胖，手臂为浅浮雕，环抱在腹部周围，就像画在圣诞饰品上的身体一样。有些雕像有下巴，有些有轮廓清晰的鼻孔，有些只有头部，但它们都仿佛安详的睡神一般看守着这片土地。

他们到达遗址之后，李对酒精的狂热还在继续，但他们已经可以处之泰然了。"算了吧，今天晚上你得回营地去。"诺亚和史蒂芬边说边从镇上的酒馆把李拖出来。

但有一天晚上，史蒂芬·洛林开车载着李·帕森斯从安提瓜（Antigua）回到埃斯昆特拉（Escuintla），他们去那儿取钱给蒙特阿尔托的工人们开支。诺亚没来，史蒂芬单独和李在一起，而李已经喝

蒙特阿尔托的一名工人跪在刚刚出土的大肚腩石像旁，以确定其比例。

了一整天的酒。当他们准备翻山越岭返回埃斯昆特拉的时候，他醉得已经不像话了。

史蒂芬开车下山时万分小心。返回安提瓜的两小时车程中，大部分路面都覆盖着松软的火山灰。车子扬起的细粉尘足以诱发慢性鼻炎。他们聊的东西大多稀松平常，但在陡峭的转弯处，随着海拔不断下降，李决定聊一些显然是一直压在他心里的事。他告诉史蒂芬，他被指控了谋杀罪。

李说，他和被杀的姑娘谈过一段恋爱，她提分手的时候他难过极了。有一次年终学生聚会，意外发生了，一块地毯被烧掉了。李在这次聚会之后去了她家，他想找她谈谈。没多久这个女孩就被杀身亡了。聚会的那天，他深夜来到了她的公寓。他敲了门，想进去，但她不让他进。他又使劲敲了几下。最后李离开了，但没多久他又回来了，想隔着门和她说话。女孩的邻居后来告诉警方，那天晚上李猛劲敲门，大喊大叫。故事讲到这里，李转头看向史蒂芬，情绪越来越激动:"你是知道我的,史蒂芬。你了解我的。我不会生气。我不生气。我从来不……我不生气的,是吧?"

史蒂芬从没见过李这个样子,他同意了他说的话,想以此平复他的情绪:"对,没错。你不会那么做的。你不能那么做。你是个好人。你不会生气。你不会发疯的。你是个冷静的人。"

李这下吼了起来:"我不——我从来都不会朝任何人大吼大叫!"

车子的一侧,山路的边缘在下降。李的恐慌和愤怒在加剧,史蒂芬真怕他冲过来夺走方向盘,把他俩甩下山崖。

他继续安抚着李:"不是的,李。对,你是个好人。你不会生气。你不会发疯。你是个冷静的人。"

"那为什么她邻居说是我干的?他们凭什么这么做?"

史蒂芬·洛林(2)

"他并没有说就是他干的,但下山时车里的整段对话就是这个意思,你懂吧?"史蒂芬在电话里说,我们还在通电话。"要不是那个疯狂的晚上开车走那段山路,我根本不会多想。"

让我震惊的是,史蒂芬的故事和唐·米歇尔的版本不谋而合。故事中出现的熏香、地毯、吼叫都没有被任何报纸报道过。而据我所知,唐·米歇尔和史蒂芬·洛林两人也从来没有说过话。

史蒂芬还告诉我,1969 年,李从蒙特阿尔托被叫回剑桥做测谎。李告诉史蒂芬,他的成绩"惊人地差",但警方将他糟糕的表现归结为因醉酒引起的读数不准。洛林想了一下整件事的来龙去脉:"他的心跳肯定一小时有一百万英里,他们连基准线都找不到。'你叫什么名字?'哔。说谎。'这个房间是什么颜色?''蓝色。'说谎。"李还告诉过史蒂芬,哈佛大学替他"请了律师"。如果他说的是真的,这意味着尽管李和整个部门格格不入,他依然是个值得被保护的人。

———

几个月后,我去了华盛顿,第一次见到史蒂芬本人。我们坐在国家美术馆(National Gallery)雕塑公园咖啡店外面的网椅上,路边就是史密森博物馆,他还在那里替比尔·菲茨休工作。他确认了我坐的椅子没有被那天早上的雨水淋湿。他穿一件风衣,长着一张汤姆·布洛考[①]的脸,让人立刻就能信任他。

我们在室外聊了 3 个多小时。天空是金属一样的灰色,好像随时都会裂开,但在 10 月末,这个天气过于温暖了。

我们的对话时断时续,因为史蒂芬总要起身帮助路过的人。一位坐轮椅的女士试图打开咖啡店的门。史蒂芬站起来,拉开门,伸手将门撑开。为了给轮椅腾地方,他不得不将身体挤在旋转门的玻璃上。"你人太好了!"那位女士的朋友说。

还有一次,他发现有人将手提包掉在旋转门里了。他捡起包,走进餐厅。我透过玻璃目睹了这个场景。他拍了拍一个小姑娘的肩膀,然后拿出了那个白色带扣的钱包,里面装有鲜花。她吓了一跳,一时间没认出那是她自己的包。他推门出来。"我通常不会这么好心的。"他说。

"我才不信。"

他开玩笑说,在我来之前他偷偷塞给了他们每人五美元。

我们聊到了安妮。为了让他更自如地谈起她,我告诉他我见过爱丽丝了。我们聊到了爱丽丝有多脆弱,还有她们的母亲也一样不堪一击。"安妮失踪之后,我去过她家几次,为了安慰他们。我猜这对他

[①] Tom Brokaw (1940—),美国知名电视记者,1982 年至 2004 年长达 22 年间担任《NBC 晚间新闻》的主持及总编辑,也是目前唯一曾主持 NBC 新闻全部三个主要节目的人,包括《今天》《NBC 晚间新闻》和《与媒体见面》。

们来说意义重大。但我实在承受不住。她母亲就——你也听过爱丽丝说安妮过世之后她母亲的状态,听起来她好像坚持不下去了。"

"和她们比,安妮的性情怎么样?"

"你和安妮很像。"他说。

这是第一次有人告诉我,我暗地里希望的事是真的。这么多年我一直在调查简的案子,早就接受了我们之间的边界已经消失,至少在我看来就是这样。但当安妮也悄悄出现——早在听过安妮这个名字之前,我不是也梦想过跑到耶洛奈夫①去;想象过一路漂流到阿拉斯加,早餐吃三文鱼和冷冻的蔓越莓吗?——我低估了这段经历的独特性。写简和安妮这样的人之所以吸引我,正是因为我也向往遥远的风景和浪漫的冒险。我们恰好年纪相仿,都长着深褐色的头发,都喜欢记日记,而且好像这样也不足以表达我们最基本的感受。我把我的感受之深归结为一个传记作者的必经之路。在纸页上为一个人注入生命,是一种复活和转世的行为:我写他们,就要了解他们,然后在我的体内留存他们,以他们的感受为感受。到最后,我成了他们的宿主,所以我当然会忘记他们在哪里结束,我自己从哪里开始。

但对于史蒂芬来说,会有同样的感受完全就是另一回事了。

"不是的,"他说,看出我不愿意相信他的话。他说爱丽丝也一定看出来了,所以她才对我敞开心扉。"你既在体貌上和安妮很像,我觉得又……"他逐渐降低了音量,接着稍稍变换了话题。

剑桥的闲聊

"差不多一个月前,我一直在想简告诉我、问我的一些事,我不

---

① Yellowknife,加拿大西北地区首府,位于北极圈以南约450公里,大奴湖西北岸、耶洛奈夫河口。

知道和这个案子有没有关系，但我感觉有可能是有关的，"简·切尔马耶夫（Jane Chermayeff）那年秋天和简一起上过李·帕森斯的原始艺术课，她这样告诉剑桥警方，"有天临上课前，她把我拉到一边，说：'发生了一件特别奇怪的事。昨天晚上十二点半，我家门铃响了。'然后她说：'我有点奇怪，因为了解我的人会直接上楼，不会按门铃。'就是他。"那之后，简·布里顿缺席了几堂李的课。

简·切尔马耶夫不是人类学系唯一和剑桥警方谈起李·帕森斯的人。毕竟皮博迪的每个人都读到了报纸上的文章。尽管文章从头到尾都没提李的名字，但很多人都觉得他是唯一和报道里的描述相符的人。1月9日，也就是简的尸体被发现两天之后，《波士顿环球报》刊登了一篇封面报道，其中有这样一句话："接受问讯的还有一名教职工，他承认曾与布里顿女士约会，还参加过几次被害女孩和其他人一起出席的聚会。"1月13日，《每日新闻》报道："一位和简约会过几次、求婚被拒的哈佛大学教职工，现在是主要调查对象。"虽然有人确定李没有能力伤害别人，比如研究生弗兰西斯·尼兹伯格（Frances Nitzberg）；但也有人想知道，许多人都见过李喝得醉醺醺的、在剑桥的街道上游荡，是不是只是因为他太奇怪了，所以才成了凶手。

卡尔·兰伯格-卡尔洛夫斯基说，他对李在简死后表现出的不安和难过感到震惊。

就连八卦绝缘体理查德·梅多在被追问时也告诉警方，"我注意到……李·帕森斯博士有一次和她约会了。"

有传言称，简被杀当晚，替李做不在场证明的是皮博迪的登记员皮帕·夏普林（Pippa Shaplin）。吉尔的妹妹曾在寄给米歇尔夫妇的信中提到过她："（皮博迪的一个秘书）告诉我，她开车去上班的路上经过夏普林家，看见她和李·帕森斯从家里走出来。她说她四处打听，才知道夏普林女士比李大约年长十岁，是简被杀当晚李的不在场证明人。这应该就是李手臂上出现抓痕的原因吧。太有意思了，我心想。"

警方把皮帕叫到总部的时候,她对关于她和李恋爱关系的一系列提问非常愤怒,在椅子上发抖。因为她一直在使劲摇门,达文波特警探不得不让她停下来。

安妮·莫罗

我从华盛顿回到剑桥之后,开始想尽一切办法证实史蒂芬讲的故事。当年和洛林一起在蒙特阿尔托考察的学生诺亚·萨维特找不到了;我也搜不到任何有关史蒂芬·爱德华·德菲利波的细节信息,就是李提出要把自己骨灰撒在对方在沃本的墓地的那个年轻人。但几乎所有我能确定的东西都查出来了。李的那位过世导师的细节。去危地马拉的公路之旅。还有李在蒙特阿尔托时剑桥警方曾联系过他。他在考古现场的时间空白,有可能就是他回家参加大陪审团听证的时间。我花了很长的时间,想通过一位貌似是管理人员的人查到李的测谎结果,最终一无所获。我也没找到哈佛大学替李聘请律师的记录。但大陪审团的团长理查德·康迪说,他记得李·帕森斯曾出现在审判程序中。

为了弄清和李有关的真相,多曲折迂回的方式我都试了个遍,最终只能鼓起勇气打电话给李的前妻安妮·莫罗(Anne Moreau)。我只知道她生于1932年,是发现宇宙无线电波的那位卡尔·詹斯基(Karl Jansky)的女儿,以及她住在俄亥俄州(Ohio)。电话打过去的时候,她正在收拾杂物。她很快就和我敞开了心扉,我不禁担心自己是不是利用了她无拘无束的性格。我开门见山,和她说明我之所以打电话给她,是因为我正在写简·布里顿,大家都觉得李可能和她的死有关。

"哦，但不可能是他啊，"她说，"他那个周末去外地滑雪了。"我没提醒她的是，简是周一夜里死的。"不管从什么角度想，他都不是个暴力的人。"她继续说。

我们又聊了1个小时，她说到李的时候不带任何的尖酸刻薄。安妮和李相识于大学。他们被分配到新墨西哥州挖掘同一个坑屋（pit house）——一种可以追溯到公元800—1000年的建筑，由制篮[①]的美洲原住民建造。她到现在都能描述出当年挖出来的建筑墙内按大小垂直摆放的缝衣针。她在遇见李之前并没有太多和男人交往的经验。1953年夏天，安妮和李每天8个小时都一起待在那个坑屋里。1956年，他们结婚了。

新婚燕尔的李刚刚结束他在哈佛大学人类学系第二年的学业。为了支持他读完研究生，安妮去了当地一所私立学校教书。"我们过去管这种叫PHT，辅助丈夫完成学业（Putting Hubby Through）。"在哈佛大学，李是个好学生，但他害羞得要命，不懂得如何在社交场合周旋，"就像你现在做的这种"。他发现喝酒会让他在表达自己的时候自如一些。

后来在他攻读博士期间，他们搬到了密尔沃基，李在那边的一个公共博物馆做策展工作。李在中西部的知识氛围中感到轻松自在——那里更包容，也更亲和。两人的社交生活没有那么丰富多彩，但他们也有亲近的朋友和属于自己的小团体。他们一起野餐，去湖里游泳。李还当众展示了他那干巴巴的幽默感。但到了1968年，皮博迪博物馆邀请他回去担任助理馆长，李没办法拒绝。

这一次，安妮没和李一起回剑桥。他们的婚姻亮起了红灯，不是因为他的性取向，她说，而是因为他酗酒。几年过去，李喝酒喝得更凶了。她不想让两个女儿以为这种生活就是常态。于是她提出了离婚。

[①] Basket-maker，美国西南部早期印第安人一族，以制篮手艺而著称。

安妮问我，简·布里顿是什么时候被杀的。

1969年1月，我说。

"没错，那个月我们离婚了。"

为了女儿，他们那些年还有联系。"我听说，他在哈佛的生活……他们让他太为难了……"她磕磕巴巴地寻找着合适的词，"他在社交场合的局促让他尝到了恶果。"李曾和她说，他真希望自己从来都没有离开过密尔沃基。

安妮知道，李后来从剑桥去了圣路易斯，她也知道史蒂芬·德菲利波这个人的存在。她说，他们相识于剑桥，李和他在一起非常开心。

"史蒂芬很年轻的时候就过世了。"我说，想证实一下我的调查结果。

"你不知道他是怎么死的吗？"

我不知道。

"他在游泳池里淹死了，"她说，"我不知道李把他带去游泳池是不是明智的，也许对一个刚学会游泳的人来说，那个泳池的水太深了。"

李1996年去世时，安妮并不在他身边。她说就在他过世前不久，有人告诉她李罹患了艾滋病，将不久于人世，她本来是有机会去的，但她还是决定不去看他。"反正我也不擅长处理死亡这种事。我只想凭空消失，让地球上所有的人都不用去管我留下的东西。"

我说，在考古遗址工作过的人会有这种感受还挺有趣的。

她听得出其中的讽刺意味，但也许是因为知道别人能从你留下的东西看出点什么，她就更想彻底抹去自己的痕迹了。"我不想有任何的死后纪念仪式。"不要繁琐的手续。不要仪式。不要悲痛。

李在遗嘱中也提了同样的要求。他想把他的骨灰撒在史蒂芬的墓上，还特别提到不要留下任何痕迹。李只想从世上消失。

李·艾伦·帕森斯的临终遗嘱

```
         LAST WILL AND TESTAMENT
                   OF
           LEE ALLEN PARSONS                 02-5205

     I, LEE ALLEN PARSONS, of the City of Fort Lauderdale, Broward
County, State of Florida, being of sound mind and body do hereby
declare and publish this instrument to be my Last Will and
Testament, hereby revoking and canceling all former Wills and
Codicils I may heretofore made and I request that my Estate be
disposed of as follows:

                         FIRST
     I hereby direct that the payment and expenses of my last
illness and my specific directions contained herein for my funeral
be paid as soon as practical after my death. In that regard, I
wish to be cremated with no unnecessary ceremony or expense,
including any grave or marker. I direct my Personal
Representative, hereafter named, to take whatever token ashes exist
after the cremation and have them spread over the grave of Steven
De Filippo, in the Woodbrook Cemetery in Woburn, Massachusetts. I
hereby instruct my friend, ▓▓▓▓▓▓▓▓ of St. Louis to carry
out this unorthodox last request, and the expenses of same be
considered part of the last illness and funeral of my Estate.
```

李·艾伦·帕森斯的临终遗嘱

本人李·艾伦·帕森斯,佛罗里达州布劳沃德县劳德代尔堡市(Fort Lauderdale, Broward County)生人,身心健全,特此声明并公布本文书为我的临终遗嘱,同时撤回并取消我此前所立的所有遗嘱及其附录说明,我申请对我的财产进行如下处理:

首先

我在此指示,在我死后,应尽快支付我临终疾病及在此记载的有关我葬礼的具体指示所需的款项及费用。在这一点上,我希望在没有任何不必要的仪式及费用的情况下火化,无需墓地或标志。我指示我的个人代表(以下简称"代表"),在我火化后取走所有骨灰,并将其撒在史蒂芬·德菲利波位于马萨诸塞州沃本的伍德布鲁克公墓(Woodbrook Cemetery)的墓地。我在此指示我在圣路易斯的朋友 XX 执行这个有违传统的最终请求,其费用将涵盖在我的临终疾病及葬礼的费用之中。

供词链

所有的调查都需要运气和技巧。我写信给吉尔·纳什，希望她能直接和我分享她的回忆，但和唐预测的一样，她并不乐意这么做。即便如此，在发给我的最后一封邮件的末尾，她还是藏了一点点微弱的希望：她说我也许能比唐或者乔伊斯中尉在追查李·帕森斯的供词链上走得更远。她写道：

> 过去这么多年了，我不知道我为什么还会反应这么强烈；我对这个案子的感受好像变得更糟糕了。或许是因为在我生命的后半程，我更清晰地见证了简被否定的一切……你谈到了谣言和虚假消息，好像这些都能被更正过来似的。我可没有你乐观。我甚至发现，就连我前夫披露的细节都不属实。简的谋杀一案的"真相"，它是如何发生的，为什么会发生，没人知道。这就是我不愿意谈论它的原因。我已经对着自己掰扯到精疲力竭，除了让我对执法部门产生极大的恐惧之外，一切都无济于事。
>
> 但我还是会给你提供一点小道消息，或许能补充到你的故事里：考古学家丹尼斯·普利斯顿的遗孀奥尔加·斯塔夫拉基斯（Olga Stavrakis）曾经告诉我一位已故的朋友尤金·奥甘（Eugene Ogan，也是哈佛大学的人类学家），说她有一次和李·帕森斯做考古挖掘的时候，李和所有人坦白说他杀了简。奥尔加·斯塔夫拉基斯住在明尼阿波利斯，现年七十多岁。据我所知，那些写简的文章都没有引用过她的说法。或许你可以去联系她。

我给奥尔加发去邮件，不到一小时我们就通了电话。

奥尔加自称是一位退休人类学家，在游轮上讲过人类学。离开这个领域数十年后，这对她而言是一次复出。她在她的网站上写道："1978 年，因为我丈夫意外过世，我的人类学生涯戛然而止……在那个年代，学术界对有孩子的女性是无情的。"

我们直接聊到了简·布里顿，奥尔加说她和她丈夫对李·帕森斯也不是那么熟悉。"我在行业会议上见过他一两次，但说不上认识他。"他们在危地马拉工作的地点不一样，这对于考古学家而言就是两个不同的世界了。

"我理解。"我说，但我解释说我想查证一个传言：李要么就是和丹尼斯要么就是和她坦白说自己杀了简·布里顿。

"哦，不是的，这个传言的来源是乔伊斯·马库斯（Joyce Marcus），"她说，"她和我们说的。"

"乔伊斯·马库斯？"

"对，她人在密歇根的安阿伯市（Ann Arbor）。她那时候在哈佛大学，就在人类学系。"

"她告诉你什么了？"

"有一晚在酒吧，她说，他喝醉了，说自己和这件事有点关联。我不知道。我都不记得我当时是在场还是丹尼斯后来告诉我的，道听途说，你知道吧？"但奥尔加确定乔伊斯在 1971 年或者 1972 年告诉了丹尼斯，因为那些年他们和乔伊斯联系得挺勤的。

回到乔伊斯对于听到李坦白的回忆，奥尔加说："她不确定他到底是喝醉了胡说八道，还是这事真的属实。'我们都坐在一起。我们很年轻。我们喝了酒。我们在开派对。突然之间就抛出了这么一个事。'"

放下和奥尔加的电话，我立刻联系了乔伊斯·马库斯。马库斯 1974 年从哈佛大学博士毕业，现在是密歇根大学的考古学者。马库斯教授一整天都在外面开会，所以她请我把问题发到她邮箱。我们交换了几条信息,最后在没有指名道姓的情况下,她承认她听到了"几个人的传言还有诡异的酒后坦白"。但她说:"我不知道那多大程度上是因为酒精的关系,多大程度上是为了博人眼球"。前面提到的牵扯进这个案子的"几个人"一直让她觉得"不太可能"。

我又问能不能和她通个电话聊聊,但一直没有得到回复。

多么诡异、多么奇怪

熏香之夜第二天下午,吉尔见到了简,她发现简的眼睛闪闪发亮,但她猜测那是因为吃了减肥药的缘故,不是唐想的那样是因为受了惊吓。简从伊朗回来后,养成了服用兴奋剂的习惯,她不想那段时间减掉的体重再涨回来。

简告诉吉尔,她和唐走之后,李拿出了他孩子的照片。他和她倾诉与孩子们断了联系之后他有多心烦意乱。简自己也感到孤独。吉姆大半个学期都不在学校,待在多伦多休养和学习。他 10 月份来那会儿仿佛是好几年前的事了。

但当简不停说着"他有多么诡异、多么奇怪",吉尔听得一头雾水。他想念他的孩子们,这似乎不奇怪。1968 年整个秋学期,李并没有掩饰他对即将到来的离婚有多沮丧。她和唐都知道,有一次李去他系里认识的一对夫妻家里,他满怀爱意地盯着他们家六个月大的女儿,提出想要抱抱她。"我也有两个小姑娘。"他说。他们把她递给他,他搂着她,眼泪从他脸上滑下来。

在吉尔看来,那天晚上可能发生了别的事,而简还没准备好和她讲。

这里谁才是那个鬼魂

我感觉自己已经不知道该相信什么了。一方面，我担心自己只是想把罪名安到李身上，毕竟把一个外人当做替罪羊很容易，也因为人很难不喜欢围绕一个新出现的嫌疑人积累起来的线索。就连史蒂芬·洛林都说，"我觉得李不是恶人。我认为他也备受折磨"。另一方面，或许我不愿意相信他有能力杀人，这本身也在复制一种怀疑的模式。我是不是在为他开脱？就像警方在为他的测谎结果开脱，乔伊斯·马库斯并没有在意所谓的酒后招供。

一切都感觉像是流沙一样捉摸不定。

我不过是回哈佛待了几个星期，对现实的掌控已经开始崩塌。周围的人真的像看不见我一样。我实在不想成为"令人毛骨悚然"的精灵，所以目标变成了要成为"神秘"的精灵，在院子里穿着和服喝冰咖啡。不消说，我超额完成了任务。

在食堂，我有着自己的引力场，大多数时候都是独自一人吃饭。有个男孩过来问我面前的座位有没有人坐，我敢肯定自己抬头看他的眼神太过热情了。"没人！"我笑着说。

"谢谢。"他说完，拉开了椅子。

我离开了我爱的城市和我爱的公寓，离开了我爱的工作。一段顺利发展的关系经不起远距离的考验，我反感自己像是被逼着在工作和爱情之间做选择。如果是他必须搬走，这一切也会是现在这样吗？

但是在我内心最隐秘的角落，我同样感到宽慰。我相信——不敢让这种想法成为一种完全有意识的想法——万一我满心幸福地恋爱了，我会忘记对爱情发自肺腑的渴望，也不会去关注简了。

为了让自己的牺牲是值得的，我更加全身心地投入到简的故事当中。我报名参加了哈佛大学警察局的自卫课程。他们送我了那根肋骨形状的金属警棍，提醒我不要把它带上飞机。"目前还是合法的。"一名警官说。走在哈佛广场，我练习着消弭五十年的时空距离。美国银行重新变成了艾尔希餐厅（Elsie's），约翰·肯尼迪街（JFK Street）变成了德国香肠之家（Wursthaus），所有家庭的香肠之选。地铁站旁边的朋克小孩就是简的"小屁孩"。

但对我产生影响的不仅仅是简的生活。

埃德丽安娜·里奇（Adrienne Rich）在她1972年的文章《当我们死去的人醒来》（"When We Dead Awaken"）中描述了她重新认识女权主义的体验。"梦游者正在醒来，"她写道，"在意识觉醒的时代活着，多么令人振奋；也可能叫人疑惑、迷失方向、痛苦不堪。"她的话让我内心一阵战栗。

因为再次回到大学校园的这个奇特机会，我也得以重新审视我在哈佛度过的时光。

谢天谢地，本科生们和我记忆中我的同学们一样优秀——但其他方面还是有不少变化。

学术圈给人的感觉不再是一个理想化的学习王国，而是变得政治化和面目可憎。

那些曾经看起来令人惧惮和难过的研究生，现在成了我的同龄人。我意识到许多人之所以堕落，并不是因为学术圈只吸引这种类型的人，而是因为他们被套牢在这个体制之内。而这个体制对待他们的方式，则是把他们当作可替代、可抛弃的对象。

我看到有些本科生——少数的天选之子，我知道的——穿着高跟鞋和晚礼服，急匆匆地走在街上。我知道他们是去"赶场"，在那些场合里，雄心勃勃的人会努力给能起决定作用的社团成员留下个好印象，这样他们就能在新的阶层拥有一席之地了。社团并不是我哈佛生活的全部，但尽管我不愿承认，它们仍占了相当大的比重。我知道社团是精英主义的，我知道它们形成的权力系统是有问题的，我也知道我很多最好的朋友压根不会参与，可我对社团的批判态度没有强烈到不再参与的地步。我甚至还加入了少数几个女子社团中的一个，并且告诉自己说，如果它的存在本身可以缓和权力不平等，那就无伤大雅。我现在明白了，没有被迫用更具批判性的眼光审视这个问题，本身是一种特权。无论我自认为和他们的立场有多不同，他们所强化的结构性问题之所以会长期存在，我也难辞其咎。

简喜欢的冯内古特说："奇特的旅行建议就像上帝的舞蹈课。"每当我想到这句话，我都会哑然失笑，她又来了。我以为我来波士顿是为了追随她的脚步，结果我同时也重走了自己的路。在努力追踪简的鬼魂过程中，我自己也成了一个鬼魂。

多伦多

多年以来，每次坐飞机我都会选择在多伦多中转，这样我就能联系吉姆·汉弗莱斯说我就在这个城市了。我第一次这么做的时候，他妻子回复了我的邮件，说虽然我的请求是合理的，但吉姆经历了一段艰难的时间。她说她不会把我的消息传达给吉姆，但她让我之后再试一次。后来我再也没有收到过回复，但最初的那个答复打开了希望之门。这回我寄去了一封手写信。我告诉自己，只要她没在回信里彻底拒绝我，我就会出现在他家门口。我知道吉姆可能不会谈及简，但我只需要知道有人真的问过他。

抵达多伦多的那天，我还是没收到吉姆或是他妻子的回音。我想到虽然我调查了这么多年，却依然对这个男人所知甚少。我只知道他在叶海亚堆考察了四个季度之后，突然从人类学系退学了。他始终没能读完博士学位。他接管了他从小到大生活的那片农场上的家族企业，结了婚，几乎从他考古队友们的生活中消失了。

第二天一早，为了防止当天晚上回不了家，我写下吉姆的名字还有我母亲的电话号码，把它交给了一位朋友的朋友，他同意让我在他家暂住几天。他眼睛闪过一丝神色，好像在说，你报名参加了什么东西？

我穿上我最像样的衣服——一条到脚踝的黄色连衣裙，看上去就像是《草原上的小屋》①里的人物，然后打了一辆优步来到吉姆家，我形容那里是米西索加②最后的农场。我输入的地址是在一条双车道的道旁。就连司机都说："你确定这地址是对的？"嗯啊，我不太确定地说。

我沿着一条长长的车道走去，两侧都是树林。我发现跑回到主路至少要花上5分钟时间。多伦多的皮尔逊机场（Pearson Airport）距离这里不到一英里，飞机从空中轰隆而过。就算我叫的话也没人听得到。

在飞机飞过的间隙的寂静中，我听到远处传来一个女人的声音。我朝着那个方向走去，来到一幢房子前。我走到前门，敲了敲门。没人应。我拍了照片，沿着小路走去，走到树林更深处。我惊到了一群鸟，它们突然拍打着翅膀飞起来，吓得我浑身一颤。我来到另一幢房子前，这幢房子有个网球场和一扇保护车道的巨大的门。这太豪华了，和我从阿瑟·班考夫那儿听到的描述不太符合，而他这些年一直和吉姆保持着联系。

我继续往远处走，看到右手边有一间小屋，远处是一个谷仓。我之前没想到，自己不打声招呼就来农场有多难——到处都是门。我走近一个窗户破损的温室，后面放着三艘独木舟。我敲了门。没人。窗户从里面钉上了纸。其中一张是1997年的日历。

---

① Little House on the Prairie，于1974年播出的一部美国西部历史剧，讲述了1870年代和1880年代生活在明尼苏达州核桃树林附近梅溪农场的一个家庭的故事。改编自劳拉·英格尔斯·怀尔德（Laura Ingalls Wilder）最畅销的《小房子》系列丛书。

② Mississauga，加拿大安大略省的一个城市，位于多伦多以西的皮尔区，是大多伦多地区的一部分。

我接着敲门,任由我的想象飘走。到处都是生锈的农业机械:汽车零件、金属管子、木制的托盘。看不到的暗处太多了,这些重型农具完全有可能砸在我身上,看上去就像是一场意外。

要是他正透过一扇窗户看我呢?"汉弗莱斯先生。"我喊道。我不想吓到他。"汉弗莱斯先生!"一无所获。我走过干草储藏室和柴油罐。这感觉就像是一场危机四伏的捉迷藏游戏,但我不确定是不是真的有别人也在玩。我穿过高高的草地,来到一间堆满了旧家具的砖房。我不情愿地敲了敲门。依然没人。

我向自己保证,不找遍所有能找的地方,我是不会离开的。我等得太久了。我都大老远跑到这儿了。

这条路的终点是两片田野。米西索加新建的公路环绕在农场的边缘。一辆辆车子从树之间的缝隙一闪而过。我站在衰败的过去的泡沫之中,四周尽是渗入的现实。

我转身走回到车道上,路过早先经过的那个小砖房。沿着岔路走过去,我终于看到门上贴着一张白纸做的标牌,上面手写着我一直在找的房号。它是如此显眼,我不禁笑出了声。我一直走,直到能从外门的玻璃窗上看见自己的影子。我伸手去掏手机,想拍下门牌号,但在这之前我发现透过门上的纱网,在走廊尽头的窗户边上,有一个坐在扶手椅上的身影——头向后歪着,头上架着一副眼镜。我不知道那人有没有在看我,但我知道不管是谁,此刻都正对着我。我收起手机。门铃是个铃铛,我拉下绳子,它发出声响。每拉一次,我都鼓足了勇气。

1968 年 11 月

简必须用力拽才能打开她公寓的门。回老家尼德姆和家人过感恩节期间，她关了门还上了锁。那段时间那扇木门膨胀变形得厉害，所以 1968 年冬季余下的时间她就没再费力气锁门了。她的公寓很冷，她心里默默记下要去找房东修暖气。不久后，她在邮箱里发现了吉姆·汉弗莱斯寄来的信。

在叶海亚堆度过的夏天，一想到吉姆要离开一个学期，她就一直担心会收到写有致以诚挚问候的信。她在日记中若有所思地对他说："也许你可以妥协一下 + 写'最最亲爱的简'，而不是'亲爱的'之类的？"

亲爱的简，吉姆的信开头这样写道。

> 听着，我知道我在电话里不太鼓励你，但不要乞求安慰、关爱和心软。这对你来说是一种贬低，对我来说也算不上恭维。我知道你也有你自己的困扰，但从不把它们丢给我。只要能帮到别人，我很乐意侧过我破破烂烂的肩膀，但不要把它当作一段关系的基础。

往前推不到六个月，他们动身前往伊朗之前曾一起待了几天。在伦敦街头，吉姆的确让她心动不已。他凌晨 5:30 给她买来了花。现如今这封信才是她要面对的现实。就在她暑假离开剑桥前夕，她还告诫自己不要放松警惕："我应该像过去一样处处留意，知道哪里一定会出问题。"但有那么一天，她觉得和吉姆在一起会不一样。

在伦敦的时候，他们一起去牛津一日游。他们懒洋洋地躺在河边，尽情想象着自己不做学术的话，该过着怎样平静的乡村生活。他们实在太开心了，半开玩笑说，应该给"天不怕地不怕的领导"卡尔发个电报，就说他们要退休养鸭子，去他妈的考古学。

在回程的火车上，简和吉姆偶遇了吉姆大学时的一个老朋友，他坚持要在帕丁顿车站（Paddington Station）的酒吧好好招待他俩喝顿酒。他们和几个当地人熟络起来，每个人都想再请他们喝上一轮，于是吉姆和简两人喝得醉醺醺、疲惫不堪，还在回宾馆的地铁上吐了。

到了晚上 9:30，他们还没吃晚饭。

"晚饭怎么办？"简问。

吉姆走到电话前。简听不清他在和谁讲话。

"穿好衣服，我们出去吃。"他把她叫过来。

他穿好一件新衬衫之后，走到她面前，看见她穿的衣服。"不行，你得穿得正式一点，"他说，"那地方有点豪华。"

"我们要去哪儿啊？"简问。吉姆不搭话。他在她的盥洗池刮了胡子，又换了件衬衫。

等到他们的出租车停在斯特兰德大街（Strand）的车道上，简才明白过来：他们是在萨沃伊酒店（Savoy），这个城市最豪华的酒店。晚餐过后，吉姆走进舞池。"你有没有和身高两米的人跳过舞？"简后来写道。

他们准备回酒店时已经差不多凌晨 3 点了。他们从一个送奶工那里买了一瓶牛奶，一饮而尽，一路唱着爱尔兰歌曲。吉姆背起她，穿过罗素广场，简开心地大叫"放我下来！"，一个警察冲他们笑起来。

第二天一早，简醒来后，在宾馆保洁来之前铺好了床，这样看上去就像吉姆只是过来打包自己的东西。吉姆出门办事的时候，简写信给她父母："啊，我在伦敦。我恋爱了。你们知道他。我是说，他和我在一起。……他也这么说。真有意思，我想，一切都是公平的，这一次可能是真的。时间会证明的。"

这是他第一次这么说。她笑得停不下来。她写道，自己感觉像是一件失去光泽的银器重新被打磨得锃亮。

"关键是这个人是真实的。他会做不那么人类学的疯狂的事，比如关心人。并且他喜欢替人做事（比如我），不大男子主义，不吸毒＋喜爱马＋看看之后会发生什么，让我们拭目以待吧。他是我见过的唯一能让我的糟糕情绪一扫而光的人＋他还告诉我我很美，虽然是在胡说八道，但感觉好极了。"

简意识到自己和父母说得太多了："天啊，看我一股脑儿说了什么蠢话！"于是她开始写日志。"一直以来，我以为你只是在让土拨鼠最后的日子稍微幸福一些（该死，明明是非常幸福）。哦，我也爱你，加拿大傻大个。我已经很久没有真正爱过一个人了，纯粹+简单+毫无疑问，而不是玩玩而已。"简努力压制着这一切都可能分崩离析的感觉。她祈祷他不要违背诺言。"那样会让我痛不欲生的。"她写道。

但这封信还是来了。他花了余下三分之一的篇幅，解释自己不能保证她能参与下个季度的叶海亚堆考察。"如果你想继续在叶海亚考察，不管是为了接近我还是为了投入时间，还是打消这个念头比较好。"

他曾说他不想再独自一人了。他曾说他真的爱她。那天在伦敦，她觉得自己就像她最爱的连载漫画《波哥》（*Pogo*）里的小兔子女孩，一条鱼爱上了她，女孩回答说："可我只有一个星期大。"这就是简的感受。但还不太一样，某种程度上她更怯懦，甚至是麻木的。

吉姆在信的结尾这样写道：

> 我喜欢并且习惯了你在身边，是因为简·布里顿有能力、头脑聪明，有多种多样、充满想象力的兴趣，而不是因为她是一只拖泥带水、不知所措的土拨鼠，天天只知道抓背、亲热、求安慰，做些别的傻事。我不是为了几个饼干碎屑四处奔波，而是为了一整块涂有巧克力糖霜的大蛋糕。换句话说，一个勤杂工想拥有一件毛皮大衣是没有问题的，但他不会介意护送一位女王，否则他还不如完全忘掉这件事。

以上这些不是泛泛而谈，而是针对一种心态的警告。

看着他这封在活页纸上匆忙写就的信，她对致以诚挚问候的恐惧似乎愚蠢得有些可笑了，还有什么比"健康+好运，吉姆"这冷冰冰的落款更让人寒心的呢？

吉姆·汉弗莱斯

多伦多农场那扇窗上映射出来的人影一动不动。而另一个人影却出现了，等这影子走近了，才显出一个女性的轮廓。她一头白色短发，身高约有1米6。她打开门，当我看见她明亮的蓝眼睛，瞬间就觉得抱歉。那双眼睛里没有一丝戒备。她并不知道我是谁。

"你好？"她说。

"我想介绍一下自己，"我说，她眼睛微微眯起来。她知道我会说什么。"我叫贝基·库珀，我给你写了几封邮件和信——"

"我们一直想告诉你来着。吉姆不想见你。"

"我只是……"我一时语塞。我的到来并不受欢迎。刚刚入侵他领地的疯狂一股脑地倾泻而出："我只想尽我所能来纪念简的生命，尽可能多地和那些认识她的人交谈。要是能亲口问问吉姆，他是不是……"

"我会问的，"她不情愿地说，"可他的确和我说过，要是你来了，他也不想聊这件事。"

她关上门，走向扶手椅上的人影。只见那团人影从座位上展开自己的身体，朝门走过来时变得更高大了。他掀起帘子，接着打开窗玻璃，每移开一层，就像是从他身上掀起一层遮罩。当他终于出现在门口，我和他之间再没有任何遮挡，就如同色彩涌入黑白电影。

他一只手支在门上方，屁股倚着门，将门撑开。"所以你最后还是找到吉姆了。"他说。他知道自己已经是我故事里的角色了。

他穿着一件深色的格子衫，胸前的口袋里插满钢笔。他比我预想的要帅气得多，也更顽皮。他头发灰白且浓密，孩子气地歪着脑袋。我几乎不敢确定是不是真的是他。他看上去太过年轻，太过玩世不恭。我本想和他握个手,好弥合我们之间的罅隙,但是我没有。

"我们现在知道对方长什么样了。"他说。我也是闯入他生活的一个角色。他继续说:"但有两件事。"他告诉我,他现在得往某个地方送趟干草,必须马上就出发。"第二件事:我不想聊简的事。"

"我能问问原因吗?"

"事情过去太久了,"他说,"我只是觉得这件事和任何人都无关。"

我预料到了。对于这种不满,我有我自己的理解,于是向他如实相告,权当是一种恳求:"困扰我的是,人们谈论发生在简身上的事,却没有一个人对她有任何了解。"

"噢,那没关系。人们总会闲聊的,"他说,"就算是在农场干活,我们也有自己的故事。"

我让这一刻悬停在那里。这就是我需要知道的一切。那感觉就像是这世上无声的胜利,只是为了最终问出口,然后听见他的答案。我答应他以后不再叨扰。之后我走了好长一段路,再次回到了主街上。

在回家的车上,我回想起所有这些考古学家们告诉我的"某件事过去太久"是多么地讽刺。他们声称挖掘很久以前的真相是没有意义的,但这种说辞显然同他们所从事工作的核心前提不两立。诚然,任何有关简的故事注定要被污染、注定是有瑕疵的——人们讲述是为了当下的目的服务。然而,维护真相是有价值的,研究它如何被歪曲、它丧失的细节也是有价值的。

即便如此,我怀疑吉姆的沉默或许是走近简的故事最可敬的方式。正是通过闭口不谈,他拒绝操控它,使之为自己服务。这和我交谈过的太多人,他们挪用、炮制简的故事,形成了鲜明的对照。对于女研究生们来说,简的故事已经成为她们面临的体制不公的某种警世故事。卡尔有时似乎和这个神话形成了他自己的策略性关系。我也不是清白无辜的:简已经成了陪伴我的某种事物。架构我生命的一种方式。给我的生命以意义的东西。

We Keep the Dead Close   387

我开始思考，美国人是不是从骨子里就喜欢对过去涂脂抹粉，与之相对的是汉弗莱斯拒绝依附于过去。在哈佛，似乎就是这样：仪式和传统作为进入比学校本身更宏大的东西的敲门砖，代代相传。那是不同生活的开端。我曾经也渴望那里的天鹅绒和雪利酒，只是重返时——因为简的事——我才停下来自问，为了得到全部这些繁茂丰盈，我究竟还接受了别的什么。

我在想，如果一种文化认可了记忆的局限，拒绝修复片面的真相，不鼓励怀旧，那种文化会是什么样子？集体摆脱一段历史会造成什么后果？我试着去想象，要是我们真的允许自己由它去，未来又将如何改写？

简的最后一天

1969年1月6日，考试前一天，简和吉姆的关系进展得非常顺利。他一过完圣诞节就回了校，她从他感恩节写给她的信中感受到的冷漠已经消解。实际上，比尔·拉什杰（Bill Rathje）在吉姆给她写信之前刚好和他在一起，他可以肯定的是，吉姆信中表现出来的冷淡只是因为他不想这么草率地投入这段感情。在想清楚要不要给出百分百承诺之前，吉姆需要先不去想统考的事。但比尔可以肯定，吉姆非常喜欢简。

其他人也注意到了。1月初，简去朋友英格丽德的住处祝贺他们夫妻俩的新婚，英格丽德不记得简过去的气色有这么好过。简放下她带来的一大摞书，躺倒在英格丽德的床上，高兴地说起那晚她准备去理查德和吉姆那里，因为他们要给她做顿晚饭。即便是在萨拉·李·埃尔文看来（她春天时想过和吉姆约会），两人之间的关系似乎进展得很顺利。事后，她对警察说："布里顿小姐最近这两个月变化很大，我觉得她第一次获得了一定程度的安全感和安稳感。"

6日晚上,吉姆在马萨诸塞大道的卫城餐厅(Acropolis)为简和另外三个朋友——理查德·梅多、肯特·戴(Kent Day)、比尔·拉什杰安排了晚餐,因为他们五个人都要参加统考,稍微消遣一下有助于缓解紧张。吉姆穿着大衣,打着领带,套了一件他溜冰穿的栗色橄榄球毛衣,早早和理查德一起出现了。吉姆把他的冰鞋放在餐厅前的自动售烟机边上。他们在后面预订了座位,等其他人来。

拉什杰同意去接肯特和简。肯特按了好几遍门铃才把简从房间里叫出来,为了让他停下来,简从楼道朝他大喊。她在睡觉——那天下午早一点的时候,唐从她房间的冰箱拿晚餐用的伦敦烤肉时把她吵醒了,他对此感到抱歉——并且她讨厌那个门铃。

唐听见外面的动静,走出公寓和简说话。

"你要出门吗?"他问。她说对。他看得出她心情很差。他问她8点钟能不能回来,因为周一晚上她通常会来他公寓看电视。她说回不来,具体原因没有细说。

"我来了。咱们走吧。"简说完,打开了拉什杰的车门。她穿着一条裙子和她那件棕红色的皮衣。晚饭期间,她的心情好一点了。她和吉姆、拉什杰分喝一瓶松香葡萄酒,他们彼此心照不宣,没有谈及统考的事。但拉什杰注意到,晚上7:30他们分开的时候,简是他们当中最开心的:理查德去了他女朋友的住处,拉什杰和肯特回家看电视了,吉姆和简两个人沿着马萨诸塞大道走回了哈佛广场。

吉姆问简还想不想滑冰,因为之前她说想滑冰来着。于是他们回到她的住处,她换掉裙子,拿上她的冰鞋。她换衣服的时候吉姆在厨房等她。他抽了几根烟,知道她公寓里很暖和就放心了,上个周末她的暖气还一直出问题。他心想,至少明天她会没事的。她把皮衣留在家里,换上了蓝色的滑雪衣。

他们到剑桥公园(Cambridge Common)的时候天基本还是晴朗的。那天晚上并不冷,但足够把冰冻结实了。他俩只滑了20分钟就累了。喝点酒这个主意听起来不错。他们步行 10 分钟回到广场,在简的公寓附近的查理厨房(Charlie's Kitchen)喝了点酒。吉姆陪简走到家时差不多是晚上 10:30,天上飘了点雨夹雪。

在简的家里,他们脱掉外套,她冲了杯热可可,吉姆在厨房陪她。之后他们坐在她床边,坐在那块像床单一样铺开的毛毯上。书散落在他们周围。他们一边聊天,一边托住他们的金属搪瓷杯。他抽完四根烟才走。简当晚早些时候轻松的心情又蒙上了一层阴影。这种状态她的朋友英格丽德再熟悉不过:"她会为了工作变得非常沮丧。简就是这样,你必须一直告诉她她是个多不错的姑娘。你知道的,你得和她说起她的才能、成绩等之类的,而她会坐在那里,盯着你。她要是郁闷的话,你和她是说不通的。她会让自己完全沉溺在那些消极的想法当中。"吉姆想尽一切办法,安慰她关于考试和伊朗的事。

吉姆起身穿外套的时候已经差不多半夜了。简说她可以开车送他回家——她通常不会这么做。在屋子里抽了一晚上烟,吉姆想呼吸一下冷气,但就在他们说话的工夫,外面下起大雨。他拒绝了。简说她反正想给车打着火,她好久都不开了。他还是不准她送。没必要折腾她一路。他不想她因为这个感冒。他吻了简,和她道过晚安,走上 15 分钟回家,在瓢泼大雨里扛着他那双冰鞋。

吉姆离开后,简还穿着休闲裤和毛衣,她敲开了米歇尔家的门。"我的猫在你们这儿吗?"

"在的。"唐说,请她进去。

简坐在地板上,唐给她倒了一小杯雪利酒。

差不多同一时间,理查德·梅多听见吉姆进了门。理查德注意到了这个时间,是因为根据他的性格,他一直都是在夜里 12 点准时上床睡觉,这样刚好能睡上八个半小时。他希望吉姆这个时间能回到家,这样他就可以关上灯,不会因为吉姆在黑暗里摸索受到打扰。他们的床垫在同一间卧室,相隔差不多两米半,吉姆睡在窗边,离门远一点的地方。

吉姆脱掉外套，挂在衣柜里。

"外面下雨了？"吉姆进屋的时候，理查德正在床上读书，他问吉姆。他抬头发现吉姆浑身湿透了。

"你去哪儿了？"理查德问。

"去给简打气了，"他说，"有时候让别人平静下来，对要发生的事感觉好一点，太难了。"

"吃力不讨好，是吧？"理查德说。但吉姆没有回答。他把自己擦干，换上睡衣，走进了浴室。

在米歇尔家里，简似乎并不急着睡觉，她对和谁出去过这个问题含糊其词，唐也没有继续追问。她喝完了杯里的酒，唐说要再给她倒一杯。她回绝了。已经是后半夜了。"我得回去睡觉了。"她说。

简抱起她的猫，唐送她到门口。吉尔祝她好运，说第二天再见。

15分钟后，吉姆爬上床，定好闹钟，关了灯。

"怕我明天忘了，提前说一声考试顺利。"他对理查德说。

"你也是。"理查德说。他睡得很熟，一直睡到第二天早上闹钟响起。

理查德·罗斯

就像吉姆·汉弗莱斯说的那样，追踪简这样的故事会遇到的问题是，每个人都有自己的版本。对于每一个浮出水面的线索，我只有时间关注其中的几个，而且只有事后回想起来，其中的任何一条线索才得以成形。

其中被我搁置的一条线索是从2014年开始的，最初在《波士顿环球报》报道简谋杀案的哈佛大学学生帕克·多纳姆（Parker Donham）建议我去查两个人："一个人姓罗斯（Rose）"，还有一位女性名叫"玛丽（Mary）"、姓"史福特（Shift）或者斯威克（Swick）"。他说我应该找他们聊聊简的前男友艾德·弗朗克蒙特，因为他们也是哈佛大学人类学系的学生，曾经和他一起住在博尔顿的农场。没有继续跟进他的建议让我感觉很糟糕，并不是因为对弗朗克蒙特的怀疑，而是出于愧疚。我和帕克第一次交谈两年后，他给我写了一封真心诚意的感谢信，在我能告诉他对他提供的线索的追踪情况之前，我不想回复。他的邮件在我的收件箱里滞留了差不多六个月。

但如果把自己的停滞不前归咎于种种困难就太傻了。终于在2017年5月，我在洛杉矶等博伊德的时候给梅丽·斯维德（Merri Swid）打了电话。这才知道帕克的前妻提醒过她我会联系她，所以她已经等我好几年了。梅丽和我讲了她在农场的经历。就在简死后四个月左右，有一名侦探过来找她谈话。他说他想听她讲人类学系考古挖掘期间发生的所有事，就算是流言蜚语也行。她不太记得那天下午的事了，她当时只希望那名侦探没发现自己在吸食致幻剂。另一位和她一起被询问的人类学系学生可能记得更清楚，她说。理查德·罗斯。但在70年代中期，上了年纪的农场主人过世后，她就搬离了农场，之后便和理查德失去了联系。"我不知道理查德是不是还健在。他是我们所有人里年纪最大的。他还活着的话，现在也应该差不多有八十岁了。"

理查德确实还健在。他住在波士顿以北一个叫格洛斯特（Gloucester）的海边小镇。我打电话给他，我们聊了一会儿艾德。和梅丽事无巨细地说起艾德的简单和温柔一样，理查德对他的印象也非常好。他说艾德是个特别好的人，极其温和、和善。等到我没有问题要问他了，我们随口提到了系里其他人的名字。惯常的嫌疑人出现了——兰伯格-卡尔洛夫斯基、戈登·威利教授。接着理查德提到了李·帕森斯（通常来说没人会想起李）。

理查德和史蒂芬·洛林都曾在1970年考古季和李一起在蒙特阿

尔托工作过，只不过在理查德到那里之前洛林就离开了，所以两人没有过交集。"我和李走得非常近。"他告诉我。和李一起将德·博尔海吉的骨灰撒在阿马蒂特兰湖里的人，就是理查德。

"我觉得他需要我，也需要我妻子珍（Jane）"，珍曾陪他一起去过危地马拉。理查德是第一个承认李焦虑不安的人。我们聊到了李的酗酒问题，聊到他喜欢狂欢作乐、一连好几天消失不见，还有他因为性取向的问题备受折磨。从珍和理查德那里，李得到了不加评判的支持。"我们变成了一家人，你知道吧？我们不认可他的行为，但他需要我们的帮助，我觉得。我认为他需要找人聊聊。"他又想了想，"也许我们是他唯一亲近的人了。"

"他和你们聊起过简·布里顿吗？"

"并没有。我记得是这样。"理查德记得听警方说过他们一度怀疑过李，但他想象不出李会做这种事。李是个饱受煎熬的人，但他很温柔。理查德提醒我："那段时间还发生了别的事。不光是简·布里顿。"

但如果我有兴趣，理查德说他有艾德、梅丽和李在农场拍的照片，"都是些杂乱无章的照片，做成幻灯片的那种"，等我秋天搬到波士顿之后，他欢迎我去他那里看。

我第一次去罗斯家的时候很紧张。他们欢迎我去他们家，这反而令我感到愧疚，毕竟我去的唯一理由是出于对他们的朋友的怀疑。珍·罗斯替理查德倒了白桦茸茶——治疗癌症的一种菌类茶——接着又替我倒了一杯。她靠在冰箱上，尽可能离我远一些。理查德告诉我，他几个月前被确诊为癌症，刚刚结束化疗。他说我们五月份通话的时候，他刚好在治疗期间，所以不确定他的记忆准不准确。

我们三个人出门散步。他妻子走在我前面，理查德走在我后面。

他穿一件蓝色的纽扣衫，戴一副眼镜，右边的度数很高，眼睛看起来像是鼓出来了一样。他拄着一根长有节瘤的木制手杖。他和珍·罗斯结婚将近四十七年了。我们走在日落环路（Sunset Loop）上，一路走到旧花岗岩采石场的墙边时，我们开始聊到考古学和考察。当我们走到殖民地公墓时，我们已经进入到了一种状态，那感觉就像是每个人都知道自己应该扮演的角色一样。

回到家，理查德和妻子开始准备晚餐。甜菜、四季豆，还有用酱油和芝麻油腌制的剑鱼。珍·罗斯开始倒酒。那晚酒一直没停，我也入乡随俗，拼命在心里做着记录，试着跟上节奏。

因为正是在那个时候，一切开始浮出水面。

我们聊到了香烟。李是个烟鬼。"我印象中他总在抽烟，"珍说，"他抽起烟来特别不讲究；哪里都能变成他的烟灰缸。"我打了个寒颤。他们可能不知道，我想到了森诺特中士说简的房间里有几十个烟头。

是哪种烟呢，我想知道，因为我所知道的是，据说几十个烟头里有一个是简和吉姆平时都不抽的香烟品牌。据伊丽莎白·汉德勒说，简喜欢抽高卢香烟（Gauloises）。理查德记不起来了。"再想想。"他妻子催促道，走到他旁边，胳膊放在他肩膀上。他坐在我对面的厨房餐桌旁边。"你还记得他拿出一包烟，我们都坐在周围，传着烟抽，社交之类的，"珍·罗斯说，"我记得……骆驼牌？没有过滤的万宝路？"

"高卢？"理查德说。

"不是。"珍·罗斯不屑地说。

"你怎么知道不是？"理查德说。

"我这辈子都没抽过高卢牌的烟。"他妻子说，谢谢她。

她转过身背对着我开始准备蔬菜，继续说下去。"我们每天下午都会在那个可怕小镇上的小卖部喝啤酒。他会聊起简。"她透露，说的是李。

理查德告诉我李在哈佛有多孤独。"除了我俩以外,也只有皮帕了。"他说。

我竖起了耳朵。我突然想起莎莉·纳什写给米歇尔夫妇的信中提到过皮博迪的登记员皮帕·夏普林。夏威夷那次见面之后,唐曾给我发来过扫描件:

> 夏普林女士比李大约年长十岁,是简被杀当晚李的不在场证明人。这应该就是李手臂上出现抓痕的原因吧。

在此之前,没有人能向我证明李和皮帕认识。

他们"非常亲密",理查德说。

"有多亲密?"我问,想通过语气暗示他俩之间的性关系。

"你是问他俩是不是恋爱关系吗?我不知道。我觉得不是。"

我告诉他,我听说过她是简被杀当晚李的不在场证明人。

理查德考虑了一下,觉得似乎有道理。

珍·罗斯插嘴道:"但他们已经亲密到她可以给他做不在场证明了。"

"如果用各种办法都查不出来的话,"我说,"我觉得他们的关系可能类似于'你是我最好的朋友。我相信你。我给你做不在场证明。'"

"那只猫呢,"理查德轻声说,"猫的抓痕。"

我试探地看向他。他两只手紧紧攥在一起,大拇指互相摩擦着。没有其他人提到过抓痕。李身上的抓痕据说很有可能是他那晚在皮帕家时留下的。我从来没和任何人聊起过那些抓痕。

"猫的抓痕?你怎么知道?"我问。

他妻子站在炉灶边上,看着他陷入回忆。

"李在我们农场的时候"——肯定是在发生谋杀案和他赶往考古地点之间的某个时间——"李的手臂上满满都是抓痕,就像和谁搏斗过一样，据他说是我们农场上梅丽的猫搞的。"当时理查德就觉得奇怪。他解释说，梅丽的猫虽然不是性格最好的，但至少算不上邪恶，李也不是那种会和猫玩的人。

"你还记得简过世之前李在农场的时候吗？"珍·罗斯问。她有可能也是第一次听说这些细节。

"我……我不知道。"

她又将手臂放在他肩膀上，鼓励他回忆。"我真希望当时就认识你。"她说。

我想到了简·布里顿的猫富兹沃特，想到《新闻周刊》的文章称她的猫是这个凶案的"唯一目击证人"。也许简没有时间挣扎，也许她的指缝里没有发现皮肤组织。但她的猫呢？他们查证过吗？

"你看到那些抓痕了吗？"我问他。

他点了点头。"他胳膊上的抓痕很像是猫弄的，也有可能是女生的指甲弄的。不是我这种指甲，"他猜测，"是那种修过的指甲，拼命自卫的时候留下的。"

我的心好像要碎了一样。

他们在蒙特阿尔托的时候，有天下午在酒吧，李和珍·罗斯聊到了简·布里顿的死。她当时没有多想，"但现在如果从我们的角度讨论，再回看，他好像当时一直都非常紧张。他始终在喝酒，始终在抽烟，始终在颤抖。"但事情已经在"时间的迷雾中"蒙上了一层阴影，珍·罗斯旁敲侧击地说。她唯一确定的就是，"我从来没有怀疑过他会和她的死有关。从来都没有。"

"我说不好。"理查德坦言。这些年来，那些抓痕一直让他犹豫不定。这是他唯一说服不了自己的事。

———

第二天，我们一张张看幻灯片，把过去的影像投影在墙上。几百张照片中，李只出现了几次，每次出现他的头都转向别处。他唯一一张搞怪的照片是在博尔顿农场上拍的，照片中的李脸没有冲着镜头，他站在庄稼地里，和梅丽·斯维德以及另一位农场的客人站成一排，模仿他们中间的稻草人。他的头转向一侧，我能看见他厚重的黑色镜框，但看不到他任何表情。后来我把幻灯片从放映机上取下来，透过放大镜最小的镜片盯着他看，前后移动着幻灯片，将目光聚焦在他身上。

"他未必对自己的现状满意，"理查德告诉我，虽然李是一名优秀的学者，但对于哈佛大学的某些人来说，这还远远不够。"我觉得是李的性取向让人们感到不安。有可能那个时候大家对这件事不像今天这么自如。即便是在今天，有时候我也怀疑大家对这种事没那么自在。"

理查德说，李似乎从来都不知道自己应该成为怎样的人。

李·帕森斯、梅丽·斯维德和鲍勃·盖奇（Bob Gage）在博尔顿的农场。

理查德开车载我到通勤的铁路。那天新英格兰的天气很是单调，下着大雨。我们去早了。坐在他的车里，感觉像是在忏悔室里一样。他说他觉得自己的一生就像贝多芬的弦乐四重奏，分为首尾和中间的乐章。"现在我就处在尾声的乐章。我在努力学习怎么变得快乐，保持好的身体状态。"

他感谢我带给他对过去生命的领悟。帮我整理这段时间的过程，也让他对那些年有了新的理解。"我喜欢成为其中的一部分"，他说，他还说只要我愿意随时都可以再来。我对他表示了感谢。

"是啊，你现在是这个家庭的一员了，你知道的，不管你想不想。"

城市岛

几个月前，在离开纽约去波士顿之前，我还有一件事想做。我想去布朗克斯区①沿海一个叫城市岛（City Island）的岛屿。奥利弗·萨克斯②过去经常绕着这个岛游泳锻炼。

在纽约城能有这样一个不为人知的沿海小镇，又是那种需要你乘火车、转乘、再换乘公交才能到的地方，实在太神奇了，还有什么比这更好的理由呢？所以城市岛在我心目中一直是个神话般的地方。我

---

① Bronx，美国纽约市五个市区之一，是五个区中最靠北的一个区。
② Oliver Sacks（1933—2015），英国著名医生、生物学家、脑神经学家、作家，擅长以纪实文学的形式、充满人文关怀的笔触，将脑神经病人的临床案例写成深刻感人的故事。被《纽约时报》誉为"医学桂冠诗人"。

谈恋爱的时候,这里是我头几个会提到的想去的地方,也成了我计划前往的某种符号性地标。

我至今还没有去过。每次临行前,我的恋爱关系似乎总会划上句号。

可我不想再等下去了。我乘快速巴士,下车后换乘当地的车,在那里和伊瓦·休斯顿碰了面。我得知她在镇上做研究后便邀请她一起。

我们走在主街,阳光洒在身上。我们边走边吃煎鱼和蒸鲷鱼,看着远处的海鸥从哈特岛①上空飞过。我们聊到了我了解到的有关简的事,伊瓦向我道了歉。她说,听到简作为一个真实的人的这些事,让她意识到自己这么多年来是怎样在无意之中错怪了简。她理解的故事的寓意同样如此:你要是也像简一样行事,身为女人,这种事就会发生在你身上。不要和你的教授搞到一起,就算真这么做也千万不要吐露半个字。

我们都得检讨自己,伊瓦告诉我。人类学领域的女性先驱之一鲁思·本尼迪克特②曾说过,这个领域的一个主要观点就是,"让这个世界对于人类的差异是安全的"。

"我们都忘记了这一点。"伊瓦说。

1969年1月14日:李·帕森斯的警方询问笔录(1)

警探达文波特中尉:我可以提个要求吗,帕森斯先生,你声音能大一些吗?你看我说话的声音很大,但你的声音好像通过那个麦克风

---

① Hart Island,位于美国纽约市东北的布朗克斯区长岛湾西端。
② Ruth Benedict(1887—1948),美国当代著名文化人类学家,20世纪初少数女性学者,著有《文化模式》《菊与刀》。

听不太清楚。你的名字叫李·帕森斯，先生？

帕森斯博士：没错。

警探达文波特中尉：你名字前有头衔的吧，先生。头衔是什么？

帕森斯博士：博士。

警探达文波特中尉：你目前在哈佛大学工作？是因为取得了哲学博士学位？

帕森斯博士：我想和这个有点关系。

警探达文波特中尉：你和你妻子住在一起吗，先生？

帕森斯博士：没有。我还在走离婚程序。

警探达文波特中尉：你现阶段有女朋友吗？

帕森斯博士：有的。夏普林女士。

警探达文波特中尉：夏普林？她是你学生吗？

帕森斯博士：不是。她在博物馆工作。

警探达文波特中尉：在我继续问下去之前，我想告知你的是：你目前并不是该案的嫌疑人。如果任何时候——

帕森斯博士：我觉得自己好像已经是嫌疑人了。

警探达文波特中尉：不。你不是的，先生。如果这次调查或访谈中任何时候，我们发现你可能将自己归到嫌疑人的行列，这个访谈随时都会暂停，届时我们会告知你在马萨诸塞州的所有权利以及你的宪法权利。如果在被告知这些权利后，你仍希望继续，我们再继续访谈。你同意这样做吗，先生？

帕森斯博士：同意。

警探达文波特中尉：你和简约会过吗？

帕森斯博士：是的，约会过一次。

警探达文波特中尉：只有一次。你去过她的公寓吗？

帕森斯博士：去过。

警探达文波特中尉：什么时候？

帕森斯博士：我记不太清了，应该是在 11 月底。她邀请我去的。她公开邀请我找个时间过去吃晚饭，我就在周六晚上去了。那天晚上早一点的时候我都在那儿。米歇尔夫妇和她在一起。他们喝了酒。差不多半夜12点，我提出可以去我的公寓，后来我们就去了。我们在那儿一直待到凌晨，大概4点钟的样子。那天晚上毯子还烧着了。

过了几个星期我又去了她的公寓，但她不在。我猜那是一个周六晚上。我见到了唐·米歇尔，他说她回（尼德姆）老家了。第三次我去是在圣诞节假期前夕。我按了她家门铃，她下楼下到一半的时候和我遇上了；我就和她聊了一会儿。她说她在学习，忙得很，我只和她聊了几分钟。

彼得森中士：那回你的清醒程度是？

帕森斯博士：我可能喝了差不多六瓶啤酒。

警探达文波特中尉：你喝酒喝得凶吗，博士？我的问题没有超出我们调查的范围，博士，如果你按照哈佛这条线索来思考的话。

帕森斯博士：嗯，这些都是有关联的。

警探达文波特中尉：当然。

帕森斯博士：我喝酒。

警探达文波特中尉：那你会过量饮酒吗，博士？

帕森斯博士：我过去会。

警探达文波特中尉：帕森斯博士，说回到你和米歇尔夫妇、简在你的公寓的那天晚上，当时你们之间的友谊是否比去你公寓之前有了进一步的发展？

帕森斯博士：唔——

警探达文波特中尉：这个说法不错吧。

帕森斯博士：我们就聊了聊，她说她要走的时候，我的确问她想不想再待久一点。她说不要，然后就离开了。我想就是这样。

彼得森中士：好吧。她是怎么回去的？你有陪她走回去吗？

帕森斯博士： 我没有。我提了，但她最后一个人回的家。

警探达文波特中尉： 博士，你偶尔会不会有不同程度的抑郁？

帕森斯博士： 是的。尤其是今年秋天，我抑郁过一段时间。

警探达文波特中尉： 所以你会叫上大家一起聊聊自己的状况吗？

帕森斯博士： 没错。

警探达文波特中尉： 简·布里顿是这些人当中的一个吗？

帕森斯博士： 这大概就是我想和她聊天的原因吧，就想找个人聊聊。

警探达文波特中尉： 你最后一次见她是什么时候？

帕森斯博士： 新年前夕。

警探达文波特中尉： 上个星期一晚上你在哪儿？

帕森斯博士： 在家，我公寓。

警探达文波特中尉： 你什么时间回的家？

帕森斯博士： 我想想。我想大概是 5:30 吧，从博物馆回的家。

警探达文波特中尉： 一晚上都在家？

帕森斯博士： 事实上我很早就上床睡觉了。我这个周末在缅因州滑雪，我们是周日晚上回来的。我太累了，所以周一刚吃完晚饭就上床睡觉了。

警探达文波特中尉： 刚吃完晚饭。你那天喝酒了吗，博士？

帕森斯博士： 没有。

警探达文波特中尉： 你能想起来周二早上你是几点钟起床的吗？

帕森斯博士： 和平时一样。应该是 7:30 左右。

警探达文波特中尉： 那你睡得挺香的。睡了 13 个小时？

帕森斯博士： 我累了。

警探达文波特中尉： 我想，当你发现布里顿女士以那种方式被杀害时，你心里一定非常难过。难道你不觉得难过吗？得知这个消息之后，你的情绪状态一定是你当即就能感知到的吧？

帕森斯博士： 我不知道。

警探达文波特中尉：你不知道？

帕森斯博士：我很难过。是的。

某不明身份男性：你的右手是受伤了吗？

帕森斯博士：嗯。

某不明身份男性：是最近的事吗？

帕森斯博士：这周末滑雪的时候弄的。

某不明身份男性：你和谁一起滑的雪？

帕森斯博士：夏普林女士。

警探达文波特中尉：那你的胳膊怎么受伤的呢，博士？

帕森斯博士：猫抓的。

警探达文波特中尉：猫？

帕森斯博士：我想是……

警探达文波特中尉：没有其他地方了？

帕森斯博士：没有了。是别人的猫。

警探达文波特中尉：你不介意的话，可不可以告诉我们是谁的猫。如果你不想说的话不用非得告诉我们。是你朋友家的猫吗？

帕森斯博士：理查德·罗斯他们家的猫。

警探达文波特中尉：理查德·罗斯？

帕森斯博士：嗯。

警探达文波特中尉：在博尔顿住的那个男生？

帕森斯博士：嗯。

警探达文波特中尉：博士，你同意让我们的专家看一眼你胳膊其他的地方吗，先生？

帕森斯博士：可以的。

警探阿格尼斯（Agnes）中尉：你可以把袖子挽起来吗？那只猫抓了你？

帕森斯博士：是，肯定是我睡觉的时候发生的事，那只猫也在同一个房间。

警探达文波特中尉：教授，现在你身体还有多少其他的抓痕？

帕森斯博士：我觉得没有其他的抓痕了。

警探达文波特中尉：你认为你没有，先生？你肩膀附近也没有，是吗？

帕森斯博士：我身上可能还有其他的印记，但不是抓痕。

警探达文波特中尉：那是哪种印记呢，先生？

帕森斯博士：咬痕。

你们会接受吗

在格洛斯特见过罗斯夫妇回来几天之后，我收到了爱丽丝·基欧（Alice Kehoe）发来的一封邮件。她是一名人类学者，也是李的老朋友，史蒂芬·洛林之前建议我联系她。他说，她是个开心果，也是李·帕森斯最厉害的辩护人。

爱丽丝错过了我的邮件，因为她一连六个星期都待在落基山（Rockies）一带，没带电脑，但她很乐意和我聊聊。"我现在肯定是记得李·帕森斯的人当中知道最多的了。"在电话里，她问我为什么想聊到李，因为他"是那种很容易就被忘记的人"。我告诉她我在写简·布里顿。她不知道那是谁。我也没有过多解释。

爱丽丝的丈夫汤姆（Tom）从大学起就认识李了，他们当时在同一个联谊会。但爱丽丝和李认识，则是在50年代他们三人在哈佛大学人类学系读研究生期间。她提醒我说，当时对于少数族裔和女学生的歧视还相当严重，对于后者，爱丽丝有着她自己的亲身经历。例如她导师就曾告诉她，博士论文不要写考古学，要写民族学，不然所有人都会觉得是她丈夫替她写的。

她还讲到了按阶层划分的公然歧视行为。这个系"要么是由像菲利普·菲利普斯（Philip Phillips）这种单身的有钱人领导，要么就要和像戈登·威利这样的有钱人联合"。J. O. 布鲁——所有人都管他叫乔（Joe）——是个例外。他之所以能得到这份工作，是因为哈佛大学需要有人教西南考古学，原因是许多波士顿有钱人冬天会在那里定居，并且他们还投资了该地区的考古历史。其结果就是，"他接手了所有的烂摊子"，比如当时没人当回事的河谷考古学，还要指导那些社会地位显赫的家庭出身的老师不愿意带的学生。她、汤姆和李三人均师从于 J. O. 布鲁。"他关心我们。他是我们的亲人。毕竟我们和他们不一样。"

李·帕森斯发现自己在哈佛大学的位置很有趣。一方面他来自一个盎格鲁新教家庭。他有着一双蓝眼睛和传统意义上的帅气脸庞。但他来自威斯康星州北部的一个小城沃索（Wausau），即便是当地的重要人物也成不了哈佛精英的一员。

当史蒂芬·威廉姆斯许诺要让李在皮博迪博物馆做副馆长的时候，李的妻子安妮求他去要一份合同。李说，在哈佛，事情可不是这么运作的。他相信威廉姆斯，于是丢下了密尔沃基公共博物馆那份不错的工作；安妮则和女儿们留在了那里，为的就是他自以为的"那份真正梦想中的工作"。结果却一无所获。威廉姆斯对待李很糟糕，爱丽丝始终没有原谅他。

我说，一群人类学家竟然没有意识到他们自己正在延续偏见，真是不可思议。

她嘲笑了我："他们当然意识到了！但他们想把这些偏见延续下去。"

"为什么？"

"因为这就让他们的权力地位更牢固了。"

爱丽丝给我提供了几条有关这个领域性骚扰问题的线索，催促我去调查一下。但同时她也希望这些问题已经有所改观。

"就像在山顶有一条山泉，山泉水一小股一小股地流淌。当这条山泉流下山,就不再是小股小股的了。它会流到小溪里,最终归入河水。"这会花上很长一段时间,但它依然在发生。

最终她还是聊回到了李。

她想让我明白,李在哈佛大学的时候发生了三件事。第一件就是他离婚了。1969年,办完离婚的第一个圣诞节,李待在爱丽丝家里。她家距离李的前妻和女儿们的住处有两个街区。有天晚上,刚过午夜,爱丽丝在饭桌上给她的孩子们包礼物,"李坐在餐厅的椅子上,他在哭。我能做什么呢?我只能说,'是挺难过的。但是李,你得接受现实。你明白,这是为了你的女儿们好'。他心里清楚。但他哭部分也是因为这个。"爱丽丝告诉我,李的家族有酗酒的遗传倾向。她不想讲太多细节,我也没有勉强。

有关李的第二件事是两个人——皮帕和史蒂芬·德菲利波——他们都爱上了李,并且为了他你争我夺。皮帕想让他搬到她家住。但史蒂芬"对任何侵犯到他和李之间关系的人都会嫉妒得面目全非",他不同意。几年后,李和史蒂芬一同搬到了圣路易斯,皮帕给他写信,而史蒂芬拒绝把她的信交给李。

第三件事是——几乎叫人很难相信,她告诉我——他和一群人类学系的研究生成了好朋友。其中一个女生很有钱,有自己的公寓(天啊,难道简要从这个角度进入我的视线吗?),他去她的房间听唱片(对,没错,就是熏香之夜的简易版本),之后他在午夜前后离开。第二天早上,她死了。被人用石锤敲死了。没人看见李离开。

我的手冰凉。

他说她死的那晚他就在她的公寓,为了确认,我又重复了一遍她说的话。

她认为是这样的。"他甚至告诉了我们他听的唱片是什么",尽管她现在已经记不起来了。但李坚持说他没有做过任何伤害这位年轻女士的事。

爱丽丝说,有一次,一个侦探来密尔沃基就李的事采访她。"我的天啊，这太不真实了。"她和侦探描述了她的这位朋友，说他多么温和，多么消极，说他会自己喝得烂醉。她告诉侦探说："我在各种场合已经认识他很多很多年了，我绝对敢肯定他是不会伤害任何一个人的。"

我在想，会不会是皮帕或者史蒂芬嫉妒李太关注简了？但我并不知道史蒂芬当时认不认识李。难道经过几个月的调查，李只不过证实了自己当晚真的可能在场？还是爱丽丝自己记错了？我知道，他的前妻不记得李说过简被杀的前一天晚上他去过她那里。（她说他们年轻的时候，婚后有一次他们问对方，"你能想象的发生在你身上的最糟糕的事是什么？"他们都觉得，是有人指控他们做了他们并没有做过的事。）

但那些抓痕是怎么回事呢，我提醒自己。

而且"石锤"给人的感觉尤其诡异。从来在任何地方——任何一篇新闻报道，任何捕风捉影的传闻，甚至和任何一个人类学者聊起可能造成那种伤害的石器——都没有一个人提到过石锤这种东西。从简的头部受到的损伤（头骨上留下的小而深的缺口），以及可能会留下这种伤口的其他工具的描述（圆头锤、镐）来看，似乎最有可能的作案工具是那种绑在棍子上的小型石器。我立刻去谷歌了石锤的图片。就是这个了。一块小而锐利的石头或尖锐的金属，用麻绳绑在一根棍子上。

"这是在电话里说的吗？"我问，想要把这段记忆重新放回到它的语境当中。

"不是。他就在这里说的。就在我们家我现在坐的这个地方。"爱丽丝至今仍记忆犹新。她、安妮和她过世的丈夫坐在李对面，李身体前倾，说："我要告诉你们这件事。这是事实。你们会接受吗？这是事实。"

1969年1月14日：李·帕森斯的警方询问笔录（2）

警探阿格尼斯中尉：简被杀那天晚上你在家？

帕森斯博士：是的。

警探阿格尼斯中尉：你确定？

帕森斯博士：是的。

警探阿格尼斯中尉：你没有待在——

帕森斯博士：我希望……我希望我没有……我希望有人那天晚上和我在一起，但是——

警探阿格尼斯中尉：你希望有人那天晚上和你在一起？

帕森斯博士：是啊，当然。为什么不呢？

警探阿格尼斯中尉：比如谁？

帕森斯博士：随便什么人。

警探阿格尼斯中尉：不在场证明？

帕森斯博士：当然。在我看来，发生的许多事情听起来都很可疑，但我肯定想告诉你真相，这就是真相。

警探达文波特中尉：你知道真相是什么吗，博士？我想知道的就是这个。你真的知道真相吗？

第七部分　解决

2018年7月31日：别再异想天开了

唐打来那通电话告诉我没有新进展的第二天早上，我很早就醒了，扫了一眼手机看有没有新消息。有一封他发来的邮件。很奇怪，邮件又是那种生硬、正式的语气。他说他会在上午 11:30 左右打电话给我。

我等了几个小时，过了预定时间几分钟后，我给他发去了短信，因为我的不耐烦已经让最初的兴奋变成了一种折磨。

他立刻回了电话。他的声音听上去很饱满，就像在努力克制住笑意一样。"我得到了几个消息，觉得应该打电话给你。我会直接告诉你，然后你再给出反馈。博伊德昨天晚上打来电话了。"

"嗯。"

"他知道我们想知道什么，就在这里了。"

我花了一秒钟理解我即将得知的事情有多么严重。

"是个强奸犯——一个跟踪狂。"他语调平缓地说，说完停顿了一会儿给我时间去理解。杀害她的"只是某个随机作案的凶手"。

随机这个词让人感觉沉重而危险，有如一记弹球。我看着它四处乱撞，击碎了围绕卡尔、格兰利，还有可怜的李搭建起来的怀疑的绞架；而像李这样的人，临死都在想人们是不是以为是他干的。

现场留下了精液。他们就是通过它匹配到那个人的。行凶者于 2001 年死在了狱中。

"我的天啊。"我找不到其他的语言来形容。

"我知道。我告诉鲁斯了，她哭了。这太不一样、太恶劣了。不管你怎么接受这个事实，你都必须接受它，但我还在考虑这个问题。

显然这个人——当然我是说他们不知道,因为他毕竟已经死了——当时就被他们关进了剑桥警局,所以他们似乎又是非常确定的。可能他一直在等吉姆离开,等简从我们的公寓回家,因为这是最后一件事了。之后他闯了进去。这一系列的举动我们都想到了,想到了这一切是如何发生的,除了强奸的那部分。"

我多想这个故事还有未完待续的部分,这样就不会这么可怕了。"它似乎比我想象的还要没有意义——"我走神了,迷失在旋涡里:这是随机的?没有目的?任何人都可能被选中?

他一直尾随她。他等吉姆离开。他闯了进去。他殴打她。他强奸了她。我从来都不想去想象她满怀恐惧,备受折磨,或是身陷痛苦。我迫使自己相信她在被打之前就已经失去了意识,或许连凶手都没看见。我猜她可能只是在晕倒之前感受到了突如其来的第一记猛拳。这种随机性迫使我不得不面对一个恐怖的事实,她可能遭遇的恐怖事实。

看吧,它说。

我不能。我不想看。没有了谜团,没有了叙事的回响,没有对称或节奏或意义,我感觉糟透了。

唐填补了沉默。

他告诉我,他还不知道罪犯的名字。他说他和博伊德一样,都不会去波士顿参加新闻发布会。官方机构会表演一番,但唐不想再表演一次这个故事,他不想成为"被他们驯化的猴子"。

博伊德说,身为牧师,他的工作就是同时为简和行凶者的灵魂祷告。和博伊德不同,唐还远远达不到这种境界。他还在努力克服自己的恐惧,这种对发生在自己身边的事的恐惧,原本在很大程度上是依靠神秘感来抵御的。"我所有精心营造的东西都崩塌了。就像一场地震把所有这一切都摧毁了,"他说,"我在这个谜题上花了那么多时间,牵扯到那么多人,还有考古学、部门内部的互动关系、那些隐藏性向的人……现在我发现,不是的,只不过是一个狗娘养的混蛋从街上走进来，破门而入，强暴了她，然后杀了她。"他感到自己被这个丑恶的、未经修饰的事实残害了，同样残害他的，还有他意识到他背叛了自己，因为他更愿意相信的故事终究还是引诱了他。

"别再异想天开了。"他咒骂自己。

2018年8月16日： 博伊德生日前夕

唐告诉我，新闻发布会预计将于两个星期后召开。而后，两个星期推迟到了三个星期。我们猜测之所以会延期，是因为警方还在寻找能将简的案子和艾达·比恩的案子联系起来的明确证据。艾达·比恩案就是简被杀一个月后哈佛广场发生的那桩悬案。但森诺特并未透露任何信息。

在信息匮乏的情况下，我所能做的，就是眼睁睁看着我对这个结论的感觉在等待中扭曲。经历了最初的震惊，这件事留给我的是身体上的恐惧，是一种比调查简的故事过程中的任何其他时候都要强烈的脆弱感。单一的恶人被一种更普遍、更宽泛的恶所取代——一个可以无理由、无目的杀人的人。从头至尾就没有需要去解答的谜题，没有需要破解的密码。正因如此，我不再相信我有能力保护自己。恐惧有如焦糖一样漫溢，在变硬之前还有几秒钟的时间可以倾倒而出；我必须强迫自己走出去。

和唐一样，我开始生自己的气。我一直宽慰自己说，我讲述简的故事是对的，但我也一样一直在对我们更愿意相信的事大肆宣传。我错了——我们都错了。

我听见格兰利用他那沙哑的嗓音说，马萨诸塞州正是萨勒姆女巫审判案的发生地。我听见卡尔提醒他的读者，"一切考古学都是考古学家在自己的头脑中对于过去思想的重建"。叙事是具有诱惑性的。这些故事是危险的。

简最喜欢的一句话，被我钉在了墙上——"我是一系列偶然事件的受害者，正如我们每个人都是"——或许很久以前，这句话就在让我对这个结局做准备了，但恰恰这种事后诸葛的对号入座需要的是不信任。人远非符号。并非所有事情都有主题上的意义。讲述故事的手段可能会让我们在真相面前蒙住眼睛。既然如此，那你又如何讲述一个关于过去的可靠故事呢？

终于，森诺特给了唐一个日期：2018年8月20日，星期一。

———

发布会前4天，我发现自己错过了博伊德的电话。我们这半年都没有说过话，他并不知道我已经知晓了一切，因为我许诺过我不会背叛唐的信赖。

我以最快的速度给博伊德回了电话。那是在他生日的前一晚，我还期待着他会感谢我给他寄去的有点轻浮的生日贺卡。但他一接起电话，就用他那低沉的声音说："我有个有意思的故事要讲给你听。"

他和盘托出了。随机的闯入者。强奸。DNA结果。

接着他说，几天前他又和彼得·森诺特聊过了。将近五十年后，博伊德终于得知了杀害他姐姐的凶手的名字：迈克尔·森普特（Michael Sumpter）。

这个名字对我而言毫无意义。我此前连听都没听过。

森诺特告诉博伊德，他两个星期前在南塔克特岛[①]度假（我们一直就在等这个？我在想），他形容森普特是"非裔美国人，一名职业

[①] Nantucket，美国马萨诸塞州南部的一个岛屿。

罪犯"。

我的心一沉。我讨厌他是个黑人。我意识到，这些年考虑过的所有嫌疑人当中，没有人曾经怀疑过黑人。现在回想起来，这是一种多么微小而奇特的慰藉。但我同时也提醒自己，这也是因为人类学这个圈子白人太多了。所以没有黑人嫌疑人并不意味着没有种族主义的存在，而是另一种制度性偏见的产物。

"对所有这一切你感受如何？"我问。

"唔，还好。他们得到了他们想要的答案。我很早之前就已经有了我想要的答案。"

"你的答案是……？"

"她被人杀死了。"

他停了下来，这下显得他更豁然了。博伊德一贯如此，让人感觉他的脆弱就像礼物一样是限量发放的："我如释重负，你知道吧？我不用再坐在那里胡乱猜疑了。"

他提醒我，五十年前的明天，他在庆祝自己的生日，和来自得克萨斯州沃斯堡（Fort Worth）的一名中士和一名下士拿到了他的第一杯合法酒精。我提醒自己，四十九年前的明天，他从越南回国，他的姐姐死了。

我问他有没有告诉伊丽莎白·汉德勒。他说，两个小时前就告诉了，我意识到这正是我错过他第一通电话的时间。他同一时间联系了我和简最好的朋友，一想到这儿我就感到温暖。

我们又聊了一会儿，直到他有点厌倦了，要么是厌倦了我，要么就是不想再聊电话了。"我建议你去查查星期一的那个东西在哪儿，然后去参加一下。"他说，他准许我打电话给地区检察官办公室了解细节；森诺特没有要他发誓保密。"保重，享受周一的表演吧。你现在知道剧本了。"

2018年8月16日：迟来的结果

我并不想让迈克尔·森普特来扮演这个角色。他是恶人的化身，是全然不同的神话的主角：不露面、无名无姓、阴暗的黑人形象，绑架白人女性并和她们发生关系。畜生。野蛮人。禽兽。这一系列古老的隐喻有着种族主义色彩，也让人感到厌倦。《一个国家的诞生》[①]。《金刚》[②]。威利·霍尔顿[③]。"中央公园五罪犯"[④]。这是波士顿最糟糕的情况的回声。它掩盖了真相：女性被爱人杀害的可能性比被陌生人杀害的可能性大得多。近年来，在美国所有遇害女性当中，将近半数是被她们的伴侣杀害的，而"来自陌生人的危险"所占比重不到10%。然而，不愿接受这个结局并不能改变什么。

我趴在地上伸了个懒腰，手肘撑在地板上，笨拙地打着字，因为我不想费时间换姿势。我现在太熟悉流程了。谷歌。报纸存档。在线上数据库奈克斯上搜索。这可能是我为这个故事钻的最后一个兔子洞了。

我点开的第一篇报道是2010年发表在《波士顿环球报》的一篇：《DNA将罪犯和1972年杀害女性一案联系起来》。还有其他受害者。

[①] Birth of a Nation，美国电影史上影响力与争议兼具的电影，于1915年首映。情节设定在内战期间及战后，因其对白人优越主义的提倡和对三K党的美化而颇具争议。

[②] King Kong，世界电影史上经典的怪兽形象之一，外形类似于大猩猩，拥有庞大的身躯和强大的力量。从1933年起曾多次被搬上大荧幕。

[③] Willie Horton（1951—   ），美国重罪犯，是马萨诸塞州周末准假计划的受益者。在因谋杀罪被判无期徒刑（不得假释）期间，他没有从休假中返回监狱，最终犯下了攻击、武装抢劫和强奸罪。后在马里兰州被捕并被判刑，至今仍被监禁。

[④] The Central Park Five，生于1960年的白人女孩崔莎·梅莉（Trisha Meili）于1989年4月19日晚在纽约中央公园慢跑时遭遇袭击和强奸。纽约警方逮捕并供了5个涉嫌殴打和强暴梅莉的青少年，其中4个是非裔，一个是拉丁裔。然而罪犯另有其人。2002年，美国最高法院宣判，撤销了对5名嫌犯的判决。

我盯着网页上方的照片。一个二十三岁的棕发女孩,皮肤白皙,笑容灿烂。她本可能就是简。

艾伦·卢奇克最后的照片。(卢奇克家人提供)

她的名字叫艾伦·卢奇克(Ellen Rutchick),来自明尼苏达州圣保罗(St. Paul, Minnesota),是家里四个孩子中的老二。她最近刚刚从明尼苏达大学毕业。1972年1月6日——简谋杀案三周年的前一天——艾伦没有出现在她工作的波士顿科洛纳德酒店(Colonnade Hotel)。警方进入她位于十层的公寓,发现她仰面躺在客厅的地板上,遭人殴打、强奸,被立体音响的高保真线勒死。官方认为,森普特袭击她的动作太快,快到她还没来得及脱掉外套。

她不是唯一的受害者。

1973年12月12日，玛丽·麦克莱恩（Mary McClain）——同样也是个棕发女孩，皮肤白皙，二十四岁——夜里回到她在贝肯山公寓的房间。和简、艾伦一样，玛丽住在那幢楼的顶层。她的室友们当时在家。她们听见她房间传来抽泣声，但以为是她和男友分手了。轻声的哭喊停了。第二天，她被人发现倒在床上，被强奸、勒死，身上盖着被子。

玛丽·麦克莱恩（麦克莱恩家人提供）

几十年来，两起谋杀案均未侦破。

2005年，艾伦·卢奇克的兄弟姐妹要求波士顿警方重启这个案子。他们知道犯罪现场有司法鉴定部门的人在。波士顿警方的未侦破凶杀案小组（Unsolved Homicides Squad）的调查人员同意接手卢奇克的案件。正如2010年成为该小组负责人的比尔·杜甘（Bill Doogan）中士所说：“这种案子不是说我们办的话要付出多少代价，而是如果我们不管的话，以后将要付出怎样的代价。”

但调查人员很快就遇到了障碍：虽然犯罪现场的确存在生物证据，但在20世纪70年代，这些证据是用一种胶水黏合在实验室载玻片上的，在分离过程中不损坏细胞几乎是不可能的。波士顿警方将载玻片送往专门做DNA分析的独立实验机构，想看看奇迹会不会发生。

这就耗费了四年时间。2009年9月，实验室告知调查人员，他们已经成功从载玻片上提取了基因图谱。五个月后，波士顿警方和萨福克县①的检察官联手，共同宣布他们终于得到了卢奇克一家等待将近四十年的答案。DNA联合索引系统匹配上了，凶手的名字是迈克尔·森普特。

森普特死于大约九年以前。他于2001年因心脏病突发和前列腺癌过世时，正在为1975年的强奸案服刑。他去世时五十三岁，我迅速算了一下，这意味着他杀死简时刚满二十一岁。

2010年，波士顿警方的未侦破案件小组开始调查玛丽·麦克莱恩一案。这一次，DNA联合索引系统不到两年就匹配上了。"四十年了，我一辈子都过不去，一直在想是谁对她做了这种事。"玛丽唯一健在的亲人凯茜·麦克莱恩（Kathy McClain）告诉《波士顿先驱报》。

2012年10月，萨福克县的地区检察官丹尼尔·康利（Daniel Conley）在新闻发布会上公布了这一消息。但这次公布蒙上了一层阴影，森普特的画像，直到他死后才逐渐清晰。森普特是在假释期间杀害的卢奇克。而他杀害麦克莱恩，则是在他第一次获准休假未返回的

---

① Suffolk County，美国马萨诸塞州东部沿海的一个县，其县治为波士顿市。

三个星期以后。他1975年犯下的强奸罪，也就是他在服刑期间患上癌症的那次，是在一次监外就业期间。十年后，森普特在另一次监外就业的第一天就逃走了。他有一年半的时间都在潜逃，却似乎没有留下任何记录；而在他死后，有关部门才发现这次潜逃期间，他在后湾①强奸了一位女性。森普特一辈子都带着这些令人发指的罪行秘密地生活。

杜甘中士缓和了侦破案件的成就感："你觉得这就是他做过的所有事情吗？我不这么认为。"

清算

剑桥的秋季和春季很长。从我和爱丽丝·基欧谈论李·帕森斯，到唐告诉我案情进展的消息，中间已经过去将近一年了。

就在我和爱丽丝聊过几天后，《纽约时报》和《纽约客》分别刊发了有关哈维·温斯坦②长达数十年性掠夺、骚扰和恐吓的报道。我的世界和简的世界之间的距离在某些方面已经变得如梦幻般切近，但MeToo运动给人的感觉，就像1969年全面而彻底地和今天迎面相撞。多年来一直局限在考古学象牙塔里的秘密，突然之间成了每个人都在谈论的事：流言网络、故事如果没有其他出口就需要谣言来讲述、权力的腐化影响、沉默、抹杀。我觉得这种谈话会不可避免地波

---

① Back Bay，美国波士顿的一个街区。如今它和附近的灯塔山是波士顿两个最昂贵的住宅区。

② Harvey Weinstein（1952—　），美国电影监制和前电影制片人，米拉麦克斯影业的联合创始人。2017年，他被指控性骚扰和性侵犯，受害者逾40人。2020年2月，纽约法院对其强奸一案作出判决，5项指控中有2项掠夺性性侵罪成立。3月10日，哈维被判处23年刑期。2021年7月，哈维被引渡到洛杉矶，2022年12月，他被判犯有7项指控中的3项，2023年2月，他在洛杉矶审判中被判处16年刑期，他在加利福尼亚的刑期必须与在纽约的刑期分开执行。

及学术界。

2018年2月,《高等教育纪事报》(The Chronicle of Higher Education)发表了一篇关于哈佛大学政府学系终身教授豪尔赫·多明格斯(Jorge Domínguez)的长文。故事的走向大同小异。特里·卡尔(Terry Karl)指控多明格斯在她任本系助理教授期间曾对她进行性挑逗。她说,他和她挑明了说自己身为这个学科的正教授,有权力操控她在这个机构的命运。据称有一晚,他试图亲她并将手滑向她裙底的时候,说自己会成为下一任系主任,可以决定她未来的晋升。根据特里·卡尔的说法,他还跟踪了她,让她感觉自己受到了人身威胁。

两年里,她向哈佛大学报告了这一行为,却什么都没有改变。尽管当时哈佛大学文理学院的院长作出了有利于她的裁决,但他还是表示她将会是被迫离开的那个人。卡尔别无选择,只能向平等就业机会委员会①提交了一份正式的投诉。

即便在当时,这位助理教授也知道,和多明格斯有过类似经历的不止她一人。她声称他至少骚扰了两名学生和另一名助理教授,其中的一名本科生在拒绝他的示爱后,毕业论文遭到了不公正的评分。(经过外校组织的复核,后来她的论文分数被改过来了。)卡尔提醒校方,他是一名"惯犯"。

哈佛大学采取了一些行动:认定多明格斯存在"严重的不当行为",剥夺了他为期三年的行政职务,并解除了他评价特里·卡尔工作的职务。(在《纪事报》的评论中,多明格斯否认了上述指控,并称他"一向寻求在所有关系中表现得体"。)卡尔得到了三个学期的带薪休假,而她的终身教职期限被搁置了两年。

---

① Equal Employment Opportunity Commission,成立于1965年的美国联邦执法机构,执行所有联邦政府的平等就业机会法律,负责监督和协调所有联邦政府的平等就业机会的规定、措施和政策,以及调查有关种族、肤色、宗教、性别、年龄、残疾等方面的歧视。

然而 1983 年秋天，《深红报》和《波士顿环球报》刊发有关多明格斯的纪律处分的报道时，并没有渠道获得这一信息。哈佛大学拒绝公布助理教授"不满"的实质和针对多明格斯采取的措施。"我们当中的很多人都或多或少觉得，比起对某个严肃事件的正确裁决，校方更关注它自己的声誉。"一位哈佛教授告诉《深红报》。

　　特里·卡尔也觉得校方没有足够严肃地对待这件事。对于教职工而言，仍然没有明确的申诉程序可供参考，也没有防止打击报复的保障。行政处罚并未让她免受多明格斯的影响。她的律师写信给文理学院的院长，院长回复称，再多的限制就有失妥当了："我们的意图并不是把多明格斯关起来。"

　　最终，这位助理教授觉得自己好像是走投无路了。她后来写道，提出申诉"使得一个人和一个倾向于保护被告的机构对立起来"。特里·卡尔觉得她别无选择，只能离开。这和伊瓦·休斯顿多年来的认识别无二致：女性自行消失，男性留了下来。

　　卡尔后来在斯坦福大学取得了终身教职，尽可能不让这段性骚扰的经历定义自己。

　　与此同时，多明格斯在哈佛大学步步高升。1995 年，他被选为魏德海国际事务中心（Weatherhead Center for International Affairs）主任。2006 年，他成为哈佛大学副教务长。2014 年，在一次学校的外联活动中，他和时任哈佛校长的德鲁·吉尔平·福斯特（Drew Gilpin Faust）赴墨西哥访问。2016 年，一个论文奖项以他的名义设立，而拉丁美洲研究协会（Latin American Studies Association）此前拒绝了这一机会，因为知道他受纪律处分的黑历史。（后来有人提出了类似的顾虑，哈佛大学便对该计划做出了调整。）

　　早在 2017 年 11 月，卡尔教授接到了一个不认识的号码打来的电话；电话那头是两位女士，据说都曾遭到多明格斯的性骚扰，她们已经准备好站出来了。最终，又有 15 名女性加入了她们三人的行列，完成了横跨四十年的指控。

《纪事报》的报道在哈佛校园里引起轩然大波，"我们哈佛可以做得更好"（Our Harvard Can Do Better）、"女性内阁"（Women's Cabinet）等学生团体纷纷举办集会。封面故事大篇幅刊载在《深红报》上。哈佛大学的教务长艾伦·加伯（Alan Garber）给哈佛大学全体师生发去邮件，称读到《纪事报》报道中受害者的讲述"让人心碎"，并强调："对于那些想要站出来的人，请你们知道，哈佛会支持你们的。"哈佛校长福斯特在教职工会议上重申了校方打击性骚扰的决心。"很明显，我们仍然有更多的工作要做。"

哈佛大学要求多明格斯休行政假，两天后，多明格斯宣布了他将于学期期末退休的决定。九号调查证实了这些指控之后，哈佛大学剥夺了多明格斯的荣休身份，并禁止他进入校园。

即便如此，卡尔教授告诉我，她并没有将这一时刻视作一次彻底的清算。她坚称哈佛大学仍拒绝和这个案子牵扯到的任何一位女性对话，既没有和任何人道歉，也没有对这些女性受害者采取任何"补偿"行动。回望过去，她感觉哈佛大学因其不作为化身为共谋，让更多的人成了受害者。尽管对多明格斯的行为提出了警告，但校方还是一再提拔他，这就传递了一个信号：发声除了损害发声者自身以外，毫无用处。

卡尔教授告诉《纪事报》，她将哈佛大学对沉默文化的鼓励称作是"一次伟大的促成"。

2018 年 8 月 17 日：不可告人

在得知森普特这个名字的第二天早上，我给地区检察官办公室打去电话，但没人接，也没有人回电话。我找《波士顿环球报》的托德·瓦莱克核实，但他连有关这个案子进展的只言片语都没听说过。

瓦莱克自己又去找地区检察官办公室碰运气,新闻办公室否认了即将召开新闻发布会的说法。他们反过来想知道是谁散布了这个错误信息。他没有供出我的名字。

我告诉博伊德,我没有得到星期一那个活动的直接答复。他说他也不清楚来龙去脉,但他没法在电话里猜测下去了,他得赶紧去准备周末的布道。巧合的是,按照圣公会礼拜仪式日历,他即将发表的布道名为"不可告人",内容是关于《福音书》中耶稣促成神迹并要求见证人不要告诉任何人。

"耶稣复活之后情况就变了,"博伊德说,"有义务告诉每一个人。"

2018年9月、10月:等啊等啊等

星期一没有召开新闻发布会。那个星期没开。那个月也没开。森诺特和地区检察官办公室再也没有进一步的消息了。

与此同时,学生们返校了,食堂又恢复了生气。

唐在那个春季被确诊为前列腺癌,正处在放疗阶段的最后几周。

曾任大陪审团团长的理查德·康迪过世了。他到死也不知道这个案子已经解决了。

唐、博伊德、伊丽莎白和我等啊等啊等啊等。我们已经从一无所知时令人发狂的沉默,变成了知道却不能和任何人说的令人窒息的沉默。

9月中旬,伊丽莎白联系我。她说她会毫不怀疑地接受执法部门的说法——想到调查人员终于实现了当年的许诺,她就很高兴——要

是他们能早几个星期宣布结果就好了。但在随后的停顿当中，问题又开始发酵，譬如：警方难道还不确定简有没有被强奸吗？究竟是什么事花了这么长时间？她想知道我有何看法。

我告诉她往好的方向猜，可能是因为刑侦工作本身很耗时，或许他们在尝试协调发布公告的时间和地区检察官玛丽安·瑞恩连任竞选活动的时间。但我承认，我也感觉到猜忌如同藤蔓一般疯长。嫌疑人已经死了，而且还是黑人，还不能为自己辩护，这是不是有点太省事了？但我不清楚自己能不能信得过这种感觉。投入了这么多年，结果却发现那些故事不是真的，这让我至今仍感到精疲力竭。我担心自己之所以不愿相信，与其说是因为察觉到有什么事不对头，更多是因为我依然渴望去建构一个深藏其后的故事。

但伊丽莎白不像我和唐，她说她其实发现警方的说法让她多了几分宽慰。它将红色赭石从一个施虐狂留下的线索，转变成了简痛扁陌生人后留下的痕迹。她甚至从中发现了一点黑色幽默："它就像是有着后现代结局的赫尔克里·波洛①的故事"，她说，波洛一个一个地梳理了嫌疑人，最后一页却发现："凶手是个砖头。抱歉。"

最重要的是，简一辈子都遇人不淑，伊丽莎白得知她不必在最后清醒的时刻直视凶手的眼睛并因此感觉自己遭到了背叛，这让她感到宽慰。

金柏莉·瑟伊顿

就在 2017 年秋天的那场清算中，好几个朋友都向我倾诉了她们

---

① Hercule Poirot，阿加莎·克里斯蒂所著系列侦探小说中的比利时第一名探，曾于 1920 年至 1975 年出版的 33 部小说、1 部剧本、50 多部短篇集中出场。

在哈佛大学受到老师骚扰的经历。我总能撞见这类故事，以至于我也分不清究竟是因为我在写这本书的缘故，还是因为过去压箱底的秘密终于得以重见天日。

后来，《深红报》的一篇报道吸引了我的注意。一位前人类学系副教授起诉了哈佛大学，原因是校方因为她的性别和她为性侵受害者发声的经历不给她评终身教职。她叫金柏莉·瑟伊顿。我花了一秒钟才意识到她的名字为什么听起来这么耳熟。多年前我曾在"社会人类学日"见过她，听她谈到过她家乡的一位聋哑女被反复强奸，整个村子都听见了她低沉的呜咽，却什么都没做。

瑟伊顿教授是研究结构性沉默的学者，她公开反对性别歧视，为性侵受害者发声。2010 年，她曾就哈佛大学人类学系对女性的不平等待遇问题向学校负责教师发展与多样性的高级副教务长朱迪斯·辛格（Judith Singer）投诉。瑟伊顿说，2004 年她刚来哈佛的时候，系里仅有一位取得终身教职的女教授。这位女教授提醒瑟伊顿，身为女性，她必须完成更多的行政任务和辅导工作，并且会被要求比男性同行达到更高的标准。如果瑟伊顿想在哈佛大学取得成功，她就不该抱怨额外的工作量。做个"尽职尽责的女儿"，这位教授这样建议瑟伊顿。

瑟伊顿并没有把这个建议放在心上。她发布了有关性侵的博客和推特，写信支持学生受害者，投诉哈佛大学没有为这群学生提供足够的保护。2012 年，瑟伊顿允许一个学生在课后以"我们哈佛可以做得更好"——一个致力于"消除校园强奸文化"的学生组织——的名义发传单。

瑟伊顿后来告诉《深红报》的记者，一直到 2013 年春天，"对于我在哈佛大学的发展方向，我得到的始终都是积极的暗示"。她在四年内晋升为副教授，其后得到了一个为拥有终身教职教师保留的资助职位，文理学院的院长称之为"当之无愧的荣誉"。2013 年 2 月，人类学系投票赞成为瑟伊顿提供终身教职。

不到两个星期之后，就在瑟伊顿的终身教职申请进行到最后一步的时候，《深红报》发表了一篇文章，内容是关于哈佛大学滞后的惩治性侵的政策，以及校方为评估校园内的性侵情况成立了工作组。这篇报道的评论区充斥着对错误指认的恐惧。不属于该校的"男性权益活动家"（Men's Rights Activist, MRA）组织强烈质疑报道中的一位指控者"朱莉"（Julie）的说法。瑟伊顿清楚，这位"朱莉"已经读到了这些评论，并且再一次被彻彻底底地伤害了，所以她选择了介入，发表了长达好几页的质问。

《深红报》的报道刊发后，一名目前在系里任职的前研究生向瑟伊顿袒露了人类学系资深男教授西奥多·贝斯特（Theodore Bestor）的不正当行为。瑟伊顿建议她和系里的两位资深前辈聊聊——一位是曾建议瑟伊顿做个"尽职尽责的女儿"的女士，另一位就是系主任盖里·尤尔顿——毕竟要提交报告的话，这二人是正式渠道。盖里教授告诉这位前研究生不要再把瑟伊顿牵扯进来，因为她的终身教职审核"要处理的事已经够多了"。他向她保证，"我会处理好的"。

2013年5月底，哈佛大学召集了瑟伊顿特别委员会——共9人，其中包括朱迪斯·辛格，她曾提醒瑟伊顿人类学系存在着性别歧视。众所周知，在哈佛大学取得终身教职的最后几关是校园中最讳莫如深的环节。哈佛大学精心设计的八个步骤中的第七个步骤——特别委员会的审议是关起大门完成的，没有书面记录，不会对外透露专家的身份，候选人本人除了二选一的结果（是或否）之外，不会得到任何报告或解释。终身教职的决策过程"就是滥用权力的温床"，曾任职于终身教职评审委员会的哈佛大学物理学家霍华德·格奥尔基（Howard Georgi）于1999年告诉《科学》（Science）杂志。"这毫无疑问会影响到女性。"

然而到了瑟伊顿这里，朱迪斯·辛格做了记录。代表瑟伊顿的四位本系见证人中的第一位——尤尔顿教授做开场陈述的时候，她感到自己必须这么做。尤尔顿"不情愿的语气"让辛格感到惊讶，尤其是这种态度和当年早些时候他提交给终身教职评审委员会的信形成了鲜明对比。

在听取了系内见证人的陈述之后，委员会成员审议了瑟伊顿的材料，包括人类学系准备的陈述，其中反映了从外部评审那里征求的信件。这些信件中最正面的部分都谈到了她在学术上的多产，但写下这些评价的学者并没有收到她有关哥伦比亚的系列文章，而这些文章恰恰构成了她第三本书的基础。

哈佛大学的一位院长在阅读了这份陈述的前几稿之后，意识到了这个疏漏，他提醒人类学系没有将哥伦比亚的系列文章列入评议范围。用这位院长的话说，这个疏漏属于"重大失误"，他建议尤尔顿教授重新修订这份陈述。（根据系里一名成员的说法，这个疏漏不过是因为"沟通出了问题"。）他们对这份陈述重新做了两次修订，但出于某种不为人知的原因，最终送到特别委员会手中的，是不那么有利的倒数第二个版本，而不是更热情洋溢的最终版本。

特别委员会决议，不授予瑟伊顿终身教职，5月底，德鲁·福斯特校长批准了这一决议。（在哈佛大学，所有终身教职的最终决议都由校长本人拍板决定。）

作为回应，瑟伊顿安排了一次和朱迪斯·辛格的见面。根据当时瑟伊顿的记录，她给出的说法是，委员会认为瑟伊顿"非同寻常的职业"和她在哈佛大学文理学院做的工作不一致。根据瑟伊顿的说法，辛格还说，她的"那些活动"应该是"学者拿到终身教职之后才会去做的"。

瑟伊顿对这一终身教职的决议提出上诉，她发起了申诉并最终提起了诉讼。她认定，这次对她终身教职的否决是对她拒绝保持沉默的报复，瑟伊顿告诉《深红报》，"这事关这个校园对一个问题的噤声态度"。校方则通过发言人给出了回复："学校在做出终身教职的决议时，从来不会考虑这名教师是否曾为遭遇性侵的学生发声。相反，终身教职的决议是基于这名教师的研究质量、教学水平及其在该校承担的公民义务。"

2014 年，瑟伊顿在合约到期后离开了哈佛大学。2015 年，她在塔夫茨大学（Tufts）被授予终身教职。2018 年 3 月 26 日，《深红报》的一篇文章吸引了我的注意，上面宣布：瑟伊顿败诉。

我试图联系瑟伊顿教授，想听听她的说法，结果等来的却只有沉默。但在败诉被公布出来的当天，瑟伊顿发表了一份声明，鼓励读者在更大的背景下看待她的斗争：

> 在全国范围内的大学校园，资深教授——通常是男性——会对他们的学生和资历较浅的同事行使巨大的权力……这些看门人几乎可以不受惩罚地运作，实施沉默、羞辱和终止他人职业生涯的决定。缺乏透明的终身教职黑箱，及其默许的沉默和免于罪责，针对的正是那些敢于发声和打破现状的人。

她主张，尽管独属于她自己的战斗已经结束了，她称之为学术界"不被看见的女性"的斗争必须继续下去——这些女性被剥夺了她们的职业选择，因为"她们（曾）饱受折磨，被猥亵、性骚扰"。

4 个月后，2020 年 5 月，《深红报》刊发了一篇爆炸性报道，指控哈佛大学的三位人类学系终身教授性行为不端：约翰·科马洛夫（John Comaroff）、西奥多·贝斯特，以及盖里·尤尔顿。就在瑟伊顿投诉贝斯特时，盖里·尤尔顿据说正和一名前学生有染。根据瑟伊顿一案中一份密封的书面证词，这段不正当关系的起因是他强迫该生进行"非自愿性行为"，以此来交换他写的推荐信。除了 2017 年的一次事件应由贝斯特负全责以外，三人均否认了指控。

正如瑟伊顿在 1 月份发表的声明末尾所写的那样："我这一路走来的经历说明了女性为什么不站出来，这也恰恰是我们必须站出来的原因。"

2018年9月9日：树

  我和伊丽莎白聊过的第二天，唐告诉我他决心不再等下去了。在长达数周的沉寂中，简的那棵树——他在森诺特第一次给他打电话的第二天买的植物——根越长越密，一直等着被种到土里。他选的是一株桃金娘，一种在夏威夷神话和流行文化中举足轻重的花树，也是我去过他家之后他替我种下的同一种树。露丝原本想要的那株是庄重的白色，但唐选了树枝叛逆地朝四面八方伸展开来的一棵。对于唐而言，这棵植物似乎在说，我什么都不在乎。看到简的这棵倔强的植物困在花盆里，他感到难过。

  他告诉我，飓风快要刮到大岛了，简的那棵树种在土里会比在花盆里摇摇欲坠来得更安全。多年生活在不确定的状态中，等待别人给他了结，唐将自己的这种做法视作是重新收回属于自己的权力。

  第二天，他录下了种树仪式，并将视频传给了我，这样我也能参与其中了。

  只见他将表层土拨开，几千年来第一次让硬化的熔岩土层暴露在空气中。随时间推移，暴露在自然当中的土颜色会变深，直到变成黑色，但眼下还是漂亮的红色。他将火山灰、堆肥和盆栽土一层层填入坑中，然后用水管将水浇上去，确保土的湿润。

  他跪下来，树埋进土里，球根送入泥土，然后倒入盆栽土，将坑填平。在最后一步之前——拍打简的树周围的火山灰，好固定住它——他脱下了手套。他说，这个姿态让他感到简单而纯粹："和马萨诸塞州地区检察官的政治无关，和那个杀死她的混蛋无关，和彼得·森诺特无关，和一切都无关。它只关乎简和她的树，关乎你和我，以及我们大家。"

  他说他故意将简这棵树的主茎朝向我的那株桃金娘，这样我们的树就能冲着彼此生长了。他喜欢这个想法：简的树在古老的熔岩层中间生长，我们的根穿过坚硬的地界向彼此延展，最终盘错在一起。

地区检察官办公室的声明下来了——我是说如果，他纠正道——他会在她的树上放一个花环。他怀疑自己这么做感觉像是一场葬礼。但在那一刻，这个姿态并不令人悲伤。

直到这时我才想到，同样是掩埋，也可以是某种新生。

唐·米歇尔种下简的桃金娘树的视频定格画面。

2018 年 10 月 28 日： 你若不追捕，他就会逃走

这一年来，大约每两个星期，我都会打电话给约翰·富尔克森，就是 90 年代重启简这个案子的剑桥警察之一。每次我都会留下差不多一样的话："富尔克森中士你好，我是贝基·库珀。什么时候方便

的话，我们一起喝个咖啡吧。"

2017年，波士顿正值寒冬，我和他见过一次面。我一路走到肯德尔广场（Kendall Square）的警局总部，在大厅里等他。他说有人警告他不要和媒体交谈。喝个咖啡呢？我问。那应该可以，他说。所以我继续打电话，继续给他留言。

2018年2月，几个月来他第一次接起了电话。他告诉我，他很快就要从剑桥警局退休了。继续来找我吧，他说。我照做了，但又过了好几个月，他始终没再接我的电话。

现在是10月份，拿起电话打给他时，我意识到这可能是我第15次尝试了。和往常一样，我接通了他的答录机，留下了同样的信息。

几分钟后，他回了电话。

他告诉我他终于从剑桥警局退休了，现在在哈佛警局当警官。他说他很愿意下周找我喝个咖啡。我们挂断电话前，他强调说：你在哈佛期间有任何需要，我都在。

———

我们在奥本山街和马萨诸塞大道交叉口的一家咖啡馆见了面；我们的座位几乎正对着哈佛警局。富尔克森长了一张严厉的脸，灰蓝色的眼睛，寸头，看上去都能通过军队的审核。他笨拙地坐在凳子上，身体微微前倾，像个坐在儿童玩具上的大人。我感谢他能来见我，他说放了我这么多回鸽子，这是他唯一能做的了。微笑的时候，他的严肃就融化了。

我直接聊到我苦等了太久的新闻发布会，但他空洞的眼神让我意识到，他并不知道这个案子有了新进展。从去年起，也就是他们告诉他不要和媒体交谈那会儿，他就没再听说过关于这个案子的消息了。

我看着富尔克森正努力消化着这些信息——解脱，不相信，兴奋，同时又感到悲伤。他思考的时候会晃动手中的咖啡。"我真的想成为那个解决简·布里顿案的人。真的。"他说。

他的投入让我想起他告诉我的有关他纹身的故事。我问了他,他脱下别有中士警徽的哈佛大学警局的警服,挽起袖子给我看,但是袖口挽得不够高,看不到纹身的全貌。

他没有半点犹豫,直接脱掉了用别针别上的黑色领带。他考虑了一秒钟要不要在咖啡馆中央掀起衬衫。他回头看了一眼,想知道周围有多少顾客。后来我们穿过卖面包的区域,走到卫生间边上的小走廊。他递给我警服和领带,将衬衫的下摆褪下右臂和脖颈。他露出肚皮的时候,我移开了目光。他将衬衫挡在胸前,像个拍摄间隙害羞的模特——只是脱掉衬衫后,我能看见这位模特长着胸毛,右侧口袋的皮套里装着一把枪。

纹身从手肘延伸到肩膀。那是自由天使,旁边有两只鸽子、几朵玫瑰,还有一枚警徽,绶带上全部用大写字母刻着"你若不追捕,他就会逃走"。这是他自己设计的。

我们走回座位时,经过了在女卫生间门外排队的一个女孩,她对着脱掉衣服的警察目瞪口呆。我们俩都有点上气不接下气,也多少有些慌乱,与其说是因为这一趟费了不少体力,不如说是因为我们后知后觉地意识到,这个无伤大雅的举动有多亲密。

回到座位以后,我们之间的信任更牢固了,于是我把我知道的一切都告诉了他。我小心翼翼地解释说,这些都不是我直接从彼得·森诺特那里得知的消息,并且彼得也不知道我知道这些。"我觉得他不喜欢我。"我说。

"他不喜欢任何人,真的。"富尔克森说完大笑。他们都很了解对方。2005 年剑桥警局将这个案子移交给马萨诸塞州警局的时候,富尔克森将简·布里顿的档案转交给了森诺特。富尔克森管他叫皮特(Pete)。

等我讲到嫌疑人的身份时,他让我再重复一遍,以确保他理解的是正确的。"你知道那个人完全是随机作案吗?"他问。

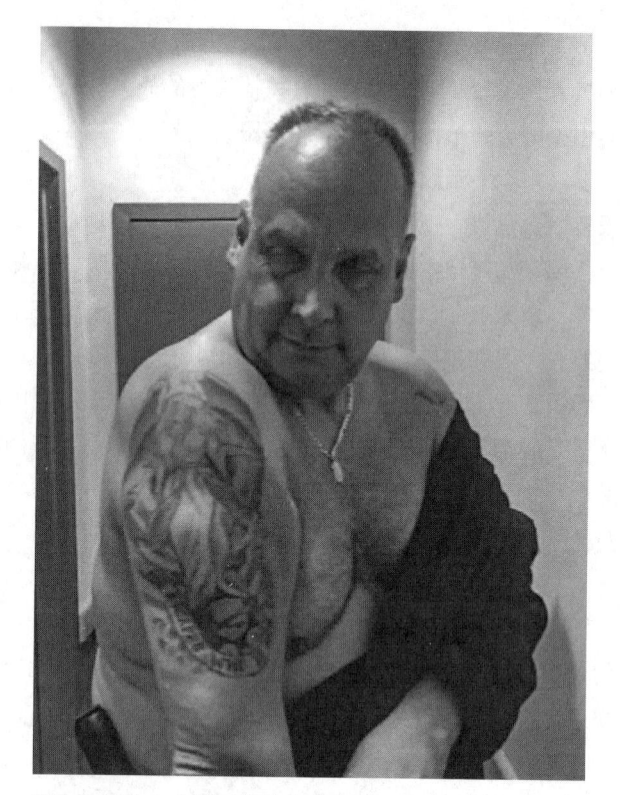

富尔克森中士在展示他的纹身。

我点了点头。

"天啊。我太纠结了。"他说。这对他来说没有意义。犯罪现场似乎是精心谋划过的。他说,案子的卷宗并没有明确说她曾遭人强奸。他也想过,犯案的肯定是她认识的人。我听见他试图为自己开脱:距离我上回看警方的卷宗已经过去太久了。

我问他,简·布里顿的案子或者档案里有没有什么让他印象深刻的。

富尔克森又开始晃他手中的咖啡了。"事情都被掩盖起来了,我也不知道为什么会这样。"

90 年代他侦办简这个案子的时候就有这种感觉了。约翰和他的搭档布莱恩·布兰雷调查所有其他悬案的时候，上级都没找过他们麻烦。比如在调查玛丽·乔·弗拉格谋杀案时，剑桥警局毫不犹豫地让他们飞去了加州。但轮到简这个案子，他却遇到了层层阻碍和质疑：你真想调查这个吗？要不要试试新的案子？重新调查这个案子感觉就像掀开了一道伤口一样。

"他们本可以给我们更多支持的。减少行政上的障碍。"他说。

"'他们'是谁？"我问。

剑桥警局的行政部门和地区检察官办公室，他说。

我们顺便聊到了剑桥警局的内部政治，聊到他在那儿的最后那段时间情形有多丑恶，现在在哈佛做警官就好多了。他很高兴又能给当初度过几年愉快时光的剑桥警局的老上司打工了。那人名叫迈克·贾科波。

迈克·贾科波，我知道他，1969 年调查简这个案子的指纹专家的儿子。最初负责调查的人中，只剩下最后两个人我还没有联系到：弗雷德·塞特埃拉，他不想谈论还在调查阶段的案子；再有就是迈克的父亲，我一直没能找到他的讣告。但在 2018 年年初，我和小贾科波聊到简这个案子的时候，他并没有说他父亲还活着。"我父亲从前不会把工作带回家，也从来不太会聊到他的工作。"他用的是过去时。如果再追问下去似乎不太礼貌。

我和富尔克森确认。

"不对啊，迈克的父亲还健在呢。"富尔克森说。他已经 87 岁高龄，但仍然很活跃。其实他们周六才刚刚见过面。富尔克森说老贾科波是个好人，也是一名不错的警察。他觉得他会乐意和我聊的。"他这人没什么好隐瞒的。"

我们准备离开咖啡馆的时候，富尔克森承诺说他会给他认识的地区检察官办公室的人打个电话，问问看没有公布消息是怎么回事。如果他是地区检察官，并且能侦破这种悬案的话，只要事情有谱了，他会想让全世界都知道的。

我和他走回警局总部。他握了握我的手。我想拥抱他一下。

"我们保持联系。"他说。

我没有直接去联系老贾科波,而是给他儿子发了封邮件询问他的建议。我们过去聊天的时候,他一向直来直去,比如他会说到过去警方的记录常常薄得让人失望——"我见过丢一只狗的报告比丢一个人(的报告)信息还要多"——所以我相信他。

迈克第二天就回复了我:

很遗憾,他现在健康和记忆都出了问题。就像他这个年纪的大多数人一样,他总是好一天坏一天的。他和我姐姐住在一起,她告诉我说她希望他不要再接受任何采访了。实际一点说,我不确定他的记忆还可不可靠。如果你有具体的问题,我也可以找个合适的时间去问问他,但他的记忆力的确已经不大行了。

我给迈克发去了有关这个案子的四个问题,集中问到了红色赭石、新闻封锁,以及简的厨房窗户上的指纹。

我始终没有得到回复。

2018 年 11 月:改变

10 月紧赶慢赶到了 11 月,食堂已经在为感恩节假期做准备了,开始用四种不同的烹饪方式做玉米,提供给师生。

富尔克森没能从他在地区检察官办公室的朋友嘴里撬到任何东西。经过了这么多个月的悬而未决，我几乎已经习惯了这样的想法：答案将永远是一个未知数。而且嫌疑人已经离世，有答案有时候给人感觉反而太武断了——这对我来说并不能让简的谜团减少一分，除了知道杀死简的那个人不会再伤害其他人之外，它并没有带给我更多的平和感。

我在感恩节前的那周回到了纽约的家。而就像这个故事经常上演的那样，我前脚刚走，一切又都改变了。

我收到了地区检察官联络负责人梅根·凯利（Meghan Kelly）的邮件，问我第二天有没有时间通个电话。

我们通话的时候，我甚至懒得装作惊讶的样子。她说，周二下午会召开有关该案的新闻发布会，负责联络媒体的工作人员会在周一统一邀请大家。

"我会去的。"我说。

反应

第二天一早，我乘公交车回到了剑桥，享受余下的安静时光。我仅有一次机会弄清楚这件事的结局。

我迅速搜集了所有我需要的东西——一块备用手机电池、一张向地区检察官提问的问题清单、一台录音设备、我的笔记本，还有一份用于调取警方档案的最新版的公共记录申请。我急于备齐所有必需的日常用品，这样我就有时间做我真正想做的事了：给所有和这个故事有关的人打电话。我不想让他们在新闻面前手足无措。

和简一起去过叶海亚堆的阿瑟·班考夫说，知道凶手不是他朋友中的任何一个人让他松了一口气。

丹·波茨听说凶手是随机作案之后，如鲠在喉。"那地毯和赭石是怎么回事？"他在哈佛大学闪族博物馆做考古插画师的妻子希尔蒂（Hildy）问。他们在车里给我的电话开了免提。"还有那把手斧。"丹补充道。希尔蒂又将自己从怀疑的边缘拉了回来——"我想你是不能推翻DNA结果的"——她说出了心中的困惑，就像谋杀案发生之后让卡尔备受困扰的半真半假的传言一样，卡尔内心有没有可能对自己被剥夺了成为神话的机会而感到失望。

史蒂芬·洛林刚从北边做了几个星期的考古考察回来，他接起电话时语调轻快，"你好啊！"

这个消息如海浪般一波波冲击着他。一开始，他很欣慰凶手并不是我们那三个"角色"中的任何一个人。接着他一遍遍回味这个故事，仿佛它不再是他亲身经历的事件，而是他可以欣赏的叙事结构："我喜欢这个结局。"他从中发现了某种美感，它迫使我们重新评估旧有的思维模式；在整个过程中，经验和欲望对我们的蒙蔽显露得更彻底了。

我们每个人对于自己被某个特定版本的说法迷惑都有着各自的理由，他说。比如亚伯拉罕一家就希望由格兰利来充当那个恶人，因为这样安妮的死就不仅仅是"扭转命运的一次意外。而是一次恶意的人为之举"。对于某些人来说，接受有个邪恶之人的存在，比接受一个毫无同情心的上帝来得容易。

他给爱丽丝·亚伯拉罕和她的伴侣克莉丝写了一封语气温和的邮件，宣布了这一消息。"我很抱歉自己是为你们带去这些消息的人，之所以感到抱歉，并不是因为它们让我们失去所爱之人的痛苦减少了，也不是因为它们终结了1976年那些悲伤的日子，或是替格兰利先生不合理的行为和判断开脱，而是因为它们确实结束了胡乱猜疑。我想这总归是件好事。"

爱丽丝立刻写信给帕特丽夏，就是一直怀疑格兰利的那两位"黄金女孩"其中的一个。帕特丽夏说，她觉得案子能解决挺好的，但是她会花一些时间整理自己同这个消息的关系。之后你会做什么,我问她。她也不知道。一方面这对她来说也是一个了结,但另一方面:你会把所有东西都丢掉吗?

我还收到了另一位"黄金女孩"玛丽·麦克卡森的邮件。最开始她和过去一样热情洋溢。"哇哦,"她用大写字母写道,"我希望他能感觉自己脱罪了,平反了。"但过了一段时间,她从热情陷入了深深的懊悔。她又给我写了封信:"我现在懂了,我脑子里过度活跃的认知模式最终导向了一个错误的结论。对于我所引起的痛苦,我感到非常非常抱歉。"

安妮的哥哥泰德·亚伯拉罕写信给我的语气格外平和,比我担心的还要平静。"这个结果是很意外,但至少困扰我们已久的谜团终于有了结论。"

理查德·梅多还在哈佛大学做讲师。他是唯一在我打电话时就已经得知了消息的人。吉姆·汉弗莱斯几个星期前就告诉了他。我很高兴听说吉姆已经知道了——我不想打扰他,但也不想他从报纸上的报道读到这个消息。

吉尔·纳什和所有人都不同,她希望自己从未听说过这个消息。我是从唐那里得知的。他在最后努力让她开口时,争辩说正是因为我一直向警方施压,事情才有了解决的办法。和我交谈难道不是她为了表达感激能做的最起码的事吗?吉尔还在对这一切感到愤怒——警方当年审讯她的方式;整个解决过程耗时之久;如今她还被迫改变了对这一可怕事件的叙述,因为她还必须加上一个更恐怖的结局——她不会让步的。

消息辐及的人还在陆续增多,而时间坚守住了它自身。彼得·潘奇还在从手术中恢复;理查德·罗斯接受的癌症新疗法帮他控制住了疾病。

詹姆斯·罗南说,以 DNA 作结很符合这个故事的走向——用主题的方式追踪考古学的方法和理论,和这个领域本身通过转向基因分析来研究人类起源和迁移模式有着异曲同工之处。或许这就是考古学从后过程（post-processual）"无意义"的泥潭中找到出路的答案：从考古挖掘和讲故事向科学转向。

他还告诉我，哈佛大学的考古学项目这些年来首次聘用了女性——拥有终身教职的教授克里斯蒂娜·沃内尔（Christina Warinner），专业领域是生物分子考古学。

这些谈话给人的感觉就像是一次陌生而美丽的社区重聚，不管明天会怎样，它们都给了我鼓励。简——在聚会时总会走向那个落单的人；在李烧了地毯之后仍不计后果地决定留下来的姑娘；让拉德克利夫对于伊丽莎白来说不那么孤独的好友——再一次让一群局外人聚在了一起。

我给杰伊打去电话。我们已经好几年没说过话了。但我们彼此都清楚，倘若对方需要，我们都会在的。虽然开会要迟到了，他还是立刻接起了电话。他的声音听起来和过去一模一样。他感谢我给他打了这个电话，我们迅速又回到了从前的节奏，但这种熟悉感恰恰是危险所在。我们俩都知道，我们之间封冻的友谊并不会因为这短暂的喘息发生任何改变——或许我们还在等待那么一天，到时候就会好的——所以我享受我们的关系还存续的时刻。那感觉仿佛是在向发现这个故事的一段关系致敬一般。

在那天结束前，我打电话给卡尔。

一位男士接起电话。声音听上去像是美国人，既不戏剧化也没有大吼大叫。可能是他的儿子？

"我想找卡尔。"我说。

"请讲。"

我一口气仓促说完："你好，我是贝基·库珀。我们之前联系过，因为简·布里顿的——"故事？谋杀？案子？

"噢噢噢。"他感情充沛地说，那种天分又展现了出来。他问我进展如何。

"我打电话来就是为了告诉你，这事还没有官宣，星期二下午一点会召开新闻发布会，公布案情的突破性进展。"

"你知道——"他犹豫了，"你知道这个突破性进展是什么吗？"他的语调重新趋于平缓。

"我认为他们解决了。"

三秒钟的沉默。

"你认为他们。你认为他们。你认为他们——什么？"我还从来没听过他这么不知所措的声音。

我以最慢的速度又说了一遍：解决了。

他再次深呼吸。

"哦，我明白了，"他说，"唔，真是个好消息。"尽管他说得很欢快，但语调还是降了下来。

我问宣布案情进展之后，我们有没有可能再见面做一次采访。感恩节之后吧，他同意了。我谢过他。

"好的，拜拜。"

我被他的不动声色弄得晕头转向。他刚刚手足无措了吗？心烦意乱了吗？紧张了吗？

后来我才渐渐意识到，那可能完完全全是另一种东西——悲哀。

2018 年 11 月 20 日：新闻发布会

星期二一早，距离新闻发布会还有 4 个小时，我穿着睡衣下了楼。亚当斯楼的宿管们坐在餐桌旁，去海角地区（Cape）过感恩节之前，他们会把事情都安排好。

"我正打算今天给你留张字条的，"其中一个人说，"但我不知道应该写什么！'祝好运？''希望结果能让你感到满意？有趣？毛骨悚然？'"

我说，我希望它感觉上像个结局就行。

———

迈克·威德默给我发来短信，说他和往常一样来早了。他的红褐色本田就停在哈佛希尔勒楼（Harvard Hillel）前面。他打开后备厢，让我把行李箱放进去——我计划不管结束得多晚，我都直接回纽约老家。

我坐在副驾驶的位置，他探过身子，给了我一个拥抱。这让我感觉更糟糕了，因为我和他隐瞒了这么大的秘密：迈克并不知道将要发生什么。我一直没能说服自己告诉他。我想把他最纯粹的反应留在新闻发布会现场。

"你不觉得，他们会告诉我们他们把案子给破了吗？"他边问边左转，车子沿着查尔斯河行驶。"他们把我们所有人都叫到一起，不会只是说他们把范围缩小到了三四个人吧。"

我转向他。我不能对他说谎。

他说他妻子告诉他，要对无可期待的这一天抱有期待。

如果我保持沉默，场面或许看上去会更好，但对他诚实比这个故事本身重要。我知道他们会说什么，我告诉他。我问他是希望从我这里知道，还是希望从新闻发布会上知道。

"我想知道。"他说。

"从我这里？"我和他确认。

"我们是一条船上的。"他说。

于是我把一切都告诉了他。

"我的天啊，"迈克说，视线并没有离开公路。一切都是灰色的——天空、掉光了叶子的树，甚至连车子后面扬起的烟尘都是。"谋杀案从来就没有任何意义。"

他从自己的经验了解到,人生的艰难教训之一就是它不遂人愿。太多人随随便便就死了。这些对于简来说都没有意义,因为她已经死了。但不管怎么说它又有意义。她是怎么死的,她为什么会死,都有意义。迈克和我们所有人一样,都想要一个解释。"可现在什么都没有。"

在前往沃本的路上,我们努力摆脱过去,但过去的地标却不肯放过我们。从前的波士顿花园变成了现在的 TD 花园(TD Garden),那里是卡尔曾戴着黑色领带观看摔跤比赛的地方。雷神公司的大楼,就是大陪审团团长过去工作的地方。就连沃本这个地点都和过去紧紧联系在一起。这里就是史蒂芬·德菲利波墓地的所在地,也是李·帕森斯的骨灰撒向的地方。忘掉过去的故事太难了。

———

米德尔塞克斯县地区检察官的办公室推崇粗野主义的建筑风格:停车场中央立着一个箱子一样的建筑。迈克将车停在路边,熄了火。这时我发现自己收到了博伊德发来的一则电话留言。他说森诺特要求他从给媒体的声明中删掉"DNA 匹配"的字样。太晚了,博伊德说,声明已经发出去了。声明写道:

> 半个世纪的神秘和猜测为这一残酷的罪行蒙上了阴影。它粉碎了简充满希望的年轻生命,也毁掉了我们一家。身为幸存下来的布里顿家的一员,我想感谢所有人——朋友、公务人员和媒体——一直坚持调查,尤其要感谢州警局的彼得·森诺特中士。DNA 证据匹配可能是我们所能得出的唯一结论了。而学会理解和宽恕仍是我们的一大挑战。

撤稿的要求似乎让这次新闻发布会有了一个不祥的开始。

400　　　我们走进位于大楼四楼的房间时，外面的雨下着下着变成了雪。除了手忙脚乱的政府工作人员以外，我们到得最早。迈克和梅根·凯利打招呼的时候，我正难以置信地呆望着眼前的一切。巨大的泡沫板上满是高分辨率的印刷品，而在很早以前我就接受了自己永远不可能看到这些：历史委员会说的已经不复存在的简的公寓的图纸；从简的厨房通向院子的防火安全梯的照片；她客厅的照片；她座椅的柳条，她厨房椅子的角度，她窗帘的装饰材料。还有各种细节——譬如一处考古现场的羽毛和血肉——我以为这些早就已经永久地遗失了。

简的公寓外的防火安全梯，剑桥警方拍摄的照片。

我和迈克坐在前排。在接下来的一个小时里，我们身后架起了舰队一般的新闻摄像机。电台工作人员将插头插入音响系统，并尽量不被自家的电线绊倒。座位上坐满了记者。"我现在正在哈佛谋杀案的新闻发布会上。"一位记者对着手机字正腔圆地说。

我的心跳在加速。我把手放在迈克的脸上，给他看我的手有多冰。他也把手放在我的脸上。同样是冰凉的。

有人喊："所有人都准备好了吗？那我们开始？"

下午1点刚过，发布会开始。

地区检察官玛丽安·瑞恩走进来，将一个马尼拉文件夹放在讲台上。她身后跟着埃德丽安娜·林奇、凶案组主管彼得·森诺特，还有其他三名州警。他们站定，双手在身前交叉。其中没有剑桥警局的代表。瑞恩语速很慢，这个时候表达清晰比讲话效果更重要：

> 在过去的五十年里，简·布里顿谋杀案牵动着社会大众的心，也为执法部门的调查带来了不小的挑战。多组调查人员对公众提供的线索进行了调查，跟踪了所有可用的线索，并排除了多名嫌疑人。
>
> 正因为他们的坚持不懈，以及马萨诸塞州警局犯罪实验室在司法鉴定技术方面的最新进展，我今天才能在这里自信地说，简·布里顿被害的谜团终于解开了。
>
> 这是米德尔塞克斯县地区检察官办公室所能解决的时间最为古早的案件。今年，经过对收集到的DNA样本多次进行司法鉴定实验，包括简谋杀案发生时和近期采集到的样本，我们能够肯定，迈克尔·森普特就是简谋杀案的罪魁祸首。

摄影师如同狙击手一样在前排匍匐前进。我左侧的女士正在推特上直播这次发布会。我将直播链接发给了博伊德、伊丽莎白和唐，这样他们就能追踪到发布会的最新消息了。

瑞恩解释说，森普特和剑桥是有渊源的。他年幼时曾居住在那里，在那儿读了一年级。他少年时曾与剑桥警方发生过冲突；他在60年代末交的女朋友就住在这一带。1967年，森普特在哈佛广场箭街（Arrow Street）的一家企业工作，这里距离简的公寓不到1.6公里。几年后，他因在一名女性位于波士顿的家中袭击了她而遭到逮捕和定罪。他是在当晚早些时候在哈佛广场的地铁站偶遇这名女性的。

瑞恩还提到，简被杀当晚，大约凌晨1:30，一名运输工人曾见到一个男人从简的公寓楼里跑出来——体重约七八十公斤，身高约1米8。而1970年森普特被捕时，他的体重是77公斤，身高约1米86。她还表示，当局认为森普特是通过防火安全梯进入简的公寓的，据警方了解，有居民听见安全梯那里传来了声音。然而她并没有提及这位目击者年仅七岁，也没有说唐·米歇尔在这一声明显的响动之后曾进入简的公寓，且没有发现什么异常。

瑞恩感谢彼得·森诺特中士和埃德丽安娜·林奇不知疲倦的付出。她说，森诺特被委派负责此案已经超过二十年。四名警察面无表情。倒是林奇，在瑞恩讲话的整个过程中，频频真情流露——大多以皱眉来表达她强烈的情绪。她脸上有一种甜美的感觉，让我想起我喜爱的小学音乐老师。所以对我而言这件事就说得通了：当天下午晚些时候，林奇写信给亚伯拉罕一家，对这个结论并没有给他们一家提供答案表示道歉。

这位地区检察官讲了10分钟。她完全没有提到艾达·比恩。她证实说，他们已经在此次检测中用光了最后一点DNA样本。她总结道："我今天希望，在这个感恩节假期到来之际，我们终于能够知道：谁应该对残忍杀害简负责，这或许可以为简依然健在的家人和朋友们提供一些慰藉。"接着她开始回答记者的提问。

那赭石是怎么回事，一名记者问。瑞恩说，也许赭石从头至尾只是为了转移大家的注意力而已。

迈克·威德默在新闻发布会后回答记者的提问。

发布会一结束,记者们就像一群被投了食的鱼一样,将迈克团团围住。我离开了战场,因为凯利答应我可以让我单独去见玛丽安·瑞恩、埃德丽安娜·林奇和彼得·森诺特。我不想她忘记这件事。于是我示意了她。她把我带到一间办公室,和调查人员见了面。她陪我在房间里等。门再次打开,只有玛丽安·瑞恩一个人走了进来。我预感到我和这位地区检察官的见面时间会非常短,所以我别无选择,只能说句没关系,然后开始采访。我紧张地快速问了一遍采访提纲上的问题。

我问到了墓碑。和赭石一样,她说,它"的确存在,但似乎和任何事情都没什么重大关联"。

现场有挣扎的痕迹吗？只在她的手臂上发现了一处挫伤。

作案工具是否已经确定？没有。

排除乌龟缸里的手斧了吗？物证箱里没有。

是否有迹象表明这次犯罪是有预谋的？唐特别提到过，森诺特称凶手是一位随机作案的跟踪狂。瑞恩说他们不清楚。

我能从这位地区检察官这里得到唯一确凿的新信息就是：我、威德默和瓦莱克尝试调取公共记录的行为，推动这次调查得出了目前的结论。2004年，因为没有足够能产生鉴定结果的DNA，犯罪现场的司法鉴定测试被搁置了。当局希望随着技术的进步，有朝一日，仅靠微量的DNA也可以获得扎实全面的基因图谱。

12年后，我们的公共记录申请终于通过了。如果米德尔塞克斯县出于侦破案件、起诉某人的目的想要扣留这些档案，那他们就必须兑现他们声明中的承诺——说明调查还在进行当中——这意味着他们要对余下的基因材料进行检测。等待着假以时日技术可能取得长足的进展，到目前为止这已经不再是一个选项了。瑞恩说："我们决定最后对档案做一次梳理，看看还有没有实验室能继续检测的部分，或许他们会着手去做？"

我们显然已经来到了故事的结局。

"档案现在可以——"

"是的。"瑞恩说。

"那我能提交我的公共记录申请吗？"我将信封放在桌上。

"我们可以提供给你。"瑞恩和凯利异口同声地说。

"你和我来，我给你拿一份复印件。"凯利说。

———

等我和地区检察官、新闻办公室聊完，会议室内已经空无一人。迈克被带到了三楼的等候室。

"我有一份圣诞节礼物要提前送给你。"我说完,递给了他一张装在薄纸套里的 CD。

"这是今天的发布会?"他问,还以为是新闻发布会的资料。

"是档案。"我说。

他停下来,难以置信地看着自己手中这张小小的 CD,在想它是不是我们多年来一直都在努力争取的东西。"什么?"

"4000 页的档案。"我说。

他很久没再说话。终于,他开了口:"现在我知道往后余生我要做什么了。"

迈克拿着内含简・布里顿警方档案的 CD。

我们经由沃本和贝尔蒙特(Belmont)一路回程。迈克感到心满意足,对于这个结果,对于本次调查,以及他在其中发挥了很大作用

（并且是好的作用）。甚至连随机作案的残忍都已经不再重要。他说，今天发布会的确定性战胜了随机性。

他想了想说，即便是在今天得到答案之前，这一番探求也是某种安慰。这段旅程围绕着案件形成了一个社群，这本身就是一种疗愈。它将人们不知道自己需要和他人共享的东西都激发了出来。

我能看到前方的邮局，也知道接下来会看见什么。右手边就是简的公寓。我们绕着它转了一圈——停车场、她卧室面朝河水的窗户——之后我们继续上路。

我们突然想到，所谓随机性，不恰恰就是机缘凑巧吗？

档案

在一辆昏暗拥挤的唐人街公交车上，我打开电脑，将内含档案的光碟放了进去。很难相信，在这辆公交车上，没有人知道这一刻对我而言多么具有纪念意义。当我坐在图坦卡蒙[①]石棺的边缘，手握撬棍，准备撬开这道石棺时，我前面的女士正在 YouTube 视频网站上看一个韩国人狼吞虎咽吃东西。

全都在这里了。尸检报告。格兰利写给警方的信。犯罪现场的照片。剑桥警方的原始记录，乔伊斯中尉的调查，化验报告，一系列和此案有关的新线索。警方在唐·米歇尔的指导下在葬礼上拍的照片。加拿大皇家骑警关于安妮·亚伯拉罕失踪的报告。班考夫夫妇从罗马发来的声明。还有一封简给她的高中好友艾琳·杜邦（Irene duPont）寄去的信，因为寄出的日期距离她遇害那天太近，信在她过世后才

[①] Tutankhanmun（前1341—前1323），古埃及新国王时期第十八王朝的法老。他的生平和死因都充满神秘色彩。他的墓葬发现代表了埃及考古工作的巅峰。

寄到。

我太想一口气把这些档案全都看个遍，所以很难让自己静下心来逐一浏览，但我尽力吧。这些材料是按照负责搜集它们的机构整理排序的。剑桥警局。马萨诸塞州警局。米德尔塞克斯县地区检察官办公室。

马萨诸塞州警局的档案中，收录有森诺特采集唐、博伊德、吉姆·汉弗莱斯、卡尔·兰伯格-卡尔洛夫斯基、博伊德怀疑的彼得·加尼克等人 DNA 的记录。文件夹里还有上述全部 DNA 和犯罪现场的 DNA 不匹配出具的结果，和格兰利 2006 年被排除在犯罪现场 DNA 可能来源之外的情况一样。（李·帕森斯并不能排除嫌疑，因为他当时已经过世，遗体也被火化了。助理地区检察官林奇曾考虑采集他亲戚的 DNA，但后来得知这家实验室做不了这种对比分析。）

地区检察官的档案里有各个阶段的取证文件，从 1998 年法医提供的原始尸检切片，到 2018 年 7 月 DNA 联合索引系统匹配的迈克尔·森普特的 DNA。（就是在这个时间，森诺特第一次打电话给唐和博伊德。）最终，在那一年的 9 月，因为森普特哥哥的 DNA 被排除了，所以确认在犯罪现场的确实是森普特本人。

引起我兴趣的是，从 2017 年起，大部分的 DNA 检测报告都是由一位名叫卡琳·德鲁甘（Cailin Drugan）的马萨诸塞州警局分析员签署的。从 2006 年算起，她就是 2017 年 7 月对犯罪现场的样本做 DNA 检测的那个人。而那次检测的 DNA 不够用，得不出可供比对的结论。她表达了想继续负责简这个案子的想法。不仅如此，她还发现了更多可供检测的基因材料。这给人的感觉似乎像是个奇迹：因为不愿放弃简的案子，她从盛装阴道涂片样本的试管中又发现了一些皮肤细胞。德鲁甘还提出为这些皮肤细胞做 Y 染色体检测的想法。因为只有男性才有 Y 染色体，所以如果能从简的 DNA 中分离出嫌疑人的 DNA，或许就能得出更清晰的结论。德鲁甘曾于 2017 年 10 月开发出了 DNA 图谱；当针对几个常规嫌疑人的调查走到了死胡同，正是在她的协助下，助理地区检察官林奇才注意到深藏在简档案中那个"不重要的凶犯"迈克尔·森普特。

除了有人曾经搜索过马萨诸塞州DNA联合索引系统中1998年三个位点的基因图谱，除了州警局被口头告知和迈克尔·森普特的DNA有关联之外，关于这位"不重要的凶犯"的文件寥寥可数。不久后，警方接到了几次调取森普特记录的申请，还有一份当局寻找迈克尔的哥哥未果的声明。但仅此而已。直到十四年以后，德鲁甘和一位同事向助理地区检察官林奇提起，森普特这个名字才再次出现。

在该案的总结中，林奇承认："2017年我们所做的事情，本该在森普特这个名字首次出现在我们档案中的时候就完成的。"

光碟里的4000页档案中，有四分之一是有关迈克尔·森普特的。森普特大半辈子都从监狱出出进进，如果将这些经历合并在一起，他的警方记录读起来就像是一部传记一样。

森普特出生在波士顿，是三个孩子中的老二。父母在他六岁那年离异。他的母亲终其一生都辗转于精神病院。森普特家的几个孩子由他们的外公外婆在南波士顿的旧港住房项目（Old Harbor Housing Project）中带大，而"白毛·巴尔杰"①就是在这个由政府为低收入者建造的公共住房中长大的。

1963年，森普特第一次被捕时年仅15岁，原因是盗窃。在他的青春期后期，犯罪逮捕记录的严重程度不断升级——偷车、扒窃、使用危险武器攻击和殴打他人。他18岁生日刚过去两个月，在第一次服刑期间，狱警对他做了一次心理评估。"他看上去相当冲动，并表现出典型的性格障碍特征。……当被问及他为什么会出现在法庭上，

---

① Whitey Bulger（1929—2018），原名为小詹姆斯·乔瑟夫·巴尔杰（James Joseph Bulger, Jr.），生于美国马萨诸塞州多切斯特，是美国帮派头目及罪犯、南波士顿势力最大的帮派分子。被指控犯下多起罪案，包括赌博、贩毒、杀人、抢劫银行和其他暴力犯罪。

而他的（其他）家人中没有一个人和他一样……他几近落泪，回答说，他觉得自己就是那颗'坏了一锅粥的老鼠屎'。"

1966年，森普特获得假释。正是在这次被释期间，他在哈佛广场找到了工作。但他的自由状态并没有持续太长时间。六个月后，森普特因为偷窃信用卡再次入狱。在另一次心理评估当中，这个年轻人说他很确定自己已经疯了，他害怕一旦被放出去，自己会再次失控。评估人员警告说，森普特在第一次服刑期间一直没有暴力行为，但"这次情况不一样；他会还击的"。

不到一年后，1968年7月，森普特再次获释，和波士顿的哥哥住在一起。六个月后，简·布里顿遇害。

森普特余下的个人史就是一个可怕的循环：逮捕、假释、违规、重新入狱和逃亡。他正好赶上了美国历史上对囚犯改造有着强烈信念的短暂时期，而马萨诸塞州的法律在这一点上比绝大多数法律都走得更远。即使是那些被判处无期徒刑、原本不可能假释的囚犯也有资格获得假释，可以离开监狱数小时而无人监管。森普特在监禁期间表现良好，他的工作态度和所作所为给监狱主管留下了深刻印象——一位主管称他"无可指摘"，另一位则表扬他"总是很绅士"。然而一旦走出监狱，他就又会犯下一宗罪。

森普特或许也对自己有所惧惮。1971年12月，他拒绝继续做监狱分配给他的工作。狱警提醒他很快就能回家了，千万别毁掉这次机会，森普特却要求狱警把他关起来。没有人认真对待他的意见。两周后，森普特如期获释。不到一个月，艾伦·卢奇克遇害。三周后，森普特袭击了在哈佛广场地铁站偶遇的一位女士。他送她回家，并坚持要和她上楼，在她拒绝了他的求欢之后将刀架在了她的脖子上。受害者最终活了下来，但喉咙被森普特切得过深，不得不接受气管切开术。

1973年，同样的一幕又重演了：森普特在狱中表现不错，获准假释12小时，他大摇大摆地躲过了回监。三周后，他强奸并杀害了玛丽·麦克莱恩。

  杀害玛丽一个星期后，森普特再次被捕入狱，理由是抢劫和袭警未遂。1975年，他再次获得工作假释。8月2日，他并没有出现在工作地点，而是去了一名女性位于波士顿的四层公寓。他出现在她公寓的走廊，自称是新搬来的邻居，之后她便让他进屋用些茶点。他戴着医用手套走出了她的浴室。他将她捆起来，塞住她的嘴，殴打并强奸了她。森普特因这次强奸被捕——他一生中唯一一次被定罪的案件——他死于此次犯罪服刑期间。一想到如果不是因为这次定罪，他的DNA便永无可能保存下来，就会让人不寒而栗。

  即便是这样，他又一次被放了出去。1985年，他在工作假释的第一天就溜走了，并在后湾强奸了一名女性。

  未侦破凶杀案小组的杜甘中士后来这样形容森普特的行为："你知道趴在高高的草丛里觊觎着瞪羚的狮子，通常来说个头不会那么矮吧？同样的道理。他是个捕猎者，会不惜一切代价成功捕到猎物。目标驱使着他，这个目标就是强奸女性。"

  但我不想让森普特的阴影遮蔽住我最想了解的部分——那些属于简的瞬间。她的资料就放在剑桥警局的档案中，一并收录其中的还有最初调查人员的记录。我飞速浏览着，仿佛它们随时都有可能消失不见。她的驾照。她在死前一个月收到的圣诞节贺卡。博伊德从越南寄给她的信。

  那些我原以为永远不可能解决的问题的答案，一直就在这里，在档案中静候。

  英格丽德·基尔希不记得名字的那位已婚教授——她曾告诉警方他和简有婚外情——名叫哈尔·罗斯（Hal Ross），是简大二时的助教。

  犯罪现场的红色粉末似乎是按照能辨识出的图案撒上去的，至少根据剑桥警局哈利迪警探的说法是这样的。哈利迪警探仔细查看了犯罪现场的照片，形容这种粉末"撒了一圈……从她的背后，到枕头上，再到墙上"。（我自己也描述不出来，因为包含粉末的照片有可能经过了编辑。）

多年以来，我一直怀疑当局有没有真的分析过这些粉末的成分。我在州警局的实验报告中发现了一则记录，称他们实际上已经对这种神秘物质做过化学分析。"黑铁盐和红铁盐的混合物。"1969年4月的报告写道。之后化验师总结说："化学成分与赭石一致"。

然而问题在于，赭石是一种氧化物，不是一种盐；这种粉末不可能包含两种不同的分子。或许化验师在使用盐这个词的时候并不严谨，但这也只是猜测而已。那么最多只能说，经化验师测定，这种粉末和红色赭石以及许多市面上买得到的红色颜料一样，其主要金属成分都是铁。换句话说：这种物质有可能是赭石，但仍然不能最终确定。

我还有一点不清楚，就是在那个熏香之夜，米歇尔夫妇离开之后，简独自和李·帕森斯待在一起的时候究竟发生了什么。根据李的说法，他们并没有亲吻。简在凌晨4:30左右离开他的住处，一个人走回家，次日下午又回来帮李修补地毯。她到他家时，递给他一个袋子。送你的礼物，她说。她知道，几周之后的圣诞节李会回家探亲。他朝袋子里面看了看，是孩子玩的那种建筑套装。

我是最接近知晓真相的白热化中心的人，但这只会让记录中的缺失更加明显。这份记录并没有解释：化验师为什么会在吉姆的冰刀和毛衣上发现血迹，吉尔·纳什的手上为什么会检测出"显著存在血迹"。统考当天上午9点敲简的门的那个人并没有出现在记录中。没有测谎结果的复印件，也没有能证实李并未通过测谎的说法。没有关于卡尔提供的红色赭石样本的分析记录，更不要说对犯罪现场发现的粉末做对比分析了。

在简的浴室里发现的女士内裤，它裆部的精斑也许就是迈克尔·森普特的，但在DNA测试还是一个遥不可及的梦时，这条内裤就已经遗失了。除了吉姆·汉弗莱斯以外，没有人承认自己和简发生过性关系。但吉姆和简的那次性行为发生在他圣诞节假期离开之前，也就是她死前的三周。

记录中并没有说明简和艾德·弗朗克蒙特分手后，那通恐吓电话是谁打来的。档案中也没有唐拍摄的指纹记录（警方告诉他那是简的指纹），也并没有进一步解释为什么警局最开始要让他来拍照。

档案中倒是有一份文稿，其中记录了森诺特中士去夏威夷采集DNA时和唐的对话。在这份文稿中，唐说："天啊，这也太滑稽了吧。我是说，我只是……我只是在想，为什么……为什么他们不找别人做这种事啊？"森诺特回答说："相信我，我和你想的一样。"

最让人感到不安的是，简的恐惧几乎贯穿了整部档案——日志、信件、简的朋友的访谈——她担心自己病得很重，可能活不久了。我此前从来没发现她还有这种顾虑。1968年6月，动身去伊朗前，她写信给即将去伦敦的吉姆："陷在双重时间之间太难了——要把全部注意力都集中在当下的美景，又要规划未来；之后再把自己赶回当下。因为不管怎么样都不会有未来的。"这封信继续写道："到了10月，或者不用等到10月，我就会知道这个病会不会彻底缓解（9月前后暑假结束之前，你可能得替我打个掩护，因为要是这病没有好转，我可能更容易感到疲惫）。"她将这个病形容为悬在她头顶的"达摩克利斯之剑"。

然而档案里并没有医生开的证明。也没有证据表明简的父母曾和警方提到过她生病的事。我询问了博伊德和伊丽莎白·汉德勒，他们也说，简从没表示过她生病了。唐说他对这事"略微有点印象"，但他确定，那不过是她考察途中不小心染上的一种叫人心烦的轻微传染病罢了。我了解到的最为接近的诊断来自英格丽德·基尔希，她曾和警方反映说，简告诉过她，说自己的血液大约一年以前就出了问题。根据简的说法，医生说是"某种奇怪的贫血症"。但英格丽德提醒警方，简总喜欢装病，她这么说有可能只是夸大其词。

我不知道该怎么看待这条故事线。我想相信简，但我没办法让这些细节全部都合乎情理。［一时间闪现的灵感——认为这种神秘的红色粉末"黑铁盐和红铁盐"或许是简治疗贫血的铁补充剂——很快就遭到了罗伯特·斯堪德瑞安（Robert Skenderian）的否定，他是剑桥斯堪德瑞安药房的药剂师，家里三代都待在剑桥。他说，即便是在1969年，铁粉也不是一种常见的补充剂。"铁粉是非常危险的。"］每当我自以为已经弄清了我的女主角的路数，她总会从我给她划定的条条框框中抽身，我实在是佩服她这一点。然而这种佩服总归带有些愧疚——我写的这部传记的主角对我而言将永远是个谜。

我的电脑在公交车上没电了，但在此之前我就发现，州警局的档案里藏着数量庞大的金矿：我以为永远不会听到的原始采访被人从卷盘磁带上转录了下来。吉尔。简的父亲。皮帕·夏普林。甚至还有李·帕森斯。在昏暗的公交车上，这些人的声音听上去仿佛从坟墓下面传来。

1969年1月14日：李·帕森斯的询问笔录

帕森斯博士：有件事我认为你们应该知道。她第一次去我公寓那晚，她说了一些非常晦涩难懂的话，至今这些话仍困扰着我。我记不太清楚我们当时聊到了什么，只记得主题和长寿、不治之症有关。她开始表达一些观点……但后来又立刻打断了自己，说她不想谈这件事。她说的那些话真的非常蠢，也很难懂。她好像并不害怕，或者说她自己已经接受了。现在再看这些话，我会怀疑她脑子里到底在想什么。

未解决的

好几个给我提供过信息的人都联系我,提醒我在全盘接受地区检察官讲述的故事之前,一定要先去查证一下。伊瓦·休斯顿对召开新闻发布会的时间提出了质疑:经过了这么多年,他们为什么偏偏选择感恩节前两天这个大家不大会关注的时间点召开发布会?

迈克·格兰利主动联系我,坚持说他对地区检察官的说法表示怀疑。他写道,"我听说杀害简·布里顿的'凶手'已经'找到了'。我不相信。警方总是试图将凶手的人选锁定在一些臭名昭著的罪犯身上。看他们对德萨尔沃做过什么吧。"

我打电话给他,我们聊了一个多小时。"我只是觉得事有蹊跷,"他说,"这个故事肯定远比森普特这家伙要复杂。"

格兰利对这些证据如此缺乏说服力感到失望,也因为正义没能得到伸张而"气得要命"。他想让我注意到,把杀害简的凶手归罪于一个死去的嫌疑人有多么方便。"我们所知道的全部就是迈克尔·森普特和她发生过性关系,"他说,"但这并不能证明他就是凶手。"

我咨询的颜料专家也提出了保留意见。哈佛大学资深艺术品保护科学家、福布斯颜料收藏馆(Forbes Pigment Collection)馆长纳拉扬·坎德卡尔(Narayan Khandekar)对粉末有可能是被意外踢翻的说法感到不安。"谁的手头也不会有成堆的粉末。又不是香料市场。"

他不是法医专家,但对颜料很了解。颜料粉,包括磨碎的赭石,质地都非常精细;人造颜料的颗粒大小相当于一根头发直径的十五分之一。即便是小心处理这些颜料粉,颗粒还是会弄得到处都是,因此他很难相信简会将盛装粉末的容器敞口放在那里。另外,就算是容器敞着口,如果在扭打过程中被掀翻在地,它也会升腾起一团烟雾,弄得现场混乱不堪，不会留下可辨认的图案。

我将侦探对于粉末分布状态的描述读给他听："撒了一圈，从她的背后——"

"撒了一圈。"他重复道。

赭石，或者不管什么种类的颜料，他解释说："在粉末状态下都相当难搞。所以为了能撒出这么一个圆圈，你得先有这种想法才能做得到。"他鼓励我去艺术用品商店亲自试试看，然后他说："这意味着什么，我不知道那具体是什么，但这的确意味着一些事。"

约翰·富尔克森也加入了质疑的行列。

"咱们这么说好了，我有好多疑问，"新闻发布会召开一周后，他在电话里说，"这里讲不通，那里不符合……不会有一场审判来证明这当中的任何一件事，你懂吧？所以他们怎么说都行。"

富尔克森说，他见过有人即便证据确凿也能脱罪。他给我讲了他在牛顿县（Newton）侦办过的一桩悬案：案件的嫌疑人当时的确在案发地，并且他车的副驾驶位置的顶棚有火药残留物。然而地区检察官却不允许富尔克森将这个案子提交给大陪审团进行起诉。

而另一方面，简这个案子中的证据没那么直接，却被认为足可以结案。"DNA 是匹配的吗？是。他是个坏人吗？是。但在我看来，这些还不足以回答这个问题，'到底是谁谋杀了简·布里顿？'"

卡琳·德鲁甘 2017 年 10 月在实验报告里留下的几行笔记同样困扰着我："基因图谱是包含两位男性 DNA 的混合物。我们检测到了一位主要供体和一位次要供体。"任何有关该案结论的新闻报道都没有提及这个次要供体的存在。森普特的基因图谱是其中的主要供体，那么次要供体是谁呢？卡尔、格兰利、博伊德、唐、吉姆和彼得·加尼克全都被排除了。迄今为止，次要供体的身份仍然没有确定。而且因为它是 Y 染色体的图谱，所以不能仅仅通过 DNA 联合索引系统来检索。

根据米德尔塞克斯县地区检察官办公室的说法，次要供体可能是由污染引起的,也许来自1969年收集这些切片的医学检测人员。当时的标准不一样,助理地区检察官林奇提醒我。收集样本是为了检测是否存在精子细胞或某种血型,不是为了采集DNA。检测人员可能没戴手套或是自己流了血。也有可能这个次要供体只不过是分析的假象——将如此少量、质量退化的DNA以如此高的水平扩增,必定会给检测结果带来某种模糊性。不过,一位和我交谈过的法医分析专家向我保证,如果只是随机抽样,次要供体的峰值位置不会是你期待的那样。当然也存在一种可能,就是这个次要供体的DNA图谱来自简死前和她有过联系的人,可能是熟人,也可能是第二嫌疑人。(据杜甘中士证实,麦克莱恩和卢奇克的案子检测到的DNA当中,均不存在第二位男性。)马萨诸塞州警局驳回了我提交的查看简一案原始法医室档案的申请;而当我提出想采访德鲁甘分析员时,他们告知我不能和她交谈;有关该案,我也不能找马萨诸塞州警局犯罪实验室的任何一个人了解情况。我咨询的法医专家当中没有一个人能告诉我,次要供体这件事究竟有没有意义。"你已经来到了可知的尽头。"有人说。

我不想把关注的焦点放在这接连不断的否定上。这个故事目前给人的感觉太工整,也太不可改变了。而且我所见到的能让我信服的证据,全都指向森普特。但我因为了结一件事情而压下去的东西,又随着这些提醒重新浮现出来,它们要求我保持警惕。譬如森普特——黑人连环杀手,工作假释期间逃走,在白人女性的家中强奸并杀害了她们——听起来就像是"严厉打击犯罪"政治海报上的孩子一样。我第一次得知森普特这个名字时,博伊德就在电话里告诉我:森诺特曾和他说过,"在最开始的调查中,有一名警官行为不端,需要内部事务部门来处理"。博伊德说,森诺特并没有谈及细节,他也不觉得他之后会透露半点信息。但这都是我拿到警方档案之前的事了。

贾科波

1969 年 5 月 27 日，马萨诸塞州警局的弗兰克·乔伊斯中尉将地区检察官德洛尼拉到一边。他要和他分享简·布里顿案的重要消息。

过去的这个月，剑桥警局和马萨诸塞州警局一直在调查布里顿案的新的嫌疑人——多佛一位名叫弗兰克·鲍尔斯的兽医。这个人的名字第一次引起他们注意是在 4 月底，剑桥警局接到了一则匿名举报，称一个叫保罗·鲁迪克博士（Dr. Paul Rhudick）的人涉嫌谋杀她。在追踪调查鲁迪克博士的过程中，警探们了解到这则举报是一连串骚扰事件中的一环，起因是鲁迪克的现任女友为了他抛弃了另一个男人。而这个男人就是弗兰克·鲍尔斯。

于是剑桥警探约弗兰克见了面，并问到了简，他承认自己认识她。他女儿和简是同学；他妹妹经营的马场和赛马营，一个是简过去学骑马的地方，一个就是简小时候参加过的罗安娜赛马营。但弗兰克说自己已经十多年没见过简了。

几天后，多佛警方接到了弗兰克的妻子塞西莉亚·鲍尔斯（Cecelia Powers）的电话。她从她和孩子们暂住的邻居家打来电话。弗兰克袭击了她和孩子们。塞西莉亚告诉警官说，这不是他第一次对她动粗，她怕弗兰克还会干出什么事。她准备提出离婚。

4 天后，塞西莉亚再次打电话给多佛警局。弗兰克给她留了一封信，称她"会在多佛珀维塞特街（Powisset Street）的树林里找到他"。在距离主路约 800 米的一条安静的街道，多佛警方找到了鲍尔斯医生的尸体，死于他自己造成的头部枪击。

剑桥警方将已过世的鲍尔斯医生列为简·布里顿谋杀案的嫌疑人，并获准采集了他的指纹。三天后的 5 月 15 日，经马萨诸塞州警局证实，简房间里那个烟灰缸上之前没有确定身份的指纹，和已故兽医左手拇指的指纹相符。

剑桥警方拍摄的涉案烟灰缸的照片。

然而，乔伊斯中尉和地区检察官分享布里顿案的重要消息那天，他其实想说的是，鲍尔斯医生不可能是杀害简的凶手。弗兰克当时并不在国内。此外，乔伊斯知道鲍尔斯的指纹是怎么跑到那个烟灰缸上去的：乔伊斯"强烈怀疑"那是贾科波，也就是从第一天起即负责侦办简这个案子的剑桥警局警探"移花接木"的结果。

———

5月16日，鲍尔斯的遗体被发现6天后，乔伊斯中尉在他妻子塞西莉亚的家中采访。他在那个时候便怀疑事有蹊跷了。指纹匹配上之后，警员们获得了对他们家的搜查令。就在其他警员四处搜寻的时候，乔伊斯中尉和塞西莉亚聊了起来。她告诉中尉，简遇害当晚，她和她已故的丈夫正在英属西印度群岛（British West Indies）。她交给乔伊斯中尉一张支票的复印件，是她为这次假期向旅游服务局（Travel Services Bureau）支付的382美元；还有她已故丈夫的护照复印件，上面盖有肯尼迪机场（JFK Airport）的印戳，两人于1969年1月7日晚从那里转机飞往波士顿。简的尸体被发现的时候，鲍尔斯医生还没有抵达洛根机场（Logan Airport）。

尽管简的确是从弗兰克·鲍尔斯妹妹经营的罗安娜赛马营赢得了涉案烟灰缸作为奖品，但乔伊斯还是觉得，鲍尔斯的指纹不可能从最初那个夏天就留在了上面。简的母亲向乔伊斯保证，她这几年曾多次擦洗、打磨过这个奖品，甚至还使用过钢丝球。

乔伊斯萌生出了一个与之前的思路大不相同的想法。他知道是剑桥警官贾科波告知的上级，称他在烟灰缸上发现了一个来源不明的指纹，并且他知道贾科波是在弗兰克·鲍尔斯死后才告诉上级的，尽管这个烟灰缸从发现简的尸体那周起就一直由警方保管。乔伊斯还了解到，贾科波曾到已故兽医遗体所在的尼德姆殡仪馆搜集鲍尔斯的指纹用于对比。余下的故事就不难推断了。

地区检察官说，他无法相信乔伊斯中尉的说法，但他承诺自己会调查这件事。

星期三下午，也就是乔伊斯中尉提出疑虑的第二天，他陪同贾科波一起来到了州警局总部，这里与哈佛大学和麻省理工学院之间的那片土地隔河而望。乔伊斯替贾科波安排了一次和州实验室警察摄影专家的会面。按要求，贾科波上交了银色烟灰缸、据称是涉案指纹的照片，以及一张印有弗兰克·鲍尔斯左手墨迹的指纹卡。马萨诸塞州警局的警官在验收这些物件的时候，贾科波就待在房间内。所以专家并未从烟灰缸上发现鲍尔斯的指纹时，他本人刚好在场。专家问他，照片中的指纹很明显，烟灰缸上却找不到，为什么会这样？贾科波回答说，发现指纹的那几天，许多人都碰过这个烟灰缸。

专家继续追问：在一起死刑案件中，随便什么人都能经手物证，尤其是在指纹证据对精细度要求这么高的情况下,这正常吗?

贾科波回答说:"如果上级想看的话,我是不会阻拦他们的。"

会面结束后,乔伊斯中尉再次提出了质疑,这一次,他将矛头指向了地区检察官、助理地区检察官和贾科波本人。贾科波否认了他的指控,但他承认他在采集弗兰克·鲍尔斯的指纹两天之后才给烟灰缸上的指纹拍照,尤其是在天气状况可能会导致照片不显影的情况下,这种做法很不妥当。他给出的理由是,自己"在忙别的事"。

地区检察官提出要替贾科波测谎,贾科波请求和地区检察官单独聊聊。于是乔伊斯中尉走出了房间。地区检察官后来告诉乔伊斯,尽管贾科波仍否认自己曾移植了指纹,但他现在相信了乔伊斯提出的质疑。

次日,贾科波问地区检察官,他能否单独在剑桥警局局长面前"道出真相"。地区检察官同意了。但一直到那天结束,贾科波也没能联系到局长本人。德洛尼坚持要贾科波找到他,即使这代表他下班之后要去一趟里根局长的家。

当晚贾科波有没有和里根说上话,至今仍不得而知。

星期五一早,乔伊斯中尉接到了地区检察官德洛尼的电话,他刚刚和贾科波的妻子聊过。贾科波前一晚曾试图自杀。他最终活了下来。她安排他住进了布鲁克莱恩的一家私立精神病院伯恩伍德医院(Bournewood Hospital)。

当天晚些时候,一份州警局的检验报告被送到了乔伊斯中尉手中,上面是烟灰缸的化学分析结果:"结论:所提交的烟灰缸上的黑色印记与四氯化碳可溶性墨水相一致。"

换句话说,烟灰缸上的指纹并不是普通的皮肤油脂留下的,而是用墨水制作而成的——或许和贾科波之前制作指纹卡的墨水相同。这个油印的指纹留在烟灰缸上的时间足以拍下那张照片,但在他将证据交给马萨诸塞州警局的分析人员检查之前,指纹就被擦掉了。

里根局长告诉乔伊斯,他已将警探贾科波停职,并且为了保险起见没收了他手中和简·布里顿案有关的全部证据。里根还说,他计划对贾科波证词所涉及的所有案件进行审查,以确保没有发生过误判。后来,市法务官向里根提议,鉴于这种情况,更恰当的做法是直接辞退贾科波。

不到一个月后,乔伊斯中尉来到塞西莉亚·鲍尔斯家中,亲自告诉她,他百分之百确信她的丈夫和简·布里顿的死无关。

沉渣碎屑

2005年,在乔伊斯中尉发表了有关简·布里顿调查中弗兰克·鲍尔斯的阶段性报告三十六年后,剑桥警局因"不可放弃的利益冲突"回避了该案。这则声明是时任地区检察官玛莎·科克利(Martha Coakley)以信件形式发出的,也正是这封信,促使约翰·富尔克森将简的档案打包交给了彼得·森诺特。(富尔克森说他并不清楚这个利益冲突到底是什么,因而感到措手不及。)

这封信发出六个星期之后,森诺特和米德尔塞克斯县地区检察院内部侦查部门的负责人詹姆斯·康诺利(James Connolly)在老贾科波家中询问了与此案有关的情况。

康诺利的笔记很难辨认,因为上面并没有对引语和事实加以区分。页边唯一一条笔记写道,不是蠢,而是疯了,却没有使用引号,所以没法判断这是康诺利的感受还是贾科波说过的话。余下的笔记读起来则像一首隐晦的诗:

在剑桥十二到十三年
记得在尼德姆的棺材里采集了医生的指纹
不记得拍过照片了

他的伴侣叫多姆·斯卡莱塞（Dom Scalese）/我只告诉多姆
匹配上了/多姆告诉了所有人他们进行了搜查

和德洛尼聊过——他错了

我犯了错。那个指纹从来都没有在烟灰缸上出现过

尽管如此，有一件事是确定的：贾科波告诉调查人员，他并没有从剑桥警局离职。

————

这么多年来，所有这一切都明摆在我的面前。四年前，博伊德告诉了我弗兰克·鲍尔斯的事，还有那个据说是被移植过来的指纹。两年前，我和富尔克森聊过之后，我开始怀疑剑桥警局为什么会把档案移交给州警局。现在我明白了，埃德丽安娜·林奇本人明确指出，"利益冲突"实际上指的是与此次调查有关的剑桥警察存在不当行为。

我仍然不相信，这种所谓的不当行为就是简这个案子长期得不到解决的原因。我也不相信有前后辈之间打掩护的情况存在，尽管我和小贾科波 2018 年通话时，他并不承认自己更了解简·布里顿一案——虽然我现在才意识到，在剑桥警局回避该案时，他一直负责监督该部门的调查组和记录组。如果说有什么进一步加强了小贾科波解决该案的驱动力，我相信应该就是两位"黄金女孩"之一玛丽·麦克卡森告诉我，迈克说，解决简的案子是"两代人的使命"。

但它仍然是这个故事重要的一部分。尽管简·布里顿档案中有关这一不当行为的记录出奇地透明，但至于为什么会这样（不只是事实如何、何时发生），我重建答案的希望很快就破灭了。档案里还缺少很多东西：里根有没有真的审查过贾科波经手过的案件；有没有贾科波被停职的证据；是否存在森诺特中士第一次意识到警方存在不当行为的时间及原因的记录。几十年来，在地区检察官办公室和剑桥警局

内部，这一不当行为已是公开的秘密，可玛莎·科克利为什么会在2005年突然决定不再由剑桥警局受理此案了？当然，这一切所带来的主要问题仍然没有答案：为什么老贾科波会篡改证据？他是想通过解决该案替自己邀功吗？还是他假设，如果有这么一个已经过世且玩弄女性的施暴者，大家都会松一口气，进而不再去寻找真相了？有没有人曾向他施压？

贾科波的伴侣多姆·斯卡莱塞已经过世。那天陪他前往殡仪馆的两位剑桥警局的警官也已经不在人世。同样去世的还有地区检察官、他的助手、警察局局长，当然还有乔伊斯中尉本人。

贾科波父子俩都没有回应我反复提出的请求，对这件事不予置评。

老贾科波仍是马萨诸塞州警局颇有名望的一员。他担任马萨诸塞州意大利裔美国警官协会（Massachusetts Association of Italian American Police Officers）主席已有三十五年，并且三十多年来一直领导米德尔塞克斯县副警长协会（Middlesex County Deputy Sheriff's Association）。2009年，他受邀在米德尔塞克斯县警长的青年公共安全学院（Middlesex Sheriff's Youth Public Safety Academy）教授指纹鉴定课程。2018年12月，我收到警方档案后不到一个月，意大利裔美国警官协会授予了老贾科波终身成就奖。

制造神话

唐给我打电话宣布案情有了突破性进展不到两个星期之后，我收到了布莱恩·伍德的邮件。他是已故的斯泰恩·罗塞尔的丈夫，也是最后一个负责保管在研究生中代代相传的简·布里顿案档案的人。他发来邮件的时间点有些奇怪，那个时候布莱恩不可能知道什么内情。

仿佛是在苦苦等待了五十年之后，现实才终于闯进了这个神话。

他写道："在考古学专业的研究生当中，复述这个故事本身就像是一种民俗体验，这份档案资料在很多人手中都传阅过。"他将难以捉摸的文件以最没有神话色彩的方式——电子邮件的附件——附在上面。

和我事先想的一样，文件里没什么新东西。几篇《波士顿环球报》的旧文，《纽约时报》《深红报》的剪报。但我并没有那种窥视到"绿野仙踪"幕布后面的失望感，反而因为这个文件真实存在并且我此时此刻正拥有它而感到不可思议。文件里还包括原始文章的影印件，在互联网还不像今天这么便利的时日，将这些文件编辑成册的举动让我深受触动。必须有人到图书馆去，到出版这些报纸的办公室去，才能够找到这些文物。这群研究生一定是对这个神话深信不疑，才合力创造了一个护身符——这份文件——来驱逐他们这个童话故事里的恶魔。

我试图在脑海中将这份文件定格。但它仍闪着光——如同神话一般的真实物件。我用了十年时间企图将事实和谣言区分开来，事到如今我终于找到了这样一个节点，在这个点上，将两者分开给人感觉毫无意义。

2018年12月：卡尔

我和卡尔小心翼翼地从皮博迪博物馆走到马萨诸塞大道上的一家餐厅。这次采访是我向他透露消息时他答应我的。他两只手扶着栏杆，支撑着身体走下皮博迪的楼梯，将全部重量都放在他的左腿上。

那是2018年12月初，卡尔告诉我他刚去滑过一次雪。我听到这个消息之后很是惊讶，因为我们最后一次见面的时候，他曾大张旗鼓地说自己已经退休了。他当时说,他精通的艺术是滑雪,而不是教书。似乎比起做学术,他更心心念念的是滑雪。

决定重返滑雪场那天他太开心了,所以那个星期他又去试了试运气。滑到第二轮,他在转弯的时候略微失去了平衡,然后他立刻知道发生了什么。他感觉到右膝砰的一声响,接着便发现自己已经倒在地上了。"我不该这么做的。我已经八十一岁了。拜托!"

卡尔向来都知道危险的存在,我们上回坐下来聊的时候他告诉过我。但他总能感到安全:不是危险不能发生在他身上,而是他不会让它发生。

这件事是三个星期前发生的,刚好是我打电话和他提到案情有了突破的时候。我正准备追问他这两件事之间有没有因果关系,他却在走到新生食堂安纳伯格(Annenberg)旁的人行道上时完全换了话题。

"我对这个答案有过一些思考,"卡尔说,我猜他指的是森普特。我望向他的脸,他却不动声色。"你知道的。我和大卫·赖希(David Reich)有过争论。"他继续说。

我不知道他这是要聊什么。"我不知道这个人是谁。"我说。

卡尔解释说,大卫·赖希是哈佛大学的一名遗传学家,他通过分析古DNA绘制出了数千年前人类的迁移模式。

"问题的关键在于,"卡尔说,"DNA研究在许多方面都和考古记录存在直接的冲突。"

我后来了解到,赖希的研究是有争议的。批评者们指责他根据小到可以忽略不计的证据,例如仅根据四个头盖骨的DNA就得出了宽泛的结论,进而彻底改写了我们对古代世界的认知。他们指责他试图用科学重塑我们对世界的理解,却陷入了和先前过于简化的历史叙事相同的问题之中。我们急于找到答案,找到单一的线索,因而我们忽视了复杂性,忽视了那些并不符合这些答案和线索的事实。其危险在于,当这种叙事以科学作为注解时,我们连自己的盲视也一并忽略了。

我和卡尔停下来，好让他的膝盖休息一下。

"你怎么去调和这个问题？"他问，他并不认为大卫·赖希对于基因材料的分析是错的。"我只知道考古记录和 DNA 是不一致的，而 DNA 正在证实一种考古学难以证实的叙事。"

"然后你在简的案子里得到了类似的结论。"我说。

卡尔没有回答。

我们继续往前走，走到餐厅，我替他开了门。

"我还不是个废人呢。"他说。

和卡尔在一起时就是这样，我们总会尽情享受这段时间。这顿午餐花了足足三个小时。他的眉毛看起来像两团风滚草，朝两侧的耳朵滚去。我们回忆起了参与叶海亚堆考古挖掘的其他几个人。当我问到失踪的那位女生克里斯蒂·莱斯尼亚克时，他瞥向我。"克里斯蒂？"他顿了顿，然后说，他觉得她从来都对成为考古学家不感兴趣。"她退学了，我不知道她怎么了。我不清楚。"我们就没再继续聊下去了。

他说，简死后，他就没再和吉姆说过话。吉姆后来难道不是又和你去了叶海亚堆几个季度吗？哦对，哦对，他说，然后无缝衔接，直接改口说我们再没谈论过简。他坚持认为，哈佛大学不可能因为你没有通过统考而开除你；以及，简只被安排参加了一次考试。

我知道这些说法是错的，我想知道他是不是因为这样讲了太多次，所以根本不记得真实发生了什么。但我接着就意识到，这个结论可能更加反映了我自身看法的局限：假如有人也以粉丝的水准来要求我，要我以某种规律性来排演简生活中的方方面面，不记得其中的细节还是他的错吗？

饭快吃完的时候，我们点了浓缩咖啡。他拿起小咖啡杯时，他小指上的图章戒指吸引了我的眼球。自打我旁听过他的第一堂课，就一直在琢磨这个问题。

"你家族徽章上的图标是什么？"

"一枚盾徽，"他先是说，接着又说，"狗。猎犬。"

"为什么?"

"在欧洲,狩猎是地位的象征。你尽管展示你的号角,"他停下来,可能是在掂量自己是直接说出下面的词,还是要着重强调它。"杀戮的号角。"

哈布斯堡家族的一位皇帝需要一名猎犬饲养员,于是选中了卡尔的一个亲戚。从那之后,卡尔家族的徽章就是一只猎犬了。我后来了解到,那枚图章戒指是他父亲的。

"但我们是来聊简的,"卡尔说,他似乎并不想谈论他的家族史。他轻轻敲着桌子,寻找着合适的措辞。"就是——我不——"他总是话说到一半就停下来,终于他说道,"我不太确定自己为什么这么幸运。"

我追问他为什么会这么说,他回避了我的问题。

"对的时间,对的地点,遇到对的人。选择了刚好合适的妻子。天,我们已经结婚五十八年了。太久了。真的太久了。"

"你为什么会想到幸运这一说?"

"没有哪一对能像我这样,度过了这么好的时光……我们有过一段美好的时光。我们一定是这样。"

"你为什么会想到幸运这一说?"

"哦,幸运。幸运的是我得到了我所能得到的教育。幸运的是我和对的人结了婚。幸运的是我一辈子都远离牢狱之灾。我总是相信,幸运是留给有准备的人的,我说的只是学术的层面。我努力掌控——假装掌控了这个领域,"他纠正道,"肯定是值得的。"

重建

当博伊德得知迈克尔·森普特这个名字,并将他的新闻声明邮件发送给森诺特时，他还给这位警探附上了一条个人说明："如果嫌疑人的身份是一个'非常坏的人，死在监狱里，并且和简或者她认识的人没有任何关系'，DNA 匹配的确是用尽了现有的调查手段和证据。那么对于很多人而言，这个案子并没有'结案'。"

我希望我能准确地告诉你简被杀当晚发生了什么。我想知道该怎么理解警方不当行为的指控，或者说，该如何看待格兰利放不下这个故事这件事。我多希望我能告诉你红色赭石是个意外，障眼法，复仇，狂妄自大，懊悔。我希望我能告诉你那东西究竟是不是红色赭石。

但我做不到。有些时候，我甚至不知道该怎么和你说起简的事。在充分了解了阐释是如何塑造事实以服务于讲故事的人之后，我甚至不太知道讲述一个有关过去的可靠故事有无可能。我耗费了太多时间才终于知道：没有所谓真实的故事；只有事实，以及我们针对这些事实自己讲述的故事。

我试着诚实地面对：我讲述简的故事的方式，已经和我讲述自己混为一谈了。我试着坦诚地看待：我是我所研究的世界的一部分；我在讲述这个故事过程中存在偏见，而这种偏见塑造了我所理解的简的样子；我在重建发生在她身上的罪行时想象力是有局限的。我尝试过从事实中分离出神话，并且研究这些神话的更新换代是如何反映了讲述者自身的。我试过倾听这些故事，听它们没有被讲述的部分。我也试图去结识那些爱简的人、那些塑造了她的人。

但无论如何，在责备了一大圈我们所有人的主观臆断之后，我还是要袒露我的偏见，将我能猜到的简被杀当晚发生的事讲给你们听：

我认为森普特不是从防火安全梯进入简公寓的，而是从没上锁的地窖门进去的，而这门后面几天依然没有锁。他等吉姆离开，等她公寓的灯熄灭。她已经换上了睡衣，可能还点燃了床头的熏香，好让自己放松下来，尽快入睡。化验师注意到，简烛台上的蜡烛留在那里，它融化了很久，已经烧弯了。或许森普特爬上了后面的楼梯间

(这就解释了米歇尔夫妇为什么能听见他逃走了),拆下走廊里邻居家桌子的一条桌腿。据当时警方的报告描述,这条桌腿的尺寸和特点——木头没有棱角,和桌面相连的部分是锋利的金属——有可能符合作案凶器的描述。森普特有可能是在他从后门进入简的公寓之前经过了那张桌子。

那扇门通向简的厨房。或许简听见了声响,走到厨房,发现了森普特。正如伊丽莎白、唐、吉尔和英格丽德都相当确定的那样,简很可能尝试过将这个闯入她公寓的人痛扁一顿——或许她抄起了厨房里油乎乎的煎锅当武器,这在她右手留下了一道油渍;她想用左手拦住他,这就能解释她那只手里为什么会有一小撮羊毛纤维。和她大二那年受到袭击的时候一样,她可能太害怕了,所以没有发出喊叫。也许森普特在厨房里就第一次对她下了手,在她挥舞煎锅的那只右臂上留下了挫伤,还在油乎乎的煎锅和厨房水槽里遗留了少量的血迹。接着他继续在卧室里打她。我觉得这种推测是可信的:他从厨房的窗户逃走,手里拿着那条桌腿,从防火安全梯来到院子里,在这个过程中窗户敞开着。也许,在玻璃上留下指纹的人就是他。

即便如此,即便所有这些线索恰好都能串连起来,我还是很难相信赭石纯属偶然。我争取不从巧合中寻找意义。

简·桑德斯·布里顿

在我调查的过程中,在我们对于简的死得出答案之前的几个月,我曾试图通过探访她的墓地寻找属于我自己的答案。

我在简七十三岁冥诞那天前往她的墓地。此前我询问了唐、伊丽莎白和博伊德,看他们有没有什么想要我捎带过去的东西或是替他们说给她听的话。博伊德想要一张墓地的照片。唐请我替他给她读一则

428

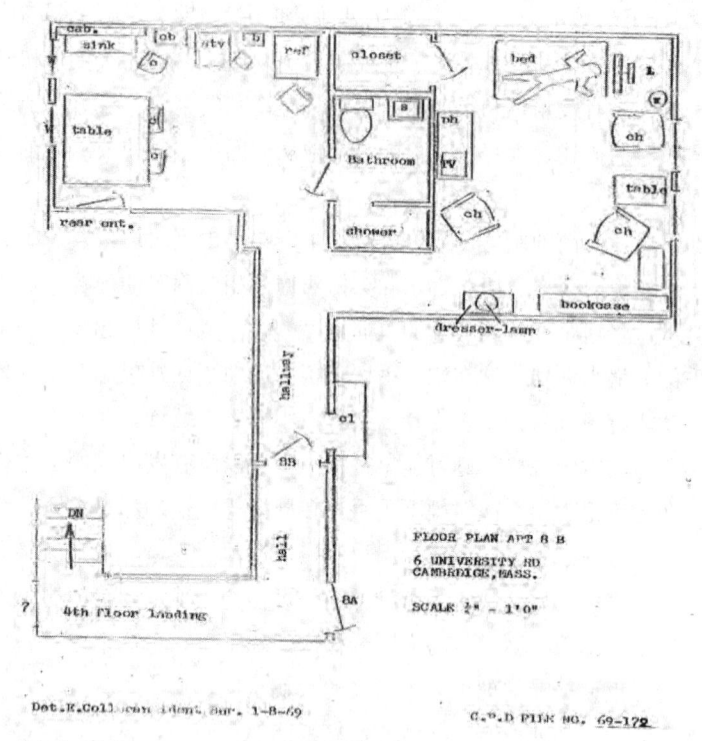

警探柯勒兰（Colleran）按比例绘制的简的公寓示意图。

429 记录。他说他不相信来世，但如果他错了，这则声明或许能让简开心。不管怎么说，唐知道有人以他的名义说点什么就让他很高兴。直到上午9:53我从南站乘坐通勤铁路驶入尼德姆站，我还是没有收到伊丽莎白的回信。

我自己也想给简写一封信，但一直写写停停。我该不该和简说起这个世界的新变化呢？我应该把如果见到她想对她说的话写给她吗？谢谢你在过去的十年里引领了我的生命——感觉太荒谬了。我对自己说。

我又试了一次：简，你好哇。我是贝基。我想你已经知道了，希望你不要介意由我来讲述你的故事。感觉是你在帮助我完成这件事。

还是感觉太自我了。相信我不是在自说自话,就等于更坚定地相信超自然世界的存在。

我没有太多时间思前想后。不到一小时,火车就会送我到她生活过的地方。我下了车,天色阴沉,又闷又热。丁香花刚刚开过。

我在尼德姆四处晃荡,沿着她童年的街道散着步,偷看她儿时老家的杜鹃花,一路逛到了简和卡伦·约翰滑过冰的法利池——她们的大森林世界的边界。我从照片里认出了她家所在的街区,但这种身体上的熟悉,却让我感到和一段不属于我的过去格格不入。我突然意识到,我对待这次旅行的态度有如变魔术,而简还不曾出现在我的梦中。

几乎每家每户的前院都放着一份《尼德姆时报》(*Needham Times*),折页处的大标题很醒目:"守夜人希望可以抚平创伤"。

我继续在她老家附近转悠,等着简所在墓地的看管给我回电话。早在两年前,我就曾来过她的墓地,我在尼德姆公墓的山上爬上爬下,寻找着她的墓碑。等到我终于承认自己失败了,载我过来的朋友宽慰我说,"你总会找到她的"。所以这一次,我事先联系了公墓的看管,他答应要亲自带我过去。但那是两天前的事了,眼下他不见了踪影。

我再次查看了我的手机,发现伊丽莎白发来了邮件,她说如果时间允许,能否替简买上一包高卢香烟。我问他们有没有这个牌子的烟,加油站的服务员看上去一头雾水,所以我去到金考(Kinko)文印店复印了一张蓝色的香烟盒图片。正在这时,看管打来电话,提出说要来接我。

我拿着香烟盒的复印件走出文印店的时候,他已经在停车场了。我爬上了他装满电动工具的皮卡。他叫汤姆(Tom),看上去有五十多岁,秃头,身材却很匀称,面容和善,长着一双蓝眼睛。我系安全带的时候他嘲笑了我。

我们把车停在老坟前面,他告诉我,他们以前会在冬天把尸体放在棺材里，堆起来，等着大地解冻。现在这里是公墓办公室。

他在简所在的公墓区域停下了卡车。草地茂密，刚刚修整过。我们站在山顶，俯瞰着上百个墓碑，全部是灰色的，有些上面挂着美国国旗。他说他可能需要参考他的书才能找到她的墓，但我们决定先大致浏览一遍。

"应该有三个人的墓是在一起的。"我叫他过来。我在他身后大约三米的地方，扫视着几行墓碑。几分钟后，汤姆喊道："就在这儿。"他停下脚步，我连忙跟上他。

他看了看嵌入地面的那块长方形石碑。"J. 博伊德。""鲁斯·莱纳特。"我知道这第三个人是谁了。他用工作靴踢了踢那一小块地，清掉了堆在上面、遮住她名字的草。"还有简。"他又踢了一下。他鞋底踏在石头上的声音让我心颤。好像他踢的是她，而我的身体能够感觉到。"简什么的。"

那块家族墓碑在我们面前大约两米半的位置，朝向山顶。

"等我一下。我看我能不能拿个——"他还没说完就走回了他的皮卡。他回来的时候，手里拿着一把金属刮刀，然后他跪下来，用刀背从石头上刮去了岁月留下的痕迹。青苔剥落了下来，在布里顿的名字上铺了一层。汤姆继续刮着。"他在这儿吗？J. 博伊德。"简的父亲是二〇〇几年过世的，但是没人回来给他刻上过世的年份。

我原本以为，我今天可能会遇到同样来祭拜的人，或者有人会匿名为简献上几朵花；但最终却和全然不同又相当可信的事实迎头相撞：几十年来，没有人到过这里。至少让人感到宽慰的是，还有汤姆守着这片土地。

汤姆再一次绕过墓碑走到标记那里，像考古学家发现了什么东西的影子一样，他盯着地面，看到了先前错过的东西。他先是用工具刮开了草，之后又刮去了土。他跪下来，在草坪上划了一圈，接着将刮刀插入土里，敲碎草根，掀起草皮。这一系列动作发出了金属撞击石头的高亢而尖锐的声音。"我觉得这块墓地埋着四个人。"他将它清理成了一个能辨认出的形状。这块石头是空白的。汤姆发现了博伊德的那块地。

他问我想不想坐他的车回去,我说我想一个人待一会儿。我看着他将车开走,我把东西都放下来,她墓碑的标记就在我膝盖附近。我在她脚边。

她名字里的"J"埋在土中,"桑德斯"中的"德斯"二字湮没于尘土。草覆盖在她的墓碑上,泥土从下面吞没了她的姓氏。我开始清理过去五十年里堆积起来的土和草。我没带任何工具,所以只能靠我这双手。一整天下来,第一次出太阳。我脱下夹克衫,跪在地上,通过膝盖的杠杆作用借力。我两只手用尽全力拉扯,才终于拽断了草根,露出蜷缩起来的几条小蚯蚓。

我已经挖出了小山包一样的土、草和草根,但还是剩下不少。我用我仅剩的一点水,拂去这一番折腾留下的尘土。在水变干的过程中,我背诵了唐要我说的话:"唐从来没有忘记过你,以后也不会忘记,你永远活在他的记忆里。"

要替博伊德拍张照的话,她墓碑上的标记还是不够清晰。名字的字母里仍结着一些泥土,她中间名的最后一个字母 S 上还沾有草根。我四处找那种足够坚硬的树枝,想把它们通通挖出来。第一根树枝不够细,第二根又太脆。我用手指试了试,但土已经板结,手指还不如树枝好用。我看见了埋在土、草根和草当中的我的钢笔。就是它了。我捡起它,用钢笔尖在字母的弧线上划过,一个字一个字,我凿出了她的名字。

多年来,我一直在想她的墓会不会有墓志铭,现在我终于有了答案。她的墓碑采用庄重的衬线字体,周围是蚀刻的双行边框,除了绝对必要的几行字以外,什么都没有:

简・桑德斯
布里顿
1945—1969

我知道我想写给她什么了。我拿起那支钢笔,这笔因为笔尖上沾满覆盖她的泥土,有些不结实了。我手上也都是土,这些土弄脏了纸页。

亲爱的简,我希望,我讲的故事是你想让我讲述的。

我将我的信折起来,夹在高卢香烟的图片里,仿佛那是简能点燃的一根烟,她会看着我,笑道,为什么啊,亲爱的。

———

新闻发布会之前,我和伊瓦・休斯顿交谈的时候,她告诉我应该把这次发布会看作简的故事的另一个新版本。和卡尔的版本、格兰利的版本或是李的版本一样，它是一个为目的而服务的故事，反映的是故事讲述者自身的利益。地区检察官的版本似乎让这个结局规整而确凿，但事到如今，这个故事却太过庞大，以至于没有任何明确的解决办法。"没有一个对的版本。这个也不是错的版本。但却是他们的版本，"伊瓦说，"这只是同一个该死的故事最近的一个版本而已。"它也不会是最后一个版本，她强调说。

我问她："问题在于，你怎么和她复原这个故事？她又会怎么讲述它呢？"我们都已经走到这一步了，可我还是不知道怎么讲述一个有关过去的可靠的故事。

"你做不到的，"她说，"唯一真正能做到的办法，就是她本人能死而复生，亲自来讲述这个故事。"

伊瓦考虑得更多。"在人类学领域，有一种观点和这个有关，也越来越常见，那就是修复式正义[①]，恢复性方法论。你知道，就是尝试去建立某种形式上的正确、公正、公平。"

伊瓦说，具体操作就是，我可以从将简的姓名还给她自己开始。之后我所能做的，就是写作："她有缺点。她有抱负。我们永远不会知道这个人会发生什么事，以及她做过些什么。还她以姓名，能解释这位女士有多复杂，就行了。她不是那种傻乎乎的无知少女，也不是无赖泼妇。她就像我们中的任何一个人，介于两者之间。"

———

如今，一年多以后，我将 4000 页警方记录的每一页、每一行都

[①] Restorative justice，也称恢复性司法，其中对犯罪的反应之一是组织受害者和罪犯之间会面，有时还会和更广泛的社群代表会面。目的是让他们分享对已发生事件的经验，讨论谁受到了犯罪的伤害以及如何受到伤害，并就犯罪者可以做什么来修复犯罪造成的伤害达成共识。

读过了。我还在波士顿，住在阿普索普楼，窗外依然是我大二那年的防火安全梯。尽管她的故事永远不会终结，我还一直在寻找着某种答案，一个告诉我我已经完成了使命的答案。并且和最开始一样，我还在按照她的编排舞蹈，在她的历史以及我自己的历史的引领下舞蹈。只不过这一次，在充斥着鬼魂的房间中，不只有我和杰伊两个人相依为命。还有唐、伊丽莎白、博伊德、史蒂芬·洛林、迈克·威德默。我们周围环绕着我们自己的过去，我们在过去、现在和未来之间翩然起舞——从面花烘焙坊到克罗宁酒吧，无缝穿行，然后再原路返回——这位女性短暂的生命构成了我们自己的生命，我们跨越时间彼此相连。

我终于读到了马萨诸塞州警局档案的最后一沓。令我感到不可思议的是，我看到第一页的左上角有一条用黑色墨水手写的记录："1968年第一册，简·桑德斯·布里顿。英国波斯研究学院2167箱。伊朗德黑兰。"

是简的日志。她在伊朗的那个夏天记的日记。本子差不多是Moleskine笔记本大小。在没有横隔线的纸上，她记下了她的任务清单和打包提醒，其中包括胶卷、内衣、驱虫剂、快递邮票、葡萄糖片，以及菲尔·科尔在德黑兰的家庭住址。她的日记就在这里了。

第一篇的日期是1968年6月6日。"吉姆。"开头写道。每一篇日记都是写给吉姆·汉弗莱斯的信。"这本书，"她写，"对任何人来说都是地狱——如果你拿到了它，那将意味着你再也无法回应。"

感觉是未卜先知，来自天上一般。

"某种程度来说，你或许是在用时间考验我。我经常在想，你本可以爱上怎样的人，又为什么不爱了。如果我有时间就好了。如果，如果。多么悲惨的字眼。几乎和时间本身一样糟糕。"尽管我知道这是故意写给吉姆看的，尽管它读上去是那样矫揉造作，我依然能再一次感觉到那种模棱两可的感觉。"你比其他任何人都知道我这么做的原因，够奇怪的吧。"有那么一刻，我甚至相信她是在和我说话，相信这是她对于我留在她墓地的那封信的回应。在这份回应中，她向我发出邀请："成为我生平的记录者吧，让布里顿的故事在这片土地上传诵，或者，至少让一个人记住我本身的样子，而不是他人眼中的我。"

> Be my chronicler so this tale of the *jit* is told throughout the land, or at least that one person remembers me the way I am instead of the way they see me.

致　谢

刚开始，我并不知道简的名字，也不知道这个调查会将我带向何处。我当然也不知道究竟是谁杀害了她。但我知道的是，通向这趟旅程终点的过程需要有多幸运，又需要多少次慷慨相助。坦率说，就这本书而言，两件事我都占全了。因此，在我接受了来自朋友、家人、同事、导师和陌生人的善意十余年后，尽管任务艰巨，但终于能对这些人说声感谢，感觉真好。没有你们，《追凶》这本书不可能问世。

最先要感谢的是同意接受我采访的每一个人。其中一些人的名字没有出现在正文，但他们的见解对我理解时间和材料都是非常宝贵的。我特别想提到几个人。当然要先从 Boyd Britton 开始。感谢你付出的时间和你的坦诚，最重要的是你的信任。就像我在加州的时候和你说的那样，我答应你，我会尽我所能写好简的故事。我希望你觉得我已经兑现了这个承诺。

简从童年一直到大学的朋友们——Karen John, Emily Woodbury, Irene Light, Tess Beemer, Brenda Bass, Jennifer Fowler, Cathy Ravinski, Jean Hendry, Lucy DuPertuis, Ingrid Kirsch, Karen Black, Peter Panchy 还有 Charlie Britton，我同样希望你们觉得我对简做的事是对的。Elisabeth Handler，没有你，我无法想象这本书会存在。

Don Mitchell 和 Ruth Thompson，我非常感谢你们的友谊和热情，还有你们的糯米团爱心包裹，以及你们对我、对这个项目的无限信任。Don，也谢谢你的照片，尤其是简的那张封面图片，我第一眼看到它就打了个寒战。

Mike Widmer，你是我真正的朋友，我们志同道合。

Morgan Potts 和 Lily Erlinger，你们是这个故事的起点。Lily，你还替我拍了作者近照，我感觉这再恰当不过了，也感到自己很幸运。

Dan 和 Hildy Potts、Ruth Tringham、Elizabeth Stone、Mary Pohl、Sally Falk Moore、Alison Brooks、Sarah Hrdy、Sadie Weber、Bruce Bourque 以及 Sally Shankman，谢谢你们的故事，也谢谢你们的勇气和对我的信任。Dan，还要感谢你愿意事无巨细地回答我提出的任何有关叶海亚堆的问题。

Abraham 一家、Stephen Loring 和 Fitzhugh 夫妇，谢谢你们为了帮我在书页上让安妮重生所做的一切。她是一位优秀的女性，能如此接近她的生活是一种荣幸。Stephen，和你交谈总是格外开心。谢谢你送我的那套别具一格的明信片，它们一直鼓舞着我的精神。Alice 和 Ted，很抱歉这本书没能给出更多答案，但我希望它更多能抚平伤痛，而不是揭开伤疤。

Richard 和 Jane Rose，对于你们的友善、你们对我的信任，我感激不尽。你们从博尔顿和蒙特阿尔托寄来的幻灯片一直骄傲地立在我放贵重物品的书架上；感谢你们让我复印这本书中用到的一些图片。

Mel Konner，这是一段怎样的旅程啊，我对我们最后的结果感到兴奋不已。你的那篇作品真不错。

Mary McCutcheon，谢谢你的热情与好客。

Arthur Bankoff 和 Richard Meadow，感谢你们和我一起回忆，并允许我复印 1968 年叶海亚堆的照片。

Anne Moreau 和 Alice Kehoe，谢谢你们的坦诚。

Karl Lamberg-Karlovsky 和 Mike Gramly，非常感激你们，不光因为你们同意和我交谈，还因为你们愿意付出这么多的时间。我深知这些对话有多艰难，深知成为一本书的焦点并不容易，尤其这本书里有一部分还有关于模式匹配的危险。能够在书中加入你们的视角，我非常感谢。

Jim Humphries、Jill Nash 和 Andrea Bankoff，就这本书而言，我尊重你们不和我交谈的决定，也希望我没有引起你们不必要的痛苦。

对于那些因为害怕被报复而要求匿名的人：我佩服你们，也感谢你们的诚实。

下面是让这本书得以从无到有的人：

Marya Spence，我在 Janklow & Nesbit 的经纪人——我怎么会如此幸运，你理解这本书，甚至在我去西部采访之前就知道它成型后的样子。你无所畏惧，才华横溢（甚至有点通灵？），你是我能想象到的最好的支持者。同样要感谢 Rebecca Carter, Clare Mao, Natalie Edwards 以及联合人才经纪公司（UTA）的 Jason Richman，谢谢你们看到这个故事的创作潜力。

Maddie Caldwell，你总是按照"老规矩"待我。从我们第一次见面，我就爱上了我们之间的心有灵犀。感谢你信任我，让我以这样的复杂程度（和长度）讲述简的故事，谢谢你为我争取我需要的时间，谢谢你在我需要知道章节大纲怎么架构的时候识破我大脑里的怪东西，谢谢你了解什么时候让我放松、什么时候需要约束我，谢谢你反反复复地编辑书稿，谢谢你像我一样爱着简。这本书在你那里找到了完美的归宿。我同样非常感谢阿歇特及大中央出版集团（Hachette and Grand Central Publishing）团队的其他人，感谢所有团队内部的关爱和耐心，感谢你们给我这个机会：Michael Pietsch, Ben Sevier, Karen Kosztolnyik, Brian McLendon, Matthew Ballast, Bob Castillo, Jacqueline Young 以及 Albert Tang 和 Alex Merto，谢谢你们为我设计出了梦想中的封面。

我还要感谢 Jason Arthur 和我的英国出版方威廉·海涅曼公司（William Heinemann）的团队，谢谢你们给我机会以及给予这本书的巨大支持。

Carrie Frye，你的细腻和敏锐替我解开了心结。

Jack Browning，你的平和与专业知识缓解了我的紧张。

我亲爱的 Sameen Gauhar，你在我最需要你的时候出现，投入之猛和我自己有一拼。你的脑力让我惊讶。（还有谁会在我想说"夜里"的时候质疑我为什么用了"晚上"这个词？或是发现简写的"BLEUGHH"一词的末尾其实是两个 H，而不是三个？）这本书要达到《纽约客》印刷品的水平，工作量是巨大的——要给上百个人打电话，还要细致地查证每一个来源——你用你一贯的仁慈、优雅和智慧完成了这一切。不用说，书中出现的任何错误都是我自身的问题。

如果没有亚当斯楼提供的时间和空间，这本书不可能完成。Judy 和 Sean Palfrey，你们代表了哈佛大学的优秀品质，并且你们一直在为之而努力，谢谢你们无论是在过去还是现在，都给了我一个家。我的精灵们：Larissa Zhou, Andrés Ballesteros, Nick Seymour, Brendan Eappen 和 Lulu Masclans，你们的傻气和支持是写作这本书的过程中孤独的解药。总之，深深感谢亚当斯楼的全体成员，感谢你们重新接纳我。尤其要感谢一直让我保持开心和（相对）理智的本科生：Catie Barr, Matt Hoisch, Maria Splaine, Kieren Kresevic, Francesco Rolando 和 Tori Tong。

想对那些反复阅读了这本大书的每一页，并在成书前听过所有这些故事版本的朋友们说：每一位作者都应该为有你们这样的读者而感到幸运。Gideon Wald 和 Miju Han, Ben 和 Lianna Burns, Svetlana Dotsenko, Patrick Chesnut, Cat Emil, Leila Mulloy, Elsa Paparemborde, Ben Naddaff-Hafrey, Charlie Damga。我期待着最终能回报你们给予我的帮助。

Todd Wallack，你是一个绅士，也是一位了不起的记者。你的工作对简这个案子的侦破必不可少，你体贴地替我和简墓地的看管牵线，并在你的报道发表后将收到的信息转发给我。你是我希望成为的记者的典范。

还要感谢 Alyssa Bertetto 慷慨地分享李·帕森斯的调查，感谢 Mechthild Prinz 和 Greg Hampikian 带我了解法医报告和 DNA 分析的细枝末节。

  Ron Chernow，这本书中的很多内容都要归功于你。你最初的鼓励和指导（当时我认识的你还是"菠菜莎拉 Ron"呢）激励着我全身心地重新投入调查。感谢 Ted & Honey——布鲁克林这家神奇的咖啡馆，现如今已经不存在了——促成了许多次机缘凑巧的会面。

  David Remnick，我不确定自己在面试的时候说了什么，最终说服你雇用了我（我只记得当时我脱口而出，说《蝙蝠侠：动画系列》是我最喜欢的电视剧），但还是谢谢你信任我。你既优秀又善良，要想知道你做到这些需要付出多少精力，我只能靠想象了。

  《纽约客》的团队成员们，是你们让我每天都对工作心怀期待，即使我离开的时间和我待在那里的时间一样长，你们一直都是我的家人。我想念你们。尤其要感谢 Bruce Diones 一直亮着灯，把装糖果的抽屉填满。感谢 Brenda Phipps 的智慧和笑声。还有才华横溢的 Pam McCarthy。Adam Gopnik 和 Martha Parker，谢谢你们当年对我的庇护。Fabio Bertoni，谢谢你不知疲倦的帮助。Nick Trautwein，谢谢你的直言不讳和对我的鞭策。Mattathias Schwartz 和 Raffi Khatchadourian，感谢你们教会我如何提交信息自由法（FOIA）的申请和上诉。感谢你们提供的建议和灵感：Patrick Radden Keefe, Ariel Levy, Paige Williams, David Grann, Sarah Stillman, John McPhee, Jill Lepore, Henry Finder, Deborah Treisman, Peter Canby。我很感激你们的友谊：Carolyn Kormann, Liana Finck, Mina Kaneko, McKenna Stayner, Sara Nics, Antonia Hitchens, Ben Taub, Nick Niarchos, Colin Stokes, Natalie Raabe, Eric Lach, Stanley Ledbetter, Anakwa Dwamena, Neima Jahromi, Jess Henderson, Emily Greenhouse……我可以继续列下去，但 Maddie 会杀了我的。

  我同样非常感谢执法部门这些年来为简的案子做出的贡献：Sergeant Peter Sennott, ADA Adrienne Lynch, DA Marian Ryan, 马萨诸塞州警局犯罪实验室，Sgt. John Fulkerson 和 Sgt. Bill Doogan。还

要感谢 Meghan Kelly 协助我采访和沟通，并在 2018 年将档案交给了我，如果没有这些的话，这本书将大不相同。

感谢你们多年来的支持，以及对我连续失踪几个月表示的理解，非常感谢：Liz Livingstone, Anna Ondaatje 以及我敬爱的毕业论文导师、已过世的 Sally Livingston; Sandra Naddaff, Ama Francis, Jay Troop, Lugh O'Neill, Martin Mulloy, Zach Frankel, Dan Bear, Michelle Lee, Sol Krause, Monica Lindsay-Perez, Alex Terrien, Charlie Custeau, Ruby Awburn, Arjun Gupta（抱歉在多伦多的时候让你受惊了）, Tom Wiltzius, Nikki Donen, Grace Sun, Adam Hunt, Abe Lishansky, Meg Thompson, Sean Lavery 以及 Jack Pickering（你的电话感觉就像我的生命线一样）。

对于档案研究和许可方面的帮助，要感谢：皮博迪博物馆档案馆的 Katherine Satriano 和 Patricia Kervick; 皮博迪博物馆馆长 Jeffrey Quilter 和 Jane Pickering 允许我进入已关闭的档案室并发表其中的内容；Kate O'Donnell 和 Bridget Manzella 让我查找皮博迪的出版物；哈佛大学档案馆的 Timothy Driscoll 和 Juliana Kuipers; Michael Dabin 提供《每日新闻》的图片, Kevin Corrado 提供《波士顿美国人纪录报》（*Boston Record-American*）的图片；以及剑桥史学委员会（Cambridge Historical Commission）的 Charles Sullivan。

谨向 Howard G. Buffett 女性记者基金及调查新闻基金（Howard G. Buffett Fund for Women Journalists and the Fund for Investigative Journalism）深表谢意，没有他们的支持，我很难前往夏威夷和保加利亚报道。还要感谢 Peggy Engel 不遗余力地替这个项目牵线搭桥。布兰迪斯大学的舒斯特学院（Schuster Institute at Brandeis）接纳我愉快地融入波士顿社区。感谢 Florence Graves 和 Lisa Button 相信简这个故事有多重要，感谢 Yael Jaffe 的辛勤工作。

我亲爱的 Colin Turnbull, 谢谢你的设计建议和在照片方面提供的帮助，但更重要的是，谢谢你一直这么温柔，让我担心这温柔不会永远属于我。

　　最重要的是要感谢我的家人们，尤其是我的父母，这本书就是献给他们的。我的父亲，谢谢你一直不断的电话、短信、玩笑、家长里短、推荐歌单，它们让我知道自己一直被深爱着。我的母亲，她在我完成这本书后倾听了每个章节的内容，核查了每一条资料来源，她和我共同经历了所有这一切，也比我先一步理解这是我所需要承担的风险——我爱你。

注 释

缩写

人名和机构

CCLK：Clifford Charles（Karl）Lamberg-Karlovsky 克利福德·查尔斯（卡尔）·兰伯格-卡尔洛夫斯基

CPD：Cambridge Police Department 剑桥警局

DOC：Department of Corrections 惩教署

MDAO：Middlesex District Attorney's Office 米德尔塞克斯地区检察官办公室

MSP：Massachusetts State Police 马萨诸塞州警局

RCMP：Royal Canadian Mounted Police 加拿大皇家骑警

RMG：Richard Michael（Mike）Gramly 理查德·迈克尔（迈克）·格兰利

剑桥警局记录

CPD - BB：博伊德·布里顿（Boyd Britton）询问笔录，1969年1月16日，时间不明（开始时间记录为下午4:37，结束时间记录为下午1:15）

CPD - CCLK 1：卡尔·兰伯格-卡尔洛夫斯基询问笔录，1969年1月7日，时间不详

CPD - CCLK 2：卡尔·兰伯格-卡尔洛夫斯基询问笔录，1969年1月15日，上午11:58—下午1:05

CPD - DM：唐纳德·米歇尔（Donald Mitchell）询问笔录，1969年1月8日，时间不详

CPD - IK：英格丽德·基尔希（Ingrid Kirsch）询问笔录，1969年1月16日，下午4:50—6:15

CPD - JBB：J. 博伊德·布里顿询问记录，时间及日期不详

CPD - JC：简·切尔马耶夫（Jane Chermayoff）询问笔录，1969年1月

14日，时间不详

CPD‑JH：詹姆斯·汉弗莱斯（James Humphries）询问笔录，1969年1月7日，下午1:45—结束时间不详

CPD‑JM 1：吉尔·米歇尔（Jill Mitchell）询问笔录，1969年1月8日，开始时间不详—下午12:35

CPD‑JM 2：吉尔·米歇尔询问笔录，1969年1月15日，下午3:55—4:37

CPD‑LP 1：李·帕森斯（Lee Parsons）询问笔录，1969年1月14日，时间不详

CPD‑LP 2：李·帕森斯询问笔录，1969年1月14日，下午2:37—3:38

CPD‑RM：理查德·梅多（Richard Meadow）询问笔录，1969年1月14日，开始时间不详—下午2:25

CPD‑SLI：萨拉·李·埃尔文（Sarah Lee Irwin）询问笔录，1969年1月13日，下午3:14—4:12

CPD‑SW：史蒂芬·威廉姆斯（Stephen Williams）询问笔录，1969年1月9日，上午11:37—结束时间不详

CPD‑WR：威廉·拉什杰（William Rathje）询问笔录，1969年1月14日，下午4:05—结束时间不详

CPD‑WR & KD：威廉·拉什杰和肯特·戴（William Rathje and Kent Day）询问笔录，1969年1月7日，下午6:15—结束时间不详

文件

Arthur Bankoff statement（阿瑟·班考夫声明）：阿瑟·班考夫1969年1月16日写给唐和吉尔·米歇尔的信；从罗马寄出（剑桥警局档案）；阿瑟同意将其用作他签署的警方声明。安德莉亚与阿瑟分别写了信，"未经讨论，也没有合作，只是尽可能地提出各自的观点"（p. 2）。

Andrea Bankoff statement（安德莉亚·班考夫声明）：安德莉亚写给唐和吉尔·米歇尔的信，1969年1月16日（CPD档案）。

Joint statement（联合声明）：阿瑟和安德莉亚·班考夫写给唐和吉尔·米歇尔的信，1969年1月19日。

Dan Potts Yahya monograph（丹·波茨编的叶海亚堆专著）：Dan Potts, *Excavations at Tepe Yahya, Iran 1967 - 1975: The Third Millennium*, American School of Prehistoric Research, Bulletin 45, Peabody Museum of Archaeology and Ethnology, Harvard University (2001).

CCLK foreword（克利福德·查尔斯·兰伯格-卡尔洛夫斯基写的前言）：

C. C. Lamberg-Karlovsky, "Excavations at Tepe Yahya: The Biography of a Project," pp. XIX–XLI in Dan Potts, *Excavations at Tepe Yahya, Iran 1967–1975: The Third Millennium*, American School of Prehistoric Research, Bulletin 45, Peabody Museum of Archaeology and Ethnology, Harvard University (2001).

Smithsonian Report（史密森学会报告）："Report to the Secretary: Abraham Internal Review Panel," Smithsonian Institution, Mar. 8, 1977.

统考的早上

3 沿海的大风预警："Weather: Heavy Rain — High Winds," *Boston Globe*, Jan. 7, 1969.

3 一个女孩的黑白照片：Uncredited photo on p. 1 of *Harvard Crimson*, Jan. 7, 1969.

3 复习周的第二天：*Courses of Instruction Harvard and Radcliffe, Faculty of Arts and Sciences 1968–1969*, Official Register of Harvard University, 65, no. 18(1968):7.

3 早上9点：史蒂芬·威廉姆斯，"统考笔试"，哈佛大学人类学系研究生备忘录，1968年12月6日。

3 以硕士学位为终点的培养计划："一般性公告的临时增补"，哈佛大学人类学系规定，1967年5月，p. 2。

3 闻起来像木乃伊：2017年对史蒂芬·洛林和布鲁斯·布尔克（Bruce Bourque）的采访。

詹姆斯和伊瓦

9 哈佛大学自己的赦免政策："College Issues New Alcohol Amnesty Policy," *Harvard Magazine*, Apr. 2, 2012.

10 皮博迪博物馆的前馆长洛斯罗普：Gordon R. Willey, *Samuel Kirkland Lothrop 1892–1965* (Washington: National Academy of Sciences, 1976), p. 256.

10 间谍活动便利的掩护手段："The Spies Who Came in from the Dig," *The Guardian*, Sept. 3, 2003 — an edited extract of David Price's article which first appeared in *Archaeology Magazine* 56, no. 5(2003).

尸体

10 中午刚过，统考就结束了：CPD-WR & KD, p. 12.

10 "老天，我早上能起来的唯一理由"：CPD-IK, p. 36.

11 "说我死了的这种传言"：2017年对布鲁斯·布尔克的采访。

11 给她打过两通电话：CPD-JH, p. 14.

11 内向到有点忧郁的地步：CPD-SLI, p. 23.

11 即便是状态最好的时候脸上也毫无表情：阿瑟·班考夫声明，p. 17.

11 "彬彬君子"：CPD-IK, p. 64.

11 帮女孩披外套：CPD-IK, p. 65.

11 写感谢信：CPD-SLI, p. 49.

11 相识于1968年春天：CPD-JH, p. 22.

11 为考察做准备的那个研讨会：2017年对理查德·梅多的采访。

11 德古拉伯爵：2017年对弗朗西斯科·佩利兹的采访。

11 《波士顿环球报》盛赞兰伯格-卡尔洛夫斯基："Harvard Team Unearths Alexander's Lost Citadel," *Boston Globe*, Nov. 10, 1968.

11 "他们有了这样一个机会"："Find Ritual Clue in Co-Ed's Papers," *New York Post*, Jan. 11, 1969.

11 "捕风捉影"教堂：由简手写、想象和吉姆结婚的未注明日期的故事（CPD档案）。

11 那两通电话筒都没有接：CPD-JH, p. 95.

12 研究生准备去吃午饭：CPD-WR & KD, p. 13.

12 穿过马路打电话给简：CPD-JH, p. 91.

12 "克雷吉"：剑桥2-4-6大学路建筑清单，1967年夏。

12 受哈佛大学委托：查普曼·阿姆斯宣传册，业主修缮公司及剑桥邻里公寓住房服务公司（Chapman Arms pamphlet by the Homeowners Rehab Inc. & Cambridge Neighborhood Apartment Housing Services, Inc.,），2014年11月20日，封底。

12 提供更便宜的住宿："The Craigie Dormitory," *Cambridge Chronicle*, Oct. 2, 1897.

12 天然木材制成的装饰物：项目经理劳伦斯·J. 斯帕罗（Lawrence J. Sparrow）致国家公园管理局辛西娅·麦克劳德（Cynthia MacLeod）的信，1986年11月5日。

12 年久失修：鲍勃·库恩（Bob Kuehn）给有关方面的"克雷吉·阿姆斯"（Craigie Arms）备忘录，1983年11月11日。

12 停车场……一条小巷：Mo Lotman, *Harvard Square: An Illustrated History since 1950* (New York: Stewart, Tabori, & Chang, 2009), p. 41.

12 克罗宁酒吧，那里面有台小电视：Lotman, *Harvard Square*, pp. 40,

83；电视屏幕的细节来自迈克·威德默 2017 年的采访。

12 每月 75 美元：R. M. 布拉德利公司（R. M. Bradley & Co.）物业经理肯尼斯·巴布（Kenneth Babb）致简·布里顿的信，1968 年 5 月 13 日（CPD 档案）。

12 简之所以能搞到这所公寓：2017 年对唐·米歇尔的采访。

12 米歇尔夫妇一直在用那个固定门闩：2017 年对唐·米歇尔的采访。

12 简几乎从来不锁门：多个来源，包括 CPD-JM 2, p. 5。

12 在下午 12:30 左右：CPD-JH, p. 91。

12 推开大门……天窗："Building 'Looks like Slum'; Still No Lock on Front Door," *Boston Globe*, Jan. 9, 1969; "Harvard Coed, 22, Found Brutally Slain," *Boston Record-American*, Jan. 8, 1969。

13 "或许，"凯莉夫人说："Harvard Coed, 22, Found Brutally Slain," *Boston Record-American*, Jan. 8, 1969。

13 暖气会让木制房门膨胀起来，门锁是插不进的：CPD-JM 2, p. 4。

13 唐和吉尔·米歇尔听见声响：CPD-JM 1, p. 4；CPD-DM, p. 7。

13 走到走廊：这里吉姆和唐的记忆略有不同。这是吉姆在警方笔录中的回忆（CPD-JH, p. 8），而据唐回忆，他遇见汉弗莱斯的时候已经在走廊里了，手里拿着一块纸板（CPD-DM, p. 6）。

13 "简在家吗？""我猜她在家。"：CPD-JH, p. 8。

13 "唔，她没来参加考试。"：CPD-DM, p. 7。唐告诉警方，他之所以清楚地记得吉姆的说法，是因为统考是大考，不能称之为测验。

13 唐的脸色变了：CPD-JH, p. 64。

13 他怂恿吉姆进屋去看看：CPD-DM, p. 7。

13 吉姆又敲了一遍……"我能进来吗？"：CPD-JH, p. 65。

13 唐等在门口：CPD-DM, p. 8。

13 吉姆感到一股冷气从厨房吹过来：CPD-JH, p. 33。

13 窗户大敞着：CPD-JH, p. 32。

13 确定前一天晚上窗户是关着的：CPD-JH, p. 31。

13 吉姆扭头望：CPD-DM, p. 66。

13 简觉得厨房会漏煤气：CPD-JM 1, p. 23。

13 纱窗老早就烂掉了：CPD-JM 1, p. 23。

13 房间和往常一样自在而杂乱：剑桥警局拍摄犯罪现场照片；2017 年对唐·米歇尔的采访。

13 装乌龟的缸：2017 年对唐·米歇尔的采访。

13 白兰地的酒瓶：唐·米歇尔拍摄的照片。

We Keep the Dead Close 495

13 陶瓷猫头鹰：CPD-IK, p. 48.

13 画了猫、长颈鹿和猫头鹰："Cambridge Murder Victim Is Recalled as Intelligent and Witty," *New York Times*, Jan. 19, 1969.

14 直到吉姆完全走进公寓：CPD-JH, p. 69.

14 右腿：CPD-JH, p. 70（至少有一只脚在地上），CPD-DM, p. 9（唐记得是右腿）。

14 直接铺在地板上："The Case of the Unlocked Door to Death," *Pictorial Living Coloroto Magazine*, Apr. 13, 1969.

14 蓝色的法兰绒睡袍：《波士顿杀人狂》（*The Boston Stranglers*, New York: Pinnacle Books, 2002）的作者苏珊·凯莉（Susan Kelly）曾调查过简·布里顿案。20 世纪 90 年代末，她采访了和简关系较近的若干人。部分她的笔记和信件被收录在简的警方档案中。这一细节来自苏珊·凯莉写给约翰·富尔克森的信，1996 年 7 月 25 日。

14 掀到腰那里：CPD-JH, p. 70.

14 吉姆没有摇醒她：CPD-JH, p. 9.

14 "女人们都会做的事"：CPD-JH, p. 93.

14 她需要躺回到自己的床上。她感到恶心：CPD-JM 1, p. 11.

14 带着一丝歉疚：2017 年对唐·米歇尔的采访。

14 在她的腰以上：CPD-JH, p. 93；p. 36.

14 羊皮毛毯：2017 年对唐·米歇尔的采访；伊丽莎白·汉德勒（Elisabeth Handler）在 2017 年的采访中确认简有羊皮毛毯。

14 看见了她的后脑勺：CPD-DM, p. 10.

14 他没把她翻过来：CPD-DM, p. 10.

14 毫无疑问：CPD-DM, p. 11.

开始了

15 提到了烟蒂："Police Examine Ochre Found Near Slaying Victim," *Boston Globe*, Jan. 10, 1969.

15 拉德克利夫学院的行政副校长："Cambridge Murder Victim Is Recalled as Intelligent and Witty," *New York Times*, Jan. 19, 1969；已在施莱辛格图书馆档案（Schlesinger Library Archives）中再次核对。

15 只简单提到过一次大陪审团的庭审："Grand Jury to Hear Britton Case," *Boston Globe*, Jan. 29, 1969.

15 "我来这儿是为了尽我所能，助警方一臂之力"："Harvard Girl Brutally Slain in Apartment," *Boston Globe*, Jan. 8, 1969.

15 《纽约时报》里：兰伯格-卡尔洛夫斯基教授踱步："Cambridge Murder Victim Is Recalled as Intelligent and Witty," *New York Times*, Jan. 19, 1969. 喜爱巴赫的细节亦源自该文。

15 技艺高超的骑手：从这里到"在达纳霍尔的成绩优异"，"Jane's Home Town Not Used to This Kind of Thing," *Daily News*, Jan. 11, 1969。

16 "奇特的旅行建议就像"："Portrait of Jane Britton," *New York Post*, Jan. 9, 1969, 引自 Kurt Vonnegut, *Cat's Cradle* (New York: Dial Press Trade Paperback, 2010), p. 63。

16 最爱的一句来自《泰坦的女妖》："Cambridge Murder Victim Is Recalled as Intelligent and Witty," *New York Times*, Jan. 19, 1969.

16 有一种洞察力："Cambridge Murder Victim Is Recalled as Intelligent and Witty," *New York Times*, Jan. 19, 1969.

16 "如果正义是残忍的"："Portrait of Jane Britton," *New York Post*, Jan. 9, 1969.

16 "容易受到伤害的人"……"半吊子和瘾君子们"："Cambridge Murder Victim Is Recalled as Intelligent and Witty," *New York Times*, Jan. 19, 1969.

16 曾经秘密堕胎："Murder Quiz Finds Jane Had Abortion," *Daily News*, Jan. 13, 1969.

16 "不可能给她定性"："Cambridge Murder Victim Is Recalled as Intelligent and Witty," *New York Times*, Jan. 19, 1969.

16 一部伊朗考察的专著：CCLK foreword, p. XXXI.

警察来了

19 警探威廉·迪雷特（William Durette）、迈克尔·贾科波（Michael Giacoppo）和弗雷德·琴特雷拉（Fred Centrella）："Harvard Coed Viciously Slain in Cambridge," *Boston Record-American*, Jan. 8, 1969. 迈克尔·贾科波的全名是马修·迈克尔·贾科波（Matthew Michael Giacoppo）。为了和他的儿子 Michael D. Giacoppo 作区分，我在这些注释中用 M. Michael Giacoppo 称呼他。

19 猫飞奔了出去："Harvard Coed, 23, Beaten to Death," *Daily News*, Jan. 8, 1969.

19 值钱的东西……没被动过："Harvard Girl Brutally Slain in Apartment: Radcliffe Vice President's Daughter," *Boston Globe*, Jan. 8, 1969.

19 没有打斗的迹象："Police Seek Coed's Killer," *Bridgeport Post*, Jan.

8，1969。

19 两扇窗户仍敞开着："Harvard Coed, 23, Beaten to Death," *Daily News*，Jan. 8，1969。

19 18 人组成的刑事调查局："Harvard Coed, 23, Beaten to Death," *Daily News*，Jan. 8，1969。

19 重案组的代理组长："Harvard Graduate Student Bludgeoned to Death," *Boston Herald Traveler*，Jan. 8，1969。

19 公开称窗户敞开并不意味着什么："Harvard Coed, 22, Found Slain: Daughter of Radcliffe Exec Beaten on Head," *Boston Record-American*，Jan. 8，1969。

20 [照片]：Mel Finkelstein/*New York Daily News*。

20 "高级军官班"：David Degou, *Cambridge Police Department*（Mount Pleasant: Arcadia Publishing, 2009），p. 84。

20 在自己家中被人用锤子袭击，幸存了下来……卷发夹救了她一命："Coed's Friend Nixes Lie Test," *Daily News*，Jan. 9，1969。

20 达文波特自己曾被派去："Harvard Coed, 22, Found Slain: Daughter of Radcliffe Exec Beaten on Head," *Boston Record-American*，Jan. 8，1969。

20 这个案子目前仍未结案：凯莉《波士顿杀人狂》，2020 年对比尔·杜甘的采访。

20 在警探们到达后不久："Harvard Girl Brutally Slain in Apartment," *Boston Globe*，Jan. 8，1969。

20 坐在米歇尔的公寓里：2017 年对唐·米歇尔的采访。

20 按照警方的要求查看了房间……"她是个好孩子"："Harvard Girl Brutally Slain in Apartment," *Boston Globe*，Jan. 8，1969。

21 贾科波警探在公寓里撒上粉末提取指纹：1969 年 6 月 2 日，马萨诸塞州警局（MSP）乔伊斯中尉向侦探队长丹尼尔·墨菲（Daniel I. Murphy）提交的报告；以及大卫·德斯蒙德（David Desmond）中尉关于 1969 年 5 月 29 日烟灰缸上的指纹的报告（MSP 档案）。

21 第二次世界大战的时候他曾为了参军谎报年龄：2018 年对迈克尔·D. 贾科波的采访。

21 第二天再完成犯罪现场的拍摄工作：助理化验师约瑟夫·兰泽塔（Joseph Lanzetta）1969 年 4 月 1 日的报告（MSP 档案）。

21 他没有找到凶器：助理化验师约瑟夫·兰泽塔 1969 年 4 月 1 日的报告（MSP 档案）。作为证据收集的物品清单中不包括武器。

21 管理员七岁的女儿：Centrella 警探的报告（Priscilla Joyce 采访），

1969年1月7日（CPD档案）。

21 取冰箱里的啤酒：唐纳德·米歇尔 1969 年 1 月 7 日的报告声明（CPD 档案）。

21 在夜里 12:15 回的家：" Police Seeking Massachusetts Axe Murderer," *Pittsburgh Press*, Jan. 8, 1969.

21 星期六那天和她一起参加聚会：" Neighbors Heard Nothing, Cat Upset," *Boston Herald Traveler*, Jan. 8, 1969.

21 史蒂芬是哈佛大学法学院的学生：" Harvard Coed Is Found Slain," *Kansas City Times*, Jan. 8, 1969.

21 凌晨两点以前两个人都醒着……做过一个测试：" Neighbors Heard Nothing, Cat Upset," *Boston Herald Traveler*, Jan. 8, 1969.

21 专门为隔音而铺设的：" The Cambridge Dormitory," *Cambridge Chronicle*, Oct. 2, 1897.

21 它一直很不安分：" Neighbors Heard Nothing, Cat Upset," *Boston Herald Traveler*, Jan. 8, 1969.

21 凌晨 1 点到 7 点：James Lyons 警官（6 号通宵巡逻车）1969 年 1 月 7 日向达文波特中尉提交的报告；Dennis McCarthy 警官（6 号夜间巡逻车）1969 年 1 月 7 日向达文波特中尉提交的报告（CPD 档案）。

21 一名运输工人说，他看见了一个男人：Richard Lyon 警官 1969 年 1 月 8 日关于 Patrick Joyce 的警务报告（CPD 档案）。

22 拉维·里克耶（Ravi Rikhye），22 岁：有关里克耶的细节源自" Police Seek Coed's Killer," *Bridgeport Post*, Jan. 8, 1969, 以及" Harvard Girl Brutally Slain in Apartment: Radcliffe Vice President's Daughter," *Boston Globe*, Jan. 8, 1969. 我在 2018 年和里克耶谈到那个晚上，他已经记不起同样的细节了。

22 卡佩罗（Capello）警官站在简的房门外：*Boston Record-American* photo, uncredited, Jan. 8, 1969, p. 29.

22 装饰派艺术风格的剑桥警局总部大楼：Degou, *Cambridge Police*, p. 91.

22 简的父母是第一批接受询问的人：" Harvard Graduate Student Bludgeoned to Death," *Boston Herald Traveler*, Jan. 8, 1969.

22 J. 博伊德·布里顿一只手拿着帽子：" Harvard Coed, 22, Found Brutally Slain," *Boston Record-American*, Jan. 8, 1969.

23 [照片]：Dennis Brearley/*Boston Record-American*. 图片来源：*Boston Herald*.

23 检测人员检测唐和吉尔的手：助理化验师约瑟夫·兰泽塔1969年4月1日的报告（MSP档案）。

23 "我——我切了肉"：2017年对唐·米歇尔的采访。

23 眉毛蹙成两道黑线：Leo Tierney/*Boston Record American*第24页的照片显示。图片来源：*Boston Herald*。

24 ［照片］：Leo Tierney/*Boston Record-American*。图片来源：*Boston Herald*。

启程

25 布法罗州立大学（Buffalo State）人类学系的教授：布法罗州立大学网站；2017年对唐·米歇尔的采访。

25 从哈佛退学："The Case of the Ocher-Covered Corpse," *Boston Magazine*, Sept. 1982.

25 "人类学1065"："2012—2013年教学课程"，"以前开设的课程"，哈佛大学艺术与科学学院教务处网站。

初步问讯

26 没有警示胶带，没有路障：2017年对唐·米歇尔的采访。

26 在大学路公寓内：从这里一直到"现在调查还有什么用呢？"来源于："Girls Afraid to Stay Alone," *Boston Herald-Traveler*, Jan. 8, 1969.

27 ［照片］：Stan Forman/*Boston Record-American*。图片来源：*Boston Herald*。

27 急于协助警方："Girl Slaying Gets National Attention," *Boston Record-American*, Jan. 9, 1969.

27 "我想你们可以说我曾经是她的男友吧"：这部分（一直到本节结束）来源于CPD-JH警方记录。

28 午夜降临前夕："Harvard Girl Brutally Slain in the Apartment," *Boston Globe*, Jan. 8, 1969.

29 除了床垫和枕头上之外，没有看见血迹：Lyons警官1969年1月7日填写的死亡通知单（CPD档案）。

29 验尸官阿瑟·麦戈文医生："Harvard Graduate Student Bludgeoned to Death," *Boston Herald Traveler*, Jan. 8, 1969.

29 脑部的挫伤及撕裂伤：乔治·卡塔斯和阿瑟·麦戈文医生的尸检报告，未注明日期，但尸检是在1969年1月7日下午6:45进行的（MSP档案）。

29 在她的发际线上有一道10厘米长的伤口，鼻梁上有一道2.5厘米长的伤口：" Police Probe Vicious Slaying of College Official's Daughter," UPI, Jan. 9, 1969.

29 致命的一击：" Harvard Graduate Student Bludgeoned to Death," *Boston Herald Traveler*, Jan. 8, 1969.

29 击碎她的头骨：2017 年对唐·米歇尔的采访。

29 "她从……遭到了袭击"……既是钝器又有些锋利：" Hammer Sought in Coed Slaying," *Baltimore Sun*, Jan. 9, 1969.

29 一块锐利的石头、一把斧头或是一把切肉刀：" Harvard Girl Brutally Slain in Apartment," *Boston Globe*, Jan. 8, 1969.

29 并未发现现场存在性侵的明确证据：" Pretty Graduate Student Found Slain in Apartment," *The Day*, Jan. 8, 1969.

29 等进一步的尸检：" Harvard Girl Brutally Slain in Apartment," *Boston Globe*, Jan. 8, 1969.

29 近乎强迫的追根究底：" Dr. George G. Katsas, 79; Leading Forensic Pathologist," *Boston Globe*, June 21, 2001.

29 至少要一个星期：" New Medical Tests on Slain Coed Fail," *Boston Record-American*, Jan. 15, 1969.

29 "目前我们没有确凿的嫌疑人"：" Harvard Graduate Student Bludgeoned to Death," *Boston Herald Traveler*, Jan. 8, 1969.

29 吉姆·汉弗莱斯是自己主动来的警察局：" Harvard Graduate Student Bludgeoned to Death," *Boston Herald Traveler*, Jan. 8, 1969.

29 "对方是她认识的人"：" Quiz Harvard Men in Coed Slaying," *New York Post*, Jan. 8, 1969.

卡尔

31 从 1965 年起就在哈佛任教：CCLK 个人履历，可在哈佛大学人类学系网站 CCLK 页面查阅。

31 早先报纸报道：" Harvard Team Unearths Alexander's Lost Citadel," *Boston Globe*, Nov. 10, 1968; " Archaeological Unit From Harvard Unearths Lost Fortress in Persia," *Harvard Crimson*, Nov. 12, 1968.

31 重要的贸易站……原始埃兰文字：2019 年对丹·波茨的采访；2020 年对 CCLK 的采访。

31 在沙特阿拉伯指导考古调查……十三年之久：CCLK 个人履历。

31 没有一件事能超越叶海亚：在 2020 年的通话中，CCLK 并没有否认这件事，但他说，他最自豪的还是促成了研究生的学术事业。

31 虽然卡尔不能决定资金的使用，但仍有不小的发言权：2020 年与 CCLK 的通话。

33《深红报》的文章："On Hike, a Life Is Cut Short," *Harvard Crimson*, Oct. 24, 2007.

红色赭石

33 瑟罕·瑟罕的判决："Quiz Harvard Men in Coed Slaying," *New York Post*, Jan. 8, 1969.

33 连《新闻周刊》杂志："The Riddle of the Red Dust," *Newsweek*, Jan. 20, 1969, p. 17.

33 在科罗拉多的家中……"全国每天有多少？"：2016 年对布兰达·巴斯 (Brenda Bass) 的采访。

34 [照片]：*Boston Record-American*, Jan. 8, 1969, p. 1. 图片来源：Boston Herald.

34 四名记者：对乔·莫泽莱夫斯基（Joe Modzelewski）（2014 年）和迈克尔·麦戈文（Michael McGovern）（2016 年）的采访。"四名"包括摄影师在内。

34 私人飞机："Girl Slaying Gets National Headlines," *Boston Record-American*, Jan. 9, 1969.

34 二楼的走廊："The Cambridge Rambler: The Scene is Changed," *Boston Record-American*, Jan. 11, 1969.

34 有两名男子……警方正准备传讯他们："Police Seek Peru Hippie in Coed Slaying," *Fresno Bee*, Jan. 8, 1969.

35 此人是一位在职教师："Murder Quiz Finds Jane Had Abortion," *Daily News*, Jan. 13, 1969.

35 唐和吉尔·米歇尔送她的礼物："'Gift' Rock May Be Cambridge Death Weapon," *Boston Globe*, Jan. 9, 1969.

35 派人找："Police Seek 2 for Quiz in Girl's Brutal Killing," *Boston Record-American*, Jan. 9, 1969.

35 "细微的矛盾之处"："'Gift' Rock May Be Cambridge Death Weapon," *Boston Globe*, Jan. 9, 1969.

35 "怪异而凶险"：2018 年对劳里·戈弗雷（Laurie Godfrey）的采访。

35 "带着关切与猜忌、如同旋涡般恐惧"：2017 年对梅尔·康纳（Mel Konner）的采访。

35 让系里的秘书们感到不安：2017 年对 Liz Gude 的采访。

36 [照片]：唐·米歇尔拍摄。

36 "发生过不计其数的犯罪活动"：2017 年对弗朗西斯科·佩利兹（Francesco Pellizzi）的采访。

36 "我觉得每个人都提高了警惕"：2017 年对梅尔·康纳的采访。

36 说起那个时候，英格丽德："'Gift' Rock May Be Cambridge Death Weapon," *Boston Globe*, Jan. 9, 1969.

36 加利根长着一张方形脸，塌鼻头：Degou, *Cambridge Police*, p. 27.

36 "我们将不遗余力地展开调查"："Girl Slaying Gets National Headlines," *Boston Record-American*, Jan. 9, 1969.

37 23 名："3 to Get Lie Test in Slaying," *Akron Beacon Journal*, Jan. 8, 1969.

37 安排测谎："'Gift' Rock May Be Cambridge Death Weapon," *Boston Globe*, Jan. 9, 1969.

37 拒绝透露姓名的人："Police Seek Slayer of Harvard Coed," *Bennington Banner*, Jan. 9, 1969.

37 就是有些人所说的氧化铁：更多关于红色赭石的资料，详见：Kate Helwig, "Iron Oxide Pigments" chapter in *Artists' Pigments: A Handbook of their History and Characteristics Volume 4*, edited by Barbara Berrie (New York: Archetype Publications, 2007), pp. 39–109。

37 天花板和过去可能放过床头板的墙上："Coed's Slayer Went through Ancient Ritual," *Boston Record-American*, Jan. 9, 1969；2017 年对唐·米歇尔的采访；CPD-SW p. 3.

37 "有人和我讲过"：从这里一直到本章结尾来源于："'Gift' Rock May Be Cambridge Death Weapon," *Boston Globe*, Jan. 9, 1969.

仪式

41 和《波士顿环球报》的出版商泰勒家族（the Taylors）交好：2016 年对博伊德·布里顿的采访。

42 [照片]：*New York Daily News*.

42 "显然既没有被抢也没有遭到性侵"："Harvard Coed: Mystery Surrounds Slaying," *The Tech* (MIT), Jan. 14, 1969.

42 弗朗西斯科·佩利兹后来回忆：2017 年对弗朗西斯科·佩利兹的采访。

42 "说真的，谁会了解"：2017 年对保罗·尚克曼（Paul Shankman）的采访。

We Keep the Dead Close 503

43 涂上的液体："Girl Slayer Performed Burial Rite," *Boston Herald Traveler*, Jan. 9, 1969.

43 撒上去的粉末："Coed's Slayer Went through Ancient Ritual," *Boston Record-American* (evening edition), Jan. 9, 1969.

43 是红的："Coed's Killer Held Weird Rite: Threw Red Powder over Body," *Daily News*, Jan. 10, 1969.

43 要么是红褐色的，要么就是可可的颜色："'Gift' Rock May Be Cambridge Death Weapon," *Boston Globe*, Jan. 9, 1969.

43 有些文章称其为赭石："Coed's Slayer Went through Ancient Ritual," *Boston Record-American* (evening edition), Jan. 9, 1969.

43 有些则叫它氧化碘："Girl Slayer Performed Burial Rite," *Boston Herald Traveler*, Jan. 9, 1969.

43 依照《波士顿环球报》的说法："'Gift' Rock May Be Cambridge Death Weapon," *Boston Globe*, Jan. 9, 1969.

43 碘唯一稳定的氧化物：2020 年对纳拉扬·坎德卡尔（Narayan Khandekar）的采访。

43 人在意大利：阿瑟·班考夫声明。

43 "说这话的人"：2016 年对阿瑟·班考夫的采访。

43 殖民地墓碑残片：CPD-SW p. 3；殖民地细节详见下文的信息来源；另有 2017 年对唐·米歇尔的采访作为参考。

43 带翅膀的骷髅：苏珊·凯莉 1996 年 7 月 31 日采访保罗·尚克曼的记录（警方档案）。

43 剑桥警方的信息源：史蒂芬·威廉姆斯从未公开承认自己是警方调查此事的信息源。这一结论有多个信息来源。多家报纸都报道援引了哈佛大学人类学系教授作为红色赭石的信息来源（e. g. "'Gift' Rock May Be Cambridge Death Weapon," *Boston Globe*, Jan. 9, 1969）。少数报纸称威廉姆斯为警方信源/顾问："Slain Harvard Student Buried — Police Film All at Service," *Boston Globe*, Jan. 11, 1969; "Coed's Killer Held Weird Rite," *Daily News*, Jan. 10, 1969; "Harvard Coed: Mystery Surrounds Slaying," *The Tech* (MIT), Jan. 14, 1969." CPD-SW 证实了该报道，威廉姆斯在讯问中讨论到了红色赭石的仪式元素，并且提到在新闻曝出之前，警方已于 1969 年 1 月 8 日晚和他讨论过红色赭石。

史蒂芬·威廉姆斯与哈利迪警探

43 本章节选自 CPD-SW。为了简洁明晰起见，本书中的这份警方笔录以及后文出现的其他笔录均经过编辑。在某些地方我决定重新安排访谈的顺序，以反映我从调查材料中发现和厘清故事的方式。即便如此，所有编辑均以保留原文的精神及含义为指导。

守住死者不放

46 把死者埋在自家房子底下：更多有关艾恩-马拉哈（Ain Mallaha）的丧葬仪式，详见：François Valla, et al., "Eynan (Ain Mallaha)," in *Quaternary of the Levant: Environments, Climate Change, and Humans*, edited by Yehouda Enzel and Ofer Bar-Yosef (Cambridge: Cambridge University Press, 2017), pp. 295–296。

皮博迪

47 卡尔在哈佛做助理教授的第一天……攻读完宾夕法尼亚大学的博士学位：CCLK 个人履历；2020 年对 CCLK 的采访。

47 头发留到肩膀：这一描述摘自 2017 年和 2020 年对 CCLK 的采访。他还说，"我过去走进我的课堂还会脱掉头盔，那群孩子就欢呼起来。"

47 皮博迪成立 99 周年：根据"博物馆史"，皮博迪创建于 1866 年，哈佛大学网站皮博迪博物馆。

47 古堡也才创建了十年：于 1855 年 2 月完工并向公众开放，来源："Great Hall of Smithsonian Castle Opens to Public," engraving, Feb. 8, 1855, W. W. Turner to J. R. Bartlett, Jan. 31, 1866, J. C. Brown Library, Brown University。

47 等到四年后才最终落成：美国自然历史博物馆（AMNH）于 1869 年建成，根据美国自然历史博物馆网站"博物馆史：时间线"。

47 开展教学：皮博迪于 1897 年并入哈佛大学，Gérald Gaillard, *The Routledge Dictionary of Anthropologists* (London: Routledge, 2004), p. 56。

47 人类学所有领域，包括考古学：将考古学归类为人类学的一个子学科是美国考古学的怪癖——弗朗兹·博厄斯（Franz Boas）"四个领域"（Four-Field）方法的遗产。在欧洲，考古学通常是一门独立的学科，或是在历史学、古典学或东方研究的框架下教授。更多相关信息，及其在美国学科内部造成的紧张关系，详见：Bernard Wood, "Four-Field Anthropology: A Perfect Union or a Failed State?" *Society 50*, no. 2 (2013): 152–155。

47 "被做出来就是为了施展强大的魔法"：2017 年对芭芭拉·艾伦（Barbara Allen）的采访。

47 墨西哥神圣塞诺特："Envoy: From Deep to Dark," *Harvard*

Advocate, Commencement Issue, 2011.

47 羽毛和灵魂面具，还有唾液样本：2017 年对芭芭拉·艾伦的采访。

48 P. T. 巴纳姆的美人鱼：2018 年对 Anne Kern 的采访。

48 秘密通道网：2017 年对艾莉森·布鲁克斯（Alison Brooks）的采访。

48 乔·约翰斯（Joe Johns）：乔·约翰斯 2017 年的采访；理查德·梅多 2017 年的采访。

49 蒙特罗斯公爵的后代："Ian Graham, 93, Intrepid Investigator, Interpreter of Mayan Ruins," *Boston Globe*, Aug. 3, 2017.

49 像个烟囱一样抽着烟：2017 年对汤姆·派特森（Tom Patterson）的采访。

49 一个翻盖的小烟灰缸：2017 年对大卫·弗赖德尔（David Freidel）的采访。

49 从未给过她正式的教职：2017 年对迈克尔·科（Michael Coe）的采访；2020 年对理查德·梅多的采访。

49 唯一一处吸烟场所……都快成蓝色了：2017 年对布鲁斯·布尔克的采访。

49 在学术上乏善可陈：即便如此，威廉姆斯的很多学生还是很感激他的支持；比如在布鲁斯·布尔克的印象中，威廉姆斯是一个"非常正派的人，对学生照顾有加"。

49 全部由男性构成的职工俱乐部：根据校史记载，这家俱乐部一直到 1968 年才向女性开放，哈佛教职工俱乐部网站。

49 伦敦西区的猎鸭俱乐部：2017 年对汤姆·派特森的采访。

49 唯一有终身教职的女性："哈佛大学第一批终身教职的女教授"，信息图表由哈佛大学高级副教务长办公室教师发展与多样性部门制作，2011 年。

49 直接转身离开：2017 年对爱丽丝·基欧（Alice Kehoe）的采访。

49 头发中分：Harvey Bricker, *Hallam Leonard Movius Jr. (1907–1987): A Biographical Memoir* (Washington, DC: National Academy of Sciences, 2007), p. 2.

49 陆军中校：Bricker, *Hallam Leonard Movius Jr.*, p. 9.

49 煮蛋计时器……12 分钟休息期间：2017 年对艾莉森·布鲁克斯的采访。

49 他的一位女研究生：信源不希望署名。

50 "汉密尔顿这个姓好多了"：2017 年对 Sally Shankman 的采访。

50 一切考古学都是重现：CCLK 前言，p. XX，援引 R. G. 科林伍德（R. G. Collingwood）的话，用"考古学"代替"历史"。

50 有人嘲笑：2017 年对 Liz Gude 的采访。
50 黑色领带派对……很少穿正装：2017 年和 2020 年对 CCLK 的采访。
50 大卫·弗赖德尔对他印象深刻：2017 年对大卫·弗赖德尔的采访。
51 1967 年春季："旧世界文化史：人种学"，简·布里顿拉德克利夫学生档案中的"科目与分数记录"；亦可参照：*Courses of Instruction Harvard and Radcliffe, Faculty of Arts and Sciences 1966‑1967*, Official Register of Harvard University, 63, no.17(1968):43。
51 本科论文答辩委员会：CPD-CCLK 1, p. 2 and CPD-JH, p. 10。
51 卡尔吊过她的胃口：简 1966 年 6 月 24 日给她父母的信。
51 连续第三个夏天：简 1965—1967 年夏写给她父母的信。
51 "猪头一样的老混蛋……坐山观虎斗"：简 1965 年 6 月 2 日给她父亲的信。
51 系里的教职空了出来：过去，哈佛大学系里的职位空缺是通过一种叫做格劳斯坦公式（Graustein formula）的方法计算出来的。详见："Faculty Moves away from Power Politics," *Harvard Crimson*, Nov. 10, 1988。
52 莫维乌斯突然宣布：CPD-IK, p. 17。
52 几十年后……弗朗西斯科·佩利兹：2017 年对弗朗西斯科·佩利兹的采访。

谈谈沉默
53 吉姆·汉弗莱斯的室友：CPD-JH 和 CPD-RM。
53 他毕业论文的指导老师：CCLK 个人履历。
53 皮博迪动物考古学实验室的负责人：2020 年对理查德·梅多的采访。

新闻封锁
55 深感不安——叫人窝火，纯属讹传，甚至令人厌烦：2017 年和 2018 年对 CCLK 的采访。
55 "有抱怨说"："Cambridge Murder Victim Is Recalled as Intelligent and Witty," *New York Times*, Jan. 19, 1969。
55 "彻头彻尾的胡说八道……都会被撒在尸体上"："Profs, Cops Differ on Slaying," *New York Post*, Jan. 10, 1969。
56 警方要求……答应：2017 年对 CCLK 的采访。
56 "完全是捏造的"："Profs, Cops Differ on Slaying," *New York Post*, Jan. 10, 1969。
56 "所谓的哈佛"："Indications Jane Knew Her Slayer," *Boston Herald*

Traveler, Jan. 11, 1969.

56 "我想强调的是"："Police Examine Ochre Found Near Slaying Victim," *Boston Globe*, Jan. 10, 1969.

56 只是她的颜料而已："Britton Case News Blackout Ordered," *Tuscaloosa News*, Jan. 10, 1969.

56 "你要是再这么做，再说这种话"：2018 年对 CCLK 的采访。

56 联邦大道 1010 号：唐·米歇尔 2017 年 7 月 17 日采访森诺特中士的文字记录，p. 181（MSP 档案）。

56 两个人各测试了约一小时："Coed's Killer Held Weird Rite," *Daily News*, Jan. 10, 1969.

56 唐对记者们抱怨："Strange Clue in Coed Case," *New York Post*, Jan. 9, 1969.

56 笔挺的白衬衫：该描述源于 *Daily News* Mel Finkelstein 拍摄的照片，1969 年 1 月 9 日。

56 律师在场："Coed's Friend Nixes Lie Test," *Daily News*, Jan. 9, 1969.

57 慢慢地抽完了一根烟："Suspect Rite Performed Co-ed's Killer," *Chicago Tribune*, Jan. 10, 1969.

57 "要不是发生了这么严重的案件"："Jane's Killer Enacted Ancient Rite over Her," *Daily News*, Jan. 10, 1969.

57 那天傍晚："Police Examine Ochre," *Boston Globe*, Jan. 10, 1969.

57 以来第一次："Cambridge Rambler: The Scene Is Changed," *Boston Record-American*, Jan. 11, 1969.

58 稀疏的白发：*Daily News* 未注明来源的照片，1969 年 1 月 13 日。

58 [照片]：Mel Finkelstein/*New York Daily News*.

58 去年夏天："Rapping with the Cambridge Cops," *Harvard Crimson*, Mar. 23, 1970.

58 督办过几个谋杀案："剑桥谋杀案（1959—1989）"，由剑桥警局犯罪分析组汇编。

58 不会发布任何声明："Police Examine Ochre Found Near Slaying Victim," *Boston Globe*, Jan. 10, 1969.

58 "突然之间，局长"：2016 年对迈克尔·麦戈文的采访。

58 新闻封锁像是为了掩盖什么：2014 年对乔·莫泽莱夫斯基的采访。

58 "在这里，哈佛的水更深"："Covering Harvard — A View from the Outside," *Harvard Crimson*, June 12, 1969.

58 "管理层的人我们一个都找不到……假装什么事都没发生"：2014 年对

乔·莫泽莱夫斯基的采访。

58 石器找到了："Police Examine Ochre," *Boston Globe*, Jan. 10, 1969.

58 没有再补充任何细节："Cambridge Police Declare Black-out On Britton Case," *Harvard Crimson*, Jan. 10, 1969.

与鬼魂共舞

59 跨国贩毒："Officials Jail Alumnus in 1500 - lb Hash Bust," *Harvard Crimson*, Feb. 21, 1970.

59 联邦调查局（FBI）线人："Jessie Gill's Story: Is It Fact or Fancy?" *Harvard Crimson*, Apr. 12, 1973

59 发生了另一起谋杀案：多个来源，其中包括 Widow 2D Cambridge Victim of Bludgeoning in Month," *Boston Globe*, Feb. 7, 1969。

59 盖着毯子：David Dow 的法医死亡报告（CPD 档案）。

59 看上去更年轻："2 Murders in Cambridge Seen Similar," *Boston Herald Traveler*, Feb. 7, 1969.

60 深色的头发、淡褐色的眼睛：David Dow 的法医死亡报告（CPD 档案）。

60 四起谋杀案当中："剑桥谋杀案（1959—1989）"，由剑桥警察局犯罪分析组汇编。

60 "不要做"：2014 年和 Alec Klein 的通话。

60 "只有特定性格的人"：Nick Hornby, *High Fidelity*（New York: Riverhead Books, 1995），p. 30。

60 山中小屋餐厅：这是我们对 Black Mountain Wine House 的称呼（415 联邦大道）。

61《你变了》（"You've changed"）：由 Carl Fischer 和 Bill Carey 创作，Melody Lane 制作公司，1942 年版权。

2018：你希望是谁呢？

65 和唐·米歇尔的谈话是在 2018 年 7 月 25 日。

葬礼

66 好像他们得了瘟疫一样："Cambridge Rambler: News Blackout Hit," *Boston Record-American*, Jan. 18, 1969.

66 敲开英格丽德·基尔希的门：从这里一直到"把他鼻子揍歪，真是奇了怪了"摘自 CPD-IK。

66 基督圣公会教堂（Christ Episcopal Church）："'Gift' Rock May Be Cambridge Death Weapon," *Boston Globe*, Jan. 9, 1969.

66 是她受洗的教堂：2019年对博伊德·布里顿的采访。

67 贾科波紧紧握住摄影机：Mel Finkelstein photo, "Cops & Cameras Study Crowd at Jane's Rites," *Daily News*, Jan. 11, 1969.

67 250位吊唁者：报纸上关于这一数字的报道略有出入。*The Boston Globe*, *Boston Record-American* 和 *Daily News* 报道的是约有400位吊唁者，但我还是采用了 *New York Times* 报道的250位，因为在简的葬礼登记簿上仅有约200个签名。

67 告诉他要录下哪些人："Cops & Cameras Study Crowd at Jane's Rites," *Daily News*, Jan. 11, 1969；2017年对唐·米歇尔的采访。

67 [照片]：Mel Finkelstein/*New York Daily News*.

67 身边是他的哥哥：CPD-RM, p. 50 以及剑桥警局在葬礼上拍摄的照片（CPD档案）。

67 理查德·梅多的父亲：CPD-RM, p. 25 以及2018年对理查德·梅多的采访。

67 哈佛医学院的院长："Henry Coe Meadow: Memorial Minute," *Harvard Gazette*, May 13, 2004.

67 他替吉姆安排的："3 Friends of Slain Co-Ed Take Lie Tests," *Boston Herald Traveler*, Jan. 10, 1969.

67 更苍白，更缺乏睡眠：CPD-RM, p. 49.

67 一副大太阳镜：Mel Finkelstein photo, "Cops & Cameras Study Crowd at Jane's Rites," Daily News, Jan. 11, 1969.

67 简的母亲身体前倾：剑桥警局在葬礼上拍摄的照片。

68 [照片]：简·布里顿警方档案。

68 从停车场走过来：剑桥警局在葬礼上拍摄的照片。

68 出于礼节过来帮忙：2016年对博伊德·布里顿的采访。

69 [照片]：简·布里顿警方档案。

69 理查德·梅多独自一人走着：剑桥警局在葬礼上拍摄的照片。

69 捐款："Slayer Performed Ancient Ritual over Victim," *Boston Record-American*, Jan. 9, 1969. "简·S. 布里顿纪念图书基金"为纪念简而设立（"Britton Memorial Fund," *Peabody Museum Newsletter*, winter 1969, p. 2.）。

69 玛丽·邦廷（Mary Bunting）：邦廷并没有出现在剑桥警局拍摄的照片中，但简的葬礼登记簿上有她的签名，且有报道记录了她的出席："Slain

Harvard Student Buried — Police Film All at Service,"*Boston Globe*, Jan. 11, 1969。

69 J. O. 布鲁（J. O. Brew）被拍到了：剑桥警局在葬礼上拍摄的照片。

69 "老天。算他有种"：CPD-IK，p. 72。

69 简的邻居普雷瑟夫妇：剑桥警局在葬礼上拍摄的照片中，伍德沃德（Woodward）被拍到站在普雷瑟夫妇旁边。

69 彩色玻璃的十字架在圣坛前闪闪发光：笔者到访了尼德姆基督圣公会教堂；经博伊德·布里顿 2019 年证实。

70 吉姆·汉弗莱斯坐在前面：唐·米歇尔在"探案网"（Websleuths, WS）上的发帖♯492，2014 年 7 月 1 日。

70 白玫瑰："Slain Harvard Student Buried — Police Film All at Service," *Boston Globe*, Jan. 11, 1969.

70 舒缓的风琴声："Jane Britton Laid to Rest," *Boston Herald Traveler*, Jan. 11, 1969.

70 牧师哈罗德·蔡斯（Reverend Harold Chase）："Slain Harvard Student Buried — Police Film All at Service," *Boston Globe*, Jan. 11, 1969.

70 "从现在起永远安息"……没有致悼词："Jane Britton Laid to Rest," *Boston Herald Traveler*, Jan. 11, 1969.

70 "我记得在那里"：2017 年梅尔·康纳的采访。

70 轻轻擦拭眼睛："Cops & Cameras Study Crowd at Jane's Rites," *Daily News*, Jan. 11, 1969.

70 一声啜泣："Cops & Cameras Study Crowd at Jane's Rites," *Daily News*, Jan. 11, 1969. 在 2017 年的一次采访中，简同父异母的哥哥查理·布里顿（Charlie Britton）告诉我，有可能是他发出的啜泣声。

70 不到 30 分钟："Slain Harvard Student Buried — Police Film All at Service," *Boston Globe*, Jan. 11, 1969.

70 "拍他"："Cops & Cameras Study Crowd at Jane's Rites," *Daily News*, Jan. 11, 1969.

70 从教堂的侧门悄悄离开："Find Ritual Clue in Coed's Papers," *New York Post*, Jan. 11, 1969.

真正的哈佛红

70 四万年的葬礼："First Humans in Australia Dated to 50000 Years Ago," *National Geographic News*, Feb. 24, 2003.

71 加拿大穆尔黑德（Moorehead）墓葬群：2017 年对布鲁斯·布尔克的

采访。

71 俄罗斯南部仪式性石棺葬：2017 年对鲁斯·特林汉姆（Ruth Tringham）的采访。

71 伊拉克的沙尼达尔洞（Shanidar Cave）：2017 年对艾德·韦德（Ed Wade）的采访。

71 帕伦克的千年红色皇后："Mystery Queen in the Maya Tomb," *National Geographic*, Feb. 2, 2018. 她身上覆盖着另一种红色粉末——朱砂，也就是剧毒的硫化汞。

71 一万九千岁："The Red Lady of El Mirón," *Archaeology*, Sept.-Oct. 2015.

71 三万三千年："帕维兰'红娘'"，牛津自然历史博物馆网站。

71 其实是一位年轻的男性："The Secrets of Paviland Cave," *The Guardian*, Apr. 25, 2011.

71 最早产生象征性思维的例证："Cave Colours Reveal Mental Leap," *BBC News Online*, Dec. 11, 2003.

71 考古学家猜测：Nicola Attard Montalto, "The Characterisation and Provenancing of Ancient Ochres," PhD dissertation, Cranfield Health, Translational Medicine, Cranfield University, 2010, p. 21.

71 希腊语"像血一样"：Dictionary. com 上关于赤铁矿（hematite）的词源，参考自：*Random House Unabridged Dictionary* (New York: Random House, 2020)。

71 "哈佛红"的历史：详见 R. Leopoldina Torres, "The Colorful History of Crimson at Harvard," Harvard Art Museums website, Oct. 3, 2013。戈梅斯牧师（Reverend Gomes）的说法来自"Harvard Explained: Why Is Crimson Harvard's Official Color?" *Fifteen Minutes*, Apr. 11, 2002。

71 新石器时期的遗址：遗址包括 Ganj Dareh、Chogha Sefid 和 Ali Kosh。详见：Abbas Alizadeh, *Chogha Mish II: The Development of a Prehistoric Regional Center in Lowland Susiana, Southwestern Iran, Final Report on the Last Six Seasons of Excavation, 1972–1978*, Oriental Institute Publications 130 (Chicago: Oriental Institute, University of Chicago, 2008)。

71 禁止了火葬和土葬：更多关于琐罗亚斯德教的丧葬习俗，详见：Daniel Potts, "Disposal of the Dead in Planquadrat U/V XVIII at Uruk: A Parthian Enigma?" *Baghdader Mitteilungen* 37(2006):270。

71 新生簿：The Freshman Register: Radcliffe 1967, Radcliffe College, 1967.

71 总共 300 个女孩："How to Pick 300 Effective Human Beings,"

Radcliffe Quarterly, June 1969, p. 10.

72 一直到 2000 年，女生的哈佛毕业证书还和男生的不一样："So Long, Radcliffe," *Harvard Crimson*, Apr. 21, 1999.

72 全部由男性组成的学校：由于并校是分阶段进行的（例如，拉德克利夫的学生从 1943 年开始与哈佛的男生一起上课，但直到 1975 年，哈佛-拉德克利夫联合招生办公室才开始招收男女本科生），因此很难说哈佛全部由男性组成的历史具体是在哪天结束的。哈佛大学与拉德克利夫学院漫长、持续的合并过程将在后续章节详细介绍，有关并校的详细历史，请参阅：哈佛大学拉德克利夫高级研究院网站"我们的历史"。

72 "你好？"她略带怀疑地说：本章余下的部分摘自 2014 年对苏珊·塔尔伯特（Susan Talbot）的采访。

73 它现在还在：截至我们对话的时间，情况尚属实。2019 年 10 月，《城外新闻》（Out of Town News）在走过六十多年之后关停。

简

74 化学分析：除另有说明之外，本节中的详细信息来自助理化验师约瑟夫·兰泽塔 1969 年 4 月 1 日的报告（MSP 档案）。

74 精子细胞是完整的："DNA 调查年表"，由 MDAO 编写，2018 年 10 月 29 日，p. 1（MDAO 档案）。

74 贾科波警官还发现：Ed Colleran 探长 1969 年 1 月 8 日向达文波特中尉提交的关于犯罪现场的报告。

74 卡塔斯博士更进一步的尸检并没有涉及：乔治·卡塔斯和阿瑟·麦戈文医生的尸检报告，1969 年 1 月 7 日（MSP 档案）。

74 她的右臂：乔治·卡塔斯和阿瑟·麦戈文医生的尸检报告，1969 年 1 月 7 日（MSP 档案）。

74 警探达文波特中尉自嘲：CPDJC, p. 17.

75 取得了姓名和住址："关于詹姆斯·汉弗莱斯、唐纳德·米歇尔、李·帕森斯和博伊德·布里顿接触的说明"，未署名，无日期（CPD 档案）。

75 拿到了名册："哈佛大学人类学系研究生名册"，1967 年秋季学期。

75 她最近的通话："与系列收费电话相关的姓名记录"，未署名，无日期（CPD 档案）。

75 电话簿和日记："Coed Phone List Fails to Give Clues," *Boston Record-American*, Jan. 19, 1969.

75 三通声明：阿瑟·班考夫声明，安德莉亚·班考夫声明，联合声明。

75 美国驻罗马大使馆：美国驻意大利副领事给达文波特中尉的信（附三

封信），1969年1月17日（CPD档案）。

75 "这可不是简的风格"："The Case of the Ocher-Covered Corpse," *Boston Magazine*, Sept. 1982.

75 "我猜她有可能会踢他"：CPD-IK, p. 43.

75 吉尔·米歇尔告诉警方：本段和下一段均引自CPD-JM 1, pp. 42–44。

75 "绅士到几乎让人尴尬的程度"：CPD-LI, p. 49.

76 "我会想"：CPD-IK, p. 13.

76 化学分析表明：这部分内容来自阿瑟·麦戈文医生1969年1月9日开具的"死亡证明"（MSP档案）。栗色橄榄球毛衣的细节来自彼得·森诺特中士2017年10月12日关于吉姆·汉弗莱斯的报告（MSP档案）。

76 "到底哪里吸引她？"：对话来自CPD-IK, p. 63。

你会和我一起吗

76 一时间也很难被我无视：这是我对Theodore（Ted）Wertime研究的浓缩版本，他是史密森学会（Smithsonian）赞助的冶金附件小组的负责人，曾和简在同一个考古季访问了叶海亚堆；多亏了Wertime，叶海亚探险队才获得了美国的物资供应特权；第二次世界大战期间，他曾在战略服务办公室工作，1945年至1955年，他继续替国务院从事情报工作（Washington Post obituary, Apr. 16, 1982），并且曾担任驻伊朗文化专员；但我始终没有发现任何证据，表明他在叶海亚的工作与情报收集活动有关；关于某些人类学家与中央情报局（CIA）之间的联系，David Price的研究成果非常出色。

76 "我从来不为美国政府工作"：2020年对CCLK的电话采访。

77 不置可否：Michael Lavergne，中央情报局机构发布小组执行秘书，2016年3月18日。

简和吉姆

77 去叶海亚堆前的那个春天：该事件基于CPD-IK和CPD-SLI，两者都在警方询问中描述了这一时刻，也包括其中的对话。萨拉·李·埃尔文的名字是李，但我在书中称她为莎拉·李，以免与后文出现的另一位混淆。

拉德克利夫记忆

78 《哈佛深红报》的原始文章："Grad Student Killed," *Harvard Crimson*, Jan. 8, 1969.

78 法国的一个家谱网站：Geneanet. org.

78 《纽约时报》的讣告栏："Paid Notice: Deaths, de Saint Phalle,

Virginia,"*New York Times*, Nov. 6, 2006.

78 她很想帮忙：以下均来自 2014 年对萨・西丽・卡尔萨（Sat Siri Khalsa）的采访。

房地产

78 "非要发生一起谋杀"："Tenants Claim Harvard Ignored Building Code," *Harvard Crimson*, Jan. 14, 1969. 更多有关哈佛大学房地产政策审查的信息，详见："Harvard to Probe No Locks on Doors," *Boston Globe*, Jan. 10, 1969; "Harvard Defends Housing," *Boston Globe*, Jan. 12, 1969; "Harvard Panel Urges Improved Community Ties," *New York Times*, Jan. 14, 1969.

79 1967 年哈佛买下该地："University Wins Fight to Purchase Building," *Harvard Crimson*, May 10, 1967.

79 居民们得不到翻新的机会："Booming Biz in Narcotics Jars Harvard," *Daily News*, Jan. 12, 1969.

79 "我们试过请求"："Tenants Claim Harvard Ignored Building Code," *Harvard Crimson*, Jan. 14, 1969.

79 4870 万美元的筹款活动：据 *Daily News* 报道，这是一次 5200 万美元的筹款活动（"A Shadow of Blight Settles on Hallowed Harvard," Jan. 14, 1969），但 4870 万美元这个数字是来自"皮博迪博物馆简报"，1968 年夏季，p. 1。

79 一位年轻记者施压："Covering Harvard — A View from the Outside," *Harvard Crimson*, June 12, 1969. 这位记者是 Parker Donham。

79 "鉴于哈佛大学带来的诸多问题"："Tenants Claim Harvard Ignored Building Code," *Harvard Crimson*, Jan. 14, 1969.

79 管理该房产的房地产公司："University Wins Fight to Purchase Building," William Galeota, May 10, 1967.

79 "鉴于近期发生的案件"："Front Door Locked at Jane's Building," *Daily News*, Jan. 11, 1969.

79 给居民们配新锁的钥匙："Slay Site Bldg Gets New Locks," *Boston Record-American*, Jan. 11, 1969.

80 "他们只想息事宁人"：2014 年对乔・莫泽莱夫斯基的采访。

80 冬季的冻土层："Slain Student Buried — People Film All at Service," *Boston Globe*, Jan. 11, 1969.

80 无云的天幕："Cops & Cameras Study Crowd at Jane's Rites," *Daily News*, Jan. 11, 1969.

80 进行简短的墓前仪式:"Slain Student Buried — People Film All at Service," *Boston Globe*, Jan. 11, 1969.

80 简的父亲唯一一次表露情绪:2016 年对博伊德·布里顿的采访以及 2017 年对查理·布里顿的采访。

80 放在山坡上:"Cops & Cameras Study Crowd at Jane's Rites," *Daily News*, Jan. 11, 1969.

80 两名工人:"Cops & Cameras Study Crowd at Jane's Rites," *Daily News*, Jan. 11, 1969.

伊丽莎白

81 两周后:本章若无特殊说明,均摘自 2014 年对伊丽莎白的采访。

81 "始终保持双脚着地":"红皮书"中并没有类似学院生活规则的措辞,但学生们就是这样描述的。另请参阅:"More as People than Dating Objects," *Harvard Magazine*, Nov.-Dec. 2011。

81 必须穿上裙子和长筒袜:*Redbook: A Guide to Student Living at Radcliffe 1963 – 1964*, edited by Karen Johnson, Radcliffe Government Association, p. 25.

81 直到 1973 年:" 'Cliffe to Yard Shuttle Buses Begin," *Harvard Crimson*, Sept. 21, 1973.

简在拉德克利夫

82 新学年第一周:本章若无特殊说明,均摘自 2014 年对伊丽莎白·汉德勒的采访。

83 它比哈佛还要难考:Marcia G. Synnott, "The Changing 'Harvard Student': Ethnicity, Race, and Gender," *Yards and Gates: Gender in Harvard and Radcliffe History*, edited by Laurel Ulrich (New York: Palgrave Macmillan, 2004), p. 297.

83 眼睛是绿色的,眼距很开:苏珊·凯莉 1996 年 5 月 24 日采访伊丽莎白·汉德勒的记录(警方档案)。

83 黑得发亮:2016 年对布兰达·巴斯的采访。

83 身材就像砖头盖的茅厕:2017 年对布鲁斯·布尔克的采访。

83 她抽烟:2018 年对 Lucy DuPertuis 的采访。

83 不用发胶把头发高高梳起:2016 年对艾琳·(杜邦)·莱特(Irene duPont Light)的采访。

83 她嗓音低沉:2016 年对 Jennifer Fowler 的采访。

83 发自内心地爆发出爽朗的笑：2017 年 8 月 1 日上午 10：25Cathy Ravinski 的电子邮件。

83 竖起一对细细的眉毛：2016 年对 Jennifer Fowler 的采访。

83 简睡在下铺：有关简大一房间的细节，详见 2018 年对 Lucy DuPertuis 的采访。

83 一个熨衣板和一个熨斗：从这里一直到"每个星期做 5 小时的家务"摘自 *Redbook*，p. 19。

84 "日光浴时多加小心"……"都应谨言慎行"：*Redbook*，p. 25。

84 可以在任何地点吸烟（除了在宿舍床上）：*Redbook*，p. 32。

84 酒精是禁止的；偶尔允许她们喝一点雪利酒：*Redbook*，p. 82。

84 社交准则：*Redbook*，p. 79。

84 需要登记进入：*Redbook*，p. 82 – 83。

84 "男生来了！"提醒楼里的其他人："'Cliffe Parietals Committee Meets for Action on Spring Referendum," *Harvard Crimson*, Sept. 25, 1969。

84 1879 年开始成为哈佛大学的附属机构，但一直到 1943 年："Radcliffe Timeline," *Harvard Crimson*, Apr. 21, 1999。

84 教授们感到不满：Nancy Weiss Malkiel, *"Keep the Damned Women Out": The Struggle for Coeducation* (Princeton, NJ: Princeton University Press, 2017), p. 37。这是一本关于美国和英国精英大学男女同校历史的优秀书籍。

84 有关哈佛讲师为男女生一起授课的文章："The 'Cliffe Girl: An Instructor's View," *Harvard Crimson*, Apr. 18, 1953。

85 在简入学前的 6 月：Malkiel, *"Keep the Damned Women Out,"* pp. 42 – 43。

85 二等公民：2014 年对 Ellen Hume 的采访。

85 获得同样的奖学金和资助：Marie Hicks, "Integrating Women at Oxford and Harvard Universities, 1964 – 1977," *Yards and Gates*, p. 363。

85 不能进入本科生的图书馆拉蒙特（Lamont）："Lamont Will Open to Cliffies after Twenty Celibate Years," *Harvard Crimson*, Dec. 8, 1966。

85 按照规定必须有人护送：*Redbook*，p. 86。

85 9 间女厕所：*Redbook*，p. 118。

85 新入学的男生可以邀请："More as People than Dating Objects," *Harvard Magazine*, Nov.-Dec. 2011。

85 尽量让女生们感到不适："More as People than Dating Objects," *Harvard Magazine*, Nov.-Dec. 2011。

85 一周后开始上课：根据 *Redbook*，p. 5，那一年的新生入学报到持续了

8 天。

85 每个星期上三次：*Courses of Instruction Harvard and Radcliffe, Faculty of Arts and Sciences 1963 - 1964, Official Register of Harvard University*, 60, no.21(1963):37.

85 有个流传已久的笑话：2018 年对 Jonathan Friedlaender 的采访。

85 在自己家办了个聚会：这一幕来自对伊丽莎白·汉德勒（2014 年）和彼得·潘奇（Peter Panchy, 2017 年）的采访。丁香红酒的细节来自苏珊·凯莉 1996 年 5 月 24 日采访伊丽莎白·汉德勒的记录（警方档案）。

86 阿尔巴尼亚移民：2017 年对彼得·潘奇的采访。

86 卡博特楼开设了有关禁欲的必修课：2014 年对苏珊·塔尔伯特的采访。

86 1963 年 10 月，一桩丑闻发生了："Parietal Rules," *Harvard Crimson*, Oct.1, 1963.

86 学生们一直在抱怨："Living Off-Campus," *Harvard Crimson*, Mar. 21, 1963.

86 两位哈佛的教务长开始反击："Parietal Rules," *Harvard Crimson*, Oct.1, 1963.

87 搬了台电视机……每隔 15 分钟便为总统而鸣：2018 年对 Lucy DuPertuis 的采访。

87 大学第二年，简和伊丽莎白：简·布里顿的拉德克利夫学生档案。

87 老宿舍楼：2014 年对伊丽莎白·汉德勒的采访。

87 50 年代起居室的家具……一大坨毛茸茸的橘色生物：2017 年对卡伦·布莱克（Karen Black）的采访。

87 我们在这里，闻起来像个马厩：简·布里顿 1964 年 6 月 12 日写给她父母的信。

87 那一年，毒品在校园里流行起来：2014 年对苏珊·塔尔伯特的采访。

87 躲避水球："The Whispers of a Movement," *Harvard Crimson*, May 25, 2015.

87 毕业班中黑人学生很少超过三人：Synnott, *Yards and Gates*, p.301.

87 苏珊·塔尔伯特才意识到：2014 年对苏珊·塔尔伯特的采访。

88 回忆起当时的激动：2014 年对卡罗尔·斯坦赫尔（Carol Sternhell）的采访。

88 采集狩猎者：2017 年对卡尔·海德（Karl Heider）的采访。

88 禁食 72 小时：苏珊·凯莉 1996 年 5 月 24 日采访伊丽莎白·汉德勒的记录（警方档案）。

88 简在晚上会变得十分活跃：从这里一直到"一个狂妄的乐观主义者"：苏珊·凯莉 1996 年 5 月 24 日采访伊丽莎白·汉德勒的记录（警方档案）。

88 一辆 1962 年生产的白色敞篷车：伊丽莎白记得这是简的车，但博伊德在 2020 年说这辆车是他们的父亲给母亲买的。

88 切斯-让（Chez Jean）法国小酒馆：苏珊·凯莉 1996 年 5 月 24 日采访伊丽莎白·汉德勒的记录（警方档案）。

重新回到伊丽莎白

89 1969 年 1 月初：对伊丽莎白·汉德勒（2014 年）和彼得·潘奇（2017 年）的采访。

90 "我光是活着，就已经觉得很愧疚了"：苏珊·凯莉 1996 年 5 月 24 日采访伊丽莎白·汉德勒的记录（警方档案）。

90 艾德·弗朗克蒙特曾是哈佛大学：2017 年对彼得·罗德曼（Peter Rodman）的采访。

90 他和简约会了不到一年时间：CPD 多个询问记录中有提及，包括 CPD-IK 和 CPD-DM。

91 "像一块瓷板一样冷若冰霜"：CPD-IK, p. 29.

你知道的关于她的一切坏事

91 "她被人杀死并不是因为"：唐·米歇尔在"探案网"上的发帖♯374，2014 年 6 月 15 日。

92 "现在我再去想"：CPD-JM 2, p. 46.

92 英格丽德和米歇尔夫妇的供述不谋而合：CPDIK, p. 41.

92 吉姆对于米歇尔夫妇来说也完全是个谜：该段摘自 CPD-DM, p. 61.

92 班考夫夫妇在欧洲：阿瑟·班考夫声明。

92 博伊德被派去了越南：博伊德·布里顿军事档案，美国国防部国家人事档案。

92 搬到了弗吉尼亚的诺福克（Norfolk）：2020 年对伊丽莎白·汉德勒的采访。

92 警方要求英格丽德回忆：对话来自 CPD-IK, pp. 35–36。

93 在尼德姆长大：若无特殊说明，这里有关简童年的细节均来自 2017 年对卡伦·约翰（Karen John）的采访。

93 [照片]：布里顿家庭档案，博伊德·布里顿提供。

93 简的父亲总不在家：这里卡伦和博伊德的记忆不一样。卡伦并不记得简的父亲经常不在家，但博伊德却谈到他们的父亲频繁地出公差。此处我采纳了博伊德的回忆。

94 另一位玩伴艾米莉·伍德伯里（Emily Woodbury）：2017年对艾米莉·伍德伯里的采访。

94 "每况愈下，无人幸免"：简·布里顿1966年7月7日给她父母写的信。

94 她小时候的画：布里顿家庭档案。

94 [照片]：布里顿家庭档案，博伊德·布里顿提供。

95 整个夏天都在岬角骑马：2020年对博伊德·布里顿的采访。

95 模拟猎狐的活动：根据博伊德（2020年）的说法，该地区已经没有狐狸了，所以简的邻居们在袋子里装满了狐狸的尿，然后拖到小路上，让猎狗随后跟踪。

95 唐和吉尔过去每天都能见到简：CPD-JM 2, p. 47.

95 晚上10点，简匆忙离开：从这里一直到"用不着说她是去学习"来自CPD-JM 2, p. 45.

95 "你知道班里谁最喜欢她吗？"：对谈来自CPD-SLI, p. 34。

你在怕什么呢？

96 简曾给吉姆·汉弗莱斯写过几封信："布里顿公寓的通信合集"，1968年的不同日期，p. 6（CPD档案）。从信里提到的土拨鼠可以推断出这些草稿是写给吉姆的。简经常管自己叫土拨鼠 [e. g. 简的日记，1968年6月14/15日："一直以来，我以为你只是在让土拨鼠最后的日子稍微幸福一些（该死，明明是非常幸福）"]。

博伊德

97 博伊德的第一通回复……博伊德发来了第二通回复：博伊德·布里顿，引自伊丽莎白·汉德勒2014年2月17日下午5:06的电子邮件。

98 博伊德一个小时后又写了一段：博伊德·布里顿2014年2月17日下午6:23写给伊丽莎白·汉德勒和我的电子邮件。

98 "我可能看了太多的侦探片"：博伊德·布里顿2014年2月18日上午11:54的电子邮件。

简的二三事

99 儿时的博伊德穿着救生衣：2016年对博伊德·布里顿的采访。

99 四年级那年，简在课桌前如坐针毡：2017年对艾米莉·伍德伯里的采访。

99 简和博伊德走进了父母的房间：2017 年对博伊德·布里顿的采访。

100 简和室友织了条围巾：2016 年对布兰达·巴斯的采访。

100 在学校排演的戏剧《奥克拉荷马!》（Oklahoma!）：2016 年对博伊德·布里顿的采访。

100 在客厅的三角钢琴上弹奏科尔·波特：2016 年对布兰达·巴斯的采访。

100 简和她的朋友凯茜（Cathy）说：2017 年 7 月 28 日上午 10:57Cathy Ravinski 的电子邮件。

100 某种掌控人们生命的电力场：CPD-JM 2, p. 52.

100 生于布拉格的卡尔：2017 年对 CCLK 的采访。

100 "被除名的捷克人"：简写给博伊德的信，1968 年 6 月 17 日前后。

100 "瓷做的蠢蛋"：CPD-IK, p. 79.

100 "我梦见自己在那间公寓醒过来的时候已经死了"：2017 年对约翰·特勒尔（John Terrell）的采访。

和博伊德的第一次交谈

101 若无特殊说明，本章的所有细节均来自 2014 年我对博伊德·布里顿的采访。

101 去过她的公寓：我们谈话的时候博伊德并不知道这个事实。这一细节来自彼得·加尼克（Peter Ganick）1969 年 1 月 8 日上午 10:25—10:35 与警探达文波特中尉的谈话记录。

越南

105 1 月 7 日晚：除特殊说明外，这部分的细节均来自 2014—2020 对博伊德的几次采访。

105 才来越南一个月：根据博伊德的军事档案，他于 1968 年 12 月 6 日抵达越南，美国国防部国家人事档案。

105 第十六公共信息支队：CPD-BB；博伊德给简写的信，无日期（1968 年 12 月前后）。

105 "你的姐姐简在马萨诸塞州的剑桥遇害了"：1969 年 1 月 8 日简的父母给博伊德发去的电报（布里顿家庭档案）。

106 [照片]：布里顿家庭档案，博伊德·布里顿提供。

106 "去拜访她父母"：苏珊·凯莉 1996 年 5 月 24 日采访伊丽莎白·汉德勒的记录（警方档案）。

106 "热情洋溢的、富有异国情调的尼德姆"：简 1968 年 7 月 27 日写给伊丽莎白·汉德勒的信。

107 尼德姆财政委员会的成员:"J. Boyd Britton; Was Chemist, Executive, Radcliffe Officer; 93," *Boston Globe*, Oct. 29, 2002.

107 卡博特公司(Cabot Coporation)的副总裁:"J. Boyd Britton; Was Chemist, Executive, Radcliffe Officer; 93," *Boston Globe*, Oct. 29, 2002.

107 洛厄尔家族只和卡博特家族对话:"Home of the Bean and the Cod," *The Telegraph*, Dec. 22, 2002.

107 一位经过蓝带认证的厨师:苏珊·凯莉1996年2月27日采访博伊德·布里顿的记录(警方档案)。

107 第一架波音767飞机:"Boeing 767: A Cautious Debut," *New York Times*, Sept. 8, 1982.

107 上一段婚姻留下来的两个孩子:2017年对博伊德·布里顿和查理·布里顿的采访。

107 历史学博士的学位:Ruth Gertrude Reinert, "Genoese Trade with Provence, Languedoc, Spain, and the Balearics in the Twelfth Century," PhD dissertation, History Department, University of Wisconsin, 1938.

108 鲁斯也并不劝阻:在一封写给她父母的家信(1966年7月12日)中,简让母亲去买"一些处方药;那些药真的很棒,能让我食欲大减"。

108 她是班上的副班长:Dana Hall Yearbook, 1963.

108 "最聪明的学生":Dana Hall Yearbook, 1963, p. 103.

108 全年级唯一考入拉德克利夫的学生:" '63 at College," *Dana Hall Bulletin*, Jan. 1963, p. 26.

108 她的父亲还没有在这所学校任职:简于1963年开始在拉德克利夫就读。在一封日期为1965年7月20日的信中,她祝贺她的父亲履新。

108 不能只是成为某人的妻子:苏珊·凯莉1996年5月24日采访伊丽莎白·汉德勒的记录(警方档案)。

108 三次从大学退学:博伊德第一次被要求离开普林斯顿,据他说是因为他考试全不及格。之后他去了爱默生学院,在那里做过院长的学生,但后来还是主动离开了。后来他又回到了普林斯顿,并最终退学。

108 "我只和他们家吃过一次晚饭":2017年对卡伦·约翰的采访。

108 "患梅毒的猫":这首歌有很多版本,旋律为"D'ye Ken John Peel?"

109 到了中午:博伊德的军事档案,美国国防部国家人事档案。

109 一篇合众国际社(UPI)的报道:"Girl 22 Beaten to Death," *Pacific Stars and Stripes*, Jan. 9, 1969.

109 纽约的报纸还在市镇里售卖:对乔·莫泽莱夫斯基(2014年)和迈

克·麦戈文（2016 年）的采访。

109 "任何信息都必须出自局长"："D. A. Droney Hints Coed Slay 'Repeat,'" *Boston Record American*, Jan. 14, 1969.

109 打电话给简的家人，直接找上门来：2016 年对博伊德·布里顿的采访。

109 哈佛广场上蓬勃发展的毒品生意："Booming Biz in Narcotics Jars Harvard," *Daily News*, Jan. 12, 1969.

110 迈克让他的摄影师拍下了这张照片：我无法与迈克·麦戈文核对这一点。他在我和他取得联系之前已去世。

110 封面故事：*Daily News*, Jan. 13, 1969, p. 1.

110 "这不是真的！"：2014 年对博伊德·布里顿的采访。

110 "是真的，妈。这是真的"：2014 年对博伊德·布里顿的采访。

艾德·弗朗克蒙特

110 米歇尔夫妇：CPD-DM, p. 47.

110 英格丽德·基尔希知道：CPD-IK, p. 34.

110 "没有人，没有人，没有人知道"：2014 年对伊丽莎白·汉德勒的采访。

110 摔跤队："Franquemont Wins, Loses in NCAA Wrestling Meet," *Harvard Crimson*, Mar. 30, 1965.

110 体格健壮、差不多秃顶了：从这里一直到"你不会想和他那种人待在一个房间的"摘自：苏珊·凯莉 1996 年 5 月 24 日采访伊丽莎白·汉德勒的记录（警方档案）。

111 [照片]：简·布里顿的警方档案。

111 简从在拉德克利夫的最后一年开始和艾德约会：CPDIK, p. 31.

111 "完全有能力"：CPD-SLI, p. 45.

111 会为了甩掉一个男的和他上床：苏珊·凯莉 1996 年 5 月 24 日采访伊丽莎白·汉德勒的记录（警方档案）。

111 "或者至少据她描述是这样的"：2017 年对伊丽莎白·汉德勒的采访。

111 然而到了 1967 年秋天：这两段来自 CPD-JM 1 和 CPD-IK.

111 他动手打过她：CPD-JM 1, p. 30.

111 "实际上就算她那时候"：CPD-SLI, p. 10.

111 简就接到了一通恐吓电话：CPD-JM 1, pp. 37-40.

112 他兼职打工的问题儿童学校里的一个男孩：根据 1969 年 1 月 9 日"艾德·弗朗克蒙特的通话记录"，是查尔斯河学校（Charles River School）

（警方档案）。

112 觉得他既可爱又贴心：CPD-JM，p. 39.

112 推测正是在那一晚，简怀孕了：CPD-DM，p. 48.

112 根据人类学系的小道消息：这部分来自 2017 年对 Sally Bates Shankman 的采访。

112 创始人之一：2018 年 3 月 2 日下午 3:05 本特利历史图书馆（Bentley Historical Library）关于中密歇根（Mid-Michigan）计划生育记录的电子邮件。

112 在春季假期最后一个周末：CPD 档案中她在密歇根州租车的数据，日期为 1968 年 4 月 7 日。根据哈佛大学 1967—1968 年的校历，当年的春假于 4 月 7 日结束。

112 堕胎花了简 500 美元：简 1968 年 7 月 4 日写给布兰达·巴斯的信。还有一张给 500 美元现金开的支票的照片，日期为 1968 年 4 月 5 日（CPD 档案）。

112 募集资金：CPD-DM，p. 47；CPDJM 2，p. 30.

113 警方了解到艾德的存在：剑桥警局第一次问起艾德是在 1969 年 1 月 7 日，详见 CPD-CCLK 1。

113 从学校搬走：2017 年对梅丽·斯维德（Merri Swid）和 Richard Rose 的采访；CPD-IK，p. 34；CPD-CCLK 1，pp. 8 - 9。

113 曾在剑桥见过他："Police Seek Peru Hippie in Coed Slaying," *Fresno Bee*，Jan. 8，1969。

113 但接下来的几个礼拜：部分有关简·布里顿调查的传闻是，警方"追捕弗朗克蒙特一直到了秘鲁"。虽然这给人的感觉有些夸张，而且警方档案中也没有关于 1969 年这次所谓旅行的记录或笔记，但我在"2017 年自动数据采集的背景记录"（MDAO 档案）p. 1 发现了和这则传闻有关的记录："关于 Billy Powers 和/或 Jimmy Connolly 从弗兰克·乔伊斯中尉处收到的有关……与测谎人员一起前往秘鲁与弗朗克蒙特面谈的信息的报告"。

113 将一张明信片带给了警方：2017 年对 Richard Rose 的采访；明信片 CPD 档案的一部分。

113 最好的朋友黛比·沃洛夫（Debbie Waroff）：这段对话来自黛比·沃洛夫与侦缉警长加利根（Galligan）1969 年 1 月 9 日的采访记录，具体时间不详（警方档案）。

113 她提供的信息得到了证实：我还和 Dave Brownman 聊过，他曾是人类学专业的研究生，他说简去世的那晚，他和艾德·弗朗克蒙特一起在秘鲁。

114 [照片]：简·布里顿警方档案。

114 吉尔说她喜欢过艾德：CPD-JM 1, p. 35.
114 "那种标准的直男"：CPDIK, p. 30.
114 "在心理上挺无趣的"：CPD-IK, p. 30.
114 "单纯无知"：2016 年对布兰达·巴斯（Brenda Bass）的采访。
114 "高中挚爱"：CPD-IK, p. 28.
114 她从南方来的男友：CPD-DM, pp. 16, 39.
115 "每一件事都是编出来的"：2016 年对泰斯·比默（Tess Beemer）的采访。
115 "好像或多或少都在炫耀"：2017 年对约翰·特勒尔的采访。
115 "可能不完全是真实的"：苏珊·凯莉 1996 年 5 月 24 日采访伊丽莎白·汉德勒的记录（警方档案）。
115 吉尔在为博士论文做研究：吉尔·纳什（Jill Nash）没有同意接受本书的采访，但她确实参与了查证的过程。这一细节来自她对核对备忘录的回复。
115 反而是简出手打了艾德：CPD-IK and CPD-SLI.
115 那是 1967 年春天：该事件基于 CPD-IK.
115 "要说有谁周围有一股黑暗气息"：2017 年对梅丽·斯维德的采访。

文化失忆

116 "拉德克利夫之夜"：活动时间是 2014 年 3 月 6 日。
116 接到了简的好友英格丽德的电话：本章余下的部分来自我 2014 年对英格丽德·基尔希的采访。
118 "我不在乎你消失/因为我知道能找到你"："In Reverse," Track ♯9 on *Lost in the Dream*, The War on Drugs, 2014.

直面夜晚

119 杰西·考恩布鲁斯（Jesse Kornbluth, 1968 届）："Crimson Compass," Harvard Alumni Database.
119 "承认孤独"："Coming Together: Love in Cambridge," *Harvard Crimson*, Jan. 8, 1969.

探案网

120 2012 年 11 月第一个帖子："macoldcase" Websleuths post ♯1, Nov. 2, 2012.
120 文物走私团伙：E. g., "December" Websleuths post ♯207, Sept.

15,2013。

120 家里的一张桌子丢了一条桌腿：E. g., "Robin Hood" Websleuths post #106, Jan. 1, 2013.

120 普雷瑟夫妇向警察报告："Report from M/M Stephen Presser (table leg)," Jan. 14, 1969 (CPD file).

120 发现那张桌子只剩下三条腿："Report from M/M Stephen Presser (table leg)," Jan. 14, 1969 (CPD file).

121 网友"为简伸张正义"（Justice4Jane）第一次听说："Justice4Jane" Websleuths post #160, Aug. 9, 2013.

121 "哈布斯堡家族（奥地利王室）后代"："Justice4Jane"在Websleuths第186号帖子中引用了"学院机密"主题的内容。

121 "我相当确定这里指的是"："Ausgirl" Websleuths post #188, Aug. 15, 2013.

121 唐·米歇尔第一次发帖：唐·米歇尔 Websleuths post #374, June 16, 2014.

121 第二天发了三条：唐·米歇尔 Websleuths posts #377, #381, and #382, June 17, 2014.

121 第三天发了六条：唐·米歇尔 Websleuths posts #392, #393, #395, #396, #397, and #400, June 18, 2014.

121 "我一直都认为"：唐·米歇尔 Websleuths posts #381, June 17, 2014.

121 要求唐在简的公寓里拍摄指纹：从这里一直到"新闻封锁更多只是为了掩盖他们的无能"来自唐·米歇尔 Websleuths post #374, June 16, 2014.

122 剑桥警方搞砸了：唐·米歇尔 Websleuths post #381, June 17, 2014.

122 早上有人敲了简的门：从这里一直到"他来找我们了"来自唐·米歇尔 Websleuths post #400, June 18, 2014.

122 是前妻，他澄清道：唐·米歇尔 Websleuths post #374, June 16, 2014.

122 保留了沾有血迹的毛毯：唐·米歇尔 Websleuths post #381, June 17, 2014.

122 直到去年他从纽约北部搬到……"可能留下的血迹或赭石的痕迹"：2017年对唐·米歇尔的采访。

122 "我对乔伊斯中尉深信不疑"：唐·米歇尔 Websleuths post #492, July 1, 2014.

122 他主要怀疑的对象：唐·米歇尔 Websleuths post ♯396, June 18, 2014 and ♯453, June 28, 2014。

122 "那种地下长跑"：唐·米歇尔 Websleuths post ♯395, June 18, 2014。

122 他的这位嫌疑人于 1999 年过世：唐·米歇尔 Websleuths post ♯465, June 29, 2014。

123 据说曾在一次喝醉时坦白：唐·米歇尔 Websleuths post ♯479, June 30, 2014。

123 "我杀了人"……被雷劈死了：唐·米歇尔 Websleuths post ♯396, June 18, 2014, and ♯464, June 29, 2014。

神秘男子

123 1 月 15 日，记者们听闻："Is Table Key to Britton Murder?" *Boston Globe*, Jan. 16, 1969。

123 "被简拒绝的哈佛教职工"："Murder Quiz Finds Jane Had Abortion," *Daily News*, Jan. 13, 1969。

123 记者们包围："Coed Case — Mystery Man," *New York Post*, Jan. 16, 1969。

123 带到了一处秘密地点："Quiz Mystery Man in Murder of Coed," *Boston Record-American*, Jan. 16, 1969。

124 "你们得假定这起案子和性有关"："D. A. Droney Hints Coed Slay 'Repeat,'" *Boston Record-American*, Jan. 14, 1969。

124 下手并不重，连皮都没破："Harvard Faces Criminal Action," *Boston Globe*, Jan. 14, 1969。

124 简的父亲同样守口如瓶：这段对话来自 CPD-JBB pp. 3–5。

重聚

124 但他在 90 年代就已经过世了：弗兰克·乔伊斯中尉的公开死亡记录。

125 29 比 29 "打耶鲁"："Harvard Beats Yale," *Harvard Magazine*, Nov. 15, 2018。

125 成立非裔美国研究系："Rosovsky's Report," *Harvard Crimson*, Jan. 29, 1969, 以及 "The Faculty Committee on African and Afro-American Studies Report," Jan. 20, 1969, 经 *Blacks at Harvard: A Documentary History of African-American Experience at Harvard and Radcliffe* (New York: New York University Press, 1993) 一书转载，Werner Sollors, Caldwell Titcomb 和

Thomas Underwood 编辑, pp. 401-402。

125 对校园里存在预备役军官训练团越来越不满:"The Strike as History," *Harvard Crimson*, Apr. 23, 1979.

125 民主社会运动和地下气象员的煽动:"SDS and Weathermen Hold Separate Protests," *Harvard Crimson*, Nov. 26, 1969.

125 克利夫终于求婚:"'Cliffe Finally Proposes Marriage to Ten Thousand Men of Harvard," *Harvard Crimson*, Feb. 23, 1969.

125 已经认定自己是哈佛大学而不是拉德克利夫的学生:多个采访,包括对卡罗尔·斯坦赫尔和伊丽莎白·汉德勒的采访。

125 有些人还很享受4∶1的男女比例:2014年对 Ellen Hume 的采访。

125 学位证书上的签字消失了:Laurel Thatcher Ulrich 现在是哈佛大学历史系的名誉教授,1999年,拉德克利夫签名消失的六个月前,她写了一篇有关哈佛历史上抹杀女性的有力文章。"Harvard's Womanless History: Completing the University's Self-Portrait," *Harvard Magazine*, Nov. 1999. 她写道:"这里没有阴谋,只有集体的自满和因分裂主义而加剧的无知。哈佛大学的作家和公关人员从未将拉德克利夫视为他们的责任。拉德克利夫始终忙于为自身的地位谈判,而无暇宣扬自己的历史。"

126 教学课程记录中没有:*Courses of Instruction Harvard and Radcliffe, Faculty of Arts and Sciences*, Official Register of Harvard University: six volumes consulted, 1964-1969.

126 教职员工及学生名录:*Directory of Officers and Students*, Harvard University: six volumes consulted, 1964-1969.

126 约翰·坎贝尔·佩尔策尔教授(John Campbell Pelzel):David Browman and Stephen Williams, *Anthropology at Harvard: A Biographical History, 1790-1940* (Cambridge, MA: Peabody Museum Press, 2013), p. 454.

126 社会人类学系的约翰·怀挺教授(John Whiting):"John Wesley Mayhew Whiting: Memorial Minute," *Harvard Gazette*, June 3, 2004.

126 他替美国政府工作过:David Price, *Anthropological Intelligence: The Deployment and Neglect of American Anthropology in the Second World War* (Durham, NC: Duke University Press, 2008), p. 92.

126 理查德·梅多的博士论文:Richard Meadow, "Animal Exploitation in Prehistoric Southeastern Iran: Faunal Remains from Tepe Yahya and Tepe Gaz Tavila-R37, 5500-3000 B.C.," PhD dissertation, Anthropology Department, Harvard University, 1986, p. 1.

126 以朱利安·巴恩斯小说中的一段话开篇：Julian Barnes, *Flaubert's Parrot* (New York: Vintage, 1990), p. 14.

127 很显然我并没有抓住那头小猪：Meadow, "Animal Exploitation,"序言的结尾。

127 女/19 岁：998 - 27 - 40/14628.2, Hallam L. Movius Jr. papers, Peabody Museum of Archaeology & Ethnology, Harvard University.

128 亲爱的哈勒：Stephen Williams1969 年 1 月 8 日写给 Hallam Movius 的信，来源：998 - 27 - 40/14628.2, Hallam L. Movius Jr. papers, Peabody Museum of Archaeology & Ethnology, Harvard University.

128 这次谋杀案的调查尚在进行：Stephen Williams1969 年 1 月 20 日写给 Hallam Movius 的信，来源：998 - 27 - 40/14628.2, Hallam L. Movius Jr. papers, Peabody Museum of Archaeology & Ethnology, Harvard University.

130 一封休·亨肯教授寄给系主任史蒂芬·威廉姆斯的信：Hugh Hencken1969 年 1 月 7 日写给 Stephen Williams 的信，来源：995 - 18, Hugh O'Neill Hencken papers, Peabody Museum of Archaeology & Ethnology, Harvard University.

2018：5 天

133 这一幕发生在 2018 年 7 月 25 日晚。

阿瑟·班考夫

134 晋升为专职主管："New Director Appointed," *Peabody Museum Newsletter*, winter 1969, p. 1.

134 "好多人都说他"：2017 年对汤姆·派特森的采访。

134 简死后几个月之内：1969 年 2 月至 1969 年夏。截止日期参照史蒂芬·威廉姆斯 1969 年 7 月 22 日写给 CCLK 的信。

134 几乎是绝无仅有的：根据哈佛大学皮博迪博物馆的牌匾，Donald Scott 在 1947 年至 1948 年间担任过这两个职务。

134 百万美元的捐款：Peabody Annual Report 1968 - 1969, Official Register of Harvard University, 67, no. 23 (Oct. 30, 1970): 445.

135 "保你拿到教授的职位"：C. C. Lamberg-Karlovsky Personal Archive, 1957 - 2014, (Accession Number 2016.113), Box 6: Letterbox, correspondence A-Z 1965 - 1969, Folder X, Y, Z, 史蒂芬·威廉姆斯 1969 年 7 月 22 日写给 CCLK 的信。经 Timothy Williams 授权转载。

135 材料或已在一次洪水中遗失了：和 CPD 的通话。洪水一说还可参见：

"剑桥谋杀案（1959—1989）"，由剑桥警局犯罪分析组汇编。

135 如果你不是奥沙利文，那就祝你好运吧：2017 年对理查德・康迪（Richard Conti）的采访。

136 要求我来镇上的时候见上一面：杰弗里・奎尔特（Jeffrey Quilter）2014 年 9 月 4 日下午 1:01 发来的电子邮件。

136 "因为我喜欢你，所以我才会这么和你说"：2014 年对杰弗里・奎尔特的采访。

136 门开了，阿瑟・班考夫：2016 年对阿瑟・班考夫的采访。

137 在哈佛校友杂志上读到：*Harvard Magazine*, July 2010 capsule review of Jessica Stern's *Denial: A Memoir of Terror* (New York: HarperCollins, 2010)，这本书讲述了她未破获的强奸案，该案最终和连环强奸犯 Dennis Meggs 有关。

138 ［下图照片］：阿瑟・班考夫提供，经理查德・梅多许可。

叶海亚堆

139 一股非同寻常的疯狂：对叶海亚堆的描述来自对该考古季探险队员（菲尔・科尔、阿瑟・班考夫和彼得・戴恩）和后来的探险队员（包括汤姆・比勒、丹・波茨和伊丽莎白・斯通）的采访，以及对英国波斯研究学院的负责人大卫・斯特罗纳克（David Stronach）的采访。CCLK 在序言中也提及了考古挖掘生活的"民族志"。对话及其他细节摘自：简写给家里及友人的信件、她的日志、田野笔记、CPD 询问记录以及阿瑟和安德莉亚・班考夫的警方声明。（在他们的声明中，班考夫夫妇一再要求警方注意因环境因素造成的视角扭曲，例如，"我们那个夏天觉得无比重要、厌烦不已的绝大多数事情，都因为我们重新去到有美食、浴室和热水的地方而被抛到脑后了。"）针对相互矛盾的说法，我均在下文予以说明。

139 "小团体往往容易产生"：简 1966 年对"夏季问卷"的答复，简・布里顿的拉德克利夫档案。

139 6 月中旬：简 1968 年 6 月 17 日写给她父母的信。

139 发表毕业典礼演讲："毕业典礼日演讲者"，哈佛大学网站。

139 荣誉学位："Shah of Iran, Miro, Wirtz, Whitney Young, Brennan, and Finley Get Honorary Degrees," *Harvard Crimson*, June 13, 1968.

139 科雷塔・斯科特・金："Coretta Scott King at Class Day," *Harvard Crimson*, May 21, 2018.

139 这里也是一家豪华酒店：2018 年对大卫・斯特罗纳克的采访。

139 美国大使馆供应的食物：简 1968 年 6 月 17 日前后写给博伊德的信。

139 镐和塑料袋；从这里一直到"到集市上闲逛"来自简 1968 年 6 月 17 日写给她父母的信。

140 有人会捏她的屁股：简 1968 年 6 月 21 日写给博伊德的信。

140 德黑兰的交通状况让简发誓：简 1968 年 6 月 17 日写给她父母的信。

140 捕捉到了光照在他脸上显现出的奇特棱角：从这里一直到"巨大的爱心"摘自简 1968 年 6 月 14/15 日的日志。

140 她差一点没赶上去伊朗的航班：简 1968 年 6 月 17 日写给她父母的信。

140 "你的气场不太一样"：简 1968 年 6 月 4 日写给吉姆·汉弗莱斯的信（CPD 档案）。

140 没有隐私：简 1968 年 6 月 21 日写给博伊德的信。

140 吉姆的个头太高：简 1968 年 6 月 17 日写给她父母的信。太阳镜的细节同样来自该信件。

140 终于只剩下他们两个人，再喝上一杯杜松子酒奎宁水：简 1968 年 6 月 21 日写给她父母的信。

140 早饭后在对方脸上留下一个轻吻：简 1968 年 6 月 17 日写给她父母的信。

140 吉姆一直在努力制订一个周密的计划：简 1968 年 6 月 20 日的日志。

140 渴望着他们什么时候能在沙漠中安稳地定居下来：简 1968 年 6 月 17 日写给她父母的信。

140 分两辆车：简 1968 年 6 月 29 日写给她父母的信。

140 伊朗的文物代表：简 1968 年 6 月 29 日写给她父母的信。

140 以布塞弗勒斯（Bucephalus）为名：2017 年对丹·波茨的采访。

140 车熄火了：简 1968 年 6 月 29 日写给她父母的信。

140 简感到自己从来没有这样爱吉姆：简 1968 年 6 月 26 日的日志。

141 等他们抵达叶海亚的时候：从这里一直到"他们已经冻僵了"来自简 1968 年 6 月 29 日写给她父母的信。

141 小村庄巴格音（Baghin）：简 1968 年 7 月 4 日写给布兰达·巴斯的信。

141 有着七千五百年历史的雄伟土丘："Tepe Yahya," *Encycloaedia Iranica*.

141 不通电：CCLK 序言，p. XXIII.

141 在附近的帐篷里安营扎寨：Dora Jane Hamblin, *The First Cities* (New York: Time-Life, 1973), p. 26.

141 邮递员会骑着自行车送信：2014 年对彼得·戴恩的采访。

141 骑着驴运过来：CCLK 序言，p. XXVI。

141 小旅馆浴室里还有个坐浴盆：简 1966 年 6 月 26 日和 7 月 7 日写给她父母的信。

141 "微生物"……懒得去管：简 1968 年 6 月 29 日写给她父母的信。

141 坐在当地铬铁矿工的卡车后面来到营地：菲尔·科尔 2017 年的采访。CCLK 在序言中也提到了这个故事，但在 CCLK 的版本中，科尔是在一辆运瓜的卡车后面抵达的营地。

141 卡尔提醒过队员们：安德莉亚·班考夫声明，p. 7。

141 作为第一次全面挖掘的负责人：联合声明，p. 4。

141 他认为能否成功，他们能否继续……就取决于这些官员们：2020 年与 CCLK 的通话。

141 "不要和上头理论"：联合声明，p. 4。

141 误解笑声：阿瑟·班考夫声明，p. 7。

142 把脸埋进了面粉……山羊肉不管煮多久都煮不烂：2017 年对丹·波茨的采访。

142 最终队员宁愿在草丛和沟里解决：简 1968 年 7 月 4 日写给她父母的信。

142 好多人很快生了病：CPD-CCLK 2，p. 18。

142 队员们更加团结了：阿瑟·班考夫声明，p. 8。

142 "腿太短，屁股松弛"：联合声明，p. 3。

142 做起事来就像还在达特茅斯（Dartmouth）一样：简 1968 年 6 月 17 日写给她父母的信。

142 穆斯林传统中的施洗约翰：John Renard, *All the King's Falcons: Rumi on Prophets and Revelation* (Albany: State University of New York Press, 1994), p. 87。

142 暗渠网络，或者叫水井：2017 年对汤姆·比勒的采访。

142 吉姆和夜空：简 1968 年 7 月 27 日写给伊丽莎白·汉德勒的信。

142 "让人惊叹"：这里及本段余下的部分均来自简 1968 年 7 月 4 日写给布兰达·巴斯的信。

142 她和吉姆第一次睡在一起：简 1968 年 7 月 8 日的日志。

142 悄悄拆掉了折叠床的栏杆：本段余下的部分来自简 1968 年 7 月 5 日的日志。

143 ［照片］：简·布里顿警方档案。

143 "你下周要是不忙的话"：简 1968 年 6 月（日期不详）写给她父母的信。

143 简做过一个梦：简 1968 年 7 月 5 日的日志。

144 卫生条件之差让所有人都极易恼怒：阿瑟·班考夫声明，p. 6。

144 吉姆作为挖掘现场年龄最大的学生：阿瑟·班考夫声明，pp. 2，5。

144 "扮演职业的中欧野蛮贵族"：简 1968 年 6 月 29 日写给她父母的信。

144 吉姆却承担了百分之九十的工作：简 1968 年 6 月 29 日写给她父母的信。

144 开了个医学诊所……患上腹泻和牙痛的当地儿童：CCLK 序言，p. XXVI。

144 我也从没见过你脚步踉跄：简 1968 年 7 月 5 日的日志。

144 简同样也感受到了压力：虽然卡尔并不否认这可能是简的看法，但他想说明的是，学生更换论文题目并非没有先例："我们有研究生一开始是在近东调研，结果却写了有关玛雅的毕业论文……他们有时候会在第四年或者第五年更换题目。"

144 "她感觉所有学术上的事完全取决于"：安德莉亚·班考夫声明，p. 2。

144 砖块：简 1968 年 7 月 27 日写给她父母的信。

144 老鼠洞：简 1968 年 7 月 4 日的日志。

144 卡尔对安德莉亚·班考夫说……他对所有人的进度都很满意：安德莉亚·班考夫声明，p. 4。

144 吉姆会爬到简的垄沟里：阿瑟·班考夫声明，pp. 7-8。

144 光线暗下去，什么都看不见：安德莉亚·班考夫声明，p. 4。

144 航空信是他们和外界的唯一联系：简 1968 年 7 月 14 日写给她父母的信。

144 一听金枪鱼罐头……一罐花生酱要吃上两个礼拜：阿瑟·班考夫声明，p. 10。

145 人们开始幻想姜饼：简 1968 年 7 月 27 日写给她父母的信。

145 大量的蚊虫叮咬……一只鸡走进了她的帐篷，拉了泡屎：简 1968 年 7 月 4 日写给她父母的信。

145 一条蜈蚣钻进了她的内裤：简 1968 年 7 月 5 日的日志。

145 除了卡尔：2020 年和 CCLK 的电话通话；CPD-RM，p. 11。

145 "祝福他那百毒不侵的心脏"：简 1968 年 7 月 14 日写给她父母的信。

145 吉姆得了红眼病：简 1968 年 6 月（日期不详）写给她父母的信。

145 痔疮太过严重……肠胃不适：阿瑟·班考夫声明，p. 9。

145 "我们是如此虚弱，所有人都是这样"：简 1968 年 7 月 3 日的日志。

145 连理查德都病了：CPD-RM, p. 10.
145 她告诉他，自己做了个梦：简 1968 年 7 月 7 日的日志。
145 到头来一切都要重蹈覆辙了：简 1968 年 7 月 8 日的日志。
145 "我也许应该等"：简 1968 年 7 月 27 日写给她父母的信。
145 "我觉得也许我想去死了"：简 1968 年 7 月 8 日的日志。

闭环

145 "假如说这是一部悬疑小说"：2016 年对阿瑟·班考夫的采访。

146 2005 年：该调整在 2005 年 2 月 William C. Kirby 致全体职工的年度信中正式宣布。参见："The New Tenure Track," *Harvard Magazine*, Sept.-Oct. 2010。

146 卡尔是最后一位初级教授：对 CCLK 和理查德·梅多的采访。考古系接下来获得终身教职的初级教授是 Rowan Flad，时间是 2012 年，他的个人履历证实了这一点。我的校对提出了核实这一说法的要求，该系的行政和业务主管并未予以回复。

146 助理教授大卫·梅布里-路易斯〔David Maybury-Lewis〕："David Maybury-Lewis, eminent anthropologist and scholar, 78," *Harvard Gazette*, Dec. 6, 2007。

146 卡尔将自己的迅速晋升归功于：2020 年和 CCLK 的电话通话。

146 卡尔回来后还在同这种观点抗争：CCLK, "Excavations at Tepe Yahya," 1968, p. 2.

146 1970 年，叶海亚堆的进展报告：*Excavations at Tepe Yahya, Iran: 1967-1969* (Progress Report I), American School of Prehistoric Research, Bulletin 27, Peabody Museum of Archaeology and Ethnology, Harvard University (1970).

146 《波士顿环球报》将卡尔誉为："Harvard Team Unearths Alexander's Lost Citadel," *Boston Globe*, Jan. 10, 1968.

147 发现的象牙："Archaeological Unit from Harvard Unearths Lost Fortress in Persia," *Harvard Crimson*, Nov. 12, 1968. 在 2020 年的电话中，卡尔并没有否认曾和《深红报》谈及此事。他并不记得那是什么动物的牙了："也许是马，也许是驴"。

147 一位古希腊历史学家："Harvard Team Unearths Alexander's Lost Citadel," *Boston Globe*, Jan. 10, 1968.

统考

147 "兰伯格-卡尔洛夫斯基这个人"：CPD-DM, p. 28.

147 吉姆提到简和他说过类似的话：CPDJH, p. 17.
148 英格丽德·基尔希说她知道更多的内幕：CPD-IK, pp. 18 - 19.
148 一个人能决定一个人考不考得过：2020 年和 CCLK 的电话通话。
148 史蒂芬·威廉姆斯向警方打包票：CPDSW, p. 33.
148 简一路跟着吉姆来到他房间那天：CPDSLI, p. 47.
149 1968 年春，她只拿到了硕士研究生的学位："Crimson Compass," Harvard Alumni Database.
149 "根本性误解"：2020 年和 CCLK 的电话通话。
149 他也是三人评分委员会中的一员：CPD-CCLK 2, p. 32.

英格丽德·基尔希的警方询问笔录（1）
149 本章摘自 CPD-IK。

太讨人厌了
151 "所有人都很好"：2017 年对芭芭拉·韦斯特曼（Barbara Westman）的采访。
151 助理馆长艾德·韦德（Ed Wade）：2017 年对艾德·韦德的采访。
152 闪族博物馆（Semitic Museum）的前馆长：2014 年对卡内·加文（Carney Gavin）的采访。
152 "我没感觉有过竞争"：2020 年和 CCLK 的电话通话。
152 "筹到那笔钱需要的是精力和马提尼酒"：2017 年对 CCLK 的采访。
152 他记得有一次上课时：2017 年对约翰·特勒尔的采访。
152 "我们都会讲和自己有关的故事"：2017 年对约翰·特勒尔的采访。
152 运气对卡尔的职业生涯起到了一定作用：2014 年对彼得·戴恩的采访。
153 "他会描绘出一个充满异国情调的巨幅画面"：2017 年对菲尔·科尔的采访。
153 大家都会纷纷赶过来听：2017 年对萨蒂·韦伯（Sadie Weber）的采访。
153 "卡尔属于濒临灭绝的物种"：2018 年对阿吉塔·帕特尔（Ajita Patel）的采访。
153 布鲁斯·布尔克回忆：2017 年对布鲁斯·布尔克的采访。
153 伊丽莎白·斯通的经历很相似：2018 年对伊丽莎白·斯通的采访。
154 "对，"她说：2020 年，CCLK 回应说，他认为伊丽莎白离开是因为她无法在哈佛同时修读古语言和考古学。而且不管怎么说，资金和奖学金的决定权并不在他手上，而是由助学金办公室出面主持的——他在回应布鲁斯·布尔克的说法时也提出了同样的意见。我将这一回应反馈给伊丽莎白，她回复说，她在哈佛学这两个科目是没有问题的，说这是她离开的原因有失公允。另外，她可能不清楚哈佛大学的资金怎么运作，但她知道其他大学是如何运作的，在这些大学，系里可以决定如何分配资金和奖学金名额。因此她说，尽管 CCLK 没有独揽大权，但可以说他是有发言权的。

鲁斯·特林汉姆
154 本章来自 2017 年和 2018 年对鲁斯·特林汉姆的采访。

155 "亲爱的卡尔，"信是这样开始的：C. C. Lamberg-Karlovsky Personal Archive, 1957–2014, Accession Number 2016.113, Box 7: Temp box, 鲁斯·特林汉姆 1975/1976 年写给鲁斯·特林汉姆的信, Folder T/U/V, Oct. 16, 1975. 经鲁斯·特林汉姆授权转载。

157 几十年后，卡尔也回忆起：2020 年和 CCLK 的电话通话。

理查德·梅多
157 本章摘自 CPD-RM。

丹·波茨
158 卡尔的纪念文集："Ingenious Man, Inquisitive Soul: Essays in Iranian and Central Asian Archaeology for C. C. Lamberg-Karlovsky on the Occasion of his 65th Birthday by a Selection of His Students, Colleagues, and Friends," *Iranica Antiqua* 37(2002).

158 一项奇怪的学术传统："The Festschrift Is Dead. Long Live the Festschrift!" *Chronicle of Higher Education*, Apr. 13, 2001.

158 丹·波茨自己写的文章：Dan Potts, "In Praise of Karl," *Iranica Antiqua* 37(2002):2–6.

159 丹很高兴可以追忆往事：本章余下的部分来自 2017 年对丹·波茨的采访。

160 有一封来自国家科学基金会的信：Eloise Clark（国家科学基金会生物和社会科学部副助理主任）1975 年 9 月 30 日写给 CCLK 的信。

160 后来还发表在了期刊上：CCLK's Albert Reckitt Archaeological Lecture of 1973 later published in *Proceedings of the British Academy* 59 (1974):283–319.

160 "请接受我最真挚的歉意"：C. C. Lamberg-Karlovsky Personal Archive,

1957-2014, Accession Number 2016.113, Box 7: Temp box, Letters 1975/1976, Folder K/L, Oct.6, 1975: CCLK to Jim Shaffer. 哈佛大学档案馆提供。

160 夏弗接受了他的道歉：2017年5月26日晚9:32吉姆·夏弗（Jim Shaffer）发来的电子邮件。

160 "借鉴和剽窃是不同的"：2020年和CCLK的电话通话。

160 卡尔后来说……他们不允许丹再进入该遗址：2020年和CCLK的电话通话。丹的反驳来自2020年和他的一次通话。

简死去那天：卡尔的看法
162 本章摘自CPD-CCLK 1。

拼图碎片
163 本章开头的两位前研究生不愿透露消息来源。

164 彼得·罗德曼（Peter Rodman）也对这个敲诈勒索的说法有印象：2017年对彼得·罗德曼的采访。

164 三人当中仅有两人：根据罗德曼2017年的说法，艾德·弗朗克蒙特是那第三个人。

164 将教授和本科学生不得发生恋爱关系写入规定：2015年的这项规定还禁止了教授和研究生之间发展恋爱关系；以及研究生与本科生之间发展恋爱关系，如果前者正在教学、指导或评估后者的话。参见："New Harvard Policy Bans Teacher-Student Relations," *New York Times*, Feb.5, 2015.

164 "我还有几个别的考察项目"：2018年对CCLK的采访。

164 简可不是一般的学生：2017年对大卫·弗赖德尔的采访。

165 他已经得到匹兹堡大学的聘用了：1968年11月7日David Landry写给CCLK的信。

165 "哈佛情结——对机构产生不必要的依赖是很糟的"：2020年和CCLK的电话通话。

英格丽德·基尔希的警方询问笔录（2）
165 本章摘自CPD-IK。有趣的是，唐·米歇尔也告诉过剑桥警方，简曾和一个法国考古学者约会，是由CCLK牵线搭桥的："我不知道他叫什么名字，但他是兰伯格-卡尔洛夫斯基的前同事，我认为他是法国人，是个考古学者。卡尔洛夫斯基有一天打电话给我——他们问我知不知道简在哪里。然后他们找到了她，说有个朋友来镇上，他们想约个会，帮他出去约个会。"（CPD-DM, p.63）

克里斯蒂·莱斯尼亚克

167 艾德·韦德……被卡尔辞退了：2020 年和 CCLK 的电话通话，以及同年对加斯·鲍登（Garth Bowden）的采访。

167 "非常棒的专家"：2020 年对加斯·鲍登的采访。

167 卡尔和助理教授汤姆·派特森之间竞争激烈：多个来源，其中包括 2017 年对 David Browman 的采访。

167 他却完全不记得这事了：2017 年对汤姆·派特森的采访。

167 丹·波茨的博士论文：Daniel Potts, "Tradition and Transformation: Tepe Yahya and the Iranian Plateau During the Third Millennium B. C.," PhD dissertation, Anthropology Department, Harvard University, 1980. 相关页码为 pp. 539–544。

167 卡尔的后记：*The Bronze Age Civilization of Central Asia: Recent Soviet Discoveries*（Armonk, NY: Sharpe, 1981），edited by Philip Kohl, pp. 386–397。

167 尾注做了引用：*The Bronze Age Civilization of Central Asia: Recent Soviet Discoveries*, edited by Philip Kohl, p. 396 n. 5。

168 都参加过叶海亚堆 1971 考古季的考察：Figure F. 9, CCLK foreword, p. XXXIV。

168 那一年参与考察的其他人：此人要求匿名。

168 "你想找克里斯蒂·莱斯尼亚克？"：2018 年对克里斯蒂·莱斯尼亚克妹妹（为保护隐私略去姓名）的采访。

169 华裔黑帮的一名杀手：我无法从报纸报道中证实这些家族传说。

第二则密码

169 本章来自 2017 年对菲尔·科尔的采访。

物证

170 "你好，我是贝基·库珀"：2016 年对博伊德·布里顿的采访。

170 开启长达两年的公共记录之争：我最初向 MDAO 提交申请的时间为 2016 年 7 月 18 日。

170 地区检察官负责审判："State Das Decide Who Will Investigate Homicides," *The Enterprise*, Jan. 7, 2016。

170 了解到这一事实后：非常感谢 David Grann，是他最先提醒了我。

170 即便剑桥警方不再保存有简的记录：2015 年 5 月 19 日下午 3：34，

CPD记录管理员Maeve Ryan发来的电子邮件。

170 "很遗憾,在这一时期":2016年7月28日MDAO助理地区检察官Kerry Anne Kilcoyne的来信。

170 豁免权:William Francis Galvin, "A Guide to Massachusetts Public Records Law," Division of Public Records, Mar. 2020, p. 21.

171 一直到80年代末以后,DNA检测才被应用:Celia Henry Arnaud, "Thirty Years of DNA Forensics: How DNA Has Revolutionized Criminal Investigations," *Chemical & Engineering News* 95, no. 37 (Sept. 18, 2017): 16-20.

171 一封电子邮件发了过来:博伊德2016年8月3日上午10:51发来的邮件。

172 森诺特中士什么都没提供给我:2016年和森诺特中士的电话通话。

172 我在布莱恩·布兰雷那里运气好一些:2016年和布莱恩·布兰雷的电话通话。

172 约翰·富尔克森回了电话:本章余下的部分来自2016年对约翰·富尔克森的采访。注意:富尔克森并未参与本书的审校环节。所有与他有关的材料均尽我所能保证准确。

173 弗拉格案:"Mary Joe Frug's Brutal Murder Stunned a Contentious Academic Community," *Boston Sunday Globe*, Aug. 28, 2016.

卡尔在警局总部

174 本章摘自CPD-CCLK 2。

保罗·德曼

175 "问题的关键":CCLK foreword, p. XIX.

175 施里曼的特洛伊可能根本就不是特洛伊:*This American Life* (Episode 689: "Digging Up the Bones")中关于Brian Rose的采访,Dec. 6, 2019。

175 "坚持不懈地自我营销的业余考古学家":Susan Heuck Allen, *Finding the Walls of Troy: Frank Calvert and Heinrich Schliemann at Hisarlik* (Berkeley: University of California Press, 1999),出版方的描述。

176 一位研究生发现:"The Case of Paul de Man," *New York Times*, Aug. 28, 1988;另请参阅:"The de Man Case," *New Yorker*, Mar. 24, 2014。

176 "狡猾的雷普利先生":*Harper's*, Feb. 2014 review of Evelyn Barish, *The Double Life of Paul de Man* (New York: Liveright, 2014).

克利福德·A. 洛克菲勒

176 五十一年：CCLK 个人履历。

176 卡尔·兰伯格-卡尔洛夫斯基退休：CCLK 成了一名研究教授，这和名誉教授不同。参见："12. Retired Professors. Description: Professors Emeriti, Research Professor," *FAS Appointment and Promotion Handbook*, Harvard University's Faculty of Arts and Sciences, Office for Faculty Affairs' website。

177 一张单子，列出了在卡尔办公室找到的资料：Chart of box contents in C. C. Lamberg-Karlovsky personal archive, 1957–2014, Harvard University Archives, Accession Number 2016.113.

178 "气急败坏的抨击"：C. C. Lamberg-Karlovsky Personal Archive, 1957–2014, Accession Number 2016.113, Box 1: Letterbox 1996, Folder M, Nov. 28, 1998. 维克多·麦尔（Victor Mair）给 CCLK 写的信。经维克多·麦尔授权转载。

178 对两名学生"欣喜若狂的赞许"：C. C. Lamberg-Karlovsky Personal Archive, 1957–2014, Accession Number 2016.113, Box 6: Letterbox, correspondence A-Z 1965–1969, Folder B, Sept. 26, 1967, J. O. 布鲁（J. O. Brew）给 CCLK 的信。经 Alan Brew 授权转载。

178 他合作编写的教材文稿：C. C. Lamberg-Karlovsky and Jeremy Sabloff, *Ancient Civilizations: The Near East and Mesoamerica*, 2nd ed. (Prospect Heights, IL: Waveland Press, 1995).

178 "并不代表他们对历史或过去毫无兴趣"：C. C. Lamberg-Karlovsky Personal Archive, 1957–2014, Accession Number 2016.113, Box 4, Jerry Sabloff, and CCLK, "Chapter 1: Intellectual Background to the Study of Ancient Civilizations Ancient Views of the Past." Courtesy of the Harvard University Archives.

181 "野外笔记：E 址，J. S. B"：2015.6.1, C. C. Lamberg-Karlovsky Tepe Yahya expedition records, Peabody Museum of Archaeology & Ethnology, Harvard University.

181 "叶海亚堆 1969 年 E 址野外笔记。记录：JSB/［］"：2015.6.1, C. C. Lamberg-Karlovsky Tepe Yahya expedition records, Box 3, Folder 3.7.

181 1968 年 E 址笔记：2015.6.1, C. C. Lamberg-Karlovsky Tepe Yahya expedition records, Box 7, Folder 7.8.

181 "1968 年 6 月 30 日：移开表层碎片"：2015.6.1, C. C. Lamberg-Karlovsky Tepe Yahya expedition records, Box 7, Folder 7.8, p. 1.

181 "红色赭石的痕迹"：2015.6.1, C. C. Lamberg-Karlovsky Tepe Yahya expedition records, Box 7, Folder 7.8, p.10.

181 "挖掘第一天": 2015.6.1, C.C. Lamberg-Karlovsky Tepe Yahya expedition records, Box 2, Folder 2.6.

182 "骨头底下及周围的红色赭石": 2015.6.1, C.C. Lamberg-Karlovsky Tepe Yahya expedition records, Box 7, Folder 7.5.

182 "有遗迹表明": "Profs, Cops Differ on Slaying," *New York Post*, Jan.10, 1969.

182 1970 年，一具左侧卧尸体被发现: Thomas Beale, *Excavations at Tepe Yahya, Iran 1967 – 1975: The Early Periods*, American School of Prehistoric Research, Bulletin 38, Peabody Museum of Archaeology and Ethnology, Harvard University (1986), p. 133.

182 一只手臂的尺骨: Beale, *Excavations at Tepe Yahya*, p. 109.

182 卡尔曾被人引述称: "Profs, Cops Differ on Slaying," *New York Post*, Jan.10, 1969.

182 "在第七时期，叶海亚居民": Beale, *Tepe Yahya: The Early Periods*, p. 263.

愤怒的开端

182 "今天理查德": 简 1968 年 8 月 1 日的日志。

183 从一块绿泥石上整体雕刻而成: Beale, *Tepe Yahya: The Early Periods*, p. 109.

183 "原始雕像的珍贵典范": "Archaeological Unit from Harvard Unearths Lost Fortress in Persia," Harvard Crimson, Nov. 12, 1968.

183 玛蒂·兰伯格-卡尔洛夫斯基来现场的第二天: 简 1968 年 8 月 2 日写给她父母的信。

183 "食物、新闻和新面孔": 玛蒂·兰伯格-卡尔洛夫斯基否认她带了食物和药品 (2020 年)。然而这一版本的事件取自三个同时期的资料来源: 安德莉亚·班考夫的警方声明 ("我们都盼着卡尔的妻子能来，带来一些食物、新闻和新面孔"，p.4)，简的日志以及她 1968 年 8 月 2 日写给她父母的信。

183 为吉姆的痔疮找到了治疗药膏: 简 1968 年 8 月 2 日写给她父母的信。

183 一座 5 米高墙: 1968 年 9 月 7 日 CCLK 写给哈勒姆·莫维乌斯 (Hallam Movius) 的信。

183 就博士论文的主题来说足够了: 安德莉亚·班考夫声明, p.4。

184 已经精疲力竭，快要坚持不下去了: 简 1968 年 8 月 2 日写给她父母的信。

184 "L-K 夫人，尽管我很喜欢她"：简 1968 年 8 月 1 日的日志。

184 玛蒂触怒了这群成员们：作为对这部分的回应，CCLK 在 2020 年说，"我不会对他们说我妻子的那些鸡毛蒜皮提出异议。说她穿干净的衣服，说她做了这个，说她做了那个。我想说那不过是探险途中的一些流言蜚语。"在班考夫夫妇的联合声明中，他们承认，对这一行为感到恼怒是"小题大做"。

184 盛装打扮：阿瑟·班考夫警方声明，p. 10；简 1968 年 8 月 5 日的日志。

184 "我挺喜欢她的，但"：简 1968 年 8 月 2 日写给她父母的信。

184 宠物麻雀把他们的睡袋搞得乱七八糟：阿瑟·班考夫声明中的轶事，pp. 7 - 8。

184 安德莉亚从未想过纠正玛蒂……而是简：阿瑟·班考夫声明中的轶事，p. 8。

184 "每个人的脾气都坏极了"：简 1968 年 8 月 5 日的日志。

185 两杯可乐的配给……把考古学当成可爱的爱好：联合声明，p. 8。

185 希望他的权威也能在她身上延续……有天早上，简起床吃早餐：安德莉亚·班考夫声明，p. 8。

185 花生酱的补给（"感谢上天"）：简 1968 年 8 月 5 日的日志。

185 一天，当地首领的儿子过来：关于这个故事有不同的说法——是当地首领（CCLK 序言）还是首领的儿子（阿瑟·班考夫声明；2020 年和 CCLK 的电话通话）；是因为向工人征税（阿瑟·班考夫声明）还是征土地税（CCLK 序言和电话）。我尽可能按照 CCLK 的版本讲述。例如，政府代表找来当地警察的细节就是来自 CCLK 的序言和电话通话。然而，CCLK 否认了用镐砸砖房的细节，并称之为"童话故事"。我保留了这一细节是因为彼得·戴恩（2014 年的采访）和阿瑟·班考夫声明均提到了此事。

186 菲尔·科尔和彼得·戴恩提前离开了：菲尔·科尔在 2017 年我对他的采访中告诉我，他当时生病了。然而在校对的过程中，他否认了这一点，称他是在回家路上才生病的。我保留了这一细节，是因为它出现在了简写的几封家信（1968 年 7 月 27 日和 1968 年 8 月 13 日）中，安德莉亚·班考夫声明（p. 5）中，以及 CCLK 的序言中（"菲尔·科尔在他的第一个考古季体重减轻了将近 30 斤，"p. XXVII）。

186 菲尔的母亲没有认出自己的儿子：2017 年对菲尔·科尔的采访。

186 夏天体重减轻了将近 30 斤：CCLK 序言，p. XXVII。

186 前来视察的考古学家本诺·罗滕伯格（Benno Rothenberg）：阿瑟·班考夫声明，p. 11。

186 "我们觉得他们会怎么想"：安德莉亚·班考夫声明，p. 7。

186 只有和吉姆、简聊天的时候他们才会觉得舒服一点：阿瑟·班考夫声明，p. 5。
186 "造谣中伤都是通过旁敲侧击"：联合声明，p. 10。
186 告诉阿瑟他不会再参加：联合声明，p. 9；CPD-CCLK，p. 14。
186 "这么做也太不是人了"：2016 年对阿瑟·班考夫的采访。
186 "愚蠢、狠毒、嫉妒心强的婊子"：联合声明，p. 9。
186 "好的，老板"模式：2018 年对 CCLK 的采访。
186 卡尔得知，吉姆安排了阿瑟：阿瑟·班考夫声明中的逸事，pp. 3–4。
187 不记得这件事了：2020 年和 CCLK 的电话通话。
187 卡尔带来了一整只羊：这一幕来自安德莉亚·班考夫的警方声明 (p. 9) 和 2016 年阿瑟·班考夫的采访。在 2020 年的一次通话中，玛蒂·兰伯格-卡尔洛夫斯基否认自己参加了这次晚宴，而 CCLK 也反驳了简·布里顿和准备这顿饭有关的说辞。即便如此，我还是采用了这一版本，因为班考夫夫妇的叙述相互独立、彼此互证。（"独立"是因为安德莉亚起草声明时并没有征求阿瑟的意见，阿瑟已经将近 50 年没有读过这份声明了，并且两人也已经离婚一段时间了。）

卡尔的警方询问笔录
187 本章摘自 CPD-CCLK 2。

富兰克林·福特
192 这一幕来自 2017 年和 2020 年对 CCLK 的采访。
192 "他甚至都没问是不是我干的！"：2017 年对 CCLK 的采访。

2018：迈阿密
195 你昨天晚上睡着了吗？：2018 年 7 月 26 日下午 12:43 给唐·米歇尔发的电子邮件。
195 4 月份的时候，他告诉我：2018 年对约翰·富尔克森的采访。

伊瓦·休斯顿
196 "你要是几年前给我打电话"：2016 年对伊瓦·休斯顿的采访。
198 性别考古学：有关这一分支学科的基础性文献，参见：*Engendering Archaeology: Women and Prehistory*, edited by Joan Gero and Margaret Conkey (Hoboken, NJ: John Wiley & Sons, 1991)以及 *Woman, Culture, and Society*, edited by Michelle Rosaldo and Louise Lamphere (Stanford, CA:

Stanford University Press, 1974)。

199 根据最近的证据或许并非如此:"Early Men and Women Were Equal, Say Scientists," *The Guardian*, May 14, 2015.

200 我和大卫·米滕(David Mitten)聊过: 2018 年对大卫·米滕的采访。

她必须不能是个女人

200 南希·霍普金斯(Nancy Hopkins)发表了演讲: 南希·霍普金斯"两性平等的幻影"(Mirages of Gender Equality), 在哈佛-拉德克利夫 1964 届(第 50 届)同学聚会上的演讲。

201 科拉·杜波依斯来到哈佛大学: Susan Seymour, *Cora Du Bois: Anthropologist, Diplomat, Agent* (Lincoln: University of Nebraska Press, 2015), p. 250.

201 第二个拿到终身教职的女性:"哈佛大学第一批终身教职的女教授", 信息图表由哈佛大学高级副教务长办公室教师发展与多样性部门制作, 2011 年。Helen Maud Cam 教授是第一位。

201 从侧门走进: Seymour, *Cora Du Bois*, p. 264.

202 简在莱塞济的室友: 2017 年对艾莉森·布鲁克斯的采访; 简 1966 年写给她父母的家信。

202 "对于一个女人来说, 要想有足够的实力进入哈佛大学": 2017 年对艾莉森·布鲁克斯的采访。

202 [照片]:《关于哈佛大学女性地位的初步报告》, 女职员组, 1970 年 3 月 9 日, p. 2。

202 莎莉·贝茨: 2017 年对 Sally Shankman 的采访。

202 只有两三个女生: 根据 Sally Shankman (2017) 和阿瑟·班考夫 (2016) 的回忆。就连艾莉森·布鲁克斯 (2020) 也不记得同届的其他一两名女生是谁。因此, 艾莉森就有可能是她的同班同学中唯一一位成功完成博士学业的女生。这也是保罗·尚克曼 (2017) 的记忆。我的校对曾向人类学系研究生项目的主管 Monique Rivera 提出这个问题, 但从未收到过回复。

202 "我从来没给女人颁发过博士学位": 2017 年对艾莉森·布鲁克斯的采访。布鲁克斯补充说, 莫维乌斯最终于 1974 年将博士学位授予了一位女性, 但那名学生"属于不同的类别, 因为据莫维乌斯了解, 她并不是真正的美国人"。

202 玛丽·波尔(Mary Pohl)没多久就意识到: 2017 年和 2019 年对玛丽·波尔的采访。

203 伊丽莎白·斯通：该段参考 2018 年对伊丽莎白·斯通的采访。

203 当莎莉·福克·摩尔（Sally Falk Moore）：参考 2017 年对莎莉·福克·摩尔的采访以及她 2020 年 3 月 21 日发来的电子邮件。"16 位"参照 2017 年的采访，与以下来源一致："Anthropology Moore Is Settling In," *Harvard Crimson*, Dec. 9, 1981。

204 艾莉森·布鲁克斯探望本科生女儿：2017 年对艾莉森·布鲁克斯的采访。

204 学术界的性别歧视：霍普金斯还测量了实验室的空间，发现麻省理工学院的女教授获得的空间比男教授少。1995 年，霍普金斯领导了一个委员会，分析麻省理工学院科学院中女性教师的地位；她还参与了 1999 年具有开创性的《科学界女性报告》(*Report on Women in Science*) 的编写工作。参见：*MIT Faculty Newsletter* 11, no. 4 (Mar. 1999)。麻省理工学院校长 Charles Vest 认可了这份报告，并且承认了系统性歧视的存在："我始终相信，当代大学中的性别歧视既有现实因素，也有观念因素。没错，但我现在明白了，现实才是这一平衡的主要部分。"("M. I. T. Admits Discrimination against Female Professors," *New York Times*, Mar. 23, 1999) 虽然麻省理工学院对这份报告的反馈在很多层面都是转变的典范，但是这些变化绝非永久性的。2019 年，霍普金斯告诉我，萨莫斯的声明之所以如此令人愤怒，是因为它很有可能让报告发布六年后取得的脆弱的胜利成果付诸东流。

204 霍普金斯径直走出了房间："Summers' Remarks on Women Draw Fire," *Boston Globe*, Jan. 17, 2005。

204 一个关于多样性与科学的会议："Diversifying the Science & Engineering Workforce: Women, Under-Represented Minorities, and Their S&E Careers," A Conference of the Science and Engineering Workforce Project (SEWP) at the National Bureau of Economic Research (NBER), Jan. 14–15, 2005。

204 根据《卫报》："Why Women Are Poor at Science, by Harvard President," *The Guardian*, Jan. 18, 2005。

萨蒂·韦伯

205 本章除特殊说明外，均来自 2017 年对萨蒂·韦伯的采访。

205 学术委员会评估：任命巡视委员会（Visiting Committee）是为了"报告大学各学院、系或行政单位的情况。每个委员会通常由一名监督员（Overseer）担任主席，成员包括活跃在该领域的校友和哈佛大学校外的专家"，"巡视委员会"，哈佛大学医学院网站。

206 从人类学系分出来:"What is HEB?"人类进化生物学系网站。

206 我和诺琳聊的时候:2017 年对诺琳·图罗斯(Noreen Tuross)的采访。

理查德·梅多

206 本章除特殊说明外,均来自 2017 年对理查德·梅多的采访。

207 2005 年才被默认为终身制:2005 年 2 月 William C. Kirby 致全体职工的年度信。

207 自 1994 年以来,联邦法律禁止设定强制退休年龄:该法律于 1986 年通过,但针对终身教授有一项豁免,该豁免于 1993 年年底到期。Age Discrimination in Employment Act, 1986, Section 12(d). 另请参阅:*Ending Mandatory Retirement for Tenured Faculty: The Consequences for Higher Education*, edited by P. Brett Hammond and Harriet Morgan (Washington, DC: National Academy Press, 1991)。

207 人数便不容乐观了:"Though More Women Are on College Campuses, Climbing the Professional Ladder Remains a Challenge," Brown Center Chalkboard of the Brookings Institute, Mar. 29, 2019.

207 一名初级教师最近编写了一份报告:Ari Caramanica, "Report from the Gender Imbalance in Academia Conversation Group," Department of Anthropology, Harvard University, May 19, 2019. Caramanica 是以学院研究员的身份撰写这份报告的,她说人类学系的教师们非常乐于接受报告中的建议,但她不清楚他们官方政策是如何施行的。(她后来离开了哈佛,原因与报告无关。)

207 被选为助教的女性人数不成比例地高:Caramanica, "Gender Imbalance," p. 1.

207 论文的发表率更低:Caramanica, "Gender Imbalance," p. 2.

207 其他全国范围的调研:其中包括 Dana Bardolph, "A Critical Evaluation of Recent Gendered Publishing Trends in American Archaeology," *American Antiquity* 79, no. 3(2014):522–540; Scott Hutson, "Institutional and Gender Effects on Academic Hiring Practices," *SAA Bulletin* 16, no. 4 (1998):19–21, 26; and "Gendered Citation Practices in American Antiquity and Other Archaeological Journals," *American Antiquity* 67(2002):331–342。

208 普遍花更长时间读完学位:Caramanica, "Gender Imbalance," p. 3.

208 第一份关于性骚扰及性侵犯的系统性调研:Kathryn Clancy, *et al.*, "Survey of Academic Field Experiences (SAFE): Trainees Report Harassment and Assault," *PLoS One 9*, no.7.

208 另一项调查表明：M. Sandy Hershcovis and Julian Barling, "Towards a Multi-Foci Approach to Workplace Aggression: A Meta-Analytic Review of Outcomes from Different Perpetrators," *Journal of Organizational Behavior* 31 (Dec.2009):24–44.

208 从数据上来看，减少工作场合的性骚扰及性侵犯最有效的方案：Frank Dobbin and Alexandra Kalev, "Training Programs and Reporting Systems Won't End Sexual Harassment. Promoting More Women Will." *Harvard Business Review 15*(2017):607–631.

208 第一个非裔美国研究生：James Gibbs 根据 Seymour, *Cora Du Bois*, p.264。Gibbs 并未回复我的采访请求。

209 听任学术界的现状："Are We Commodities?" *Chronicle of Higher Education*, Oct.17,2010.

209 "要承认你属于你研究的那个世界，是很难的"：2017年对伊瓦·休斯顿的采访。

卡可夫教授

209 《女人终归是女人》：Mel Konner, *Women After All: Sex, Evolution, and the End of Male Supremacy* (New York: W.W. Norton, 2015).

210 "变态艾尔文"：2017年对唐·米歇尔的采访；吉尔·纳什于2020年证实。

210 德沃尔的第一位女研究生萨拉·赫尔迪（Sarah Hrdy）：2017年和2020年对萨拉·赫尔迪的采访。

210 凯瑟琳·克兰西（Kathryn Clancy）……归功于德沃尔：伊利诺伊大学香槟分校人类学系克兰西实验室小组（Clancy Lab group）的博客，lee-anthro.blogspot.com, 2010年4月26日发布。

210 并没有提及德沃尔支持过她：2020年对凯瑟琳·克兰西的采访。

210 我们通电话时：2017年对梅尔·康纳的采访。

210 小说灵感即来源于简的谋杀案：Melvin Konner, "Winter in Bolton," manuscript, edited by John Gardner and L.M. Rosenberg, fall-winter 1981, pp.1–33.

210 激发他们"模糊"想法的：Konner, "Winter in Bolton," p.9.

211 我最终找到了克里斯·伯姆（Chris Boehm）：2017年对克里斯·伯姆的采访。

211 使用了简的谋杀案作为例证：Christopher Boehm, "Gossip and

Reputation in Small-Scale Societies: A View from Evolutionary Anthropology," in *The Oxford Handbook of Gossip and Reputation*, edited by Francesca Giardini and Rafael Wittek (Oxford: Oxford University Press, 2019), pp. 253–275.

211 "但你不会懂的"：Konner, "Winter in Bolton," p. 30.

大陪审团

212 简的这起案件便召集了大陪审团：1969年2月3日，根据大陪审团传票，1969年1月29日（CPD档案）。

212 理查德·康迪（Richard Conti），29岁：本章除特殊说明外，均来自2017年对理查德·康迪的采访。

212 他妻子的姐姐是莎莉·贝茨（替简安排了堕胎的人）的大学室友：Sally Shankman2020年证实了这一点。

213 哈佛世界，现如今却以令人作呕的速度爆炸了：《深红报》发表了一篇有关1968—1969年哈佛大学的精彩每日总结："That Memorable Year, 1968–1969...," *Harvard Crimson*, June 12, 1969.

213 2月，关于拉德克利夫-哈佛并校的讨论开始了："那值得纪念的一年，1968—1969……"，参见2月22日条目。

213 男女同校后的住宿安排："那值得纪念的一年，1968—1969……"，参见2月5日条目。

213 非裔美国研究的学位授予项目：1969年4月22日批准，参见："哈佛大学非洲及非裔美国人研究：历史资料"，哈佛图书馆网站。

213 4月初，一整年都在逐渐升级的反越战抗议达到高潮："Echoes of 1969," *Harvard Magazine*, Mar.-Apr. 2019.

213 "我们觉得，如果我们没能阻止这场战争"：2014年对卡罗尔·斯坦赫尔的采访。

213 在那张清单上，第五条诉求："Statements on Both Sides at Harvard: Pres. Pusey," *Boston Globe*, Apr. 10, 1969.

213 1969年4月9日中午："On Campus," *Radcliffe Quarterly*, June 1969, p. 16.

213 约70名学生："Echoes of 1969," *Harvard Magazine*, Mar.-Apr. 2019.

213 次日黎明："On Campus," *Radcliffe Quarterly*, June 1969, p. 17.

214 面戴头盔，手持警棍：Jean Bennett, "Echoes of 1969," *Harvard Magazine*, Mar.-Apr. 2019.

214 一万名备受鼓舞的人：一万名是保守估计。MassMoments网站的"哈佛学生占领了大学礼堂"页面显示，人数在一万到一万两千人之间。

214 课堂出勤率不到 25％：Ely Kahn, *Harvard: Through Change and Through Storm* (New York: W. W. Norton, 1969), p. 27.

214 自命成为怀德纳图书馆（Widener Library）的守卫者：教师成员包括 Archibald Cox, Donald Fleming 和 Herschel Baker ("Shook the University…," *Harvard Crimson*, June 12, 1969)。

214 一个月前，富兰克林·福特院长曾告知卡尔：1969 年 3 月 20 日富兰克林·福特（Franklin Ford）写给 CCLK 的信。

214 经历了一次轻微的中风："Until the April Crisis…," *Harvard Crimson*, June 12, 1969.

214 "冬天时我盼着春天"：Stephen Williams, "The Editor's Scrapbasket," *Peabody Museum Newsletter*, summer 1969, p. 5.

特别报道

215 我收到了《波士顿环球报》某人的邮件：2017 年 4 月 4 日下午 3:32 托德·瓦莱克（Todd Wallack）发来的电子邮件。

215 瓦莱克曾以曝光马萨诸塞州经常不遵守公共记录法为事业："Todd Wallack of the *Boston Globe* to Receive NEFAC's 2018 Freedom of Information Award," *New England First Amendment Coalition*, Jan. 25, 2018.

215 政府透明度的排名几乎垫底："Mass. Agencies Often Limit Access to Records," *Boston Globe*, July 18, 2015.

215 唯一坚持……的州："Massachusetts Public Records Law among the Country's Most Restrictive," *MuckRock*, Oct. 18, 2018. 甚至是在新的公共记录法（H4333；自 1973 年颁布该州法律以来的第一部法律）于 2017 年 1 月 1 日生效之后。

215 引述了托马斯·费德勒（Thomas Fiedler）："Mass. Agencies Often Limit Access to Records," *Boston Globe*, July 18, 2015.

216 托德·瓦莱克告诉我：2017 年对托德·瓦莱克的采访。

新的嫌疑人

216 "为简碰撞着"："Pink Panther" Websleuths post ♯684, Oct. 9, 2014; "Pink Panther" Websleuths post ♯707; Feb. 18, 2015; etc.

216 "作为一名牧师和基督徒，我感到自己有义务"：Boyd Britton Websleuths post ♯741, Jan. 15, 2016.

216 "探案网上悬案的主题永远不会消失"："Ausgirl" Websleuths post ♯701, Nov. 29, 2014.

217 "这些都发生在很久之前"：Don Mitchell Websleuths post ♯799, May 12, 2016.

217 李·帕森斯 24 日会前往危地马拉：史蒂芬·威廉姆斯 1969 年 1 月 20 日写给哈勒姆·莫维乌斯的信，998‐27‐40/14628.2, Hallam L. Movius, Jr. papers, Peabody Museum of Archaeology & Ethnology, Harvard University。

217 在电话里，唐听起来一头雾水：2017 年对唐·米歇尔的采访。

熏香之夜
218 卡尔总能让唐想起一种黑胡桃树：2017 年对唐·米歇尔的采访。
218 1968 年秋天，李加入了博物馆：CPD-LP 1, p. 5.
218 他帅气，但也没有那么帅：有关帕森斯的描述来自唐·米歇尔（2017）和 Richard Rose 的照片。
218 "有些边缘化，格格不入"：2017 年对布鲁斯·布尔克的采访。
218 "你很怕他笑，他的脸会垮［下来］"：CPD-IK, p. 52.
218 用他的高保真音响设备听唱片：2017 年对布鲁斯·布尔克的采访。
218 唐在几次聚会上见过李：2017 年对唐·米歇尔的采访。
219 第一件事发生在 1968 年 11 月：2017 年对唐·米歇尔的采访；CPD-DM; CPD-LP 1; CPD-JM 2。
219 他们快吃完的时候：2017 年对唐·米歇尔的采访；CPD-LP 1.
219 那个秋季学期在简的一门课上任教：简·布里顿拉德克利夫学生档案；CPD-LP 1。
219 李邀请所有人去他家：CPD-DM; CPD-LP 1.
219 墙面上铺着白色绒毛毯：2017 年对唐·米歇尔的采访；吉尔·纳什回复校对备忘录（2020）；她记得是白色羊毛毯。
219 差不多有五六支香烟捆起来那么粗：唐·米歇尔在 2017 年接受采访时的说法与李·帕森斯对警方的说法一致（CPD-LP 2, p. 20）："它们大概有六个或者八个圆柱那么粗，用玉米皮包起来，然后你把中间的东西点燃。"
219 铝制烟灰缸：吉尔·纳什回复校对备忘录（2020）；CPD-LP 2, p. 37。
219 烧出了一个洞：唐·米歇尔（2017）；吉尔·纳什回复校对备忘录（2020）；CPD-LP 2, p. 36。
219 "就像理查德·普赖尔说的"……这也太过了：2017 年对唐·米歇尔的采访。
219 简说她想留下来：2017 年对唐·米歇尔的采访；CPD-LP 1, p. 5.
219 他不觉得她会背叛吉姆：2017 年对唐·米歇尔的采访。

219 凌晨 3 点自己走回家：CPD-JM 2, p. 48；CPD-LP 1, p. 5。（唐认为他们大约在凌晨 4 点或 4 点半离开：CPD-DM, p. 63。）

219 他担心当简意识到……就太迟了：2017 年对唐·米歇尔的采访。

铺天盖地

220 铺天盖地的电子邮件：唐·米歇尔发来的电子邮件，2017 年 4 月 5 日晚 9:25；2017 年 4 月 6 日下午 4:15；2017 年 4 月 6 日晚 7:45；2017 年 4 月 6 日晚 8:59 等等。

220 "我们可以带你到 4000 多米海拔的地方"：唐·米歇尔 2017 年 4 月 8 日晚 7:30 发来的电子邮件。

220 "你可能想过"：唐·米歇尔 2017 年 4 月 5 日晚 9:25 发来的电子邮件。

探案

221 协助主持论坛版块：reddit.com/r/UnsolvedMysteries。

221 阿莉莎说话声音很温暖：2017 年对阿莉莎·贝尔泰托（Alyssa Bertetto）的采访。

222 1970 年突然离开哈佛大学：李·帕森斯的讣告，作者 Michael Coe。

222 搬到了密苏里州的圣路易斯：*Steven DeFilippo & Lee Parsons v. Lowell Nations D/B/A Nations Roofing Company*, Cause No. 407153, Petition, Circuit Court of the County of St. Louis, Missouri, Apr. 10, 1978.

222 李和妻子离了婚：2017 年和 2020 年对安妮·莫罗（Anne Moreau）的采访。

222 他和一个男人合住：*DeFilippo & Parsons v. Lowell Nations*.

222 后来去了佛罗里达州：Charles D. Barnard 致 Zebedee Wright 法官的信，内容涉及：佛罗里达州诉李·艾伦·帕森斯，1991 年 10 月 18 日。

第二件事

223 熏香之夜后的几个星期：2017 年对唐·米歇尔的采访。

223 吉姆当时在剑桥访问，简想让他看手工艺品：CPD-JM 2, p. 37.

223 简、吉尔和唐都心知肚明，只可能是那个人：CPD-JM 2, p. 37.

223 熏香之夜过后：2017 年对唐·米歇尔的采访；CPD-JM 2, p. 40；CPDLP 2, p. 11。

223 他们隔着门说了话：CPD-JM 2, p. 40.

223 唐发觉简的脸僵住了，她默不作声，面露惊恐：2017 年对唐·米歇尔的采访。

223 熏香聚会的那天晚上究竟发生了什么，唐想知道：2017 年对唐·米歇尔的采访。

223 朝楼上大喊起来，所有人都听出是他了：CPD-JM 2, p. 40.

223 "我来吧，"简终于开口了：一直到"关掉我的打印机"，CPD-JM 2, pp. 37 - 39。

224 她在演戏给李看，吉尔想：CPD-JM 2, p. 20.

224 吉尔朝门口看了一眼……穿得整整齐齐：CPD-JM 2, p. 40.

224 吉尔还是想往窗外看一眼，确认一下：对话来自 CPD-JM 2, p. 20.

斗篷被掀了起来

224 我给卡尔打了电话：本章摘自我 2017 年对 CCLK 的采访。

225 我想相信他：我暂时无法证实杜鲁门·卡波特对简·布里顿的故事感兴趣。

226 简的一位本科生导师：2017 年对 Bill Simmons 的采访。

226 "我父亲死在了奥斯威辛集中营"：Karl Othmar Von Lamberg, 身份编号 62376，文件编号 41205，维也纳盖世太保报告中的逮捕数据，来自美国大屠杀纪念博物馆的大屠杀幸存者和受害者数据库。

227 吸血鬼的传奇斗篷被掀了起来：刚刚毕业的研究生都非常确定，CCLK 曾身穿斗篷在皮博迪博物馆里走来走去，但在和数十名研究生（他们在哈佛的任职时间长达数十年）交谈之后，我才意识到，没有人真正见过他穿着斗篷在博物馆里走来走去（2017 年，CCLK 告诉我，他拥有一件斗篷，是他父亲的，但他并不记得自己穿过它去上班）。

死去的人。将死之人。尸骨未寒的人。

228 清晨时分：本章除特殊说明外，均来自 CPD-JM 2。再次回看她 1969 年说过的话，吉尔在 2020 年写道，"这一切都太过夸张了。如果简没有被谋杀，我绝对不会觉得这有什么大不了。警察逼问我们一些事，我真的不知道他们想要什么。"

229 希望铃声没有吵醒吉尔：CPDDM, p. 4.

229 唐正往卫生间走：CPD-DM, p. 4. 2017 年对唐·米歇尔的采访。

229 好吧，简又是这样，唐心想：CPDDM, p. 5.

229 他希望能一切顺利：CPD-DM, p. 5.

229 吉尔听见脚步声：从这里一直到"两个男人模糊不清的交谈声"，CPD-JM 1, pp. 4 - 6。

229 一大片衬纸板从墙上掉下来：CPD-DM, p. 6.
229 唐等在门外：CPD-DM, p. 8.
229 吉尔进入简的公寓：CPD-JH, p. 11.
229 给卫生服务部打个电话：CPD-JM 1, p. 10.
229 唐开始接手：CPD-JM 1, p. 11.
229 没人记得剑桥警方的电话：CPD-DM, p. 11.
230 当时剑桥还没有 911 这个报警电话："Boston, Brookline to Dial 911 in Fall to Speed Police Calls," *Boston Globe*, Sept. 4, 1972；剑桥未被列入可使用 911 的社区名单："Randolph, Quincy Using Emergency No.," *Boston Globe*, Aug. 16, 1971。
230 唐从他手里拿走电话簿：CPD-DM, p. 11.
230 唐试图联系简的家人：CPD-DM, pp. 13 – 14, 以及 2017 年对唐·米歇尔的采访。
230 吉姆一直在说，"你应该打电话"：CPDDM, p. 12.
230 "咱们也许应该探探她的脉搏"：CPD-JM 1, p. 12.
230 唐开始怀疑自己：从这里一直到"想知道警察什么时候会出现"：CPD-DM, pp. 12 – 13。
230 唐想到他最后一次见到简的时候，她是多么有活力啊：2017 年对唐·米歇尔的采访。
230 唐对于吉姆·汉弗莱斯的记忆中断了：从这里到"因悲恸而垮掉了"：2017 年对唐·米歇尔的采访。
230 我听见呻吟从悲恸、震惊中迸发：Don Mitchell, "Hill Training in Forest Lawn Cemetery," 未出版。
231 第一次，他想，也是唯一一次：2017 年和 2019 年对唐·米歇尔的采访。吉尔·纳什回复校对备忘录（2020）时说，她对这件事没有印象："唐并没有表现出来。"

夏威夷

231 我和唐·米歇尔坐在：除特殊说明外，本章均来自 2017 年对唐·米歇尔的采访。
233 到哈佛广场看电影：吉尔·纳什回复校对备忘录时说，她不记得看过电影和买过唱片了。
233 ［照片］：唐·米歇尔拍摄。
233 "要是我死了，你应该去娶简"：CPD-DM, p. 17.
235 我后来通过吉尔的一位朋友了解到：2017 年对玛丽·麦克卡森

（Mary McCutcheon）的采访。吉尔·纳什回复校对备忘录时解释说，一直到差不多三年前，她仍保留着三块地毯中最大的一块，"当它有些地方破旧不堪的时候，我觉得应该回收利用一下。"

乔伊斯中尉的信
236［照片］：乔伊斯中尉 1979 年 1 月 8 日写给吉尔和唐·米歇尔的信（MSP 档案）。

剑桥警方
237 唐很快就联系了他：唐·米歇尔 1979 年 1 月 22 日写给乔伊斯中尉的信（MSP 文档）。

237 1969 年 12 月的那封信：乔伊斯中尉 1979 年 1 月 8 日写给吉尔和唐·米歇尔的信。

237 和乔伊斯相比……剑桥警方简直不可同日而语：除特殊说明外，本章余下的部分均来自 2017 年对唐·米歇尔的访谈。有关吉尔的细节已在她 2020 年的校对备忘录（吉尔写道，警方还让她看了简的尸检照片）中核对过。

238 挑选和她一起下葬的衣服：吉尔·纳什写道，她并不记得此事。

238 后来有人推测是一件遗迹：根据苏珊·凯莉 1996 年 7 月 31 日与保罗·尚克曼的面谈记录（警方档案），是 James Deetz 教授的课程。简在大三秋季学期选修了 Deetz 教授的一门课（人类学 207）（简·布里顿拉德克利夫学生档案）。

238 简平时会把它放在咖啡桌边上：CPD-BB, p. 32.

239 给米歇尔留下的印象：Don Mitchell Websleuths post ♯381, June 17, 2014.

239 一名警察一个人回：森诺特 2017 年 7 月 17 日也询问了唐·米歇尔这件事（文字记录；MSP 档案）。

239 有可能是贾科波警探：我通过电子邮件给唐·米歇尔发去了 8 张和简这个案子有关的 CPD 警察的照片，想看他能否辨认出让他拍摄指纹的警官（2020 年 3 月 8 日）。所有照片都没有标注。唐认出了前警探 M. 迈克尔·贾科波（M. Michael Giacoppo）的照片是唯一有可能的（他还准确认出了里奥·达文波特中尉的照片）。

239 根据《波士顿环球报》的报道："Mystery Fingerprints at Slaying Scene May Belong to Jane Britton's Killer, Say Cambridge Police," *Boston Globe*, Jan. 13, 1969.

240 唐拍了几张照片：在"犯罪现场彩色幻灯片"的第 4 页中，可以看到唐·米歇尔使用尼康 F 和三脚架拍摄窗户上的指纹（CPD 档案）。为了更好地翻拍照片，我们将玻璃板从画框中取出放在厨房里。唐通过电子邮件给我发了一张三脚架的近照（2020 年 3 月 8 日下午 2：06）。

240 ［照片］：唐·米歇尔拍摄。

241 一两年前：唐·米歇尔 1979 年 1 月 22 日写给乔伊斯中尉的信（MSP 文档）。

241 他在乔伊斯中尉听说这个传言六个月前，就在一次考察中丧生了：Peter Harrison and Phyllis Messenger, "Dennis Edward Puleston, 1940 - 1978," *American Antiquity* 45, no.2 (Apr.1980):272 - 276.

夏威夷最后的日子

242 再回到唐的沙发上：除特殊说明外，本章均来自 2017 年对唐·米歇尔的采访。

242《巴赫的 F 大调托卡塔》(Toccata in F Major)：Michael Murray 的版本，Track #2 on *Bach and Franck Organ Works*, 1979。

242 "她不过是坐在我们所有人之上"：后来唐发给我了一张简在他的婚礼上演奏的照片。根据他的描述，她头发上也盖着一块白布。

消除及历史文物

243 给迈克尔·科打个电话：2017 年对迈克尔·科的采访。

243 "我们要么只能压抑、伪装自己"：In and Out of the Closet at Harvard, 1653 - 1998," *Harvard Magazine*, Jan.-Feb.1998.

245 发邮件给我，我才得知：丹·波茨 2017 年 6 月 4 日下午 1:29 发来的电子邮件。

245 我走下停靠在圣何塞火车：本章余下的部分均来自我 2017 年对伊丽莎白·汉德勒的采访。

简写给伊丽莎白的信

246 1968 年 7 月 27 日，星期六：简 1968 年 7 月 27 日写给伊丽莎白·汉德勒的信。

博伊德其人

247 我表兄弟家的门铃响了：除特殊说明外，本章均来自 2017 年对博伊德·布里顿的采访。

We Keep the Dead Close 555

248 "让所有潜藏在泥土里的毒": Robert Graves, *I, Claudius* (New York: Harrison Smith and Robert Haas, 1934).

249 后来又戒了毒：博伊德从 2011 年初戒了毒。

249 "我姐姐真的没什么天赋"：2020 年，博伊德补充说，"简从来都没有得到过机会"。

250 拉德克利夫 50 周年的团聚：50 周年的团聚是在 2017 年 5 月 21—25 日。

250 30 周年同学聚会的学生们将在他们后面加入：第 35、40、45 周年的聚会在那一年的秋天举办："Fall in with Classmates," *Harvard Magazine*, May-June 2014.

家族的沉默

252 简过世后，博伊德尝试过：除特殊说明外，本章均摘自 2014—2020 年对博伊德的采访。

252 他不会提到自己的女儿："拉德克利夫学院行政副院长办公室记录"，1959—1972 年（含），拉德克利夫学院，RG IIA，系列 1，施莱辛格图书馆档案。

252 J. 博伊德在密苏里州的圣路易斯长大："J. Boyd Britton; Was Chemist, Executive, Radcliffe Officer; 93," *Boston Globe*, Oct. 29, 2002.

252 在河船上的舞蹈乐队中演奏过班卓琴："J. Boyd Britton; Was Chemist, Executive, Radcliffe Officer; 93," *Boston Globe*, Oct. 29, 2002.

252 开始是做销售，后来转去管理岗：J. 博伊德·布里顿个人履历，布里顿家庭档案。

252 娶了一个伊利诺伊州斯普林菲尔德的女人：2017 年对查理·布里顿的采访。

253 仅仅过了三个月：博伊德·布里顿军事档案，美国国防部国家人事档案。

253 "我的感觉是，他们宁愿"：苏珊·凯莉 1996 年 5 月 24 日采访伊丽莎白·汉德勒的记录（警方档案）。

J. 博伊德·布里顿给博伊德·R. 布里顿

255 我们约好第二次见面的当天早上，博伊德给我打来了电话：除特殊说明外，本章均来自 2017 年对博伊德·布里顿的采访。

255 "简·布里顿谋杀案文件。其他家庭文件"：布里顿家庭档案。

255 ［照片］：贝基·库珀拍摄。

简·布里顿的家庭文件

257 "不能说我介意要不要考虑结婚"：简 1965 年 7 月 20 日写给她父亲的信。

257 举着法国国旗的豚鼠：简 1965 年 7 月 20 日写给她父母的信。

257 "呸！这信封是胡椒薄荷味的"：简 1964 年 6 月 25 日写给她父母的信。

257 "热情洋溢的、异国情调的莱塞济向邮递员问好"：简 1965 年 8 月 7 日写给她父母的信。

257，258 [照片]：布里顿家庭档案，博伊德·布里顿提供。

258 并附信说：CCLK1979 年 12 月 21 日写给 J. 博伊德·布里顿的信。

259 她为此告诉父母要替她保存好这些信：简 1965 年 7 月 16 日写给她父母的信。

259 最亲爱的妈妈爸爸：简 1965 年 7 月 16 日写给她父母的信。

259 要是我不把事情做到尽善尽美：简 1964 年 7 月 22 日写给她父亲的信。

259 我告诉过你吗，吃过那顿超赞的晚餐之后：简 1968 年 7 月 14 日写给她父母的信。

259 博伊德（在卡尔之前）来了一封信：简 1968 年 7 月 27 日写给她父母的信。

259 她提到了杰里·罗斯：简 1965 年 2 月 11 日写给她父母的信。

测谎

260 测谎仪：描述来自 "The Lie Detector Confirms His Story," *Life Magazine*, May 15, 1964。可与 1990 年 7 月 10 日 Lafayette 仪器公司专利号为 4940059 的 "改进心脏检测功能的测谎仪" 交叉核对。《生活》杂志文章中的专家 Leonard Harrelson 对简的案件做了第二轮测试。("Grand Jury Hears Girl's Slaying," *Boston Herald Traveler*, Feb. 4, 1969)。

260 "测谎有趣的一点"：本章余下的部分均来自 2017 年对 CCLK 的采访。据我所知，并不存在关于测谎问题或结果的记录。

卡尔其人

261 我一路从哈佛园跑到教堂街：本章来自我 2017 年对 CCLK 的采访。

摔跤

264 天气暖和了起来：这一幕来自对 Peter Timms (2017)，John Yellen

（2017）和 CCLK（2020）的采访。他们的回忆略有不同（比如卡尔是否爬上了拳击台、谁把他介绍给了发起人之类的细节）。所写的场景尽可能多地保留了三个来源一致的细节。主要的不同之处在于，CCLK 不记得他手杖的顶端掉下来了。

264 运动场里弥漫着爆米花、披萨和酒精的气味："In City's Wrestling Prime, No Holds Were Barred," *Boston Globe*, Sept. 26, 2004.

264 "摔跤展现了人类的苦难"：Roland Barthes, *Mythologies: The Complete Edition in a New Translation*, translated by Richard Howard and Annette Lavers (New York: Hill and Wang, 2012), p. 8.

264 善良之人击败了恶人："In City's Wrestling Prime, No Holds Were Barred," *Boston Globe*, Sept. 26, 2004.

2018：降落波士顿

269 这一幕发生在 2018 年 7 月 30 日。

坚信不疑

271 托德·瓦莱克在《波士顿环球报》刊发的文章："A Cold Case, a Cold Reality: Records Are Closed," *Boston Globe*, June 18, 2017.

271 最后一轮 DNA 检测是在 2006 年：这里指的是与简这个案子有关的最后一次 DNA 检测。上一次检测犯罪现场的样本本身是在 2004 年（MSP 犯罪实验室 2004 年 8 月 18 日的报告）。

271 卡尔写道：CCLK2017 年 6 月 18 日上午 11:21 发来的电子邮件。

271 唐·米歇尔被读者的评论搞得胆战心惊：唐·米歇尔 2017 年 7 月 11 日下午 1:33 发来的电子邮件。

271 一位律师主动提出：Robert Bertsche 的领英（LinkedIn）信息，2017 年 6 月 18 日上午 3:41。

271 威胁将此事捅到更高一级：Robert Bertsche2017 年 6 月 20 日写给丽贝卡·穆瑞（Rebecca Murray）的信。

271 事实证明，早在 1969 年，迈克·威德默：本章余下的部分均来自 2017 年对迈克·威德默的采访。

271 合众国际社、后由《星条旗报》转载的文章："Girl 22 Beaten to Death," *Pacific Stars and Stripes*, Jan. 9, 1969.

272 二十四次转载对两次转载：Roger Tatarian（时任合众国际社主编），合众国际社内部文件，1969 年 1 月 8 日。

理查德·迈克尔·格兰利

274 一位名为安妮·亚伯拉罕（Anne Abraham）的年轻考古学家：Bill Fitzhugh, "Tribute to Explorer Lost in Labrador," *Smithsonian* 7, no. 9 (Dec. 1976).

274 流言四起，都是关于格兰利：参见 Websleuths 在 2014 年 8 月底至 2014 年 10 月前后发布的帖子。

274 2016 年，博伊德曾说：2016 年对博伊德·布里顿的采访。

274 给乔伊斯中尉写的信：唐·米歇尔 1979 年 1 月 22 日写给乔伊斯中尉的信（MSP 档案）。

274 我和比尔·菲茨休（Bill Fitzhugh）聊了聊：2017 年对比尔·菲茨休采访。

274 在电话里，格兰利：2017 年对 RMG 的采访。

275 "简从未得到过正义"：" A Cold Case, a Cold Reality: Records Are Closed," *Boston Globe*, June 18, 2017.

276 收到了托德·瓦莱克的一封邮件：托德·瓦莱克 2017 年 6 月 20 日下午 3∶54 发来的电子邮件。

276 一处铜器时代的遗址：此次挖掘由 Kaman 和 Yavor Boyadziev 主持，是巴尔干遗产野外学校（Balkan Heritage Field School）的一部分。

277 泰德写给剑桥警局的信：Ted Abraham 1996 年 8 月 23 日写给纳戈尔（Nagle）中士的信（CPD 档案）。

277 没能成功提起诉讼："George Abraham（声称是已故安妮·亚伯拉罕的父亲）与史密森学会（华盛顿特区）案"第 84‑108 号备审案件，1984 年 9 月 14 日听证，1984 年 10 月 30 日签发，美国劳工部。

277 我收到了泰德的邮件：Ted Abraham 2017 年 6 月 20 日下午 5∶34 发来的电子邮件。

277 比尔·菲茨休写的那篇史密森学会的文章：Fitzhugh, "Tribute to Explorer Lost in Labrador."

278 [照片]：比尔（Bill）和琳恩·菲茨休（Lynne Fitzhugh）提供。

278 他其实认识简·布里顿：2017 年对 RMG 的采访。

米奇

279 那是格兰利在哈佛大学就读的第一个学期：除特殊说明外，本章均来自我 2017 年对 RMG 的采访。

279 个头 1 米 8：RMG 的执照详情（MDAO 文件）。

279 比简小一岁：公共出生记录。

279 离婚证明上写的原因是"暴力"：1957 年 8 月 6 日，亚拉巴马州卫生部生命统计局杰斐逊县离婚证明。我在 2020 年和 RMG 聊的时候，他说他并没有意识到他的父亲打过他母亲，但他对此并不感到惊讶。"我父亲是个不错的人"，格兰利分享道，但他的父亲也打过他。

279 米奇从小：这部分来自认识格兰利的邻居们的采访。姓名按受访者要求略去。

280 里奇向哈佛大学输送过一大批年轻血液：有关里奇的细节来自 2017 年对布鲁斯·布尔克的采访。2020 年，格兰利表示同意并补充说："里奇眼中的天堂就是待在手肘深的红色赭石里。"

280《游猎民族》：Carleton Coon, *The Hunting Peoples* (Gretna, LA: Pelican, 1971).

280 她给库恩画的工艺品：库恩在 1969 年 1 月 10 日他的 CPD "声明报告"中同样写到了简曾给她画过工艺品（CPD 档案）。

遗迹上的学者

282 S-E 提到了和格兰利有关的一个恶性事件："监督之眼"（Srutin-eyes，即 S-E）第一次在 2014 年 8 月 14 日发帖（Websleuths post ♯598）。"监督之眼"并未回复我的采访请求。

282 "对人类遗骸做了可怕的处理"："Scrutin-eyes" Websleuths post ♯604, Aug. 15, 2014.

282 格兰利之于考古学界已是离经叛道："Scrutin-eyes" Websleuths post ♯645, Aug. 20, 2014.

282 曾一度被禁止做考古挖掘："Scrutineyes" Websleuths post ♯598, Aug. 14, 2014.

282 "经常会勃然大怒"："Scrutin-eyes" Websleuths post ♯604, Aug. 15, 2014.

282 曾在 1982 年失去美国考古学会（Society for American Archaeology）**的会员资格**：RMG 在 2020 年的采访中证实了这一点。他还说，他曾续约过一段时间，但目前不是会员。

282 "美国考古学会的章程中非常明确地规定"：Cheryl Ann Munson, Marjorie Melvin Jones, and Robert Fry, "The GE Mound: An ARPA Case Study," *American Antiquity* 60, no. 1 (Jan. 1995): 138. 2020 年 4 月 12 日，在写给我的信中，格兰利想要澄清他"想不起有任何一次，（他）出售、交换或'交易'在挖掘中发现的文物是为了谋取私利"，以及他"从未通过赠送科学标本来支付（我自己或是任何其他人的）劳动"。

282 调查问卷汇编:"The Amateur Archaeologist," *American Society for Amateur Archaeology* 1, no.1 (fall 1994):21.

282 的确曾对格兰利和他当时工作的凯尼休斯学院提起过诉讼:纽约州诉格兰利等,美国地区法院,纽约西区(布法罗),1:99-cv-01045-WMS-HKS。案件于1999年12月28日立案。2000年7月7日解决。

282 "美国本土居民墓葬保护与赔偿法案"……1990年颁布的一项联邦法律,Julia Cryne, "NAGPRA Revisited: A Twenty-Year Review of Repatriation Efforts," *American Indian Law Review* 34, no.1(2009-2010):99-122。

282 "违背了公序良俗":"Landmark Settlement Protects Native Burial Site," NY State Office of the AG press release, July 18, 2000.

282 格兰利辩驳说,用纸盒箱保管:2020年对RMG的采访。

283 杰森·纳拉里奇(Jason Neralich)是一位业余的考古学者:纳拉里奇并未回复发表评论的请求。

283 对现场挖掘协议的误解:2020年对RMG的采访;RMG 2020年4月12日的来信。"Return to Olive Branch: Excavations 2002-2005," *American Society for Amateur Archaeology* 13, nos.1-2(Jan.2008):61,RMG把这些两面石器称为"纳拉里奇藏品"。

283 一位年轻学者:2018年对"年轻学者"的采访。

284 用户"陈年旧案"(macoldcase)担心:2018年对"MCC"的采访。

284 S-E总结了牵涉到格兰利的案子:"Scrutin-eyes" Websleuths post #608, Aug.16, 2014.

三名嫌疑人

285 我接到了一个未知号码的来电:本章均来自2017年对史蒂芬·洛林(Stephen Loring)的采访。

挖掘现场

287 唐·米歇尔发来的信息:唐·米歇尔2017年6月28日凌晨3:55(保加利亚时间)发来的信息。

288 公共电视的片段链接:"Cold Case: The Murder of Jane Sanders Britton, 48 Years Later," Greater Boston, WGBH, June 28, 2017.

288 DNA联合索引系统(CODIS, Combined DNA Index System)国家数据库:准确地说,CODIS是搜索数据库的软件。

288 1990年创建:DNA联合索引系统,实验室服务,联邦调查局网站。

玛丽·麦克卡森

289 我给玛丽·麦克卡森（Mary McCutcheon）打了电话：2017 年对玛丽·麦克卡森的采访。

289 玛丽告诉我，她是在……认识格兰利的：2020 年，RMG 证实了玛丽讲述的诸多细节。他还寄给我了一本他未出版的《一个年轻人的日记》（Diary of a Young Man，1968 年 6 月 1 日至 1971 年 9 月 1 日），不过他寄给我的部分只包含 1968 年 6 月 1 日至 29 日。他写道，他"在十到十二年前开始了这个'项目'，之后放弃了"。在下一章中，我将指出 RMG 记忆与麦克卡森记忆的不同之处。

290 ［照片］：玛丽·麦克卡森提供。

公路之旅

291 米克马上把这堆骨头塞进了车的后备厢：RMG 写道，在旅行开始前一个多星期，他便计划了这件事。"我们将在 12 号放弃我的分租合同，然后在当天开车前往拉雷多（Laredo），再搭乘火车前往墨西哥城……后备厢和后座将会塞满各种东西——包括人类的遗骸、男子学校遗址的文物"（《一个年轻人的日记》1968 年 6 月 2 日）。

291 工作人员要求他们打开后备厢：RMG 在 2020 年的采访中证实了这一点。他在《日记》中并未写到这一事件，但提到了他返程过境的时候，"一名美国边防警卫记得我是谁，并在检查过程中替我说了话"。

291 矛头蛇：RMG 在《日记》中写道，他们在帕伦克停留（1968 年 6 月 14—16 日），但他并没有提及在暴风雨中跑到神庙顶上。相反，他写道："我们在神庙里很舒服，也保持了干爽。"他还写道，那天早上，矛头蛇是从他走的路穿行而过，而不是他们走的路。

291 在玛丽的老家：RMG 在 1968 年 6 月 27 日和 28 日的《日记》写到了这次到访。

292 继续和他保持联系：RMG 在《日记》中写到了那个夏天他们之间的联络，但根据他的说法，他已经接受了和麦克卡森注定不会在一起的事实："这种异地恋从来都不现实。但这并不意味着我们之间感情不深……对我而言，和玛丽的关系不能只是出于兴趣、随随便便。如果这段关系不完整，那还不如彻底没关系。"不过，他的作品到秋季就戛然而止了。

黄金女孩

293 多年来：本章来自 2017 年对玛丽·麦克卡森的多次采访。

294 帕特丽夏把家里的一整个房间都让给：笔者的实地探访。

294 玛丽和帕特丽夏在地区检察官办公室见了面：埃德丽安娜·林奇（Adrienne Lynch），"助理地区检察官关于 2017 年调查的补充说明"，无日期（MDAO 档案）。

294 "黄金女孩"：埃德丽安娜·林奇，"助理地区检察官关于 2017 年调查的补充说明"，无日期（MDAO 档案）。

安妮·亚伯拉罕

295 延伸至内陆我们目之所及的地方：安妮 1976 年 7 月 21 日的日记。（我写作本书的时候，安妮只是偶尔在她的日记中标注日期，而且她常常一口气连写很多天，因此要将她这些日记和日历上的日期对应上是一大挑战。鉴于她在 8 月 1 日的那篇日记中将现在时换成了过去时，我认为她在 8 月 1 日开始记日记，记到了 8 月 5 日，也就是她写到 8 月 2—4 日的那晚。根据这个时间线，她最后记下日记是在 8 月 6 日，也就是她在"史密森学会报告"中失踪的日期。如果下文日记的日期不确定，我就将它改为本段的开头。另外，如果我的描述或时间线与"史密森学会报告"中的内容不同，我会在随后的来源注释中说明原因和不同之处。）

295 *Tongait*，意为"幽灵之地"：安妮 1976 年 7 月 21 日的日记。

295 安妮已经……在拉布拉多考察过 6 个季度了："史密森学会报告"，第 2 部分，p. 23。

295 比尔是助教：2017 年对 Ted Abraham 的采访。

295 安妮给所有人留下了深刻的印象：除特殊说明外，有关安妮的描述均来自琳恩·菲茨休的采访。

296 最后一个早晨：安妮 1976 年 7 月 25 日的日记。

296 "上帝赐给该隐的土地"：引自菲茨休"向在拉布拉多失踪的探险家致敬"，p. 112。

296 "纯净、广袤的国土，荒凉"：引自菲茨休"向在拉布拉多失踪的探险家致敬"，p. 112。

296 "拉布拉多……最为致命"：Lynne Fitzhugh, *The Labradorians: Voices from the Land of Cain* (St. John's, NF: Breakwater, 1999), p. 17。

297 传说中的拉玛燧石来源地：2017 年对比尔·菲茨休的采访。

297 燧石是石英的一种："石英，燧石和火石"，匹兹堡大学地质与行星科学系网站。

297 纽约州立大学石溪分校地质学的助理教授迈克·格兰利："史密森学会报告"，附录 3。

297 有过一面之缘："史密森学会报告"，第 1 部分，p. 2。

297 175 英里开外："史密森学会报告"，第 1 部分，p. 3。

297 彼此相拥，直到早上：安妮 1976 年 7 月 25 日的日记。

297 琳恩·菲茨休最后一次见到安妮：2017 年对琳恩·菲茨休的采访。

297 安妮登机的塔利亚角（Thalia Point）："史密森学会报告"，第 1 部分，p. 3。

297 在一个老摩拉维亚传教士的足迹中搭起了营地："史密森学会报告"，第 1 部分，p. 3。

297 这里的地貌……还要泥泞：安妮的日记，段落从"West of the mission"开始。

297 狗鼻崖（Dog's Nose），一处俯瞰大海的大玄武岩悬崖：2017 年对琳恩·菲茨休的采访。

298 声音传播得如此清晰：2017 年对史蒂芬·洛林（Stephen Loring）的采访。

298 安妮能听见大本营附近的瀑布：安妮的日记，段落从"Moist, misty morning"开始。

298 我的耳朵还是厌倦了他说话的声音：安妮的日记，段落从"The next day I got up"开始。

298 和安妮讲起他在非洲的时光：安妮的日记，段落从"Mike told me about mambas"开始。

298 "我爬上一处狭缝，页岩太碎了"：从这里一直到"安妮找到了拉玛燧石的来源地"，来自安妮的日记，段落从"We started for a short hike"开始。

299 [照片]：RMG 拍摄。

299 长 400 多米："向在拉布拉多失踪的探险家致敬"。

299 "就当是祭献山神了"：安妮的日记，段落从"Mike fixed supper"开始。

299 "时间不知不觉就溜走了"：安妮的日记，段落从"The time went unrecognized"开始。红色赭石的细节还出现在："Brother Tells of His Labrador Search for D. C. Woman," *Washington Post*, Aug. 16, 1976。

299 迈克朝安妮示意：描述来自安妮的日记，段落从"My period started and I felt grubby"开始。

300 第二天阴雨绵绵：安妮的日记，段落从"The next day（I am confused as to days）"开始。

300 接下来的一天，天气并没有好转：安妮的日记，段落从"The next day I got up"开始。

300 安妮才穿上她的防水靴……她想找找：安妮的日记，段落从"Today I tried"开始。这一天安妮试图找到另一条通往燧石地的路线，还有鹅的细节同样出现在了："史密森学会报告"，第1部分，p. 7。

300 砍他捡到的驯鹿鹿角……通信设备：安妮的日记，段落从"The most unusual thing"开始。

300 大约24小时之后："史密森学会报告"，第1部分，p. 10; Report by Cst. W. W. MacDonald, Corner Brook. Sub-Division of the RCMP, Oct. 18, 1976, p. 2; Transcript of Interview between Cst. W. W. MacDonald & RMG, Nain, Labrador, Aug. 11, 1976, p. 7。

第二通电话

300 "要是你在一个荒郊野外的帐篷营地里"：除特殊说明外，本章均来自2017年对RMG的采访。

301 第一组乳齿象遗骸：RMG, *Archaeological Recovery of the Bowser Road Mastodon: Orange County, New York* (New York: ASAA/Persimmon Press Monographs in Archaeology, 2017)。

301 哈佛大学比较动物学博物馆收藏：2020年对RMG的采访；"MCZ Receives 13000 Year Old Mastodon," News, Museum of Comparative Zoology's website, Nov. 27, 2017。

301 他也能够沉着冷静地应对了：2020年对RMG的采访。

302 "考古工作方式的转变"：2020年对布鲁斯·布尔克的采访。

303 格兰利已经告知加拿大皇家骑警：Transcript of Interview between Cst. W. W. MacDonald & RMG, Nain, Labrador, Aug. 11, 1976, pp. 1-4。

303 沿着一条溪水而上，穿过刀锋般的山脊："史密森学会报告"，第2部分，p. 12。"刀锋般的山脊"来自2020年对RMG的采访。

303 延伸到海滩的岩石坡面：从这里一直到"上午11点左右"：来自"史密森学会报告"，第1部分，pp. 7-9。

303 格兰利尝试着绕过连接点：格兰利曾在以下来源描述过这一时刻：Transcript of Interview between Cst. W. W. MacDonald & RMG, Nain, Labrador, Aug. 11, 1976, p. 2。

303 没走出多远差点儿摔倒，于是他又跳回到了海滩："史密森学会报告"，第1部分，p. 9。

303 安妮也试了一次，向上爬了差不多10米："史密森学会报告"，第1部分，p. 9。报告指出，格兰利说10英尺和30英尺高的地方都有。

303 "我不喜欢冒险"：RMG向加拿大皇家骑警发表的声明，"拉布拉多拉玛的事件顺序：1976 年 7 月 30 日—8 月 8 日"，1976 年 8 月 12 日，p. 1。

304 "不是这样的，在我看来，格兰利是因为……才被学校开除的"：2017 年对 Ted Abraham 的采访。

304 希尔达溪（Hilda's Creek），以纪念安妮和她的母亲：2017 年对 RMG 和爱丽丝·亚伯拉罕（Alice Abraham）的采访。

304 和史蒂芬还有安妮的兄弟姐妹确认：2019 年对史蒂芬·洛林的采访；2020 年对泰德和爱丽丝·亚伯拉罕的采访。

安妮·亚伯拉罕营救行动

305 每天早上 7 点需用无线电发送一次信息："史密森学会报告"，第 2 部分，p. 6。

305 菲茨休感到非常担忧："他认为来自拉玛的沉默是不祥之兆，""史密森学会报告"，第 2 部分，p. 7。

305 8 月 8 日，泰德·亚伯拉罕的电话响了：2017 年对 Ted Abraham 的采访；"Brother Tells of His Labrador Search for D. C. Woman," *Washington Post*，Aug. 16，1976。

305 早 6：45，搜救直升机：加拿大皇家骑警古斯湾分遣队 F. A. McCully 的报告，1976 年 10 月 8 日，p. 3。菲茨休以为直升机可以把他的搜救队员也带过去，但由于装载了额外的燃料，它已经处于满载的状态。根据"史密森学会报告"，史蒂芬·洛林在坚持要求飞行员卸下 200 磅（约 90 公斤）的设备之后才获准登机（第 2 部分，p. 21）。

306 直升机内飘荡的柴油味让人作呕：2017 年对 Ted Abraham 的采访。

306 他们所在的地方是萨格利克（Saglek）："史密森学会报告"列出的时间线中没有提及这一站，但我确信它确实发生过。Ted Abraham 第一次和我提到这件事是在 2017 年，并且 RCMP 档案也证实了这一点："上午 11：40 抵达萨格利克，下午 12：30 抵达拉玛湾"（加拿大皇家骑警古斯湾分遣队 F. A. McCully 的报告，1976 年 10 月 8 日，p. 3），RMG 对这一经历并无异议。

306 他们没有过一次眼神接触：RMG 在 2020 年回应说，"我按道理应该回去，也许吧，但我以为每个人都知道我经历的所有的事。而且我只是不觉得——我只是想到，无论我做什么，她都回不来了。"

306 一群北美驯鹿：2020 年对泰德·亚伯拉罕的采访。"史密森学会报告"还列出了这一天看到北极熊的情况，但那是在他们放下搜救队之后了（"史密森学会报告"，第 1 部分，p. 13）。

306 把三人放下：加拿大皇家骑警古斯湾分遣队 F. A. McCully 的报告，1976 年 10 月 8 日，p. 3。

306 搭起了营帐：2017 年对泰德·亚伯拉罕的采访。

306 没费力气就通过无线电联系上了菲茨休：2017 年对泰德·亚伯拉罕的采访和 2020 年对比尔·菲茨休的采访。

307 哎呀，你不用大老远跑到这儿来："Brother Tells of His Labrador Search for D. C. Woman," *Washington Post*, Aug. 16, 1976.

307 为了追溯安妮最后几小时的行踪：描述来自泰德·亚伯拉罕的回忆（2017）。

307 水的声音太响了……正努力专注于让自己站稳：Transcript of Interview between Cst. W. W. MacDonald & RMG, Nain, Labrador, Aug. 11, 1976, p. 11.

307 泰德觉得他看见：有关漂在水里的橘色物体一事，来自对 Ted Abraham 的采访（2017，2020）。根据"史密森学会报告"，安妮的雨衣是橘色的（"史密森学会报告"，第 1 部分，p. 8）。

307 菲茨休很生气，当局不允许：一直到"没有了安妮的气味"，"史密森学会报告"，第 1 部分，pp. 12 – 13.

307 "没有真正的悲痛"：2017 年对泰德·亚伯拉罕的采访。

308 看着他们点燃的蜡烛漂向大海：2017 年对泰德·亚伯拉罕的采访；史蒂芬·洛林并不记得此事。

308 "时间到了。你们得走了"：2017 年对泰德·亚伯拉罕的采访；这和菲茨休的经验类似。他感到"来自加拿大皇家骑警的巨大压力"，迫使他终止了对安妮的搜寻（"史密森学会报告"，第 2 部分，p. 16）。

308 格兰利"全面"通过的那个测试：比尔·菲茨休，"大事年表：拉玛"（A Brief Chronology of Events: Ramah），附录 13，"史密森学会报告"，p. 3.

308 最后搜一遍海蚀洞：一直到本段结束来自"史密森学会报告"，第 1 部分，p. 16.

308 海里遍布着海虱：加拿大皇家骑警古斯湾分遣队 F. A. McCully 的报告，1976 年 10 月 8 日，p. 6.

308 纽芬兰省司法部宣布：C. I. B 助理官员 A. E. Vaughan 致纽芬兰圣约翰司法部副部长的信，1976 年 10 月 29 日。

308 史密森学会也开启了内部审查：George S. Robinson（史密森学会助理法律总顾问）给 S. Dillon Ripley 先生（秘书）的备忘录，主题为：关于安妮·亚伯拉罕在拉布拉多失踪的内部审查小组，1976 年 10 月 21 日。

308 加拿大警方数次回绝了他们提交的申请：John G. Kelly（纽芬兰和拉布拉多政府司法部检察长）致 George S. Robinson 的信，1976 年 12 月 17 日。

308 1977 年 3 月：John Motheral, John Eisenberg 和 David Pawson 给 S.

Dillon Ripley（史密森学会秘书）的备忘录，主题为：为审查安妮·亚伯拉罕女士失踪案而设立的小组的报告，1977年3月8日。

309 15页文字记录：RMG向加拿大皇家骑警发表的声明，"拉布拉多拉玛的事件顺序：1976年7月30日—8月8日"，1976年8月12日。本章余下的部分均来自该声明。

唐·米歇尔和森诺特中士

310 "你要做的，就是扫牙龈"：本章来自2017年对唐·米歇尔的采访，以及唐·米歇尔2017年7月17日采访森诺特中士的文字记录（MSP档案）。

310 身高1米8：森诺特中士回复校对备忘录。

生日蛋糕

312 哈佛档案馆的人联系我：来自哈佛大学档案馆的最新邮件，2019年4月5日下午1:32。我告诉格兰利档案馆里没有这门课的记录，他向我保证他的确和简一起上过这门课。他说他修了学分，会想办法从哈佛拿到成绩单给我看。截至本书出版，我尚未看到他的成绩单。

313 "其实"：2017年对RMG的采访。他在2020年再次确认。

自暗土而出

313 对记录样本进行不公开检查：丽贝卡·穆瑞写给助理地区检察官Elizabeth May的信，内容涉及：SPR17/820，2017年6月30日。

314 安妮的妹妹爱丽丝·亚伯拉罕写信给我：爱丽丝·亚伯拉罕2017年9月9日下午12:22发来的电子邮件。

314 爱丽丝身材高大：除特殊说明外，本章均来自2017年对爱丽丝的采访。

314 已经结婚三十五年了："Loring, Stephen" entry in *Encyclopedia of Global Archaeology*, edited by Claire Smith (New York: Springer-Verlag, 2014).

315 性别考古学的创始人之一：参见她与Margaret Conkey合作组织了"史前妇女与生产"会议（1988年4月5—9日，南卡罗来纳州楔形种植园）。

315 史蒂芬一直在帮她操办：在2019年对史蒂芬·洛林的采访中，他想说明的是，这次旅行的全部功劳应当归爱丽丝所有；他很乐意帮助这个家庭。

315 她只想摸一摸安妮如此热爱的岩石：有关此次旅行的描述摘自"A Long Journey North to Say Goodbye," *The World*, PRI Radio, Dec. 26, 2006.

315 自暗土而出：May Sarton, "Invocation."

315 "大多数人在面对死亡时都悲伤不已"：未标注日期。安妮的这篇论文似乎得了 A。

调查

316 剑桥警局的警官约翰·富尔克森：2016 年及 2018 年对约翰·富尔克森的采访。

316 苏珊在为她的犯罪小说做研究时：Kelly, *Boston Stranglers*, preface.

316 理查德·M. 格兰利博士寄来的信：RMG1995 年 8 月 31 日写给 CPD 档案保管员的信（CPD 档案）。

317 简的案件档案——大约有 4 箱：2018 年对富尔克森的采访。

317 没有任何可能会被保存下来的其他物证记录：这与副警司托马斯·奥康纳（Thomas O'Connor，刑侦队长）写给华生局长的跨部门信件相吻合，信件主题为："悬案"重案组，1996 年 11 月 4 日（CPD 档案）。

317 富尔克森感觉他是在打探消息：2018 年对富尔克森的采访。

317 格兰利改了主意……寄来了一个包裹：副警司托马斯·奥康纳，"悬案"重案组，1996 年 11 月 4 日（CPD 档案）。

317 附有一封信：RMG1995 年 10 月 26 日写给约翰·富尔克森的信。

318 从来没看过帕特南实验室管理员的值班表：2020 年对 RMG 的采访。

318 富尔克森联系了苏珊·凯莉：约翰·富尔克森 1995 年 11 月 14 日发给苏珊·凯莉的传真。

318 觉得他们肯定已经找到那个人了：2018 年对富尔克森的采访。

319 联邦调查局（FBI）获取了指纹：RMG 的指纹由联邦调查局保存，美国司法部信封（无日期，无邮戳）（CPD 档案）。

319 1996 年 11 月：副警司托马斯·奥康纳，"悬案"重案组，1996 年 11 月 4 日（CPD 档案）。

319 1997 年 1 月："未署名的关于格兰利的拘留笔记"，1997 年 1 月 14 日（MSP 档案）。

319 见面后的第二天，森诺特联系了：彼得·森诺特警官给犯罪实验室 Kathy Stefani 中尉的信，1997 年 1 月 15 日（MSP 档案）。

319 没有重启安妮·亚伯拉罕一案的计划："未署名的关于格兰利的拘留笔记"，1997 年 12 月 30 日（MSP 档案）。

319 1998 年 2 月 20 日，卡塔斯医生：乔治·卡塔斯 1988 年 2 月 20 日写给约翰·麦克沃伊（John McEvoy，地区检察官办公室）的信（MDAO 档案）。

320 森诺特将这些切片一并送到了犯罪实验室：彼得·森诺特于 1998 年 2 月 25 日向马萨诸塞州萨德伯里（Sudbury）的州警察局犯罪实验室递交的

《物证检验申请书》(MDAO 档案)。

320 下士兰吉尔联系了他：下士兰吉尔 1998 年 6 月 11 日发给彼得·森诺特的传真（MSP 档案）。

320 "简言之，"森诺特写下的话：彼得·森诺特 1998 年 7 月 12 日写给约翰·麦克沃伊的信（MSP 档案）。

320 同年 9 月：1998 年 9 月 17 日，Cellmark 诊断公司使用基因印迹 STR 多重系统和基因印迹性别鉴定系统（牙釉质蛋白基因）进行的实验室检查报告。

320 全国各地的实验机构：当时马萨诸塞州既没有 DNA 部门也没有 CODIS 数据库（助理地区检察官林奇对于校对备忘录的回复）。

320 亚拉巴马州有几个人：Sue Rogers（亚拉巴马 CODIS 管理员）1998 年 12 月 14 日写给 Mary McGilvray 的信。

320 和佛罗里达州：McGilvray1998 年 11 月 24 日发给彼得·森诺特的传真，其中包含了棕榈滩郡治安官办公室的 Tara Hockenberry1998 年 11 月 4 日写给 Mary McGilvray 的信。

320 其中的一个人在凶案发生时只有五岁："DNA 调查年表"，2018 年 10 月 29 日（MDAO 档案）。

320 再次采用差异化的提取程序：DNA-STR 报告，MSP 犯罪实验室（马萨诸塞州萨德伯里），2004 年 8 月 18 日。由于样本有限，仅使用 AmpFISTR Profiler Plus 对样本进行了检测。

320 任一位点都没有找到能锁定嫌疑人的结果：唯一高于临界值的结果是，非精子部分中与 X 染色体一致的牙釉质蛋白基因——这在意料之中，因为这是简（女性）的 DNA。

321 马萨诸塞州警局找到了格兰利的驾照：马萨诸塞州 RMV 关于理查德·格兰利，2004 年 6 月 8 日（MDAO 档案）。

321 他家庭成员的信息：马萨诸塞州 RMV 关于格兰利，同一地址，2005 年 6 月 8 日（MDAO 档案）。

321 一份他家物业记录卡的打印资料上：物业记录卡，同一地址，2006 年 6 月 8 日（MDAO 档案）。

321 2005 年 11 月的那天：RMG 签署的"唾液样本同意书"，MSP 表格，2005 年 11 月 9 日。

321 将唾液样本送到：Lynne Sarty（MSP 犯罪实验室）2006 年 1 月 10 日写给弗吉尼亚的博德科技公司（Bode Technology Group）的信。

321 博德公司将法医案件报告送交给："法医案件报告"，博德科技公司，2006 年 2 月 6 日。

2018：有些事已经有定论
325 和唐·米歇尔的对话发生在 2018 年 7 月 31 日。

史蒂芬·洛林（1）
326 我再次联系史蒂芬·洛林：2017 年对史蒂芬·洛林的采访。

蒙特阿尔托
327 史蒂芬·洛林工作做得不错：本章主要来自 2017 年对史蒂芬·洛林的采访，以及皮博迪档案馆中的蒙特阿尔托的田野照片及记录（此次田野负责人 Edwin Shook 的记录惊人地详细），还有 "Archaeological Research in Western Guatemala," *Peabody Museum Newsletter*, p. 4。

327 史蒂芬·德·博尔海吉（Stephan de Borhegyi）过世了："史蒂芬·德·博尔海吉博士"，密尔沃基公共博物馆网站。

327 海蓝色的国际旅行车：2018 年对 Gene Paull 的采访。

328 火山高耸：2018 年对 Gene Paull 的采访。

329 蒙特阿尔托属于早期玛雅文明的一部分：2017 年对 Richard Rose 的采访。

329 ［照片］：李·帕森斯拍摄，Richard Rose 提供。

330 返回安提瓜的两小时车程中，大部分：Ed Shook1969—1970 年野外笔记，969-48-00/1，蒙特阿尔托探险记录 1969—1971，哈佛大学考古学与民族学皮博迪博物馆。

史蒂芬·洛林（2）
331 "他并没有说就是他干的"：本章来自 2017 年对史蒂芬·洛林的采访。

331 如果他说的是真的，这意味着：我同样没有找到任何证据表明测谎的问题或结论还在，因此我无法证实这一说法。

剑桥的闲聊
333 "我一直在想"：CPD-JC, pp. 3-4.

333 李·帕森斯的原始艺术课：与 CPD-LP1 和简·布里顿的拉德克利夫学生档案一致。

333 《波士顿环球报》刊登了一篇封面报道："'Gift' Rock May Be

Cambridge Death Weapon," *Boston Globe*, Jan. 9, 1969.

333 1月13日,《每日新闻》报道:"Murder Quiz Finds Jane Had Abortion," *Daily News*, Jan. 13, 1969.

333 比如研究生弗兰西斯·尼兹伯格(Frances Nitzberg):弗兰西斯·尼兹伯格1969年1月12日下午3:15—4:25的采访记录(CPD档案)。

333 在剑桥的街道上游荡:CPD-JC, p. 13.

333 卡尔·兰伯格-卡尔洛夫斯基说:CPD-CCLK 2, p. 21.

333 理查德·梅多在被追问时也告诉警方:CPD-RM, p. 41.

334 "〈皮博迪的一个秘书〉告诉我":Sally Nash 1969年10月17日写给唐和吉尔·米歇尔的信。

334 在椅子上发抖:皮帕·夏普林(Pippa Shaplin)的CPD访谈记录,1969年1月14日下午12:47—5:00. p. 17。

安妮·莫罗

334 诺亚·萨维特:我后来找到了诺亚·萨维特,但他并没有回复我们的评论请求。

334 去危地马拉的公路之旅:根据皮博迪档案馆中的蒙特阿尔托照片及野外笔记。

334 剑桥警方曾联系过李:Ed Shook写道,1969年3月10日,他们驱车前往危地马拉城,这样李就可以给剑桥警方打电话了(Ed Shook 1968—1969年野外笔记,p. 83)。

334 在考古现场的时间空白:Ed Shook 1968—1969年野外笔记。帕森斯的笔记并不在皮博迪档案馆。

334 查到李的测谎结果:第二轮测谎的管理员Leonard Harrelson已经去世,但我找到了Terry Ball(Ball & Gillespie测谎仪公司)。Terry现在拥有Harrelson的一些设备;Ball和Harrelson曾经是朋友。我问Ball有没有从Harrelson那里拿到过去的测试结果,他回答说测谎仪管理者保存记录的成本太高,超过了规定的时限(过去是五年,现在是三年)。

334 理查德·康迪说,他记得李·帕森斯曾出现在审判程序中:2017年5月3日下午4:54理查德·康迪发来的电子邮件。

335 她生于1932年:公共出生记录。

335 发现宇宙无线电波:"卡尔·詹斯基(Karl Jansky)和宇宙无线电波的发现",国家无线电天文台网站。

335 电话打过去的时候,她正在收拾杂物:本章余下的部分均来自2017年我对安妮·莫罗的采访。

李·艾伦·帕森斯的临终遗嘱

337［照片］：李·艾伦·帕森斯的临终遗嘱：布劳沃德县通讯，338862，1992 年 12 月 30 日签署。

供词链

338 我写信给吉尔·纳什：2017 年 5 月 26 日写给吉尔·纳什的信。

338 在发给我的最后一封邮件：2017 年 6 月 2 日下午 1:11 吉尔·纳什写给我的电子邮件。

338 我给奥尔加发去邮件：2017 年 6 月 5 日上午 8:44 发给奥尔加·斯塔夫拉基斯（Olga Stavrakis）的电子邮件。

338 我们通了电话：除特殊说明外，本章余下的部分均来自 2017 年的这次采访。

339 我立刻联系了乔伊斯·马库斯：2017 年 6 月 5 日上午 11:05 给乔伊斯·马库斯发去的电子邮件。

339 马库斯 1974 年从哈佛大学博士毕业："Crimson Compass"，哈佛校友数据库。

339 密歇根大学的考古学者：乔伊斯·马库斯个人主页，密歇根大学人类学系网站。

339 "几个人的传言还有诡异的酒后坦白"：2017 年 6 月 5 日乔伊斯·马库斯发来的电子邮件。当我的校对向马库斯教授求证这一说法时，马库斯教授试图进一步澄清自己说过的话。她写道，"我在 20 世纪 70 年代听闻的传言来自认识简的几个人，也就是说，这些传言并不是几个人的供词。"然而，奥尔加·斯塔夫拉基斯并不是唯一告诉我李曾向乔伊斯·马库斯坦白的人；大卫·弗赖德尔在 2017 年的一次采访中也是这么告诉我的。

多么诡异、多么奇怪

340 熏香之夜第二天下午，吉尔见到了简：吉尔 2020 年回复校对备忘录时写道，"我不知道简在吃减肥药，"然而在 1969 年，她告诉警方说，"她还吃了一些减肥药，这样从伊朗回来之后就不会再长胖了，我觉得她一直在吃药，因为你知道的，她非常闪亮。"（CPD-JM 2, p. 49）。

340 简告诉吉尔，她和唐走之后：CPD-JM 2, p. 49.

340 吉姆大半个学期都不在学校：CPD-JH; CPD-RM.

340 "他有多么诡异、多么奇怪"：CPD-JM 2, p. 49.

340 李去他系里认识的一对夫妻家里：CPD-JM 2, p. 42.

340 那天晚上可能发生了别的事：CPD-JM, p. 50.

这里谁才是那个鬼魂

341 "我觉得李不是恶人"：2017 年对史蒂芬·洛林的采访。

341 美国银行……艾尔希餐厅（Elsie's）："Spicy Variety of Restaurants Flavors Tour," *Wellesley News*, May 4, 1967.

341 所有家庭的香肠之选……简的"小屁孩"：2017 年对唐·米歇尔的采访。

341 "梦游者正在醒来"：Adrienne Rich, "When We Dead Awaken: Writing as Re-Vision," *College English* 32, no. 1, Women, Writing, and Teaching (Oct. 1972): 18 – 30.

342 少数几个女子社团中的一个：2017 年，哈佛集团批准了社团制裁措施，禁止单一性别的决赛俱乐部和希腊组织的成员担任领导职务、获得有声望的奖学金，或是成为校队队长。2018 年，最后一个全部由女性组成的决赛俱乐部宣布了男女混合的计划："在最后三位支持者同意男女同校后，哈佛没有了全体女性组成的社团"，*Harvard Crimson*, Aug. 24, 2018. 虽然一些全部由男性组成的俱乐部也投票决定实行男女同校，其他俱乐部却纷纷向州和联邦起诉讼。2020 年 6 月 29 日，在最高法院对 *Bostock v. Clayton Count* 一案做出判决后，哈佛大学校长 Bacow 宣布，校方将放弃对社团的制裁。

多伦多

343 第二天一早……我写下吉姆的名字：这一幕发生在 2017 年 9 月 14 日。

1968 年 11 月

345 用力拽才能打开她公寓的门：根据 CPD-JM 2, p. 9，在感恩节回家期间，简锁了她的房门，而根据 CPD-JM 1, p. 22，关上门需要"使蛮力"，因此打开它同样也需要使蛮力。

345 木门膨胀变形得厉害：CPDJM 2, p. 9.

345 致以诚挚问候：简 1968 年 8 月 1 日的日记。

345 "也许你可以妥协一下"：简 1968 年 8 月 1 日的日记。

345 亲爱的简，吉姆的信开头这样写道：吉姆·汉弗莱斯 1968 年 11 月 27 日写给简的信；追溯比尔·拉什杰（Bill Rathje）警方笔录中的日期，他说他在感恩节前的星期一去多伦多看望了吉姆，并在他家住了两晚（CPD-

WR, p. 10)。

345 在伦敦街头，吉姆的确让她心动不已：简 1968 年 7 月 14 日写给她父母的信。

345 他凌晨 5:30 给她买来了花：简 1968 年 7 月 27 日写给伊丽莎白·汉德勒的信。

345 "我应该像过去一样处处留意"：简 1968 年 6 月 4 日写给吉姆·汉弗莱斯的信（CPD 档案）。

346 他们一起去牛津一日游：这一幕来自简 1968 年 6 月 12 日写给她父母的信；简 1968 年 6 月 21 日写给博伊德的信；简 1968 年 7 月 4 日写给布兰达·巴斯的信；简 1968 年 7 月 14 日写给她父母的信；以及简的日记。

346 "啊，我在伦敦。我恋爱了"：简 1968 年 6 月 12 日写给她父母的信。

347 一件失去光泽的银器重新被打磨得锃亮：简的日记，1968 年 6 月 14/15 日。

347 "关键是这个人是真实的"：简 1968 年 6 月 12 日写给她父母的信。

347 "天啊，看我一股脑儿说了什么蠢话！"：简 1968 年 6 月 12 日写给她父母的信。

347 "一直以来"：从这里一直到本段结尾均来自简的日记，1968 年 6 月 14/15 日。

347 他曾说他不想再独自一人了：简 1968 年 7 月 4 日写给布兰达·巴斯的信。

347 他曾说他真的爱她：简 1968 年 6 月 12 日写给她父母的信。

347 觉得自己就像《波哥》(*Pogo*) 里的小兔子女孩：从这里一直到本段结尾均来自简的日记，1968 年 6 月 14/15 日。

吉姆·汉弗莱斯

348 那扇窗上映射出来的人影：吉姆·汉弗莱斯没有参加本书的审校环节。

简的最后一天

350 一过完圣诞节就回了校：吉姆及时赶回来和简一起参加新年聚会（CPDJH, p. 44）。

350 比尔·拉什杰在吉姆给她写信之前刚好和他在一起：描述来自 CPD-WR, pp. 12–13。

350 简去朋友英格丽德的住处：CPD-IK, p. 49.

350 即便是在萨拉·李·埃尔文看来：CPD-SLI, p. 24。

We Keep the Dead Close   575

351 吉姆在卫城餐厅（Acropolis）安排了晚餐：CPDWR & KD, p.3, p.6.

351 理查德·梅多、肯特·戴（Kent Day）、比尔·拉什杰：CPD-WR & KD, CPD-RM.

351 穿着大衣，打着领带，栗色橄榄球毛衣：CPD-JH, p.43.

351 他溜冰穿的：CPD-RM, p.14.

351 吉姆把他的冰鞋放在餐厅前的自动售烟机边上：CPD-RM, p.54.

351 拉什杰同意去接肯特和简：CPD-WR & KD, p.7.

351 简从楼道朝他大喊：CPDWR, p.5; CPD-JM 2, p.35; CPD-DM p.24.

351 她在睡觉：CPD-DM p.23.

351 拿晚餐用的伦敦烤肉：CPD-DM p.23. 伦敦烤肉的细节来自2017年对唐·米歇尔的采访.

351 她讨厌那个门铃：CPD-DM pp.23–24.

351 走出公寓和简说话：从这里到"具体原因没有细说"来自CPD-DM, p.24。

351 "我来了。咱们走吧，"简说完：CPD-WR, p.5.

351 她穿着一条裙子和她那件棕红色的皮衣：CPDWR, p.8; CPD-JH, p.43.

351 晚饭期间，她的心情好一点了：CPD-WR, p.5; CPD-WR & KD, p.10.

351 分喝一瓶松香葡萄酒：CPD-JH, p.75; CPDWR & KD, p.3.

351 彼此心照不宣，没有谈及统考的事：CPD-WR, p.6.

351 拉什杰注意到……简是他们当中最开心的：CPDWR & KD, p.10.

351 晚上7:30他们分开的时候：CPD-WR & KD, p.4.

351 理查德去了他女朋友的住处：CPD-RM, pp.47–48.

351 拉什杰和肯特回家看电视了：CPD-WR & KD, p.4.

351 吉姆和简两个人：CPDRM, p.47.

351 吉姆问简还想不想滑冰：CPD-JH, p.42.

351 她换掉裙子，拿上她的冰鞋：CPD-JH, p.43.

351 吉姆在厨房等她：CPD-JH, p.44.

351 他心想，至少明天她会没事的：CPD-JH, p.32.

351 换上了蓝色的滑雪衣：CPD-JH, p.87.

351 那天晚上并不冷：CPD-JH, p.43.

351 他俩只滑了20分钟就累了：CPDJH, p.18.

351 喝点酒这个主意听起来不错：CPD-JH, p.85.

352 差不多是晚上10:30，天上飘了点雨夹雪：CPD-JH, pp.18, 57.

352 她冲了杯热可可,吉姆在厨房陪她:CPD-JH, p. 34.
352 之后他们坐在她床边:CPD-JH, p. 35.
352 金属搪瓷杯:CPD-JH, p. 31.
352 抽完四根烟:CPD-JH, p. 89.
352 心情又蒙上了一层阴影:CPD-JH, p. 85.
352 "她会为了工作变得非常沮丧":CPD-IK, p. 53.
352 安慰她关于考试和伊朗的事:CPD-JH, p. 16.
352 简说她可以开车送他回家:CPDJH, p. 24.
352 吉姆想呼吸一下冷气:CPD-JH, p. 56.
352 简说她反正想给车打着火:CPD-JH, pp. 56–57.
352 他吻了简,和她道过晚安:CPD-JH, p. 85.
352 在瓢泼大雨里扛着他那双冰鞋:CPDJH, pp. 32, 94.
352 简还穿着休闲裤和毛衣:CPD-DM, p. 26.
352 "我的猫在你们这儿吗?":CPD-DM, p. 25.
352 简坐在地板上,唐给她倒了一小杯雪利酒:CPD-DM, p. 26.
352 理查德·梅多听见吉姆进了门:CPDRM, p. 20.
352 他希望吉姆这个时间能回到家:CPD-RM, p 20.
352 相隔差不多两米半:CPD-RM, p. 22.
352 吉姆睡在窗边:CPDRM, p. 22.
352 吉姆脱掉外套,挂在衣柜里:从这里到"走进了浴室",CPDRM, p. 31.
353 理查德正在床上读书:CPD-RM, p. 20.
353 吉姆浑身湿透了:CPD-RM, p. 31.
353 "你去哪儿了?"理查德问:CPDJH, p. 90.
353 "去给简打气了":CPD-JH, p. 90.
353 "吃力不讨好,是吧?":CPDRM, p. 32.
353 吉姆没有回答:CPD-RM, p. 32.
353 他把自己擦干,换上睡衣:CPD-JH, p. 13.
353 简似乎并不急着睡觉:CPDDM, p. 31.
353 她对和谁出去过这个问题含糊其辞:CPD-DM, p. 27.
353 唐也没有继续追问:CPD-DM, p. 28.
353 她喝完了杯里的酒。从这里一直到"我得回去睡觉了"来自 CPD-DM, p. 31.
353 简抱起她的猫,唐送她到门口:CPD-DM, p. 28.
353 吉尔祝她好运,说第二天再见:CPD-JM 1, p. 20.
353 "怕我明天忘了":对话来自 CPD-RM, p. 22.

We Keep the Dead Close 577

理查德·罗斯

353 "一个人姓罗斯（Rose）"：2014 年对帕克·多纳姆（Parker Donham）的采访。

354 写了一封真心诚意的感谢信：帕克·多纳姆 2016 年 10 月 29 日下午 3:17 发来的电子邮件。

354 给梅丽·斯维德（Merri Swid）打了电话：2017 年对梅丽·斯维德的采访。

354 一名侦探过来找她谈话："关于简·布里顿谋杀案的补充信息"，由 MSP 的 Steven A. Obartuck 撰写，与梅丽的记忆一致：1969 年 5 月 21 日，John Burns 中尉和 Obartuck 中尉在博尔顿与理查德·罗斯、梅丽·斯维德进行了交谈（MSP 档案）。

354 理查德确实还健在：2017 年对理查德·罗斯的采访。

355 我第一次去罗斯家的时候：这一幕发生在 2017 年 9 月 29 日。

356 有几十个烟头：唐·米歇尔 2017 年 7 月 17 日采访森诺特中士的文字记录，p. 181（MSP 档案）。

356 据伊丽莎白·汉德勒说，简喜欢抽高卢香烟（Gauloises）：2017 年对伊丽莎白·汉德勒的采访。

358 第二天，我们一张张看幻灯片：最后两个场景发生在 2017 年 9 月 30 日。

359 [照片]：理查德·罗斯拍摄。

城市岛

360 这一幕发生在 2017 年 8 月 9 日。

360 "让这个世界对于人类的差异是安全的"：人们普遍认为这句话是鲁思·本尼迪克特说的，但也有争议，因为这句话并没有出现在她的文集中。不过在她的导师 Franz Boas 去世后，她的确曾写道，"他认为必须让这个世界对于差异是安全的"。Charles King, *Gods of the Upper Air: How a Circle of Renegade Anthropologists Reinvented Race, Sex, and Gender in the Twentieth Century* (New York: Doubleday, 2019).

1969 年 1 月 14 日：李·帕森斯的警方询问笔录（1）

361 本章包括 CPD-LP 1 和 CPD-LP 2 的节选，为了清晰和简洁，我合并了部分内容。一如既往的是，编辑的目的是为了保留原文的精神。

你们会接受吗

365 我收到了爱丽丝·基欧（Alice Kehoe）发来的一封邮件：爱丽丝·基欧2017年9月22日下午6:30发来的电子邮件。

365 他说，她是个开心果：2017年对史蒂芬·洛林的采访。

365 在电话里，她问我：除特殊说明外，本章余下的部分均来自2017年对爱丽丝·基欧的采访。

366 李的妻子安妮求他去要一份合同：2020年，安妮·莫罗说她不记得李有没有签合同。她记得更清楚的是基欧夫妇曾警告过李·帕森斯有关史蒂芬·威廉姆斯的事：他们说他不应该相信他。

1969年1月14日：李·帕森斯的警方询问笔录（2）

368 摘自CPD-LP 2。

2018年7月31日：别再异想天开了

371 有一封他发来的邮件：唐·米歇尔2018年7月31日凌晨2:08发来的电子邮件。

2018年8月16日：博伊德生日前夕

373 唐告诉我，新闻发布会：这部分来自2018年与唐·米歇尔的一系列电话通话内容。

374 我以最快的速度给博伊德回了电话：2018年与博伊德的电话通话。

2018年8月16日：迟来的结果

375 波士顿最糟糕情况的回声：关于波士顿种族主义的全面研究，请参阅：*Boston Globe's* series "Boston. Racism. Image. Reality," Dec. 10, 2017。

375 它掩盖了真相：根据联邦调查局的"统一犯罪报告"，凶杀案最不可能是陌生人所为（仅占案件总数的18%）：Arthur Kellerman and James Mercy, "Men, Women, and Murder: Gender-Specific Differences in Rates of Fatal Violence and Victimization," *Journal of Trauma* 33, no. 1 (July 1992): 1–5。

375 在美国所有遇害女性当中，将近半数：44%的女性谋杀受害者是被亲近的家人杀害的；9.6%是被陌生人杀害的。Table 3 of Emma Fridel and James Fox, "Gender Differences in Patterns and Trends in U. S. Homicide, 1976–2017," *Violence and Gender* 6, no.1 (2019): 32。

375 2010年发表在《波士顿环球报》的一篇："DNA Links Convict to '72

Killing of Woman," *Boston Globe*, Feb. 18, 2010.

376 她来自明尼苏达州圣保罗：细节来自"Family of Former St. Paul Woman Killed in Boston in 1972 Finally Has Some Answers," *Pioneer Press*, Feb. 18, 2010。所有事实均与艾伦的妹妹 Cori 核对过。

376 发现她仰面躺在客厅的地板上：2020 年对 William Doogan 中士的采访。

376 1973 年 12 月 12 日，玛丽·麦克莱恩（Mary McClain）：萨福克县的地区检察官丹尼尔·康利（Daniel Conley）发布的新闻稿，"DNA 将死者与第二起谋杀悬案联系起来"，2012 年 10 月 18 日。所有事实均与玛丽的妹妹凯茜（Kathy）核对过。当时的新闻报道称她为玛丽·李·麦克莱恩（Mary Lee McClain）；这是错误的。根据她妹妹的说法，她的中间名是 Lea，但她只叫她玛丽。

376 她们听见她房间传来抽泣声：2018 年对 William Doogan 中士的采访。

377 2005 年，艾伦·卢奇克的兄弟姐妹："Family of Former St. Paul Woman," *Pioneer Press*.

377 "这种案子不是说我们办的话要付出多少代价"：2018 年对 William Doogan 中士的采访。简的案子告破 4 个月后，米德尔塞克斯地区检察官宣布成立悬案调查组。10 月，MSP 和萨福克县也紧随其后。

377 但在 20 世纪 70 年代，这些证据是用一种胶水黏合在实验室载玻片上的："Family of Former St. Paul Woman," *Pioneer Press*.

377 这就耗费了四年时间。2009 年 9 月："Family of Former St. Paul Woman".

377 波士顿警方和萨福克县的检察官联手，共同宣布：萨福克县的地区检察官丹尼尔·康利发布的新闻稿，"72 年谋杀案嫌犯身份已确认，现已死亡"，2010 年 2 月 17 日。

378 森普特死于大约九年以前：迈克尔·森普特死亡证明，2005 年 6 月 2 日发布（MSP 档案）。

378 心脏病突发和前列腺癌：迈克尔·森普特死亡证明。当时森普特正处于假释期间，接受临终关怀。

378 为 1975 年的强奸案服刑："Family of Former St. Paul Woman," *Pioneer Press*，与森普特的监禁记录一致。

378 "40 年了"："DA: 1973 Rape, Murder Solved," *Boston Herald*, Oct. 19, 2012.

378 地区检察官丹尼尔·康利公布了这一消息：萨福克县的地区检察官丹尼尔·康利发布的新闻稿，"DNA 将死者与第二起谋杀悬案联系起来",

2012年10月18日。

378 第一次获准休假未返回：迈克尔·森普特DOC档案3, p. 25。（四份档案均来自MDAO。）

378 森普特在另一次监外就业的第一天就逃走了……有一年半的时间都在潜逃：迈克尔·森普特DOC档案2, p. 72。

378 发现他在后湾强奸了一位女性："Family of Former St. Paul Woman," *Pioneer Press*.

378 "你觉得这些就是他做过的所有事情吗？"："DA: 1973 Rape, Murder Solved," *Boston Herald*, Oct. 19, 2012.

清算

378 就在我和爱丽丝聊过几天后：我2017年10月4日采访了爱丽丝·基欧。《纽约时报》于2017年10月5日刊发了Jodi Kantor和Megan Twohey的"哈维·温斯坦收买性骚扰指控者数十年"（Harvey Weinstein Paid Off Sexual Harassment Accusers for Decades）一文。《纽约客》于2017年10月10日刊发了Ronan Farrow的"从主动示好到性侵犯：哈维·温斯坦的指控者讲述自己的故事"（From Aggressive Overtures to Sexual Assault: Harvey Weinstein's Accusers Tell Their Stories）一文。

379 《高等教育纪事报》（*The Chronicle of Higher Education*）发表："She Left Harvard. He Got to Stay," *Chronicle of Higher Education*, Feb. 27, 2018. 已和特里·卡尔（Terry Karl）核对过详细信息。

379 他还跟踪了她，让她感觉自己受到了人身威胁：从这里一直到"卡尔别无选择"来自特里·卡尔2020年对校对备忘录的回复。

379 知道，和多明格斯有过类似经历的不止她一人：本段来自"Harvard Cannot Investigate Itself," *Harvard Crimson*, Apr. 9, 2018.

379 卡尔得到了三个学期的带薪休假："She Left Harvard," *Chronicle*.

379 《深红报》和《波士顿环球报》："Harvard Disciplines Professor for Sexual Harassment," *Harvard Crimson*, Sept. 28, 1983; "Harvard Faculty Council Hears Report on Sexual Harassment," *Boston Globe*, Oct. 27, 1983.

380 "我们当中的很多人都或多或少觉得"："Harvard Disciplines Professor for Sexual Harassment," *Harvard Crimson*, Sept. 28, 1983.

380 校方没有足够严肃地对待这件事："She Left Harvard," *Chronicle*.

380 对于教职工而言，仍然没有明确的申诉程序可供参考："She Left Harvard," *Chronicle*. 虽然有一些正式程序可供学生报告教职工的骚扰行为，但没有任何程序可供教职工报告同行的骚扰情况。

380 "我们的意图并不是"："She Left Harvard," *Chronicle*.

380 "使得一个人和机构对立起来"："Why Women Stick Around," *Boston Globe*, Oct. 12, 1991.

380 在斯坦福大学取得了终身教职：特里·卡尔的个人履历。

380 尽可能不让这段性骚扰的经历定义自己：卡尔教授1985年和校方和解的时候，她优先考虑了两个结果：她希望这一切尘埃落定后还能继续担任教授；她希望哈佛为性骚扰受害者制定申诉程序，并设立监察员办公室处理投诉。作为和解的一部分，哈佛同意在5年内向所有员工和学生传播性骚扰的定义。("Sexual Harassment: A Victim Advises Others on How to Win," *Stanford University News Service*, Oct. 25, 1991).

380 多明格斯在哈佛大学步步高升："She Left Harvard," *Chronicle*；多明格斯的个人网站。

380 卡尔教授接到了一个不认识的号码打来的电话："She Left Harvard," *Chronicle*.

380 最终，又有15名女性："Harvard Prof. Dominguez Stripped of Emeritus Status Following Conclusion of Title IX Investigation," *Harvard Crimson*, May 9, 2019.

380 艾伦·加伯（Alan Garber）……发去邮件：艾伦·加伯2018年3月2日下午4:34给哈佛全体师生发送的电子邮件。

381 哈佛校长福斯特在教职工会议上重申：德鲁·福斯特（Drew Faust）在教职工会议上的发言，2018年3月6日。

381 九号调查证实了这些指控之后："Harvard Prof. Dominguez Stripped of Emeritus Status Following Conclusion of Title IX Investigation," *Harvard Crimson*, May 9, 2019.

381 禁止他进入校园："Harvard Bans Former Scholar, Citing 'Unwelcome Sexual Conduct' over Decades," *Chronicle of Higher Education*, May 9, 2019.

381 她并没有将这一时刻视作一次彻底的清算：特里·卡尔2020年对校对备忘录的回复。

2018年8月17日：不可告人

381 我找《波士顿环球报》的托德·瓦莱克核实：2018年8月18日上午10:28发给托德·瓦莱克的电子邮件。

381 瓦莱克自己又去找地区检察官办公室碰运气：2018年8月18日下午4:42托德·瓦莱克发来的电子邮件。

381 我告诉博伊德，我并没有得到直接答复：2018 年和博伊德的电话通话。

2018 年 9 月、10 月：等啊等啊等

382 唐在那个春季被确诊为前列腺癌：2018 年对唐·米歇尔的采访。

382 曾任大陪审团团长的理查德·康迪："Richard Conti, 1940－2018," *Boston Globe*, Sept. 27, 2018.

382 伊丽莎白联系我：脸书信息，2018 年 9 月 8 日上午 9:18。

382 她说她会毫不怀疑地接受：本章余下的部分均来自 2018 年对伊丽莎白·汉德勒的采访。

382 玛丽安·瑞恩连任竞选活动："Middlesex DA Ryan Re-Elected in Close Race," *Lowell Sun*, Sept. 4, 2018.

金柏莉·瑟伊顿

383 《深红报》的一篇报道吸引了我的注意："Court Dismisses Gender Discrimination Lawsuit against Harvard," *Harvard Crimson*, Mar. 26, 2018.

383 就不平等待遇问题投诉：本章的大部分细节均摘自以下两个文件：the "2018 ruling" (*Theidon v. Harvard University and the President and Fellows of Harvard College*, Redacted Order on Defendant's Motion for Summary Judgment, Civ. A. No. 15－cv－10809－LTS, Feb. 28, 2018) 以及 the "2020 ruling" (*Theidon v. Harvard University and the President and Fellows of Harvard College*, Appeal from the US District Court for the District of Massachusetts, No. 18－1279, Redacted Opinion, Jan. 31, 2020)。除特殊说明外，我所使用的细节均来自文件中被称为"无可争议的事实"（2018 年裁定）或"事实依据"（2020 年裁定）的部分。此细节来自 2018 年裁定，pp. 6－7。

384 她刚来哈佛的时候，系里仅有一位取得终身教职的女教授：2018 年裁定，p. 4；2020 年裁定，p. 8。

384 她发布了有关性侵的博客和推特……允许一个学生发传单：2018 年裁定，p. 10。

384 一个致力于"消除校园强奸文化"的学生组织："我们哈佛可以做得更好"网站。

384 我得到的始终都是："Professor Files Charge Alleging University Violated Title IX in Denying Her Tenure," *Harvard Crimson*, Apr. 18, 2014.

384 晋升为副教授：2018 年裁定，p. 7。

384 人类学系投票赞成：2018 年裁定，p. 13。

384《深红报》发表了一篇文章："Sexual Assault at Harvard," *Harvard Crimson*, Mar. 7, 2013.

384 哈佛大学滞后的惩治性侵的政策：根据这篇文章，哈佛大学采用的是"肯定性同意"政策，并且以"充分说服"的标准而非以"大量证据"为基础来审理案件，落后于同类院校；而在常春藤盟校中，仅普林斯顿大学和哈佛大学坚持"充分说服"的标准。

384 瑟伊顿清楚，这位"朱莉"已经读到了这些评论："Professor Files Charge Alleging University Violated Title IX in Denying Her Tenure," *Harvard Crimson*, Apr. 18, 2014.

384 前研究生：2020 年裁定，p. 33。

384 目前在系里任职：2018 年裁定，p. 16。

384 不正当行为：2018 年裁定，p. 16。

384 人类学系资深男教授：从这里一直到"我会处理好的"来自 2020 年裁定，p. 33。

385 哈佛大学召集了瑟伊顿特别委员会：2020 年裁定，p. 27。有关委员会成员的详细信息，详见 2018 年裁定，pp. 18 - 19。

385 哈佛大学精心设计的八个步骤：2018 年裁定，pp. 2 - 3；2020 年裁定，从 p. 10 开始。

385 关起大门完成的：2018 年裁定，p. 3 指出，特别委员会的讨论"严格保密"。

385 "就是滥用权力的温床"："Tenured Women Battle to Make It Less Lonely at the Top," *Science*, n. s., 286, no. 5443 (Nov. 12, 1999): 1272 - 1278.

385 朱迪斯·辛格做了记录：2020 年裁定，p. 27。

385 "不情愿的语气"：2020 年裁定，p. 27。

385 从外部评审那里征求的信件：更多细节详见 2018 年裁定，pp. 2 - 3。

385 这些信件中最正面的部分都谈到：根据 2020 裁定，p. 17。"外部学者将瑟伊顿描述为'一流的、杰出的、富于独创性的学者'，'她的名字属于即将塑造这一领域的年轻学者名单的首位'。赞扬声不断，最正面的评论都谈到了她在学术上的多产"。

385 并没有收到她有关哥伦比亚的系列文章：2020 年裁定指出，虽然在给外部学者分发的材料中并没有哥伦比亚文章的实物副本，但瑟伊顿的网站确实包含其中三篇文章的 PDF 链接 (p. 17)。

385 哈佛大学的一位院长在阅读了这份陈述的前几稿之后……"重大失误"：2020 年裁定，pp. 23 - 25。Marsden 院长认为，"如果[外部学者]收到瑟伊顿研究哥伦比亚的文章副本,那么他们对其学术成果的保留意见就会减少乃至消除。"

385 不过是因为"沟通出了问题":2020 年裁定,p. 24 n. 22。

385 出于某种不为人知的原因:2018 年裁定,p. 18。

385 是不那么有利的倒数第二个版本:虽然这是事实,但应该指出的是,倒数第二稿确实包含了回应 Marsden 关切的文本(2018 年裁定,p. 15)。

385 特别委员会决议:2020 年裁定,p. 29。

386 德鲁·福斯特校长批准了这一决议:2018 年裁定,p. 21。

386 瑟伊顿安排了一次和朱迪斯·辛格的见面:注意:本章并非摘自 2020 年法院裁决的"事实依据"部分,而是出现在评估瑟伊顿报复申诉的部分:p. 66 n. 41。

386 "这事关这个校园对一个问题的噤声态度":"Professor Files Charge Alleging University Violated Title IX in Denying Her Tenure," *Harvard Crimson*, Apr. 18, 2014.

386 "学校在做出终身教职的决议时,从来不会考虑":"Professor Files Charge."

386 2015 年在塔夫茨大学(Tufts)被授予终身教职:"Former Professor Suing University Granted Tenure at Tufts," *Harvard Crimson*, Apr. 3, 2015.

386 瑟伊顿败诉:在 2018 年和 2020 年的裁定中,法庭均考虑了人类学系普遍歧视女性的证据,但得出结论认为,这些证据即使表明存在着普遍的偏见,也不足以证明瑟伊顿的具体案件中存在歧视意图。分发错误的有关她案件的陈述稿件,以及遗漏了她的哥伦比亚文章,充其量只是一个"行政错误"(2020 年裁定,p. 46)。在报复问题上,虽然瑟伊顿终身教职审查委员会的一名成员已经对其《深红报》的评论有所警觉(2018 年裁定,p. 16),但没有证据表明特设委员会讨论过她的"活动"(2018 年裁定,p. 37),或是福斯特校长在做最终决定时意识到了这一点(2020 年裁定,p. 55)。他们裁定,时间上的接近不足以构成动机(2018 年裁定,p. 37)。

386 我试图联系瑟伊顿教授,想听听她的说法:2018 年 3 月 26 日下午 1:32 发给金柏莉·瑟伊顿(Kimberly Theidon)的电子邮件。

386 在全国范围内的大学校园:"声明:关于我的第九条诉讼的最新情况",金柏莉·瑟伊顿网站,2020 年 1 月 31 日。

386 2020 年 5 月,《深红报》刊发了:"Protected by Decades-Old Power Structures, Three Renowned Harvard Anthropologists Face Allegations of Sexual Harassment," *Harvard Crimson*, May 29, 2020.

2018年9月9日：树

387 唐告诉我他决心：本章来自2018年和唐·米歇尔的电话通话。

387 在夏威夷神话和流行文化中举足轻重："The Cultural Significance of 'Ōhi'a Lehua," *Hawai'I Magazine*, Apr. 11, 2016.

387 将视频传给了我：唐·米歇尔2018年9月10日晚10:36发来的电子邮件。

388［照片］：唐·米歇尔拍摄。

2018年10月28日：你若不追捕，他就会逃走

389 2018年2月，几个月来他第一次接起了电话：2018年2月13日和富尔克森的电话通话。

389 他回了电话：2018年10月24日和富尔克森的电话通话。

389 我们在一家咖啡馆见了面：除特殊说明外，本章余下的部分均来自2018年对富尔克森的采访。

391［照片］：贝基·库珀拍摄。

392 犯罪现场似乎是精心谋划过的：这和探长托马斯·奥康纳，"悬案"重案组，1996年11月4日（CPD档案）相吻合："犯罪现场有几个方面似乎是精心策划过的。"

392 弗雷德·塞特埃拉，他不想谈论还在调查阶段的案子：2018年对弗雷德·塞特埃拉（Fidele Centrella）的采访。

392 我和小贾科波聊到简这个案子的时候：2018年对迈克·D. 贾科波的采访。

393 给他儿子发了封邮件询问他的建议：2018年10月30日下午3:52发给迈克·D. 贾科波的电子邮件。

393 迈克第二天就回复了我：2018年10月31日上午10:17迈克·D. 贾科波发来的电子邮件。

393 我给迈克发去了有关这个案子的四个问题：2018年10月31日上午10:17发给迈克·D. 贾科波的电子邮件。

2018年11月：改变

394 地区检察官联络负责人梅根·凯利（Meghan Kelly）的邮件：2018年11月15日晚6:33梅根·凯利发来的电子邮件。

394 我甚至懒得装作惊讶的样子：2018年和梅根·凯利的电话通话。

反应

394 除特殊说明外，所有的电话通话都在 2018 年。

395 他给爱丽丝·亚伯拉罕和她的伴侣克莉丝写了一封语气温和的邮件：史蒂芬·洛林 2018 年 11 月 19 日下午 12:33 发给爱丽丝·亚伯拉罕的电子邮件。

395 爱丽丝立刻写信给帕特丽夏：2020 年对爱丽丝·亚伯拉罕的采访。

395 我还收到了另一位"黄金女孩"玛丽·麦克卡森的邮件：玛丽·麦克卡森 2018 年 11 月 19 日晚 6:01 发来的电子邮件。

395 我脑子里过度活跃的认知模式：玛丽·麦克卡森 2020 年 2 月 26 日晚 9:12 发来的电子邮件。

395 安妮的哥哥泰德·亚伯拉罕写信给我：泰德·亚伯拉罕 2018 年 11 月 20 日晚 7:31 发来的电子邮件。

2018 年 11 月 20 日：新闻发布会

399 声明已经发出去了："博伊德·布里顿应米德尔塞克斯地区检察官办公室的要求代其发布的声明"，发布在 MDAO 网站，2018 年 11 月 20 日。

400 [照片]：简·布里顿警方档案。

401 在那儿读了一年级：根据森普特 DOC 4, p. 113, 他也在该地读的幼儿园。

401 他少年时曾与剑桥警方发生过冲突：Michael Sumpter CORI, p. 6 (MDAO 档案)。

401 60 年代末交的女朋友就住在这一带：我没能找到可以证实这一点的文件。在 2019 年 11 月的采访中，助理地区检察官林奇补充说，他手臂上的纹身就是这位女性的名字（Regina 和 R. M.，根据森普特 DOC 4, p. 250）。而 Regina 的确住在剑桥，不过我确信当时和他约会的女人不是她（森普特 DOC 3, p. 108）。

401 箭街（Arrow Street）的一家企业：Matheson Higgins 模切公司，箭街 12 号。2018 年，唐·米歇尔说他对这家店并不熟悉，也不知道简去过那里。

402 在哈佛广场的地铁站：森普特 DOC 4, p. 175。

402 他的体重约七八十公斤，身高约 1 米 8：在新闻发布会上，地区检察官瑞恩引用了 1972 年逮捕报告中他的身高和体重：1 米 80，84 公斤。我用 1970 年 1 月 12 日更接近的数据替代了上述数据。

402 目击者年仅七岁：Centrella 警探的报告（Priscilla Joyce 采访），1969 年 1 月 7 日（CPD 档案）。

402 唐·米歇尔曾进入：唐·米歇尔的发言报告，1969年1月7日（CPD档案）。

402 写信给亚伯拉罕一家：埃德丽安娜·林奇2018年11月20日晚5:47发给泰德和爱丽丝·亚伯拉罕的电子邮件。

403［照片］：贝基·库珀拍摄。

403 推动这次调查得出了目前的结论：迈克·威德默最初向MDAO提交公共记录申请是在2015年11月5日；我是在2016年7月18日。在助理地区检察官林奇的校对备忘录（2020）中，她写道，她于2016年参与审查布里顿档案。当然，林奇助理检察官的不懈努力、森诺特中士的侦查工作和MSP犯罪实验室的分析功不可没。

405［照片］：贝基·库珀拍摄。

档案

406 尸检报告：乔治·卡塔斯和阿瑟·麦戈文医生的尸检报告（MSP档案）。

406 格兰利写给警方的信：RMG 1995年8月31日写给CPD记录保管员的信（CPD档案）。

406 犯罪现场的照片："犯罪现场的彩色幻灯片"（CPD档案）。

406 剑桥警方的原始记录：James Lyons警官1969年1月7日向达文波特中尉提交的报告；Dennis McCarthy警官1969年1月7日向达文波特中尉提交的报告（CPD档案）。

406 乔伊斯中尉的调查：1969年6月2日，MSP的乔伊斯中尉向侦探队长丹尼尔·墨菲提交的报告。

406 化验报告：助理化验师约瑟夫·兰泽塔1969年4月1日的报告（MSP档案）。

406 一系列和此案有关的新线索：埃德丽安娜·林奇，"助理地区检察官关于2017年调查的补充说明"，无日期（MDAO档案）。

406 在葬礼上拍的照片：剑桥警察局在葬礼上拍摄的照片（CPD档案）。

406 加拿大皇家骑警关于安妮·亚伯拉罕失踪的报告：Transcript of Interview between Cst. W. W. MacDonald & RMG, Nain, Labrador, Aug. 11, 1976, p. 11.

406 一封简给她的高中好友艾琳·杜邦（Irene duPont）寄去的信：简1969年1月4日写给艾琳·杜邦·莱特的信；1969年1月16日转交给了剑桥警察局（CPD档案）；2016年对艾琳·莱特的采访。

406 唐、博伊德、吉姆·汉弗莱斯、卡尔·兰伯格-卡尔洛夫斯基……彼得·加尼克等人：分别来自2017年7月18日森诺特中士关于唐·米歇尔向

Sullivan 中尉报告；2017 年 7 月 18 日森诺特中士给 Sullivan 中尉的报告封面页，内容关于博伊德·布里顿；2017 年 10 月 12 日森诺特中士关于吉姆·汉弗莱斯的报告；2018 年 1 月 8 日森诺特中士关于 CCLK 的报告；2017 年 10 月 3 日关于彼得·加尼克的报告（MSP 档案）。

406 被排除在犯罪现场 DNA 可能来源之外：博伊德、唐·米歇尔和 RMG 在 MSP 犯罪实验室 2017 年 10 月 3 日出具的报告 4 中被排除；彼得·加尼克、吉姆·汉弗莱斯和 CCLK 在 MSP 犯罪实验室 2018 年 2 月 12 日出具的报告 5 中被排除（MDAO 档案）。

406 李·帕森斯并不能排除嫌疑：从这里一直到本段结尾均来自助理地区检察官林奇对于校对备忘录的回复（2020）。由于父系中的所有男性都会有相同的 Y 染色体 DNA，如果帕森斯家族有一位男性亲属，那么有关部门可以检测这位亲属的 Y-DNA，并将其与犯罪现场样本中的特征进行比对。如果这位亲属的 Y 染色体不匹配，那么帕森斯就可能被排除在潜在供体之外。可是李没有儿子，他的兄弟也过世了。另一个方案也可以考虑检测其前妻及女儿的常染色体 DNA，并将其与 1998 年三个位点的基因图谱相比对，但这就需要比较使用不同试剂盒/仪器检测的 DNA，而伯德实验室无法做到这一点。而要做这种"遗留分析"，需要一位同时熟悉这两种工具的专家。

406 1998 年法医提供的原始尸检切片：卡塔斯医生：乔治·卡塔斯 1988 年 2 月 20 日写给约翰·麦克沃伊（地区检察官办公室）的信（MDAO 档案）。

406 2018 年 7 月 CODIS 匹配的迈克尔·森普特的 DNA：Dorothea Sidney Collins（MSP 犯罪实验室）2018 年 7 月 16 日写给森诺特中士的信。

407 森普特哥哥的 DNA 被排除了：CODIS 在 7 月份与迈克尔·森普特的联系，是通过人工比对犯罪现场的 Y 染色图谱和 CODIS 现有的迈克尔·森普特参考样本的染色图谱而得出的（2020 年 MSP 法律顾问 Darina Griffin 的校对备忘录答复）。但根据马萨诸塞州法律（MGL c. 22E），CODIS 样本只能用于调查目的。为了进一步裁决，调查人员需要获得非 CODIS 样本。由于迈克尔已经去世，遗体被火化，想要获得可比对的 Y 染色体样本，唯一的办法就是检测其男性亲属的 Y 染色体样本。森诺特中士利用了"包括 Ancestry.com 在内的各种数据库"（2020 年埃德丽安娜·林奇核查回复），找到了迈克尔的哥哥 Nathaniel，并在征得他同意的情况下获得了 DNA 样本。Nathaniel 是迈克尔的亲兄弟，和预期中一样，他们的 Y 染色体特征相吻合。为了进一步区分这对兄弟，当局研究了 Nathaniel 的常染色体 DNA，并在做遗产分析的 Charlotte Word 的帮助下，将其与 1998 年的档案进行比对（Charlotte Word 的报告，2018 年 9 月 3 日［MSP 档案］）。与迈克尔的 DNA 不同，Nathaniel 的 DNA 和 1998 年的档案不符，因此可以排除 Nathaniel 是犯罪现场 DNA 供体的可能性。（注：警方档案不包括原始电泳图，因为我无法亲自核实，也无法从法医专家那里获得第二意见。我的公共记录申请于 2020 年 3 月 25 日被拒绝。我仍在努力。）

407 从 2017 年起，大部分的 DNA 检测报告：DNA 检测报告 1，2017 年 7 月 18 日；DNA 检测报告 2，2017 年 7 月 31 日；DNA 检测报告 3，2017 年 10 月 3 日；DNA 检测报告 4，2018 年 2 月 12 日；DNA 检测报告 5，2018 年 7 月 23 日。均来自 MSP 犯罪实验室（MDAO 档案）。

407 名叫卡琳·德鲁甘（Cailin Drugan）的马萨诸塞州警局分析员：德鲁甘的上司不允许她和我谈话。而 MSP 的新闻秘书 David Procopio 做出了回应，"我们会拒绝让我们实验室的任何人讨论剑桥凶杀案。我们（以及整个科学界）的最终决定与我们的立场一致，那就是让工作自己说话"（电子邮件，2020 年 1 月 10 日下午 3:42）。不过 MSP 犯罪实验室确实参与了该项目的检查阶段，并通过 MSP 的法律顾问 Darina Griffin 做出了回应。

407 表达了想继续负责这个案子的想法：根据 MSP 法律顾问的答复，德鲁甘"与被指派的案件或由此产生的工作没有利害关系"。法律顾问希望我明白，同一个分析师进行多轮测试是很常见的情况。尽管有这种反驳，我还是保留了这一细节，因为我引用的是 MDAO 文件中的两封邮件：Sharon Covery2017 年 7 月 19 日上午 6:51 发送给 Brian Cunningham 的电子邮件："仅供参考——卡琳说她可以接这个电话"，Brian Cunningham2017 年 7 月 20 日上午 10:29 发送给 Lynn Schneeweis 的电子邮件："我知道卡琳希望能在这个案子推进测试。"林奇助理检察官也在校对回复中写道，"卡琳（·德鲁甘）希望在这一批中进行第二轮测试"。

407 试管中又发现了一些皮肤细胞：2019 年 11 月对林奇助理检察官的采访。MSP 的法律顾问强调，德鲁甘确定额外测试是"分析师在任何案件中都要处理的标准决定"（2020 年对于校对备忘录的回复）。

407 2017 年 10 月开发出了 DNA 图谱：DNA 检测报告 3，2017 年 10 月 3 日（MDAO 档案）。应该指出的是，该实验报告得出的结论与主要及次要供体一致。迈克尔·森普特的 DNA 与主要供体相符。而博伊德、唐、吉姆、彼得·甘尼克、RMG 和 CCLK 都被排除在供体之外，即他们既不是主要供体也不是次要供体。迄今为止，本案尚未查明次要供体是谁。在 2019 年 11 月的一次采访中，助理检察官林奇表示，这很可能是来自法医的污染，因为当时的标准和今天不同（用于司法鉴定的 DNA 检测在二十年后才成为标准）。次要供体也有可能是分析的人工痕迹，或是生前接触过的其他人的 DNA。在 CODIS 系统中无法搜索 Y 染色体的档案。即使在和许多 DNA 专家聊过之后，我也没有足够的信息来解释次要供体的意义（或是没有意义）。William

Doogan 中士证实，在卢奇克（Rutchick）和麦克莱恩（McClain）案件中均没有第二名男性供体。

407 助理地区检察官林奇才注意到：2020 年林奇的校对回复；"DNA 采集年表"（MDAO 档案），2018 年 10 月 22 日。

407 有人曾经搜索过：这里以及"被口头告知"均来自"DNA 采集年表"（MDAO 档案），2018 年 10 月 29 日。我询问 MSP 犯罪实验室 2004 年是否还有其他"不重要的凶犯"，因为搜索的是 1998 年的三个基因位点。法律顾问回答说，"与此案有关的文件本身就说明了问题。除了档案中记录的内容外，我们无法作进一步的评论"。

407 警方接到了几次调取森普特记录的申请：2004 年 2 月 27 日关于迈克尔·森普特的历史与布鲁克林警察局的传真（MSP 档案）。

407 寻找迈克尔的哥哥未果的声明：2005 年森诺特警司关于 Nathaniel Sumpter 犯罪历史的报告（MSP 档案）。在 2019 年 11 月与助理检察官林奇的采访中得到确认。

407 在该案的总结中，林奇承认：埃德丽安娜·林奇，"助理地区检察官关于 2017 年调查的补充说明"，无日期（MDAO 档案）。正如林奇助理检察官在 2020 年校对答复中所阐述的，"Y-STR 测试在 2003 年之前已被验证可用于司法鉴定工作，因此'可以说'本可以进行该测试的。尽管如此，2004 年与 2018 年的 DNA 检测中使用的试剂盒检测的位点较少，仪器也不如 2018 年从阴道拭子提取物中获得图谱时精良。我们有时会考虑到未来科学的进步而放弃立即检测。这里这样做是有好处的。"

407 他的警方记录：森普特 DOC 1 到 4。

407 森普特出生在波士顿：迈克尔·森普特死亡证明（MSP 档案）。

407 三个孩子中的老二：迈克尔·森普特的 MDAO 档案，2018 年 10 月 2 日（MSP 档案）。

407 父母在他六岁那年离异：森普特 DOC 3, p. 116。

407 辗转于精神病院：Nathaniel Sumpter DOC, p. 5。

407 他们的外公外婆：森普特 DOC 3, p. 116。

407 旧港住房项目（Old Harbor Housing Project）：森普特 DOC 4, p. 155。

407 "白毛·巴尔杰"："Whitey Bulger's Death Marks the End of an Era in South Boston," *Business Insider*, Nov. 1, 2018。

408 年仅 15 岁，原因是盗窃：森普特 DOC 4, p. 114。

408 他 18 岁生日刚过去两个月：森普特 DOC 4, p. 157。

408 他看上去相当冲动：森普特 DOC 4, p. 162。

408 在哈佛广场找到了工作：从这里一直到"偷窃信用卡"，来自 Nathaniel Sumpter DOC, p. 30。

408 "这次情况不一样"：森普特 DOC 4, p. 114。

408 和波士顿的哥哥住在一起：森普特 DOC 4, p. 240。

408 马萨诸塞州的法律……比绝大多数法律都走得更远："Most States Allow Furloughs from Prison," *Washington Post*, June 24, 1988。另请参阅 "Willie Horton Revisited," *The Marshall Project*, May 13, 2015。

408 "无可指摘"：森普特 DOC 3, p. 106。

408 "总是很绅士"：森普特 DOC 4, p. 30。

408 要求狱警把他关起来：细节和对话来自森普特 DOC 4, p. 97。

408 森普特如期获释：森普特 DOC 4, p. 96。惩戒报告于 1971 年 12 月 2 日发布。森普特于 1971 年 12 月 17 日获释。

408 森普特袭击了一位女士：1972 年 1 月 24 日，根据森普特 DOC 4, p. 175。

409 获准假释 12 小时：森普特 DOC 3, p. 55。

409 抢劫和袭警未遂：森普特 DOC 3, p. 7。

409 8 月 2 日，他并没有出现在工作地点：森普特 DOC 3, p. 55。

409 1985 年，他在工作假释的第一天就溜走了：森普特 DOC 2, p. 249。

409 哈尔·罗斯（Hal Ross），是简大二时的助教：CPD-IK, p. 26。

410 "撒了一圈……"：CPD-SW, p. 3。

410 "黑铁盐和红铁盐的混合物"：助理化验师约瑟夫·兰泽塔 1969 年 4 月 1 日的报告（MSP 档案）。

410 赭石是一种氧化物，不是一种盐：Helwig chapter in Berrie's *Artists' Pigments*, pp. 39-109；2020 年对纳拉扬·坎德卡尔的采访。

410 根据李的说法，他们并没有亲吻：CPD-LK 2, p. 13。

410 是孩子玩的那种建筑套装：CPD-LK 2, pp. 19-20。

410 在简的浴室里发现的女士内裤：助理化验师约瑟夫·兰泽塔 1969 年 4 月 1 日的报告, pp. 3-4（MSP 档案）。

410 这条内裤就已经遗失了：卡琳·德鲁甘 2017 年 7 月 18 日下午 2:28 发送给 Sharon Convery 和 Lynn Scheeweis 的电子邮件 "除了切片之外，没有其他证据（比如枕头、睡衣）了"（MDAO 档案）。

411 她死前的三周：1968 年 12 月 17 日，根据埃德丽安娜·林奇，"助理地区检察官关于 2017 年调查的补充说明"，无日期（MDAO 档案）。

411 唐拍摄的指纹记录：参见第 4 部分的注释，指纹照片和唐的三脚架。

411 森诺特中士去夏威夷采集 DNA 时和唐的对话：唐·米歇尔与森诺特

中士在 2017 年 7 月 17 日的采访记录，p. 181（MSP 档案）。

411 几乎贯穿了整部档案：CPD-SLI pp. 53–54；CPD-IK, p. 37；CPD-LP 1, p. 14；简 1968 年 6 月 4 日写给吉姆·汉弗莱斯的信（CPD 档案）；简的日记，1968 年 6 月 6 日、6 月 7 日、6 月 14/15 日和 6 月 28 日。

411 "陷在双重时间之间太难了"：简 1968 年 6 月 4 日写给吉姆·汉弗莱斯的信（CPD 档案）。

411 简的父母曾和警方提到过她生病的事：简的父母报告说，她没有接受医生的治疗（James Lyons 警官 1969 年 1 月 7 日向达文波特中尉提交的报告）。

411 我询问了博伊德和伊丽莎白·汉德勒：2019 年对博伊德和伊丽莎白·汉德勒的采访。

411 唐说他对这事"略微有点印象"：2019 年对唐·米歇尔的采访。

411 英格丽德·基尔希，她曾和警方反映说：CPDIK, p. 37.

412 剑桥斯堪德瑞安药房的药剂师罗伯特·斯堪德瑞安（Robert Skenderian）：2020 年对罗伯特·斯堪德瑞安的采访。

412 家里三代都待在剑桥："关于我们"，斯堪德瑞安药房网站。

1969 年 1 月 14 日：李·帕森斯的询问笔录
412 摘自 CPD-LP 1。

未解决的
413 伊瓦·休斯顿对召开新闻发布会的时间提出了质疑：2018 年对伊瓦·休斯顿的采访。

413 "我听说杀害简·布里顿的'凶手'"：RMG2019 年 1 月 2 日上午 9:19 发来的电子邮件。

413 "我只是觉得事有蹊跷"：2019 年对 RMG 的采访。

413 "谁的手头也不会有成堆的粉末"：2020 年对纳拉扬·坎德卡尔的采访。

413 一根头发直径的十五分之一：Dave Kleiman, *The Official CHFI Study Guide (Exam 312–49) for Computer Hacking Forensics Investigators* (Burlington, MA: Syngress Publishing, 2007), p. 67.

413 "撒了一圈，从她的背后"：CPD-SW, p. 3.

414 约翰·富尔克森也加入了质疑的行列：2018 年对富尔克森的采访。

414 2017 年 10 月在实验报告里留下的几行笔记：DNA 检测报告 3，2017 年 10 月 3 日（MDAO 档案）。

414 全都被排除了：RMG、博伊德和唐·米歇尔在 2017 年 10 月 3 日出具的 DNA 检测报告 3 中被排除；CCLK、彼得·加尼克和吉姆·汉弗莱斯在 2018 年 2 月 13 日出具的 DNA 检测报告 4 中被排除（MDAO 档案）。

414 根据米德尔塞克斯县地区检察官办公室的说法：2019 年 11 月对地区检察官玛丽安·瑞恩、助理地区检察官埃德丽安娜·林奇和森诺特中士的采访。

415 据杜甘中士证实：2019 年对威廉·杜甘中士的采访。

415 马萨诸塞州警局驳回了我提交的查看简一案原始法医室档案的申请：MSP 犯罪实验室的 Darina Griffin 2020 年 3 月 25 日的信。

415 他们告知我不能和她交谈：David Procopio（MSP 媒体传播总监）2020 年 1 月 10 日下午 3:42 的电子邮件。

415 不能找马萨诸塞州警局犯罪实验室的任何一个人：应该指出的是，MSP 犯罪实验室确实参与了本书的校对流程，并通过其法律顾问 Darina Griffin 做出了回应。

415 博伊德就在电话里告诉我：2018 年对博伊德的采访。

贾科波

415 1969 年 5 月 27 日，马萨诸塞州警局的弗兰克·乔伊斯中尉：除特殊说明外，本章的全部细节，包括对话均来自 MSP 的乔伊斯中尉 1969 年 6 月 2 日向侦探队长丹尼尔·墨菲提交的报告（MSP 档案）。

416 匿名举报，称一个叫保罗·鲁迪克博士（Dr. Paul Rhudick）的人：从这里一直到下一段结尾来自 MSP 的 Charles Byrne 中尉关于 James Powers 的报告，1969 年 5 月 23 日（MSP 档案）。

416 多佛警方接到了电话：多佛警官 George Michel 关于塞西莉亚·鲍尔斯（Cecelia Powers）来电报告的片段，1969 年 5 月 5 日（MSP 档案）。

416 4 天后，塞西莉亚再次打电话：多佛警官（未署名）关于搜索 James Powers 的报告，1969 年 5 月 11 日（MSP 档案）。

416 剑桥警方……并获准采集了他的指纹：MSP 的 Charles Byrne 中尉关于 James Powers 的报告，1969 年 5 月 23 日，p.3（MSP 档案）。收到法医 Joseph King 博士的许可。

416 5 月 15 日，经马萨诸塞州警局证实：MSP 的 Charles Byrne 中尉关于 James Powers 的报告，1969 年 5 月 23 日（MSP 档案）。

416 和已故兽医左手拇指的指纹相符：David Desmond 中尉关于烟灰缸上的拇指印的报告，1969 年 5 月 29 日（MSP 档案）。

417 ［照片］：简·布里顿警方档案。

417 然而，乔伊斯中尉：本段，包括"强烈怀疑"和"移花接木"均来自 MSP 的乔伊斯中尉 1969 年 6 月 2 日向侦探队长丹尼尔·墨菲提交的报告（MSP 档案）。

417 乔伊斯中尉在他妻子塞西莉亚的家中采访：乔伊斯中尉关于安提瓜岛旅行的报告，1969 年 5 月 23 日（MSP 档案）。

417 警员们获得了对他们家的搜查令：多佛 Carl Sheridan 中士关于搜查权的报告，1969 年 5 月 16 日。

417 支票……旅游服务局（Travel Services Bureau）：乔伊斯中尉关于安提瓜岛旅行的报告，1969 年 5 月 23 日（MSP 档案）。

417 1969 年 1 月 7 日晚从那里转机飞往波士顿：乔伊斯中尉关于安提瓜岛旅行的报告，1969 年 5 月 23 日（MSP 档案）。

418 弗兰克·鲍尔斯妹妹经营：乔伊斯中尉关于镀银烟灰缸的报告，1969 年 5 月 23 日（MSP 档案）。

418 还使用过钢丝球：乔伊斯中尉关于镀银烟灰缸的报告，1969 年 5 月 23 日（MSP 档案）。

418 称他在烟灰缸上发现了一个来源不明的指纹……尼德姆殡仪馆：MSP 的 Charles Byrne 中尉关于 James Powers 的报告，1969 年 5 月 23 日（MSP 档案）。

418 专家并未从烟灰缸上发现鲍尔斯的指纹：David Desmond 中尉关于烟灰缸上的拇指印的报告，1969 年 5 月 29 日（MSP 档案）。

418 许多人都碰过这个烟灰缸：对话来自 David Desmond 中尉关于烟灰缸上的拇指印的报告，1969 年 5 月 29 日（MSP 档案）。

419 "结论：所提交的烟灰缸上的黑色印记"：助理化验师 Melvin Topjian 关于烟灰缸的报告，1969 年 5 月 30 日（MSP 档案）。

419 确信她的丈夫和简·布里顿的死无关：乔伊斯中尉 1969 年 12 月 3 日写给塞西莉亚·鲍尔斯的信（MSP 档案）。

沉渣碎屑

420 在乔伊斯中尉发表……的报告：MSP 的乔伊斯中尉 1969 年 6 月 2 日向侦探队长丹尼尔·墨菲提交的报告（MSP 档案）。

420 "不可放弃的利益冲突"：地区检察官玛莎·科克利（Martha Coakley）2005 年 8 月 23 日写给 CPD 局长 Ronnie Watson 的信（MDAO 档案）。

420 富尔克森说他并不清楚这个利益冲突到底是什么：2018 年对富尔克森的采访。

420 康诺利的笔记：2005 年康诺利中尉关于 M. 迈克尔·贾科波的记录（MSP 档案）。

420 四年前，博伊德告诉了我：2014 年对博伊德·布里顿的采访。

421 埃德丽安娜·林奇本人明确指出："助理地区检察官关于 2017 年调查的补充说明"，无日期（MDAO 档案）。

421 我和小贾科波 2018 年通话时：2018 年对迈克尔·D. 贾科波的采访。

421 负责监督该部门的调查组和记录组：CPD2004 年至 2006 年的"年度犯罪报告"中，迈克尔·D. 贾科波在三年中均担任支持服务总监；CPD 网站对该总监的职责进行了细分。

421 "两代人的使命"：2017 年对玛丽·麦克卡森的采访。

421 贾科波被停职的证据：2019 年，我采访了当时的剑桥市律师 Philip Cronin，他说，尽管里根局长在乔伊斯的报告中那样说过，但他从未就所指控的不当行为征求过他的意见。相比五十年后他的记忆出了错，Cronin 更愿意相信是报告中有关里根的行为记错了。因此在没有确凿证据的情况下，我不太愿意相信乔伊斯的报告中里根关于贾科波停职的说法。

421 马萨诸塞州意大利裔美国警官协会（Massachusetts Association of Italian American Police Officers）主席："欢迎参加马萨诸塞州意大利裔警官协会第 45 届年度颁奖宴会"，2013 年 10 月 19 日，p. 6。

422 领导米德尔塞克斯县副警长协会（Middlesex County Deputy Sheriff's Association）：*The Guardian: A Publication of the Middlesex Deputy Sheriff's Association*，Jan. 2010，将 M. 迈克尔·贾科波列为主席，p. 2。

422 教授指纹鉴定课程：*The Guardian: A Publication*，p. 18。

422 终身成就奖："Mass Association of Italian American Police Officers Lifetime Achievement Awarded to Mike Giacoppo," *Somerville News Weekly*, Dec. 8, 2018。

制造神话

422 我收到了布莱恩·伍德的邮件：2018 年 8 月 3 日下午 4:23 布莱恩·伍德发来的电子邮件。

2018 年 12 月：卡尔

423 我和卡尔小心翼翼地走：除特殊说明外，本章来自对 CCLK 的采访（2018 年 12 月 6 日）。

424 赖希的研究是有争议的："Is Ancient DNA Research Revealing New Truths — or Falling into Old Traps?" *New York Times Magazine*, Jan. 17, 2019。

重建

426 "如果嫌疑人的身份"：博伊德·布里顿 2018 年 8 月 13 日上午 6:59 发送给彼得·森诺特的电子邮件。

427 没上锁的地窖门……依然没有锁："Harvard Defends Housing," *Boston Globe*, Jan. 12, 1969. 根据文章，这扇门通向后面的楼梯。

427 简烛台上的蜡烛留在那里：助理化验师约瑟夫·兰泽塔 1969 年 4 月 1 日的报告（MSP 档案）。

427 爬上了后面的楼梯间：根据阿瑟·班考夫的声明 p.19，"有一次简让我大吃一惊……她沿着防火安全梯走到了我的窗前。任何人都有可能从那里进来，通过后面的楼梯走到我们公寓后身的防火安全梯的门，然后再到简的公寓。"

427 据当时警方的报告描述："M/M Stephen Presser（有关桌腿）的报告"，1969 年 1 月 14 日（CPD 档案）。

427 那扇门通向简的厨房：现场比例图，Edward Colleran 警探，1969 年 1 月 8 日（CPD 档案）。

427 在她右手留下了一道油渍：这里和"一小撮羊毛纤维"均来自助理化验师约瑟夫·兰泽塔 1969 年 4 月 1 日的报告（MSP 档案）。

427 右臂上留下了挫伤：乔治·卡塔斯和阿瑟·麦戈文医生的尸检报告（MSP 档案）。

427 油乎乎的煎锅和厨房水槽：助理化验师约瑟夫·兰泽塔 1969 年 4 月 1 日的报告（MSP 档案）。

简·桑德斯·布里顿

428 [照片]：简·布里顿警方档案。

428 我在简七十三岁冥诞那天：2018 年 5 月 17 日。

428 博伊德想要一张墓地的照片：博伊德 2018 年 5 月 11 日下午 1:37 发来的电子邮件。

428 唐请我替他给她读一则记录：唐·米歇尔 2018 年 5 月 11 日下午 2:58 发来的电子邮件。

429 "守夜人希望可以抚平创伤"："Vigil Hopes to Heal after Hate Incident," *Needham Times*, May 17, 2018.

429 "你总会找到她的"：Dan Bear, 2017 年.

429 伊丽莎白发来了邮件：伊丽莎白·汉德勒 2018 年 5 月 17 日中午 12:05 发来的电子邮件。

432 [照片]：贝基·库珀拍摄。

432 我和伊瓦·休斯顿交谈的时候：2017 年对伊瓦·休斯顿的采访。

433 修复式正义，恢复性方法论：人类学视角下的修复式正义，参见：Ann Kingsolver, "Everyday Reconciliation," *American Anthropologist* 115, no. 4 (Dec. 2013):663 – 666。

433 我终于读到了马萨诸塞州警局档案的最后一沓：这一幕发生在 2018 年 12 月 29 日。

433 "1968 年第一册，简·桑德斯·布里顿。英国波斯研究学院 2167 箱。伊朗德黑兰"：MSP 档案。

434 "吉姆，"开头写道：从这里一直到结尾来自简 1968 年 6 月 6 日的日记。

434 [照片]：简·布里顿警方档案。

We Keep the Dead Close: A Murder at Harvard and a Half Century of Silence
Copyright © 2020 by Becky Cooper
All rights reserved including the rights of reproduction in whole or in part in any form.
Simplified Chinese edition copyright：
2024 © SHANGHAI TRANSLATION PUBLISHING HOUSE (STPH)
All rights reserved.

图字：09-2023-0207号

图书在版编目（CIP）数据

追凶：哈佛一桩谋杀案和半个世纪的沉默/（美）贝基·库珀（Becky Cooper）著；张畅译. -- 上海：上海译文出版社，2024.9. -- （译文纪实）. -- ISBN 978-7-5327-9506-2

Ⅰ. I712.55

中国国家版本馆CIP数据核字第2024BN9650号

追凶：哈佛一桩谋杀案和半个世纪的沉默
[美] 贝基·库珀 著　张畅 译
责任编辑/李欣祯　装帧设计/邵旻　观止堂_未氓

上海译文出版社有限公司出版、发行
网址：www.yiwen.com.cn
201101　上海市闵行区号景路159弄B座
上海市崇明县裕安印刷厂印刷

开本 890×1240　1/32　印张 19　插页 2　字数 411,000
2024年9月第1版　2024年9月第1次印刷
印数：0,001-6,000册

ISBN 978-7-5327-9506-2/I·5948
定价：98.00元

本书中文简体字专有出版权归本社独家所有，非经本社同意不得转载、摘编或复制
如有严重质量问题，请与承印厂质量科联系。T：021-59404766